大学通识书系

叶嘉莹◎顾问

徐晓莉◎编著

ZHONGGUO GUDAI
JINGDIAN SHICI XUANJIANG

# 中国古代经典诗词选讲

北京师范大学出版集团
BEIJING NORMAL UNIVERSITY PUBLISHING GROUP
北京师范大学出版社

**图书在版编目（CIP）数据**

中国古代经典诗词选讲/徐晓莉编著. —北京：北京师范大学出版社，2014.9（2022.1重印）

（大学通识书系）

ISBN 978-7-303-17395-2

I. ①中… II. ①徐 … III. ①古典诗歌-诗歌欣赏-中国-高等学校-教材 IV. ①I207.22

中国版本图书馆 CIP 数据核字（2013）第 308579 号

营　销　中　心　电　话　010-58807651
北师大出版社高等教育分社微信公众号　新外大街拾玖号

出版发行：北京师范大学出版社　www.bnup.com
　　　　　北京市西城区新街口外大街 12-3 号
　　　　　邮政编码：100088
印　　刷：北京虎彩文化传播有限公司
经　　销：全国新华书店
开　　本：170 mm×240 mm　1/16
印　　张：34
字　　数：537 千字
版　　次：2014 年 9 月第 1 版
印　　次：2022 年 1 月第 5 次印刷
定　　价：58.00 元

策划编辑：马佩林　　　　　责任编辑：马佩林　周劲含
美术编辑：焦　丽　　　　　装帧设计：焦　丽
责任校对：李　菡　　　　　责任印制：马　洁

# 古典诗词鉴赏的原理方法与实践（代序言）

诸位爱好古典诗词的朋友们，感谢中国古代诗歌使你我聚在当下，共同品尝、分享我们民族既悠久又优秀之传统文化中的美味佳酿——

中国古代诗歌好比一坛陈年美酒，它曾使古今无数深得此中滋味的人为之流连不已，如醉如痴。然而对于从来未曾喝过酒的人来说，初尝一两口，非但享受不到那份绵延悠长的甘醇，反而还会因其口感的不适而浅尝辄止，望而却步。此外，中国的古代诗歌由于存在着社会时代、语言文字、典章故事、表述方式等多方面的隔阂，所以它那份深邃的智慧、清澈的理趣、丰美的意象、奇妙的境界很难在现代读者中产生感应，获得共鸣，甚至有些作品还被当作神仙所居之眩人眼目的"七宝楼台"一般难以企及，这实在是一件令人遗憾的事情。鉴于这一事实，著名词学家叶嘉莹先生曾为说明南宋吴文英词的意境之深微与工艺之精美，不惜数万言而《拆碎七宝楼台》[1]，从而为我们后辈徘徊于"七宝楼台"下的观光者指出一条捷足先登的门径。三十多年的诗词教学中，我在带领学生边游览、边探险、边履践的过程中，逐渐领略到叶嘉莹先生拆迁与改建"七宝楼台"的胆识与能力。同时也摸索出一条自以为是能够通往"七宝楼台"的轻车熟道，即有关诗歌创作与欣赏的原理、途径与方法。本文试图通过介绍一些有关诗歌创作与欣赏的原理、途径与方法，在古代作者与现代读者之间筑起一座穿越"七宝楼台"的"天桥"，争取能够起到通古今之邮的作用。

一

按照一般认识事物的规律，我们首先要弄清中国古代诗歌的生成过程，即它的构造（创作）原理，其次才能谈得上对它进行解析及欣赏。

诗作的形成一般需要三种原料，首先是作者的主观情感，即一颗活泼善感的不死之心；其次还需要有能感动诗人，使之心动的客观外物和具体事件，也叫感心之物；除此之外，还需要具备能够把"心"与"物"结合在一起的"黏合剂"——语言、词汇、结构、章法、音韵、格律等表现形式与技巧。有了这三种成分，诗歌才能凝固成一件艺术品，一个美学的客体。那么这三种成分是怎样互相作用，从而生成为诗歌的呢？

中国最早的诗歌理论《毛诗·序》中说"情动于中而形于言"[2]，《礼记·乐记》上也说："人心之动，物使之然也。"[3] 由此可知作诗的原始冲动源于"情动于中"。那么是什么东西使你的"情"动呢？那便是"物"。而这个"物"又指的是什么呢？钟嵘的《诗品·序》里回答了这一系列疑问。他说"气之动物，物之感人，故摇荡性情，形诸舞咏"。这里的"气"是自然界的阴阳之气：冬至阳生，夏至阴生，寒来暑往，春夏秋冬。这就形成了天地间阴阳四季气候的变化。阳气萌发之际，草木兴旺茂盛；阴气生发之时，万物枯朽衰残。这一切就叫作"气之动物"。至于"物"者，首先是指"春风春鸟，秋月秋蝉，夏云暑雨，冬月祁寒"。[4] 除了这些大自然中的景"物"之外，人世间的种种事"物"与际遇也足以使诗人为之动情，如果一个诗人看到花开花落都不禁为之动情，那么人间的悲欢离合又怎能不使他感动？所以《诗品·序》接下去说："嘉会寄诗以亲，离群托诗以怨。至于楚臣去境、汉妾辞宫；或骨横朔野，魂逐飞蓬；或负戈外戍，杀气雄边；塞客衣单，霜闺泪尽；或士有解佩出朝，一去忘返；女有扬蛾入宠，再盼倾国。凡斯种种，感荡心灵，非陈诗何以展其义？非长歌何以骋其情？"[5] 这里的"陈诗"与"长歌"岂不正是"情动于中而形于言"的那个"言"，岂不正是"在心为志，发言为诗"[6] 的那个"诗"？不过这个"诗"也绝非只是作者感物之"心"与自然界、人世间感心之"物"简单相加的产物，这中间还需借助一些有关的艺术表现方式和技巧，如"赋"、"比"、"兴"及"比兴寄托"等心物交感的表现方式，即诗歌这一艺术成品生成的主要操作软件；而文字、语汇、韵律、音调、章法、结构等表达技巧，则正是它的制作硬件。即如古诗论中所言，"诗有三义焉：一曰兴，二曰比，三曰赋……宏斯三义，酌而用之"，同时还须"干之以风力，润之以丹采，使味之者无极，闻之者动心"，这才是"诗之至也"（《诗品·序》）。[7] 至此诗歌作为一种精神艺术成品的生产制作过程可算是完成了。然而作为一个美学欣赏的对象，它的艺术生命尚未随着它躯体外壳的形成而诞生，它的美学价值（即艺术灵魂）还没有出生，也就是说此时诗人所完成的还只是诗歌的"十月怀胎"阶段，至于"一朝分娩"，还有待于"助产士"——读者来为之催生。因为用接受美学的观点来看，文学作品是为读者（接受者）而创作的，它的艺术生命与美学价值只有在阅读欣赏过程中才能体现出来。如果一部作品完成、出版之后，没有一个知它、懂它、赏它、爱它的读者去接受和传播，它不过就是一堆死板的文字符号，或一叠印满铅字、经过装帧的纸片而已，直到有了知音、有了欣赏者的阅读、感动、生发与阐释，它才真正从作者的母体中应声落地，成为一个鲜活可爱的艺术之婴。至此，诗歌的生命和意义才算真正诞生了。这之前的整个过程即是本文所称的诗歌创作的基本原理，也可谓之诗歌的一般创作规律。

从以上诗歌的形成过程中不难看出，读者的阅读与阐发，对于诗歌生命的创造发扬，对于中国民族传统文化精神的继承与光大所具有的无比重要性。既然如此，作为接受者（读者）又该当如何阅读，怎样接受和欣赏呢？这就需要更进一步地探讨有关诗歌欣赏的一般规律和基本原理了。既然我们已经知道了诗歌是诗人"心"、"物"交相感应所留下的符示和痕迹，那么我们就应该循着它形成的轨迹，凭借作者创作中留下的印迹——语言、形象、章法、结构、口吻、声韵等具体可感的"硬件"，沿着作者"心"、"物"交感的来路做反方向的追寻和探索（逆志），也就是说通过对作品中感心之"物"的充分感受与体验，来探触、求解诗人创作之初的原始动意，即他的感物之"心"意与情绪。就此而言，诗歌的创作原理与欣赏原理的关系，正如同数学中的加法与减法、乘法与除法互为逆运算的道理是一样的——如果说诗歌的创作原理是作者把抽象模糊的情感世界通过语言符号逐渐地转化为具体可感的形象（其中包括事象与物象）的话，那么诗歌欣赏的原理则正是读者通过对作品中语言符号的破解寻绎，使之逐渐再还原为抽象模糊之情感世界的逆向思维活动的过程。如图1（创作原理示意图）所示：

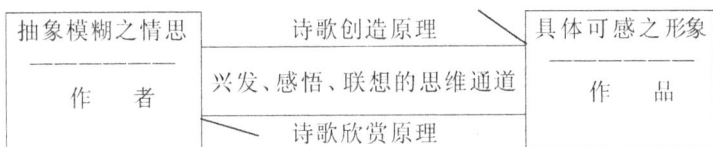

图 1　创作原理示意图

图中可见，在作者抽象模糊的思绪情感与作品具体可感的形式物象之间，有一条用形象思维开掘而成的艺术隧道，殊不知中国古代诗歌的全部奥妙与魅力正在这通往两极的思维活动中，那么如何将作品中具体可感的形象符号还原为抽象的情思，进而推求寻绎作者创作之初的原始动意呢？这就是下面将要介绍的，也是本文的重点所在——诗歌鉴赏活动的一般规律与方法（具体操作程序）。

二

关于诗歌赏析方法论的问题，在古、今、中、西的文论、诗论中多有精辟之谈，但那大多是就其欣赏过程中的某一方面，或某一环节而言，因此显得零散、无序。如果将以往有关诗歌欣赏方法的零碎之论加以全面的综合整理之后，我们就会发现，无论中外古今的任何一种文学批评方法，在对一部作品进行审美评价时，一般都是循着两条途径进入的：一是以作品为门径的"以意逆志"法；另一个是以作者为向导的"知人论世"法。此二法门皆属典型的中国传统诗论，《孟子·万章上》就有这样的主张："说诗者不以文害辞，不以辞害志，以意逆志，是为得之。"[8]孟子认为，评论诗的人，既不能根据诗的个别字眼断章取义地曲解词句，也不能用词句的表面意义曲解诗的真实含义，而应该根据自己对作品的全篇立意的整体感受和把握，来探索作者的心志。这里所说的"意"者，则是读者欣赏作品之时由文本本身引发出来的主观感觉，这之中既有作者透过作品投映出来的"志"的元素，同时还有读者借此"志"的暗示生发出来的联想与感悟，即望"文"而生的、自以为是作者原"意"的读者的添加剂。此后随之而来的"逆"向的揣测推寻作者原意的过程，便正是读者在欣赏、接受作品时所经历的"再创作"的形象思维过程。不过这种"逆志"的活动绝非凭空随意的主观臆断或望文生义。而是遵循"志"、"意"间的信息传导规律——在接通了联结于"志"、"意"两端的"电源"（如赋、比、兴、比兴寄托等联想、通感）之后才会有的。而承担这种"能源"传输媒介的正是《孟子·万章下》里所说的第二种阅读鉴赏门径——"知人论世"原则："颂其诗，读其书，不知其人可乎？是以论其世也。"[9]孟子认为，文学作品和作家本人的生活经历以及时代背景有着极为密切的关系，因而只有知其人、论其世，即了解作者创作的时代环境与生存、心理状态，才能客观、正确地理解、把握文学作品的意义蕴涵。这就要从研究作者本人入手，通过了解和考查作者的身世、经历、思想、性情，以及时代背景、社会风貌的方式来获取对作者创作原意的正确理解。在对上述因素进行考证、辨伪、综合、分析的过程中，你就会发现许多有助于作品解读、阐释的信息依据和线索。这种方法对于解读一流作者，如屈原、陶潜、李白、杜甫、苏轼、辛弃疾等，或以艰深晦涩著称的作者，如李商隐、吴文英等，都是极为有效的。因为这些作者常常是用自己的整个身心来写作的，并且能以自己的生命来实践自己的诗篇，因此他们的创作往往具有"物随心转"、"一本（本质心性）万殊（不同形态）"的特点，他们的每一首诗都发自一个共同的生命本源，具有万变不离其宗的共性。这正是为何杜甫诗普遍带有家国之忧，稼轩词普遍具有民族之慨的缘故所在。至于李商隐、吴文英那些朦胧之作中所使用的意象、典故及其象喻的手法，也无一不与作者所生之时、所处之世、所具之心态类型有着密切之联系，所以只有从其"人"与"世"的相关信息线索中加以考察，才可能对其作品做出较为准确的阐释。孟子评赏诗文的这些原则对后世的文学批评产生了深远的影响，成为历代文学读者与批评者或自觉或不自觉的循蹈之规矩。其中，由于"知人论世"之说与法的言简意明和行之有效，而更易于为即使不甚明了其出处来源的现代读者所喜闻乐道。至于"以意逆志"之说，则因其

"意"、"志"以及"逆"所指称的意义在理解上的众说纷纭、易生歧义而多被当今说诗人所回避——即使他们一直都在沿用。因此为方便教学起见，我改用了一个与之意义相近似，且又一目了然的"直观神悟"来替代"以意逆志"一说，下文中出现的"直观神悟"一词，即可理解为传统意义上的"以意逆志"说，即通过直觉、直感来臆断作者创作意图的方法。

"直观神悟"（以意逆志）的方法，虽为我古老民族早已有之的传统文学理论，但今天看来，会发现它其中竟包含了许多西方近代文学批评理论中类似"符号学"[10]、"诠释学"[11]、"接受美学"[12]等的观点。这些理论方法的共同特点是从研究文本入手，通过分析作品中所使用的结构方式及语码符号——长期以来积淀、凝固于古代诗歌语言中的，具有特定象征含义的语汇（类似我国传统诗论所说的意象），去深入体会和感受诗人寄寓在作品中的情思与用意。这种方法比较适合鉴赏以自然外物起兴的作品，因为诸如春风、秋菊、劲松、垂柳、孤鸟、浮云、青山、碧水，以至美人、香草等形象，在几千年传统文学的积淀中，早已形成了特定的意义蕴涵，比如像"枯藤老树昏鸦，小桥流水人家，古道西风瘦马，夕阳西下，断肠人在天涯"（马致远《天净沙·秋思》）这类作品，即使你对作者的身世思想及其时代背景一无所知，也不难从作品的形象、结构、文字语汇本身所给予你的直觉感触和联想中，从作品"语码"形象所暗示的言外之意里，体悟出作者那份落拓失意的情绪来。可见，用这种方法来欣赏山水、田园、边塞、离愁、闺怨、伤春、悲秋等题材的作品，其效果是较为理想的。总之，如果我们能将这两种欣赏方法结合起来，交互为用，那么，即使是再莫测高深、扑朔迷离的奇绝险怪之作，也总能从中获得些较为直觉、并接近准确的信息线索。

除此之外，还有一条可以获取文本真实信息的捷径——沿着历代读者、文学批评者阅读此文本后所留下的著述线索，去体会你与前代读者"所见略同"的部分；以索解那些虽然与你"心有戚戚焉"，但却"心有所感，口未能言"的部分。比如许多人读陶渊明的那些字词简单、表义浅显的诗都感到易懂不易解，易会不易言。当读过陈师道、辛弃疾、元好问、龚自珍、顾随等人的评论后，你不但可以借助"一语天然万古新，豪华落尽见真淳"[13]、"千载下，百篇存，更无一字不清真"[14]、"渊明不为诗，自写其胸中之妙耳"[15]、"陶潜酷似卧龙豪，万古浔阳松菊高。莫信诗人竟平淡，二分梁甫一分骚"[16]，以及"日光七彩融于一白"[17]等诸多评论找到"言"与"解"的方式，还会从"言"与"解"的过程中探明诗人"欲辩已忘"的"真意"，与陈师道所说的"胸中之妙"、辛弃疾所说的"清真"、元好问所说的"天然"和"真淳"、龚自珍所说的"松菊高"等说法的内在蕴涵。而这些原本就是一流诗人，也是一流诗歌的生命本源。事实上你的阅读、索解、言说既是沿波讨源、逐本溯源的过程，也是融汇、激活此一诗歌生命之源泉的过程。

有一点应该指出，过去的文学批评理论往往忽略读者在阅读、鉴赏过程中参与"再造"文学生命的作用。实际上，读者在阅读、欣赏某一作品时，并不只是被动地接受作品本身所提供的信息影响，与此同时，有一种自发的兴发、感悟、思索、联想也参与了对作品价值意义的开掘和拓展。就此而言，可以说读者也在履行作者的职能，也参与了对作品的创作，他所做的，是使原作品信息扩大、意义更新的再创造的活动。这正好契合了中国传统诗论中"诗无达诂"、"仁者见仁，智者见智"诸说。不过，读者的"再创造"活动归根到底是被限制在原作文本所提供的可能性范围内，读者做出的解释无论怎样的与众不同，也都应该在作品文本中找到即使可以不必"实事求是"的，但也必须是"实事求似"或"似非而是"的依据，否则就难避"篡改"、"歪曲"之嫌了。当然，由于阅读鉴赏者的思想感情、品格气质、学识素养、感知能力、表述方式各不相同，对同一作品往往会做出各不相同的判断和诠释，其中"不谋而合"与"所见略同"的部分往往比较符合或接近作者的原始创意，而那些或"仁"或"智"的"所见"，则往往具有背离作者原意的自创性。这部分内容在接受美学的理论中被称为"衍生义"。中国传统文学理论中虽说没有这方面的系统说法，但却不乏说明和体现这种理论的欣赏实例。如清末王国维《人间词话》中居然认为李煜《虞美人》词中"俨然有释迦基督担荷人类罪恶之意"[18]，同时他还从那些表现相思离愁、伤春怨别的小词中，看出了"成大事业、大学问者必经过三种之境界"[19]。诸如此类的诠释虽与词人李煜及晏殊等人的创作本意大相径庭，但这些词作一经王国维这位独具慧眼的大学者阐释之后，竟然陈言翻新，使原作蕴涵更丰厚、更深广起来。由此想到苏东坡点化佛家《楞严经》中"譬如琴瑟琵琶，虽有妙音，若无妙指，终不能发"一句的《琴诗》来："若言琴上有琴声，放在匣中何不鸣?若言声在指头上，何不于尔指上听。"[20]由此可见中国的古典诗歌与现当代读者间的关系，正好比佛家之"经"与"僧"的关系：纵有好经，若无高僧，亦不得传!

## 三

综上所述，我又将中国古典诗歌艺术生命得以延续更生的过程规律进一步概括为图2所示（创作欣赏原理示意图）。

尽管东西方的文学理论都承认这样一个事实，即接受者在阅读过程中的再创造，

A B

抽象模糊之情思 | 创作（作者心灵呈现）过程 | 具体可感之形象
心+物+艺术表现技巧

作者原意 | | 作品文本

还原

这一空间地带是一条用

形象思维开掘而成的艺术隧

道，中国古典文学的全部奥

妙与魅力全在于这通往两极

（ABCD）的思维活动中。

传播

符合作者原创的诠释义

赏析结论

接受者

读者再创造的衍生义 | 沿波讨源+知人论世+直观神悟

欣赏（探索作者心灵）过程
（呈现读者心灵）

读者

D C

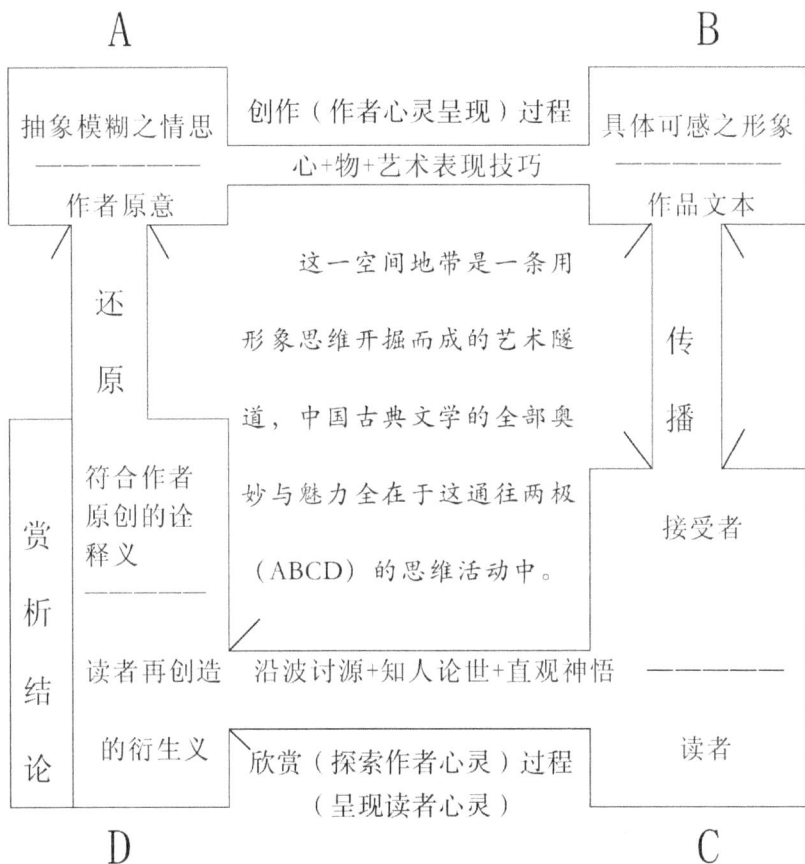

图 2　创作欣赏原理示意图

其实也是一个自身更新、自我变革的过程，即读者的心灵、性情受作品潜在能量浸润、培养、溶解、化合的过程。不过据叶嘉莹先生考证，西方文学理论中却找不到一个相当于中国诗论中"兴"的词汇，可见只有中国的古典诗歌才最具备这种引发读者兴觉、感动、会悟、联想的作用，而且还最富于升华感情、净化心灵、提高品格修养和艺术趣味的潜在功能。尽管使读者感发的内容往往不符合作者当时的创作本意，但正如清代常州词派的谭献所言：作者之用心未必然，而读者之用心何必不然。就是说只要能够把作品本身所呼唤起来的作者与读者强烈的精神心灵感应和美妙的艺术体验传达出来，生发开去，就算是已经赋予这作品以不朽的生命与价值了，这种生命与价值就正是我们祖国古典诗歌中最为宝贵的财富，而对于这样一笔精神财富的传播、发扬与光大，也正是我们这一代，乃至于我们之后的子孙后代的神圣使命。

■ **注释**

[1] [加拿大] 叶嘉莹：《拆碎七宝楼台——谈梦窗词之现代观》，《迦陵文集》第 4 卷，58 页，石家庄，河北教育出版社，1997。

[2] 郭绍虞主编：《中国历代文论选》一卷本，30 页，上海，上海古籍出版社，1983。

[3] （东汉）郑玄注，（唐）陆德明音义，（唐）孔颖达疏：《礼记注疏·乐记》，《四库全书》卷 37。

[4] 郭绍虞主编：《中国历代文论选》一卷本，106～107 页，上海，上海古籍出版社，1983。

[5] 郭绍虞主编：《中国历代文论选》一卷本，107 页，上海，上海古籍出版社，1983。

[6] 郭绍虞主编：《中国历代文论选》一卷本，30 页，上海，上海古籍出版社，1983。

[7] 郭绍虞主编：《中国历代文论选》一卷本，107 页，上海，上海古籍出版社，1983。

[8] 杨伯峻著译：《孟子·万章上》，215 页，北京，中华书局，1981。

[9] 杨伯峻著译：《孟子·万章下》，251 页，北京，中华书局，1981。

[10] [加拿大] 叶嘉莹：《中国词学的现代观》，77 页，长沙，岳麓书社，1999。

[11] [加拿大] 叶嘉莹：《中国词学的现代观》，29～30、56～57 页，长沙，岳麓书社，1999。

[12] [加拿大] 叶嘉莹：《中国词学的现代观》，35～38 页，长沙，岳麓书社，1999。

[13] （金）元好问：《论诗绝句》，郭绍虞主编：《中国历代文论选》一卷本，215 页，上海，上海古籍出版社，1983。

[14] （南宋）辛弃疾：《鹧鸪天》，邓广铭笺注：《稼轩词编年笺注》，476 页，上海，上海古籍出版社，1973。

[15] （北宋）陈师道：《后山诗话》，《魏晋南北朝文学史参考资料》，457 页，北京，中华书局，1964。

[16] （清）龚自珍：《舟中读陶诗》，四部丛刊本《定庵文集补·续集》。

[17] [加拿大] 叶嘉莹：《从"豪华落尽见真淳"论陶渊明之"任真"与"固穷"》，《迦陵文集》第 3 卷，148 页，石家庄，河北教育出版社，1997。

[18] 靳德峻笺证：《人间词话》，21 页，重庆，四川人民出版社，1981。

[19] 靳德峻笺证：《人间词话》，31 页，重庆，四川人民出版社，1981。

[20] （北宋）苏轼：《东坡诗集》，《四库全书》卷 30。

# 目　录

## 上　编

# 下　编

# 第一章

## 心物相感源何在
## 风赋比兴"诗三百"

——以《诗经》为例谈中国诗歌中的
形象与情意之关系

# 周南·关雎

关关雎鸠[1]，在河之洲[2]。窈窕淑女[3]，君子好逑[4]。

参差荇菜[5]，左右流之[6]。窈窕淑女，寤寐求之[7]。

求之不得，寤寐思服[8]。悠哉悠哉[9]，辗转反侧[10]。

参差荇菜，左右采之。窈窕淑女，琴瑟友之[11]。

参差荇菜，左右芼之[12]。窈窕淑女，钟鼓乐之[13]。

[1] 关关：鸟的和鸣声。雎鸠：水鸟名。

[2] 洲：水中陆地。

[3] 窈窕（yǎo tiǎo）：美好的样子。淑女：贤良美好的女子。

[4] 好逑（hǎo qiú）：好的配偶。逑，配偶。

[5] 参差（cēn cī）：长短不齐貌。荇（xìng）菜：一种生在水中的植物，可以吃。

[6] 流之：谓顺水之流而取之。

[7] 寤寐（wù mèi）：谓不论是醒来还是在梦中。寤，睡醒。寐，睡着。

[8] 思服：思念。

[9] 悠哉：形容思虑深长的样子。悠，长。

[10] 辗转反侧：谓在床上翻来覆去，睡不安稳。

[11] 琴瑟友之：以弹奏琴瑟来表达亲近相爱之意。琴瑟，皆乐器。友，亲近相爱。

[12] 芼（mào）：择取。

[13] 钟鼓乐之：谓以钟鼓之乐来使她快乐。

# 魏风·硕鼠

硕鼠硕鼠[1]，无食我黍[2]。三岁贯女[3]，莫我肯顾[4]。逝将去女[5]，适彼乐土[6]。乐土乐土，爰得我所[7]。

硕鼠硕鼠，无食我麦。三岁贯女，莫我肯德[8]。逝将去女，适彼乐国。乐国乐国，爰得我直[9]。

硕鼠硕鼠，无食我苗。三岁贯女，莫我肯劳[10]。逝将去女，适彼乐郊。乐郊乐郊，谁之永号[11]。

[1] 硕鼠：大老鼠。硕，大。

[2] 无：不要。

[3] 三岁：言其时间之长久，并非确指三年。贯：侍奉。女：通"汝"。

[4] 顾：顾念，照顾。

[5] 逝：通"誓"。去：谓离开。

[6] 适：到。彼：那。乐土：指可以安居乐业的地方。

[7] 爰（yuán）：句首助词，无义。所：处所。

[8] 德：恩惠，此处用作动词。

[9] 直：正道。一说同"所"。

[10] 劳：慰问、犒劳。

[11] 永号（háo）：长叹。此句谓乐郊之地民无哀叹之声。

# 郑风·将仲子

将仲子兮[1]，无逾我里[2]，无折我树杞[3]。岂敢爱之[4]，畏我父母。仲可怀也[5]，父母之言，亦可畏也。

将仲子兮，无逾我墙，无折我树桑。岂敢爱之，畏我诸兄。仲可怀也，诸兄之言，亦可畏也。

将仲子兮，无逾我园，无折我树檀。岂敢爱之，畏人之多言。仲可怀也，人之多言，亦可畏也。

[1] 将（qiāng）：愿，请。一说发语词，无义。仲子：男子之字。

[2] 逾：越过。里：古代一种居民组织，五家为邻，五邻为里，里有墙有门。

[3] 树：种植，栽种。杞（qǐ）：柳一类的树。

[4] 爱之：吝惜它。

[5] 怀：思念。

# 秦风·蒹葭

蒹葭苍苍[1]，白露为霜。所谓伊人[2]，在水一方[3]。溯洄从之[4]，道阻且长[5]。溯游从之[6]，宛在水中央[7]。

蒹葭萋萋[8]，白露未晞[9]。所谓伊人，在水之湄[10]。溯洄从之，道阻且跻[11]。溯游从之，宛在水中坻[12]。

蒹葭采采[13]，白露未已[14]。所谓伊人，在水之涘[15]。溯洄从之，道阻且右[16]。溯游从之，宛在水中沚[17]。

[1] 蒹葭（jiān jiā）：水边所生荻、芦等植物。苍苍：茂盛的样子。

[2] 伊人：那个人。

[3] 一方：一边。

[4] 溯：逆着水流的方向走。洄：弯曲的水道。从：谓寻找，追求。

[5] 阻：谓道路难走。长：谓道路遥远。

[6] 游：流，指直流的水道。

[7] 宛：仿佛。

[8] 萋萋：同"苍苍"，盛貌。

[9] 晞（xī）：干。

[10] 湄（méi）：水和草相接的地方，即岸边。

[11] 跻（jī）：上升，谓道路高而陡。

[12] 坻（chí）：水中高地。

[13] 采采：茂盛鲜明的样子。

[14] 已：止。

[15] 涘（sì）：水边。

[16] 右：往右，谓道路迂回。

[17] 沚（zhǐ）：水中陆地。

## 卫风·氓

氓之蚩蚩[1]，抱布贸丝[2]。匪来贸丝，来即我谋[3]。送子涉淇[4]，至于顿丘[5]。匪我愆期[6]，子无良媒。将子无怒[7]，秋以为期。

乘彼垝垣[8]，以望复关[9]。不见复关，泣涕涟涟[10]。既见复关，载笑载言[11]。尔卜尔筮[12]，体无咎言[13]。以尔车来，以我贿迁[14]。

桑之未落，其叶沃若[15]。于嗟鸠兮[16]，无食桑葚；于嗟女兮，无与士耽[17]。士之耽兮，犹可说也[18]；女之耽兮，不可说也。

桑之落矣，其黄而陨[19]。自我徂尔[20]，三岁食贫[21]。淇水汤汤[22]，渐车帷裳[23]。女也不爽[24]，士贰其行[25]。士也罔极[26]，二三其德[27]。

三岁为妇，靡室劳矣[28]；夙兴夜寐[29]，靡有朝矣。言既遂矣[30]，至于暴矣。兄弟不知[31]，咥其笑矣[32]。静言思之，躬自悼矣[33]。

及尔偕老，老使我怨。淇则有岸，隰则有泮[34]。总角之宴[35]，言笑晏晏[36]。信誓旦旦[37]，不思其反[38]。反是不思，亦已焉哉[39]！

[1] 氓：民，男子。蚩蚩：憨厚老实的样子。一说无知貌，一说戏笑貌。

[2] 布：一说刀币，古代的货币。一说布匹。

[3] 即：接近。谋：商量。

[4] 淇：淇水，卫国的河名。在今河南省淇县。

[5] 顿丘（古读 qī）：地名。

[6] 愆（qiān）：过，误。愆期：延误婚期。

[7] 将（qiāng）：愿，请。

[8] 乘：登上。垝垣（guǐ yuán）：破颓的墙。

[9] 复关：诗中男子的所居之地。一说返回要经过的关门。

[10] 涟涟：流泪的样子。

[11] 载：语助词，一边，又。

[12] 卜：用龟甲卜吉凶。筮（shì）：用蓍（shī）草占吉凶。

[13] 体：卜卦之体。咎言：凶，不吉之言。

[14] 贿：财物，嫁妆。

[15] 沃若：像水浸润过一样有光泽。

[16] 于嗟（xū jiē）：吁嗟，叹息。鸠：斑鸠。传说斑鸠吃桑葚过多会醉。

[17] 耽（dān）：迷恋，沉湎。

[18] 说（tuō）：音义均与"脱"通。

[19] 陨：坠落。

[20] 徂（cú）尔：往你家，嫁与你。

[21] 食贫：过贫苦生活。

[22] 汤汤（shāng）：水势盛大貌。

[23] 渐（jiān）：沾湿。帷裳：车厢两旁的帘幕。

[24] 爽：差错。

[25] 贰其行：行为与誓言不一致。

[26] 罔极：没有准则，行为多变。

[27] 二三其德：三心二意。

[28] 靡：无。室劳：家务劳动。

[29] 夙兴夜寐：起早睡晚。

[30] 言：语助词，无义。遂：遂愿。

[31] 知：明白，明智。

[32] 咥（xì）：讥笑貌。

[33] 躬自悼矣：自己伤悼自己。

[34] 隰（xí）：水名，即漯河。泮（pàn）：通"畔"，岸，水边。

[35] 总角：古时儿童两边梳辫，如双角。指童年。

[36] 晏晏：和悦貌。

[37] 旦旦：明朗貌。

[38] 不思其反：没想到他违反了当初的誓言。反，违反。

[39] 亦已焉哉：也就算了吧。

**点评：**本诗以赋法为主，叙述一女子与她所爱之人相识、相恋、定情、成亲、受虐及被弃的经历遭遇。

## ■ 解读鉴赏

本章选文均选自上海古籍出版社朱熹集注《诗集传》。

《诗经》是我国最早的一部诗歌总集，收入了从公元前 11 世纪到公元前 6 世纪约五百多年间的三百零五篇诗歌。这些诗歌分为"风、雅、颂"三个部分。"风"是国风，基本上都是各地的民间歌谣；"雅"分大雅和小雅，其中除了民间歌谣之外，还有贵族的作品；"颂"是用于宗庙祭祀的乐歌，其中有一部分是史诗。在先秦古籍中，这些古诗被称为"诗"或"诗三百"。但由于孔子曾整理过这些诗并用来传授弟子，所以后来就被尊为儒家的"五经"之一，称为《诗经》。"赋、比、兴"是《诗经》中的三种基本表现方法。在《毛诗·大序》中，它们与"风、雅、颂"并列，被称为诗之"六义"。但"赋、比、兴"具体应该怎样解释？历代学者众说纷纭。郑玄《周礼·春官注》说："赋之言铺，直铺陈今之政教善恶；比，见今之失不敢斥言，取比类以言之；兴，见今之美嫌于媚谀，取善事以喻劝之。"钟嵘《诗品·序》说：

"文已尽而意有余，兴也；因物喻志，比也；直书其事，寓言写物，赋也。"朱熹《诗集传》说，"赋者，敷陈其事而直言之者也"；"比者，以彼物比此物也"；"兴者，先言他物以引起所咏之词也"。如果我们不用旧日经学家牵附政教的说法，只从"赋、比、兴"这三个字最简单最基本的意义来解释，则比较一致的意见是："赋"有铺陈之意，是把所欲叙写的事物加以直接叙述的一种表达方法；"比"有拟喻之意，是把所欲叙写之事物借比为另一事物来加以叙述的一种表达方法；"兴"有感发兴起之意，是因某一事物之触发而引出所欲叙写之事物的一种表达方法。那么我们把这三种表达方法总结一下就会发现，它们实际上都表明了诗歌中情意与形象之间互相引发、互相结合的几种最基本的关系和作用。所以，"赋、比、兴"是中国最古老的诗论，是古人对诗歌中的感发作用及其性质的一种最早的认识。这种诗论与西方分类细密的诗论功夫不同，然而却各有千秋。

现在我们就来结合《诗经》中的几首诗，对这三种古典诗歌中最基本的表达方法分别做一探讨，首先我们看《周南·关雎》。

"雎鸠"，是一种水鸟，一般总是成双作对出没的。"关关"是雎鸠的叫声。在河水边的沙洲上，有一对雎鸠在嬉戏，这个叫几声，那个叫几声，好像在那里谈话一样。诗人听到它们的叫声，又看到了它们那种亲密快乐的样子，就引起了内心的感发，联想到鸟都有如此美好的伴侣，人不是也应该有一个美好的伴侣吗？"窈窕"，有很多人认为就是"苗条"的意思，其实不对。你看这"窈窕"两个字都是"穴"字头，而"穴"字头的字，一般都带有一种幽深的意味。就是说，那女子不只是外表美丽，更重要的还在于内心藏有美好的品德修养。"逑"，是配偶的意思。诗人认为，只有这样的女子，才是君子的好配偶。

诗人，必须能够用文字和技巧把自己内心的感发表达出来。如果你只是说"我现在内心很感动"或者"我现在内心十二万分感动"，那并不是诗，因为它不能够使别人了解你内心的感动，从而也就不能感动别人。那么，怎样才能使别人了解，进而感动别人呢？现在这首诗的作者就采取了一种方法：把他内心活动的动态过程摆到读者面前。

作者先是听到了鸟叫的声音，见到沙洲上鸟的形象，由此而产生了欲寻配偶的联想，这就是内心活动的一种动态过程。现在我们不妨注意一下：这首诗的叙写过程是先有了形象，然后才引起了内心的情意。从"心"与"物"的关系来看，"兴"的表现方法是由"物"及"心"的。也就是说，是先有了"关关雎鸠，在河之洲"的外物的形象的触发，才由此产生了"窈窕淑女，君子好逑"的内心的情意。这首诗一共有三章，后边两章则是看到水里漂流的荇菜从而引起了对那女子的追求与思念，以及求得之后的亲近与美满。那同样是先有了外物的形象，然后才产生内心的情意。

再举《诗经·小雅·苕之华》的一个"兴"的例子。此诗前两章也是由外物起兴的：

苕之华，芸其黄矣。心之忧矣，维其伤矣。
苕之华，其叶青青。知我如此，不如无生。

"苕"是一种蔓生植物，又叫"凌霄"，开紫红色的花朵，到秋天花将落的时候就完全变成了黄色。而"芸其黄矣"正是描写它将落时的样子。花的这种憔悴暗淡的样子，实在比狂风吹落满地残红更加令人看了难受。因为古人有诗说："美人自古如名将，不许人间见白头。"花也是一样：被狂风吹落只会令人产生对一个美好生命突然夭折的惋惜之情；而枯萎在枝头则使人清清楚楚地意识到一切生命都会由盛而衰、由衰而灭这样一种残酷的事实。所以，看到变黄了的苕花，早已深感人生悲苦无常的诗人就不觉发出了"心之忧矣，维其伤矣"的沉重叹息。这同样是"见物起兴"。

诗人由苕花的憔悴而起兴，引发出对人生悲伤的感慨，这二者之间的因果关系并不难理解。然而在"兴"的作品中，"心"与"物"之间形成联系的因果关系并不都这么简单，有时候是很难用道理解释清楚的。《苕之华》的第二章就是一个例子。"苕之华，其叶青青"是说苕花的叶子长得十分茂盛。但面对这茂盛的绿叶，诗人何以会发出"知我如此，不如无生"的哀叹？这确实有些费解。于是《毛传》就推想：那是因为花落了，只剩下青青的叶子，所以引起了诗人为花的消失而悲伤；而朱熹的《诗集传》则推想：那是因为叶子眼前虽然茂盛，但不久也将凋零，所以引起了诗人为绿叶不能长青而悲伤。但是，"心"与"物"之间的感应本是极微妙朦胧的，虽然这种作用之中必然有某种感性的关联，但并非每一种感性的关联都可以做理性的解说。它们之间有的是情意的相通，有的是声音的相应，有的是正反的相衬，有的恐怕连作者自己都未必能说出其中道理。就以这种因绿色所产生的悲哀而言，我们还可以举出李商隐诗《蝉》的"一树碧无情"、韦庄词《谒金门》的"断肠芳草碧"等不少例子。那些触发完全属于一种无意中的感情的直觉，丝毫没有理性的思索、比较存于其间。因此，对于这种种关联我们能够从感性上有所体会就够了，并非要给它们找出一个理性的说明。这就是"兴"的表现方法在感发性质上的特点：它全凭直觉的触引，并不一定有理性的思索安排。

下面看《魏风·硕鼠》这首诗在内心情意和外物形象的关系上就明显地不同于《关雎》了。表面上看，《硕鼠》同《关雎》一样，也是在诗的开端就写出了一个物的形象，但接下去就与《关雎》不同了。诗人说：大老鼠呀大老鼠，你今后别想再吃我的粮食！我侍奉了你这么多年，你却一点儿也不顾及我，现在我要离开你去找一个能够安居乐业的地方！——这真的是在写一只老鼠吗？显然不是。诗人用的是"比"的表现方法，他心中恨那些一味剥削重敛不顾百姓死活的家伙们，但是却不直说，而用"硕鼠"这个形象来打比方。老鼠是一种令人生厌的东西，它最大的特点就是贪婪地把粮食搬到自己的洞里。用这个形象来比喻剥削重敛者再恰当不过了，读者一看就能明白。这首诗后两章基本上是第一章的重复，这种形式在《国风》中很普遍，因为《国风》是各地民谣，重叠的形式适合反复吟唱。

这首诗在感发的层次上是由"心"及"物"的。也就是说，作者心中先已存有某种情意，然后寻找一个外物来做比喻，写出心中那种情意。这是"比"的方法。在这种表现方法中，理性思索安排的分量显然更重一些。而在"兴"的方法中，直觉感发的分量则更重一些。这是"比"与"兴"在性质上的不同。

"比"与"兴"的相同之处则在于它们都需要借助外物的形象来表达内心的情意，而这一点，与"赋"的方法又有明显的不同。所以下面要看一篇用"赋"的方法来写的作品。

《郑风·将仲子》是一个女子对她所爱男子的叮咛告诫之辞。她并没有假借什么外物的形象，而是把内心的所思、所想、所感直接表达出来了。这就是"赋"的表现方法。提到"赋"，有一点需要加以说明：也许有人会以为，"赋"既然是对情事的直接叙述，就必然缺少像"比"和"兴"那种以形象来感动人的力量和艺术性。这种看法是片面的。因为在我们中国的传统中，所谓"形象"的"象"并不仅仅局限于目之所见的具体外物。在儒家经典《周易》中，一些听觉的感受、历史的典故、假想的喻象都属于"象"。这首《将仲子》中的"象"就都是"事象"而不是"物象"，但它同样传达了一份真纯的感情，能给读者留下鲜明的印象。

首句"将仲子兮"不过是这个女子对她所爱男子的一声称呼，但仅仅四个字就用了"将"和"兮"两个虚字来表示女子柔婉的口吻，这已经开始传达出一种感发。这个女子说："仲子啊，你不要跳过我住处的里门，也不要折断了我种的杞树。"在这里，尽管这女孩子说话的口气很委婉，但其内容毕竟是连续的两个拒绝和否定。这不是会伤了对方的心吗？于是她接着就来挽回了："我哪里是舍不得那些东西啊，我爱的当然是你！可是我怕被我的父母知道。"这是在肯定之后又一个委婉的拒绝和否定。可接着她又说："你当然是我所怀念的，可父母的责备我也是害怕的呀！"又一个肯定，然后接一个否定。你看她叙述的口气，一下子推出去，一下子拉回来；一下子又推出去，一下子又拉回来。就在这翻来覆去的口气之中，女孩子内心那种既盼望又矛盾的复杂感情已经生动地表现出来了。

第二章和第三章的内容和口气基本上与第一章是一样的，只是把"畏我父母"换成了"畏我诸兄"和"畏人之多言"。这种形式和《硕鼠》一样属于重章叠句，连章复沓，以便于反复吟唱。现在我们可以看出，"赋"实在也是诗歌中一种很有用的表现方法。它并不需要借助草木鸟兽之类的外物，直接就能传达出内心的感发。在感发的层次上，

"赋"是即物即心的，也就是说，它所写出的形象本身就是作者内心中的情意。

《秦风·蒹葭》被认为是《诗经》中最为朦胧多义的上乘之作，它的艺术魅力就是凭借着"兴"的手法来传达的。《中国诗史》说："它的意义究竟是招隐或是怀春，我们不能断定，我们只觉读了百遍还不厌。"此说极是。这样一首耐人寻味的好诗，强要固定其义，确实会减少其魅力。诗中的"所谓伊人"应是诗人理想中最亲近的并热烈追求的对象。诗篇表达了那种可望而不可即的渴望与惆怅，创构出一派与之相协调的凄凉萧飒的气氛。郝志达在《国风诗旨》中说："只前两句便写得秋光满目，抵一篇悲秋赋。真乃《国风》第一篇缥缈文字。极缠绵，极惝恍。纯是情，不是景；纯是窈远，不是悲壮。在悲秋怀人之外可思不可言；萧疏旷远，情趣绝佳。至于这首公认的情诗究竟是写男女之情，还是写怀人思贤之情，只有仁者见仁，智者见智为好。"

事实上，一首好诗的标准不在于它里面有多少道德伦理、政治教化的暗示和托喻，而在于它能否传达出，或能够传达出多少使人兴发感动的力量，能否激荡起你心灵、品格精神上的一种向上、向高、向远、向善、向美的追求向往之情。王国维的《人间词话》曾赞美《蒹葭》一诗"最得风人深致"。所谓"风人"就是诗人，是能够以诗来打动你的人。"风"在中国文学里常代表一种感发的力量，自然界的风可以吹动你的鬓发，撩动你的衣衫，而文学作品中的"风"则可以触动你的心灵，鼓动你的精神与情绪，因此中国文学理论中常讲"风骨"、"风格"、"风韵"、"风神"等。王国维说的"风人深致"就是说此诗最具有兴发感动的诗意与魅力。它表现为一方面作为起兴之物的"蒹葭"的意象是很具感发之诗意的——你看清晨那一湖秋水，无边无际的芦花与天水相连，苍苍茫茫浑然一体，朦胧、缥缈、悠远而又迷人。清晨的露水因气候寒冷而凝为白霜，远远看去一派如雾、如烟、如梦、如幻的凄迷景象，这种空旷、茫然、清凉、凄迷的时空最易于触发起人们的追寻向往，所以诗人自然就怀念起心中思念已久的理想的偶像"伊人"来。另一方面，一连三章的"溯洄从之"、"溯游从之"的复沓也极大地强化了此诗的感染力，这周而复始、循环往复的口吻中所传达出的有求之不得的焦虑与感伤，有弃之难舍的追慕与渴望，有执著无悔的不尽期待，有怅然若失的犹豫与彷徨，这就是王国维所谓"最得风人深致"的地方。更重要的是它感动你，使你产生兴趣的不止是对"伊人"为谁、是男是女、是真有还是本无的关注，而是它激活了你心中那一份对于高、远、大，真、善、美之理想境界向往追寻的情怀，而这种能使你超脱诗歌表面之情事而引起的一生二、二生三、三生无穷的联想，就正是具有"兴"发感动作用的"诗意"和"风人深致"。

以上所举的几首"赋、比、兴"的诗例，都是比较典型的，其形象与情意的关系比较单纯。但就整个《诗经》中的大部分作品来说，"赋、比、兴"的区分却并非如此简单。许多作品不止用一种手法，甚至前人有"兴而比"、"比而兴"的模棱两可的说法。这就需要我们参照前文所述之形象与情意的关系特征去慢慢体会。另外，当我们评论诗作的时候，往往说其中某一句是"比"，某一句是"兴"，某一句是"赋"。在这个时候，我们所用的"赋、比、兴"的含义和诗"六义"的"赋、比、兴"的含义，在侧重点上是不同的。前者的重点在于分析表达情意的技巧，而后者则除了技巧之外，更着重于对作者情意感发的由来和性质做出一种区分。因为作者情意的感发需要传达给读者，使读者也产生感发，所以作者用什么方式带领读者进入他的感发之中就是很重要的。正由于这个原因，诗"六义"的"赋、比、兴"特别注重在开端时感发的由来。这与在一首诗的中间偶然使用一些"赋、比、兴"的技巧手法是不同的。比如《卫风·硕人》，虽然一连用了"手如柔荑"、"肤如凝脂"等许多比喻，但从它的开端和它感发的基本性质来说，却不属于"比"而属于"赋"。再如《豳风·鸱鸮》，从表面看是用"赋"的叙述手法，其实却是属于"比"的作品。为了避免在观念上引起混淆，后来人们就把诗"六义"中的"赋、比、兴"的名目加上一个"体"字，分别称为"赋体"、"比体"和"兴体"，以此来表示它们与诗篇中随意使用的"赋、比、兴"的技巧有所不同。

对比中西诗论，我们不可不注意："兴"的方法实在是中国传统文学理论中所特有的。中国的诗重视自然感发，西方的诗重视人工安排。

西方的诗论中有很丰富的术语，如"明喻"、"暗喻"、"象征"、"拟人"、"举隅"、"寓托"等。但若就感发的性质而言，它们其实都是先有了内心的情意，然后才选用其中一种技巧或模式来完成形象表达的，如果以之与中国诗论中的"赋、比、兴"对比，则全都相当于"由心及物"的"比"的范畴。事实上，在英文里我们根本就找不出一个字相当于中国诗歌理论中的"兴"字。当然，这不是说西方诗歌创作中没有"兴"的表现手法，而是说他们在理论上显然并不重视这种手法。而在中国，春秋时代的孔子就提出了"诗可以兴"。这是很值得注意的一个问题。另外英文中的"叙述"并不等于我们诗"六义"中的"赋"。英文中的"叙述"指的是与"议论"、"描写"、"说明"并列的一种写作方法，一般多指散文而言。诗"六义"的"赋"虽然也是直接陈述，但却是特指诗歌中的一种足以引起感发作用的传达方式。这种情形说明，西方的诗歌批评所重视的是对意象的模式如何安排制作的技巧，因此却反而忽略了诗歌中感发的本质。这种理论对西方诗歌而言也许并不失为一条正确的途径，因为他们的诗歌本身就注重这些技巧，并通过这些技巧显示出它们的价值和意义。可是对中国古典诗歌而言，如果只注意对外表模式的区分而忽略了感发的本质，则不免会有缘木求鱼之嫌，或买椟还珠之憾了。因为，如果把文学比作一幢建筑物，西方的批评体系之体大思精，便如同一座建筑物所具有的宏伟漂亮的架构；而中国重视感发作用的诗论，就如同一座建筑物所最需重视的深奠的根基。二者的功夫不同，却是可以互相结合而加以发扬光大的。而这也正是今天的中国诗论所应当追求的一条理想的途径。

■ **阅读思考**

1. 简述《诗经》中"赋、比、兴"手法的艺术特征，并分析它们的特点。说明它们在每一作品中的具体体现和应用。

2. 你如何看待《蒹葭》诗中的"诗意"与"风人深致"。

上编

# 第二章

# 2 亦余心之所善兮
# 虽九死其犹未悔

——以《离骚》为例谈屈原对后世诗歌
的影响

# 屈　原

屈原（约前 340—前 278），名平，字原，战国楚人。曾任楚怀王左徒，因谗被疏，后被放逐，曾流浪沅湘流域，秦兵破郢后自沉汨罗江而死。其作品保存在刘向辑集的《楚辞》中。本章选文均选自上海古籍出版社朱熹《楚辞集注》。

## 离骚[1]（节选）

帝高阳之苗裔兮[2]，朕皇考曰伯庸[3]。摄提贞于孟陬兮[4]，惟庚寅吾以降[5]。皇览揆余于初度兮[6]，肇锡余以嘉名[7]。名余曰正则兮，字余曰灵均[8]。纷吾既有此内美兮[9]，又重之以修能[10]。扈江离与辟芷兮[11]，纫秋兰以为佩[12]。汩余若将不及兮[13]，恐年岁之不吾与[14]。朝搴阰之木兰兮[15]，夕揽洲之宿莽[16]。日月忽其不淹兮[17]，春与秋其代序[18]。惟草木之零落兮[19]，恐美人之迟暮[20]。不抚壮而弃秽兮[21]，何不改乎此度[22]？乘骐骥以驰骋兮[23]，来吾道夫先路[24]。

[1]《离骚》是屈原的代表作。离骚：遭遇忧患。离，通"罹"。骚，忧。一说为离别之忧愁。

[2] 高阳：颛顼的别号，楚的祖先。苗裔：子孙后代。

[3] 朕：我。先秦之人不论上下皆可称朕。皇考：对亡父的尊称。

[4] 摄提：摄提格的简称，寅年的别名。贞：正，当。孟陬（zōu）：正月。孟，始。夏历的正月是寅月，屈原生于寅年寅月。

[5] 庚寅：谓庚寅日。降：降生。

[6] 皇：指皇考。览：观察。揆：测度。初度：初生之时。

[7] 肇：始。锡：通"赐"。嘉名：美好的名字。

[8] 正则：有"平"的意思。灵均：有"原"的意思。屈原名平，字原。

[9] 纷：盛貌。内美：内在的美好品质。

[10] 重：加上。修能：长才，指办事的能力。

[11] 扈：披，楚地方言。江离、辟芷：皆芳草名。

[12] 纫：结，指把香草续结起来。佩：佩饰。

[13] 汩（yù）：水流迅疾貌。

[14] 不吾与：不等待我。与，待。

[15] 搴（qiān）：拔取。阰（pí）：大土坡。木兰：香木名。

[16] 揽：采。宿莽：经冬不死的草。

[17] 忽：迅速貌。淹：久留。

[18] 代序：代谢。

[19] 惟：念。零落：凋谢。

[20] 美人：自喻。亦有以为喻楚怀王者。迟暮：年老。

[21] 抚壮：凭借壮盛之年。弃秽：弃去秽恶之行。

[22] 度：态度。

[23] 骐骥：良马。

[24] 道：导。先路：前驱。

昔三后之纯粹兮[1]，固众芳之所在[2]。杂申椒与菌桂兮[3]，岂维纫夫蕙茝[4]。彼尧舜之耿介兮[5]，既遵道而得路[6]。何桀纣之猖披兮[7]，夫唯捷径以窘步[8]。惟夫党人之偷乐兮[9]，路幽昧以险隘[10]。岂余身之惮殃兮[11]，恐皇舆之败绩[12]。忽奔走以先后兮[13]，及前王之踵武[14]。荃不察余之中情兮[15]，反信谗而齌怒[16]。余固知謇謇之为患兮[17]，忍而不能舍也[18]。指九天以为正兮[19]，夫唯灵修之故也[20]。曰黄昏以为期兮，羌中道而改路[21]。初既与余成言兮，后悔遁而有他[22]。余既不难夫离别兮[23]，伤灵修之数化[24]。余既滋兰之九畹兮[25]，又树蕙之百亩[26]。畦留夷与揭车兮[27]，杂杜衡与芳芷[28]。冀枝叶之峻茂兮[29]，愿俟时乎吾将刈[30]。虽萎绝其亦何伤兮[31]，哀众芳之芜秽[32]。

[1] 三后：指禹、汤、文王。一说指楚国先君熊绎、若敖、蚡冒。纯粹：谓德行精纯完美。

[2] 众芳：喻众多有才能的人。在：聚集。

[3] 申椒：申地所产之椒。椒，即花椒。菌桂：香木名，桂的一种，即肉桂。

[4] 岂维：通"岂惟"。难道只是，何止。蕙茝（zhǐ）：两种香草。茝，通"芷"。

[5] 尧舜：唐尧和虞舜，古史传说中的圣明君主。耿：光明。介：正直。

[6] 遵：循。道：正途。路：大道。此谓遵循着治国的正途行事，自然会走上平坦的康庄大路。

[7] 桀纣：夏桀和商纣，相传都是暴君。猖披：衣不系带，散乱不整貌，谓狂

妄偏邪。

[8] 捷径：斜出的小路。窘步：谓困窘难行。此喻治国不按正途行事，遂至寸步难行。

[9] 党人：结党营私的小人。偷乐：苟安享乐。偷，苟且。

[10] 幽昧：昏暗不明。险隘：危险狭隘。

[11] 惮殃：畏惧灾祸。

[12] 皇舆：君王的车，喻国家。败绩：指事业的败坏、失利。

[13] 忽：快速的样子。奔走以先后：谓在君王身边效力。

[14] 及：赶上。前王：指三后。踵武：足迹。

[15] 荃（quán）：香草，喻楚怀王。不察：不明察。中情：内情，本心。

[16] 信谗：听信谗言。齌（jì）怒：疾怒，暴怒。齌，炊火猛烈。

[17] 謇（jiǎn）謇：忠贞貌，直言貌。

[18] 忍：谓忍受这种祸患。舍：中止。

[19] 九天：谓天之中央与八方。正：通"证"，指天誓日之意。

[20] 灵修：指楚怀王。

[21] 羌：楚辞所特有的语气词。中道：中途。洪兴祖《楚辞补注》认为这两句是衍文应删去。

[22] 成言：定约，成议。悔遁：谓翻悔而改变主意。有他（tuō）：有了另外的打算。

[23] 不难：不怕。离别：谓被楚王疏远而离去。

[24] 数（shuò）化：谓屡次改变主意。化，变化。

[25] 滋兰：栽种兰花。畹（wǎn）：十二亩为一畹。

[26] 树蕙：种植蕙草。

[27] 畦：分畦种植。留夷：香草名，或谓即芍药。揭车：香草名，一名乞舆。

[28] 杜衡：香草名，似葵而香，俗云马蹄香。芳芷：香草名。

[29] 冀：希望。峻茂：高大茂盛。

[30] 俟时：谓待其长成之时。刈：收割。

[31] 萎绝：枯萎凋落。

[32] 芜秽：荒芜。谓田地不整治而杂草丛生。

长太息以掩涕兮[1]，哀民生之多艰[2]。余虽好修姱以鞿羁兮[3]，謇朝谇而夕替[4]。既替余以蕙纕兮[5]，又申之以揽茝[6]。亦余心之所善兮[7]，虽九死其犹未悔[8]！怨灵修之浩荡兮[9]，终不察夫民心[10]。众女嫉余之蛾眉兮[11]，谣诼谓余以善淫[12]。固时俗之工巧兮[13]，偭规矩而改错[14]。背绳墨以追曲兮[15]，竟周容以为度[16]。忳郁邑余侘傺兮[17]，吾独穷困乎此时也[18]。宁溘死以流亡兮[19]，余不忍为此态也[20]。

[1] 太息：叹气。掩涕：谓拭泪。

[2] 民生：人生。民，人。

[3] 修姱（kuā）：美好。靰（jī）羁：马缰绳和马络头。比喻束缚。

[4] 謇：句首语气词。朝谇（suì）：早晨进谏。谇，谏。夕替：晚上就被废弃。替，废。

[5] 蕙纕（xiāng）：以蕙草做佩带。纕，佩用的丝带。

[6] 申之：加上。揽茝：采摘香草。

[7] 善：爱好。

[8] 九死：死多次。

[9] 浩荡：放荡自恣，不深思熟虑的样子。

[10] 民心：人心。指屈原自己的用心。

[11] 众女：喻群小。蛾眉：细长弯曲如蚕蛾之眉的眉毛，形容貌美。

[12] 谣诼（zhuó）：造谣诬蔑。诼，中伤的话。

[13] 固：本来。时俗：世俗，流俗。工巧：善于取巧。

[14] 偭（miǎn）规矩：背弃法度。偭，违背。规矩，此指法度。改错：改变安排。错，通“措”，措施。

[15] 背：违反。绳墨：木匠取直的工具。此喻正道。追曲：追求邪曲。

[16] 竞：争。周容：苟合取容。度：法则。

[17] 忳（tún）：忧貌。郁邑：忧貌。“忳”与“郁邑”是偏正的关系。侘傺（chà chì）：失意而精神恍惚的样子。

[18] 穷困：犹言走投无路。穷，阻塞不通。

[19] 宁：宁愿。溘（kè）死：忽然而死。溘，忽然，疾促。流亡：谓被放逐而亡。

[20] 此态：指群小谗佞之态。

悔相道之不察兮[1]，延伫乎吾将反[2]。回朕车以复路兮[3]，及行迷之未远[4]。步余马于兰皋兮[5]，驰椒丘且焉止息[6]。进不入以离尤兮[7]，退将复修吾初服[8]。制芰荷以为衣兮[9]，集芙蓉以为裳[10]。不吾知其亦已兮[11]，苟余情其信芳[12]。高余冠之岌岌兮[13]，长余佩之陆离[14]。芳与泽其杂糅兮[15]，唯昭质其犹未亏[16]。忽反顾以游目兮[17]，将往观乎四荒[18]。佩缤纷其繁饰兮[19]，芳菲菲其弥章[20]。民生各有所乐兮[21]，余独好修以为常[22]。虽体解吾犹未变兮[23]，岂余心之可惩[24]。

[1] 相道：探视道路。不察：没有察看清楚。

[2] 延伫：久立。反：通"返"。

[3] 回：转过来。复路：回到旧路上去。

[4] 及：趁着。行迷：迷路。

[5] 步：徐行。兰皋（gāo）：生有兰草的水旁陆地。

[6] 椒丘：有椒树的山丘。且：暂且。焉：在那里。止息：休息。

[7] 进不入：进身于君前而不被接纳。进，指进仕。离尤：获罪。离，通"罹"。

[8] 退：指退隐。初服：未入仕时的服装，与"朝服"相对。

[9] 芰（jì）荷：指菱与荷。衣：古时上曰衣，下曰裳。

[10] 芙蓉：荷花。

[11] 不吾知：不了解我。亦已：也就算了。

[12] 苟：只要。信芳：确实芳洁。

[13] 岌（jí）岌：高貌。

[14] 陆离：长貌。

[15] 芳与泽：芳香与腐臭。杂糅：混杂。

[16] 昭质：光明纯洁的品质。未亏：没有亏损。

[17] 反顾：回顾。游目：放眼观看。

[18] 四荒：四方荒远之地。

[19] 缤纷：盛多。繁饰：众多的饰物。

[20] 菲菲：香气很盛。弥章：更加显著。

[21] 民生：人生。乐：喜好。

[22] 好修：喜好修洁。

[23] 体解：肢解，古代一种酷刑。

[24] 惩：谓受创而知戒。

　　跪敷衽以陈辞兮[1]，耿吾既得此中正[2]。驷玉虬以乘鹥兮[3]，溘埃风余上征[4]。朝发轫于苍梧兮[5]，夕余至乎县圃[6]。欲少留此灵琐兮[7]，日忽忽其将暮[8]。吾令羲和弭节兮[9]，望崦嵫而勿迫[10]。路曼曼其修远兮[11]，吾将上下而求索[12]。饮余马于咸池兮[13]，总余辔乎扶桑[14]。折若木以拂日兮[15]，聊逍遥以相羊[16]。前望舒使先驱兮[17]，后飞廉使奔属[18]。鸾皇为余先戒兮[19]，雷师告余以未具[20]。吾令凤鸟飞腾兮，继之以日夜。飘风屯其相离兮[21]，帅云霓而来御[22]。纷总总其离合兮[23]，斑陆离其上下[24]。吾令帝阍开关兮[25]，倚阊阖而望余[26]。时暧暧其将罢兮[27]，结幽兰而延伫[28]。世溷浊而不分兮[29]，好蔽美而嫉妒[30]。

[1] 敷衽：铺开衣服的前襟。陈辞：发表言论，诉说。

[2] 耿：光明。中正：指正道。

[3] 驷：驾驭，乘。玉虬：传说中的虬龙。鹥（yī）：传说中的鸟名，凤凰之属。

[4] 溘：忽然。埃风：有尘埃的大风。上征：上升。

[5] 发轫：动身启程。轫，刹住车轮的横木，车将行时必须撤轫。苍梧：舜所葬之地，即九嶷山。

[6] 县（xuán）圃：传说中神仙居处，在昆仑山顶。

[7] 灵琐：神人所居的宫门。琐，门窗上所刻的连环形花纹，此处指代门。

[8] 忽忽：倏忽，急速貌。

[9] 羲和：神话中给太阳驾车的神。弭（mǐ）节：停车。弭，止息。节，车行的节度。

[10] 崦嵫（yān zī）：神话中太阳落山的地方。迫：近。

[11] 曼曼：通"漫漫"，长貌。修远：长远，辽远，多指道路。

[12] 求索：寻找，搜寻。

[13] 咸池：神话中水名，相传是太阳洗浴的地方。

[14] 总：系，结。余辔：我的马缰绳。扶桑：神话中的树名，传说日出于扶桑之下，拂其树梢而升，因谓为日出处。

[15] 若木：神话中树名。一说扶桑。

[16] 聊：姑且，暂且。逍遥：徜徉。相羊：徘徊，盘桓。

[17] 望舒：神话中为月驾车的神。先驱：前行开路。

[18] 飞廉：风神。奔属（zhǔ）：追随，跟随。

[19] 鸾皇：亦作"鸾凰"，鸾与凤，皆瑞鸟名。先戒：开路警戒。

[20] 雷师：雷神。名丰隆。未具：谓行装尚未具备妥当。

[21] 飘风：方向无定的风，即旋风。屯：结聚。相离（lì）：相附着。离，通"丽"，附着，依附。

[22] 帅：率领。御（yà）：迎接。

[23] 纷：盛多貌。总总：聚集貌。离合：忽离忽合。

[24] 斑：乱貌。陆离：分散貌。上下：忽高忽低。

[25] 帝阍：替天帝守门者。关：门闩。

［26］闾阖（chāng hé）：传说中的天门。

［27］时暧（ài）暧：谓天色已晚。暧暧，昏昧不明貌。罢（pí）：疲乏。

［28］结幽兰：即"纫秋兰以为佩"意。延伫：久立，久留。

［29］溷（hùn）浊：混乱污浊。不分：谓不分美恶。

［30］蔽美：掩盖他人的美德、长处。蔽，覆盖，遮挡。

朝吾将济于白水兮[1]，登阆风而绁马[2]。忽反顾以流涕兮，哀高丘之无女[3]。溘吾游此春宫兮[4]，折琼枝以继佩[5]。及荣华之未落兮[6]，相下女之可诒[7]。吾令丰隆乘云兮[8]，求宓妃之所在[9]。解佩纕以结言兮[10]，吾令蹇修以为理[11]。纷总总其离合兮，忽纬𬘓其难迁[12]。夕归次于穷石兮[13]，朝濯发乎洧盘[14]。保厥美以骄傲兮[15]，日康娱以淫游[16]。虽信美而无礼兮[17]，来违弃而改求[18]。览相观于四极兮[19]，周流乎天余乃下[20]。望瑶台之偃蹇兮[21]，见有娀之佚女[22]。吾令鸩为媒兮[23]，鸩告余以不好。雄鸠之鸣逝兮[24]，余犹恶其佻巧[25]。心犹豫而狐疑兮[26]，欲自适而不可[27]。凤皇既受诒兮[28]，恐高辛之先我[29]。欲远集而无所止兮[30]，聊浮游以逍遥[31]。及少康之未家兮[32]，留有虞之二姚[33]。理弱而媒拙兮[34]，恐导言之不固[35]。世溷浊而嫉贤兮，好蔽美而称恶。闺中既以邃远兮[36]，哲王又不寤[37]。怀朕情而不发兮[38]，余焉能忍与此终古[39]。

［1］济：渡河。白水：神话传说中源出昆仑山的一条河名。

［2］阆（làng）风：神话传说中的山名，在昆仑山上。绁（xiè）：拴系。

［3］高丘：山名。女：谓神女。

［4］溘：忽然，疾促。春宫：传说东方青帝所居的宫殿。

［5］琼枝：玉树的枝。继佩：加添在自己的佩饰上。

［6］荣华：本指草木繁盛开花，此喻美好的容颜或年华。

［7］相：看，谓物色。下女：谓人间女子。诒（yí）：赠送。

［8］丰隆：雷神。

［9］宓（fú）妃：相传为伏羲氏之女，溺死于洛水，遂为洛水之神。所在：所在之处。

［10］佩纕：指佩戴的饰物。纕，佩用的丝带。结言：谓订下盟约。

［11］蹇（jiǎn）修：传说中伏羲氏之臣，古贤者。一说谓以钟磬声乐为媒使。为理：做媒人。

［12］纬𬘓（huà）：乖戾，固执。难迁：谓其意难迁。

[13] 次：止宿。穷石：山名。一说古地名，为后羿所居。

[14] 濯发：洗头发。洧（wěi）盘：神话中水名，发源于崦嵫山。

[15] 保厥美：谓自恃她的美貌。骄傲：谓自负而轻视他人。

[16] 康娱：逸乐，安乐。淫游：荒淫游乐。

[17] 信美：确实美貌。无礼：不循礼法，没有礼貌。

[18] 违弃：离弃，丢弃。改求：另寻他人。

[19] 览相观：三字皆看意，同义而叠用，有再三寻求、审视之意。四极：四方极远之处。

[20] 周流：遍行。

[21] 瑶台：美玉所造之台。偃蹇：高貌。

[22] 有娀（sōng）：古国名，故址在今山西省永济县。佚女：美女。传说有娀氏之女简狄嫁给帝喾，吞玄鸟卵而生商代先祖先契。

[23] 鸩（zhèn）：传说中的毒鸟，以羽浸酒，饮之立死。

[24] 雄鸠：一种善鸣的鸟。鸣逝：谓载飞载鸣以往。

[25] 佻（tiāo）巧：轻薄巧诈，谓其多嘴不可信任。

[26] 犹豫：迟疑不决。狐疑：猜疑。

[27] 自适：亲自前往。不可：谓于礼不可。

[28] 凤皇：此指玄鸟。受诒：谓玄鸟已受帝喾之赠礼以致之简狄。

[29] 高辛：即帝喾。先我：谓先于我而得之。

[30] 远集：犹远去。无所止：谓无栖止之地。

[31] 聊：姑且。浮游：漫游。逍遥：彷徨，徘徊不进。

[32] 少康：夏后相之子。未家：未娶家室。

[33] 有虞：国名，舜之后裔，姚姓。二姚：有虞国君之二女。相传寒浞使浇杀夏后相，其子少康逃至有虞国，有虞国君把两个女儿嫁给了他。后来少康灭浇，中兴夏朝。

[34] 理弱而媒拙：谓媒人无能，口才笨拙。理，媒人。

[35] 导言：指媒人传达双方意见之言。不固：不牢靠。

[36] 闺中：女子所住的地方。又，宫中。邃远：深远。

[37] 哲王：指楚怀王。不寤：不觉醒。

[38] 朕情：指自己内心的忠贞之情。发：抒发表达。

[39] 与此终古：谓与此溷浊之世长久相处下去。

## ■解读鉴赏

《离骚》在我国诗史上是继《诗经》之后的又一个高峰。它的作者屈原曾做过楚怀王的左徒，但楚怀王后来听信上官大夫等小人的谗言，疏远了他。司马迁《史记》认为，屈原因"信而见疑，忠而被谤"，所以才作了《离骚》以抒发心中的怨愤。然而屈原的志趣是高洁的，行为是不肯苟且的，所以他的怨愤也是光明正大的。《离骚》兼有《国风》"好色而不淫"和《小雅》"怨悱而不乱"的优点，因此司马迁说："推此志也，虽与日月争光可也。"

作为我国诗史上第一部杰出的抒情长诗，《离骚》对后世诗人产生了各方面的影响。所谓"才高者菀其鸿裁，中巧者猎其艳词，吟讽者衔其山川，童蒙者拾其香草"，确实是"衣被词人，非一世也"（刘勰《文心雕龙·辨骚》语）。篇幅所限，不能详尽地分析，本章仅就《离骚》在内容上对后世诗歌创作的几点影响做一简要介绍。

在中国的诗人中，有些是十分旷达的人，像苏轼。当遭受打击和贬谪的时候他说，"莫听穿林打叶声，何妨吟啸且徐行"（《定风波》）；"云散月明谁点缀，天容海色本澄清"（《六月二十日夜渡海》）。这一类诗人看任何问题都保持着一种历史的眼光和通达的态度，所以无论遇到什么样的苦难总是能够自己从精神上解脱出来。可是还有一类诗人与此相反，他们宁可忍受痛苦也不肯放弃，明知无济于事也要坚持。像杜甫，他是"盖棺事则已，此志常觊豁"（《自京赴奉先县咏怀五百字》）；像李商隐，他要"春蚕到死丝方尽，蜡炬成灰泪始干"（《无题》）；像冯延巳，他"日日花前常病酒，不辞镜里朱颜瘦"（《蝶恋花》）；像韦庄，"妾拟将身嫁与，一生休。纵被无情弃，不能羞"（《思帝乡》）！这类诗人在用情的态度上固执到极点，那种执著使人感动，使人无可奈何，同时也使人肃然起敬。如果对这两类诗人诣根寻源的话，我们就会发现，前一类诗人用情的态度可以说是出自《庄子》，而后一类诗人则可以说是源于《离骚》。

屈原在《离骚》这首长达两千四百多字、三百七十多句的鸿篇巨制之中反反复复地陈述他希望楚国美好强盛的愿望，在愿望不能实现的苦闷之中，他曾设想过退而自保，独善其身；也有人劝他去国远游，另寻出路。但经过一番上天入地的追寻之后他仍然不肯放弃自己的愿望，最后终于说："既莫足与为美政兮，吾将从彭咸之所居！"彭咸，相传是殷时贤大夫，谏其君不听，投水而死。屈原说，在楚国既然已经实现不了美好的政治，那么我活着还有什么意义和价值？我宁可从古人于地下，也不能与那些龌龊的小人同存于混浊的世间！在这首长诗里，诗人用情的态度之中包含着一种殉身无悔的执著感情，即所谓"亦余心之所善兮，虽九死其犹未悔"。后世诗人继承了《离骚》的这种精神，他们在诗歌中不但以这种顽强执著的态度去追求理想的政治和社会，也以这种顽强执著的态度去追求理想的人格和爱情，从而在世上留下了很多感人至深的诗篇。对这类诗篇，我们将在后面各章节中做更详细的介绍。

与"殉身无悔"的态度相联系的，就是"上下求索"的精神。屈原说："吾令羲和弭节兮，望崦嵫而勿迫。路曼曼其修远兮，吾将上下而求索。"意思是：让太阳走得慢一点吧，不要这么快就消失；因为道路是如此遥远，我将上天入地去寻求。屈原要寻求的是什么？是能使楚国繁荣强盛的明君贤臣、开明的政治和美好的品德。然而他所得到的却是失望的悲哀——"朝吾将济于白水兮，登阆风而绁马。忽反顾以流涕兮，哀高丘之无女"。"阆风"是昆仑山的最高峰，而昆仑山是我国神话传说中神仙所在的地方；"白水"，则是去昆仑山途中所要经过的一条河流。屈原说：清晨我就渡过白水继续前进，当我登上昆仑山的山顶系好我的马时，我猛然回头一看不觉流下泪来，因为在经历了这么艰难久远的攀登之后我才发现，这里并没有我所追寻的那个对象！屈原所追求的理想是最高远、最完美的，因此也是最难以达到的，但正是因为人类有这样的追求，人类才有希望。最可悲哀的事无过于所有的人都放弃了追求，就像陶渊明在《桃花源记》结尾所说的"后遂无问津者"。对整个社会来说，那才是一件最可怕的事情。在中国诗歌里，追求的精神也被诗人们从《离骚》那里继承下来了。陶渊明说："因值孤生松，敛翮遥来归。劲风无荣木，此荫独不衰。托身已得所，千载不相违"（《饮酒》）——他所追求的乃是人格的操守；杜甫说："安得广厦千万间，大庇天下寒士俱欢颜，风雨不动安如山。呜呼何时眼前突兀见此屋，吾庐独破受冻死亦足"（《茅屋为秋风所破歌》）——他所追求的乃是天下百姓的温饱；李商隐说："风光冉冉东西陌，几日娇魂寻不得。蜜房羽客类芳心，冶叶倡条遍相识"（《燕台》）——他所追求的，乃是在春风中苏醒的一份活跃的春心。其实，诗歌本是一种感发的生命，像曹操的"明明如月，何时可掇"（《短歌行》）；像李白的"却下水晶帘，玲珑望秋月"（《玉阶怨》）；像柳永的"衣带渐宽终不悔，为伊消得人憔悴"（《蝶恋花》）；像辛弃疾的"众里寻他千百度，蓦然回首，那人却在灯火阑珊处"（《青玉案》）等，又何尝不给人一种追求的感发与联想？诗人，与一般人是有一点点不同的。一般人比较偏重于现实，而诗人往往更偏重于理想。尤其是中国的旧诗，它们所经常表现的一个主题就是对美好的事物、美好的对象、美好的理想的追求与怀思。这个传统，应该说是从屈原《离骚》那里继承下来的。

中国的诗歌中还有一种"比兴寄托"的传统。这里所说的"比兴"，与前面讲《诗经》时所说的诗"六义"中的"比"和"兴"，虽然都属触物起兴、借物抒情言志的间接表达技法，但两者之间还是有区别的。诗"六义"的"比"和"兴"，包括朱熹所说的"比而兴"或"兴而比"，乃是就诗歌开端感发作用的由来和性质而言。从篇章结构看，《诗经》中的比兴，一般用于篇首与章端，作为发言启口的引子；而《离骚》中的"比兴寄托"则无定所，随处可用。若再就"比兴"的喻体与所"比"与"兴"的本体间的意义联系上而言，《诗经》中本体、喻体两者意义关联非常松散，呈游离状态。它只是触物起兴，临时作比，其意义只存在于此一句或此一首诗中，不泛出；而《离骚》中的"香草"、"美人"（喻体）与它所喻示的"贤才美德"、"明君贤臣"（本体）之间的包蕴关系已沉积凝固为一体，成为具有特定文化含意的符号语码了。而且"比兴寄托"所强调的则是诗歌中有"意在言外"的寄托。李商隐有一首《无题》诗："八岁偷照镜，长眉已能画。十岁去踏青，芙蓉作裙衩。十二学弹筝，银甲不曾卸。十四藏六亲，悬知犹未嫁。十五泣春风，背面秋千下。"这首诗里，作者是在写一个女子吗？不是的，作者真正所要写的乃是一个男子，这个男子虽然有美好的才能和品德，却找不到一个能够赏识他、任用他的对象。诗中"长眉已能画"是出自《离骚》"众女嫉余之蛾眉兮，谣诼谓余以善淫"中的"蛾眉"；而"芙蓉作裙衩"则直接脱胎于《离骚》之"制芰荷以为衣兮，集芙蓉以为裳"。这就是中国传统文化中"美人香草以喻君子"的独特的比兴寄托方法，它的源头也都来自《离骚》。

在屈原笔下，美人与香草的形象比比皆是："余既滋兰之九畹兮，又树蕙之百亩"——用香草比喻人才；"众女嫉余之蛾眉兮，谣诼谓余以善淫"——以美女自比；"朝饮木兰之坠露兮，夕餐秋菊之落英"——以美好的花草比喻高洁的品质；"思九州之博大兮，岂惟是其有女"——以美女比喻贤君。后世诗人继承和发展了《离骚》这种独特的比兴方法，有的以香草为喻，"兰若生春夏，芊蔚何青青"（陈子昂《感遇》），"兰叶春葳蕤，桂华秋皎洁"（张九龄《感遇》）；有的以美人为喻，"敢将十指夸针巧，不把双眉斗画长"（秦韬玉《贫女》），"早被婵娟误，欲妆临镜慵"（杜荀鹤《春宫怨》）……尽管由于时代的不同，诗人们在感情与志意上和屈原不一定完全相同，但不可否认的是，这些诗中对美好芬芳事物的那种爱惜和向往之情与《离骚》是一脉相承的。《离骚》还开出一个传统习惯，就是经常以服饰容颜之美来象征品德之美。如我们前面提到过的"制芰荷以为衣兮，集芙蓉以为裳"，还有"佩缤纷其繁饰兮，芳菲菲其弥章"等，这种表现方法，在以后的《古诗十九首》和曹植《杂诗》等作品中都有所体现，这里就不一一列举了。

《离骚》在我国诗史上还有一个十分重要的影响，即从《离骚》之后，诗歌中形成了"悲秋"的主题。杜甫《咏怀古迹》道："摇落深知宋玉悲，风流儒雅亦吾师。怅望千秋一洒泪，萧条异代不同时。""摇落"句，指宋玉《九辩》中的"悲哉秋之为气也。萧瑟兮草木摇落而变衰"。杜甫的诗句是说：我深深理解宋玉看到草木摇落时所感到的那种悲哀，尽管我和他之间相隔千年，但他的感动通过他的诗传给了我。宋玉是为草木的摇落而悲哀吗？不是的，他是由草木的摇落想到生命的短暂，想到自己的才华志意不能够有所完成才悲哀的。杜甫也是一个有才有志的读书人，也像宋玉一样的坎坷失志，所以他在千载之后读了宋玉的《九辩》才会引起共鸣，为之落泪。而宋玉这种悲秋的感情所自何来？正源于屈原《离骚》的"日月忽其不淹兮，春与秋其代序。惟草木之零落兮，恐美人之迟暮"。假如你生来就不是美丽的，假如上天并没有赋予你美好的才智，那么你在生命的秋天虽然悲哀，却不痛苦。最悲哀痛苦的莫过于一个才智之士生命的落空。所谓"朱实陨劲风，繁英落素秋"，"功业未及建，夕阳忽西流"（刘琨《重赠卢谌》）。逝者如斯，来日无多，你在你的一生中完成了什么？你能给人世间留下什么？你对得起你自己天生美好的禀赋吗？初唐诗人陈子昂说，"迟迟白日晚，袅袅秋风生。岁华尽摇落，芳意竟何成"（《感遇》）。他们所表现的，也都是这样一份志意无成、生命落空的感情。

人的生命当然是短暂的，但诗歌的生命却生生不已。上下求索的精神、殉身无悔的态度、美人香草的寓托、悲秋伤逝的传统，这是《离骚》留给后代诗歌的几个"母题"。屈原的政治理想虽然落空了，但他的生命并没有落空，他心灵中那些最美好的东西通过《离骚》留给了后代，在两千年的历史中不断地拨动人们的心灵，点燃人们的热情，使中国诗歌的主流从不走向消极和颓废，使中国诗人永远保持着那种热烈执著的感情。这正是《离骚》对中国诗史的最大贡献，是今天我们仍然应该继承和发扬的宝贵传统。综上所述，我们可将《离骚》在诗歌内容、艺术上对后世文学的影响概括如下：

一、内容上的影响有：1. 家国、宗族，忠君、爱民的民族传统意识；以天下国家为己任的责任感与使命感。2. 内美外修、道德才能兼善并美的品格追求；独立不倚、洁身自好的人格操守。3. 奋发进取、积极用世、欲有作为的生命价值取向。4. 伤春悲秋、惜时悼逝、时不我待的人生忧患意识。5. 行止有节、进退有道、善处穷通的为人与处世态度。6. 义无返顾、执著求索、殉身无悔的理想信念和献身精神。

二、艺术上的影响是：1. 开创了甚于现实基础之上的积极浪漫主义的创作精神。2. 在"赋、比、兴"手法的基础上创立了"比兴寄托"、"托物言志"的表达技法。3. 创造了许多影响后世文学的传统意象和语码，如"美人"、"香草"等。4. 开启了五、七杂言的骚体诗的体式。5. 由于广泛吸收楚风情、楚方言的民间艺术滋养而形成的独特语气、句法、章法，以及与之相得益彰的语言美。

屈原的作品除了《离骚》之外，还有《九章》《九歌》《天问》《招魂》等，这些作品都属于《楚辞》。《楚辞》除在内容上对后代诗人产生了深远影响之外，在形式的发展上也起了一个过渡的作用。《诗经》基本上是四言体，由于它的音节顿挫是简单的、整齐的，所以它的风格也表现为朴实的、典雅的。《楚辞》的句法则以三言为基础，加上"兮"等语气助词，并与二言、四言配合运用。由于句法的扩展和语气词的作用，就形成了一种飞扬飘逸之美。再加上南方地区那种神话的气氛、丰富的想象，所以在战国之世被视为"风雅寝声"之后"奇文郁起"的一种新诗体。由于篇幅所限，本章只节选了《离骚》的一部分章节，就不能对《楚辞》做更多的介绍了。

■ 阅读思考

1. 阅读本章所选之片段，谈谈屈原及其《离骚》在诗歌内容和艺术上对后世诗歌创作的影响。并举例说明这些影响的具体表现。

2. 结合《诗经》与《离骚》的阅读，谈谈"赋、比、兴"与"比兴寄托"这两种表达手法的异同。

第三章

# 感于哀乐　缘事而发

## ——谈汉乐府[1]民歌中文学与人学的进步

# 陌上桑[2]

　　日出东南隅[3]，照我秦氏楼。秦氏有好女[4]，自名为罗敷[5]。罗敷喜蚕桑[6]，采桑城南隅。青丝为笼系[7]，桂枝为笼钩[8]。头上倭堕髻[9]，耳中明月珠[10]。缃绮为下裙[11]，紫绮为上襦[12]。行者见罗敷，下担捋髭须[13]。少年见罗敷，脱帽著帩头[14]。耕者忘其犁，锄者忘其锄。来归相怨怒，但坐观罗敷[15]。

　　[1] 汉乐府本为汉代掌管收集歌词、配制乐谱的专门官署，后人将乐府机构中所采编并演唱的诗简称作"乐府"。我们所说的"汉乐府"，一般就是指汉乐府民歌。唐代以前的乐府诗主要收录在一部最为完备的乐府诗歌总集中，即宋人郭茂倩所编的《乐府诗集》。

　　[2]《陌上桑》属《相和歌辞》。陌上桑：指发生在田野桑林里的故事。陌上，泛指田野。陌，田间小路。

　　[3] 日出东南隅：春天日出东南方。这句点出采桑养蚕的节令。隅，边远的地方。

　　[4] 好女：美女。

　　[5] 自名：自道姓名。一说"自名"犹言"本名"。

　　[6] 喜：一作"善"。

　　[7] 青丝：青色丝绳。笼：指采桑用的竹篮。

　　[8] 笼钩：类似竹篮上的提柄，也用于采桑时将篮子挂在近手处的装置。

　　[9] 倭堕髻：即"堕马髻"，其发髻偏靠一边，呈欲堕之状，是东汉时的一种时兴发式。

　　[10] 明月珠：宝珠名。据《后汉书·西域传》说，大秦国（古指罗马帝国）产明月珠。

　　[11] 缃（xiāng）：浅黄色带花纹的绫子。

　　[12] 襦：上身的短袄。

　　[13] 捋（lǚ）：用手顺着抚摩。髭（zī）：口上边的胡须。须：下巴上的胡子。

　　[14] 著帩头：写少年下意识地重戴头巾。著，穿戴。帩（qiào）头，同"绡头"，古人束发用的纱巾，泛指头巾。

　　[15] 坐：因。后四句一说谓耕者、锄者因为观看罗敷晚归而引起夫妻争吵；一说是因为贪看罗敷美貌而各自误了自己手中的活计，回过神来以后相互埋怨发火。

使君从南来[16]，五马立踟蹰[17]。使君遣吏往，问是谁家姝[18]？"秦氏有好女，自名为罗敷。""罗敷年几何？""二十尚不足，十五颇有余[19]。"使君谢罗敷[20]："宁可共载不[21]？"罗敷前置辞[22]："使君一何愚[23]！使君自有妇，罗敷自有夫。"

[16] 使君：东汉人对太守、刺史的称呼。

[17] 五马：据《古诗笺》云：汉制"太守驷马而已，其有加秩中二千石，乃右骖（驷马的右边加一骖马），故以'五马'为太守美称。"

[18] 姝：美女。

[19] 颇：少，略微。

[20] 谢：问。

[21] 宁可：可不可，愿意不愿意。一说愿意。《说文》徐锴注云："今人言宁可如此，是愿如此也。"这二句是吏人转达太守对罗敷的问语，意为"使君问你，愿否同他一道乘车而去？"不：同"否"。

[22] 置辞：通"致辞"，答话。

[23] 一何：犹"何其"，相当于今天的口语"何等地"、"多么地"。一，语助词。

"东方千余骑，夫婿居上头[24]。何用识夫婿[25]？白马从骊驹[26]；青丝系马尾，黄金络马头[27]；腰中鹿卢剑[28]，可直千万余[29]。十五府小史[30]，二十朝大夫[31]，三十侍中郎[32]，四十专城居[33]。为人洁白皙[34]，鬑鬑颇有须[35]。盈盈公府步，冉冉府中趋[36]。坐中数千人，皆言夫婿殊[37]。"

[24] 上头：行列的最前面。

[25] 何用："用何"的倒语，意即"凭什么……"。

[26] 骊驹：深黑色的小马。

[27] "青丝"二句：意谓白马尾上系着青丝，马头上罩着金黄色的笼头。系（jì），绕结。络，笼罩。

[28] 鹿卢剑：《辞海》"鹿卢"条：古剑首以玉作鹿卢形为饰，名鹿卢剑。一说手柄用丝绦绕成辘轳状的剑。鹿卢，通"辘轳"。

[29] 直：通"值"。以上四句是罗敷用夸耀其夫的高贵服饰，借以说明其夫的高贵身份。

[30] 府小史：太守府的小史。史，官府小吏。"十五"及下文的"二十"、"三十"、"四十"皆指年龄。

[31] 朝大夫：在朝廷任大夫的官职。

[32] 侍中郎：皇帝的侍从官。汉制侍中乃在原官职上特加的荣衔。

[33] 专城居：为一城之主，如太守、刺史之类的地方长官。这四句是罗敷夸其丈夫官运亨通，步步高升。

[34] 洁白皙：面容白净。

[35] 鬑（lián）鬑：鬓发疏长貌。这句是说略有一些疏而长的美须。

[36] 盈盈：仪态美好、步履稳重的样子。冉冉：行走舒缓轻盈貌。公府步、府中趋：犹言官府中人踱的方步。旧日所谓"官步"。

[37] 殊：超凡绝俗，与众不同。

# 上邪[1]

上邪[2]！我欲与君相知[3]，长命无绝衰[4]。山无陵[5]，江水为竭，冬雷震震[6]，夏雨雪[7]，天地合[8]，乃敢与君绝[9]！

[1]《上邪》："汉铙歌十八曲"之一。

[2] 上邪：犹言"天啊"。上，指天。邪，通"耶"。

[3] 相知：相爱。

[4] 命：古与"令"字通，使。这两句意谓，我愿与你相爱，让我们的爱情永不衰绝。

[5] 陵：大土山。

[6] 震震：雷声。

[7] 雨雪：降雪。

[8] 天地合：天与地合而为一。

[9] 乃敢：才敢。"敢"字是委婉的用语。

**点评** 此篇为女子的自誓之辞，连用五件不可能发生之事为誓，用以表示她对爱情的忠贞不渝。所叙五事，或用三言，或用四言，语句跌宕，毫不露排比之痕迹，生动而深刻地展现了主人公的性格特征。

# 有所思[1]

有所思[2]，乃在大海南。何用问遗君[3]？双珠玳瑁簪[4]，用玉绍缭之[5]。闻君有他心，拉杂摧烧之[6]。摧烧之，当风扬其灰。从今以往，勿复相思！相思与君绝[7]！鸡鸣狗吠[8]，兄嫂当知之。妃呼豨[9]！秋风肃肃晨风飔[10]，东方须臾高知之[11]！

选自中华书局郭茂倩《乐府诗集》卷 16

[1]《有所思》："汉铙歌十八曲"之一。

[2] 有所思：指代所思念的那个人。

[3] 何用：何以。问遗（wèi）："问"、"遗"二字同义，作"赠与"解，是汉代习用的联语。

[4] 玳瑁（dài mào）：一种龟类动物，其甲壳光滑而多文采，可制装饰品。簪：古人用以连接发髻和冠的首饰，簪身横穿髻上，两端露出冠外，下缀白珠。

[5] 绍缭：通"缭绕"，缠绕。

[6] 拉杂：堆集。"闻君"句意谓，听说情人另有所爱了，就把原拟赠送给他的簪、玉、双珠堆集在一起砸碎、烧掉。

[7] 相思与君绝：与君断绝相思。

[8] 鸡鸣狗吠：犹言"惊动鸡狗"。古诗中常以"鸡鸣狗吠"借指男女幽会。

[9] 妃呼豨（xī）：表声的字，本无义，但补乐中之音。一说表叹息之声。

[10] 肃肃：即飕（sōu）飕，风声。晨风飔（sī）：据闻一多《乐府诗笺》说：晨风，就是雄鸡，雄鸡常晨鸣求偶。飔当为"思"，恋慕之意。一说"晨风飔"，晨风凉。

[11] 须臾：不一会儿。高：是"皜"、"皓"的假借字，白。"东方高"，意谓日出东方亮。这二句是说在秋风飕飕的清晨，听到晨风求偶的鸣叫，我的心更烦乱了，太阳是会察知我心的纯洁无瑕。

**点评**：这是一首绝情诗，写一女子闻听他所爱之人变心之后，发誓要和曾经与她相爱的人断绝情谊。作品以作为爱情信物的珠、簪为线索，叙写了女子热烈的爱、沉痛的恨，以及决定要和负心男子断绝的整个心理变化过程。

### ■解读鉴赏

本章选文均选自中华书局郭茂倩《乐府诗集》。

汉乐府是指由汉代乐府机关所采集并演唱的诗。据《汉书·艺文志》记载，仅西汉就有民歌一百三十多首，因年久散失，现存的只有三四十首。这些诗原本都在民间流传，经由乐府而保存下来，汉人叫作"歌诗"。魏晋六朝时才开始称作"乐府"或"乐府诗"。后世文人对这种形式的诗歌多有仿作，也称"乐府诗"。宋人郭茂倩所编《乐府诗集》辑录汉魏到唐、五代的兼及先秦至唐末的歌谣一百卷，共五千多首，分为十二大类，又若干小类。各类有总序，每曲有题解。汉乐府民歌多编辑在《相和歌词》《鼓吹曲词》和《杂曲歌词》三类中。汉乐府诗中最具思想和文学艺术价值的部分是民间歌谣，其中有两篇最著名的五言叙事诗是《孔雀东南飞》（又名《古诗为焦仲卿妻作并序》）和《陌上桑》。《孔雀东南飞》的篇幅过长，无暇重点讲解，故本章将结合对《陌上桑》的解析来展现汉乐府民歌的创作特色和艺术风貌。

我们知道中国文学历史悠久，且有着独具的民族形式、美学理想和发展道路。先秦时期代表北方黄河流域中原文化精神的《诗经》（风）和浓缩着南方长江流域楚文化精髓的《楚辞》（骚）以其博大精深的文化蕴涵和剧烈深远的影响，被誉为中国传统文化之"双璧"，成为现实主义和浪漫主义文学创作的两大源头与传统。后世文学无不受到它们的浸润和滋养。被班固《汉书·艺文志》概括为"感于哀乐，缘事而发"的汉乐府民歌就正是对"饥者歌其食，劳者歌其事"的《诗经》"风"诗传统的再次光大和发扬。

在一贯秉承"以实录的方式写现实"的现实主义文学创作中，作为其光辉典范的一百六十篇《国风》与三四十首汉乐府民歌，真实记载了各自时代中"饥者"、"劳者"们所特有的"食"与"事"；真切抒发了他们在求"其食"与行"其事"过程中"缘事而发"的喜怒哀乐。这些民歌如同我们民族历史档案中一幅幅老照片、一段段录影带，将我们民族群体处于从童年向少年转变阶段的生活、生存现状，心理、心智的发育过程真切地复制出来。今天当我们把这些不同时代、相同题材的民歌放在一起进行"人学"（内容）与"文学"（艺术）的比较分析时，忽然发现，从"人学"意义上看，如果说上古神话是我们民族婴幼儿时代的回声；《诗经·国风》是我们民族童年时代的留影；那汉乐府民歌及下一章的《古诗十九首》则是我们民族青春期快速生长发育时的成长记录。你会从中窥见这一民族群体精神情感的日渐丰富充盈，他们心智理性的日趋健全和成熟。再就其"文学"意义而言，此一时期以乐府民歌与《古诗十九首》为代表的汉代抒情文学，其审美趣味陡然间丰富、提升起来，文学创作手法、情意表达方式，以及文字表现技巧等方面都呈现出跨越性的进步，达到了自觉融合前代优秀文学传统并加以创新的程度。这在《陌上桑》的人物、事件、情节及叙述表现手段上都有所体现。

就文学（诗艺）而言，《陌上桑》突破了传统的"以实录的方式写现实"的现实主义创作模式，"以虚写实"地疏通并融合了"诗"、"骚"这两大创作传统。首先是体现在对现实题材的开拓上，《陌上桑》的故"事"并不像《诗经》中"劳者歌其事"的"事"一样确有一件具体情事在。《陌上桑》的题材渊源甚远，中国古代的北方盛产桑树，养蚕业也相当发达，每当春天，女子纷纷外出采摘桑叶，"陌上"、"桑间"也就成了男子们大饱眼福和寻觅浪漫艳遇的极好场所。如《诗经·魏风·十亩之间》就有对其情景的生动表现。于是"桑间濮上"便产生了许多与采桑女有关的浪漫故事与传说。《陌上桑》则是这一现实题材在汉代的变奏，它不再注重于对所"缘"之"事"的真实叙述了，而重在传达"感于哀乐"的主体情感。其次，故事中的主人公秦罗敷，也并非现实中实有之人。郭茂倩《乐府诗集》卷28曾引崔豹《古今注》说："《陌上桑》者，出秦氏女子。秦氏，邯郸人，有女名罗敷，为邑人千乘王仁妻。王仁后为赵王家令。罗敷出采桑于陌上，赵王登台，见而悦之，因置酒欲夺焉。罗敷巧弹筝，乃作《陌上桑》之歌以自明，赵王乃止。"这里把《陌上桑》与秦罗敷说得如此确凿，难免引起后世颇多质疑。人们不断要问：作为"王仁妻"的秦罗敷为何在《孔雀东南飞》中又出现了？焦母为儿子焦仲卿再娶的也是"秦罗敷"，这显然跟《陌上桑》中的秦罗敷不会是同一个人。再据游国恩先生考证，《汉书·武五子传》的《昌邑哀王髆传》载，昌邑王贺有妻，名字也叫罗敷。可见汉诗中的"秦罗敷"已经不是具体的某一个人，而是汉代美女的通称。由此看来《陌上桑》无论其人其事都不是纪实性的，而是一首虚构性的叙事诗。这显然是对《诗经·国风》以来的现实主义创作传统的一大突破。

再看故事细节及其表述上，《陌上桑》以虚写实、似实而虚的写法加之夸张戏谑的笔调又极富浪漫主义趣味，这体现了汉代文学的长足进步。《陌上桑》的浪漫性，主要表现在诗歌前半部对罗敷之美的夸张描写方面。《陌上桑》故事情节很简单，语言也相当浅近，诗篇叙述一位美貌绝伦的采桑少妇于城南采桑时遇一色欲熏心、企图仗势非礼之太守的调戏，女主人公以机智、诙谐的方式回击了太守的无耻与无理，捍卫了自己的尊严。诗篇文字内容结构看起来也很简单，依事件发展顺序分了三段。第一段重墨渲染罗敷的美貌及其产生的影响。起首四句，从大处说到小处，从虚处说到实处，是典型的民间故事式的开场白。同时，这四句也奠定了全诗的气氛：明媚的阳光照耀着绚丽的楼阁，楼阁中住了一位漂亮的女子，艳丽明靓，流光溢彩，好像中国年画的味道。"照我秦氏楼"，既是亲切的口气，也表明诗人是站在罗敷的立场上说话，并由此把读者引入到这种关系中去。而后罗敷就正式登场亮相了：她提着一只精美的桑篮，络绳为青丝编就，提柄是桂树枝所制。此处详叙器物的精致华美，是为衬托罗敷的美好和高贵。再看其妆饰，头梳斜倚一侧、似堕非堕的"倭堕髻"（东汉时一种流行发式），耳挂晶莹闪亮、价值连城的明月珠，上身着一紫红绫罗短袄，下身围一浅黄暗花绮罗长裙……这所有的一切都为突出主人公的鲜艳、明丽、高贵与动人。这哪里是一采桑农妇，俨然是人间理想中的美女偶像。她不由使人联想起："纷吾既有此内美兮，又重之以修能，扈江离与辟芷兮，纫秋兰以为佩……"（屈原《离骚》）；"桂棹兮兰桨，击空明兮溯流光，渺渺兮余怀，望美人兮天一方"（苏轼《前赤壁赋》）等诗句。照理说，《陌上桑》的作者是不会有"香草"、"美人"之用心的，但恰是在这看似无所用心的对于美名、美居、美器、美饰、美服的描绘中，反映了那个时代我们民族群体的审美心理取向与生活品位追求。接下来就该写罗敷的体态美与容貌美了，这的确很困难。因为诗人所要赋予罗敷的，是绝对的尽善尽"美"，这是难以具体描绘的。谁能说出什么样的身材、体态、眉目、唇齿算是完美无瑕的？况且作者也不可能满足读者们标准各异的审美欲求。于是作者巧妙地将笔势一宕，不再往罗敷身上下功夫了，而是借助周围被罗敷美姿、美色所吸引之人的神态行为来折射罗敷的美妙：年岁较大，性格沉稳些的过路人放下了担子，他一边佯装疲惫停下歇息，目不转睛地盯着罗敷失神地张望，一边手捋着胡须，掩饰其目瞪口呆的神情；年轻力壮、心高气盛的小伙子们则不加掩饰地脱下帽子，整理着头巾，一边卖弄，一边引逗，亟待博得罗敷的关注；而田间的"耕者"、"锄者"更是因其观罗敷而失魂落魄，不但手中的活计也干不下去了，回家还因自己的女人难比罗敷而无端地找碴儿、发脾气。这些诙谐戏谑的夸张描写，令人读来不免哑然失笑，但却极其有效地增强了故事的戏剧性与趣味性，使得场面、气氛异常地活跃起来。更重要的是这一虚处落笔、无中生有的描写，竟然把秦罗敷永恒地凝固在了中国文学的历史中，成了后世文学画廊中一座难以逾越的美女雕像。

另外再就此诗的人学（诗意）层面来看，观罗敷一节是最近于"桑林"故事原型的。它所表现的依然是异性间的吸引，是人类天性中"爱"与"美"的永恒主题。但故事戏剧性冲突的双方，已不同于《诗经·卫风·氓》中"匪来贸丝，来即我谋"的氓，和"以尔车来，以我贿迁"的采桑女。一方面《陌上桑》里的那些"好美色者"大都很有分寸，很有节制，他们大都不过是远远地伸长脖子看罗敷，不敢走近搭话，更不敢有越轨之举；而罗敷呢，即便是意识到人们在注意她，也依然故我，旁若无人地走自己的路，让别人随便看，随便说去。似这等美女俊男间"发乎情而止乎礼义"的表现，显然是为了迎合西汉社会以伦理为中心，以家庭为本位，以等级为基础，主张"礼治"、"德治"的主流意识形态。因此身负"言志载道"使命的秦罗敷当然不可能对"下担捋髭须"、"脱帽著帩头"的行人、少年，以及"犁者"、"锄者"们像《诗经·卫风·氓》中采桑女对待"抱布贸丝"之"嗤嗤男"一样地投桃报李。可见这古老的"桑林"故事到了汉代，已经在原来"美"与"爱"的主题之外，又多了一重"善"，即"道德"的主题。而诗的第一大段所欲表现的正是这"美"与"爱"的原始意蕴。

接下来的第二段，诗意开始转向了。"使君从南来，五马立踟蹰。"好大气派！"使君"是对太守、刺史一类官员的尊称，他们执掌一个地区的行政事务，权势大，气派自然大，胆子跟着大。别人见罗敷，只是远远地欣赏，这位使君是不甘如此的。于是他"遣吏"打听：这是谁家的美女？年纪几何？罗敷不卑不亢、不温不火地对吏一一作答，为推动故事进入高潮而蓄势。对话交代了罗敷的年纪在十五至二十间，这是中国古人认为女子一生中最美妙的时光。与前面的爱美之人截然不同的使君面对妙龄美貌的罗敷，不再"遣吏"代劳，而是当着罗敷的面劈头发问：你可以坐上我的车，跟我回家吧？罗敷居然面对使君的非礼毫无惧色，从容镇定地应声作答："使君一何愚！使君自有妇，罗敷自有夫。""一何愚"的痛斥效果十分强烈，理由很简单：在家庭为本位、伦理为中心的道统社会，使君作为教化、治理一方民风的行政长官，难道还不如一民间采桑女更懂得"礼教之大义"吗？这一问答所具有的道德张力还源于同时代儒家学者刘向《列女传》中秋胡戏妻的故事：秋胡新婚方三日，即辞家游宦。十年后衣锦还乡，路遇一采桑美女，见而悦之，欲行调戏，遭拒绝。回到家方知那位女子原来是自己发妻。其妻明白真相后，对丈夫的不良品性十分怨恨，于是赴沂水而死。与秋胡妻的节烈故事相比，《陌上桑》就轻松可爱多了，一是罗敷乐观机智的性格决定了她没必要以死为代价来捍卫道德；二是故事的喜剧式结局，并没使人感到"道德主题"的过分沉重。

诗的最后一段承前段末句"罗敷自有夫"而展开，主人公一发而不可收地大"秀"其夫。罗敷夸婿，完全是有针对性的。使君出巡，自然很有威势，于是她先夸丈夫的威势：丈夫骑马出门，后面跟着上千人的僚属、差役；他骑一匹大白马，随人都骑黑色小马，更显得出众超群；他的剑，他的马匹，全都装饰得华贵无比，与秦罗敷"青丝为笼系，桂枝为笼钩"的佩饰相匹配。接着她又夸丈夫的权位：丈夫官运亨通，十五岁做小史，二十岁就入朝做大夫，三十岁成了天子的亲随侍中郎，如今四十岁，已经做到专权一方的太守。言下之意，目前他和你使君虽然是同等官职，将来的前程，恐怕是难以相提并论了！最后又夸到丈夫的相貌风采：丈夫皮肤洁白，长着稀稀的美髯，走起路来气度非凡，用这些来反衬使君的委琐丑陋。如此这般地一层层夸下来，罗敷越说越神气，越说越得意，使君却越听越沮丧，越听越胆怯，最后想必是灰溜溜地逃之夭夭了。读者自然也跟着罗敷高兴到故事的结束。高兴之余人们难免要问：罗敷果真有这么一位童话中白马王子一样的丈夫吗？有如此丈夫的美女还有必要出来采桑吗？当然我们是不会用现实生活的逻辑来质疑文学表现技法上的这种虚实结合手法的，存在于故事中的这位丈夫绝对是真实合理的，因为作者要想在这一段里彰显秦罗敷的内在美——道德品格上的忠贞，就必须要有个丈夫来寄托她的忠贞。

故事的最后结局似乎并非为道德主题而设，诙谐夸张的喜剧效果留给人的印象反而更深刻，读者在领受其真善美之道德浸润的同时，依然于趣味盎然的文学中获得了快慰。这足见《陌上桑》双重主题的处理之好：就"教化"而言，至少在本诗范围内，作者所彰显的"坚贞观"并不是一个抽象的、违背人性的道德说教，而是与确实可爱的丈夫及幸福的人伦、天伦乐趣联系在一起的。而"美与爱"的主题也没有因为道德约束的存在而受到过分削弱。爱慕美色是人的天性，对常人出于爱美之心而略有失态的行为，作者只是稍作揶揄，始终不失人情味。何况罗敷并非徒有美貌，她不慕钱财、不慕权贵、热爱劳动、忠贞自守的品性同她美丽的容貌、聪慧的头脑、自尊自卫的能力恰好使"好美德"与"爱美色"的双重主题重叠起来。况且作者表现"美德"的方式，与以虚写实地描写"美色"完全不同，而是避虚就实，处处从实处落墨。作者既不出面发表议论，也不用故事中的其他人物表态，而是采用大段精彩的人物独白或对话，原原本本地录下罗敷的语言行为，这较之逻辑混乱、情绪成分较浓、以第一人称"赋"法叙述的《诗经·卫风·氓》，不仅其"即心即物"的叙事更加客观、连贯、具有条理，还使其笔下的"美女罗敷"形象更加真切、生动和传神。至此，从容果敢、机警睿智、不畏权势、自尊自重的汉代"美女"符号"秦罗敷"便混合着《离骚》中的"美人"、"香草"味道，以民间版本的面目诞生了。而这一体现着我们民族群体当此青春年少之际心性、心态、心智、心理发育成熟程度的人性标本，也成为汉乐府之现实主义文学进步的里程碑。

即将结束本文之时，我突发奇想——美丽、聪慧的秦罗敷总会有"桑之落矣，其黄而陨"的一天，她那位"青丝系马尾，黄金络马头；腰中鹿卢剑，可直千万余"的"白马王子"有朝一日说不定也会"士贰其行，二三其德"的，那她又当如何面对呢？通观汉乐府民歌中的女性题材，我想她也不外乎以下几种选择：一种可能是忠贞到底，爱你没商量——"我欲与君相知，长命无绝衰。山无陵，江水为竭，冬雷震震，夏雨雪，天地合，乃敢与君绝！"（《上邪》）。另一种可能是敢爱敢恨，拿得起放得下——"闻君有他心，拉杂摧烧之。摧烧之，当风扬其灰。从今以往，勿复相思，相思与君绝！"（《有所思》）。还有可能是好离好散，主动分手——"妾不堪驱使，徒留无所施。便可白公母，及时相遣归"（《孔雀东南飞》）。总之，秦罗敷最终选择哪一种做法虽不可知，但以汉乐府诗中女性群像之"刚烈"来推断，她肯定不会再似《诗经·卫风·氓》里那位"静言思之，躬自悼矣"的采桑女一样温柔敦厚、逆来顺受了。


■ **阅读思考**

1. 汉乐府民歌《陌上桑》与《诗经·卫风·氓》是否属于同一类题材？试比较这两类民歌中的抒情主人公在性情特征与抒情方式上有何不同？

2. 《诗经·国风》之"饥者歌其食，劳者歌其事"的创作精神，与《汉乐府》民歌中"感于哀乐，缘事而发"的内容是否相同、结合两者的阅读，谈谈自己的看法。

上编

第四章

4

# 不惜歌者苦　但伤知音稀

——谈"千古至文"《古诗十九首》的艺术魅力

# 东城高且长

东城高且长[1]，逶迤自相属[2]。回风动地起[3]，秋草萋已绿[4]。四时更变化[5]，岁暮一何速[6]。晨风怀苦心[7]，蟋蟀伤局促[8]。荡涤放情志[9]，何为自结束[10]。燕赵多佳人[11]，美者颜如玉[12]。被服罗裳衣[13]，当户理清曲[14]。音响一何悲[15]，弦急知柱促[16]。驰情整巾带[17]，沉吟聊踟蹰[18]。思为双飞燕，衔泥巢君屋。

[1] 东城：指洛阳的东城。

[2] 逶迤：曲折绵长貌。属（zhǔ）：接连。

[3] 回风：旋风。动地起：形容风力之强劲。

[4] 萋已绿：茂盛而又碧绿。萋，盛貌。

[5] 四时：四季。更：交替。

[6] 一何：多么。

[7] 晨风：《诗经·秦风·晨风》："鴥彼晨风，郁彼北林。未见君子，忧心钦钦。"苦心：忧愁伤怀之心。

[8] 蟋蟀：《诗经·唐风·蟋蟀》："蟋蟀在堂，岁聿其莫。今我不乐，日月其除。"局促：受束缚而不得舒展。

[9] 荡涤：洗涤，扫除。放情志：打开胸怀。

[10] 何为：为什么。结束：约束，拘束。

[11] 燕赵：今河北、山西一带。

[12] 颜如玉：谓肤色洁白。《诗经·召南·野有死麕》："白茅纯束，有女如玉。"

[13] 被（pī）服：穿着。被，通"披"。

[14] 当户：对着门户。理清曲：弹奏清商之曲。清曲，清商曲，汉代流行的乐调。

[15] 悲：悲慨动听。

[16] 弦急：弦紧。柱促：弦柱迫近。柱，乐器上的系弦木。柱近则弦紧，弦紧则音高。

[17] 驰情：神往。巾带：一作"中带"，一般认为"巾带"较胜。

[18] 沉吟：沉思吟咏，谓心中盘算。聊：姑且。踟蹰：徘徊不前。

# 行行重行行

行行重行行[1]，与君生别离[2]。相去万余里[3]，各在天一涯[4]。道路阻且长[5]，会面安可知。胡马依北风[6]，越鸟巢南枝[7]。相去日已远[8]，衣带日已缓[9]。浮云蔽白日[10]，游子不顾反[11]。思君令人老[12]，岁月忽已晚[13]。弃捐勿复道[14]，努力加餐饭。

[1] 行行：走了又走。重：重叠，重复。

[2] 生别离：难以再见的离别，活生生地分开。

[3] 相去：相距。

[4] 天一涯：谓天各一方。涯，边际。

[5] 阻且长：见《诗经·蒹葭》注 [5]。

[6] 胡马：泛指产在西北地区的马。依北风：依恋北方吹来的风。

[7] 越鸟：南方的鸟。巢南枝：筑巢于南向的树枝。

[8] 日已远：一天比一天远。已，通"以"。

[9] 缓：宽松。衣带宽松暗指人之消瘦。

[10] 浮云蔽白日：喻游子心有所惑或另有所爱。

[11] 不顾：不顾念。反：通"返"。

[12] 令人老：谓思念之苦使人变老。《诗经·小雅·小弁》："惟忧用老。"

[13] 忽：倏忽。晚：谓接近终了。

[14] 弃捐：抛弃，丢开。勿复道：不要再说。

# 青青河畔草

青青河畔草，郁郁园中柳[1]。盈盈楼上女[2]，皎皎当窗牖[3]。娥娥红粉妆[4]，纤纤出素手[5]。昔为倡家女[6]，今为荡子妇[7]。荡子行不归，空床难独守。

[1] 郁郁：浓密茂盛的样子。汉人有折柳赠别的风俗，"园中柳"是容易引起离别回忆的。

[2] 盈：通"嬴"。《广雅·释诂》："嬴，容也。"指仪态之美。

[3] 皎皎：本义是月光的明亮，这里用以形容月光映照下"当窗牖"之"楼上女"风采的明艳。

　　[4] 娥娥：形容容貌的美好。

　　[5] 纤纤：细。素：白。

　　[6] 倡家女：歌伎，舞女。《说文》："倡，乐也。"倡家，以娱乐为业之家。

　　[7] 荡子：长期在外乡漫游之人，与"游子"义近而有别。

# 西北有高楼

　　西北有高楼，上与浮云齐。交疏结绮窗[1]，阿阁三重阶[2]。上有弦歌声[3]，音响一何悲。谁能为此曲？无乃杞梁妻[4]。清商随风发[5]，中曲正徘徊[6]。一弹再三叹，慷慨有余哀[7]。不惜歌者苦[8]，但伤知音稀[9]。愿为双鸿鹄，奋翅起高飞[10]。

　　[1] 交疏：横竖交错的窗格子。结：联结，镶嵌，装饰。绮（qǐ）：有花纹的丝织品。这一句是说楼上的格子窗装饰着绮丽精致的窗纱。

　　[2] 阿（ē）阁：四面有檐的楼阁。三重阶：三重阶梯。这一句是说，阿阁建在有三层阶梯的高台上，形容楼阁之高。

　　[3] 弦歌：指有琴、瑟、琵琶一类乐器伴奏的歌曲。

　　[4] 无乃：莫非，岂不是。杞梁妻：古乐府《琴曲》有《杞梁妻叹》。《琴操》说：杞梁，名殖，字梁，春秋时齐国大夫。征伐莒国时，死于莒国城下。他的妻子为此痛哭十日，投水自杀。传说死前谱有琴曲《杞梁妻叹》。

　　[5] 清商：乐曲名，曲调清婉悠扬，适宜表现哀怨悲伤的感情。发：传播。

　　[6] 中曲：乐曲的中段。徘徊：指乐曲旋律回环往复。

　　[7] 慷慨：谓不得志的感情。

　　[8] 惜：痛惜。

　　[9] 知音：懂得乐曲中意趣的人。这里引申为知己。

　　[10] 这两句是说，愿我们像一双鸿鹄，展翅高飞，自由自在地比翼翱翔！这说明弹琴者与听琴者成了知音。鸿鹄：大雁或天鹅一类善于高飞的大鸟。

　　**点评**：传说伯牙善弹琴，子期善听琴，子期死后，伯牙再不弹琴，因为再没有知音了。这一知音难逢的故事，历代相传。这首诗的主题也是感叹知音难遇。作者先描写高楼华美壮观，衬托歌者身份的高雅，然后才着意写歌声的哀怨感人，激越悲凉，最后抒发知音难逢的感叹，表示听者对歌者寄予深切的理解和同情。诗人从一曲琴声的描写中，展示了听者内心活动。他写高楼景色及引用杞梁妻的故事做比喻，从听者对琴声的主观感受的层层刻画，使听琴人与弹琴人在乐曲声中成为知音，思想感情融合在一起。整首诗所抒写的情景，都处于感情不断发展的激荡之中，最后达到了高潮，引入了比翼奋翅高飞的境界。

## 今夜良宴会

今夜良宴会，欢乐难具陈[1]。弹筝奋逸响[2]，新声妙入神。令德唱高言[3]，识曲听其真[4]。齐心同所愿[5]，含意俱未伸[6]。人生寄一世，奄忽若飙尘[7]。何不策高足[8]，先据要路津[9]。无为守穷贱，辗轲长苦辛[10]。

[1] 具陈：全部说出。

[2] 筝：乐器名，瑟类。古筝，竹身五弦，秦汉时筝木身十二弦。奋逸响：发出不同凡俗的音响。

[3] 令德：贤者，指领会音乐内涵的人。唱高言：首发高妙之论。唱，通"倡"，发出，发表。高言，指对歌辞的评论。

[4] "识曲"句：是说知音者自能听懂歌中的真意。识曲：知音者。真：真理。所谓"高言"和"真"都指下文"人生寄一世"六句。

[5] 齐心同所愿：人人所想的都是这样，心同理同。齐，一致。

[6] 含意：谓心中都已认识那曲中的真理。未伸：谓口中表达不出来。

[7] 奄忽：急遽。飙（biāo）尘：暴风自下而上为"飙"。飙尘，指狂风里被卷起的尘土。

[8] 策：鞭马前进。高足：指快马。

[9] 要路津，津：渡口。比喻有权势的地位。以上二句是说应该赶快取得高官要职。

[10] 辗轲：一作"坎坷"。本指车行不利，引申为人不得志。以上六句就是座中人人佩服的高言真理，这里面含有愤慨和嘲讽，而不是正言庄语。

**点评**：此诗所咏为听曲感受。托琴中曲，抒发感慨：人生短促，富贵可乐，不必长守贫贱，枉受辛苦。感愤的言语中不乏自嘲的意味。

## 明月皎夜光

明月皎夜光[1]，促织鸣东壁[2]。玉衡指孟冬[3]，众星何历历！白露沾野草，时节忽复易。秋蝉鸣树间，玄鸟逝安适[4]？昔我同门友[5]，高举振六翮[6]。不念携手好[7]，弃我如遗迹[8]。南箕北有斗，牵牛不负轭[9]。良无盘石固[10]，虚名复何益！

[1]皎夜光：指明月光。《说文》："皎，月之白也。"

[2]促织：蟋蟀的别名，一作"趣织"。"趣"是"促"的古字。蟋蟀的鸣声标志着秋天的到来，是妇女们忙着制寒衣的时候了，所以民间把这个虫叫作"促（趣）织"。

[3]玉衡：北斗七星之一。孟冬：指冬季的第一个月，即农历十月。北斗七星中的第五星曰衡，即玉衡。此句意谓从星空的流转上看秋季已尽，秋夜已深。

[4]白露，秋蝉，玄鸟：出自《礼记·月令》："孟秋之月，……白露降，寒蝉鸣。""仲秋之月，……玄鸟归。"玄鸟：燕。燕为候鸟，避寒就暖，北去南来有定期。"玄鸟"在诗中是点明仲秋八月的。"白露沾草"、"寒蝉鸣树"，也都是带有季节特征的秋天景象。

[5]同门友：何晏《论语集解》引包咸曰"同门曰朋。"邢昺疏引郑玄《周礼注》："同师为朋，同志为友。"同在师门受学的朋友叫作"同门友"。这是汉代的通称。

[6]高举振六翮（hé）：振翅高飞的意思，用以比喻同门友的得志。举，飞。振，奋。翮，羽茎，即羽毛上的翎管。

[7]携手好：指患难的交谊。《诗经·邶风·北风》："北风其凉，风雪其雱（pāng）。惠而好我，携手同行。"

[8]弃我如遗迹：极言毫不顾念之意。遗迹，行路时所遗留下来的脚印。

[9]箕、斗、牵牛：均星名。箕和斗，夏秋之间，都见于南方，箕在南而斗在北，所以叫作"南箕"、"北斗"。"箕"、"斗"、"牵牛"的名称都与人间事物相联系。可箕的形状虽然像簸箕，但并不能用来扬米去糠；"斗"的形状虽然像酒器，但并不能用来舀酒；"牵牛"虽有牛名，但并不能当牛用，和"箕"、"斗"一样，都是有名无实的。这两句取自《诗经》成语，加以变化，用来比喻的"同门友"空有"同门"之名而无真实交谊。

[10]良：诚，实在。盘石：大石。盘，一作"磐"。石质坚牢，古人多用以象征坚定不移的感情。阮籍《咏怀》："如何金石交，一旦便离伤。"所谓"金石交"，也是取"金坚石固"的意思。后人谓笃于交谊的人为"石友"。

**■解读鉴赏**

本章选文均选自中华书局萧统编《六臣注文选》。

在中国诗歌史上有十分奇怪的一组诗，它们非常易懂却又相当难解；艺术成就极高却连作者都不知道是谁；人人读了心中都觉得有所触动，却又很难说清受到触动的缘由。这一组诗，最早见于梁代昭明太子萧统所编的《文选》，编者为它们加了一个总题——《古诗十九首》。

《古诗十九首》是东汉时期一些无名氏的作品，但与汉乐府又有所不同。它们是社会中下层文人所作，作者年代相近，却并非一时一人之作，各诗所咏的内容也没有一定的次序或关联。然而，这十九首诗实在是代表着五言古诗早期的最高成就，对我国旧诗产生了深远的影响，以至历代诗论家经常将之与《诗经》《楚辞》相提并论。《古诗十九首》在写作态度上十分真挚诚恳，语言也相当平易浅近，丝毫没有后世诗人那种争新立异、逞强好胜的用心，但其意蕴之深微丰美，却经受住了千百年来无数读者的反复挖掘，使每个人都能够有所得或有所感。清人陈祚明在其《采菽堂古诗选》中说：

> 《十九首》所以为千古至文者，以能言人同有之情也。人情莫不思得志，而得志者有几？虽处富贵，慊慊犹有不足，况贫贱乎？志不可得而年命如流，谁不感慨？人情于所爱，莫不欲终身相守，然谁不有别离？以我之怀思，猜彼之见弃，亦其常也。夫终身相守者，不知有愁，亦复不知其乐，乍一别离，则此愁难已。逐臣弃妻与朋友阔绝，皆同此旨。故《十九首》虽此二意，而低回反复，人人读之皆若伤我心者，此诗所以为性情之物。而同有之情，人人各具，则人人本自有诗也。但人人有情而不能言，即能言而言不能尽，故特推《十九首》以为至极。

这段话说得极其精当。这些夫妇、朋友的离愁别绪以及失意文士的彷徨悲伤情怀，实际是天下所有人生命中都无法回避的问题，是人类心灵深处最普遍也最深刻的几种感情的基本类型。这些感情来源于人与人及人与社会之间的关系，凡是生活在社会中的人，都不可能没有经历过。然而，《古诗十九首》却独能把这些感情表现得如此低回婉转，温厚缠绵，动人心弦。这也正是《古诗十九首》之所以能够千古常新的根本原因。下面我们就来欣赏其中的一首《东城高且长》，看一看它表现了一种什么样的感情。

凡是好诗，在它的文字之中都含有一种感发的力量，"东城高且长，逶迤自相属"两句就是如此。"东城"指的是东汉首都洛阳城的东城，这很可能是作者来到京城洛阳后的第一个印象。你看他的口气：那东城的城墙不但"高且长"，而且"自相属"。"属"是连接的意思。他说那城墙之间相互连接，没有一个终端，没有一个缺口，连绵不断，一望无边。这样的形象给人一种什么联想呢？一般来说，"城墙"对人是起着隔绝和限制的作用的。而都城，不但是一个国家政治和经济的中心，也是大家追求功名利禄的中心。读书人到京城是来"求仕"的：要想实现政治理想，首先必须为自己在朝廷中找到一个位置。可是，你打得进去吗？《古诗十九首》中的另一首《青青陵上柏》中说，"驱车策驽马，游戏宛与洛"，然而，"洛中何郁郁，冠带自相索"！洛阳城中繁华富丽，到处都是高车驷马和达官贵人，他们自相往来，互相利用，结成了一个官场的圈子，对外来的寒门之士是排斥、不接纳的。你看，这"自相索"和"自相属"的口气多么相似！在这十九首诗中，有很多地方都表现了这种人生不得志的思想感情，我们可以拿来互相印证。

"回风动地起，秋草萋已绿"两句是诗人感情上的一个跳动和变化。带有象喻性的形象也从"城墙"转向了"回风"和"秋草"。回风是一种由地面盘旋而起的迅疾的风，它带着那么强大的摧伤力量席卷而来，整个大地立刻就被笼罩上一片肃杀之气。但"秋草萋已绿"的形象就有些不好理解——碧绿茂盛的草本来应该是美好生命的象征，为什么在这里也带有一种悲伤凄楚的气氛？一般认为，草木枯黄才能引起人的悲哀。其实并不一定。杜甫有一首《秋雨叹》说："雨中百草秋烂死，阶下决明颜色鲜。着叶满枝翠羽盖，开花无数黄金钱。"但下边接着说："凉风萧萧吹汝急，恐汝后时难独立。堂上书生空白头，临风三嗅馨香泣。"诗人落泪，是因为担心那美好芬芳的生命不久就要受到摧残。李商隐有一首咏蝉的诗说："五更疏欲断，一树碧无情。"诗人悲哀，是因为草木无知、无觉又无情：蝉之若断若续的悲鸣竟然没能感动与蝉形影不离的树木，它居然麻木无知地照旧还是这么碧绿茂盛。诗人的感情都是敏锐的，他们的悲伤，有时是因为对未来的联想，有时是因为当时情景的对比和反衬，有时甚至并无道理可讲，纯属一种直感。"秋草萋已绿"——你不必考虑任何理性的解释，那就是诗人看到碧绿茂盛的秋草在回风中摆动，而引起内心的一阵动荡，即所谓"物色之动，心亦摇焉"（刘勰《文心雕龙·物色》）。南唐中主李璟曾戏问冯延巳："吹皱一池春水，干卿何事？"这是一个诗人自己也无法正面回答的问题。

"四时更变化，岁暮一何速"，是说四季更迭轮换得这么快，眼看着冬天就要来到，一年的日子马上就要过完了。这是诗人对光阴消逝的感慨。在中国诗歌中有一个传统的习惯：一提到光阴的消逝，往往接着就联想到生命的短暂无常。屈原《离骚》说，"日月忽其不淹兮，春与秋其代序"，紧接着就是"惟草木之零落兮，恐美人之迟暮"。所以你看，这首诗在感情和形象上虽然不断地跳跃，但诗人的感发在进行中其实是很有层次的。他从城墙、回风、秋草，直到大自然四时的变化，正在一步一步地把读者的感发引向他心中真正的情意。

对"晨风怀苦心，蟋蟀伤局促"两句，读者可以有深浅两个层次的理解。从浅的层次看，这两句的意思是说：寒冷的晨风使我进一步意识到暮秋已经来临，从而心中感到一阵悲苦；蟋蟀已经叫不了多久了，这使我联想到人的生命不也是如此短暂吗？如果仅仅做这样的理解，这两句诗也能够给你一种感动，而且这种感动与诗的主题是相合的。然而，有一件事情实在是很奇妙：在一个历史文化悠久的民族中，有些语言的符号经过长久的使用往往形成了某些固定的联想，而且只有属于这一文化传统之内的人，才熟悉这种联想。西方语言学的符号学家，把这一类语汇称作"语码"。中国有如此悠久的历史文化传统，所以中国诗歌中"语码"也特别丰富。这里的"晨风"和"蟋蟀"，恰好就是两个语码。因为它们恰好是中国儒家经典《诗经》中两首诗的篇名。《晨风》见于《诗经·秦风》，开头四句是，"鴥彼晨风，郁彼北林。未见君子，忧心钦钦"。"晨风"是一种鹞鹰类的猛禽，这首诗从晨风起兴，由此想起了心中所思念的一个人。诗中并没有说明这是一个什么人。《毛诗·序》认为，这是秦国人讽刺秦康公不能继承秦穆公的事业，不能任用贤臣的一首诗。秦穆公是春秋五霸之一，穆公时代是秦国人心目中最美好的时代。联想到这个背景，"晨风怀苦心"就有了更深一层的含义——一个才智之士生不逢时的感慨。《蟋蟀》见于《诗经·唐风》，开头四句是，"蟋蟀在堂，岁聿其暮。今我不乐，日月其除"。意思是说，蟋蟀已经躲进屋子里来叫了，说明时间已经到了九月暮秋，如果现在还不及时行乐，一年的光阴很快就要白白过去了。《毛诗·序》说这是讽刺晋僖公"俭不中礼"，认为应该"及时以礼自虞乐"的一首诗。那么，后面"蟋蟀伤局促"这一句除了感叹生命的短暂之外，就又包含了一层何必如此自苦、不妨及时行乐的意思在内。这就是中国的古诗！它把对时代与政治的感慨，与个人的命运结合得如此紧密，而表达得又是如此温厚含蓄，不露锋芒。

既然政治理想不能实现，而人的青春又是如此短暂，那么该当怎么办才好呢？诗人说："荡涤放情志，何为自结束。""荡涤"是冲洗的意思，冲洗什么？冲洗那一切加在你身上的限制和拘束。人生如此短暂，你为什么总是要说的不敢说，要做的不敢做，要追求的不敢追求？你何苦自己又给自己加上这么多自我的约束？应该注意的是：这两句之中其实存在着一种矛盾和挣扎的心理，而这种心理也正是《古诗十九首》所涉及人生问题的一个重要内容。其中《青青河畔草》一首，描写了一个"昔为倡家女，今为荡子妇"的女子，结尾两句是："荡子行不归，空床难独守。"所谓"难独守"，说明她现在还是在"守"，只不过心中正在进行着"守"与"不守"的矛盾与挣扎。另一首《今日良宴会》说："齐心同所愿，含意俱未伸。人生寄一世，奄忽若飙尘。何不策高足，先据要路津。无为守贫贱，轗轲长苦辛。"意思是：我们曾经有过这么多的理想和追求，可是有谁能够真正如愿以偿？人生一世也不过就像大风卷起的尘土那样无足轻重，为什么你不寻找手段先去占住一个高官厚禄的地位？为什么你老是让自己过这种坎坷贫贱的生活？这也是一种"守"与"不守"的矛盾。中国读书人很讲究操守，儒家主张一个人必须有所不为然后才能够有所为。可是，当整个社会都在堕落的时候，当你的理想和志意全部落空的时候，当你沦于贫穷与痛苦之中的时候，你还能够保持你的操守吗？你是否也该不择手段地去追名逐利？古往今来，很多人都在这个矛盾面前经历过痛苦的挣扎和抉择。

南宋词人辛弃疾，一个志在为国家收复北方失地的英雄豪杰，当他受到一次又一次的打击和排挤，所有的理想与志意都不能实现的时候，他说什么？他说："可惜流年，忧愁风雨，树犹如此。倩何人唤取，红巾翠袖，揾英雄泪。"（《水龙吟·登建康赏心亭》）——这又是中国古人的一个传统：当他们在事业上失意的时候，往往就去向美酒和美人之中寻求安慰。现在我们的诗人也要放荡自己的情志，去追求一位美人了。可是你看，他写放荡的情志依然写得这么美，这么富于象喻性——"燕赵多佳人，美者颜如玉。被服罗裳衣，当户理清曲"。在中国历史文化的传统中，提到美人，往往暗喻君子；提到衣饰的美好，往往暗喻品德的美好。你看诗人所追求的这位美人，既有"颜如玉"的本质美，又有"罗裳衣"的服饰美，更有"理清曲"的才能美。而且还不止如此，她与诗人之间还存在着一种内心感发的交流。何以见得？古人认为，音乐的声音是可以传达内心情意的，但只有知音才能听懂。"音响一何悲"的"悲"字说明诗人已经听懂了乐曲声中所传达的情意。"弦急知柱促"，表面上是说琴弦绷得很紧，所以琴声十分高亢急促，但在实质上，这一句是在强调弹者和听者之间心灵上所产生的那种相互感应有多么紧张、强烈。——这话真的很难说清，只有用直觉的感受才能够体会。

"驰情整巾带，沉吟聊踯躅"两句写得也很妙。马的奔跑叫"驰"，而内心在不停地思量也是一种"驰"。当你的心在"驰"的时候，手却在下意识地把头巾和衣带整理好，这是什么意思？这说明此时你的心里所产生的是一种尊敬而严肃的感情。清末诗人龚定庵曾写过一首小诗："偶赋凌云偶倦飞，偶然闲赋遂初衣。偶逢锦瑟佳人问，便道寻春为汝归。"王国维批评了这首诗，因为它字面虽然高雅，感情却十分轻佻。《古诗十九首》与此相反，它的语言虽然很浅近，但感情却极其真挚而深厚。诗人沉吟的结果是"聊踯躅"——没有冒昧地向前。这同样表现了一种感情上的严肃与尊重。那么，诗人现在心中所想说又不敢说的是什么呢？是——"思为双飞燕，衔泥巢君屋"。这两句仔细想来有点儿不合逻辑，但却合乎诗人现在急于想把话说出来的心情。其实他是想说两个愿望：第一个是，我愿意和你化为一对燕子，永远双飞双栖；第二个是如果我变成了一只燕子，而你还是你的话，我就愿意衔泥做巢在你的屋檐下，永远陪伴着你。由于诗人心中的感情还在"驰"，而奔驰的感情是很难在语言上节制反省的。所以他就把两个愿望急忙地变成了一个。这在理论上固然不合逻辑，但从感情上却比较容易明白。

这就是《东城高且长》！它包含着丰富的象喻、多方的感慨、人生问题的沉思、历史文化的传统……诗中所蕴蓄的，比说出来的实在要多得多！对这样的诗，你很难用语言做出确切的解释，也无法摘取它的某一字某一句来说明它的好处。它外表浅明易懂，内涵深远幽微；它感发的生命丰富活泼，在千百年后仍然能够拨动读者的心弦。不过要想真正读懂《古诗十九首》，只了解这一首是不够的。这十九首诗在风格和内容上虽有一致性，但实际上又各有各的特点。我们只有"涵咏其间"——整个儿地被它们的情调、气氛包围起来，才能得到那种温厚缠绵的味道，才能明白历代诗论家为什么不约而同地给予它们那么高的评价。

## ■阅读思考

1. 钟嵘《诗品》评《古诗十九首》说："文温以丽，意悲而远，惊心动魄，可谓几乎一字千金。"试结合作品的阅读，谈谈你对这种评价的理解和体会。

2. 清人陈祚明在其《采菽堂古诗选》中对《古诗十九首》说过一段准确精当的话。认真阅读、体会这段话，并结合作品分析这段话的含义。

第五章

# 5 慷慨悲凉　刚劲清新

——以三曹诗为例谈汉末诗坛上
的"建安风骨"

# 曹 操

曹操（155—220），字孟德，沛国谯（今安徽亳县）人。建安时代杰出的政治家、军事家和文学家。其子曹丕即帝位后追尊他为魏武帝。

## 短歌行[1]

对酒当歌[2]，人生几何？譬如朝露[3]，去日苦多[4]。慨当以慷[5]，忧思难忘[6]。何以解忧[7]？唯有杜康[8]。青青子衿[9]，悠悠我心[10]。但为君故[11]，沉吟至今[12]。呦呦鹿鸣[13]，食野之苹[14]。我有嘉宾，鼓瑟吹笙[15]。明明如月[16]，何时可掇[17]？忧从中来，不可断绝。越陌度阡[18]，枉用相存[19]。契阔谈讌[20]，心念旧恩[21]。月明星稀，乌鹊南飞。绕树三匝[22]，何枝可依？山不厌高，海不厌深[23]。周公吐哺[24]，天下归心[25]。

[1]《短歌行》是曹操的代表作。短歌行：乐府曲调名，属《相和歌·平调曲》，因其声调短促，故名。多为宴会上唱的乐曲。

[2] 当：对着。又，作"应当"亦可。

[3] 朝露：早上的露水，喻存在时间短促。

[4] 去日：已逝去的日子。苦：苦于。

[5] 慨当以慷：即"慷慨"，谓情绪激昂。

[6] 忧思：一本作"幽思"。

[7] 何以：以何。

[8] 杜康：相传开始造酒的人，后指代酒。

[9] 子衿（jīn）：你的衣衿。衿，衣领。青衿，周代学子的服装。《诗经·郑风》有《子衿》篇。

[10] 悠悠：长远貌，形容思念之情。

[11] 君：指所思慕的人。

[12] 沉吟：沉思吟想。

[13] 呦呦：鹿鸣声。《诗经·小雅》有《鹿鸣》篇。

[14] 苹：艾蒿。

[15] 鼓：弹奏。

[16] 明明：明亮。

[17] 掇（duó）：拾取。一作"辍"，停止。

[18] 陌、阡：田间小路。

[19] 相存：互相问候。

[20] 契阔：聚散离合。契，合，聚。阔，分别，疏离。谈讌：谓边宴饮边叙谈。讌，同"宴"。

[21] 旧恩：旧日情谊。

[22] 匝（zā）：周，圈。

[23] "山不"二句：出自《管子·形势解》："海不辞水，故能成其大；山不辞土石，故能成其高；明主不厌人，故能成其众。"

[24] 周公吐哺：周公，名旦，西周文王之子、武王之弟，助武王灭商。武王死后成王年幼，周公辅政，曾平定东方叛乱，营建洛邑为东都，并治礼作乐，建立典章制度，使天下臻于大治。哺，嘴里含的食物。《史记·鲁周公世家》："周公戒伯禽曰：'我文王之子，武王之弟，成王之叔父，我于天下亦不贱矣。然我一沐三捉发，一饭三吐哺，起以待士，犹恐失天下之贤人。子之鲁，慎无以国骄人。'"

[25] 归心：诚心归附。

# 曹 丕

曹丕（187—226），字子桓，曹操之子，建安二十五年（220）代汉即帝位，为魏文帝。

## 燕歌行[1]

秋风萧瑟天气凉[2]，草木摇落露为霜[3]。群燕辞归鹄南翔[4]，念君客游多思肠[5]。慊慊思归恋故乡[6]，何为淹留寄他方[7]？贱妾茕茕守空房[8]，忧来思君不敢忘，不觉泪下沾衣裳。援琴鸣弦发清商[9]，短歌微吟不能长[10]。明月皎皎照我床，星汉西流夜未央[11]。牵牛织女遥相望[12]，尔独何辜限河梁[13]？

[1] 燕歌行：乐府曲调名，属《相和歌·平调曲》，多写离别。

[2] 萧瑟：形容风吹树木的声音。

[3] 摇落：凋残，零落。《楚辞·九辩》："悲哉秋之为气也，草木摇落而变衰。"

露为霜：《诗经·秦风·蒹葭》："蒹葭苍苍，白露为霜。"

[4] 鹄（hú）：天鹅。一本作"雁"。

[5] 多思肠：一本作"思断肠"。

[6] 慊（qiàn）慊：不满足貌。

[7] 淹留：久留。

[8] 茕（qióng）茕：孤单貌。

[9] 援：取，拿来。清商：曲调名，音节短促。

[10] 微吟：小声吟咏。

[11] 星汉：银河。西流：向西移动。夜未央：夜未尽。央，尽。

[12] 牵牛：即河鼓星，在银河南。织女：即织女星，在银河北。

[13] 何辜：何罪。辜，罪过。限：阻隔。河梁：河上的桥。

# 曹　植

曹植（192—232），字子建，曹丕同母弟，封陈王，死后谥"思"，世称陈思王。

## 白马篇[1]

白马饰金羁[2]，连翩西北驰[3]。借问谁家子？幽并游侠儿[4]。少小去乡邑[5]，扬声沙漠垂[6]。宿昔秉良弓[7]，楛矢何参差[8]。控弦破左的[9]，右发摧月支[10]。仰手接飞猱[11]，俯身散马蹄[12]。狡捷过猴猿[13]，勇剽若豹螭[14]。边城多警急[15]，虏骑数迁移[16]。羽檄从北来[17]，厉马登高堤[18]。长驱蹈匈奴[19]，左顾凌鲜卑[20]。弃身锋刃端[21]，性命安可怀[22]？父母且不顾，何言子与妻？名编壮士籍[23]，不得中顾私[24]。捐躯赴国难[25]，视死忽如归。

[1] 白马篇：乐府《杂曲歌·齐瑟行》歌辞，又作《游侠篇》。

[2] 羁：马笼头。

[3] 连翩：翻飞不停貌。

[4] 幽并：幽州与并州的合称。大约在今河北、山西北部以及内蒙古、辽宁一带，此地风俗尚气任侠。游侠：古称豪爽好交，轻生重义，勇于排难解纷之人。

[5] 去乡邑：离开故乡。去，离开。

[6] 扬声：扬名。垂：通"陲"，边疆。

［7］宿昔：一向。秉：持。

［8］楛（hù）矢：用楛木做杆的箭。参差：长短不齐，这里用来形容多。

［9］控弦：拉弓。左的：左方的射击目标。的，箭靶的中心部分。

［10］摧：谓射裂。月支：一种箭靶，又名素支。

［11］接：迎射，捕捉。猱（náo）：猿类，体小金尾，攀缘树木上下如飞，极其轻捷，故称飞猱。

［12］散马蹄：谓驰骛也。一说，马蹄亦箭靶名。

［13］狡捷：灵活敏捷。

［14］勇剽（piāo）：勇敢剽悍。螭（chī）：传说中的动物，如龙而黄。

［15］警急：危急。

［16］虏骑：胡人骑兵。数迁移：谓频繁调动。

［17］羽檄（xí）：古代军事文书，插鸟羽以示紧急，必须迅速传递。

［18］厉马：催马。厉，谓鞭打，扬鞭。

［19］蹈：踩。指打败。

［20］左顾：向左看。凌：凌驾，压倒。鲜卑：我国古代东北方的一个民族。

［21］弃身：犹舍身。

［22］怀：顾念，爱惜。

［23］壮士籍：谓军籍。籍，名册。

［24］中：心中。顾私：眷念个人私事。

［25］赴国难：为国家而舍生就义。


# 赠白马王彪[1]并序

黄初[2]四年五月，白马王、任城王[3]与余俱朝京师[4]，会节气[5]。到洛阳，任城王薨[6]。至七月，与白马王还国[7]。后有司[8]以二王归藩[9]，道路宜异宿止[10]，意每恨之。盖以大别在数日[11]，是用自剖[12]，与王辞焉，愤而成篇。

谒帝承明庐[13]，逝将归旧疆[14]。清晨发皇邑[15]，日夕过首阳[16]。伊洛广且深[17]，欲济川无梁[18]。泛舟越洪涛[19]，怨彼东路长[20]。顾瞻恋城阙[21]，引领情内伤[22]。

［1］白马王彪：曹植异母弟曹彪，封白马王。白马，在今河南滑县东。

［2］黄初：魏文帝年号。黄初四年为公元 223 年。

[3] 任城王：曹植同母兄曹彰。任城，今山东济宁市。曹彰骁勇能用兵，黄初四年与曹植同朝京师，到洛阳后暴病死。

[4] 京师：国都。指洛阳。

[5] 会节气：是当时一种朝廷的大典。《汉书·礼仪志》："先立秋十八日，郊黄帝。是日夜漏未尽五刻，京都百官皆衣黄。至立秋，迎气于黄郊。"

[6] 薨（hōng）：古代称诸侯或有爵位的大官死去为薨。《世说新语·尤悔》："魏文帝忌弟任城王骁壮，因在卞太后阁共围棋，并啖枣。文帝以毒置诸枣蒂中，自选可食者而进，王弗悟，遂杂进之。既中毒，太后索水救之，帝预敕左右毁瓶罐，太后徒跣趋井，无以汲。须臾遂卒。"

[7] 还国：回到封地。

[8] 有司：谓职有专司的官吏，此指监国使者灌均。监国使者，魏文帝设以监察诸王、传达诏令的官吏。

[9] 归藩：回到封地。

[10] 宜异宿止：谓不应同行同宿。

[11] 大别：长别。藩国不得互相交通，因此作者自知以后与白马王永无会期。

[12] 自剖：自我表白，自明心迹。

[13] 谒（yè）帝：朝见天子。承明庐：长安汉宫有承明庐。此处是借用汉事，非实指。

[14] 逝：发语词。旧疆：指鄄城，曹植时为鄄城王。鄄城在今山东省濮县东。

[15] 皇邑：皇城，指洛阳。

[16] 首阳：山名，在洛阳东北。

[17] 伊洛：伊水和洛水，黄河的两条支流。

[18] 济：渡。川无梁：河上没有桥梁。

[19] 泛舟：行船。洪涛：大波浪。

[20] 东路：指从洛阳往鄄城的路。

[21] 顾瞻：回视。城阙：指洛阳。

[22] 引领：伸颈远望。情内伤：谓心中悲痛。

太谷何寥廓[1]，山树郁苍苍。霖雨泥我涂[2]，流潦浩纵横[3]。中逵绝无轨[4]，改辙登高冈[5]。修坂造云日[6]，我马玄以黄[7]。

[1] 太谷：太谷关，汉灵帝时置，在洛阳东南五十里。寥廓：空阔广远貌。

[2] 霖雨：连绵大雨。泥（nì）我涂：谓大雨使道路泥泞阻塞。泥，动词，阻塞，阻滞。涂，同"途"。据《魏志·文帝纪》载，黄初四年六月大雨，伊洛溢流。

[3] 流潦（lǎo）：地面流动的积水。潦，积水。浩：水大貌。纵横：多貌。

[4] 中逵：谓道路交错之处。绝：断。轨：车迹。

[5] 改辙：改道。

[6] 修坂：漫长的斜坡。造：至。

[7] 玄以黄：马病貌。《诗经·周南·卷耳》："陟彼高冈，我马玄黄。"以，连词，同"而"。

玄黄犹能进，我思郁以纡。郁纡将何念[1]？亲爱在离居[2]。本图相与偕[3]，中更不克俱[4]。鸱枭鸣衡轭[5]，豺狼当路衢[6]。苍蝇间白黑[7]，谗巧反亲疏[8]。欲还绝无蹊[9]，揽辔止踟蹰[10]。

[1] 郁纡（yū）：忧思萦绕貌。纡，萦回，围绕。

[2] 亲爱：亲近喜爱之人。离居：谓分别。

[3] 本图：本来想。相与偕：谓一起同行。

[4] 中更：中途变更。不克：不能。俱：同，一起。

[5] 鸱枭（chī xiāo）：俗称猫头鹰。以喻小人。衡轭：车辕前的横木和架在马颈上用以拉车的曲木。

[6] 路衢：四通八达的道路。

[7] 间白黑：谓颠倒黑白（是非）。《诗经·小雅·青蝇》"营营青蝇止于樊"，郑笺："蝇之为虫，污白使黑，污黑使白。"

[8] 谗巧：谗邪巧佞者。反亲疏：谓使当亲者反疏，当疏者反亲。反，一作"令"。

[9] 绝无蹊：谓道路已断绝。蹊，路径。

[10] 揽辔：拿着马缰绳。踟蹰（chí chú）：徘徊不进。

踟蹰亦何留？相思无终极[1]。秋风发微凉，寒蝉鸣我侧[2]。原野何萧条，白日忽西匿[3]。归鸟赴乔林[4]，翩翩厉羽翼[5]。孤兽走索群[6]，衔草不遑食[7]。感物伤我怀，抚心长太息[8]。

[1] 无终极：没有尽头。

[2] 寒蝉：蝉的一种，较一般蝉小，青赤色。《礼记·月令》："〔孟秋之月〕凉风至，白露降，寒蝉鸣。"故又称寒螀、寒蜩。

[3] 西匿：谓夕阳西下。匿，隐藏。

[4] 乔林：乔木之林。乔，高大的树木。

[5] 厉：振，奋。

［6］索群：寻找同类。

［7］不遑食：顾不上吃。遑，暇。

［8］太息：长叹。

太息将何为？天命与我违[1]。奈何念同生[2]，一往形不归[3]。孤魂翔故域[4]，灵柩寄京师[5]。存者忽复过[6]，亡没身自衰[7]。人生处一世，去若朝露晞[8]。年在桑榆间[9]，影响不能追[10]。自顾非金石[11]，咄唶令心悲[12]。

［1］天命：上天的意旨。与我违：谓与我的心愿相违背。

［2］同生：同胞。此指曹彰。

［3］一往：一去。形：谓形体。

［4］孤魂：孤独无依的灵魂。翔故域：谓飞回自己的封地任城。

［5］灵柩：死者已入殓的棺材。寄京师：谓寄放在洛阳。

［6］存者：曹植自谓。忽复过：谓很快也会与死者同归。

［7］亡没身自衰：此句倒文，谓自身也会由衰而死。亡没，死去。

［8］朝露：早晨的露水。晞（xī）：干。

［9］年：年寿。桑榆：喻晚年。

［10］影响：影子和回声，皆感应迅捷者。此二句形容年命逝去之快。

［11］自顾：自省。非金石：谓非金石不坏之躯。

［12］咄唶（duō jiē）：犹“咄嗟”。呼吸之间，形容时间短暂迅速。

心悲动我神[1]，弃置莫复陈[2]。丈夫志四海，万里犹比邻[3]。恩爱苟不亏[4]，在远分日亲[5]。何必同衾帱[6]，然后展殷勤[7]。忧思成疾疢[8]，无乃儿女仁[9]。仓卒骨肉情[10]，能不怀苦辛[11]？

［1］动：触动，劳伤。神：精神、心神。

［2］弃置：抛弃，扔在一边。陈：陈述。

［3］比邻：近邻。

［4］苟：如果。

［5］分（fèn）：情分。

［6］衾帱（qīn chóu）：被子和帐子，泛指卧具。《后汉书·姜肱传》载，姜肱与弟仲海、季江相友爱，常共被而眠。

［7］展殷勤：显现心意。

［8］疾疢（chèn）：疾病。

［9］无乃：岂不是。儿女仁：妇孺的不忍之心，比喻感情脆弱。

［10］仓卒（cù）：亦作"仓猝"。匆忙急迫。骨肉情：谓兄弟手足之情。

［11］苦辛：谓苦痛与辛酸。

苦辛何虑思[1]？天命信可疑[2]。虚无求列仙[3]，松子久吾欺[4]。变故在斯须[5]，百年谁能持[6]？离别永无会，执手将何时？王其爱玉体[7]，俱享黄发期[8]。收泪即长路[9]，援笔从此辞[10]。

［1］虑思：思虑，考虑。

［2］信：实在，的确。

［3］虚无：谓道家。列仙：诸仙。

［4］松子：赤松子，古仙人名。吾欺：欺骗我。

［5］变故：意外发生的变化或事故。斯须：顷刻。

［6］百年：一生。持：把握。

［7］其：表示祈使，犹当、可。玉体：尊贵的身体。

［8］黄发期：谓高寿。老年人头发由白变黄，故云。

［9］即长路：登上漫长的道路。

［10］援笔：指提笔作诗相赠。从此辞：就此告别。

# 七哀[1]

明月照高楼，流光正徘徊[2]。上有愁思妇，悲叹有余哀。借问叹者谁？言是宕子妻[3]。君行逾十年，孤妾常独栖。君若清路尘[4]，妾若浊水泥[5]。浮沉各异势，会合何时谐？愿为西南风，长逝入君怀[6]。君怀良不开[7]，贱妾当何依？

［1］七哀：作为一个乐府题目始于王粲，《乐府诗集》里被归入《相和歌·楚调曲》。《七哀》的名称来源不详，余冠英认为可能与音乐有关系，晋乐的《怨诗行》用这首诗做歌辞时，就分成了七解。

［2］流光：明澈如水、恍然如流的月光。徘徊：晃动不前的样子。

［3］宕子：同"荡子"，指飘荡在外的丈夫。与"游子"义同。非指通常所说"轻薄浪子"。

［4］清路尘：路上飞起的轻尘。

［5］浊水泥：水底沉积的淤泥。六朝时人常以尘、泥喻不同的身份和地位。曹

植《九愁赋》："宁作清水之沉泥，不为浊路之飞尘。"清浊二字的用法虽与此不同，但立意都是肯定"泥"的稳重一心，而不满"尘"的飘荡虚浮。

　　[6]长逝：长驱，长飞。

　　[7]良：诚然，硬是。

　　**点评**：此诗为曹植后期之作，表面以思妇的口吻抒发对丈夫的思念与哀怨，实际乃是表现对其兄曹丕打击迫害兄弟们的怨愤与不平。

# 杂诗（六首之四）

　　南国有佳人，容华若桃李[1]。朝游江北岸，夕宿潇湘沚[2]。时俗薄朱颜[3]，谁为发皓齿[4]？俯仰岁将暮[5]，荣耀难久恃[6]。

　　[1]南国：古代泛指江南一带。容华：容貌。

　　[2]潇湘沚：潇湘，水名，潇水在湖南省零陵县与湘水汇合。沚，水中小洲。朝游北岸，夕宿潇湘，是以湘水女神自喻，应取意于屈原《九歌》。

　　[3]薄朱颜：不重视貌美之人，这里指不重视才德之士。

　　[4]谁为（wèi）发皓齿：谁为，为谁。发皓齿，指开口歌唱。发，开。

　　[5]俯仰：低头仰头之间，极言时间之短。

　　[6]荣耀：花开灿烂的样子，此指"桃李"所喻，即人的青春盛颜。久恃：久留，久待。

　　**点评**：此诗以佳人自喻，慨叹自己的才德不为当时所重，怨愤年华易逝而功业无成。

# 美女篇[1]

　　美女妖且闲[2]，采桑岐路间。柔条纷冉冉[3]，落叶何翩翩。攘袖见素手[4]，皓腕约金环[5]。头上金爵钗[6]，腰佩翠琅玕[7]。明珠交玉体[8]，珊瑚间木难[9]。罗衣何飘飘[10]，轻裾随风还[11]。顾眄遗光彩[12]，长啸气若兰[13]。行徒用息驾[14]，休者以忘餐。借问女安居，乃在城南端[15]。青楼临大路[16]，高门结重关[17]。容华耀朝日，谁不希令颜[18]。媒氏何所营，玉帛不时安[19]。佳人慕高义[20]，求贤良独难。众人徒嗷嗷[21]，安知彼所观。盛年处房室，中夜起长叹[22]。

[1] 美女篇：在《乐府诗集》被归入《杂曲歌·齐瑟行》。

[2] 妖：艳丽妖娆。闲：通"娴"，优雅娴静。

[3] 冉冉：柔弱下垂貌。

[4] 攘袖：捋起袖子。

[5] 约：缠束。

[6] 金爵钗：雀形的金钗。"爵"，同"雀"。

[7] 琅玕（láng gān）：状如珠玉的美石。

[8] 交：连结。

[9] 间木难：以木难相间隔。间，间隔。木难，一种宝珠，李善注引《南越志》说："木难，金翅鸟沫所成碧色珠也，大秦国珍之。"

[10] 飘飘：一作"飘飘"。

[11] 裾：衣服的前襟或袖子。还（xuán）：转。

[12] 眄（miǎn）：本义为斜视，引申为盼望。

[13] 啸：蹙口出声，今指吹口哨。

[14] 行徒用息驾：行路的人因此而停车。用，因而。息驾，停车。

[15] 城南端：城的正南门。

[16] 青楼：涂饰青漆的楼，指显贵之家。齐、梁以来才开始偶以青楼形容倡女所居；直至唐代青楼一般仍指闺阁。

[17] 重关：两道闭门的横木。

[18] 希令颜：仰慕其美貌。令，美，善。

[19] 玉帛：指珪璋和束帛，古以定婚行聘之礼。安：完备停当。

[20] 高义：品德高尚之士。

[21] 嗷（áo）嗷：象声词用为形容词。状情绪激动，言语粗放，声音洪亮的样子。

[22] 中夜：半夜。

**点评：**此诗以美女"盛年处房室"喻志士虽有理想才能，却因不遇明主而无可施展。

■**解读鉴赏**

本章选文均选自中华书局萧统编《六臣注文选》。

现在我们就要进入诗歌发展史上一个崭新的时期——建安时代了。建安是汉朝最后一个皇帝汉献帝的年号。建安时代汉室衰微，董卓构乱，豪杰并起，遍地刀兵。然而，这是一个造就英雄，同时也造就诗人的时代。

《古诗十九首》的作者们虽然也写了时代给他们带来的痛苦，但他们毕竟没有亲眼见过遍野的白骨，没有亲身受过战乱的蹂躏。所以从总体上讲，他们的风格是温厚的、平和的、收敛的。建安诗人则不同了：博学多才的女诗人蔡琰在董卓之乱时被胡骑所获，流落匈奴十二年，后被曹操以金璧赎归，她的五言《悲愤诗》那种不避丑拙的叙事和断肠泣血的抒情，真正是悲愤填膺，催人泪下。王粲的《七哀诗》，写他赴荆州依刘表时一路所见，那些战乱中的惨象简直触目惊心，令人难以想象。其他如孔融、陈琳、徐干、刘桢、应场、阮瑀等诗人，虽然身世经历、作品风格各有不同，但他们同处乱离之世，所写的诗歌不约而同地都带有一种激昂和发扬的感情，这种感情给诗歌增添了新的感发力量，使两汉以来的诗风发生了一个很大的变化。

在建安诗人中，曹操是一位开风之先的作者。戏曲和小说里总是把他描写成白脸的奸雄，然而曹操生于乱世，确实有着一份安定天下的政治理想。他在《让县自明本志令》中说："设使国家无有孤，不知当几人称帝，几人称王。"这话虽然说得很专横，但也很真诚。他的诗也是如此，在英雄的志意与诗人的才情之中，往往又结合着一种唯我独尊的"霸气"。现在我们所要讲的《短歌行》，就是他抒情言志的代表作品之一。

《短歌行》作于何时，历史上并无记载。但相传是赤壁鏖兵之前所写。苏东坡《前赤壁赋》说"方其破荆州，下江陵，顺流而东也，舳舻千里，旌旗蔽空，酾酒临江，横槊赋诗，固一世之雄也"，为这首诗勾画出一幅气势宏大的背景；京剧《赤壁之战》中，也有"横槊赋诗"的一折。所以我们不妨就联系建安十三年（208）赤壁之战时的军事和政治局势，来看一看曹操怀有什么样的志意与感情。

这首诗是乐府诗，是可以配乐歌唱的。它每四句换一次韵，形成一个音乐的段落，所以每四句叫作"一解"。"对酒当歌"的"当"字，可以解释为"应该"，但也可以解释为"对"。因为"酒"和"歌"都是能使人沉醉的东西，人的理智平时是清醒的，是可以控制自己感情的；可当你对着酒和歌的时候，精神自然就会松弛，感情也容易激动，平时总是藏在心底的郁闷这时候也会涌上心头。北宋词人晏殊有一首《浣溪沙》说："一曲新词酒一杯，去年天气旧亭台，夕阳西下几时回。"那就是因饮酒听歌而想起了人生的短暂无常。然而晏殊"夕阳西下几时回"的哀感完全是一种诗人的哀感，曹操"人生几何"的哀感里面却包含有英雄的志意，二者的性质有所不同。"人生几何"出于《左传》的"俟河之清，人寿几何"。古人相信，黄河的水千年一清，而黄河水清就意味着天下太平。可是，一个人能享有多少年的寿命？怎能等得到那天下太平的时候！人近暮年，逝去的日子一天比一天多，未来的日子一天比一天少。当生命结束时，你所有的才智和所有的理想也就全都落空了。曹操这个人说不上忠于汉室，但他确实是以统一天下为己任的。自董卓覆灭之后，他先后平灭了吕布、袁绍、刘表等割据势力，于建安十三年冬，率大军沿长江顺流而下，威胁江东。这一年，曹操已经五十四岁。可是，赤壁一战，孙权与刘备的联军获胜，从此奠定了三国鼎立数十年的局面。以曹操的雄才大略，一生之中也只能统一北方而始终未能统一天下。由此可见，在建安那种乱世，要想实现心中一些美好的理想是何等艰难！"对酒当歌，人生几何？譬如朝露，去日苦多"，在诗人的才情之中结合了英雄的志意，于悲凉中有沉雄之感，这是曹操与一般诗人不同的地方。

中国的语汇有些是可以颠倒来用的，"慷慨"这个词有时候也可以说成"慨慷"。"慨当以慷"在"慨"和"慷"之间又加上了"当"和"以"两个虚词，这种形式的四字句在《诗经》里经常出现，其中的虚词只起一个加强语气的作用。不过"慷慨"这个词古今用法有些区别。今人用"慷慨"时往往指钱财上出手大方，不吝惜，而古人用"慷慨"是指一种感情激昂的样子。如《史记·项羽本纪》中讲到项羽兵困垓下时说"于是项王乃悲歌慷慨"。"杜康"是中国传说中发明酿酒的人，故后世一般用作酒的代称。古人认为，酒是可以销愁的。在唐代大诗人李白的诗中，几乎凡是提到酒的地方都是在写愁——尽管他很明白"举杯销愁愁更愁"的道理。"慨当以慷，忧思难忘。何以解忧，唯有杜康"也是一样："对酒当歌"引起了感情激昂，感情激昂使很多郁闷忧愁都涌上心头，而排解这些郁闷忧愁的办法只有再接着饮酒！

曹操的郁闷、忧愁自何而来？——"青青子衿，悠悠我心。但为君故，沉吟至今。"这真是只有诗人才能够写出来的语言，里面充满了一种固执的追求向往的感情！古往今来，这种追求向往的怀思之情是最能够打动人心的，因而也是最有诗意的。《诗经》里有一篇《蒹葭》，近代学者王国维认为它"最得风人深致"。《蒹葭》中的"所谓伊人，在水一方"，就同这里的"青青子衿，悠悠我心"一样，代表了诗人心中所怀思的对象，或者说是一种美好的愿望和理想。"青青子衿，悠悠我心"是说那青青的颜色就是你当时所穿衣衿的颜色，它是那么长久地留在了我的记忆里。这是什么意思？五代词人牛希济有一首《生查子》词说："记得绿罗裙，处处怜芳草。"那是一首写男女离别的词，意思是，由于分别时女子穿着绿色的罗裙，所以那个男子以后无论在天涯海角，只要看到绿色的东西就会想起自己的恋人来。曹操这两句诗和牛希济那两句词在感情上颇为相似，但却有着层次的不同。因为，牛希济所写的内容完全是男女恋情，并没有其他含义，而曹操这首诗却不是。怎见得不是？这就十分微妙了。原来，这两句出于《诗经·郑风》中的《子衿》："青青子衿，悠悠我心。纵我不往，子宁不嗣音。"《毛诗·序》认为是"刺学校废也，乱世则学校不修焉"的。"青衿"是古代学校里学生的制服，所以它在这里所代表的不是女子而是男子，并且应该是年轻人。这人是谁？大家有不同的说法。赤壁之战时曹操的主要对手是孙权和刘备。孙权字仲谋，当时只有二十多岁。历史记载，曹操有一次和孙权作战，看到对方阵容整肃就叹息说："生子当如孙仲谋！"另外，刘表的长子刘琦不肯投降，与孙权、刘备联合，共拒曹操。所以有人认为，"青青子衿"四句和下面的"呦呦鹿鸣"四句，都是对这两个年轻人而言的。曹操心中爱惜他们的才干，希望他们前来归降，不要再和自己对抗。

"呦呦鹿鸣"四句来自《诗经·小雅·鹿鸣》："呦呦鹿鸣，食野之苹。我有嘉宾，鼓瑟吹笙。"而且完全是原句。"苹"是鹿喜欢吃的一种草，鹿在山野之中发现了苹，就发出快乐的叫声，招呼它的同类都来享用。《小雅·鹿鸣》以鹿呼唤友朋的声音起兴，写的是古代君臣宴会的场面，《毛诗·序》说这首诗是"燕群臣嘉宾也"。所以你看，曹操用典用得多妙！这四句表面的意思是：我多么希望你们到我这里来作客，如果你们来了，我一定用隆重的宴会招待你们。但是暗中，已隐然确定了宾主之间的君臣名分。

也许有人要问：曹操在《短歌行》中引用了这么多《诗经》的原句，那不是一种抄袭的行为吗？其实，曹操的这种引用与今人所说的抄袭是不同的。因为，首先，建安以前诗歌还没有独立的价值，作者也没有著作权的观念。在汉乐府和《古诗十九首》中经常有相同的句子，可见当时人们尚没有"抄袭"这个概念。其次，《诗经》并不是偏僻少见的书，旧时小孩子启蒙读书就用《诗经》当课本，"青青子衿"、"呦呦鹿鸣"等诗句，凡读过书的几乎无人不知。再次，一般人抄来的东西很难真正属于自己，而曹操的《短歌行》从内容口吻到风格意境的的确确是属于他自己的，千百年来，读者人人都承认那果然是建安时代曹孟德的感情，而不是《郑风》或《小雅》的感情。不过，从曹操这份人所不及的才情之中，我们也可以看出他所独有的那种"霸气"。

诗人有时用明月来象征自己所怀思的对象。李白《玉阶怨》说，"却下水晶帘，玲珑望秋月"；温庭筠《菩萨蛮》说，"玉楼明月长相忆"。明月，能够使怀思的感情和对象得到升华，形成一种光明、皎洁、高远的新境界。"明明如月，何时可掇"，与唐诗及晚唐五代小词颇有暗合，也是把怀思对象比为明月，从而使这种怀思的感情显得极有诗意。曹操急于统一天下，因此渴望招揽贤才，唯恐有才能的人不肯为己所用。他说："你是这么美好又这么高远，什么时候才可以把你摘下来拿在我的手中？"写得当然很好，但诗情之中还是流露着霸气。人的性情所在，真是一件没办法的事情！那么，是谁使曹操怀有如此渴慕的感情？这个对象很可能是刘备。据历史记载，曹操非常欣赏刘备的才干，曾对刘备说："今天下英雄，唯使君与操耳！"刘备为吕布所败投奔曹操，曹操不但收留了他，而且待他很好，后来又为他出兵去攻打吕布。但刘备不久就背叛了曹操。"越陌度阡，枉用相存。契阔谈䜩，心念旧恩"，很可能就是在述说两人往日的这一段情谊。曹操说，我过去和你有过聚会也有过离别，当你遇到危难时我也曾出兵帮助过你，我们为什么现在就不能彼此珍重过去那一份感情？难道我对你的那些苦心真的就都白费了吗？

接下来作者说："月明星稀，乌鹊南飞。绕树三匝，何枝可依？"入夜之后鸟儿都该栖宿归巢了，乌鹊为什么还在绕着树飞来飞去？这可能是作者看到的眼前实景，但其中也含有喻托的深意。古人说"凤凰非梧桐不栖"，又说"良禽择嘉木而栖，良臣择明主而事"。好的鸟一定要选择一棵它自己满意的树才肯栖身；真正有才能的人要想在乱世之中做一番事业，也必须为自己选择一个英明的主人而不能轻易托身给一个昏君。曹操的言外之意是：你们不是要选择一个英明的主人吗？为什么不到我曹孟德这儿来，还在那里犹豫什么呢？

诗篇至此，作者并没有明确说出他的主旨，前面所写的慨叹人生短暂啦，心有怀思向往啦，那都是一般诗人常有的感慨。而我们说他慨叹人生短暂是因为唯恐不能完成统一大业，说他心中怀思向往的乃是贤能之士，甚至说可能是孙权、刘备等人，那也仅仅是我们结合当时政治历史背景所做的感发联想。但我们之所以会做这样的联想是有根据的，根据就在结尾的"山不厌高，水不厌深。周公吐哺，天下归心"四句。"山不厌高，水不厌深。周公吐哺，天下归心"出于《管子》："海不辞水，故能成其大；山不辞土石，故能成其高；明主不厌人，故成其众。"显然，作者在这里是用"山不厌高"和"水不厌深"来比喻自己对人才的渴求，并且以"明主"自居。"周公吐哺，天下归心"出于《史记·鲁周公世家》："一沐三捉发，一饭三吐哺，起以待士，犹恐失天下之贤人。"意思是，周公辅佐成王时，每逢有贤士来归，他哪怕是正在洗头或正在吃饭，也会握着头发，吐出口里嚼着的饭，立即出来接见，绝不拿架子让人家等着他。因此这两句显然也是谦恭下士、渴求人才的意思。周公，是周武王的弟弟、成王的叔叔。武王死后成王年幼，由周公摄政，他曾平灭了东方的叛乱，并且制礼作乐，使得天下大治，人民安乐。曹操以周公自比，就包含有希望自己完成周公那种业绩的愿望。在建安那样的乱世，这种愿望是符合民心的。诗者，志之所之也，尽管曹操挟天子以令诸侯，尽管曹操也用很残忍的手段去对付那些不肯为己所用的人，但从他的诗歌里我们也可以看到他的另一面——一腔渴望安定天下的真情和一副悯时悼乱的热肠。

曹操不仅以他的作品开出了建安一代诗风，而且以他的身份地位推动了建安文学的兴盛。曹操的儿子曹丕、曹植的诗也很有名，但这父子三人的风格特点大不相同。曹操的诗古直沉雄，从不雕饰作态，代表了建安诗风转变之中较早的一个阶段；曹丕的诗以情韵和锐感取胜，辞采则介于文质之间；曹植的诗辞采华茂，注重技巧，开启了一个新的趋势。

魏文帝曹丕是一个感性与理性兼长并美的诗人。他的诗从来不用那些特殊的、奇异的或强烈的东西去刺激读者，而是通过制造出一种气氛来慢慢打动你。像他的《燕歌行》，内容不过是写古人常写的征人思妇的主题，所用的也都是很常见的词汇，但诗人写出了一种孤独寂寞和追求怀思的感情。你一定要设身处地慢慢地去感受，才能有所体会。梁启超在《论小说与群治之关系》中，曾提出小说影响读者有"熏、浸、刺、提"四种力量。曹丕的诗就近于"熏"的力量。它以感受与情韵取胜，发生作用比较缓慢，所以初学者一般不容易一下子喜欢上曹丕的诗。至于曹植，他在诗歌史中处于一个转折点上，对后世作者有较大影响。对他的诗歌，我们应做较详细的介绍。

从魏晋到南北朝齐梁之间，中国诗歌经历了一个在艺术上从自发走向自觉的阶段。这个阶段，事实上是从曹植开始的。

曹植字子建，是魏武帝曹操的儿子、魏文帝曹丕的弟弟。他是一个才子型的诗人，这类诗人大都纯情善感，缺乏自我反省与节制的能力，因此诗歌风格往往随着外界环境的变化而产生变化。曹植才思敏捷，从小就得到父亲的宠爱，几乎被立为太子，以致后来他的哥哥曹丕继位并篡汉之后对他深怀猜忌，处处加以压制和打击。曹丕死后，他的侄子魏明帝曹叡同样不肯给他一个出头建功立业的机会，因此他戚戚寡欢，抑郁而死，死的时候才四十一岁。曹植的诗大致可分为三个阶段：早期意气风发，多姿多彩；中期初受压抑，激愤不平；晚期则多用象喻的方法抒写心中郁闷。

　　我们可以先看他的《白马篇》，这是他早期所写的一首乐府歌辞。这首诗除了才情与辞藻之外还表现出一种气势，也就是中国传统诗论所经常提到的"气"。在中国古典诗词中，有的人以"情"胜，有的人以"感"胜，有的人以"思"胜，也有的人以"气"胜。曹植早期的诗，最引人注意的就是他的"气"。说到诗歌中的"气"，那是精神作用表现于外而产生的一种能够使人兴发感动的力量。刘勰《文心雕龙·风骨》说："索莫乏气，则无风之验也。"可见，"气"与"风"也有着相同之处，它们都是一种"动"的力量。孟子说："我善养吾浩然之气。"那个"气"是指人在精神品德上的一种修养，与我们这里所说的"气"虽然有所不同，但在强调精神作用这方面是一致的。儒家认为，当你在精神品德的修养上达到了一定境界的时候，你就对自己的所作所为充满了自信的勇气，所以就能够做到"富贵不能淫，贫贱不能移，威武不能屈"。所谓"仁者必有勇"，就是这个道理。可是还有那么一类人，他们精神品德的修养并不一定达到了"仁者"的境界，但由于他们生来天分很高，才华出众，因而对自己也充满了自信的勇气，那就是"才子型"的诗人。这一类诗人在行为上往往任纵不羁，在作品中往往表现出很强的气势。读他们的诗，你还来不及去考虑他说的到底有理无理，首先就被他那一股气势震慑住了。唐代大诗人李白就是这类诗人的典型代表。李白说："天生我材必有用，千金散尽还复来。"（《将进酒》）其实千金散尽并不一定复来，可是他那种充满自信的口吻简直使你不敢不信。曹植年少多才，受到父亲宠爱，热衷于功名事业，对前途充满信心，所以他早期的诗也都带有很强的气势，《白马篇》就是一首代表作品。

　　曹植的"气"，在诗歌里究竟是怎样表现出来，怎样使我们感受到的呢？这就涉及《文心雕龙》所说的"骨"了。"骨"指诗歌的内容情意以及它的章法、句法、口吻和语法结构等。而无形的"气"，就是依靠这些具体可见的形态传达出来的。曹植这首《白马篇》描写了一个渴望为国家建功立业的幽并游侠少年。作者在描写少年的身手与志意时，用了很多骈偶的句子，如"控弦破左的，右发摧月支"，"仰手接飞猱，俯身散马蹄"，"长驱蹈匈奴，左顾凌鲜卑"，等等。中国文字独体单音，最容易形成对偶，不过像曹植这样有意识地运用对偶，在魏晋以前的诗中是不多见的。当然，这些对句在形式上不像齐梁时期的诗那么讲究，可是它们所含的气势却是齐梁诗所不及的。曹植说，这个幽并少年向左一拉弓就射中左边的箭靶，向右一拉弓就射中右边的箭靶；向上一伸手就抓住正在飞跃的猿猴，向下一俯身就使马跑得飞快。这就不仅仅是对偶，而且是一种"对举"。凡对举都有包容的意思，就是说，对举的须是两个相反的极端，或者是一南一北，或者是一上一下，或者是一朝一夕，两者之间可包容一个极大的空间。于是其中就形成一种"张力"，从而形成了气势。南唐李后主的小词《相见欢》说："林花谢了春红，太匆匆。无奈朝来寒雨晚来风。"那就是一种对举的说法。所谓"朝来寒雨晚来风"并不是说晚上就没有雨，早晨就没有风，而是说从早到晚这一天的时间里无时不雨，无时不风。这首诗也是如此："控弦破左的，右发摧月支"是说这个少年箭无虚发，四面八方无所不中；"仰手接飞猱，俯身散马蹄"是说这个少年身手矫健，马上的功夫无一样不精；而"长驱蹈匈奴，左顾凌鲜卑"，则是说他可以为国家征服边疆的一切敌人。而且还不止如此，他还说，他根本就不在乎自己的生命，对父母妻子也无所顾念，只要能够为国家建功立业，他可以把死亡看得像回家那么容易。这些话的口吻慷慨激昂，充满热情和自信，因而给人以气势充足的感觉。平心而论，《白马篇》并没有很复杂的内容或者很深刻的感情，它的好处就在于气势。这气势产生了强烈的感发力量，使读者从幽并少年豪迈的身影中看到了作者早年意气发扬的精神状态。

可是后来曹植的生活环境发生了变化，因为他的父亲最终选择了他的哥哥曹丕做继承人。而曹丕做了天子之后，就把弟弟们都分封为王，各令就国，不许留在京师，并设监国使者监察诸王，以防有图谋不轨的行为发生。于是，在魏文帝黄初四年（223）就发生了一件对曹植和他的兄弟们打击极大的事情：这一年的五月，诸王都到京师洛阳参加"会节气"的典礼，曹植的同母兄任城王曹彰在京师"暴薨"。而这一年的七月曹植回封地的时候，本打算和他的异母弟白马王曹彪同行，却遭到有司的禁止。在和曹彪分手的时候，曹植写了有名的《赠白马王彪》以抒发心中的愤懑。这首诗写得凄惨悲哀，与早年意气风发的作品大有不同，但在气势上却与早期作品一脉相承，在技巧上也有所发展。

全诗分为七章。由于在章法结构上体现了作者感发进行的线索，所以这七章之间的先后次序是不可以颠倒的。首章"谒帝承明庐"和次章"太谷何寥廓"是叙述感发的起源。作者从离开洛阳写起，写对城阙的回顾眷恋，写道路的泥泞难行，融情于景，其中已经潜伏着心中难言的悲愤。第三章"玄黄犹能进"引出了与白马王曹彪离别的主题。诗人现在唯一的安慰是在回国途中可以和弟弟曹彪同行，可是又被那些先意希旨的小人干涉，不得不分道而行，因此感情逐渐激愤起来。第四章"踟蹰亦何留"转而观赏路上景色，看似忽然跳了出去，其实所有的景色都有喻托的含义，悲愤的感情步步深入。第五章"太息将何为"是伤心兄长曹彰之死，进而对自己的前途也感到悲观失望。第六章"心悲动我神"在悲痛中强自挣扎，故作旷达，但又用"仓促骨肉情，能不怀苦辛"两句将旷达全部否定，这又是一个顿挫。末章"苦辛何虑思"，悲哀已无以复加，由此产生了对天命和神仙的怀疑。"收泪即长路，援笔从此辞"两句的口吻意味着与白马王彪的这次生离也就是死别了。在这一组诗中，作者的感发是进行式的。开始，他强自抑制着心中的激愤，用了不少比喻和象征的手法。但随着感发的进行，他的感情越来越激动，表现方法也从比喻象征发展到直抒胸臆。配合这种进行式的感发，他在每一章的开头与上一章的结尾处采用了蝉联的方法。这种修辞方法又叫作"顶针"，作用是使长诗的气势不断，在内容上虽有转折顿挫，但感情的发展却保持着越来越强烈的势头。

这首诗的感情比《白马篇》要深沉得多。可是诗人那种以"气"取胜的特点仍然没有变，喜欢用骈句的习惯也没有变。例如第四章"踟蹰亦何留"，除开头和结尾之外几乎全是骈句，其中有的是两句相对的。诗人说：秋风已经开始带来寒冷，可是蝉还是在我旁边不停地叫；原野如此萧条寂寞，时间又如此仓促逼人；天黑了，鸟有自己的巢可以飞回去，而失群的兽急于要找它的同伴，嘴里衔着草都顾不上吃。这些固然是写路上的景色，但其中显然含有象喻的成分，由此才引出了下一章的"奈何念同生，一往形不归"和"人生处一世，去若朝露晞"的悲慨。在这里，有些骈句写得非常有力量，像"原野何萧条，白日忽西匿"，上句写空间的无情，下句写时间的逼迫，中间又有"何"和"忽"两个很有力量的字来加重语气，悲愤的心情溢于言表。又如第三章的"鸱枭鸣衡轭，豺狼当路衢。苍蝇间白黑，谗巧反亲疏"，象喻的含义十分明显，依然流露出他早年那种任纵不羁的性格。

明末清初的学者王夫之在他的《姜斋诗话》中说："曹子建铺排整饰，立阶级以赚人升堂，用此致诸趋赴之客，容易成名，伸纸挥毫，雷同一律。"这话虽然对曹植大有贬意，但却说明了一个客观上的事实，那就是曹植的诗讲究艺术技巧，注重人工的思索安排，所以便于后人学习模仿，因此他那些华美的辞藻、声调、骈句、修辞方法等，就导致了后来齐梁诗歌绮丽雕琢的风气。要知道，第一流的诗歌都是自然流露的，作者在创作时根本就没有得失计较之心，像我们讲过的《古诗十九首》就是如此。然而从建安时代开始，诗歌有了独立的价值，诗人们对诗歌的形式美有了自觉的追求，后来发展到极端就形成齐梁间"彩丽竞繁，兴寄都绝"的局面。这究竟是一件好事还是一件坏事？其实，任何事物的发展都是曲折的，判断一件事情的好坏一定要有一种历史的眼光。从诗史上看，中国的诗歌如果不经过这一阶段在艺术上的自觉和反省，就不会有后一阶段的飞跃和发展。齐梁诗风虽然遭到大家的反对，可是它为近体诗奠定了基础，带来了唐代诗歌的兴盛繁荣。从这个角度来看，曹植的"立阶级以赚人升堂"在诗歌史上实在是一个很重要的贡献与开拓，也是他受到后世推崇的主要原因之所在。同时，曹植只是开了后来绮丽雕琢的风气，他的诗本身并不乏建安时代的风骨。这一点，我们从已经讲过的两首诗中应该有所体会。

综上所述，三曹诗所体现出的一些共同特征，就是文学史上所谓"建安风骨"的美学特征：即慷慨悲凉、刚劲清新的时代风气，由于诗人的性情、处境、身世、经历的不同，这一时代风气在他们的诗歌中的表现是各具特色的——

　　曹操胸怀天下、傲视群雄，文韬武略在诗中透出大英雄真豪杰之本性，但年事已高，功业无成，这些感慨便形成了《短歌行》诗中的慷慨（天下归心）与悲凉（人生苦短）兼俱的豪气、浩气、才气与霸气。

　　曹丕位居天子，但当时兵荒马乱、动荡不宁，他深感自己帝位不稳、权柄不牢，内心孤危无助。于是凄苦悲凉之感便透过意象、意境所渲染出的悲凉气氛，以轻柔哀婉的语言、悠扬流畅的韵律呈现于《燕歌行》诗中。其美学特征为慷慨不足，悲凉有余。

　　曹植在曹丕称帝之前所写的《白马篇》等诗中，你可以感受到一股强烈的意气风发、任纵不羁的豪爽之气；但在曹丕称帝之后，不仅自己生活环境发生了变化，各种打击接踵而来，还连累了许多好友被害。内心激愤不平，倍感压抑，《赠白马王彪》一诗写得凄惨悲哀，抒发了心中的愤懑。曹植晚期如《七哀》《杂诗》等则多用象喻的方法抒写心中压抑苦闷，比兴寄托，抒写情志，其慷慨悲凉由此而出。同时印证了钟嵘《诗品》对他的评价："骨气奇高"、"词采华茂"、"情兼雅怨"。

■**阅读思考**

　　1. 结合对《短歌行》《燕歌行》《白马篇》《七哀》《杂诗》《美女篇》等建安诗作的阅读分析，谈谈"建安风骨"的美学特征。

　　2. 比较三曹父子的诗有什么不同？曹植在诗歌的历史发展中起了什么作用？

上编

第六章

6

# 言在耳目之内
# 情寄八荒之表

——谈正始诗人阮籍《咏怀》中的情怀
　　与抒怀方式

# 阮　籍

阮籍（210—263），三国魏哲学家、思想家和文学家。字嗣宗，陈留尉氏（今河南开封）人，"竹林七贤"之一，"建安七子"中阮瑀的儿子。曾任步兵校尉，世称阮步兵。尤以五言组诗《咏怀》最为著名。组诗透过比兴、象征、寄托等不同的写作技巧借古讽今、寄寓情怀，形成了一种"哀怨悲愤，隐晦曲折"的诗风。本章选文选自中华书局萧统编《六臣注文选》和人民文学出版社黄节注阮籍《阮步兵咏怀诗注》。

## 咏怀（其一）

夜中不能寐[1]，起坐弹鸣琴。薄帷鉴明月[2]，清风吹我襟。孤鸿号外野[3]，翔鸟鸣北林[4]。徘徊将何见[5]，忧思独伤心。

[1] 不能寐：不能入睡。

[2] 薄帷：薄薄的帐幔，指窗帷或床帷。鉴：照。

[3] 孤鸿：失群的雁。号：动物引颈长鸣。外野：野外。

[4] 翔鸟：飞翔盘旋的鸟。一作"朔鸟"，北方的鸟。北林：《诗经·秦风·晨风》："鴥彼晨风，郁彼北林。未见君子，忧心钦钦。"

[5] 徘徊：往返回旋，来回走动。

## 咏怀（其三）

嘉树下成蹊，东园桃与李[1]。秋风吹飞藿，零落从此始[2]。繁华有憔悴，堂上生荆杞[3]。驱马舍之去[4]，去上西山趾[5]。一身不自保，何况恋妻子。凝霜被野草[6]，岁暮亦云已[7]。

[1] "嘉树"二句：运用比兴喻指世事兴盛之时的景象，是由《汉书·李广传》赞语"桃李不言，下自成蹊"变化而来。嘉树：指桃李。蹊：小路。

[2] "秋风"二句：喻世事衰败之景象。藿：豆叶。《文选》注引沈约说："风吹飞藿之时，盖桃李零落之日，华实既尽，柯叶又凋，无复一毫可悦。"

[3] "繁华"二句：谓凡世间繁荣景象终有衰落之时，富丽的殿堂上也会在盛衰兴亡的变化中杂树丛生。荆杞：两种灌木名，此泛指杂树。

[4] 舍之：指摆脱世事。

[5] 西山趾：指首阳山下，位于今河北迁安市南，现为岚山。据《迁安县志》载此即伯夷、叔齐义不食周粟，采薇而食，最后饿死的地方。此二句是说，自己要避世而去，效法伯夷、叔齐，隐居于首阳山。

[6] 凝霜：严霜。

[7] 已：毕，尽。

# 咏怀（其十九）

　　西方有佳人[1]，皎若白日光。被服纤罗衣[2]，左右佩双璜[3]。修容耀姿美[4]，顺风振微芳[5]。登高眺所思，举袂当朝阳[6]。寄颜云霄间，挥袖凌虚翔。飘飖恍惚中，流盼顾我傍[7]。悦怿未交接[8]，晤言用感伤[9]。

[1] 佳人：美人。《诗经·邶风·简兮》中的"云谁之思，西方美人"句。

[2] 被服：披戴，穿着。纤罗衣：是用那种最柔软、最轻薄、最精细的丝绸织成的最美丽的衣服。

[3] 璜：半璧（扁平圆形而中心有孔）形的玉器。古代女子的随身饰物。

[4] 修容：修饰过的仪容。出自屈原《离骚》中"余独好修以为常"诗句。修，修饰。

[5] 振：散发。微芳：芳香。出自屈原《离骚》"佩缤纷其繁饰兮，芳菲菲其弥章"句。

[6] 袂：衣袖。

[7] 流盼顾我傍：谓佳人从我身边经过时曾回眸一顾，那脉脉含情的目光与我相遇了。

[8] 悦怿：欢乐，愉快，形容相互爱悦欢喜的心情。交接：交往接触。

[9] 晤：相见、会晤。言：语助词，没有实在意义。这两句是说我们向往光明，追寻美好理想的共同心愿在不期而遇的恍然一顾中感到了无限的愉悦和欣喜，但可惜还未来得及说上一句话，有一个交接的机会，就又匆匆分离了，这更使我陷入一种相见不如不见的感伤之中。

■解读鉴赏

　　我们已讲过的诗歌大致有两种类型。曹植的《白马篇》是一种类型，它虽然写得很有气势，但在内容和情意上不能给读者更多的联想；

《古诗十九首》则属于另一种类型，它给读者留下了比较丰富的自由联想余地，好像是在邀请读者也来参加它的创作。对于不同类型的诗一定要有不同的欣赏方式，诗里本来没有的东西你切不可勉强添加进去，诗里边真正蕴含着的东西你一定要尽可能地把它挖掘出来。现在我们所要讲的阮籍《咏怀》诗，是属于后一种类型的诗，但与《古诗十九首》尚有不同。《古诗十九首》之引发联想是因为它写出了人类感情的某些"基型"，而阮籍《咏怀》之引发联想，是因为它隐藏着在魏晋之间黑暗的政治背景下诗人心中难言的苦衷。

阮籍是正始时代（240—249）的主要诗人之一。"正始"是魏废帝曹芳的年号。那时候，司马氏已开始逐步篡夺曹魏的政权，一方面积极笼络天下名士，一方面对不肯归附他们的人进行残酷的政治迫害。在高压政策下，当时的名士如山涛、王戎等，就放弃操守出来做了高官；而不肯妥协如嵇康者，则被横加罪名，遭到杀害。阮籍的父亲阮瑀是"建安七子"之一，曾做过魏武帝曹操的记室，和文帝曹丕也有交情。从家世来看，阮籍显然是不肯依附司马氏的。然而他又要保全自己的身家性命，所以就采取了一种暧昧的态度：既不拒绝做官，也不真正干事，平时借酒佯狂，把一切思想和感情都深深地隐藏在心底。《晋书》本传上说他"本有济世志，属魏晋之际，天下多故，名士少有全者，籍由是不与世事，遂酣饮为常"。

阮籍写了八十多首《咏怀》诗。古人认为这些诗"言在耳目之内，情寄八荒之表"（钟嵘《诗品》）；又说它们"反复零乱，兴寄无端，和愉哀怨，杂集于中，令读者莫求归趣"（沈德潜《古诗源》）。这八十多首诗不是一时所作，所以在内容上并没有什么固定的联系。我们选了其中的三首，重点分析第一首。据史书记载，司马昭为笼络阮籍，想和他结成儿女亲家。阮籍知道了这件事，竟连醉六十天，使司马昭没有机会向他提起，因此作罢。司马昭的心腹钟会有好几次以时事问阮籍，想从他的回答中找毛病罗织罪名，但都因为他喝得大醉而没有问成。阮籍经常说出不合礼教的话，做出不合礼教的事情，给大家以痴狂的印象，但史书上又说他"发言玄远，口不臧否人物"，从来不给人留下什么把柄。由此可见，痴狂和酗酒都不是阮籍的本来面目，只不过是他在乱世之中为保持自己最后的一点点操守采取的对策而已。可是，一个人喝醉了毕竟不能永远不醒。也许只有在夜阑酒醒之时，才是阮籍真正面对自己的时候。《咏怀》"夜中不能寐"一诗所写的就是这个时候他所感到的忧愁和苦闷。

"夜中不能寐，起坐弹鸣琴"是极平常的两句话，但其中所包含的感发却绝不像字面上这么简单。清人黄仲则有两句诗说："似此星辰非昨夜，为谁风露立中宵？"我们引这两句诗所强调的并不在"昨夜"或"中宵"，我们所强调的在于"为谁"。夜中不能成眠必定有他的原因，可能是在想某个人，也可能是在想某件事。"为谁风露立中宵"点明了这一层意思，而"夜中不能寐"仅仅是暗示了这一层意思。为什么不肯点明？其中自有作者迫不得已的苦衷。要知道，阮籍虽然不谈时事，虽然口不臧否人物，然而对时事对人物并不是没有自己的看法。《晋书》本传记载说，阮籍能为"青白眼"，见到礼俗之士，他就"以白眼对之"，嵇康携酒挟琴来找他，他才"乃见青眼"。又说，有一次他登临广武，望着当年楚汉交兵的古战场叹息说："时无英雄，使竖子成名！"他对司马氏集团的所作所为怀有强烈的不满，可是为了求生的缘故，又不得不虚与委蛇，甚至为司马昭写了劝进九锡的表文。有的时候他驾着马车出去，不由径路地乱跑，跑到无路可通的地方就"恸哭而返"。这不是疯狂，而是一种发泄。一个人只有处在极端的矛盾、痛苦和孤独之中时，才会有这样的举动。弹琴则是另一种形式的发泄，古人认为琴是能够传达情意的，你的心中存了什么样的念头，琴上就会出现什么样的声音，但这种情意一般人是听不出来的，只有知音才能听懂。可是现在，暗夜之中并无知音，于此时"弹鸣琴"就更增加了一种难以忍受的寂寞孤独之感。所谓"不能寐"并不是不愿意睡，而是欲寐不能的意思。为什么欲寐不能？因为，曹魏政权的灭亡已成定局，司马氏的篡逆已经只是时间早晚的问题，儒家礼教被乱臣贼子们拿去做了干坏事的招牌，社会风气日趋败坏，阮籍济世的志意已经变成对现实的绝望，耿介的性格难以忍受委曲求生的痛苦。他的心中既藏有这么多的苦闷和矛盾，而这些苦闷和矛盾又没有一样是能够公开说出来的，所以只能用"夜中不能寐，起坐弹鸣琴"来做隐隐约约的暗示。

　　如果说，"夜中不能寐，起坐弹鸣琴"是这首诗感发的开端，那么"薄帷鉴明月，清风吹我襟"就是感发的深入。这是一个被动句式。为什么一定要用被动句式？用"明月鉴薄帷"岂不是更通顺一些？但那不行，因为薄帷被明月照透是一种被动的姿态，正是这种姿态引起了诗人心中的某种感受。这话说起来很微妙，但微妙的地方还不仅于此。"薄帷鉴明月"和"清风吹我襟"两句结合起来所产生的效果更加微妙。南唐冯延巳有一首《抛球乐》的小词说："波摇梅蕊当心白，风入罗衣贴体寒。"历代批评家都认为这两句好，可是又说不清楚到底为什么好。其实，它的好处就在于上下句的句法之间所产生的相互影响。上句说水的波心有一片白色的梅花影子在上下摇荡；下句说风吹进薄薄的罗衣，使人感受到一阵透体的寒冷。由于这两句是对仗的，所以"贴体寒"的"体"就与"当心白"的"心"有了关系，那种摇荡之感就从水的波心进入了作者的内心。这里的"薄帷"两句虽不是很工整的对仗，但作用也有些类似。因为，"襟"正处于胸怀之所在，所以"清风吹我襟"就使人联想到清风吹透衣襟，一直吹进我的心里。由于这一句中出现了"我"，所以上一句"薄帷鉴明月"也就和"我"产生了关系。那明月就不仅仅是照透了窗帘，而且也照透了我，一直照进了我的心里。于是，"薄帷鉴明月，清风吹我襟"就有了一种主观的感受而不仅仅是客观的写实了。所谓"物色之动，心亦摇焉"，这心与物之间的关系确实是很微妙的，有时候我们只能用感性来体会它。"孤鸿号外野，翔鸟鸣北林"两句表面看起来也很易懂。但文本之中却隐藏着可以引起多种联想的因素。第一就是"孤鸿"一字，"孤鸿"就是失群的孤雁。在中国的历史文化传统中，"孤雁"除表其寂寞孤独的意思之外，还有一种处境危险的含义。如近代学者王国维有一首《浣溪沙》小词正可为阮籍这两句诗作注。王国维说："天末同云黯四垂，失行孤雁逆风飞。江湖寥落尔安归？　陌上金丸看落羽，闺中素手试调醯。今宵欢宴胜平时。"词意说在一个阴暗的、四面都潜伏着危机的险恶环境中，有一只失群的孤雁逆风而飞，它为什么要逆风独飞？它到底要追求什么？这时小路上有人正在拿弹弓对它瞄准，可怜这孤雁刚一中弹坠地，便进入厨房成为猎人晚宴上的美味！天下的政治斗争也都是如此的，魏晋之际的政治斗争尤其如此。阮籍与嵇康、山涛、王戎、向秀等七人当时号称"竹林七贤"，但在政治风向转变的时候，山涛、王戎都趋奉司马氏了，嵇康被杀之后，向秀也违心地到洛阳做了司马氏的官。也许，平时你的道德学问是受人尊敬的，可是当真正面临生死利害的抉择时，你是保全自己的性命还是保全自己的人格？这确实是一个相当痛苦的考验。"翔鸟鸣北林"的"翔鸟"，意思是正在飞翔的鸟，这也是一个容易引发联想的词语。陶渊明就经常用鸟的形象来做象喻。他的《饮酒》诗说："栖栖失群鸟，日暮犹独飞。徘徊无定止，夜夜声转悲。"——天黑之后鸟为什么不归巢？为什么还在飞？为什么发出那么悲哀的叫声？因为，它还没有找到一棵树作为自己的栖身之所。人也是如此的，你一定要找到一个清白的所在来作为你自己安身立命的地方。这个选择的过程往往是痛苦的，有时候很难做到两全其美。事实上，阮籍那种不肯明显表示反对的态度就已经被司马昭利用了。正是由于他的名声有利用价值，所以虽然不少人对他"疾之若仇"，但司马昭却始终保全了他，没有像对待嵇康那样把他除掉。"翔鸟"，有的版本作"朔鸟"，是北方的猛禽。常在树林里寻找那些可以供它捕食的小动物，这使人联想到迫害者正在寻找一个可以迫害的对象。结尾两句中的"徘徊将何见"，有两种可能的含义。第一种含义是：徘徊了半天，什么都没有看见。也许有人会问："他不是看见了那些薄帷、明月、清风、孤鸿了吗？"不过，这个"见"并不是指那些薄帷、明月、清风和孤鸿，而是指他心中所希望看见的东西。也就是说，他想在黑暗之中找到一线光明和希望，然而结果是徒劳的。"徘徊将何见"的第二种含义是：我知道即将看到的是什么，只能是使我更加伤心的悲惨结局——司马氏的篡逆和曹魏朝廷的最终灭亡！阮籍的预感是没有错的。他死于魏元帝曹奂景元四年（263）的冬天，在他活着的时候看到了司马师废掉魏帝曹芳，也看到了司马昭杀死魏帝曹髦，却没有来得及看到司马炎逼曹奂禅位的悲剧终场，这也许要算是阮籍不幸之中的一点点幸运了。

阮籍《咏怀》诗一共有八十二首，都具有言近意远、寄托遥深的特点，然而在内容和表现手法上却有各种各样的不同。我们前面所讲的这一首是通过自然景物直接感发而引起联想的，这类还有如第三首"嘉树下成蹊"等。但有的时候他也通过一些事典，用思索安排的方法来引起联想，如第十六首"徘徊蓬池上"，以及通过比喻象征的手法来抒写自己对美好理想的追求，如第十九首"西方有佳人"等。

**▉阅读思考**

阮籍缘何"夜中不能寐，起坐弹鸣琴"，作者在《咏怀》中咏出了什么？未咏出的又是些什么？这首诗运用的是什么表达技法？

上编

第七章

# 7 铅刀贵一割　梦想骋良图

——谈西晋诗人左思《咏史》诗中
的史实与现实

# 左 思

左思（约250—305），字太冲，临淄（今山东临淄）人，博学能文，曾构思十年写成《三都赋》，时人竞相传抄，洛阳为之纸贵。由于出身寒素，仕进很不得意。其咏史诗八首，皆托古讽今，借古人古事以抒写自己的怀抱和不平。本章选文均选自中华书局沈德潜选编《古诗源》。

## 咏史（其一）

弱冠弄柔翰[1]，卓荦观群书[2]。著论准过秦[3]，作赋拟子虚[4]。边城苦鸣镝[5]，羽檄飞京都[6]。虽非甲胄士[7]，畴昔览穰苴[8]。长啸激清风[9]，志若无东吴[10]。铅刀贵一割[11]，梦想骋良图[12]。左眄澄江湘[13]，右盻定羌胡[14]。功成不受爵[15]，长揖归田庐[16]。

[1] 弱冠：古时以男子二十岁为成人，初加冠，因体犹未壮，故称弱冠。柔翰：指毛笔。

[2] 卓荦（luò）：超然貌。

[2] 准：准则，标准。过秦：西汉贾谊有《过秦论》。

[4] 拟：比拟。子虚：西汉司马相如有《子虚赋》。以上四句自言己之文才。

[5] 苦：苦于。鸣镝（dí）：响箭，代表战争。

[6] 羽檄：见曹植《白马篇》注[17]。

[7] 甲胄士：谓军人。甲，铠甲。胄，头盔。

[8] 畴昔：以往。览穰苴（ráng jū）：谓读过《司马穰苴兵法》。穰苴，春秋时齐国人，姓田氏，善治军，官大司马，因称司马穰苴。后来齐威王使大夫整理古者司马兵法，而附穰苴于其中，因号《司马穰苴兵法》。

[9] 长啸：撮口发出悠长清越的声音，古人常以述志。

[10] 无东吴：不把东吴放在眼里。东吴，三国时江东孙氏政权。

[11] 铅刀贵一割：《文选》李善注引《东观汉记》："班超上疏曰：'臣乘圣汉威神，出万死之志，冀立铅刀一割之用。'"铅刀，钝刀。

[12] 骋良图：谓实现自己的远大抱负。骋，施展。良图，远大的谋略。

[13] 左眄（miǎn）：向左看。眄，斜视，不用正眼看。澄：清，谓平定。江湘：长江与湘水，是当时东吴所在。

[14] 右盼：向右看。定：平定。羌胡：羌族和匈奴族，亦用以泛称我国古代西北少数民族。

[15] 不受爵：不接受爵位封赏。

[16] 长揖：拱手高举，自上而下行礼。归田庐：谓辞官隐退。田庐，家园。

# 咏史（其二）

郁郁涧底松[1]，离离山上苗[2]。以彼径寸茎[3]，荫此百尺条[4]。世胄蹑高位[5]，英俊沉下僚[6]。地势使之然，由来非一朝。金张藉旧业[7]，七叶珥汉貂[8]。冯公岂不伟[9]，白首不见招[10]。

[1] 郁郁：茂盛貌。

[2] 离离：浓密貌。又，轻细貌。

[3] 径寸茎：一寸粗细的茎干。径，直径。

[4] 荫：遮盖。百尺条：指高大的松树。

[5] 世胄（zhòu）：世家子弟，贵族后裔。胄，后裔。蹑（niè）：登上。

[6] 英俊：谓才智卓越、俊逸超群的人。沉下僚：沉没于职位低微的官职上。

[7] 金张：汉代金日磾、张安世二家族并称。

[8] 七叶：七世。叶，代。珥（ěr）汉貂：汉代侍中、中常侍等职官冠旁饰以貂尾。珥，插。《汉书·金日磾传赞》："七世内侍，何其盛也。"《汉书·张汤传》："安世（张汤子）子孙相继，自宣、元以来为侍中、中常侍……者凡十余人。"

[9] 冯公：冯唐，汉文帝时人，为中郎署长，年老而官甚微。李善《文选》注引荀悦《汉纪》："冯唐白首，屈于郎署。"伟：奇异出众。

[10] 见招：被招见，被重用。

# 咏史（其五）

皓天舒白日[1]，灵景耀神州[2]。列宅紫宫里[3]，飞宇若云浮[4]。峨峨高门内[5]，蔼蔼皆王侯[6]。自非攀龙客[7]，何为欻来游[8]？被褐出阊阖[9]，高步追许由[10]。振衣千仞冈[11]，濯足万里流[12]。

[1] 皓：明。舒：行。

[2] 灵景：日光。神州：赤县神州的简称，指中国。

[3] 紫宫：原是星垣名，即紫微宫，这里借喻皇都。

[4] 飞宇：房屋的飞檐。这两句是说京城里王侯的第宅飞檐如浮云。

[5] 峨峨：高峻的样子。

[6] 蔼蔼：盛多的样子。

[7] 攀龙客：扬雄《法言·渊骞》："攀龙鳞，附凤翼，巽以扬之。"此指追随帝王侯相以求功名利禄的人。

[8] 何为欻（xū）来游：为什么忽然到这里来了呢。欻，忽。

[9] 被褐：穿着粗布衣。《孔子家语·三恕》："子路问于孔子曰：'有人于此，披褐而怀玉，何如？'子曰：'国无道，隐之可也；国有道，则衮冕而执玉。'"阊阖（chāng hé）：宫门。

[10] 高步：犹高蹈，指隐居。许由：传说尧时隐士，尧让天下给他，他不肯受，便逃到箕山之下，隐居躬耕。

[11] 振衣：抖衣。仞：长度单位，七尺为一仞。

[12] 濯足：洗脚。李善《文选》注引王粲《七释》："濯身乎沧浪，振衣乎高岳。"这两句是说在高山上抖衣，在长河里洗脚，以除去世俗尘污。

### ■解读鉴赏

"太康"是晋武帝司马炎的年号。司马氏得国本自篡弑而来，在短暂的太康年间（280—289），社会上虽然呈现出一些繁荣气象，但大乱已经酿成。待晋武帝一死，一场"八王之乱"的大混战就拉开了序幕。开始是武帝的妻子杨皇后与其父杨骏专政，接着是武帝之子惠帝的妻子贾后杀了杨骏，后又逼死杨太后，由汝南王司马亮辅政。不久，贾后又先后杀了司马亮和楚王司马玮及太子司马遹。于是赵王司马伦起兵废了贾后，同时还杀了朝中张华、裴頠等大臣，然后废了惠帝，自立为帝。此事诸王不服，齐王司马冏首先起兵讨伐，成都王司马颖、河间王司马颙等举兵响应，结果司马伦战败被杀，惠帝复位，司马冏辅政。紧接着，长沙王司马乂又起兵杀死司马冏，然后是司马颖与司马颙起兵攻打司马乂，等等。

所有这些混战，全属宗室贵族为了争夺权力的相互拼杀，毫无正义可言。当权者像走马灯一样更换，使得朝野上下到处潜藏着阴谋和危机，到处都可见到无辜被株连者的鲜血。人人自危，人人恐惧，不知哪一天会受牵连惨遭灭门之灾。而我们所说的太康诗人，其中不少人就是在这样的背景下身不由己地被卷入政治旋涡，在一出出残酷的历史悲剧中扮演了主角。如写过《文赋》的陆机、陆机的弟弟陆云、博学的宰相张华、美男子潘岳等，就都是这一幕幕血腥政治闹剧中的牺牲品，他们中有的甚至还以谋反的罪名被夷三族。

然而，太康诗人中也不乏洁身远祸的明智之士，左思就是其中比较典型的一个。左思出身寒微，因妹妹左芬入宫而移家京师，后来因作《三都赋》而出名，曾为权臣贾谧门下"二十四友"之一。贾谧被杀后，左思退居宜春里，专意典籍。司马冏命为记室督，他辞疾不就，后来举家迁冀州，远远离开了洛阳这个可怕的政治斗争旋涡。左思的作品留传下来的虽然很少，可是他的好几类作品都在文学演进的历史上产生了重要影响。由于篇幅所限，我们只能介绍他的咏史诗这一个类型。

左思和陆机一样胸怀大志而且富有才华，然而由于他出身寒微，仕宦很不得意。他的八首咏史诗，集中表现了一个"进退仕隐"的主题，这在诗歌发展的历史上是一个开拓。在中国早期诗歌中，《诗经》里基本上没有涉及进退仕隐问题。屈原《离骚》提出了"进不入以离尤兮，退将复修吾初服"，但屈原是楚国的同姓，他个人的特殊身份和遭遇并不具有代表性。然而到了魏晋之世，中国的知识分子就开始更多地考虑这个问题了。如果套用心理学的说法，那就是在中国的诗歌里形成了"进退仕隐"的一个"情意结"。从左思开始，到东晋的陶渊明，到唐朝的李白，大家都写这个主题。这并不奇怪，因为诗歌是"言志"的，而旧时代的知识分子要想发挥才能只有仕宦这一条路，所以他们一提到理想志意就无法不与进退仕隐的问题联系起来。"进退仕隐"这个问题很复杂，它就像一个三棱镜，可以把单纯的光线转换成各种不同的颜色。在历史上，我们可以找到进退仕隐的各种榜样：有的人治则进，乱则退；有的人治亦进，乱亦进；有的人用则进，不用则退；有的人用亦进，不用亦进；有的人主张进而后退；有的人实行以退为进；等等。那么，左思在这个问题上是怎样考虑的呢？我们可以看他的《咏史》。

我们说过中国诗歌从魏晋时期开始产生了一个文学上的觉醒，诗人们对诗歌的形式美开始有了自觉的追求。但任何事物的发展都含有正反两方面的作用：你的人工技巧越多，你的直接感发力量相对来说就减少了。在晋武帝太康时代，大部分诗人的诗歌就存在这种情况。他们在辞藻、对偶、典故等方面很下功夫，还作了很多拟古诗或者沿用古乐府诗题的诗。例如张华有一首《游侠篇》，就是模仿古乐府的诗，但这首诗与曹植《白马篇》那种写游侠的诗已经有所不同了：《白马篇》以气势感人，含有一种直接感发的力量；而《游侠篇》用了很多关于游侠的典故，你必须通过思索才能明白。再有像陆机，他写的《文赋》真是一篇不可无一不可有二的好文章，读它本身就是一种艺术享受。以陆机的才华，以他丰富的生活阅历，难道不应该写出很好的诗来吗？可惜他所留下来的诗与他的才华并不相符，后人对他颇有訾议。这是为什么？首先是时代的作风限制了他。因为在那个时代，大家都以对偶、排比和辞藻的雕琢为美，这种意念太多了，有时候就会妨碍感发生命的生长。陆机既然生活在这个圈子里，也就很难超越时代做进一步的发展。其次，一般来说，一个人如果理性的天分比较发达，感性的天分就相对减少了。陆机写过很好的政治论文，又是一个文学批评家，这可能也是他的诗不能取得更高成就的一个原因。

　　然而左思却是一个例外。左思的诗以气骨取胜，和建安时代的曹植颇有相似之处。读他的这首《咏史》，你可以感觉到它很有气势，这气势来自诗人的自负与自信。"弱冠弄柔翰"，这个"弄"字用得非常好，那是一种得心应手、左右逢源，而且自我欣赏的样子。左思说，我从二十岁就能写很好的文章，并且博览群书，观其大略，取其精华。这两句，很传神地写出了他少年时的才情志意。但是这还不够，他又说，我写的论文比得上贾谊的《过秦论》，我写的赋比得上司马相如的《子虚赋》。而且，我只是文章写得好吗？不是的。当"边城苦鸣镝，羽檄飞京都"的时候，我虽然不是一个甲胄之士，但我精通兵书战策，心中充满了报效国家的慷慨激昂之气，根本就没有把敌国东吴放在眼里——左思写这首诗的时候，孙吴还没有被灭掉。他说，即使我是一把很钝的铅刀，也希望得到一个致用的机会。到那时我将实现我的梦想：向左看一看就平定了割据东南的吴国，向右看一看就平定了西北边疆的羌人之乱。当大功告成之日我绝不像一般世俗之人那样接受功名爵位的赏赐，我将长揖而去，归隐田庐。你看，他把平定战乱的大事说得多么容易，功成拂袖而去又写得多么潇洒！那直接感发的气势，上承建安曹子建，下启盛唐李太白。左思在这首诗中提出了一种"进而后退"的思想。他的"进"并不为爵位利禄，而是因珍惜自己的才能，不甘心生命落空；他的"退"也不为沽名钓誉，而是功成身退，不图报答。

我们再看他另外一首《咏史》，这一首说的是西晋社会贵贱贫富的悬殊以及在下位的人沦落失意的感受。中国的取士，自唐宋以来实行的是科举制度。科举制度有它的弊端也有它的好处。好处是它比较公平，无论什么人，只要一旦考中就能名满天下。像三苏父子，像欧阳修，都是如此。但魏晋时代还没有科举制度，而是九品中正的推举制度。那时候被列在上品的人物没有一个是出身寒门的，被列在下品的人物没有一个是出身世家的。针对这种不平现象，左思写了这首《咏史》。这首诗，写得虽然不很深厚，但它在口吻之间显得很有气势，而且它的形象用得很好。一首诗的口吻显得有气势，往往是因为使用了对举的方法。对举能产生一种张力，而这张力就能够造成声势。诗歌中的这种技巧，杜甫用得最好。杜甫有一首《醉时歌》，写他的一个好朋友郑虔，开头几句是这样的："诸公衮衮登台省，广文先生官独冷。甲第纷纷厌粱肉，广文先生饭不足。先生有道出羲皇，先生有才过屈宋。德尊一代常坎坷，名垂万古知何用。"杜甫说，那些达官贵人都纷纷登上了台省的高位，而郑虔却在广文馆做一个博士的冷官。住在甲第里的那些达官贵人膏粱美味吃得太多了，可是广文博士郑虔连饭都吃不饱。郑虔的道德比那些达官贵人好，郑虔的学问比那些达官贵人高。可是郑虔一生不得意，纵然他的道德学问能流传百世又有什么用呢？你看，他从一个极端说到另一个极端，这一此一彼、一伏一起、一张一弛间就生出了张力和气势。在太康时代，左思的诗是最富于张力的。与杜甫那首诗的不同之处是：杜甫那首诗是直接表现，所以张力的力度更大一些；左思这首诗是用形象来写的，所以张力不如杜甫那一首大，但写得也很好。

"郁郁涧底松，离离山上苗"，这两个形象就是对举。"郁郁"和"离离"都是很茂盛的样子，不过"离离"的茂盛一般用来形容那些比较细小的东西。所以他这里用"郁郁"来形容涧底的松树，用"离离"

来形容山顶的小苗。山上的小苗虽然很小，它的地位却很高；涧底的松树虽然有百尺的枝条，它的地位却很低。你从远处去看，只能看见山上那离离的小苗，看不到山涧里那百尺高的松树。这两个形象说明了什么呢？说明的是，"世胄蹑高位，英俊沉下僚"。世胄就是那些世族的后裔，"蹑"是登上，占据。他说世族的后裔就都登上了很高的地位，而那些真正有才能的人却被埋没，只能做下位的属官。属官是受上官支配和控制的。在高位的人对你颐指气使，喝来斥去，即使他的支配指使是不合理的，可你也只能服从，没有发言和反对的权力。为什么有才能的人只能做僚属受人支配呢？因为"地势使之然，由来非一朝"。魏晋时把人分为九品，倘若你出身寒门，那么纵然你有才能，也无法改变这命定的社会地位。现在我们返回来看，这首诗的开头六句，每两句之间都是相对的，而且都是从一个极端说到另一个极端。你看：一边是"郁郁涧底松"，一边是"离离山上苗"；一边是"以彼径寸茎"，一边是"荫此百尺条"；一边是"世胄蹑高位"，一边是"英俊沉下僚"。因此，每两句之间都形成了产生气势的张力。但这首诗的最后四句，他是两句和两句相对的："金张藉旧业，七叶珥汉貂。冯公岂不伟，白首不见招。""金张"，指汉朝的金日磾、张汤。据《汉书》记载，金家七代为内侍，张家的子孙官至侍中、中常侍的有十多人。这个"藉"字从草字头，人们常说"藉草而卧"，是说把草放在下边，你睡在草的上边，草是你所凭靠的一个东西。所以"藉旧业"是说金家和张家的子孙可以有他们祖先的基业作为凭靠。"七叶"就是七代，"珥"是插。汉代的侍中、中常侍帽子上都有貂尾作为装饰。就是说，那些世家子弟靠祖先的功业可以世代在朝做高官。"冯公"指汉代冯唐。《史记》记载，冯唐以孝著称，后来被推荐做了中郎署长。有一次汉文帝的车辇经过郎署，看见了冯唐，就问他："父老何自为郎？"意思是，你这么老了怎么还只是一个卑微的郎官呢？所以荀悦《汉纪》说："冯唐白首，屈于郎署。""冯公岂不伟，白首不见招"是说，冯唐难道不是一个有才能的人吗？但由于他不是世胄，终身得不到重用，头发白了仍然是一个卑微的郎官。这两句和"金张藉旧业，七叶珥汉貂"也是一个对比，只不过这里是两两相对的。这首诗表现了作者对社会贵贱悬殊造成才能之士沦落失意的感慨。

诗人的理想都是美好的，而美好的理想在现实中总是那么难以实现。在魏晋时期"上品无寒门，下品无世族"的制度之下，在"八王之乱"那种血腥的政治环境中，左思发现自己很难有建功立业的机会。于是他就不再坚持"功成身退"的理想，而是功不成也要退隐了。在另一首《咏史》诗中他说："被褐出阊阖，高步追许由。振衣千仞冈，濯足万里流。"许由，是古代有名的隐士。左思说，我本来就不想追求权力和富贵，为什么和这些龌龊的人混到一起？我要追随许由而去，在千仞高峰之上抖掉沾在我衣服上的灰尘，在万里长河之中洗去沾在我脚上的污泥！——这真的是左思！谈到"退"，他仍然有那么充足的气势和高远的气象。

说到"咏史"这个题材，在《诗经》的《大雅》里，就有不少诗赞美歌颂祖先的功业，讲了很多历史的事情，然而那不是咏史。真正以咏史为题来写诗的首先是东汉班固。但班固的《咏史》诗只是客观地写史实，叙述很死板。而左思的《咏史》就不同了，他是借史抒怀。从这个角度来说，这是左思的一个开拓。左思是一个很富于开拓精神的诗人，他的《招隐诗》《娇女诗》也和他的《咏史》诗一样，写出了前人所未写过的东西，对后代诗人有很大的影响。不过有一点应该说明，那就是，左思的诗虽然以气势取胜，有直接感发的力量，但比较缺少深厚的一面。如果把他的诗和后来陶渊明的诗相比较，则同是讨论"进退仕隐"的问题，陶渊明的诗就显得更为深厚，更具有思想深度。当然，这只是"春秋责备贤者"的意思，并不能因此而贬低了左思在中国诗歌历史上的重要地位。

■阅读思考

1. 左思《咏史》诗的气势从何而来？

2. 指出左思《咏史》中真正"咏史"的诗句，说明其所咏之史实与所咏之用意，以及"咏史"的诗句与非"咏史"诗句之间的关联。

# 第八章

# 8 一语天然万古新
## 豪华落尽见真淳

——谈东晋隐逸诗人陶渊明诗中的人品
与诗品

# 陶渊明

　　陶渊明（约365—427），字元亮。一说名潜，字渊明，死后友朋私谥为"靖节"，世称靖节先生。东晋浔阳柴桑（今江西省九江市西南）人。祖父与父亲都做过太守一类的官。但到陶渊明时，家境已经衰落，生活相当艰苦。他在青年时代怀有建功立业的壮志，曾经几次出仕，先后做过江州祭酒、镇军参军、建威参军、彭泽令等官职。因其性情不能适应官场的拘束，四十一岁时弃官归田，此后终其一生都在农村躬耕隐居。本章选文选自中华书局逯钦立校注《陶渊明集》。

## 饮酒[1]（其四）

　　栖栖失群鸟[2]，日暮犹独飞。徘徊无定止，夜夜声转悲。厉响思清远[3]，去来何依依[4]。因值孤生松[5]，敛翮遥来归[6]。劲风无荣木[7]，此荫独不衰[8]。托身已得所，千载不相违。

　　[1]《饮酒》一组诗共二十首，当作于诗人从彭泽县任上退隐之后。诗前有一序云："余闲居寡欢，兼比夜已长，偶有名酒，无夕不饮。顾影独尽，忽焉复醉。既醉之后，辄题数句自娱。纸墨遂多，辞无诠次，聊命故人书之，以为欢笑尔。"
　　[2] 栖栖：栖栖惶惶，不安貌。
　　[3] 厉响：凄厉的鸟鸣声。清远：清白高远的所在。
　　[4] 何：多么。依依：无比眷恋且难以舍弃的样子。
　　[5] 值：恰逢。
　　[6] 敛翮：收敛翅膀。
　　[7] 荣木：枝叶繁盛的树木。
　　[8] 衰（cuī）：衰落，凋零。

## 饮酒（其五）

　　结庐在人境[1]，而无车马喧[2]。问君何能尔[3]？心远地自偏[4]。采菊东篱下，悠然见南山[5]。山气日夕佳，飞鸟相与还[6]。此中有真意[7]，欲辨已忘言[8]。

　　[1] 结庐：建造房屋。庐，本指乡村一户人家所占的房地，引申为村房或小屋

的通称。人境：人世间。

[2] 车马喧：指世俗来往的喧闹。

[3] 君：作者自称。何能尔：怎么能做到这样。

[4] 心远地自偏：意谓身已随心转移到远离喧闹的偏僻之境。

[5] 悠然：安闲自适的情态。南山：即诗人所居南面的庐山。

[6] 相与还：合群结伴而归。

[7] 真意：自然意趣。《庄子·渔父》："真者，所以受于天也，自然不可易也。故圣人法天贵真，不拘于俗。"

[8] 欲辨已忘言：是说结群而还的归鸟使人感受到真朴自然的意趣，似乎体会到关于生命的意义，却相忘于分辨与争辩这其中的道理。《庄子·外物》："言者所以在意，得意而忘言。"

# 饮酒（其九）

清晨闻叩门，倒裳往自开[1]。问子为谁欤[2]？田父有好怀[3]。壶浆远见候[4]，疑我与时乖[5]。"褴缕茅簷下[6]，未足为高栖[7]。一世皆尚同[8]，愿君汩其泥[9]""深感父老言[10]，禀气寡所谐[11]。纡辔诚可学[12]，违己讵非迷[13]。且共欢此饮，吾驾不可回[14]"。

[1] 倒裳：《诗经·齐风》："东方未明，颠倒衣裳。"此谓急忙出门迎客的情形。

[2] 子：泛指，此指田父。欤：表疑问的语尾助词。

[3] 田父：田夫。好怀：好意。

[4] 壶浆：满壶酒浆。见候：给予问候。

[5] 疑：怪。乖：不合。

[6] 褴缕茅簷下：以下四句是田父劝诗人的话。褴褛，衣服破烂貌。茅簷，代指茅屋草舍。

[7] 未足为高栖：不值得作为高栖之所。高栖，清高的隐士。

[8] 一世：举世。尚同：以同化为时尚，主张同流合污。

[9] 汩其泥：出自《楚辞·渔父》："屈原曰：举世皆浊我独清，渔夫曰：世人皆浊，何不汩其泥而扬其波？"

[10] 深感：深深地感谢。父老：对田父客气称呼。

[11] 禀气：与生俱来的天性气质。寡：鲜见，少有。谐：合得来。

[12] 纡辔：放松马辔。此以马的纡辔缓行比喻人的委屈出仕。

[13] 违己：违背自己的自然天性。讵非迷：岂不会误入迷途。讵，岂。

[14] 且共：暂且聊共。驾：车驾。古代称劝仕为劝驾。此二句是说且来一同欢饮这壶美酒，至于我的车驾，那是不可以回转。意谓我是不会放弃隐居的选择，再转回到仕途上去的。以上六句是诗人回答田父的话。

# 咏贫士[1]（其一）

万族各有托[2]，孤云独无依。暧暧空中灭[3]，何时见馀晖[4]。朝霞开宿雾[5]，众鸟相与飞。迟迟出林翮[6]，未夕复来归[7]。量力守故辙[8]，岂不寒与饥？知音苟不存[9]，已矣何所悲[10]。

[1]《咏贫士》一组诗共七首，是借咏古代贤人安贫乐道之情操，以抒发诗人不慕名利的情怀。此为组诗的第一首，以孤云为喻，咏贫士的高洁和孤独。诗中"孤云"、"出林翮"可理解为诗人之自喻。

[2] 万族：万物。托：依托，寄托。

[3] 暧暧：云影昏暗貌。

[4] 馀晖：残余光影。

[5] 开宿雾：驱散了夜雾。

[6] 迟迟出林翮：是说有一只没有随着众鸟相与飞的鸟是很晚才飞出树林。翮，指代鸟。

[7] 未夕复来归：是说太阳还未落山，（这只鸟）就又回归山林了。元末明初人刘履《文选补注》认为此诗"朝霞开雾喻朝廷之更新；众鸟群飞比诸臣之趋附。而迟迟出林，未夕来归者，则又自况其审时出处，与众异趣也。"

[8] 量力：量力而行。故辙：旧道。此指前人安贫守贱之道。

[9] 知音：如俞伯牙与钟子期那样相互理解、相互欣赏的人。苟：假如。

[10] 已矣：算了吧。

# 拟古[1]（其五）

东方有一士，被服常不完[2]；三旬九遇食[3]，十年著一冠。辛勤无此比，常有好容颜。我欲观其人，晨去越河关。青松夹路生，白云宿檐端。知我故来意，取琴为我弹。上弦惊别鹤，下弦操孤鸾[4]。愿留就君住[5]，从今至岁寒[6]。

[1]《拟古》一组诗共九首。"拟古"是模拟古诗之意。组诗大都是感讽时事，追慕节义，慨叹世事沧桑的。本章所选的两首在赞颂古代圣贤高尚气节的同时，抒发了世无相知的悲慨。

[2] 被服：穿着。

[3] 三旬九遇食：一月之中只能吃到九顿饭。一旬为十天。三旬即一个月。

[4]"上弦"句：别鹤、孤鸾都是琴曲名。从此曲弦音中可知鼓琴者为耿介孤高之隐士。

[5] 就：靠近。

[6] 岁寒：《论语·子罕》："岁寒，然后知松柏之后凋也。"此喻坚持晚节。

# 拟古（其八）

少时壮且厉[1]，抚剑独行游[2]。谁言行游近？张掖至幽州[3]。饥食首阳薇[4]，渴饮易水流[5]。不见相知人，惟见古时丘[6]。路边两高坟，伯牙与庄周[7]。此士难再得[8]，吾行欲何求！

[1] 壮且厉：志雄壮而性刚烈。厉，猛烈。

[2] 抚：持。

[3] 张掖：在今甘肃。幽州：在今河北省东北部。两地皆为古代边塞，相距数千里，故上句言"谁言行游近"。路程越远，所到之处越广，则越可证明当时无知己之人。此诗中的两地皆为喻说，并非实指。一谓有志立边功，为国申威。

[4] 首阳薇：首阳，即首阳山，又叫西山。在今山西永济境内。殷孤竹君二子伯夷、叔齐耻食周粟，隐于首阳山采薇为食，终至饿死。后用作坚守操节的典故。此二句表示对夷、齐与荆轲的敬慕，且有愤世之意。

[5] 易水流：战国时，燕太子丹送荆轲刺秦王，至易水，太子丹与其宾客素服在易水送别，荆轲悲歌："风萧萧兮易水寒，壮士一去兮不复还。"

[6] 丘：坟丘。

[7] 伯牙与庄周：伯牙，即俞伯牙。《韩诗外传》载：伯牙善鼓琴，钟子期知之，许为知音，后子期死，伯牙不再弹琴。庄周，即庄子。庄子与惠施是至交，惠施死后，庄子不再发议论，认为世上无人再理解他了。

[8] 此士：指伯牙与庄周。此四句说伯牙与庄周这样的人已不可再得，那么我出去远游又想求得什么呢？宋人汤汉云："伯牙之琴，庄子之言，惟钟惠能听，今有能听之人，而无能听之言，此所以渊明罢远游也。"

# 读《山海经》[1]（其一）

　　孟夏草木长[2]，绕屋树扶疏[3]。众鸟欣有托[4]，吾亦爱吾庐。既耕亦已种，时还读我书。穷巷隔深辙[5]，颇回故人车[6]。欢然酌春酒[7]，摘我园中蔬。微雨从东来，好风与之俱。泛览周王传[8]，流观山海图[9]。俯仰终宇宙[10]，不乐复何如[11]。

　　[1]《山海经》是记述古代海内外山川异物和神话传说的书。《读〈山海经〉》一组诗共十三首，诗中借对神话形象的描述渲染，清晰完整地勾勒出诗人从建功立业之儒家人生观向物我一体、回归自然之道家精神家园转变的情感轨迹与心灵历程。

　　[2]孟夏：初夏。孟，四季的第一个月。

　　[3]扶疏：繁茂。

　　[4]欣有托：谓"树扶疏"使众鸟欣然有了寄托身体所在的筑巢之所。

　　[5]穷巷：僻巷。隔：隔绝。深辙：大车轮轧过的痕迹。车大辙深。

　　[6]颇回故人车：穷乡僻壤的简陋挡回旧游故友来看我的车马。意谓很少与世人来往。古人常以门外多深辙，表示贵人来访多。

　　[7]酌：饮。春酒：仲冬时酿，经春始成的酒。

　　[8]泛览：与下句中"流观"意同，都指浮而不实地浏览。也即作者自谓之"不求甚解"式的阅读。周王传：指《穆天子传》，叙周穆王驾八骏游四海的神话传说。

　　[9]山海图：根据《山海经》故事绘制的《山海经》图。

　　[10]俯仰：低头抬头之间。终：竟，尽。宇宙：即天地之间。《庄子·让王》："余立于宇宙之中，冬日衣皮毛，夏日衣葛絺；春耕种，形足以劳动；秋收获，身足以休食；日出而作，日入而息，逍遥于天地之间。"《淮南子·原道训》："横四维而含阴阳，纮宇宙而章三光。"高诱注："四方上下曰宇，古往今来曰宙，以喻天地。"

　　[11]不乐复何如：除了快乐还能如何。结尾两句意谓，闲来无事随意翻阅这些记叙上古神话传说的书，仿佛顷刻之间，精神便与天地宇宙相贯通，这一"得意忘言"的悟道之乐是任何其他的快乐都无法比拟的。另据陶渊明《与子俨等疏》云："少学琴书，偶爱闲静，开卷有得，便欣然忘食。见树木交荫，时鸟变声，亦复欢然有喜。尝言五六月中，北窗下卧，遇凉风暂至，自谓是羲皇上人。"

# 杂诗[1]（其二）

　　白日沦西阿[2]，素月出东岭[3]。遥遥万里辉，荡荡空中景[4]。风来入房户，夜中枕席冷。气变悟时易[5]，不眠知夕永。欲言无予和[6]，挥杯劝孤影[7]。日月掷人去，有志不获骋[8]。念此怀悲凄，终晓不能静。

[1]《杂诗》一组共十二首，皆为人生短暂无常之悲慨。此诗抒发时光流逝，志业未就的悲哀。

[2] 沦：沉。阿（ē）：大的丘陵。泛指大土山。

[3] 素：白。

[4] 荡荡：广大貌。景（yǐng）：光色，通"影"。

[5] 气变悟时易：阴阳之气的交替变化使人意识到时令季节的更替与代序。

[6] 无予和：犹言"无和予"，即没有与我相互和答的人。

[7] 孤影：指自己的身影。

[8] 获骋：得以驰骋。

# 归园田居[1]（其一）

少无适俗韵[2]，性本爱丘山。误落尘网中[3]，一去三十年[4]。羁鸟恋旧林[5]，池鱼思故渊[6]。开荒南野际[7]，守拙归园田[8]。方宅十余亩[9]，草屋八九间。榆柳荫后檐[10]，桃李罗堂前[11]。暧暧远人村[12]，依依墟里烟[13]。狗吠深巷中，鸡鸣桑树巅[14]。户庭无尘杂[15]，虚室有余闲[16]。久在樊笼里[17]，复得返自然[18]。

[1]《归园田居》组诗共五首，作于义熙二年（406），诗人自彭泽归隐后。

[2] 适俗韵：适应、逢迎世俗的性情，韵味。

[3] 尘网：尘世罗网，指仕途。

[4] 三十年：当作十三年。

[5] 羁鸟：被束缚的鸟，犹言笼中之鸟。

[6] 池鱼：放养在水池中的鱼。故渊：指鱼原来生活过的深潭。

[7] 际：间。

[8] 拙：笨拙、本分的天性。指不会巴结逢迎于官场。

[9] 方宅：房屋周围。方，旁。此句谓房屋周围有十余亩地。

[10] 荫：遮蔽，遮掩。

[11] 罗：罗列，排列。

[12] 暧（ài）暧：昏暗貌。

[13] 依依：轻柔貌。墟（xū）里：村落。

[14] 巅：顶部。

[15] 户庭：门户和院落。尘杂：尘俗杂务。

[16] 虚室：空虚闲静的住室。余闲：闲暇。

[17] 樊笼：关鸟兽之笼，喻不自由的官场。

[18] 返自然：指归耕田园。

# 归园田居（其三）

种豆南山下[1]，草盛豆苗稀。晨兴理荒秽[2]，带月荷锄归[3]。道狭草木长[4]，夕露沾我衣。衣沾不足惜，但使愿无违[5]。

[1] 南山：即庐山。

[2] 晨兴：早起。理荒秽：指除杂草。荒秽，荒芜田间的杂草。

[3] 带月：人走月亮好像跟着人走，人如带月而行。带，一作"戴"。荷：扛。

[4] 草木长（cháng）：指草木丛生。

[5] 愿：指躬耕田园之志。

■附录

# 归去来兮辞[1]并序

余家贫，耕植不足以自给[2]。幼稚盈室[3]，瓶无储粟[4]，生生所资，未见其术[5]。亲故多劝余为长吏[6]，脱然有怀[7]，求之靡途[8]。会有四方之事[9]，诸侯以惠爱为德[10]，家叔以余贫苦[11]，遂见用于小邑[12]。于时风波未静[13]，心惮远役[14]。彭泽去家百里，公田之利，足以为酒[15]，故便求之。及少日[16]，眷然有归欤之情[17]。何则？质性自然，非矫厉所得[18]。饥冻虽切，违己交病[19]。尝从人事[20]，皆口腹自役[21]。于是怅然慷慨，深愧平生之志[22]。犹望一稔[23]，当敛裳宵逝[24]。寻程氏妹丧于武昌[25]，情在骏奔[26]，自免去职。仲秋至冬，在官八十余日。因事顺心，命篇曰《归去来兮》[27]。乙巳岁十一月也。

归去来兮[28]，田园将芜胡不归[29]！既自以心为形役[30]，奚惆怅而独悲[31]。悟已往之不谏[32]，知来者之可追[33]。实迷途其未远[34]，觉今是而昨非[35]。舟遥遥以轻飏[36]，风飘飘而吹衣。问征夫以前路[37]，恨晨光之熹微[38]。乃瞻衡宇[39]，载欣载奔[40]。僮仆欢迎[41]，稚子候门。三径就荒[42]，松菊犹存。携幼入室，有酒盈樽[43]。引壶觞以自酌[44]，眄庭柯以怡颜[45]。倚南窗以寄傲[46]，审容膝之易安[47]。园日涉以成趣[48]，门虽设而常关。策扶老以流憩[49]，时矫首而遐观[50]。云无心以出岫[51]，鸟倦飞而知还。景翳翳以将入[52]，抚孤松而盘桓[53]。归去来兮，请息交以绝游[54]。世与我而相违，复驾言兮焉求[55]！悦亲戚之情话[56]，乐琴书以消忧[57]。农人告余以春及[58]，将有事于西畴[59]。或命巾车[60]，或棹孤舟[61]。既窈窕以寻壑[62]，亦崎岖而经丘。木欣欣以向荣，泉涓涓而始流[63]。善万物之得时[64]，感吾生之行休[65]。已矣乎，寓形宇内复几时[66]，曷不委心任去留[67]，胡为乎惶惶兮欲何之[68]？富贵非吾愿，帝乡不可期[69]。怀良辰以孤往[70]，或植杖而耘耔[71]。登东皋以舒啸[72]，临清流而赋诗。聊乘化以归尽[73]，乐夫天命复奚疑[74]。

[1] 本文作于义熙二年（406）诗人四十二岁时。

[2] 耕植：耕地种植。自给（jǐ）：靠自己生产满足自己的需要。

[3] 幼稚：幼儿。盈：充满。

[4] 瓶：盛粮食的瓦器。粟：小米。此处泛指粮食。

[5] 生生：指维持生活。资：依靠，凭借。术：方法，本领。此二句意谓：缺乏维持生计的方法。

[6] 亲故：亲戚朋友。长（zhǎng）吏：指职位较高的县吏，如丞、尉等。

[7] 脱然：本指疾病脱体后的舒适，这里是心境豁然舒展的意思。怀：念头，想法。此句意谓：在亲友的劝导下，心有所动。

[8] 靡途：找不到途径。

[9] 会：恰巧。四方之事：经营四方之事。《论语·子路》：“诗三百，授之以政，不达；使于四方，不能专对，虽多，亦奚以为？”此指刘裕等的起兵勤王。

[10] 诸侯以惠爱为德：诸侯，地方军政长官，此指刘裕等。惠爱：仁爱。指爱惜人才。

[11] 家叔：当指作者的叔父陶夔，当时任太长卿（掌管国家礼乐祭祀的官）。

［12］见：被。小邑：即彭泽县。

［13］风波未静：指当时讨伐桓玄战事。

［14］惮（dàn）：害怕。远役：到远方任职。

［15］彭泽：县名，今属江西。公田：供俸禄的官田。利：受益。足以为酒：足够酿酒了。

［16］及少日：过了不多几天。

［17］眷然：依恋的样子。归欤：回去吧。《论语·公冶长》："子在陈，曰：'归欤！归欤！'……"

［18］质性：本性。矫厉：勉强造作。此二句意谓：崇尚自然是我的本性，不是勉强得了的。

［19］切：紧迫。违己交病：违反自己的本性行事，会感到身与心都更痛苦。交，交加。病，痛苦。

［20］尝从人事：曾经出仕侍奉他人。

［21］口腹自役：为糊口果腹而自我奴役，即让心为身做奴隶。

［22］平生之志：指平素所受到儒家教育中的修身、齐家、治国、平天下的理想抱负。

［23］一稔：即指收获一次。稔，谷物成熟。

［24］敛裳：收拾行装。宵逝：连夜离去。

［25］寻：不久。程氏妹：嫁给程氏的妹妹。

［26］骏奔：急奔。形容前往吊丧的急迫心情。

［27］命篇：执笔为文。

［28］归去来兮：即"归去"的意思。来、兮，都是语助词。

［29］芜：荒芜。胡：为什么。

［30］既：既然。心为形役：意志被形体所役使，指违心地去做官。

［31］奚：为什么。

［32］谏：挽回。

［33］追：补救。《论语·微子》："往者不可谏，来者犹可追。"

［34］迷途：迷失道路，指出仕。

［35］今是：今天是对的，指归隐。昨非：昨天是错的，指出仕。

［36］遥遥：形容摇摆不定的样子。轻飏：形容船行轻快的样子。

［37］征夫：行人。前路：前面的道路。

［38］熹微：光线淡弱。

［39］瞻：望见。衡宇：横木为门的简陋房屋。

[40] 载欣载奔：一边高兴，一边奔跑。

[41] 僮（tóng）：仆人。

[42] 三径：园庭内小路。西汉末年蒋诩免官归家，在院中竹下辟出三条小路，只与少数友好往来。后人便以此代指隐士所居之地。就：取向，接近。

[43] 樽：酒器。

[44] 引：拿来。壶觞：酒器。

[45] 眄：斜着眼睛看，此谓闲观。庭柯：庭院中的树木。怡颜：使容颜露出喜色。

[46] 寄傲：寄托傲世之情。

[47] 审：详知，明白。容膝：仅能容纳双膝，形容居地狭小。此句意谓深知狭小的居室也很安乐。

[48] 日涉：每日涉足。此句意谓：每日在园中走走，自成乐趣。

[49] 策：拄。扶老：拐杖的别称。流憩（qì）：从容地步游，休息。

[50] 矫首：抬头。遐观：远眺。

[51] 无心：无意。岫（xiù）：此处指山峰。

[52] 景：日光。翳（yì）翳：阴暗的样子。

[53] 盘桓：徘徊，留恋不忍离去的样子。

[54] 息：停止。绝：断绝。此句意谓让我断绝与世俗的一切交往吧。

[55] 复：又，再。驾言：驾车。言：语助词。《诗经·邶风·泉水》："驾言出游，以写我忧。"后以此代出游、出行。这里也有出仕的意思。焉求：何求，求什么。

[56] 悦：愉悦，喜欢。情话：真心话。

[57] 乐：乐于，喜欢。此句意谓：喜欢借弹琴、读书来消除忧愁。

[58] 及：至。

[59] 事：农时。畴：田地。

[60] 命：置备，使用。巾车：有布篷的车子。

[61] 棹：船桨。用为动词，划船。

[62] 窈窕：山路幽深的样子。壑：山涧。

[63] 涓涓：水流微细的样子。

[64] 善：赞美，称赞。得时：适时令。

[65] 行休：将要结束，指死亡。

[66] 已矣乎：算了吧。寓形宇内：寄身于天地之间。

[67] 曷：何。委心：随心。去留：指生死。

[68] 胡为：为什么。惶惶：匆忙不安的样子。

[69] 帝乡：仙境。期：希望，企及。

[70] 孤往：独自出游。

[71] 植杖：倚仗，扶杖。耘耔：除草培苗。

[72] 皋：水边的高地。舒啸：舒缓地发出啸声。

[73] 乘化：顺遂宇宙自然的规律运转变化。归尽：指死亡。

[74] 乐夫天命：以顺从天命为乐。复奚疑：又疑虑什么呢。

## 桃花源记[1]

　　晋太元中[2]，武陵人捕鱼为业[3]，缘溪行[4]，忘路之远近。忽逢桃花林夹岸，数百步中无杂树，芳草鲜美，落英缤纷。渔人甚异之。复前行，欲穷其林。林尽水源[5]，便得一山。山有小口，仿佛若有光，便舍船从口入。初极狭，才通人[6]。复行数十步，豁然开朗。土地平旷，屋舍俨然[7]。有良田美池桑竹之属[8]。阡陌交通[9]，鸡犬相闻。其中往来种作，男女衣着，悉如外人[10]。黄发垂髫[11]，并怡然自乐。见渔人，乃大惊。问所从来，具答之[12]。便要还家[13]，为设酒杀鸡作食。村中闻有此人，咸来问讯。自云先世避秦时乱，率妻子邑人来此绝境，不复出焉，遂与外人间隔。问今是何世，乃不知有汉，无论魏晋[14]。此人一一为具言所闻，皆叹惋。余人各复延至其家[15]，皆出酒食。停数日，辞去。此中人语云："不足为外人道也。[16]"既出，得其船，便扶向路[17]，处处志之[18]。及郡下[19]，诣太守说如此[20]。太守即遣人随其往，寻向所志[21]，遂迷不复得路。南阳刘子骥[22]，高尚士也。闻之，欣然规往[23]，未果[24]，寻病终[25]。后遂无问津者[26]。

　　[1] 此文当作于诗人晚年。桃花源是诗人虚构的一个没有君权等级，没有战乱流离，人人平等自由，劳动自给，道德淳朴，宁静和睦的理想社会。汉末以来，国内战乱频仍，人民往往归附于某一有威望的大姓，筑坞壁以自保，这可能是桃花源的现实基础。

　　[2] 太元：晋孝武帝年号（376—396）。

　　[3] 武陵：郡名。治所在今湖南省常德市西。

　　[4] 缘：沿着，循着。

[5] 林尽水源：即桃林的尽头是溪水的源头。

[6] 才：仅。

[7] 俨然：形容屋舍整齐。

[8] 属：类。

[9] 阡陌交通：纵横南北东西的小路相互沟通。

[10] 悉：尽，全。

[11] 黄发：指老人。垂髫（tiáo）：指儿童。髫，儿童的垂发。

[12] 具：全部。

[13] 要（yāo）：通"邀"，邀请。

[14] 无论：更不用说。

[15] 延至：邀请，引导。

[16] 不足：不必，不可。

[17] 扶：循着，沿着。向路：来时的路。

[18] 志：做标记。

[19] 及郡下：到郡城（指武陵郡）中。

[20] 诣：往，至。太守：郡行政最高长官。

[21] 寻向所志：寻找先前渔人所做的标记。

[22] 南阳：今河南南阳。刘子骥：名骥之，字子骥，好游山泽的隐士。

[23] 规往：计划前往。

[24] 未果：没有结果，没能实现。

[25] 寻：不久。

[26] 津：渡口。引申为出口，出路。

■ **解读鉴赏**

在中国所有的作家之中，如果以真淳而论，自当推陶渊明为第一。别的作家，你常常会发现他会有一两句，或一两篇是虚浮的，或不够真诚的，可是陶渊明却没有。所以，辛弃疾说他"千载后，百篇存，更无一字不清真"。中国的诗人里，当得起这样说的，只有陶渊明一人。一般人往往只看到陶诗的平淡自然和悠闲自得，却不知道他的陶然自乐中，还有抑郁寡欢的悲伤和痛苦，更不了解在他那些看似平淡自然的诗篇里，还蕴含着斑驳曲折的五光十色。陶诗确实是最能以其任真自然之本色与世人相见的，但他的本色却并非表面所能看到的那样纯粹简单，而是如同日光之彩融贯于一白，亦如苏轼所说："质（质朴）而实绮（绚丽），癯（枯瘦）而实腴（丰满）。"（《与苏辙书》）金人元好问也赞美陶诗"一语天然万古新，豪华落尽见真淳"。在陶渊明生活的那个"真风告退，大伪斯兴"（《感士不遇赋》序）的时代里，能够保有这样一份"真淳"的人品与诗品，已是十分难得了，何况他的"真淳自然"里还具有那么丰富多彩的蕴藏。

《饮酒》这组诗是在陶渊明归隐之后，有人再次请他复出为官时，他不得不对自己大半生中种种矛盾悲苦做了一番反省之后，留下的心灵意念活动的轨迹。透过这组诗，我们不仅可以看到他大半生所走过的复杂道路，还可以看到他是如何化绮为质，从枯见腴，将"七彩"融贯在毫无瑕疵的"一白"之中的。为了化繁为简，我们只重点解读这组诗之中的第四首和第五首。

《饮酒》其四写的是一只鸟的行止，这不一定是诗人的眼中所见之物。但凡一般的诗人才会见山说山，见水说水；而大诗人、一流诗人的内心则是物随心转的。古人说，作为圣贤，"六经"都是他的注脚。真正伟大的诗人，他所有的诗篇都可以互为注脚。同样，陶渊明的所有诗篇也都可以用来为这两首诗作注。陶诗中有许多是写"鸟"的，如"飞鸟"、"羁鸟"、"归鸟"、"失群鸟"等，这些"鸟"似乎已成为他精神与心灵的象征。西方近代人本主义哲学家马斯洛指出：人生有多种不同层次的需求，最低的是生存，即对衣食温饱的需求；其次是对安全归属的需求，人需要有安稳的生存环境，需要有亲朋的抚慰和保护，这就需要归属于一个社会、一个群体。陶渊明在这首诗里写的却是一只失去了归属和群体的"栖栖失群鸟"，它为什么会"失群"，又为什么"日暮犹独飞"？因为在它所归附的那个群体之中，绝大多数都是些蠕蠕而动的"蝼蚁"，它们在咫尺之间的活动能量远比这只"失群鸟"要高超得多，可它们却从不知道还有别的更高的需求。即使偶然也会有一些能够飞起来的"众鸟"，但它们匆忙地飞来飞去，也不是为了追求一个更清白、更高远的托身之所，"君看随阳雁，各有稻粱谋"（杜甫《与诸公登慈恩寺塔》），原来它们各自怀有自私自利的打算。处在这样一个群体中，陶渊明难道能够与他们同流，也为一己之私利与他们在一起"交争利"、"交相欺"吗？要知道，陶渊明是一个"宁固穷以济意，不委曲而累己"（《感士不遇赋》）的人："纡辔诚可学，违己讵非迷。且共欢此饮，吾驾不可回。"（《饮酒》其九）要我掉转马缰绳纡辔回驾，我也不是不可以学会，可那岂不就违反了自己的天性，那岂不就是人生最大的迷失！基督教《圣经》中保罗的书信上说：你赚得了全世界，却赔上了你自己。你连自己都不要了，那些身外的一切于你还有何用？所以陶渊明宁肯忍受孤独饥寒、流离失所的悲哀，也要追求那人生的最高需求：保持一个自尊的"真我"，实现自身最美好的价值。于是，陶渊明就这样变成了一只"栖栖失群鸟"。或许你要问：你怎么能肯定这里说的是诗人自己，而不仅仅是现实中的一只鸟呢？这便是"语码"所产生的联想作用。《论语·宪问》中有人问孔子："丘何为是栖栖者欤？"意即你为什么总是这样忙忙碌碌的呢？既然孔子一生奔波，周游列国而被称为"栖栖"，那么这只"栖栖"失群鸟，也就自然成了一个有理想、有作为，始终在不安中追求探索着的精灵，所以当黄昏降临，别的鸟都相继归巢后，它还"犹独飞"，它的目的地在哪里？它还能"独飞"到何时？

　　"徘徊无定止，夜夜声转悲。厉响思清远，去来何依依。"彷徨中，这只鸟捱过了一个又一个的日暮黄昏，忍过了一个又一个的漫漫长夜，可它依然没能找到一个栖身之所，于是它的啼叫声开始一天比一天悲惨凄厉了——陶渊明并非是生来就甘心当隐士的，他早年也有过"兼善天下"的用世之志。《拟古》其八诗云："少时壮且厉，抚剑独行游。谁言行游近？张掖至幽州。"其实诗人并没有真的"抚剑独游"过，也没真的到过"张掖"、"幽州"，此处他是用利剑象喻自己凌厉勇敢的精神，以收复被敌占领的"张掖"、"幽州"象征他想要统一国家的理想愿望。在陶渊明的一生中，除因"母老家贫"和"幼稚盈室，瓶无储粟"做过两次为期极短的小官外，中间还有几次可能是出于无愧"平生之志"的用世之心而出入军队为人作幕。然而处在东晋那个内忧与外患并存的时代，陶渊明每次步入仕途，总感到与官场格格不入。在那"误入尘网"，与一些野心勃勃、明争暗斗的军阀、政客们共事的"一去三十年"（其实陶渊明自二十九岁出仕至四十一岁辞官总共不满十三年）的时间里，他先前那"壮且厉"的用世之心早已伤透了，他深感自己"性刚才拙，与物多忤"（《与子俨等疏》），"质性自然，非矫厉所得"（《归去来兮辞》序）。可是"人生归有道，衣食固其端"，若告别官场，脱离仕宦，一家老小的衣食温饱又将从何而来呢？这使陶渊明在理想与现实、仕进与隐退之间犹豫彷徨起来，所以他才"徘徊无定止，夜夜声转悲"的。这一"转"字将他内心矛盾悲哀日渐加深的变化过程传达得那么真切感人。然而"厉响思清远，去来何依依"——矛盾悲哀之中，他依旧不能放弃对"清远"之所的追寻，依然怀着无限深情的向往在寻觅一个可以寄托终身的归宿。人生可由两条途径来实现自身的价值，一种是向外的追求，不仅自己要飞起来，还要能教会别人也飞起来；另一种是向内的追求，自知无力带动别人飞起来，只好保持自己的飞行高度。陶渊明正是向外追求而不得，经过"夜夜声转悲"的长时间的"徘徊"，才转而"依依""思清远"的。可是他这一份对于"清远"之所的深情想往和不懈追求，又有谁能了解呢？先不要说别人，就连自己最亲近的人都不理解："但恨邻靡二仲，室无莱妇，抱兹苦心，良独惘惘。"（《与子俨等疏》）他说遗憾的是我既没有像羊仲、求仲那样鄙薄名利的邻居，又没有像老莱子之妇那样的为保全丈夫的节操而甘愿忍受饥寒贫苦的妻子；我用心良苦，却无人知晓，因而心中感到无限孤独怅惘。人总归是软弱的，就因其软弱，才更需要精神上的支持和安慰，既然现世没有一个知己，那么陶渊明只好到古代圣贤中去寻求理解和慰藉了："何以慰吾怀，赖古多此贤。"（《咏贫士》其二）诗人在古人中找到了知音，他在伯夷、叔齐、伯牙、庄周的身上获得了力量的源泉，他终于发现了一个生命的去处，一个精神的家园，于是他"因值孤生松，敛翮遥来归"。经过几次仕宦的尝试之后，陶渊明确感自己无力"兼善天下"，与其"日月掷人去，有志不获骋"，不如"量力守故辙"，"庶以善自名。"所以当他选中了这棵"孤生松"后，便毅然决然地"敛翮遥来归"了。《论语》上说："岁寒，然后知松柏之后凋也。"由此便知这"孤生松"所象喻的，是那种任凭霜打雪压，而依然本色常青的坚贞品节；是那真淳质朴、无欺无诈的躬耕生活。这种生存方式，是与陶渊明的天赋禀性完全契合的，因此他彻底敛起那份欲"兼善"而不得的情怀，全身心投入在园田躬耕中以求"独善"了。有人为此批评陶渊明太消极，指责他没能像杜甫那样用诗歌来反映乱离社会中的民生疾苦。事实上，陶渊明并非不关心、不反映国家危亡与人民的疾苦，只是每个人的性格决定了他们的反映方式有所不同。陶渊明属于内省的类型，他的内心好像一面镜子，所有社会、时代、国家、民生的不幸与苦难，他的镜子里都有。可是他所写的并不是这些外表的迹象，而是他内心对这一切忧患苦难的反照。就算陶渊明激流勇退、拂衣归田是消极的，但也是万不得已的选择。要知道，在封建官僚势力这条无形锁链的束缚下，真正的仁人志士是很难实现个人修、齐、治、平的理想抱负的。修身、齐家的时候由得你；等到了治国、平天下的时候可就由不得你了，古来多少治世之材还未及治国，就先被"国"治了，还未来得及"平天下"就先被"天下""平"了！陶渊明能以这样精金美玉般的人品和操守，身处污乱之世而不同流合污，这足以值得我们景仰了，况且他这种抉择也绝不像"遥来归"三字所说的那么容易和轻松，你可知道他这一"归"，将要付出怎样的代价——不仅他自己要过着"晨兴理荒秽，带月荷锄归"（《归园田居》其三），"夏夜长抱饥，寒夜无被眠"（《怨诗楚调示庞主簿邓治中》）的辛苦清贫生活，就连他的幼儿稚子也不能免除"柴水之劳"，有时甚至到了"饥来驱我去，不知竟何之。行行至斯里，叩门拙言辞"（《乞食》）的地步。白居易曾经为此而慨叹："夷齐各一身，穷饿未为难，先生有五男，与之同饥寒。肠中食不充，身上衣不完，连征竟不起，斯可谓真贤！"（《访陶公旧宅》）这样的生活选择难道是每个人都能做出，并且都能坚持得住的吗？不是的，你看，当"劲风无荣木"的时候，唯独"此荫独不衰"。"无荣木"，即是"众芳芜秽"，是"雨中百草秋烂死"（杜甫《秋雨叹》），可为什么唯独陶渊明所栖身的这棵"孤生松"偏偏没有凋零？难道它没有觉察到"劲风"的严酷吗？难道它生来就是麻木迟钝的吗？不是的，陶渊明诗说："苍苍谷中树，冬夏常如兹。年年见霜雪，谁谓不知时。"（《拟古》其六）那么究竟是什么使他宁肯付出"使汝等幼而饥寒"的牺牲，也要坚持在"此荫独不衰"处托付终身的？这正是他屡次提到的"固穷"的操守。至于"固守穷节"所需付出的代价，陶渊明是十分清楚的："量力守故辙，岂不寒与饥？"（《咏贫士》其一）"岂不实辛苦，所惧非饥寒。贫富常交战，道胜无戚颜。"（《咏贫士》其五）陶渊明所说的这个"道"，就正是马斯洛所说"实现自我"这一最高层次的人生需求。经过"误落尘网中，一去三十年"的苦苦挣扎，经过"徘徊无定止，夜夜声转悲"的种种矛盾痛苦之后，陶渊明终于找到这一最适合自己本性的生存之"道"，于是他不再感到孤独悲哀了："知音苟不存，已矣何所悲。"别人了不了解我有什么关系，该走的路我走了，该守的"道"我守了，这还有什么可悲哀的呢？所以就"且共欢此饮，吾驾不可回"，就"托身已得所，千载不相违"。这是何等坚定的信念与操守！

当我们理解了《饮酒》第四首诗中的蕴涵之后，再来解读《饮酒》第五首就容易多了。这是陶诗中最有名、流传最广，也是最难解说的一首诗。它是诗人内心之镜所投射出的，由日光七彩融贯而成的一道反光。经过对前首诗的讲解，我们已看到陶诗的多种色彩：他的孤独寂寞，他的失意困惑，他的抑郁寡欢，他的矛盾痛苦，以及他"任真"的抉择和他"固穷"的操守……在这首诗里，我们还将看到陶渊明那一份自得于心的哲思睿想与陶然之乐。

"结庐在人境，而无车马喧。问君何能尔？心远地自偏。"有许多隐士，如左思的《招隐》、郭璞的《游仙》中所写的"隐士"，都是隐在深山之中的，而陶渊明却始终是与农夫野老、桑麻园田在一起的，所以是"结庐在人境"。身处人境，而无人声嘈杂、车马喧嚣，这是为什么呢？这要从两方面来看：首先从写实的意义上而言，车马只有达官显贵才有，陶渊明既然已经脱离了他以前所归属的官场生活，中断了与那些官僚显宦们的来往，当然就不会再有"车马喧"了，即使偶有老朋友想来看望他，也因其"穷巷隔深辙"而"颇回故人车"（《读〈山海经〉》其一）了。你看陶渊明是何等的温柔敦厚、真诚质朴，他从不埋怨"同学少年多不贱，五陵衣马自轻肥"（杜甫《秋兴》），也不曾说那些殊途殊归、分道扬镳一类的刻薄话，只当是自己所居穷巷狭窄，车马进不来，人家才没来看他的。其次从象喻的意义上来说，因为诗人的内心远离了"车马"所代表的名利竞逐，因而才"心远地自偏"的。这实在是一种心灵净化的境界，否则即使你身体远离了"车马"，可心思也未必能脱离"车马"的喧哗。难怪人称陶诗"质而实绮"，如此平淡无奇的字句，却蕴含了这么丰厚的喻义哲理，仿佛为全诗涂上了一层恬淡超然的底色，在这种背景色调的衬托下，诗人对自己所选择的生活真谛做了感悟与思辨相交融的点染——

"采菊东篱下，悠然见南山。山气日夕佳，飞鸟相与还。"这四句深入浅出，言微旨远，实在是只可以"神"会，不可以"迹"求的。我们不怀疑这诗是写实的，但此处诗人绝不仅仅是在叙述他的采菊，以及采菊时所看到的景物。陶渊明的诗是以感写思的，这四句之中就既含有诗人"胸中之妙"的诸般感受，又体现出诗人神思妙悟的种种哲理。"采菊"是一种多么美好的行为，松与菊是陶诗经常使用的形象："芳菊开林耀，青松冠岩列。怀此贞秀姿，卓为霜下杰。"（《和郭主簿》）松、菊皆是处于"霜下"方见其"卓"与"杰"的，因为它们的美好姿质不是外表涂饰上去的，而是"怀"藏于身内的。陆机《文赋》中有"石蕴玉而山辉，水怀珠而川媚"。芳菊与青松所显示的正是这种怀诸中而形于外的美好。不但如此，菊花还有它传统上的"语码"作用，屈原《离骚》有"朝饮木兰之坠露兮，夕餐秋菊之落英"的诗句，可见这"采菊东篱下"除了抒情写景的意义之外，它还是陶渊明生活趣味、精神格调的标志与象征。接下去"悠然见南山"一句就更妙了，王国维说，作诗一定要能入能出。当你"采菊东篱下"的时候，你的精神不能被东篱所局限住，还要能跳出去，还要与你心中其他与此有关的感受融汇成一片，从而产生诸如"悠然见南山"的进一步感悟。总之这确实是精神意念活动中的一种境界，"悠然"二字，一方面写出他与南山相距之遥，另一方面还表现出一种自得其乐的意趣境界。这两句结合在一起，恰巧是陶渊明人品与诗品的浓缩体现，其中既有他为人者内敛的操守，又有他为诗者飞扬的超越。"篱"是指示樊篱、保守、拘限的意象，在做人方面，陶渊明是有底线、有持守、有原则的；以"采菊"的方式守在心灵家园的"东篱"之下，这种做人的拘限正是陶渊明人格魅力的所在。然而诗人的情怀与神思却不被"东篱"

所局限，他不仅超脱了"东篱"，还飞越到"南山"，最后停留在"山气日夕佳，飞鸟相与还"这幅夕阳之下、南山之巅的飞鸟还巢图上：当日暮黄昏，雾霭迷蒙之际，一群群的飞鸟又都匆忙地赶着归巢了。表面看，诗人似乎只是在欣赏一幕夕阳景，其实作者之所以会在这"采菊东篱"之时、"夕餐秋菊之落英"之际，忽而被远方的"山气"、"飞鸟"所触动，也不是偶然的，这种视点、形象上的跳跃和组接，正是诗人心理活动轨迹的图像显示：日暮夕阳下相与还巢的飞鸟蓦然唤起他对当年"日暮犹独飞"之"栖栖失群鸟"的回忆——那只于"和风不洽"之时，产生"翻翮求心"之念，又因"恋旧林"而不堪被羁，毅然"失群""来归"的孤鸟，经过"晨去于林，远之八表"（《归鸟》）的高飞追寻，经过"徘徊无定止"、"夜夜声转悲"的痛苦抉择，终于在"东篱"之下、"孤松"之上找到了"托身"之所。此时眼前这群"山气日夕佳，飞鸟相与还"的每一只鸟不也都正朝着它们各自的归宿飞去？想到此，诗人的内心充满了对宇宙人生的顿悟：茫茫宇宙之中，鸟兽尚且"不可与同群"，人又怎能混同于鸟呢？然而人类竟然常常如同鸟一般为了"倾身营一饱"而各存"稻粱谋"，其实他们的所"营"早已超过"一饱"之数百、数千倍了，却仍在无休止地奔波竞逐，却永远都无法找到一个满足生命、快乐人生的支点与终点。人类生存的意义与价值究竟在哪里？不择手段，不顾一切，奔波劳碌一世，就算赚得了锦衣玉食，难道生命的意义和价值就实现了吗？——这或许就是诗人对"此中"（"南山夕照，群鸟还巢"之景象）"真意"（即诗人对人生意义与价值观念）的感悟和分辨：即人之生存要在精神上给自己寻求、确立一个栖息之所，不能像暮色中总是随夕阳、随群而盲目飞腾的"群鸟"一样为了"稻粱谋"而"委曲累己"、"口腹自役"。"此中有真意，欲辨已忘言"，当陶渊明蓦然悟出了这其中的"真意"后，却不知从何说起，也不知道什么语言才可以讲清楚——因为这是在人生经历中感受和体悟到的一种心灵的会意，是人类有了更高层次的需求之后才可能达到的一种精神境界。正由于陶渊明从他所选择的"躬耕"生活的切身体悟中获得了这样一份"真意"，这样一条"道理"，这样一种"境界"，所以他才会由衷地感到"此事真复乐，聊用忘华簪"(《和郭主簿》);"俯仰终宇宙,不乐复何如"(《读〈山海经〉》其一),才会如此恬淡、静穆,如此悠然自得、陶然自乐!

《易经》上说"修辞立其诚",陶渊明真诚淳朴的人品也必然投射到他的诗品上,在艺术表现方式上,陶诗最为突出的特点,也在于真淳质朴、自然平淡的风格。陶诗没有固定的章法和模式,他有时采用平铺直叙的句法结构,如《饮酒》其四就是从一只鸟的"独飞",写到它的"徘徊",它的"厉响",它的"夜夜声转悲"与"去来何依依",以及它的"因值孤生松"与"敛翮遥来归",这完全是依照时间顺序叙述的。但他有时也采用跳接的句法结构,如《饮酒》其五是从"结庐在人境,而无车马喧",跳到"采菊东篱下,悠然见南山",又跳到"此中有真意,欲辨已忘言",从诗的叙述逻辑上看不出其中的必然联系,这完全是作者感触、意念、思绪的自然流动,因为陶诗一向是"自写其胸中之妙"的,从未想过要"语不惊人死不休",也从不顾及是否"老妪"能懂。难怪人言陶渊明诗"易懂不易解","易会不易言"。诚如宋人陈模在《怀古录》中所赞美的:"渊明人品素高,胸次洒落,信笔而成,不过写胸中之妙尔,未曾以为诗,亦未曾求人称其好,故其好者皆出于自然,此所以不可及。"

其实陶渊明的"胸中之妙"与诗中的"难解"、"难言"之妙全都来自他为人与为诗的天然冲淡。若就其"易懂"、"易会"者而言,陶诗用语平易、浅显,没有生僻典故,不加任何矫饰与雕琢。从《饮酒》其四与其五中可以看出诗中没有一个生僻字,这些使你一目了然的常用词语组合在一起,会让你心有所感,情有所动,神有所悟,似乎像是懂了一般;若就其"不易解"、"不易言"者来看,我们对从他诗中所获得的那些若有所动、若有所感、若有所思、若有所悟的内容又往往是难以用语言解说和传达的。由于陶诗是触物兴感,以感写思的,故而这些看似闲逸淡远的漫不经心之作,就像储存航空飞行信息的黑匣子一样,将诗人的种种哲思玄想、精神感悟、生命体会等都记录下来,所以我们必须走进他的生活,探触他曾经矛盾困惑、痛苦徘徊、艰难抉择过的心灵,即对他做过一番深入的知人论世的推求之后,才能真正懂他、解他、言说他。这就是前人所说陶诗"只可以神遇,不可以迹求"的道理。

从对以上两首《饮酒》诗的解读中,我们可以看到一个伟大的灵魂,是如何于重重矛盾、失望、寂寞、悲苦之中,以其自力更生、艰苦卓绝的努力,而终于从人生的困惑中挣脱出来,从而做到了转悲苦为欣愉、化矛盾为圆融的一段可贵的经历。这中间,有仁者的深悲,有智者的妙悟,而究其精神与物质生活上的归宿,则陶渊明乃是在"任真"与"固穷"这两大基石之上建立起他那"傍素波干青云"的人品来的,而且他还以如此丰美的蕴涵,毫无矫饰地写下了"千载后,百篇存,更无一字不清真"的"豪华落尽见真淳"的不朽诗篇。

■阅读思考

1. 你能领会陶渊明《饮酒》其五最后的"此中有真意,欲辨已忘言"二句的"此中"所指吗?你能理解诗人"欲辨"之"真意"吗?你能试着替诗人"辨"一"辨"、"言"一"言"吗?

2. 人言陶渊明诗"易懂不易解","易会不易言",你阅读本章之后,是否也有此同感?请谈谈你的感受。

上编

第九章

9

池塘春草谢家春
万古千秋五字新

——谈晋、宋之际的诗人谢灵运及其
山水诗

# 谢灵运

谢灵运（385—433），陈郡阳夏（今河南太康）人，世居会稽（今浙江绍兴）。东晋大士族宰相谢玄之孙。小名"客"，人称谢客。又因袭封康乐公而被称为谢康公、谢康乐。晋、宋之际著名山水诗人，主要创作活动在刘宋时代，中国文学史上山水诗派的开创者。主要成就在山水诗创作。由他始，山水诗乃成中国文学史上的一大流派。本章选文选自中华书局沈德潜选《古诗源》。

## 登池上楼[1]

潜虬媚幽姿[2]，飞鸿响远音[3]。薄霄愧云浮[4]，栖川怍渊沉[5]。进德智所拙[6]，退耕力不任[7]。徇禄及穷海[8]，卧疴对空林[9]。衾枕昧节候[10]，褰开暂窥临[11]。倾耳聆波澜[12]，举目眺岖嵚[13]。初景革绪风[14]，新阳改故阴[15]。池塘生春草，园柳变鸣禽[16]。祁祁伤豳歌[17]，萋萋感楚吟[18]。索居易永久，离群难处心[19]。持操岂独古[20]，无闷征在今[21]。

[1] 池上楼：在永嘉郡，今浙江省温州市。谢灵运自永初三年（422）出任永嘉太守，在郡一年，称病去职，这首诗当作于次年，即景平元年（423）初春。

[2] 潜虬（qiú）：潜藏着的虬龙。虬，一种有角的小龙。媚：自媚，自我欣赏。幽姿：深潜着的美丽身姿。

[3] 飞鸿响远音：这句写鸿雁高飞把声音传送到远方。

[4] 薄霄愧云浮：此句接前句，是说自愧不能像鸿雁那样飞上云霄。薄，迫近。云浮，飘浮在云间。

[5] 栖川怍（zuò）渊沉：此句与前句呼应，说自惭不能像栖居深渊中的虬龙那样潜藏而保真。栖川，栖息在水中。怍，惭愧。

[6] 进德智所拙：进德，进德修业，提高道德修养。智所拙，智力拙笨不能达到。

[7] 退耕力不任：退耕，退隐耕田。力不任，力不胜任。

[8] 徇（xún）禄：追求仕禄。及：到。穷海：边远的海滨，这里是指永嘉郡。

[9] 卧疴（kē）：卧病在床上。疴，病。空林：秋冬林叶尽空。

[10] 衾（qīn）枕昧节候：此句谓病中整日卧在衾中，竟不知季节的变换。衾，被子。昧，糊涂，不明白。

[11] 褰（qiān）：揭开、掀起。暂窥临：暂且登楼窥视一下外面的景物。

[12] 倾耳：侧耳。聆：听。

[13] 岖嵚（qū qīn）：山势高峻的样子。

[14] 初景：初春的阳光。景，阳光。绪风：余风。

[15] 新阳：刚刚到来的春天。故阴：已经过去的冬季。这两句的意思是说，新春的阳光清除了寒风的余威，春天来临，严冬已经过去。

[16] 变鸣禽：树上叫的鸟变换了种类。因园中鸟类众多，所以啼声宛转多变。

[17] 祁祁：众多的样子。豳（bīn）歌：豳人的诗歌。豳，古国名，在现在陕西省旬邑县西。《诗经·豳风·七月》有"春日迟迟，采蘩祁祁，女心伤悲，殆及公子同归"的诗句。这句是说，看到春草繁茂，使人想到"采蘩祁祁"的诗句，不免因思归而内心悲痛。

[18] 萋萋感楚吟：萋萋，草茂盛的样子。楚吟，指《楚辞·招隐士》其中有"王孙游兮不归，春草生兮萋萋"的诗句。此句意谓想到"春草生兮萋萋"之句，就更因不能归去而感伤了。

[19] "索居"二句：意谓离别亲朋，孤居独处容易觉得日子太长，寂寞得难以忍受。索居：独居。

[20] 持操岂独古：持操，坚持节操，指遁世归隐的思想行为。岂独古，岂只是古人才能做到。

[21] 无闷征在今：此句针对《易·乾卦》中"龙德而隐者也，不易乎世，不成乎名，遁世无闷"的话而言，意谓隐士不求成名，一心避世而没有任何忧闷的境界，今天从我这里可以得到验证。即我也可以做到隐居避世而毫无烦闷了。

### ■解读鉴赏

晋、宋之际的谢灵运，是中国诗坛上的一位重要诗人，他的诗作流传至今的大约有八十余首，除去几首模仿古乐府的作品之外，写山水的诗篇几乎占了他全部作品的80%。这些诗，从题材与作法上，对后世诗坛产生了重大影响。南北朝时期的著名诗歌理论家钟嵘曾称他为"元嘉之雄"。

谢灵运是晋朝车骑将军谢玄的孙子。谢玄因淝水之战大败苻坚，被封为康乐公，当他去世的时候，其子谢焕已经先他死去，于是就由谢焕之子谢灵运承袭了康乐公的爵位。东晋是一个非常重视门第的时代，而谢家又是当时著名的豪门大户，因此谢灵运在少年时代就养成了一种奢豪任纵的性格。及至晋宋易代，他从康乐公降为康乐侯，食邑由三千户减至五百户，虽然仍在朝做散骑常侍，后转为太子左卫率，可是并无实权。《宋书》的传记记叙他当时的心情说："灵运为性褊激，多愆礼度，朝廷唯以文义处之，不以应实相许。自谓才能宜参权要，既不见知，常怀愤愤。"后来武帝去世，长子义符即位，国家实权实已落到司徒徐羡之等人手中，谢灵运遭到排挤，被贬至永嘉任太守。谢灵运的大部分山水诗都作于被贬永嘉之后。他在《斋中读书》一诗中说："昔余游京华，未尝废丘壑；矧乃归山川，心迹双寂寞。"意思是说，我的天性就是喜欢山水，即使在京华为官时，也未尝放弃过对丘壑的游赏，何况现在来到这个以山清水秀而闻名的郡城，在心情与生活的双重寂寞之中，面对这美好的山川景物有了更深一层的体会和赏爱。史籍上记载他到永嘉之后的生活时也说："郡有名山水，灵运素所爱好，出守既不得志，遂肆意游遨，遍历诸县，动逾旬朔，民间听讼不复关怀。所至辄为诗咏以致其意焉。"（《宋书·谢灵运传》）《登池上楼》一诗，便是此一时期他山水之作中的重要代表。

　　谢灵运诗一个重要特色在于，他很少有那种由物及心的兴发感动，而常常是先存有一份内心的感慨，通过有心着意的安排，然后才借助于外在景物或古籍典故来表现。这首诗传达出了诗人来到永嘉之后的矛盾心情，当时他官场失意，一方面对自己不能参与权要心怀不平；另一方面，他又做不到潜心归隐。这两种情况，他分别借助诗中的"飞鸿"与"潜虬"来做象征。诗一开篇，他就把这两种物象对举出来："潜虬媚幽姿，飞鸿响远音"，这是一个工整的对偶句。曹魏以后的诗人已经开始运用对偶的句式了，比如曹植《白马篇》的"控弦破左的，右发摧月支。仰手接飞猱，俯身散马蹄。……长驱蹈匈奴，左顾凌鲜卑"，已是很整齐的偶句，不过从语序结构上看，曹植的对偶只是一种比较简单、比较直接的叙述，在施事的主词与受事的宾词之间是一种直接的顺序排列。可是谢灵运的诗句改变了这种简单、直接的顺序。他说"潜虬以幽姿为媚，飞鸿以远音为响"，这其中受事的宾词与施事的动词在顺序上要颠倒过来才能解释得通，而且"媚"与"响"本来都不是动词，可这里诗人将它都活用为动词了，这种句法顺序上的颠倒及不同词性灵活运用变化，乃是诗人对中国诗歌中文字、句法进一步反省的结果。

接下来"薄霄愧云浮，栖林怍渊沉"，"薄"是靠近，"栖"是停止、栖息。"愧"与"怍"都是惭愧之意。"云浮"是在空中飞翔，"渊沉"是指藏在深渊之中。这两句在句法上也是颠倒和繁复的，他的意思是说：我很惭愧，既不能像飞鸿一样靠近云霄飞翔，也不能像潜虬（一种有角的小龙）一样栖止于深川渊谷之中。意思上虽然是繁复的，但诗人在写法上掌握了几个重要之点做对偶，在严密工整的对仗中将这种较为繁复的意义非常浓缩地表达出来。从章法结构上来看，诗中第三句的"薄霄"是接着第二句的"飞鸿"来说的，而第四句的"栖川"则是接着首句中之"潜虬"而言。这就打破了那种传统的简单、直接的顺叙方法，表现出一种跳接的变化。

诗的第一、第二句只是对举出"潜虬"与"飞鸿"两种形象；第三、第四句中的"愧"与"怍"，暗示了作者的存在，接下去作者本人就出现了："进德智所拙，退耕力不任。"这两句还是对偶，"进德"是追求德业，建立功名。如果让我去建功立业，谋取高就，那我的才能智力是很不够的；如果让我去种田躬耕，我的技能体力又无法胜任。因此我只有"徇禄及穷海，卧疴对空林"。"徇"是一种带有献身精神的追求，"及"是来到的意思，"穷海"指极远的海边，这里指永嘉郡。"疴"是病，"空"即空寂。这两句是说，我牺牲了自己的理想来追求官禄，因而才来到了永嘉这遥远的海边；我染病在床，整日所见，是那一片空寂的林野。句中"徇"与"卧"是动词，"禄"与"疴"是名词，"及"与"对"是动词，"穷"与"空"是形容词，"海"与"林"又是名词，显然这又是一个非常工整的对句。从章法上看，"进德"句承接第二、第三句中的"飞鸿"；而"退耕"所承接的，则是第一、第四句中的"潜虬"，我既不能做到像"飞鸿"高飞奋进一样地"进德"，又做不到像"潜虬"沉于渊谷似的去"退耕"。这就从所比的形象回到诗人内心所要表现的矛盾心情上来，就因为做高官没有本事，辞官退耕又没有足够的能力，于是才落得"徇禄及穷海，卧疴对空林"的下场。诗篇的层次过渡非常自然紧凑。

诗人接着又说:"衾枕昧节候,褰开暂窥临。倾耳聆波澜,举目眺岖嵚。初景革绪风,新阳改故阴。池塘生春草,园柳变鸣禽。"这八句写诗人登池上楼所望见的满园春色。除了"衾枕"与"褰开"两句外,其余六句都是对偶句。其中"初景革绪风,新阳改故阴"两句,是用内容相同或相近的词语来做对偶,这是谢灵运在对偶中的又一种变化。"池塘生春草,园柳变鸣禽"则是谢灵运诗作中最著名的句子。"池塘"是一个名词,"园柳"也是一个名词,如果再做进一步的分辨,就会发现,"池"与"塘"是两个并列关系的名词,而"园"与"柳"却是修饰与被修饰的关系,"园"在这里具有形容词的性质。这样一来,"池塘"对"园柳"就成了不十分工整的对偶,后面的"春草"与"鸣禽"也是如此,"春"是名词作形容词,"鸣"是动词作形容词。在谢灵运这首诗中,"潜虬"与"飞鸿"是意义相反的对偶;"初景"与"新阳"是意义相近的对偶;"池塘"与"园柳"则是灵活变化的对偶,可见诗人在对偶技巧的运用上已经相当地纯熟自如了。此外,"池塘"与"园柳"两句诗的好处还不止于对偶方面。前边"潜虬媚幽姿,飞鸿响远音。薄霄愧云浮,栖川怍渊沉"等都是非常严密、浓缩、紧凑的句子,在句法和章法的组织结构上,也是极为严谨、讲究的,可是到了"池塘生春草,园柳变鸣禽"这里,却突然变得轻松、舒缓起来:池塘内外不知不觉地生长出那么多茂密的青草,园中柳树上,则有各种各样的候鸟随着春季的到来而变换着叫声。这就是张弛抑扬、错落有致的艺术表现方法,难怪这两句诗会成为千古流传的佳句。金人元遗山也不禁赞叹说:"池塘春草谢家春,万古千秋五字新。"

接着,"祁祁伤豳歌,萋萋感楚吟"就开始用典了。中国诗人大都喜欢用典故,因为每个典故都含有特定的意蕴。"祁祁"句典出《诗经·豳风·七月》的"春日迟迟,采蘩祁祁,女心伤悲,殆及公子同归"。是说春日的白天很长,那些美丽的女子都外出采蘩草,看到那些茂密成熟的蘩草,女孩子们联想到自己也将成年出嫁了,于是不禁为即将远离她们的父母而感到伤心。"萋萋"句是出于《楚辞·招隐士》的"王孙游兮不归,春草生兮萋萋",是说有些王孙贵族子弟外出远游,待到第二年的春天,茂盛的青草都长出来了,可是他们仍然没有回来。谢灵运这两句诗是说，每当我读到《豳风》中"祁祁"句时，我的内心就会产生一种伤感；每当我想到《楚辞》里的"萋萋"句时，也同样会产生与之相同的感动。"伤豳歌"与"感楚吟"都是离别的哀伤，怀旧的感慨，谢灵运借此典故所传达出的，正是他当时被贬出首都，远离朝廷，初到这人迹罕至的海边后所怀有的那种"心迹双寂寞"的心态。

下面"索居易永久，离群难处心"，"索"是孤独的样子。这两句的意思是：我孤独寂寞，离群索居，因而感到日子长得难以打发，我离开了亲朋好友，就难以排遣内心的凄惶不安之情绪。这里"索居"与"离群"是相对的，"永久"与"处心"不十分相对，可是"易"与"难"又对得很工整。这种在五言诗句的对偶之中放宽一些，即三个字相对、两个字不对的句式，也是中国古典诗歌中对偶技巧里的一种变化形式。我们之所以要在这首诗里反复讲解这些对偶，以及章法、句法上的浓缩与变化，是因为这些特点对后来唐代律诗的发展演进起着极为重要的作用。

最后两句"持操岂独古，无闷征在今"，是借用《易经》上的语意。《易经·乾卦》云："龙德而隐者也，不易乎世，不成乎名，遁世无闷。"是说有德而隐居的人，不为世俗而改变自己的志向，不追求外表的虚名，远离尘世而不以为闷（忧愁）。"征"是征验之意，最后两句是说，坚守节操难道只有古人才能做到吗？"遁世无闷"的那种境界，在我身上不是也已经被实践验证了吗？这完全是诗人用以寻求解脱的高标自赏之语。

综观《登池上楼》一诗，其中有诗人烦闷失意的牢骚，有对自然山水景物的刻画，也有作者寂寞悲哀情绪的流露，还有他借景物与典故表现出的对于"遁世无闷"之境界的努力追寻。但从总体上来看，这首诗缺少那种令人兴发感动的力量，其原因在于谢灵运本来就不是一个具有崇高政治理想和生活目标的人，他只不过是个性格恣纵、自命不凡的贵族文人罢了。一个人的人品决定着他的诗品，他诗中所叙写的景物及情意，都不是来自于他对宇宙自然、现实人生的真切深刻的关注和体味，他从来未曾达到过像陶渊明诗中的"采菊东篱下，悠然见南山……此中有真意，欲辨已忘言"那样一种精神与自然混然为一的境界。他诗中所写的景物、情意、典故、哲理，总给你一种未能与诗人相融为一的感觉，这种缺憾实在不是艺术技巧所能弥补的。

但我们应该承认，在艺术表现技巧上，谢灵运在中国诗体发展演进过程中具有不可忽视的地位和作用。就内容题材而言，他的山水诗拓宽了中国古代诗歌的表现领域，不仅打破了当时玄言诗一统天下的局面，而且对后世的山水诗也产生了很大的影响。此外，他那种有心安排的比喻和对偶，以及章法结构中的张弛有度、意义繁复的种种变化，也都达到了前人从未有过的高度，这些都是他在中国诗歌历史上不可磨灭的功绩。

### ■阅读思考

阅读谢灵运的《登池上楼》一诗，体会中国古代早期山水诗在情景交融手法、章法结构技巧方面的特色。

# 第十章

# 论功若准平吴例
# 合著黄金铸子昂

## ——谈初唐诗坛风气的转变与陈子昂

# 杜审言

杜审言，生卒年不详，字必简。襄阳（今湖北襄阳）人。高宗时进士，曾任洛阳丞，后贬官。武后时为著作佐郎，迁膳部员外郎。中宗初流放峰州，不久起复，为修文馆直学士，病卒。杜审言与苏味道、李峤、崔融合称"文章四友"。本章选文均选自上海古籍出版社《全唐诗》。

## 和晋陵陆丞早春游望[1]

独有宦游人，偏惊物候新[2]。云霞出海曙，梅柳渡江春[3]。淑气催黄鸟[4]，晴光转绿蘋[5]。忽闻歌古调[6]，归思欲沾巾。

[1] 晋陵：今江苏武进。陆丞：作者的友人，不详其名，时在晋陵任县丞。诗人与陆某是同郡邻县的僚友。他们同游唱和，陆某原唱为《早春游望》，内容已不可知。此诗为唱和之作。

[2]"独有"二句：唯有在仕宦的人，才对景物、节候的变化格外惊心。

[3]"梅柳"句：意为江南已梅开柳绿，江北也到处透出春意。因江南春早，江北春晚，所以说春天是渡江过来的。

[4] 淑气：春日温暖的气候。黄鸟：黄莺。

[5] 转绿蘋：浮萍转绿。江淹《咏美人春游》有"东风转绿蘋"句。

[6] 古调：指陆丞的诗，赞其格调近古。

**点评**：此为伤春之作，因大江两岸早春景色而触动归思。

# 宋之问

宋之问（656？—712），一名少连，字延清，汾州（今山西汾阳县）人，一说虢州弘农（今河南灵宝县）人。上元二年（675）进士。曾任尚书监丞、左奉宸内供奉。后因谄事张易之，被贬为泷州参军。中宗时为修文馆学士，再因受贿被贬为越州长史。睿宗时流放至钦州，被赐死。宋之问与沈佺期齐名，其诗讲求技巧，音韵和谐，属对工整，尤擅五言排律，对近体诗的发展有较大贡献。流放期间的作品较有生活感受。

# 度大庾岭[1]

度岭方辞国[2]，停轺一望家[3]。魂飞南翥鸟[4]，泪尽北枝花[5]。山雨初含霁[6]，江云欲变霞。但令归有日，不敢恨长沙[7]。

[1] 大庾岭：在今江西省大庾县南，广东省南雄县北，为五岭之一。

[2] 辞国：辞别京城。

[3] 轺（yáo）：轻便简易的车马。

[4] 南翥（zhù）鸟：向南飞的鸟，指雁。

[5] 北枝花：大庾岭多梅花，由于岭上南北气候差异，岭南梅花已落，而岭北梅花正开。宋之问度大庾岭，时当十月，因家在北方，故岭北的梅花触动思乡之情。

[6] 霁（jì）：雨停天晴。

[7] "但令"二句：意思是只要有朝一日回到北方，就心满意足了。恨长沙：指被贬而产生的怨恨之情。《史记·屈原贾生列传》载，贾谊被贬长沙王太傅，心中忧怨，作《吊屈原赋》以抒愤。

**点评：**此诗作于南流泷州途中，抒发了作者依恋故里、渴望生还的心情。用笔深曲，情景交融，韵律严谨，对仗工稳，很能代表初唐律诗的面貌，但这种诗除了形式上的工丽、贴切之外，在内容上并无较深刻的意思。

# 王　勃

王勃（650—676），字子安，绛州龙门（今山西河津）人。少有"神童"之称，博学多才。十五岁举幽素科，授朝散郎。后为沛王府侍读，因戏作《檄英王鸡》一文，触怒高宗，斥逐出府。遂南游巴蜀，漂泊西南。返长安后，补虢州参军，因事免官，其父亦受累贬交趾令。赴交趾省亲，渡海堕水，受惊而死。善为文，与杨炯、卢照邻、骆宾王齐名，时称"四杰"。后人评其诗，亦列初唐四杰之首。所作诗清新流畅，质朴自然，是新旧诗风过渡的标志。有《王子安集》。

## 杜少府之任蜀州[1]

城阙辅三秦[2]，风烟望五津[3]。与君离别意，同是宦游人[4]。海内存知己，天涯若比邻[5]。无为在歧路，儿女共沾巾[6]。

[1] 杜少府：名不详。少府，唐人对县尉的通称。之任：赴任。蜀州：一作"蜀川"，泛指蜀地。

[2] 城阙：原意谓城门两边的楼观，引申为京城。此指长安。辅三秦：长安以三秦为畿辅。三秦，项羽灭秦后，分为雍、塞、翟三国，称为三秦。

[3] 风烟：不仅是指实景中的风尘烟霭，还含有杜少府此去路程遥远，征尘迷茫之意。五津：长江自湔下至犍为一段，有五个渡口，白华津、万里津、江首津、涉头津、江南津，合称五津，都在蜀中。

[4] 宦游人：离家出游以求仕宦的人。

[5] 比邻：近邻。化用曹植《赠白马王彪》"丈夫志四海，万里犹比邻"句意。

[6] "无为"二句：不要在分手的路上，像小儿女那样哭湿了巾帕。

**点评：**此诗为送别杜姓友人去蜀川赴任而作。作品一反以往送别诗的缠绵感伤，以豁达爽朗的感情，质朴而警策的语言，表达了惜别的情怀和开朗的胸襟，是唐前期时代精神的折射。

# 陈子昂

陈子昂（659？—700），字伯玉，梓州射洪（今属四川）人。出身于富豪之家，早年有慕侠之心，怀济世之志，睿宗文明年间进士，授麟台正字、右拾遗。先后两次从军边塞，直言敢谏，所陈多切中时弊。但谏言不但不被执政者采纳，反而屡遭打击。圣历元年（698），以父老为由辞官隐居。后为武三思指使的射洪县令段简诬陷，冤死于狱中。陈子昂为文反对齐梁的颓靡诗风，倡导"汉魏风骨"和"风雅兴寄"，在初唐诗歌革新运动中发挥了重要作用，对后代诗人产生了深远影响。其诗作基本反映了自己的诗歌主张，题材宽广丰富，风格刚健质朴。

## 感遇（其二）[1]

兰若生春夏[2]，芊蔚何青青[3]。幽独空林色[4]，朱蕤冒紫茎[5]。迟迟白日晚[6]，袅袅秋风生[7]。岁华尽摇落[8]，芳意竟何成？

[1]《感遇》是陈子昂的一组咏怀诗，共三十八首，非一时一地之作。此首原列第二。

[2] 兰若：兰花和杜若，均为香草。

[3] 芊（qiān）蔚：花叶繁茂的样子。

[4]"幽独"句：意思是兰若幽雅孤独地生长在林中，秀色冠绝群芳。空林色，使林色为之一空，意即其他草木都相形失色。

[5]"朱蕤（ruí）"句：红花盛开在紫茎上。蕤，花下垂的样子，这里指下垂的花。

[6]迟迟：缓缓地。

[7]袅袅：微弱细长的样子。《九歌·湘夫人》："袅袅兮秋风，洞庭波兮木叶下。"

[8]"岁华"二句：谓兰若一年一度的生命绽放期限将尽，花朵已飘摇零落了，它们所散发的芳香又如何能够保持呢？

**点评**：此诗通篇运用传统的比兴手法，借冠绝群芳的香兰、杜若，寄托了自己的美好理想以及抱负无法实现的深沉苦闷。

# 感遇（其二十三）

翡翠巢南海[1]，雄雌珠树林[2]。何知美人意，骄爱比黄金[3]。杀身炎洲里[4]，委羽玉堂阴[5]，旖旎光首饰[6]，葳蕤烂锦衾[7]。岂不在遐远？虞罗忽见寻[8]。多材信为累[9]，叹息此珍禽。

[1]翡翠：鸟名，羽毛赤、青相杂，因具有宝石般明亮的羽衣而得名。

[2]珠树：传说中的奇树。《山海经·海外南经》："三株（珠）树在厌火北，生赤水上，其为树如柏，叶皆为珠。"

[3]美人：指富家贵族。骄爱：矜夸爱重。

[4]炎洲：《十洲记》："炎洲在南海中。"

[5]委羽：剥脱卸掉翡翠鸟的羽毛。委，舍弃，丢弃。玉堂：指富贵人家。

[6]旖旎：本是旌旗柔顺随风之貌，这里形容首饰的柔美。

[7]葳蕤（wēi ruí）：本是草木下垂之貌，此处形容羽毛的纷披美胜。

[8]虞罗：虞人的网罗。虞，古代掌管山泽与园囿的官。

[9]材：才能。信：确实，果然。累：牵累，拖累，使受害。这句点明本篇的寓意和感慨。作者有《麈尾赋》云："此仙都之微兽，因何负而罹殃……岂不以斯尾之有用，而杀身于此堂。"与本诗意同。

**点评**：本篇以翡翠杀身之事，说明"多才为累"之理。表达了一种全身远祸的思想。

## 登幽州台歌[1]

前不见古人，后不见来者[2]。念天地之悠悠[3]，独怆然而涕下[4]。

选自上海古籍出版社《全唐诗》第二函第三册卷 83

[1] 幽州台：即蓟北楼，又称燕台、黄金台。在今北京市西南。相传战国时燕昭王为雪国耻，采纳郭隗建议，在燕都蓟城筑高台，置黄金于其上，招揽天下贤才，终于得到乐毅、邹衍等人，致使国家臻于富强。此诗作于万岁通天元年（696）。由于契丹反叛，武则天命建安王武攸宜率军讨伐之，陈子昂随军参谋。武攸宜出身亲贵，不晓军事，使前军陷没，陈子昂进献奇计，却未被采纳。他不忍见危不救，几天后再次进谏，结果激怒了武攸宜，被贬为军曹。他满怀悲愤地登上蓟北楼，感昔乐生、燕昭之事，赋诗数首。《登幽州台歌》是其中之一。诗在极其广阔的时空背景上深刻表现了诗人报国无门、知音难遇的孤独苦闷与悲愤。

[2] 古人、来者：一般解释为像燕昭王一样礼贤下士、任用贤才的君主。从诗的整体意思来看，将其解释为"明君"与"贤臣"，即燕昭王以及被燕昭王所重用的人更为确切。

[3] 悠悠：遥远，长久。

[4] 怆（chuàng）然：凄然神伤的样子。涕：泪。

# 张九龄

张九龄（673—740），字子寿，一名博物，韶州曲江（今广东省韶关）人。长安二年（702）进士。玄宗开元二十二年（734）官至同中书门下平章事、中书令。是开元时代的贤相之一。在朝刚正不阿，直言敢谏。被李林甫排挤，罢政事，贬荆州长史。张九龄工诗能文，尤擅五言古诗，诗风和雅清淡，开盛唐王孟一派。

## 感遇（其一）[1]

兰叶春葳蕤[2]，桂华秋皎洁[3]。欣欣此生意，自尔为佳节[4]。谁知林栖者，闻风坐相悦[5]。草木有本心，何求美人折[6]？

[1]《感遇》十二首系张九龄遭谗贬谪后所作。此诗为第一首，借物起兴，自比

兰桂，抒发孤芳自赏、气节清高、不求引用之情意。

[2] 葳蕤（wēi ruí）：草木茂盛的样子。

[3] 桂华：桂花。华，同"花"。皎洁：光白的样子。

[4] "欣欣"二句：意谓春兰秋桂生机勃勃，欣欣向荣，使春秋两季自然成为佳节。

[5] "谁知"二句：意谓没有想到隐逸之士钦慕兰、桂的品格，因而喜爱它们。林栖者：栖息山林中人，即隐士。坐：因而。

[6] "草木"二句：谓草木散发芬芳，是出自它的本性，而不是为了求人折取。草木：指兰桂。本心：原意指草木的根本与中心（茎干），此处一语双关，兼及人的自然的禀赋，即隐士们淡泊世俗功名利禄的天性。美人：即"林栖者"和其他"相悦"之人。

# 张若虚

张若虚（660？—720？），扬州（今属江苏）人。曾官衮州兵曹。与贺知章、包融、张旭并以文词俊秀齐名，号"吴中四士"。《全唐诗》仅存录其诗两首，因《春江花月夜》最为著名而被喻为"以孤篇压倒全唐"。

## 春江花月夜[1]

春江潮水连海平，海上明月共潮生。滟滟随波千万里[2]，何处春江无月明。江流宛转绕芳甸[3]，月照花林皆似霰[4]。空里流霜不觉飞，汀上白沙看不见[5]。江天一色无纤尘，皎皎空中孤月轮。江畔何人初见月，江月何年初照人。人生代代无穷已，江月年年只相似。不知江月待何人，但见长江送流水。白云一片去悠悠，青枫浦上不胜愁[6]。谁家今夜扁舟子[7]，何处相思明月楼[8]。可怜楼上月徘徊，应照离人妆镜台。玉户帘中卷不去[9]，捣衣砧上拂还来[10]。此时相望不相闻，愿逐月华流照君[11]。鸿雁长飞光不度[12]，鱼龙潜跃水成文[13]。昨夜闲潭梦落花[14]，可怜春半不还家。江水流春去欲尽，江潭落月复西斜。斜月沉沉藏海雾，碣石潇湘无限路[15]。不知乘月几人归，落月摇情满江树[16]。

[1]《春江花月夜》为乐府《清商曲·吴声歌》旧题，创自陈后主。江，长江。

诗用乐府旧题而能自出机杼，生动展现了春江花月之夜的优美景色，并借此背景，抒写离别相思之情，表现对宇宙人生哲理的思索、对自然奥秘的探求，以及对青春年华的珍惜。它是初唐七言歌行的杰作。

［2］滟（yàn）滟：水满波溢、波光粼粼的样子。

［3］芳甸：花草丛生的郊野。

［4］霰（xiàn）：雪珠。

［5］汀（tīng）：沙滩。此言洲上的白沙与月色融合在一起，看不分明。

［6］青枫浦：在今湖南省浏阳县境内。此泛指分别的地点。

［7］扁（piān）舟子：乘小船漂泊在外的游子。

［8］明月楼：月光下思妇所居之闺楼。

［9］玉户：指思妇的居室。卷不去：此指月光。

［10］捣衣砧（zhēn）：捣衣用的垫石。古代妇女把织好的布帛，铺在平滑的砧板上，用木棒敲平，以求柔软熨帖，好裁制衣服，称为"捣衣"，多于秋夜进行。古诗词中，凄冷的砧杵声又称为"寒砧"，往往表现征人离妇、远别故乡的惆怅情绪。拂还来：也指月光。

［11］逐：追逐，跟随。月华：月光。

［12］"鸿雁"句：谓鸿雁怎么也飞不出这片月光。

［13］"鱼龙"句：谓鱼在深水里游动，只能激起阵阵波纹。

［14］闲潭：幽静的水潭。梦落花：写思妇夜中梦见花落闲潭，有美人迟暮之感。意谓春天将逝。

［15］碣石：山名，在今河北省乐亭县西南。潇湘：水名，潇水和湘水在湖南省零陵县合流后称为潇湘。碣石、潇湘分居北方和南方，泛指天南地北，喻游子思妇相距之遥难以相聚。

［16］"落月"句：满江树影在落月的余辉下摇曳，与魂牵梦绕的离情混融在一望无际之中。

■ **解读鉴赏**

初唐是中国诗歌史上格律诗正式形成的时期。所谓格律诗，就是指律诗和绝句。律诗有五言、七言两种；绝句也有五言、七言两种类型。格律诗注重诗歌形式上的完美，它讲究声调的平仄、诗句的对仗和押韵，为了与唐以前的古体诗加以区别，通常又称它为近体诗。事实上，从齐梁以来，中国的诗歌已经有了明显的律化之倾向，自沈约对诗歌形式做了一番深刻反省，提出"四声八病"之说后，诗人们更加注重对诗歌声律方面的雕琢与追求，而且这种追求诗体形式完美的风气愈演愈烈。初唐诗坛继承了这种唯美的诗风，并形成了对字数、平仄、对偶都有严格规定的律诗，当时的诗人们以写这种诗为时尚，如被称为"文章四友"的李峤、杜审言、崔融、苏味道，被誉为"初唐四杰"的王勃、杨炯、卢照邻、骆宾王等，都曾经创作出大量的律诗。初唐的律诗，大多是朋友之间的酬赠、应和之作，其中写得较好的都具有工整、切合的特色。工整是就其中间两联的对仗严格而言，切合是言其诗题与内容的相互吻合。此外，初唐的优秀律诗还常常有一种开阔博大的气象，这是唐代开国时期社会背景所带来的一种新风气。像杜审言的《和晋陵陆丞早春游望》，王勃的《杜少府之任蜀州》，就是唐代早期较有代表性的诗作。除此以外，沈佺期、宋之问二人在当时也是名噪一时的诗人，他们也曾写过许多五言、七言的律诗，这些诗形式工丽，情意贴切，但却缺乏深刻的思想内容。

诗歌作为一种美文，追求形式的完美是无可非议的。但后来形成潮流和风气，诗人把精力都放到声律和对偶的雕饰上去，而那种属于诗歌本质上的兴发感动的生命却逐渐被忽视了。就在这时候，陈子昂不同凡响地举起了复古的大旗，提出了自己的文学主张："文章道弊五百年矣。汉魏风骨，晋宋莫传，然而文献有可征者。仆尝暇时观齐梁间诗，采丽竞繁，而兴寄都绝，每以永叹，思古人常恐逶迤颓靡，风雅不作，以耿耿也。"（《与东方左史虬修竹篇序》）他反对齐梁以来的唯美主义文风，提倡比兴、寄托和汉魏风骨。他的所谓复古，实际是针对时弊进行的一场文学革新。陈子昂不仅如此说，也如此创作，他的三十八首"感遇"诗，就是在这种思想指导下写成的。"感"是感慨，兴叹；"遇"是被知用的遇合；"感遇"是对能否有人认识并任用你而发的感慨。朱自清先生在《〈唐诗三百首〉指导大概》一文中曾提出，唐诗的一个重要主题就是"仕"与"隐"的问题，"仕"与"隐"是中国古代读书人心中永难解开的一个情意结。从孔夫子时代就有了"学而优则仕"的观念，《论语》上记载子夏就曾说过："百工居肆以成其事，君子学以致其道。"读书人的理想是修身、齐家、治国、平天下。读书是为了明理，明理可以鉴往知来。古人说"士当以天下为己任"，为自己的国家和人民安排一个理想的出路，这是读书人的责任。在古代读书人看来，读书的唯一出路就是求仕，而求仕就会遇到各种挫折和问题。陈子昂诗里所反映出的，还不是一般意义上的出仕与隐退的问题。因为他所处的时代，正是武则天专权，改唐号为"周"，被人们认为是"篡逆"的时期，处于这种社会时代之中，陈子昂又该如何选择"仕"、"隐"，以及自己的出路呢？

古代的读书人要实现自己的政治理想，常常会有几种不同的形式。一种是做"圣之清者"，这种人追求自我品格的完美，注重名节的清白，国君不好，就不在你朝中为官，政府不好，就不在你政府内为吏，像伯夷、叔齐就是这种人的代表。还有一种是"圣之任者"，他们以"拯救天下，普度众生"为己任，不管你朝廷、政府如何，只要任用我，我都要设法努力去实现我所担负的使命；否则，谁都不出来做补救的事情，那天下人民岂不更加不幸吗？商汤时代的伊尹正是这种人的典型。陈子昂也选择了出仕，他二十四岁就到了长安，并且得到了武则天的赏识，任命他为麟台正字，后来又做了右拾遗。陈子昂写过歌颂武则天的文章，同时也写了很多批评时弊的奏疏。从他的作品中可以看出，他的确是一个很有政治理想的人。在他三十五岁时，北方契丹人入侵，于是他请求随军出战。当时的主将是武则天的本家侄子武攸宜，这个人昏庸无能，常吃败仗。陈子昂曾经提出许多谏劝，他非但不采纳，反而将陈子昂削职，以泄嫉恨。为此陈子昂感到政治前途无望，就辞官回到了四川老家。但政治上的迫害历来是极其残酷的，即便回了老家，也不会被轻易放过。武攸宜指使四川射洪县令罗织罪名，将陈子昂逮捕下狱，年仅四十二岁就惨死狱中。当我们对陈子昂有了上述了解之后，再读他的《感遇》诗，就更容易了解他内心深处在"仕"与"隐"这个情意结上所表现出来的种种矛盾和痛苦了。下面就看他其中的两首《感遇》诗。

"兰若生春夏"这首诗通篇都是用比兴的方法。"若"，是杜若，一种香草。用兰花香草来象征美好的生命和美好的理想，是自《离骚》就有的一种传统。春夏之交，万物复苏，那一片片盛开的兰花与芬芳四溢的杜若呈现出一派"芊蔚（叶片）何青青"的景象。而这种景象只用前两句的十个字就概括出来了，这种浓缩的句法也是初唐诗歌的一个重要特色。陈子昂虽然反对格律，但时代毕竟发展到了唐朝，所以他的诗作也不可避免地要带有句式浓缩的时代特点。这就是历史，尽管会出现循环，但绝不是简单的重复，而是一种螺旋式的上升。"幽独空林色"，是一种杳无人迹的幽独意境。古人说："兰生空谷，不为无人而不芳。"有的人天生就能够安心自处，如陶渊明的"托身已得所，千载不相违"。但也有些人，他们的内心永远也不能安定，他们永远要向外发展，要为外界条件所影响、所转移。诗中的兰花与杜若，生长在空寂的山林中，带着一种默默无闻、安于寂寞、不求人知的境界与情趣。"朱蕤"指红色的花，这种花从暗紫色的花茎上长出来，因此是"朱蕤冒紫茎"。诗人极言花的美好，一件美好的事物，或是一个美好的人，虽无人欣赏，他照样是美好的；不过最好应该有人欣赏你，才不辜负这一番美好，因此"兰若"才怀着一腔美好的生命和期望等待被欣赏的时刻，然而"迟迟白日晚，袅袅秋风生"，积日成月，积月成年，时间一天天过去了，待到有一天，当袅袅秋风都吹起来了，它们所期待的为人欣赏、被人采摘的那一刻还没有到来，于是"岁华尽摇落，芳意竟何成"？不管你"朱蕤"也好，"紫茎"也好，这一切都将随着时光的流逝而消亡，同时它全部的荣华及美好的生命价值也将随之化为空幻！人生一世不过短短几十年的光景，你所有的一切——美好的品德、才智、理想、价值又怎样才能够实现呢？如果你空怀一切美好，而始终没派上用场，那么你的一生，你那份"芳意"，岂不也是落空无成了吗？这首诗所表现的正是诗人渴求"知遇"的心情。不错，陈子昂后来真的出仕了，而且真的得到了武则天的欣赏，可是结果又怎样呢？来看他的《感遇》其二十三。

诗中的"翡翠"是一种鸟，它的羽毛很美丽，可以用来做装饰。装饰在头上叫"翠翘"，装饰在衾被上叫"翠被"。这种鸟结巢在南海，它们成双作对地栖息在"珠树林"中，生活得很快活。不幸的是，它们的羽毛被那些富贵而漂亮的女子们看上了，将它们看得比黄金还要贵重，为此，有人便在南海畔炎洲这地方，将它们杀死，褪下它们身上的羽毛，将之带到美人所住的玉堂之下，装饰在美人的头上、衣被上，用来增加锦衾的灿烂。"岂不在遐远？虞罗忽见寻"，尽管这种鸟住在那么遥远的南海之滨，可是因为贵族们看上了它的美丽羽毛，就叫虞人用网罗把它们捉住。"虞"是虞人，是专门掌管山水中物产的官。诗人最后慨叹："多材信为累，叹息此珍禽。""信"是果然，正因为你果然是美好的、有价值的，才最终落到被杀害的下场！如果说前一诗所表现的是陈子昂不得知遇的悲哀感慨，那么这首诗则是他遇而不得的悲哀与感慨。翡翠鸟得到了美人的欣赏，这应该说是"遇"了，然而美人所欣赏的不是它生命的价值与作用，不是它的真正美好意义的所在，而只不过是要用它身上的漂亮羽毛来装扮自己，满足自己爱美的虚荣心。人世间有些人主的"重视"网罗人才，也并非看中了他们的真正价值和才干，而是要利用"人才"为自己贴金抬价，他们根本就不关心这些人才的自身价值能否实现。当年陈子昂认为自己应该对国家人民有所贡献，虽然天下的人都反对武则天，可他还是出来做官了，他本想：即使是辅佐你姓武的天下，我也要把你的天下治理好。可是，他的理想终于没能实现，反而因被排挤、迫害，惨死在狱中。这样的"遇"比不遇还悲惨。像陈子昂这样的悲剧，在中国历史上并不鲜见。

韩愈说："国朝盛文章，子昂始高蹈。"陈子昂的诗歌不但使唐代诗歌步入一片新的天地，同时也为自己的创作主张提供了最好的范例，前面讲的两首《感遇》是他"风雅兴寄"主张的体现，下面这首以直接感发取胜的《登幽州台歌》则突出体现了他"汉魏风骨"的主张。在前两首《感遇》诗里，他运用了比喻、寄托的表现技巧，文学当然一定要有技巧和手法的运用，否则凭什么来体现表达效果呢。但《登幽州台歌》居然没有任何形象、结构、章法等外表的包装，只有诗人内心那一份最基本的感慨。文字那么朴实，句子看上去甚至有些"笨拙"，然而却写得真挚强烈，简练扼要，震撼人心，这才是陈子昂诗歌中最重要的特色。"幽州台"，一名燕台，又称"蓟北楼"，在今北京的顺义县境内，是战国时燕昭王所筑。筑此台的目的是要广揽天下贤士。燕昭王确实是一位能够欣赏、任用贤士的开明君主，他曾经得到了像魏国的乐毅、齐国的邹衍、赵国的剧辛等许多人才的辅助，从而使燕国强盛起来。陈子昂当年随武攸宜出征时经过此地，想到自己向武攸宜提出过许多建议和谋略均不被采纳的情形，感慨万端，于是写下了这首诗：茫茫尘世中、悠悠天地间，那永恒的时间、广远的空间，与自己区区一身、匆匆百年，形成了强烈的对比。人生苦短，年命无常，这是千古人类的普遍悲哀。而有生之年里，空怀美好的理想才智，而终生得不到任用与知赏，这种悲哀寂寞，岂不更加沉痛和深重！而且越是杰出的、天分高的人才，这种痛苦就越甚。古人说"五百年然后王者兴"，可是谁能活五百岁呢？且不要说你活不到五百岁，也等不来"王者兴"，就算是有了"王者兴"，有了能与你相知相赏的人，你难道就能够"遇"到他吗？宋代词人辛弃疾对东晋的陶渊明赏爱至极，他说"老来曾识渊明，梦中一见参差是"，"不恨古人吾不见，恨古人、不见吾狂耳"。陶渊明虽然不在了，但我们还可以通过他的诗去了解他、欣赏他，可是陶渊明却永远也不会知道和欣赏辛弃疾了。王国维曾经说过：普通人与天才的不同就在于，一般人只斤斤计较于那些琐碎小事，而天才之所以为天才，并不是由于他们没有计较，而在于他们所计较、忧虑的是那些更高远、更长久的事情。因此越是天才的诗人，就越会有这种"前不见古人，后不见来者，念天地之悠悠，独怆然而涕下"的寂寞和悲哀，杜甫说："摇落深知宋玉悲，风流儒雅亦吾师。怅望千秋一洒泪，萧条异代不同时。"《登幽州台歌》的短短四句小诗里，陈子昂把天下有才志、有理想之人所共有的悲哀浓缩得如此简洁、凝练、深刻。它既不是五言的，也不是七言的；既不讲平仄，也不讲对仗；既没有什么比兴寄托，也谈不上任何的修饰和雕琢，然而它却是一首千古流传的好诗，它的好处就在于诗人真正掌握了诗歌中那一份最基本的生命之源——强大的生生不已的兴发感动的作用与力量。

总之，陈子昂的文学主张与诗歌创作，在初唐诗坛上的确是起到了扭偏匡正的重要作用，他把齐梁以来，逐渐被人忽视了的诗歌最基本的质素又恢复了起来，为唐代诗歌的健康发展注入了无穷的生机。正是在这样的意义上，金人元遗山才说：

　　沈宋横驰翰墨场，风流初不废齐梁。论功若准平吴例，合著黄金
铸子昂。

——《论诗绝句》

　　元诗后两句意思是说，若就陈子昂在初唐诗坛上的功绩而论，应
该仿照当年春秋越王因用范蠡而灭吴有功而为他铸金像一样的待遇标
准，也为陈子昂铸一金像做纪念。对此，陈子昂应当是受之无愧的。

　　初唐诗坛还有一首特别值得提及的，超越题材、超越时代的好诗，
就是被闻一多先生誉为"诗中的诗，顶峰上的顶峰"的《春江花月
夜》。千百年来有无数读者为之倾倒。一生仅留下两首诗的张若虚也因
这一首诗"孤篇横绝，竟为大家"。

　　春、江、花、月、夜，这五种事物集中体现了天上人间最为动人
的良辰美景，诗的前半篇写清明澄彻的天地宇宙引起诗人的遐思冥想：
"江畔何人初见月，江月何年初照人。"诗人神思飞跃，联想到人生的
哲理和宇宙的奥秘。"人生代代无穷已，江月年年只相似。"个人的生
命是短暂的，而人类的存在绵延久长。诗人虽有对人生短暂的感伤，
但并不颓废与绝望，而是缘于对人生的热爱与追求，其基调"哀而不
伤"。下半篇诗人将笔触转到了人世间，引出了男女相思的离愁别恨。
整首诗融诗情、画意、理趣为一体，汇成了一种情、景、理水乳交融
的优美而邈远的意境，回荡着初盛唐的时代之音。

　　在初唐诗人中，通过永恒观念和宇宙意识惊醒人生的主题，已有
出现，如卢照邻《长安古意》："节物风光不相待，桑田碧海须臾改，
昔时金阶白玉堂，即今惟见青松在。""节物风光"、"桑田碧海"的剧
变是"须臾"短暂的，而"青松"相对而言却是永恒的，以此同凡庸
鄙俗的"金阶白玉堂"对比，诗人的感情达到了理性的升华。王勃
《滕王阁诗》："闲云潭影日悠悠，物换星移几度秋，阁中帝子今何在？
槛外长江空自流。""阁中帝子"、"槛外长江"，是人生短促与长江无穷
相比，它揭示了物换星移的变化规律。至于陈子昂的《登幽州台歌》，
苍茫渺远，天地悠悠，既有对宇宙意识的理性觉悟，又有"怆然而涕

下"的感性触发，都具有思想启蒙之作用。然而在初唐此类众作之中，唯有张若虚的《春江花月夜》，能够通篇循环往复，在更高绝的境界层面上鲜明地阐述这个主题。如名句："江畔何人初见月，江月何年初照人。人生代代无穷已，江月年年只相似。不知江月待何人，但见长江送流水。"后世李白《把酒问月》，正是直承张若虚此一思路——

青天有月来几时？我今停杯一问之。人攀明月不可得，月行却与人相随。

皎如飞镜临丹阙，绿烟灭尽清辉发。但见宵从海上来，宁知晓向云间没？

白兔捣药秋复春，嫦娥孤栖与谁邻？今人不见古时月，今月曾经照古人。

古人今人若流水，共看明月皆如此。唯愿当歌对酒时，月光长照金樽里。

"今人不见古时月，今月曾经照古人。古人今人若流水，共看明月皆如此。"许多名家名篇都从各自不同的角度领悟和阐发了这类主题。所以，我们面对着张若虚的《春江花月夜》冥思，也就不能不悟出，他这种宇宙意识对永恒的领悟，从积极意义上看，感召人生建功立业，不正是盛唐精神的焕发吗？今人吴小如说："它的出现既难能可贵，又理所当然，因为这是时代赋予这一批诗人的使命。然而，如果专就突破宫体诗的平凡庸俗的藩篱而言，它不愧为一篇典型之作，难怪闻一多先生把张若虚誉为与陈子昂分工合作清除了盛唐诗歌之路障的大诗人，认为他的"功绩是无从估计的"。可见，就张若虚《春江花月夜》的思想内容而言，是为"宫体诗"赎了罪的，它直接影响了盛唐诗积极浪漫的精神主题。

《春江花月夜》由景入情，最后以景结情。全诗以"水"、"月"为经纬，以"春"为质地，以"花"为图案，以"夜"为背景，织成一幅光彩斑斓的春江月照图。其中"春"、"江"、"花"、"月"、"夜"按其"发生法"一一呈现，又以其"消归法"渐次消失，这里月光是一条贯穿性的线索，它将哲理性思索，与思妇、游子的情感抒发联系起来，形成了一个情、景、理有机统一的完整境界。开篇诗人用神来之笔给人描绘了一幅奇丽的图画后，全诗转入了对永恒宇宙和有限人生的探讨——在这个境界中，情是升华了的情，景是奇妙的景，理是深邃的理。

诗人在空灵而神秘的景象中，想到了永恒的明月和代代的人生。"江畔何人初见月，江月何年初照人"的追问，展示了深沉的宇宙意识，表现了人们对有限、无限、顷刻、永恒等奥秘的兴趣。同时"人生代代无穷已，江月年年只相似"的述说中，又表现了对人生的执著和赞美。这使诗人在有限、无限、顷刻、永恒的相遇中得到了满意的回答。

这是一首优美的长篇抒情诗，全诗三十六句，四句一换韵，结构精妙严谨而又自然天成，韵律圆美流转而又富于变化，显示出作者高超的艺术技巧，凭此，张若虚就无愧于"孤篇横绝，竟为大家"的评价了。

### ■阅读思考

你能从初唐王勃、陈子昂、张若虚诗中读出"共性"来吗？中国古代文学史认为"初唐四杰"以及陈子昂、张若虚诗中已显露唐诗的新气息与盛唐的新气象。请阅读本章所选作品，谈谈你的感受。

上编

第十一章

11

# 名心退尽道心生
# 迷津空有羡鱼情

——谈以王维、孟浩然为代表的盛唐
山水田园诗

# 王　维

　　王维（701—761），字摩诘，祖籍太原祁州（今山西祁县），从他父亲开始迁居于蒲（今山东永济县）。少有才名，开元九年（721）中进士，任大乐丞，后谪官济州。曾在淇上、嵩山一带隐居，开元二十三年（735）被宰相擢为右拾遗。后迁监察御史，奉使出塞，在凉州河西节度使幕中为判官。天宝年间先后在终南山和辋川隐居，过着亦官亦隐的生活。安史之乱时，被安禄山强迫做了伪官。乱平后降为太子中允，后官至尚书右丞，后世称为王右丞。晚年笃志奉佛，唯以禅咏为事。他的佛家思想对文学创作产生了深刻的影响，被后人称为"诗佛"。本章选文均选自上海古籍出版社《全唐诗》。

## 送梓州李使君[1]

　　万壑树参天[2]，千山响杜鹃[3]。山中一夜雨，树杪百重泉[4]。汉女输橦布[5]，巴人讼芋田[6]。文翁翻教授[7]，不敢倚先贤[8]。

　　[1] 梓（zǐ）州：唐辖境相当于今四川三台、中江、盐亭、射洪等地，治所在今四川三台县。使君：州刺史的别称。

　　[2] 壑（hè）：坑谷、深沟。

　　[3] 杜鹃：鸟名，又称子规，布谷。传说为古蜀帝杜宇之魂所化。

　　[4] 树杪（miǎo）：树梢。

　　[5] 汉女：因公元221年刘备在四川称帝，国号汉，故称此地女子为汉女。输：交出，献纳。橦（tóng）布：橦木花（木棉）织成的布，为梓州特产。

　　[6] 巴：古国名，故都在今重庆。讼：诉讼。芋田：蜀中产芋，当时为主粮之一。此句指巴人常为农田事发生讼案。

　　[7] 文翁：汉景帝末年的蜀郡太守，政尚宽宏，见蜀地僻陋，乃建造学宫，诱育人才，使巴蜀日渐开化。后因用此比喻倡导教育的贤者，也常用作咏蜀地地方官的典故。翻：翻然改变。通"反"。

　　[8] 不敢：当是"敢不"之讹。倚：依傍。先贤：此处指文翁。

## 秋夜独坐

　　独坐悲双鬓，空堂欲二更。雨中山果落，灯下草虫鸣。白发终难变，黄金不可成[1]。欲知除老病，唯有学无生[2]。

[1]"黄金"句：语本江淹《从建平王游纪南城》："丹砂信难学，黄金不可成"之句。古代方士有所谓炼丹砂化为黄金之术，诗人从自己嗟老的忧伤，想到了宣扬神仙长生不老的道教。诗人感叹"黄金不可成"，就是否定神仙方术之事，指明炼丹服药祈求长生的虚妄。

[2]唯有学无生：无生，佛教语，谓无生无灭。佛教讲灭寂，要求人从心灵中清除七情六欲，诗人在前一联诗中否定了道教以神仙方术炼丹服药求长生的虚妄，认为只有信奉佛教，才能从根本上消除人生的悲哀，解脱生老病死的痛苦。

# 山居秋暝[1]

空山新雨后，天气晚来秋。明月松间照，清泉石上流。竹喧归浣女[2]，莲动下渔舟。随意春芳歇，王孙自可留[3]。

[1]暝：一读"mìng"，日暮，夜晚。

[2]浣（huàn）女：洗衣物的女子。

[3]"随意"二句：《楚辞·招隐士》中有"王孙游兮不归，春草生兮萋萋。……王孙兮归来，山中兮不可以久留。"此乃淮南小山为淮南王刘安招致隐士之辞。这里反用其意，意谓任它春日芳华凋尽，王孙也可久留。歇：消歇，凋谢。

# 《辋川集》二十首[1]选四

## 栾家濑[2]

飒飒秋雨中[3]，浅浅石溜泻[4]。跳波自相溅，白鹭惊复下[5]。

[1]《辋川集》二十首：《辋川集》是王维辋川山水诗的集成。《旧唐书·王维传》："维……得宋之问兰田别墅，在辋口，辋水周于舍下，别涨竹洲花坞，与道友裴迪浮舟往来，弹琴赋诗，吟咏终日。尝聚其田园所为诗，号《辋川集》。"

[2]栾家濑（lài）：辋川山谷中的一处景点。濑，急流。

[3]飒飒：象声词，拟风雨声。

[4]浅浅（jiān）：水流迅急貌。石溜：亦作"石留"，即石间流水。谢朓《郊游诗》有"潺湲石溜泻"句。

[5]白鹭：水鸟。

## 鹿柴[1]

空山不见人，但闻人语响。返景入深林[2]，复照青苔上。

[1] 柴（zhài）：通"寨"。
[2] 返景（yǐng）：落日的回光。

## 竹里馆

独坐幽篁里[1]，弹琴复长啸。深林人不知，明月来相照。

[1] 幽篁：深密幽暗的竹林。

## 辛夷坞[1]

木末芙蓉花[2]，山中发红萼[3]。涧户寂无人，纷纷开且落[4]。

[1] 辛夷：植物名，又称木笔，落叶乔木。其花初出时，尖如笔头，及开状似芙蓉（莲花）。坞：四面高中间凹的山地。
[2] 木末：树梢。芙蓉花：即辛夷花。裴迪《辋川集》和诗有"况有辛夷花，色与芙蓉乱"。
[3] 萼：花萼、萼片的总称。萼位于花的外轮，呈绿色，在花芽期有保护花芽的作用。
[4] "涧户"二句：涧：两山间的流水。户：本为单扇的门，引申为出入口的地方。最后两句写坞中的寂静，意境极为遥远幽深，很有些"空谷幽兰，不为无人而不芳"的韵味。

# 终南山[1]

太乙近天都[2]，连山接海隅[3]。白云回望合[4]，青霭入看无[5]。分野中峰变[6]，阴晴众壑殊。欲投人处宿，隔水问樵夫。

[1] 终南山：在陕西省长安县南五十里，绵延八百里，为渭水和汉水的分界。
[2] 太乙：终南山的主峰，也称太一。天都：即帝都长安。

〔3〕海隅（yú）：海角。

〔4〕白云回望合：谓人在云中，人过处云被分开，人过后回首遥望，白云便合拢在一起。合，融合，合拢。

〔5〕青霭入看无：青色的雾气远远看去浓郁不开，走进其中，却浑然不见。

〔6〕分野中峰变：此句是说终南山很大，一峰之间往往属于不同的分区和辖界。古代中华九州诸国的划分和天上星座的方位是相对应的，这叫作"分野"。

# 使至塞上

单车欲问边〔1〕，属国过居延〔2〕。征蓬出汉塞〔3〕，归雁入胡天〔4〕。大漠孤烟直〔5〕，长河落日圆〔6〕。萧关逢候吏〔7〕，都护在燕然〔8〕。

〔1〕单车：单车独行。问边：慰问边防。

〔2〕属国：一指少数民族附属于汉族朝廷而存其国号者。汉、唐两朝均有一些属国。二指官名，典属国的简称。汉代称负责外交事务的官员为典属国，这里诗人用来指自己使者的身份。居延：地名，汉代称居延泽，唐代称居延海，在今内蒙古额济纳旗北境。

〔3〕征蓬：征途中随风飘飞的蓬草，此处为诗人自喻。

〔4〕归雁：因季节是夏天，雁北飞，故称"归雁入胡天"。

〔5〕大漠：大沙漠，此处大约是指凉州之北的沙漠。孤烟：一说为古代边防报警燃狼粪时，其烟直且聚，虽风吹而不散。

〔6〕长河：疑指今石羊河，此河流经凉州以北的沙漠。

〔7〕萧关：古关名，故址在今宁夏固原东南。候吏：侦察通信兵。吏，一作"骑"。王维出使河西并不经过萧关，此处大概是用何逊诗"候骑出萧关，追兵赴马邑"之意，非实写。

〔8〕都护：官名。唐朝在西北置安西、安北等六大都护府，每府派大都护一人，副都护二人，负责辖区一切事务。燕然：古山名，即今蒙古国杭爱山。《后汉书·窦宪传》：宪率军大破单于军，"遂登燕然山，去塞三千余里，刻石勒功，纪汉威德，令班固作铭。"此二句意谓在途中遇到候吏，得知主帅破敌后尚在前线未归。

# 孟浩然

孟浩然（689—740），襄阳（今湖北襄阳）人。早年在家隐居读书，后曾入长安求仕不得，失意而归。漫游过长江南北各地。晚年张九龄镇荆州，辟为从事。开元二十八年（740）病卒。

## 望洞庭湖赠张丞相[1]

八月湖水平，涵虚混太清[2]。气蒸云梦泽[3]，波撼岳阳城[4]。欲济无舟楫[5]，端居耻圣明[6]。坐观垂钓者，空有羡鱼情[7]。

[1] 洞庭湖：在湖南省北部。张丞相：一说是张说；另一说是张九龄。

[2] 涵虚混太清：此句谓水映天色，与天空混为一体。涵，包含。虚、太清，皆指天空。混，浑融。

[3] 气蒸云梦泽：此句是说洞庭湖水气蒸腾，弥漫在云梦泽上空。云、梦，古代二泽名，云在江北，梦在江南，后积淤成陆地，大约在今洞庭湖北岸地区。

[4] 撼：动摇。岳阳城：今湖南岳阳市，在洞庭湖东岸。

[5] 欲济无舟楫：此语双关，言外之意是意欲出仕而无人引荐。济，渡。楫，船桨。

[6] 端居耻圣明：此句意谓闲居在家有愧于当今圣明之世。端居，闲居。耻，愧疚。

[7] 羡鱼情：典出《淮南子·说林训》"临河而羡鱼，不如归家织网"。此借以表达自己出仕的愿望。空：一作"徒"。

## 早寒江上有怀

木落雁南度，北风江上寒。我家襄水曲[1]，遥隔楚云端[2]。乡泪客中尽，孤帆天际看。迷津欲有问[3]，平海夕漫漫[4]。

[1] 我家襄水曲：孟浩然家在襄阳，襄阳则当襄水之曲。襄水，也叫襄河，是汉水在襄樊市以下 段，水流曲折，故云襄水曲。曲，一作"上"。

[2] 遥隔楚云端：指乡思遥隔云端。楚，襄阳古属楚国。

[3] 迷津欲有问：《论语·微子》有记孔子命子路向长沮、桀溺问津，却为两人讥讽事。这里是慨叹自己彷徨失意，如入迷津之意。津，渡口。

[4] 平海：指水面平阔。古时亦称江为海。

## 秋登万山寄张五[1]

北山白云里[2]，隐者自怡悦[3]。相望始登高[4]，心随雁飞灭。愁因薄暮起[5]，兴是清秋发[6]。时见归村人，沙行渡头歇[7]。天边树若荠[8]，江畔舟如月。何当载酒来[9]，共醉重阳节[10]。

[1] 万山：一作兰山。在湖北襄阳西北，诗人的园庐在岘山附近，距万山不远，诗人在此度过了大半生。张五：名子容，排行第五，隐居襄阳岘山南边的白鹤山。

[2] 北山：当指万山。

[3] 隐者：作者自谓。

[4] 相望始登高：由于相望远人才登高。

[5] 薄暮：日将落之时。此句表面说忧愁由薄暮引起，其实是本身忧愁，见天色昏暗而触景生情。

[6] 兴：由秋山景色所引起的感兴。

[7] "时见"二句：由山下看，见归村行人，有的还在沙道上行走，有的已在渡口休息。

[8] 天边树若荠：荠，一种野菜，形容远望所见无边树木的细小。

[9] 何当：何时能够。载：携带。

[10] 重阳节：农历以九月九日为重阳节，古人有登高、赏菊、亲友聚饮的风习。

# 宿建德江[1]

移舟泊烟渚[2]，日暮客愁新。野旷天低树，江清月近人。

[1] 建德江：富春江上游，指新安江流经建德县（今属浙江）的一段江水。

[2] 泊：停船靠岸。烟渚：指江中雾气笼罩的小沙洲。

# 过故人庄[1]

故人具鸡黍[2]，邀我至田家。绿树村边合[3]，青山郭外斜。开筵面场圃[4]，把酒话桑麻。待到重阳日，还来就菊花[5]。

[1] 过：拜访。

[2] 故人具鸡黍：《论语·微子》载荷蓧丈人"止子路宿，杀鸡为黍而食之"。这里用成辞，表示古人准备饭菜盛情款待之意。故人，老朋友。具，准备。黍，黄米。

[3] 合：围，环绕。

[4] 开筵面场圃：筵，一作"轩"。场圃，农家的打谷场和菜园子。

[5] 就：靠近，赴。这里有欣赏的意思。

## ■解读鉴赏

在唐朝诗坛上，小作家群集，名作家林立，大作家继起，由于篇幅所限，对于像初唐四杰、文章四友等这类小作家群只能一带而过，重点要放在名家和大家的介绍上。本章所要介绍的王维、孟浩然正是从小家向大家过渡中的两位以写自然山水而著称于世的名家。前面我们曾讲过，"仕"与"隐"是唐代诗人的一个情意结，这些极为复杂的入世之情与出世之意，更多时候是体现在对于自然景物的描写之中。不仅唐诗如此，唐以前的陶渊明诗与谢灵运诗中也同样包含着一个"仕"与"隐"的情意之结。所不同的是陶渊明在一番痛苦挣扎与深刻反思之后，终于转悲苦为欣愉，化矛盾为圆融，在"任真"与"固穷"的两大基石之上，找到了自己的托身之所，因而留下了他那天性与自然泯然合一的不朽诗篇。而谢灵运则带着不屑入世而又不甘遁世的难以摆脱的痛苦矛盾，于失意无聊和清高寂寞之中写下了他那言山水而包名理的以俪采取胜之作。由此看来，要想了解王维、孟浩然及其作品，也只好先从"仕"与"隐"的情意结上入手了。

据史书记载，王维生于名门望族，早年受过各方面的良好教育，是个能诗、会画、工书法、懂音乐的多才多艺的艺术家。他十六岁时就有了仕进之心，二十一岁以解头登第，可谓少年得意。他一方面热衷求仕，但另一方面又随其母学佛，受佛家消极避世态度的影响较深。当他看到后来国家政治走向下坡的时候，就产生了隐退之心。他一生有过两次隐沙，一次是在长安城外的终南山住过一阵，还有就是他晚年所居住的那片辋川别墅，也在离长安不远的蓝田县附近。事实上他一生并没有真正远离尘世，他的所谓"隐居"，不过是在京都附近的山水名胜之地，一方面拿着朝廷的俸禄，一方面又享受隐逸的高名罢了，所以他真正可算是一个仕、隐兼得的人物。然而王维这种表面上的仕、隐两得，却又是在内心两失的情况下实现的。他内心也有着极其复杂的矛盾和痛苦，不过他从来不把这些情意真诚地表现出来，从他的自号"摩诘"，就可推知他确是一个性格内向、感情深曲幽隐的人，绝不像欧阳修自号"醉翁"、"六一"那样豪宕洒脱。但尽管他从不敞开自己的内心世界，我们也能从他的经历和诗作中窥见他的主要痛苦是来自于：既信奉佛教、鄙薄尘世，但又耽求名利、患得患失；既有丰美深厚的艺术家的才华修养，又难以免除庸俗虚饰的尘世之情的双重矛盾。这两种矛盾不仅反映在他求仕的手段及求隐的方式上，同样也无意地流露在他山水田园诗的创作中。如他的《送梓州李使君》一诗。这首诗的前四句真是字字精妙，句句警醒，表现了艺术家、美学家的眼光和手法。但很可惜后四句却混杂着他那份未能免俗的情味。这是一首为送别而写的诗，凡是应酬的诗，一定要贴切，要表明送别的地点、情由及情意。这里是送一位李姓的使君到梓州去做刺史，因此前半首写的都是蜀地的景物特色。蜀地突出的特征是多山，有山就有壑，而且蜀地气候潮湿，山上多树，所以王维第一句就说"万壑树参天"，"参"是深入的意思，参天是说树木高插入云，这是梓州景物所给人的视觉上的印象。接着写听觉印象，"千山响杜鹃"，既然此地多山，山上多树，那么树上自然多鸟，而且杜鹃鸟的啼叫不仅表现出梓州地理位置上的特色，还将此地在历史传说上所具有的神奇色彩也表现了出来（即关于蜀帝死后魂化杜鹃的典故）。接下来又写了梓州的气候特色和自然景观："山中一夜雨，树杪百重泉。"雨后的蜀山，处处是瀑布和清泉，而且这些水源都好像是从"参天"的树梢上流下来的一样，这样神奇壮观的描绘真是艺术家匠心独具的结果。诗人巧妙地借助数量词来渲染景物的特色，造成强烈的气势，如"万壑"对"千山"，"一夜雨"对"百重泉"，不但气势博大、恢宏壮观，而且给人以极为鲜明突出的感觉印象，真乃一幅奇妙的立体图画。但后半首写当地风俗民情及使君政事的四句却令人深感遗憾了："汉女输橦布"是说当地妇女按时向官府交纳用橦木花织成的布匹来抵税；"巴人讼芋田"是说本地的农人常为芋田（耕种芋薯的田地）等事而发生诉讼，这两句符合送别惯例的切事之语，没有任何诗人自己的感受，只是为了酬应而写。接着又赞美勉励这位李使君："文翁翻教授，不敢倚先贤。"这里诗人用了"文翁治蜀"的典故，文翁是汉景帝时蜀郡太守，他曾兴办学校，教育人才，使这个地区逐渐开化和安定起来。的确，要想使一个地方政治安定，教育和法制是非常重要的，有了好的教育，人民才会遵守礼法。"翻"是反，返回的意思。诗人意谓，希望使君能效法文翁，更新梓州的教化，而且诗人表示相信李使君不会因循守旧，只倚赖先贤已经取得的治绩的。总之这后四句都是客套应酬的世俗之言，没有什么真实深切的感情和感受，这与王勃《杜少府之任蜀川》中的"海内存知己，天涯若比邻。无为在歧路，儿女共沾巾"之带有感情的诗句颇为不同。

像这一类的诗作还有许多，甚至连他那首流传甚广的《使至塞上》也是如此。诗的前半首也写得极为自然超妙，可是在"大漠孤烟直，长河落日圆"这联佳句之后，忽然出来两句非常世俗而不和谐的"萧关逢候吏，都护在燕然"，这里诗人是借东汉窦宪在大破北单于后，登燕然山刻石记功的典故，来赞美塞上使君及镇守边关的将军。这是世俗礼仪中一般逢迎应酬的话，并非诗人发自内心的真诚感情。我们并不是说所有应酬之情都是世俗的，任何感情，只要是真实的、诚恳的，就不庸俗，甚至连李商隐写的"身无彩凤双飞翼，心有灵犀一点通"（《无题》其一），以及李煜写男女幽会之情的"划袜步香阶，手提金缕鞋"（《菩萨蛮》）等句中所反映的感情，也是真挚深厚、发自于内心的。而王维有些诗句所写的却常常只是出于世俗的礼节或利害的得失之需要，这正是我们所以说他未能免俗的原因。

《山居秋暝》是王维晚年隐居辋川时所作，写秋晚山景，借以表达作者对纯朴安静、放纵山林生活的热爱。王维不仅是诗人，同时又是画家。此外他还精音乐、通书法，是个非常全面的艺术家，他是以艺术家的独特眼光、感受和表现手段来传达山水诗的诗情画意的。诗人描绘了山中秋雨过后清朗明净的月夜：松间的明月、石上的清泉、竹林中的浣女、溪中的渔舟有机地构成了一幅明丽的画图。此诗中的画面感极强，诗的前六句俨然大写意式的意象组合：空山新雨、晚秋天气是在勾远景、定色调；月照松间、石上清流，景色开始由高向低、由光及声、由远而近；浣女归舟、竹喧莲动等，由静及动、由景及人，工笔绘出画面的主景，画面由此而生动活泼起来。一幅山村傍晚恬淡自然、优美宁静、美妙和谐的图画顿时呈现于你的眼前。画中的诗情集中于最后一联：如此美妙的秋山之居难道不值得诗人流连忘返、终老无憾吗！所以"随意春芳歇，王孙自可留"无异是在为画面题诗，点明此画所营造出的与世隔绝的"桃源仙境"便正是诗人所追求的人生境界，以此来排遣内心的不清净和不安静。

照理说，王维自幼学佛，佛家讲究四大皆空，何以他还难以摆脱这些世俗的杂念呢？这也许正是他不愿向外人道的矛盾痛苦之所在。不过他学佛的虔诚确是不容怀疑的。《旧唐书》的本传上说他"晚年长斋，不衣文彩。在京师日饭十数名僧，以玄谈为乐，斋中无所有，唯茶铛、药臼、经案、绳床而已。退朝之后，焚香独坐，以禅诵为事"。这正是他晚年在辋川别墅所过的日与道友裴迪泛舟往来，弹琴赋诗，以此自乐的所谓隐士生活。这一时期，由于社会、时代、政治、人生的种种经历和各种原因，王维比较彻底地摆脱了世俗的尘杂之情，并且他的生活、思想以及作品的风格也随之发生了转变，特别是在对自然景物风光的描绘上，一改过去那种开阔博大、恢宏壮观的气势，而变为恬淡空灵、动静交融、明净洗练、意趣天成。更重要的变化是早年诗中那些未免于俗的情味消失了，代之而生的是一份禅理的妙悟。从他在辋川所写的《栾家濑》以及同时期的《秋夜独坐》等诗都可看出来。

王维不愧为艺术天才，这些写于辋川别墅的小诗，不但诗中有画、画中有诗，而且诗中还传达出作者心灵深处的一种很超妙的感受，这不是意识和理念上说得出来的，而是与他艺术家的心灵、手段、眼光结合在一起才能体会得到的。王维这首诗写的是辋川别墅中的一个风景点，"濑"是水石相激的所在。这短短的二十个字，看似平淡无奇，但如果你也用艺术家的心灵去感受和体味，就不难发现其中的妙趣：一场正在下着的飒飒秋雨，使那平时流动潺湲的山泉流速加快，清泉淌泻在突出的岩石上，一触即飞溅出去，跌宕的水波自相溅射，无意中惊动了一只正在专心觅食的白鹭鸟，它被这突然的水击惊得展翅飞起，但当它终于明白这不过是一场虚惊之后，便很快在空中滑翔一圈后，又安详地落回原处，于是一切又恢复了原有的宁静。这俨然是"动物世界"中的一组纪实镜头。这般空灵宁静的意趣和境界，完全是通过动态来构成的：正在下着的秋雨，正在流动着的石溜，自相飞溅的跳波，惊飞复下的鹭鸶，这一切现象能给人以安静而不寂寞、清远而不虚空的奇妙的感受。尤其当你置身在飒飒秋雨的一派灰蒙蒙的天地之间，忽然看到一只惊飞的水鸟在空中一闪，留下一道白色弧圈之后又落回原处的情景，你的心或许也会随之一动。这一动，不分善恶，不分喜怒，我们说喜怒哀乐之未发时谓之"性"；喜怒哀乐之已发则谓之"情"了。如你具有一种"能感之"的本性，就会发觉，在你还没有能够形成喜怒哀乐的感情之前，就在这样一动念之间，你的心没有死，但也没有被喜怒哀乐这些情感所限制，这是一种很难言传的感觉和境界，而这种境界正是王维诗的最高成就，除他之外，很少有诗人能够表现出这样的意境来。

另外他《秋夜独坐》中"雨中山果落，灯下草虫鸣"两句可算是颇具禅悟的神来之笔，可惜如同谢灵运《登池上楼》中"池塘生春草，园柳变鸣禽"一样也落下了"有句无篇"的千古定论。

这首诗写沉思默想所引发的感慨。这是一个秋天雨夜，更深人寂，诗人独坐在空堂上，潜心冥想。这情境仿佛就是佛徒坐禅，然而诗人竟一度沉入人生的苦海——他看到自己两鬓花白，容颜衰老，长生已实属不能；此夜又将二更，一点点消逝的时光，无法挽留。人生就这样在无情岁月的消蚀中经历着生、老、病、死的过程。这倍感无力且无助的冷酷事陷诗人于深刻的悲哀中，他越发体验到生命的孤独与空虚，此刻，他多么渴望同情和勉励，他多么需要引渡和救助呀。然而此时除了诗人自己之外，堂上只见孤灯，堂外唯闻雨声。冥想中他好像看见山里成熟的野果正被秋雨摧落的情形；透过灯烛的一线光亮他注意到深夜草野里的秋虫也被秋夜的寒气驱赶到堂内哀鸣。诗人从人生想到草木昆虫等自然万物的兴衰生灭：动植物与人虽非同类，但这无情、无知的草木昆虫却同有知、有情的人一样，都同样要在无情之岁月时光的消逝中沦落成空。诗人由此得到启发诱导，自以为恍然顿悟了，于是做出弃道学佛的抉择："白发终难变，黄金不可成。欲知除老病，唯有学无生。"诗人悟到的真理是万物有生必有灭，大自然是永存的，而人及万物都是短暂的。只有信奉佛教，才能从根本上消除人生的悲哀，解脱生老病死的痛苦。倘使果真如此，当然不仅根除老病的痛苦，一切人生苦恼也都不再觉知了。诗人正是从这个意义上皈依佛门了。

这首诗写出一个思想觉悟即禅悟的过程。诗的前半篇表现诗人沉思而悲慨的性情和意境，感受真切，形象灵动，情思细微，艺术上是颇为出色的；而后半篇则归纳推理，纯属说教，枯燥无味，似与谢灵运空谈玄理之山水诗如出一辙。从这里也可看出二三流作家所具有的共同特征。

下面我们来看孟浩然。与王维的仕、隐兼得截然相反，孟浩然实在是一个仕、隐两失的人。他早年闲适，在鹿门山隐居。王士源在《孟浩然集》序中说他是"骨貌淑清，风神散朗"。又说他"行不为饰，动以求贞，故似诞。游不为利，期以放性，故常贫"。可见他确实是鄙薄功利、遁世隐居、追求任性适意的。后来在他人生过半、亲老家贫之际，他深感一事无成，愧对此生，于是也在仕、隐的极度矛盾中到京都去求仕了。这时孟浩然已经四十岁了，他原以为前半生的隐居苦读会使进取成功，可没想到竟名落孙山，只好重返故乡。不久他又来到京都做了第二次努力，但又没能得到任用。两次进京求仕的失败使孟浩然感到羞惭愧疚，他本想再回故乡隐居，然而早年那一份悠闲自得的情趣和心境已经被失意的哀愁怅惘给破坏了，所以他只有怀着仕、隐两空的失落与绝望，在贫病交加中终老故乡。孟浩然一生写了两百多首诗，按其经历可分成前后两期，前期诗内容风格上都较为单纯，在对自然山水的描写中表现了悠闲的情趣。后期诗作则较为复杂，其中有的以景衬情，表现其欲求仕用的迫切愿望；有的情景交融，抒发他不得知用的惆怅之情。其中较有代表性的两首诗是《望洞庭湖赠张丞相》及《早寒江上有怀》。

前一诗的上半首写得开阔博大，浑成高远。"八月湖水平"两句是站在岳阳楼上远望洞庭湖所获得的远观效果，"虚"是指太空，"涵"者，言水中所包含的一切，这两句写水天相映、相互包含所形成的壮观气象。这与谢灵运等人只注重近镜头雕刻山水形貌的表现方法迥然不同。诗人在描绘上一幅天高水阔、气象浑成的壮阔景象之后，接下来开始借景抒情：面对眼前一望无际的湖水，一股乘风破浪、扬帆远航的冲动被激发起来；可无奈"欲济无舟楫"，没有达到彼岸的工具，没有实现自己理想的机会，既然如此，那就只得作罢了；可"端居"（闲适隐居）又觉得有愧于这个天高任鸟飞、水阔凭鱼跃的圣明之世，于是诗人直言不讳："坐观垂钓者，徒有羡鱼情。"看到别人在仕途上都能有所完成、有所收获，诗人只有空怀一腔跃跃欲试的冲动，徒然旁观了！这首诗真切而生动地传达出诗人求仕的迫切心情。

　　第二首《早寒江上有怀》是诗人第二次进京求仕失败以后，羞愧自惭、无以还家，怀着生命落空的悲哀徘徊在归途上写下的。诗篇表面看来都是写景物的，但他内心的全部感情活动都表现在对自然景物的描写之中了。"木落雁南度，北风江上寒"写的是秋天江上早寒的季节，里面饱含有诗人生命摇落成空的不尽悲哀。"我家襄水曲，遥隔楚云端"写出思乡情切，而又阻隔难回的矛盾心理。诗人家在襄阳，古属楚地，故云"楚云端"，"遥隔"不但是地理形势上的阻绝，更有心理上的重重障碍，即无颜面见江东父老的满怀羞愧。接着是"乡泪客中尽，归帆天际看"，是的，孟浩然正是那千万个宦游人之一，他曾经也是豪情万丈，而归来却是空空行囊，踏着沉重的脚步，徘徊在漫长的归乡之途；带着满怀的疲惫，眼里充满酸楚的泪。虽然只有故乡能够抚慰诗人那心灵的创痛，然而他那颗残缺受伤的进取心与自尊心却使他没有勇气面对故乡。这种矛盾复杂的迷茫和痛苦真是难以叙说，因而不免发问："迷津欲有问。"我要对迷津发问，我失去了过去隐居的心境和生活，同时也失去了求仕进取的机会和希望，茫茫宇宙，哪里是心灵的去处和归宿？但在诗人生命的津渡上，已经是黄昏日暮、来日无多了，远远望去，只有"平海夕漫漫"的一片茫然。这首诗虽然通篇写的都是景物、形象，但这些景物、形象却是被诗人渲染过的、带着兴发感动力量的"兴象"，它使我们从中体会到了当时孟浩然所怀有的那一份茫然落空、凄哀悲楚的生命之感伤。

　　综观王维、孟浩然的山水田园诗作，我们可以看出一些不同于前代山水田园诗的特色来，首先是这些对于自然景物的描写大都是由物及心、有感而发的。刘勰的《文心雕龙·物色》云："物色之动，心亦摇焉。"盛唐的山水田园之作大都是这种"物色之动，心亦摇焉"的产物，因此这些自然景物都具有极其强烈的兴发感动的力量和生命。此外在表现方式上，唐代山水田园诗大都是情景交融、浑然天成的，而不像谢灵运那样将景物、感情、哲理切割得如此分明。尤其是盛唐诗人所描写的自然景物往往是意境开阔、兴象高远、情趣超妙的。虽然其中也有个别诗人以及诗作还停留在对自然景物之形貌的雕琢与刻画上，但在整个盛唐田园山水诗的创作中，不过是细微末节而已。

**■阅读思考**

1. 王维、孟浩然所代表的盛唐山水诗较之前代谢灵运的创作有何变化？

2. 结合作品谈谈王维山水诗是如何体现"禅意"与"诗画结合"之特色的？

# 第十二章

## 12 瀚海征夫泪
## 长河落日情

——谈以王昌龄、高适、岑参为代表的
盛唐边塞诗

# 王昌龄

王昌龄（698—约756），盛唐著名诗人，字少伯，京兆长安（今陕西西安）人，出身寒门，开元十五年（727）登进士第，曾任江宁丞、龙标尉等微职。存诗一百七十余首，长于边塞、送别、闺情、宫怨等题材，在各体中尤擅七言绝句，后人誉为"七绝圣手"。本章选文均选自上海古籍出版社《全唐诗》。

## 从军行[1]（其一）

烽火城西百尺楼[2]，黄昏独坐海风秋[3]。更吹羌笛关山月[4]，无那金闺万里愁[5]。

[1] 从军行：乐府古题，属于《相和歌辞·平调曲》，多用来描写军旅生活。王昌龄的这组《从军行》一共七首，这里选出四首。

[2] 百尺楼：边城戍楼。百尺，极言其高。

[3] 坐：一作"上"。海风：指瀚海风沙。

[4] 羌笛：羌人一种吹奏乐器。关山月：乐府曲名，属《鼓角横吹曲》，内容多写征战离别之苦。

[5] 无那：无奈。金闺：女子闺阁之美称。

## 从军行（其二）

琵琶起舞换新声[1]，总是关山离别情[2]。撩乱边愁听不尽[3]，高高秋月照长城。

[1] 琵琶：弹拨乐器名。换新声：重新更换新乐曲。

[2] 关山：泛指关隘山川。离：一作"旧"。

[3] 撩乱：纷烦、纷乱。边愁：征战之人久留边塞的思乡离愁。听：一作"弹"。

## 从军行（其四）

青海长云暗雪山[1]，孤城遥望玉门关[2]。黄沙百战穿金甲[3]，不破楼兰终不还[4]。

[1] 青海：青海湖，在今青海省西宁市西。雪山：即今日甘肃的祁连山。

[2] 玉门关：在今甘肃省敦煌县西，是汉朝边塞的一个重要关口。玉，一作"雁"。

[3] 穿金甲：磨穿铁甲。极言战事的频仍及艰辛。

[4] 楼兰：汉西域国名，在今新疆维吾尔自治区鄯善县东南。汉武帝时，遣使通大宛，楼兰阻挡道路，攻击汉朝使臣，汉昭帝时大将军霍光派傅介子前往破之，斩其王而返。事见《汉书·傅介子传》。此处"楼兰"指敌人。终：一作"竟"。

# 从军行（其五）

大漠风尘日色昏，红旗半卷出辕门[1]。前军夜战洮河北[2]，已报生擒吐谷浑[3]。

[1] 辕门：指行营。古代帝王巡狩田猎，止宿处以车围成屏障，出入之处相向仰立两车，称辕门。后来地方高级官署，两旁以木栅围护，也称辕门。

[2] 洮（táo）河：黄河的支流，在甘肃省西南部。

[3] 吐谷（yù）浑：我国古代西北部的一个少数民族，是鲜卑族的一支，曾建立吐谷浑国。这里借指敌军首领。

# 出塞[1]（其一）

秦时明月汉时关[2]，万里长征人未还。但使龙城飞将在[3]，不教胡马度阴山[4]。

[1] 出塞：乐府古题，武帝时李延年据西域乐曲改制，属《相和歌辞·鼓吹曲》。此《出塞》二首被推为唐人七绝的压卷之作。

[2] "秦时"句：言秦汉以来，明月便已照临关塞。意即从秦汉起已筑长城防御外敌。

[3] 龙城飞将：指汉朝右北平太守李广。《史记·李将军列传》：李广率军居右北平，匈奴闻之，号曰"汉之飞将军"，避之数岁，不敢入右北平。龙城，又作"卢城"，指卢龙县，为唐北平郡治所。此处泛指边关。

[4] 胡：泛指西北少数民族。在此当指常来扰边的匈奴。阴山：昆仑山脉北支。起于河套西北，绵亘于内蒙古自治区，东与兴安岭相接，为古代抵御北方游牧民族的天然屏障。

# 出塞（其二）[1]

骕马新跨白玉鞍[2]，战罢沙场月色寒。城头铁鼓声犹震，匣里金刀血未干。

[1] 此诗重见李白诗集中。据严羽《沧浪诗话·考证》谓：此乃王昌龄诗误入李白集者。

[2] 骕马：即骅骝马，赤身黑鬣，相传为周穆王八骏之一。

# 高 适

高适（约700—765），字达夫，一字仲武，渤海蓨（今河北景县）人，少贫困，二十岁后浪游长安、蓟门、梁、宋等地，安史之乱后官位逐渐显达，终散骑常侍。高适是盛唐边塞诗代表作家之一，诗风慷慨悲壮，以风骨胜。

# 燕歌行[1]并序

开元二十六年，客有从御史大夫张公出塞而还者，作《燕歌行》以示，适感征戍之事，因而和焉[2]。

汉家烟尘在东北[3]，汉将辞家破残贼[4]。男儿本自重横行[5]，天子非常赐颜色[6]。摐金伐鼓下榆关[7]，旌旆逶迤碣石间[8]。校尉羽书飞瀚海[9]，单于猎火照狼山[10]。山川萧条极边土[11]，胡骑凭陵杂风雨[12]。战士军前半死生，美人帐下犹歌舞[13]！大漠穷秋塞草腓[14]，孤城落日斗兵稀。身当恩遇常轻敌[15]，力尽关山未解围。铁衣远戍辛勤久[16]，玉箸应啼别离后[17]。少妇城南欲断肠[18]，征人蓟北空回首[19]。边庭飘飖那可度[20]，绝域苍茫更何有[21]。杀气三时作阵云[22]，寒声一夜传刁斗[23]。相看白刃血纷纷，死节从来岂顾勋[24]。君不见沙场征战苦，至今犹忆李将军[25]。

[1] 燕歌行：乐府旧题，属《相和歌辞·平调曲》，多咏东北边塞征戍之情。此诗以乐府古题写时事。

[2] 张公：张守珪，当时边塞名将，开元二十三年（735）拜辅国大将军、右羽

林大将军兼御史大夫。开元二十六年（738），部将赵堪等假借他的命令，使平卢军使乌知义击叛奚余党，先胜后败，守珪隐瞒败状，反而报胜邀功。高适写这首诗，可能与此事有关，但诗中所写内容并不局限于此，而是诗人对当时边塞军旅中普遍现象的高度概括。

　　[3] 汉家：唐代诗人一般以汉比唐，如白居易《长恨歌》"汉皇重色思倾国"等。下句"汉将"同。烟尘：狼烟沙尘，指边疆的战事。

　　[4] 残贼：残余的敌兵。

　　[5] 横行：纵横驰骋，扫荡敌寇。

　　[6] 赐颜色：赏赐，施以恩宠。

　　[7] 枞（chuāng）金伐鼓：指行军时金鼓齐鸣。枞，撞。伐，击打。榆关：即山海关，在今河北省秦皇岛市东北。

　　[8] 旌旆：军队中的各种旗帜。逶迤：蜿蜒绵长的样子。碣石：山名，在今河北省昌黎县北，这里泛指东北临海地带。

　　[9] 校尉：军队中的武官，这里泛指统兵的将帅。羽书：军中插羽毛的紧急文书。瀚海：大沙漠。

　　[10] 单于：匈奴首领，这里泛指北方少数民族首领。猎火：原意为打猎时焚山驱兽之火。此指古代游牧民族出兵打仗的战火。古游牧民族出战前往往先进行大规模的校猎，以演习军事。狼山：泛指接战之地。

　　[11] 极：穷，尽。

　　[12] 凭陵：倚仗某种有利条件去侵犯别人。风雨：形容敌军来势之猛。

　　[13] 帐下：指主帅营帐之中。

　　[14] 穷秋：深秋。腓：病，枯萎。一作"衰"。

　　[15] 身当：身受。

　　[16] 铁衣：铠甲。《木兰辞》："寒光照铁衣。"

　　[17] 玉箸：形容少妇的眼泪。

　　[18] 城南：长安城居民区在城南，故云。

　　[19] 蓟北：从蓟州（今天津蓟县）往北的一带，这里泛指东北边塞。

　　[20] 边庭：边疆。飘飘：随风摇摆的样子。度：越过。

　　[21] 绝域：相当于上文的"极边"。苍茫：迷茫的样子。

　　[22] 三时：泛指时间之长。一说，三时指春、夏、秋三季农作之时。阵云：古时表示战争之兆的云形。

　　[23] 刁斗：军中铜制炊具，白天用来做饭，夜间敲打用于巡逻报警。

　　[24] 死节：为义而死，为国捐躯。

[25] 李将军：见前《出塞》其一注 [3]。《史记·李将军列传》载："广廉，得赏赐辄分其麾下，饮食与士共之。……广之将兵，乏绝之处，见水，士卒不尽饮，广不近水，士卒不尽食，广不尝食。宽缓不苛，士以此爱乐为用。"此句以李广与唐之将帅对比，慨叹当时没有像李广这样的边将，与王昌龄《出塞》"但使龙城飞将在，不教胡马度阴山"意同。

## 别董大[1]

千里黄云白日曛[2]，北风吹雁雪纷纷。莫愁前路无知己，天下谁人不识君[3]。

[1] 高适《别董大》共两首，此为其一。董大：唐玄宗时著名的琴客董庭兰。在兄弟中排行第一，故称"董大"。
[2] 曛：昏暗。
[3] 君：指的是董大。

## 岑　参

岑参（约715—770），盛唐著名诗人，江陵（今属湖北）人，祖籍南阳（今河南南阳）。唐玄宗天宝三载（744）进士，天宝八载（749）、十三载（754）曾先后在安西节度使高仙芝和封常清幕府度过了大约六年的边塞生活，官至嘉州刺史。他的诗歌多写军旅生活，尤以写边地奇丽风光的作品著名，诗风慷慨奇伟，在盛唐边塞诗中别树一帜。

## 白雪歌送武判官归京[1]

北风卷地白草折[2]，胡天八月即飞雪[3]。忽如一夜春风来，千树万树梨花开。散入珠帘湿罗幕，狐裘不暖锦衾薄[4]。将军角弓不得控[5]，都护铁衣冷难着[6]。瀚海阑干百丈冰[7]，愁云惨淡万里凝[8]。中军置酒饮归客[9]，胡琴琵琶与羌笛[10]。纷纷暮雪下辕门，风掣红旗冻不翻[11]。轮台东门送君去，去时雪满天山路。山回路转不见君，雪上空留马行处。

[1] 天宝十三载（754）岑参再度出塞，充任安西北庭节度使封常清的判官。此诗为幕府雪中送客归京之作，表现出边防军营所在的天山奇寒与瀚海飞雪。武判官，未详。

[2] 白草：西北边境的草名，秋天变白，冬天枯而不萎。

[3] 胡天：指塞北一带的天气。

[4] 锦衾：锦缎被子。

[5] 角弓：用牛角装饰的弓。控：引，拉开。

[6] 都护：官职名。都护意即总监。唐代在边境先后设置六大都护府，每府有大都护、副大都护（或副都护），管理辖境的边防、行政和各族事务。

[7] 阑干：杂然交错、纵横散乱貌。

[8] 惨淡：阴暗。凝：聚。

[9] 中军：古时分中、左、右三军，中军为主帅发号施令之所，此指主帅营帐。置酒：摆设酒宴。

[10] 胡琴：西北少数民族一种弹拨乐器。羌笛：原指西北羌人的吹奏乐器。

[11] 风掣：指风吹。掣，牵。

# 走马川行奉送出师西征[1]

君不见走马川，雪海边[2]，平沙莽莽黄入天。轮台九月风夜吼[3]，一川碎石大如斗，随风满地石乱走。匈奴草黄马正肥[4]，金山西见烟尘飞[5]，汉家大将西出师。将军金甲夜不脱，半夜军行戈相拨，风头如刀面如割。马毛带雪汗气蒸，五花连钱旋作冰[6]，幕中草檄砚水凝[7]。虏骑闻之应胆慑[8]，料知短兵不敢接，车师西门伫献捷[9]。

[1] 走马川：即车尔成河，又名左末河，在今新疆境内。行：即歌行，古代诗歌的一种体裁，属古体诗范畴。这首诗作于天宝十三载（754）到至德元年（756）之间，当时岑参在轮台，任安西北庭节度判官。

[2] 雪海：泛指西北苦寒之地。《新唐书·西域传下》："行度雪海，春夏常雨雪。"

[3] 轮台：地名，土名"玉古尔"或"布古尔"，汉武帝时曾遣戍屯田于此，唐贞观年间置县，治所在今新疆米泉县。

[4] 匈奴：泛指北方游牧民族。

[5] 金山：即阿尔泰山。突厥语称"金"为"阿尔泰"，这里泛指塞外山脉。烟

尘飞：指战事爆发。

[6] 五花、连钱：都是良马的名称。一说都是指马斑驳的毛色。此句意谓汗和雪很快就在马身上结了冰。

[7] 草檄：起草声讨敌人的文书。

[8] 虏骑：敌人的骑兵。古代泛称北方民族为"虏"。胆慑（shè）：恐惧。

[9] 车师：安西都护府所在地，在今新疆吐鲁番。伫（zhù）：等待。献捷：报捷。

**■附录**

# 热海行送崔侍御还京[1]

### 岑 参

侧闻阴山胡儿语，西头热海水如煮。海上众鸟不敢飞，中有鲤鱼长且肥。岸旁青草长不歇，空中白雪遥旋灭。蒸沙烁石燃虏云，沸浪炎波煎汉月。阴火潜烧天地炉，何事偏烘西一隅？势吞月窟侵太白，气连赤坂通单于。送君一醉天山郭，正见夕阳海边落。柏台霜威寒逼人，热海炎气为之薄。

[1] 热海：即今伊塞克湖，在今吉尔吉斯斯坦共和国，此湖乃是玄奘法师取经中途停留之地，是世界上第二大之高山湖，面积达6230平方公里。"伊塞克"为温暖之意，中国古书称之为热海或大清池，它跨吉尔吉斯斯坦与哈萨克斯坦之间，四周天山环绕，汇集天山山脉流下的雪水，却终年不结冰，故有热海之称。这首诗写边塞热海地区的奇异风光，并借此表达了诗人对友人崔侍御的赞美之情。

# 火山云歌送别[1]（节选）

### 岑 参

火山突兀赤亭口[2]，火山五月火云厚。火云满山凝未开，飞鸟千里不敢来。……

[1] 火山：指火焰山，在今新疆鄯善县境内。

[2] 赤亭：在今鄯善县七克台镇境内。火焰山横亘于吐鲁番盆地的北部，西起

吐鲁番，东至鄯善县境内，全长 160 公里，火焰山主要为红砂岩构成，在夏季炎热的阳光照耀下，红色砂岩熠熠发光，犹如阵阵烈焰升腾，故名火焰山。

**■解读鉴赏**

唐代是我国历史上的黄金时代，当时国家的版图非常广大，华夏族与外族在政治、经济方面的交通来往很多，但在边境之上也时有战争发生。这些战争基本上有两种类型，一种是为保卫疆土、抗击入侵的正义战争，另一种是统治者以炫耀武力、扩大疆域为目的的非正义战争。这两种战争在唐代诗人的笔下都有所反映。盛唐的边塞诗里，有反映征夫在边塞艰辛生活的，亦有反映思妇在闺中相思怀念之情的；有表现将士们英勇善战、为国捐躯的豪情壮志的，亦有表现军中主帅"骄恣不法"、"不恤下情"，一味沉醉歌舞宴乐的。总之，诗人无论叙写征夫，还是描述思妇，都突破了前代边塞诗"征夫思妇"的传统题材，在表现悲壮、艰辛之军旅生活的同时，也用"一将功成万骨枯"的事实，揭示了战争的恐怖与残酷，以其丰富而深刻的思想内容与情、景、理、技完美结合的艺术形式将边塞题材的创作带入一个新的高度。唐代所以会产生这么多感人的边塞诗，固然与当时国家的背景，以及边境上的连年战争有关。盛唐不但在整个有唐一代处于最为繁盛的阶段，同时也是中国两千多年封建社会的鼎盛期。盛唐的五十来年中，政治开明，经济富足，思想解放，社会秩序相对稳定，世人心态也积极健康，尤其"士"人阶层好不容易生逢此一似"遇"（被知遇）的好年华，又正赶上创业的好时候，他们全都像发着高烧一样执著于建功立业，想要实现"天生我材必有用"的生命价值。有些人做官做到了一定的职位，被皇帝派到边境上去带兵打仗。还有相当一部分科场蹭蹬、宦海失意之"士"也纷纷投笔从军入幕，企图能在"横行青海夜带刀，西屠石堡取紫袍"（李白《答王十二寒夜独酌有怀》）的军旅生涯中有所建树。所以，唐代许多诗人都曾到过边庭也是盛唐边塞诗繁荣发展的一个重要原因。不管他们是失意还是得意，总之这些诗人曾到过边庭，是大漠的青海黄云、孤烟落日，与瀚海行军、沙场白骨作用于他们的激情锐感，才有了这些反映边塞生活的壮丽诗篇。而且盛世所特有的那种豪迈自信、奋发激越、刚健奔放、慷慨悲壮的英雄主义情绪便自然而然地反映到了此一时期的边塞创作中。

唐代写过边塞军旅生活的诗人很多，王维曾因奉使到边塞犒军而写过《使至塞上》，李白也写过著名的《塞下曲》。这些诗虽然都反映了边塞风光及军旅生活，但它们大多是一种概念上的、不很切实的、表面上的生活现象，因为这些诗人缺乏真正深入的、身经百战的切身体验。唐代边塞诗写得最好、最有代表性的，应推王昌龄、高适和岑参。他们都曾到过边塞，体验过真正的军旅生活，所以他们诗中所表现的感情与景象都是非常真切动人的。下面我们概要介绍其中最突出的几位诗人及他们的创作。

王昌龄的生平，现存的材料很少，从《全唐文》所收集的王昌龄写给朋友的书信中看，他的生活是非常贫困的，他到边塞去的主要原因可能是在朝中仕宦不得意，希望在边塞上获得建立功业的机会。他擅长写七言绝句，曾被当时人誉为七言绝句的"诗天子"。他写的边塞诗虽说不像高适、岑参那样具体、现实，但较之于王维、李白等人则进了一大步。《从军行》与《出塞》是他最著名的两组边塞之作。七言绝句是一种非常短小的体裁形式，它不适合于铺陈叙述，这正好与王昌龄擅长抒情而不长于铺叙的特点相吻合。王诗能够把感情与景物结合得很好，通过情景交融、情景相生，由物及心、由心及物的感发过程，在诗中传达出一种原始的精纯而直接的兴发感动的力量。例如《从军行》中的"烽火城西百尺楼，黄昏独坐海风秋。更吹羌笛关山月，无那金闺万里愁"。又如"琵琶起舞换新声，总是关山离别情。撩乱边愁听不尽，高高秋月照长城"。从情意上说，这些诗表现了边关兵士们对家乡亲人的无限眷恋之情，而且这种感情与边塞的景致和生活紧紧地联系在一起，从而产生一种震撼人心的力量。此外，王昌龄诗还善于通过声音来传达这种感发的力量。一般来说，像七言绝句这样的"近体诗"，是非常注重声调、韵律与情意的结合的。中国的诗歌从一开始就很重视讽咏和吟诵，并且把它与中国诗歌重视兴发感动的传统结合在一起，常常在吟诵之间伴随着声音来传达诗中的感动作用。也许有人觉得，近体诗自有其固定的格式，无论谁写都是同样的声律。

其实不然，同样是平声，却有阴、阳之分；同样是仄声，也有上、去、入之别。即使同样的阴平或阳平，还有开口呼、合口呼与撮口呼的不同分别。这其中有一种很复杂的、多方面、多层次的微妙结合，所以杜甫才说"新诗改罢自长吟"。读王昌龄的绝句，一定要对这种声音与感情及景物的结合有所体认。如"烽火城西百尺楼"中的"烽火"与"戍楼"是边塞的典型景物，"百尺"两个字都是入声字，显得极为强劲；"黄昏独坐海风秋"中的"黄昏独坐"表现了生活单调的关塞兵士们内心世界的孤独与苦闷。"海风秋"从声音上看，"海"是开口的，又是上声字，是由降到升的降升调；"风"是唇齿之间突然冲出的带有浓重鼻腔共鸣的高平调，这种声调上的结合，给人以雄浑强壮的感触。既是景物与声音的结合，也是情感与声音的结合。从景物上看，"烽火城"、"百尺楼"，边塞的景物虽然单调却并不凄凉；从感情上说，"黄昏独坐"、"更吹羌笛"，边塞生活虽然枯燥，却不消沉。这种效果的产生，完全是凭借这种声音的作用。这就是王昌龄边塞诗的主要成就和特色。

高适是一个既有政治理想，又有谋略才干的人，在唐代诗人中，他算是比较显达的。当然显达不一定就得意。他二十岁曾到长安去考试，但没有考中。后来一度到幽蓟从军，可当他赶到时，战争已经结束。虽然从未能得到建功立业的机会，但却对边疆与战争有了深切的了解和体验。《燕歌行》就是此一时期的产物。诗的开篇两句连用两个"汉"字，"汉家"指中国，汉朝也是历史上很强盛的时代。"烟尘"代指战争，古代传递战争消息用烽火，白天点烟，夜晚举火。烽烟与风尘都显示战争的具体形象。由于"汉家"有了战争，作为"汉将"，当然具有一种义不容辞的责任了。"辞家"体现着报国牺牲的精神；"破残贼"表现了坚决、果敢、勇猛、顽强的战斗意志。在这种"汉家"与"汉将"的相互呼应与承接当中，自然传达出强烈动人的感发力量。高适他不仅如是说，而且具有这种"辞家"的意志和"破残贼"的勇气。接下来他说"男儿本自重横行，天子非常赐颜色"，中国古代男子的价值观念是"男子大丈夫志在四方，岂能固守家园，作儿女之态"。所以男儿一生下来就应该担负起保家卫国的责任。"重横行"是纵横驰骋的意思，"本自"是说本来就应如此，"重"是看重。这句话在叙述的口吻中就带着那么强烈的感动。不但如此，他上一句说"男儿"，下一句就是"天子"，作为男儿理应报国，而且报国并非为了酬劳。而天子对这些忠心报国的"男儿"也很珍惜，给予他们很厚的赏赐。"赐颜色"是指天子对这些报国的人给予恩宠。这前四句诗，在铺陈叙述的口吻、结构、声调之中，把一个男子不怕牺牲、报效国家的精神气概完整地传达出来了。这种古代歌行体的诗歌不需要对仗，高适这首诗虽然没有严格的对仗，但他的上下句之间总有一种呼应，一种本质上的相对。比如"拟金伐鼓下榆关，旌旆逶迤碣石间"，"少妇城南欲断肠，征人蓟北空回首"，"边庭飘飖那可度，绝域苍茫更何有"。这种似对非对中的内在关联，于疏散之中透出的严整，体现了作者有心安排的一番用意。读此诗，一定要注意诗前的小序，其中的张公指的是唐代辅国大将军兼御史大夫张守珪。据《旧唐书·玄宗纪》载："开元二十五年（737）二月，张守珪破契丹余众于椠禄山，杀获甚众。"因为他打过胜仗，所以皇帝非常宠信他。可当开元二十六年（738）张守珪再次带兵打仗失败之后，他为保全自己的地位、不失去皇帝的恩宠，就谎报军情。据说高适这首诗就是为了这件事而作的。其中"战士军前半死生，美人帐下犹歌舞"，"身当恩遇恒轻敌，力尽关山未解围"等句，都含有讽谕之意，他想借此来反映军中的腐败现象。高适一直是非常关心国家和民族危亡的，"安史之乱"潼关失守后，玄宗从长安逃奔四川，高适特意赶去向玄宗提出忠告劝谏。当时的人都认为高适能够"负气直言"。他不仅关心国家政治，对军队中将领与兵士的关系问题也极为关注，因此他的边塞诗有明显的现实用意，这与王昌龄无明确目的的边塞创作，以及岑参为应酬上司及朋友所写的边塞之作是很不相同的。

下面我们再来看看岑参的特色。岑参与高适及王昌龄都是同一时代的人，他二十岁左右也到长安求取功名，奔波十余年没有结果，就到边塞军中充当幕僚。他曾在轮台居住过相当长的时间，对塞外景象及军旅生活有着深刻的体会和认识。他的边塞之作，运用形式自由的古乐府歌行体，为我们描绘出塞上酷热奇寒、火山黄云、狂风大雪、飞沙走石、金甲旌旗、胡琴羌笛等种种壮景奇观，这一切都是别人笔下不曾有过的。岑参诗有一个特色很值得注意，即杜甫在一首写他与岑参兄弟到渼陂划船的诗中所说的："岑参兄弟皆好奇。"岑参喜欢做不平凡的事，喜欢有不平凡的表现。有人说他的诗"语奇而格峻"，他所写的内容常常是罕见的，他所用的语言常常是不平凡的，风格是矫健而有力的。你看他写的轮台："君不见走马川，雪海边，平沙莽莽黄入天。轮台九月风夜吼，一川碎石大如斗，随风满地石乱走。"这是何等的壮观。再看他在《白雪歌送武判官归京》中写的："北风卷地白草折，胡天八月即飞雪。忽如一夜春风来，千树万树梨花开。"第一句的"折"与第二句的"雪"都是仄韵，因为他要写北风的摧杀，于是就用了这种短促的入声字，使人读后产生一种紧张、寒冷的感觉。但接下来的"忽如一夜春风来，千树万树梨花开"又换为平声韵，"梨"、"花"、"开"都是平声，好像春天来了，一下子就放开了。这种声音与景物的谐调配合，紧缩与松弛跌宕有致，正是岑参边塞诗作的又一特色。

　　从诗歌欣赏的角度而言，只有那些寓意深刻含蓄，能够多方面引发人联想的诗，才适合于讲解。像岑参这类以新奇取胜，既不是言情，又没有什么用意的诗，则更适于在诵读中去欣赏，因为他的边塞诗大都是为应答酬谢、歌颂赞美而写的，虽然诗篇所描述的景物，与所使用的语气、声调、口吻，以及气势都很不平凡，但这些好处，都是一读即知的，因此它只适合于诵读，而不太适合于讲解。高适与王昌龄的诗则与此不同。高诗的好处在于以"气骨"取胜，气是一种精神的力量和作用，这与做人的关系很密切。韩愈曾说过，"气盛则言之长短高下皆宜"，"气"是通过语言的声音和口吻来传达的；"骨"指作品的章法与结构。高适与岑参的诗能在其章法结构和语气叙述的声调、口吻中，给你一种精神上的鼓舞和感染。王昌龄则是以情韵取胜，情是他那既悲且壮的思乡、怀人之情，韵是言虽尽而意不绝的绵长余味。对王昌龄的诗，要一边吟咏，一面体味，这样就能从中获得一种身历其景、心临其境的感动。

■**阅读思考**

1. 有人说盛唐边塞诗是最能体现"盛唐气象"的。你对此如何理解？结合对曹丕、高适所作两首同题为《燕歌行》的诗的阅读，试做理解辨析。

2. 比较高适、岑参、王昌龄的边塞之作，试从内容、意象、风格、境界等方面加以区别鉴赏。

上编

第十三章

# 13 痛饮狂歌空度日
## 飞扬跋扈为谁雄

——谈天才诗人李白不羁的狂想与不遇的悲哀

# 李 白

李白（701—762），字太白。祖籍陇西成纪（今甘肃天水县），其先世隋末移居碎叶（在今吉尔吉斯斯坦共和国境内），李白即出生于此。五岁时随父迁于绵州昌明县（今四川江油市）青莲乡，故自号青莲居士。开元十三年（725）出蜀漫游，踪迹遍及半个中国。天宝元年（742）奉诏入京供奉翰林，天宝三载（744）被赐金放还，再度开始漫游生活。安史之乱中，隐居庐山屏风叠，后应邀入永王李璘幕府，李璘事败，受累被判长流夜郎，行至巫山遇赦。晚年依族人李阳冰，宝应元年（762）卒于当涂（今安徽当涂县）。李白是伟大的浪漫主义诗人。他的思想兼有儒、道、侠、纵横等多家成分而以儒、道为主。李白的诗歌集中反映了自己的内心情感，也多方面反映了所处时代的现实精神风貌，具有丰富的思想内涵。李白成功地、创造性地运用了一切浪漫主义的表现手法，其诗风雄奇奔放，俊逸清新，达到了内容与艺术的完美统一。在形式上能够成功地驾驭多种诗体而以歌行和五、七言绝句最为出色。今存诗一千余首，有《李太白集》。本章选文均选自上海古籍出版社《全唐诗》。

## 远别离[1]

远别离，古有皇英之二女[2]，乃在洞庭之南，潇湘之浦[3]。海水直下万里深，谁人不言此离苦[4]。日惨惨兮云冥冥，猩猩啼烟兮鬼啸雨[5]。我纵言之将何补？皇穹窃恐不照余之忠诚，雷凭凭兮欲吼怒[6]。尧舜当之亦禅禹[7]，君失臣兮龙为鱼，权归臣兮鼠变虎[8]。或云尧幽囚，舜野死[9]。九疑联绵皆相似，重瞳孤坟竟何是[10]？帝子泣兮绿云间[11]，随风波兮去无还。恸哭兮远望，见苍梧之深山。苍梧山崩湘水绝，竹上之泪乃可灭[12]。

[1] 远别离：乐府《杂曲歌辞》。本篇见《河岳英灵集》，应是天宝十二载（753）以前所作。据《资治通鉴》载，天宝中，唐玄宗贪图享乐，荒废政事，两次向宦官高力士表示，要把国家大事交给李林甫、杨国忠，边防委托安禄山、哥舒翰。事实上大权也逐渐落入这批人的手里。李白深以国家安危为忧，但又没有进谏的机会，因而借古代传说，抒发愤慨。

[2] 皇英：指尧之二女娥皇、女英，传说皆嫁于舜。后舜死于苍梧之野，二女沉于湘江。

[3] 潇湘：湘水在零陵县西与潇水汇合，称为潇湘。《水经注·湘水》："大舜之陟方也，二妃从征，溺于湘江，神游洞庭之渊，出入潇湘之浦。"浦，水滨。这两句是说娥皇、女英神游于洞庭、潇湘之间。

[4]"海水"二句：谓娥皇、女英得知舜死，悲痛之深如海。

[5]"日惨惨"二句：描写天地悲愁，日色无光，猿啼鬼啸，一片凄惨景色。冥冥：昏暗貌。这两句暗示玄宗时政局昏暗。

[6]"我纵言之"三句：由上面所咏古代传说，忽然转到现实的"我"，却又用"皇穹"与雷声加以神化，使人不觉其确指现实。皇穹：天。凭凭：雷声。

[7]"尧舜"句：意谓如果君主失去权力，就不能不受臣的控制。尧、舜失去权力也不得不"禅让"。"尧舜"句省略，补足后应为"尧当之亦禅舜，舜当之亦禅禹"。

[8]"君失臣兮"二句：谓君主失去权力，就将有颠覆致祸的危险。《说苑·正谏》："吴王欲从民饮酒，伍子胥谏曰：'不可，昔白龙下清泠之渊，化为鱼，渔者豫且射中其目。'"又东方朔《答客难》："用之则为虎，不用则为鼠。"此处作者只是借用比喻。

[9]"或云"二句：似言尧、舜之死都与失权有关，据《史记·五帝本纪》张守节"正义"引《括地志》转引《竹书纪年》："昔尧德衰，为舜所囚也。"《国语·鲁语》："舜勤民事而野死。"韦昭解："野死，谓征有苗，死于苍梧之野也。"

[10]九疑：山名，即九嶷山，有九峰，形势相似，故名九嶷山。在今湖南宁远县南，舜死后葬于此。重瞳：指舜。《史记·项羽本纪》："舜目盖重瞳子。"指舜的眼珠有两个瞳孔。

[11]帝子：帝王之子（女）。此指娥皇、女英。绿云：指丛竹。传说舜出巡时，娥皇、女英追舜不及而恸哭，泪洒竹上，就变为后来洞庭湖盛产的有斑痕的湘妃竹。

[12]末两句说娥皇、女英抱恨终天，竹上斑痕常在。

# 梁甫吟[1]

长啸梁甫吟，何时见阳春[2]。君不见朝歌屠叟辞棘津，八十西来钓渭滨[3]。宁羞白发照渌水，逢时吐气思经纶[4]。广张三千六百钓，风期暗与文王亲[5]。大贤虎变愚不测[6]，当年颇似寻常人。君不见高阳酒徒起草中，长揖山东隆准公。入门开说骋雄辩，两女辍洗来趋风。东下齐城七十二，指挥楚汉如旋蓬[7]。狂生落魄尚如此，何况壮士当群雄[8]。我欲攀龙见明主，雷公砰訇震天鼓[9]，帝旁投壶多玉女。三时大笑开电光，倏烁晦暝起风雨[10]。阊阖九门不可通，以额扣关阍者怒[11]。白日不照吾精诚，杞国无事忧天倾[12]。猰貐磨牙竞人肉，驺虞不折生草茎[13]。手接飞猱搏雕虎，侧足焦原未言苦[14]。智者可卷愚者豪，世人见我轻鸿毛[15]。力排南山三壮士，齐相杀之费二桃[16]。吴楚弄兵无剧孟，亚夫咍尔为徒劳[17]。梁甫吟，声正悲，张公两龙剑，神物合有时[18]。风云感会起屠钓，大人岷屼当安之[19]。

[1]"梁甫吟"是乐府古曲。梁甫：山名，在泰山下。张衡《四愁诗》："我所思兮在泰山，欲往从之梁甫艰。"此诗引用了大量典故，特别是两个"君不见"的重点段落，明显地流露着诗人对幸逢知遇之恩的姜子牙及郦食其的无限钦羡与向往之情，这充分表现出李白在欲求仕用方面的浪漫之狂想。

[2]见阳春：《楚辞·九辩》云："恐溘死而不得见乎阳春！"

[3]屠叟：指吕望（姜子牙）。传说他五十岁时在棘津卖吃食，七十岁时在朝歌屠牛，八十岁渭水垂钓，九十岁辅佐周文王。

[4]"宁羞"二句：说姜太公不以年老垂钓为羞，时机一到，便能扬眉吐气，治理国家。

[5]"广张"二句：说姜太公在渭水边垂钓十年（一年三百六十天，十年故曰"三千六百钓"）。风期：指品格理想。

[6]虎变：原意指虎的皮毛秋后更新，文采炳焕。《易经·革卦》九五："大人虎变。"喻大人物行为变化莫测，骤然得志，非常人所能料。

[7]"君不见高阳酒徒"六句：叙述汉初郦食其谒见汉高祖刘邦和游说齐王田广降汉的故事。据《史记·郦生陆贾列传》，郦食其，高阳（今河南省杞县）人，自称"高阳酒徒"。刘邦领兵过高阳时，郦往谒见，刘邦正让两女子为其洗脚。郦生长揖不拜，向刘邦说：想聚合义兵而灭秦，就不应对长者如此不礼貌（当时郦已六十多岁）。刘邦丁足停止洗脚，以礼相待。后幸郦生为刘邦游说诸侯，使齐王田广以七十二城降汉。草中：草野之中。隆准：高鼻子。《史记·高祖本纪》："高祖为人隆准而龙颜。"趋风：很快地走上前来。旋蓬：蓬草遇风就连根被拔起，随风飘转，这里指郦食其未用一兵一卒，凭三寸不烂之舌就能指挥楚汉如风吹蓬草一样容易。

[8]狂生：指郦食其。《史记·郦生陆贾列传》：郦食其"家贫落魄，无以为衣食业，……县中皆谓之狂生。"落魄：飘泊不定，生活无依无靠。壮士：李白自指。这两句是说：郦生是落魄无依的狂生，还有机会辅佐汉高祖成大事，何况我比他还强。

[9]攀龙：《后汉书·光武帝纪》载耿纯对刘秀说："天下士大夫所以跟随大王

南征北战，本来是希望攀龙鳞，附凤翼，以成就功名。"后人因以攀龙附凤比喻依附帝王建立功业。雷公：传说中的雷神。砰訇（pēng hōng）：形容声音宏大。天鼓：《史记·天宫书》："天鼓，有音如雷非雷。"《初学记》卷一引《抱朴子》云："雷，天之鼓也。"从这两句以后，作者写自己，不是咏叹历史故事了。但又采取了《离骚》的手法，以天写人。

[10]"帝旁"三句：暗指皇帝整天寻欢作乐，权奸和宦官弄权，朝廷政令无常。《神异经·东荒经》载：东王公常与一玉女玩投壶的游戏，每次投一千二百支，不中则天为之笑。天笑时，流火闪耀，即为闪电。三时：早、午、晚。倏烁：电光闪耀。晦暝：昏暗。

[11]阊阖（chāng hé）：神话中的天门。九门：天门九重之意。阍者：看守天门的人。《离骚》："吾令帝阍开关兮，倚阊阖而望予。"这两句指唐玄宗昏庸无道，宠信奸佞，使有才能的人报国无门。

[12]"白日"二句：意谓皇帝不理解我，还以为我是杞人忧天。《列子·天瑞》："杞国有人忧天地崩坠，身亡所寄，废寝食者。"此自嘲之意。

[13]"猰貐（yà yǔ）"二句：说行暴政则人民遭殃，行仁政则人民安乐。猰貐：古代神话中一种吃人的野兽，这里比喻阴险凶恶的人物。竞人肉：争吃人肉。驺（zōu）虞：古代神话中一种仁兽，白质黑纹，不伤人畜，不践踏生草。这里李白以驺虞自比，表示不与奸人同流合污。

[14]接：搏斗。飞猱、雕虎：比喻凶险之人。焦原：传说春秋时莒国有一块约五十步方圆的大石，名叫焦原，下有百丈深渊，只有无畏的人才敢站上去。这两句说自己虽处于危险境地，但是充满了信心，并且也有能力应付艰难险阻。据《尸子》记载，古代勇士黄伯能左手接飞猱，右手搏雕虎。

[15]"智者"二句：言聪明人遇乱世就把自己的才智收藏起来，愚者就自豪了。于是世人不识我的才能，对我很轻视。《论语·卫灵公》："君子哉蘧伯玉，邦有道则仕，邦无道则可卷而怀之。"鸿毛：鸿雁的毛，很轻。

[16]"力排"二句：《晏子春秋》载：齐景公手下有公孙接、田开疆、古冶子三勇士，皆力能搏虎，却不知礼义。相国晏婴便向齐景公建议除掉他们。他建议景公用两只桃子赏给有功之人。于是三勇士争功，然后又各自羞愧自杀。李白用此典意在讽刺当时权相李林甫陷害朝中忠良智勇之士。

[17]"吴楚"二句：据《史记·游侠列传》载：汉景帝时，吴楚等七国诸侯王起兵反汉，景帝派大将周亚夫领兵讨伐。周到河南见到剧孟（著名侠士），高兴地说：吴楚叛汉，却不用剧孟，注定要失败。咍（hāi）：讥笑，嗤笑。此处李白以剧孟自比，以为唐玄宗不重视自己，就像吴楚失去剧孟一样。

[18] 张公：指西晋张华。据《晋书·张华传》载：西晋时丰城（今江西丰城）县令雷焕掘地得双剑，即古代名剑干将和莫邪。雷把干将送给张华，自己留下莫邪。后来张华被杀，干将失落。雷焕死后，他的儿子雷华有一天佩带着莫邪经过延平津（今福建南平市东），突然，剑从腰间跳进水中，与早已在水中的干将会合，化作两条蛟龙。这两句用典，意谓一时虽受小人阻隔，但与"明主"终当有会合之时。

[19] 末两句言有志之士，终有得意之时，应安于困境，以待时机。《后汉书》卷五十二《马武传》后论"二十八将"云："咸能感会风云，奋其智勇。"岷屼（ní wù）：不平坦，危难。

# 将进酒[1]

君不见，黄河之水天上来[2]，奔流到海不复回。君不见，高堂明镜悲白发[3]，朝如青丝暮成雪。人生得意须尽欢，莫使金樽空对月。天生我材必有用，千金散尽还复来[4]。烹羊宰牛且为乐，会须一饮三百杯[5]。岑夫子，丹丘生[6]，将进酒，君莫停！与君歌一曲，请君为我倾耳听。钟鼓馔玉不足贵[7]，但愿长醉不复醒！古来圣贤皆寂寞，惟有饮者留其名。陈王昔时宴平乐，斗酒十千恣欢谑[8]。主人何为言少钱？径须沽取对君酌[9]。五花马，千金裘，呼儿将出换美酒[10]，与尔同销万古愁！

[1] 将进酒：汉乐府诗题，属《鼓吹曲·铙歌》。古词有"将进酒，乘大白"，写饮酒放歌（《乐府诗集》卷十六）。元萧士赟说《将进酒》是《短萧铙歌》，"唐时遗音尚存，太白填之以申己意耳"。本篇大约作于诗人被"赐金放还"后，当时李白胸中积郁很深，他跟岑勋曾多次应邀到嵩山（在今河南登封市境内）元丹丘家里作客。本篇抒发了他落拓失意后的痛饮狂歌。

[2] 天上来：黄河发源于青海的巴颜喀拉山（属青藏高原），这里"天上来"是浪漫的夸张。

[3] 高堂：高大宽敞的殿堂。此二句上句言事物在空间上的一去不返；下句言人生在时间上的长逝不还。

[4] 千金散尽：李白《上安州裴长史书》："曩昔东游维扬，不逾一年，散金三十余万，有落魄公子，悉皆济之。"

[5] 会须：应该。

[6] 岑夫子：指岑勋，南阳人，颜真卿所书《西京千福寺多宝佛塔感应碑》文

的作者。丹丘生：即元丹丘。二人都是李白的好友。岑、元曾招李白相会，李白有《酬岑勋见寻就元丹丘对酒相待以诗见招》诗纪实。

[7] 钟鼓馔玉：指富贵生活。古时富贵人家吃饭时鸣钟列鼎，饮食精美。梁戴暠《煌煌京洛行》："挥金留客作，馔玉待钟鸣。"馔，饮食，吃喝。

[8] 陈王：曹植曾被封为陈王。卒，谥"思"，故称"陈思王"。平乐：道观名。斗酒十千：极言美酒价贵。借用曹植《名都篇》"归来宴平乐，美酒斗十千"成句。斗，酒器。

[9] 径须：只管。沽：买。

[10] 五花马：马毛色作五花纹。一说是把马鬃剪成五瓣为五花马。千金裘：价值昂贵的皮衣。将出：拿出去。

# 蜀道难[1]

噫吁嚱[2]，危乎高哉！蜀道之难难于上青天！蚕丛及鱼凫[3]，开国何茫然[4]！尔来四万八千岁[5]，不与秦塞通人烟[6]。西当太白有鸟道[7]，可以横绝峨眉巅[8]。地崩山摧壮士死[9]，然后天梯石栈相钩连[10]。上有六龙回日之高标[11]，下有冲波逆折之回川[12]。黄鹤之飞尚不得过[13]，猿猱欲度愁攀援[14]。青泥何盘盘[15]，百步九折萦岩峦[16]。扪参历井仰胁息[17]，以手抚膺坐长叹[18]。问君西游何时还？畏途巉岩不可攀[19]！但见悲鸟号古木[20]，雄飞雌从绕林间。又闻子规啼[21]，夜月愁空山。蜀道之难难于上青天！使人听此凋朱颜[22]。连峰去天不盈尺[23]，枯松倒挂倚绝壁。飞湍瀑流争喧豗[24]，砯崖转石万壑雷[25]。其险也如此！嗟尔远道之人，胡为乎来哉[26]？剑阁峥嵘而崔嵬[27]。一夫当关，万夫莫开。所守或匪亲，化为狼与豺[28]。朝避猛虎，夕避长蛇。磨牙吮血，杀人如麻[29]。锦城虽云乐[30]，不如早还家。蜀道之难难于上青天！侧身西望长咨嗟[31]。

[1] 蜀道难：古乐府旧题，属《相和歌辞·瑟调曲》。

[2] 噫吁嚱（yī xū xī）：三字都表示惊叹。

[3] 蚕丛、鱼凫（fú）：传说中古蜀国的两个开国之君。

[4] "开国"句：意思是古蜀国开国历史久远，事迹茫然难考。

[5] 尔来：指蚕丛、鱼凫开国以来。

[6] 秦塞：犹言秦地。古称秦为"四塞之国"。通人烟：人员往来。

[7] 太白：又称"太乙"，秦岭峰名，在今陕西略阳县西北。鸟道：只有飞鸟才可以通过的路。

[8] 峨眉：蜀地山名，在今四川省峨眉山市。

[9]"地崩"句：据《华阳志·蜀志》载，秦惠王许嫁五位美女给蜀王，蜀王派了五个力士去迎接，在返回的路上，遇一大蛇钻入山洞，五力士一起拉住蛇尾，想把它拽出来，结果山崩地裂，力士和美女都被压在底下，山也分成五岭。

[10] 天梯：高耸入云的山路。石栈：在山崖上凿石架木修成的栈道。

[11]"上有六龙"句：意思是有使太阳到此也要迂回而过的高峰。六龙：神话传说中，羲和驾着六条龙拉的车子，每天载着太阳自东而西行驶。高标：指最高峰。

[12] 逆折：逆转折回。回川：旋涡。

[13] 黄鹤：即黄鹄，又名天鹅，善于高飞。尚：尚且。

[14] 猱（náo）：猿的一种，体小轻捷，善于攀援。

[15] 青泥：岭名，在今陕西省略阳县西北，唐代入蜀要道。盘盘：形容山路纡曲。

[16] 萦岩峦：绕着山峰转。

[17] 扪（mén）：摸。参（shēn）、井：古天文学上的二星宿名。胁（xié）息：屏住呼吸。

[18] 膺（yīng）：胸。

[19] 畏途巉（chán）岩：可怕的道路，陡峭的山岩。

[20] 号（háo）古木：即号于古木，在古树丛中大声啼鸣。

[21] 子规：鸟名，即杜鹃，蜀地最多。相传蜀王杜宇，号望帝，禅位出奔，死后其魂化为杜鹃，鸣声悲切，哀怨动人。

[22] 凋朱颜：容颜失色。朱颜，红润的容颜。

[23] 去：距离。盈：满。

[24] 飞湍（tuān）：飞奔的急流。瀑流：瀑布。喧豗（huī）：轰鸣声。

[25] 砯（pēng）：水击岩石声，此用作动词，撞击的意思。转：翻动。

[26] 胡为乎：为什么。

[27] 剑阁：又名剑门关，即大剑山与小剑山之间的一条奇险栈道，遗址在今四川省剑阁县北。峥嵘（zhēng róng）：山势高峻的样子。崔嵬（wéi）：山势高险崎岖的样子。

[28]"一夫"四句：意谓剑阁地势险要，易守难攻。如果不是可以信赖的人守关，就容易据险作乱。西晋张载《剑阁铭》云："一夫荷戟，万夫趑趄。形胜之地，

非亲莫居。"匪：通"非"。

[29]"朝避"四句：意谓那些军阀就会据险叛乱，残害百姓。猛虎、长蛇：皆喻指当地的恶势力。

[30]锦城：锦官城，即今四川成都市。

[31]咨（zī）嗟：叹息。

**点评**：此诗首先运用夸张比喻、神话传说描绘秦地入蜀道路开拓之艰难；然后以卓异神奇的夸张手法描述蜀道自然环境的险峻，以及在蜀道上行进之险恶；最后写人踞天险而形成的政治环境的艰难险阻。其中不乏对国家前途、个人仕途艰难阻塞的隐忧。

# 行路难[1]（其一）

金樽清酒斗十千[2]，玉盘珍羞直万钱[3]。停杯投箸不能食[4]，拔剑四顾心茫然[5]。欲渡黄河冰塞川，将登太行雪满山[6]。闲来垂钓碧溪上，忽复乘舟梦日边[7]。行路难，行路难，多歧路[8]，今安在。长风破浪会有时[9]，直挂云帆济沧海[10]。

[1]行路难：乐府旧题，多写世途艰难和离别的悲伤。李白这组诗共三首，大约是他在天宝三载（744）遭谗离开长安时所作，表现了他政治上的苦闷，以及冲破艰难、实现理想的信心。

[2]清酒：清醇的美酒，酒以清者为贵。斗十千：一斗酒价值十千。

[3]羞：通"馐"，菜肴。直：通"值"。

[4]箸：筷子。

[5]四顾：环顾四周。心茫然：心中迷茫，无可着落。"停杯"二句化用鲍照《拟行路难》："对案不能食，拔剑击柱长叹息。丈夫生世会几时，安能蹀躞垂羽翼。"

[6]川：河流。太行：太行山。"欲渡"二句用比喻手法写世路艰难。

[7]"闲来"二句：暗用两典：姜太公曾在渭水的磻溪上钓鱼，得遇周文王，助周灭商；伊尹曾梦见自己乘船从日月旁边经过，后被商汤聘请，助商灭夏。吕尚和伊尹都曾辅佐帝王建立不朽功业，诗人借此表明自己对从政仍有所期待。

[8]歧路：岔路。

[9]长风破浪：比喻宏大的抱负得以施展。据《宋书·宗悫传》载：宗悫少年时，叔父宗炳问他的志向，他说："愿乘长风破万里浪。"会：当。

[10]直：径直，毫不犹豫地。云帆：航行在大海里的船只。济：渡。

点评：李白这首七言歌行写得抑扬跌宕，把现实失意之后激愤难平的感情抒发得淋漓尽致。前两句极写酒宴之名贵，但面对这名贵的酒宴诗人却不能下咽，因为心中充满了郁塞不平的情绪；五、六两句用比兴手法写世路艰难，接下来却又峰回路转，借古人的奇遇来宽慰自己；再次用四个短句慨叹世路艰难，最后以充满自信的两句收拢全篇，使整首以愁情为主题的诗歌呈现出昂扬明快的基调。感情的急遽起伏、开阖变化，充分体现了李白诗歌所具有的飞扬俊逸的特点。

# 答王十二寒夜独酌有怀[1]

昨夜吴中雪，子猷佳兴发[2]。万里浮云卷碧山，青天中道流孤月[3]。孤月苍浪河汉清[4]，北斗错落长庚明[5]。怀余对酒夜霜白，玉床金井冰峥嵘[6]。人生飘忽百年内，且须酣畅万古情。君不能狸膏金距学斗鸡[7]，坐令鼻息吹虹霓[8]。君不能学哥舒，横行青海夜带刀，西屠石堡取紫袍[9]。吟诗作赋北窗里，万言不直一杯水[10]。世人闻此皆掉头，有如东风射马耳。鱼目亦笑我，谓与明月同[11]。骅骝拳跼不能食，蹇驴得志鸣春风[12]。《折杨》《黄华》合流俗，晋君听琴枉《清角》[13]。《巴人》谁肯和《阳春》，楚地犹来贱奇璞[14]。黄金散尽交不成，白首为儒身被轻。一谈一笑失颜色，苍蝇贝锦喧谤声[15]。曾参岂是杀人者？谗言三及慈母惊[16]。与君论心握君手，荣辱于余亦何有？孔圣犹闻伤凤麟[17]，董龙更是何鸡狗[18]！一生傲岸苦不谐，恩疏媒劳志多乖[19]。严陵高揖汉天子，何必长剑拄颐事玉阶[20]。达亦不足贵，穷亦不足悲。韩信羞将绛灌比[21]，祢衡耻逐屠沽儿[22]。君不见李北海[23]，英风豪气今何在！君不见裴尚书[24]，土坟三尺蒿棘居！少年早欲五湖去，见此弥将钟鼎疏[25]。

[1] 王十二：生平不详。王曾赠李白《寒夜独酌有怀》诗一首，李白以此作答。

[2] 子猷：《世说新语·任诞》："王子猷居山阴，夜大雪，眠觉，开室命酌酒，四望皎然，因起彷徨，咏左思《招隐》诗，忽忆戴安道。时戴在剡，即便夜乘小船就之。经宿方至，造门不前而返。人问其故，王曰：'吾本乘兴而行，兴尽而返，何必见戴？'"此以子猷拟王十二。

[3] 中道：中间。流孤月：月亮在空中运行。

[4] 苍浪：即沧浪。王琦注："沧浪，犹沧凉，寒冷之意。"这里有清凉的意思。

河汉：银河。

[5] 长庚：星名，即太白金星。《诗经·小雅·大东》："东有启明，西有长庚。"古时把黄昏时分出现于西方的金星称为长庚星。

[6] 玉床：此指井上的装饰华丽的栏杆。以上十句为第一段，描写王十二雪夜独酌、怀念远人（李白）的情景。

[7] 狸膏：用狐狸肉炼成的油脂，斗鸡时涂在鸡头上，对方的鸡闻到气味就畏惧后退。金距：套在鸡爪上的金属套，使鸡爪更锋利。

[8] "坐令"句：王琦注："玄宗好斗鸡，时以斗鸡供奉者，若王准、贾昌之流，皆赫奕可畏。"李白《古风·大车扬飞尘》："路逢斗鸡者，冠盖何辉赫，鼻息干虹霓。"

[9] 哥舒：即哥舒翰，唐朝大将，突厥族哥舒部人。曾任陇右、河西节度使。《太平广记》卷四九五《杂录》："天宝中，哥舒翰为安西节度使，控地数千里，甚著威令，故西鄙人歌之曰：'北斗七星高，哥舒夜带刀。吐蕃总杀尽，更筑两重濠。'"西屠石堡：指天宝八载（749）哥舒翰率大军强攻吐蕃的石堡城。《旧唐书·哥舒翰传》："吐蕃保石堡城，路远而险，久不拔。八载，以朔方、河东群牧十万众委翰总统攻石堡城。翰使麾下将高秀岩、张守瑜进攻，不旬日而拔之。上录其功，拜特进，鸿胪员外卿，与一子五品官，赐物千匹，庄宅各一所，加摄御史大夫。"紫袍：唐朝三品以上大官所穿的服装。

[10] 直：通"值"。以上九句为第二段，揭露当时权贵当道，专横跋扈，正直的读书人却被排斥。此明为王十二鸣不平，实亦鸣己之不平。

[11] 明月：一种名贵的珍珠。《文选》卷二九张协《杂诗十首》之五："鱼目笑明月。"张铣注："鱼目，鱼之目精白者也。明月，宝珠也。"此以鱼目混为明月珠而喻朝廷小人当道。

[12] 骅骝：骏马，此喻贤才。蹇驴：跛足之驴，此喻奸佞。

[13]《折杨》《黄华》：《黄华》又作《皇华》《黄花》。《庄子·天地》："大声不入于里耳，《折杨》《皇华》则嗑然而笑。"成玄英疏："《折杨》《皇华》，盖古之俗中小曲也，玩狎鄙野，故嗑然动容。"《清角》：曲调名。传说这个曲调有德之君才能听，否则会引起灾祸。据《韩非子·十过》载：春秋时晋平公强迫师旷替他演奏《清角》，结果晋国大旱三年，平公也得了病。

[14]《巴人》：即《下里巴人》，古代一种比较通俗的曲调。《阳春》：即《阳春白雪》，古代一种比较高雅的曲调。奇璞：《韩非子·和氏》："楚人和氏得玉璞楚山中，奉而献之厉王。厉王使玉人相之。玉人曰：'石也。'王以和为诳而刖其左足。及厉王薨，武王即位，和又奉其璞而献之武王。武王使玉人相之，又曰：'石也。'王又以和为诳而刖其右足。武王薨，文王即位。和乃抱其璞而哭于楚山之下，三日

三夜，泪尽而继之以血。王闻之，使人问其故曰：'天下之刖者多矣，子奚哭之悲也？'和曰：'吾非悲刖也，悲夫宝玉而题之以石，贞士而名之以诳，此吾所以悲也。'王乃使玉人理其璞，而得宝焉。遂名曰和氏之璧。"

[15] 苍蝇：比喻进谗言的人。《诗经·小雅·青蝇》："营营青蝇，止于樊，岂弟君子，无信谗言。"贝锦：有花纹的贝壳，这里比喻谗言。《诗经·小雅·巷伯》："萋兮斐兮，成是贝锦。彼谮人者，亦已太甚。"两句意为：谈笑之间稍有不慎，就会被进谗的人作为罪过进行诽谤。

[16] 曾参：春秋时鲁国人，孔子的门徒。《战国策·秦策二》："曾子处费，费人有与曾子同名姓者而杀人。人告曾子母曰：'曾参杀人。'曾子之母曰：'吾子不杀人。'织自若。有顷焉，一人又曰：'曾参杀人。'其母尚织自若也。顷之，一人又告之曰：'曾参杀人。'其母惧，投杼，逾墙而走。"以上十四句为第三段，通过一连串的比喻，揭露当时是非不明、邪正不分的社会现实；抒写自己曲高和寡，遭人谗毁的悲愤。

[17] 伤凤鳞：《论语·子罕》："子曰：'凤鸟不至，河不出图，吾已矣夫！'"《史记·孔子世家》："鲁哀公十四年春，叔孙氏车子鉏商获兽，以为不祥。仲尼视之曰：'麟也。'叹之曰：'河不出图，雒不出书，吾已矣夫！'颜渊死，孔子曰：'天丧予！'及西狩见麟，曰：'吾道穷矣。'"

[18] 董龙：晋人董荣。《资治通鉴》卷一〇〇晋纪穆帝永和十二年："秦司空王堕性刚毅。右仆射董荣，侍中强国皆以佞幸进，堕疾之如仇。每朝见，荣未尝与之言。或谓堕曰：'董君贵幸如此，公宜小降意接之。'堕曰：'董龙是何鸡狗？而今国士与之言乎！'"

[19] 不谐：不能随俗。恩疏：这里指君恩疏远。媒劳：指引荐的人徒费苦心。乖：事与愿违。

[20] 严陵：即东汉隐士严光，字子陵，曾与光武帝刘秀同学。积极帮助刘秀起兵。刘秀做皇帝后，严光隐居。帝亲访之，光终不受命。长剑挂颐：《战国策·齐策六》："人冠君篑，修剑拄颐。"事玉阶：在皇宫的玉阶下侍候皇帝。

[21] 韩信：汉初大将，淮阴人。楚汉战争期间，曾被封为齐王。汉王朝建立后，改封楚王，后降为淮阴侯。《史记·淮阴侯列传》载：韩信降为淮阴侯后，常称病不朝，羞与绛侯周勃、颍阴侯灌婴等并列。

[22] 祢衡：汉末辞赋家。《后汉书》卷一一〇《祢衡传》："祢衡……少有才辩，而气尚刚毅，矫时慢物……是时许都新建，贤士大夫四方来集。或问衡曰：'盍从陈长文、司马伯达乎？'对曰：'吾焉能从屠沽儿耶！'"

[23] 李北海：即唐代李邕，曾任北海太守，故人称李北海。能诗善文，尤擅长行楷书，中朝衣冠及很多寺观常以金银财帛作酬谢，请他撰文书、写碑颂。他好尚

义气，爱惜英才。常用这些润笔费来拯救孤苦，周济他人。七十岁时，为宰相李林甫所忌，含冤被杖杀。

[24] 裴尚书：即裴敦复，唐玄宗时任刑部尚书。李、裴皆当时才俊之士，同时被李林甫杀害。

[25] 五湖：太湖及其周围的四个湖。五湖去：是借春秋时越国大夫范蠡功成身退，隐居五湖的故事，说明自己自少年时代就有隐居之志。弥：更加。钟鼎：鸣钟列鼎而食，形容贵族人家的排场。这里代指富贵。以上十八句为第四段，慨言荣辱穷达之不足论。

## 梦游天姥吟留别[1]

海客谈瀛洲[2]，烟涛微茫信难求[3]。越人语天姥[4]，云霓明灭或可睹[5]。天姥连天向天横，势拔五岳掩赤城[6]。天台四万八千丈[7]，对此欲倒东南倾。我欲因之梦吴越[8]，一夜飞渡镜湖月[9]。湖月照我影，送我至剡溪[10]。谢公宿处今尚在[11]，渌水荡漾清猿啼[12]。脚著谢公屐[13]，身登青云梯[14]。半壁见海日[15]，空中闻天鸡[16]。千岩万转路不定，迷花倚石忽已暝[17]。熊咆龙吟殷岩泉[18]，慄深林兮惊层巅[19]。云青青兮欲雨，水澹澹兮生烟[20]。裂缺霹雳[21]，丘峦崩摧[22]。洞天石扉[23]，訇然中开[24]。青冥浩荡不见底[25]，日月照耀金银台[26]。霓为衣兮风为马，云之君兮纷纷而来下[27]。虎鼓瑟兮鸾回车[28]，仙之人兮列如麻。忽魂悸以魄动[29]，怳惊起而长嗟[30]。惟觉时之枕席[31]，失向来之烟霞[32]。世间行乐亦如此，古来万事东流水[33]。别君去兮何时还？且放白鹿青崖间[34]。须行即骑访名山。安能摧眉折腰事权贵[35]，使我不得开心颜[36]！

[1] 题一作《别东鲁诸公》，又作《梦游天姥山别东鲁诸公》。是天宝五载（746）李白即将要离开东鲁南下吴、越时所作。诗借梦游中所历名山和仙境的美好，曲折地表达了他对现实的不满，表现了他蔑视权贵的傲岸性格和对自由生活的向往。天姥（mǔ）：山名，在越州剡县南八十里（今属浙江省新昌县）。吟：诗体名，歌行体的一种。

[2] 海客：海外来客。瀛洲：仙山名。传说东海有蓬莱、方丈、瀛洲三座仙山。

[3] 微茫：隐约迷离，模糊不清。信：实在。

[4] 越人：越地之人。越，春秋时国名，在今浙江省一带。语：谈。

[5] 云霓：空中的彩虹。霓，一作"霞"

[6] 势拔：山势超出。五岳：指东岳泰山、西岳华山、南岳衡山、北岳恒山、中岳嵩山。赤城：山名，在今浙江省天台县境内。

[7] 天台：山名，在今浙江省天台县北。

[8] 因：凭借，依据。之：指越人关于天姥山的传说。吴越：指越。古代因吴越两国相邻，故连类而及，为偏义复词。

[9] 镜湖：即鉴湖，因其波平如镜，故名。在今浙江省绍兴市南。

[10] 剡（shàn）溪：水名，在今浙江省嵊县南。

[11] 谢公：南朝宋诗人谢灵运，他游天姥山，曾在剡溪投宿。其《登临海峤》诗："暝投剡中宿，明登天姥岑。"

[12] 渌（lù）水：清澈的水。

[13] 著（zhuó）：穿。谢公屐（jī）：谢灵运特制的登山木屐，有活动的齿，上山去前齿，下山则去后齿。

[14] 青云梯：高耸入云的山路。

[15] 半壁：半山腰。海日：从海上升起的太阳。

[16] 天鸡：神话传说中的神鸡。南朝梁任昉《述异记》："东南有桃都山，上有大树，名曰桃都，枝相去三千里，上有天鸡。日初出照此木，天鸡则鸣，天下鸡皆随之鸣。"

[17] 暝：天色昏暗。

[18] 殷岩泉：声音震响于山岩泉水之间。殷，形容声音很大。

[19] "栗深林"句：意思是使深林为之战栗，使层巅为之震惊。

[20] 澹澹（dàn）：水波荡漾的样子。

[21] 裂缺：闪电。霹雳：巨雷。

[22] 丘峦：山峰。

[23] 洞天：道家称神仙居住的地方为洞天。石扉：石门。

[24] 訇（hōng）然：形容声音巨大。

[25] 青冥：天空。

[26] 金银台：神仙居住的宫阙。郭璞《游仙诗》："神仙排云出，但见金银台。"

[27] 云之君：云神。这里泛指神仙。

[28] 鼓：弹奏。回车：拉车。

[29] 悸：心惊，惊惧。

［30］恍：通"恍"，恍惚。嗟：叹息。

［31］觉：醒来。

［32］向来：刚才，此指梦境。

［33］"世间"二句：意思是人世间的欢乐也像梦幻一样，古往今来，一切事情都像东流之水，一去不返。

［34］白鹿：传说中仙人的坐骑。

［35］摧眉折腰：低肩弯腰。事：侍奉。

［36］开心颜：心情愉快，笑逐颜开。

# 宣州谢脁楼饯别校书叔云[1]

弃我去者，昨日之日不可留。乱我心者，今日之日多烦忧。长风万里送秋雁，对此可以酣高楼[2]。蓬莱文章建安骨，中间小谢又清发[3]。俱怀逸兴壮思飞[4]，欲上青天览日月[5]。抽刀断水水更流，举杯销愁愁更愁。人生在世不称意[6]，明朝散发弄扁舟[7]。

［1］题一作《陪侍御叔华登楼歌》。此诗作于天宝十二载（753）秋，抒发了作者怀才不遇的苦闷及对理想境界的追求，也流露出消极出世的思想。宣州：治所在今安徽省宣城县。谢脁楼：一名北楼，又称谢公楼，南齐谢脁为宣城太守时所建。校书：秘书省校书郎省称。叔云：李白族叔李云。

［2］此：指上句所写长风秋雁的景色。酣：畅饮。高楼：指谢脁楼。

［3］"蓬莱"二句：意思是李云的文章有建安风骨，自己的诗歌像谢脁一样清新秀发。蓬莱：海上神山，为仙府。汉代官家著述和藏书之所称为东观，学者又称之为"老氏藏书室，道家蓬莱山"。唐人多以蓬山、蓬阁指秘书省，李云是秘书省校书郎，故用蓬莱文章借指李云文章。建安骨：建安风骨，指刚健遒劲的诗文风格。小谢：谢脁。

［4］逸兴：超迈的意兴。

［5］览：通"揽"，摘取。日：一作"明"。

［6］不称意：不如意。

［7］散发弄扁（piān）舟：意思是避世隐居。古人束发戴冠，散发即脱去簪缨，不受约束之意。弄扁舟，驾小舟泛游于江湖之上。《史记·货殖列传》："范蠡既雪会稽之耻，……乃乘扁舟，浮于江湖。"

## 玉阶怨[1]

玉阶生白露[2]，夜久侵罗袜[3]。却下水晶帘[4]，玲珑望秋月[5]。

[1] 玉阶怨：是汉乐府诗题，属《相和歌辞·楚调曲》，是专门表现"宫怨"的乐曲。

[2] "玉阶"句：写出女子相思怀念的背景是宁静、晶莹、皎洁而寒冷的。

[3] 侵：侵袭。这句是说白露渐浓，寒冷、孤寂之感也随着增加，浓露逐渐侵袭着这位女子的罗袜。

[4] 却：反而倒。这句说这位女子并没有逃避寒冷与孤寂，就此回屋睡觉，反而更垂下了水晶帘。"水晶"也是晶莹皎洁、剔透玲珑的。

[5] "玲珑"句：意谓透过透明的水晶帘，遥望着秋夜当空那一轮明亮的皓月。"玲珑"是过渡性的两个字，它将"水晶帘"与"秋月"以及相思怀念的感情都凝结在了一起。

**点评**：此诗将相思怀念的人之常情跟"玉阶"、"白露"、"水晶帘"、"玲珑月"这些质地纯净、晶莹、光明、皎洁的景物结合起来，不仅提高了相思者与被思念之人的感情境界，同时也表达出诗人于孤独寂寞中仍不放弃对光明美好之境界的追求和向往的一种精神品质。

## 闻王昌龄左迁龙标遥有此寄[1]

杨花落尽子规啼，闻道龙标过五溪[2]。我寄愁心与明月，随君直到夜郎西[3]。

[1] 左迁：古人尚右，左迁为贬官。王昌龄被谪为龙标尉后，李白写下了这首充满同情与关切的诗篇，从远道寄给他。

[2] 五溪：雄溪、樠溪、酉溪、潕溪、辰溪的总称，在今湖南省西部和贵州省东部。

[3] 夜郎：古县名，今日的新晃侗族自治县曾名夜郎县。此泛指遥远的西南边地。

■**解读鉴赏**

在我们这个国家里，不晓得唐代诗人李白的，恐不多见，但能比较全面了解他的，恐怕也不多。对于一个不同凡俗的天才，也只有同样不同凡俗的天才，或与之才气相近的人，才能真正欣赏到他的好处，概括出他的神貌。小李白十一岁的杜甫便是这样一位与李白生活在同一时代、具有同等的命运、焕发着同样夺目之光彩，并且与李白互相倾慕、相知相赏，千古诗史难得一见的另一天才。若想在较短的篇幅里让大家较深刻地了解李白，我们就不得不借助于杜甫的眼力与笔力，用他一首《赠李白》的小诗来给这位浪漫不羁的绝世之才，做个遗貌取神的速写，请看下面杜甫对李白的描述：

秋来相顾尚飘蓬，未就丹砂愧葛洪。痛饮狂歌空度日，飞扬跋扈为谁雄。

在这首小诗里，杜甫仅用二十八个字，便把李白那放浪不羁的绝世之才，以及那落拓寂寞的绝顶之哀表现得淋漓尽致了。开篇"秋来相顾尚飘蓬"，是何等萧瑟的落拓之悲。昔宋玉有句云："悲哉，秋之为气也。"杜甫也有诗说"摇落深知宋玉悲"，诗人们所悲的是人生之秋，生命成空的"失落"。也许你要问：如此飘逸豪纵的李白难道也会有生命成空的"摇落"之悲吗？其实，以李白那恣纵不羁、放浪形骸的才情，是不应该降生到这尘世中来的，无奈他却偏偏不幸地降于人间，成为既失落于上天，又格格不入于人间的"谪仙人"。另外，以李白那份惊世骇俗的天才，也本不该受此尘世间种种是非成败，以至道德礼法的束缚，可他既已落地为人，就无法不生活在社会人群所形成的种种桎梏中，因而也就无法免除"天生我材必有用"的用世之念。而既想求为世用，又不屑于循规蹈矩地科考仕进，终日幻想着能像"我以一箭书，能取聊城功，终然不受赏，羞与时人同"（《五月东鲁行答汶上翁》）的鲁连，与"入门开说骋雄辩，两女辍洗来趋风。东下齐城七十二，指挥楚汉如旋蓬"（《梁甫吟》）的郦食其一样，有朝一日风云际会，凭自己的三寸不烂之舌，便可轻而易举地立卓然不世之功，然后再拂袖而去，飘然归隐。显然，这种天真浪漫的狂想在现实中是根本行不通的。所以李白在求为世用上虽曾先后两度得到机会，但也曾两度遭到幻灭与失败。一次是他入为翰林待诏时，若以世人浮浅之眼光来看，这当然是一种幸遇，而且他还曾幸蒙唐玄宗"七宝床赐食，御手调羹"的"宠遇"。这对于一心向往"直挂云帆济沧海"的李白而言，却非但没以之为荣，反而预感到他此生之理想将遭幻灭。由于当时的唐玄宗已非宵衣旰食、励精图治的开元之君可比，而其对李白之任用则无异于只是"以倡优蓄之"，所以当这位不羁的天才恍然发现自己所待之"诏"，不过是为唐玄宗游宴白莲而作《白莲池序》，于宫中行乐时写《宫中行乐词》，于赏名花对妃子时填写个《清平调》而已，这位"安能摧眉折腰事权贵"的李白，终于大失所望地毅然辞别了金马门而恳求放还归山了。这是李白用世之念的第一次失败。谁知不久安史之乱后，这位不羁的天才诗人，又以其天真浪漫的狂想，做了第二度失败的选择。关于这一次李白依附永王李璘的事件，历来对之指责或为之解脱的辩论很多，我们这里不想从俗世的忠奸、顺逆的道德观念上做任何衡量和判断，而只觉得应为李白的不羁之才与用世之志的再遭惨败而同声一哭。李白一生都向往着"风云感会起屠钓"（《梁甫吟》）的际遇，天宝之乱时，他已五十六岁了，既感老之将至，又恐修名不立，况值世变如斯，于是永王的征辟使他心中用世的希望之火又重新燃起，他幻想着能借此实现灭虏建功的愿望，以便敛展荣名，拂衣归去。这一不顾现实的幻想，导致他误入迷途，终而获罪被放逐夜郎。以李白的天赋才华，本该是一位"手把芙蓉朝玉京"的仙人，不想最后竟谪降于人世，落得个在生命之九秋寒风中漂泊无依的下场，所以杜甫这一句"秋来相顾尚飘蓬"真是道尽了这位天才诗人一生的飘零落拓之悲。

如果说此诗首句写尽了天才诗人对现世追求的幻灭之悲，那么第二句的"未就丹砂愧葛洪"所写的，则是这一天才对现世之外的另一种追求的幻灭与失望。"丹砂"是炼丹所用的矿物质。"葛洪"是传说中的一位学道成仙者。我们从李白众多的访道求仙之作中可以看出，他其实并不迷信神仙的必有，而只是想借此一厢情愿的"幻想"来做自我慰藉。在他的狂想之中，他既不甘心让生命落空而向往致用求仕，又不甘心受世俗之羁绊而渴望隐居求仙，他深慨人世的短暂无常，乃以其不羁之天才，不计真伪成败地追求着不朽和永恒。这种天真浪漫的狂想，使人觉得既可爱又可伤。他所以会向往于学道求仙，除了性格与当时社会风气的影响之外，一个更主要的原因就是，他于对现世失望之后，想要寻求另外一种安慰和寄托。然而他寻求的结果又是如何呢？《古风》之三说："徐市载秦女，楼船几时回？但见三泉下，金棺葬寒灰。"《古风》之四十三又说："瑶水闻遗歌，玉杯竟空言，灵迹成蔓草，徒悲千载魂。"可见李白在欲寻求新的解脱之际，所面对的原来是一个更大的幻灭与失望！况且李白根本就不是一个真能冥心学道、遗世忘情之人，就在他临终前，还曾想请缨从军，表现出"老骥伏枥，志在千里，烈士暮年，壮心不已"的雄心伟愿。这种既失望于世，又不能弃世，既明知神仙不可恃，又心向往之的复杂悲苦之情，只有杜甫这句"未就丹砂愧葛洪"才足以概括之。

人世无可为，"神仙殊恍惚"，人间天上居然找不到一个可资栖托的荫庇之所，于是这位天才只有以"未若醉中真"自解，以"痛饮狂歌空度日"来求得暂时的麻醉和宣泄。若就"痛饮"而言，昔日陶渊明似乎尚不失为闲情高致的酒人，而李白则俨然是个烂醉沉迷的酒鬼。他宁愿一醉致死，"会须一饮三百杯"，"但愿长醉不复醒"，"舒州杓、力士铛、李白与尔同死生"。殊不知他所以如此，正缘其赤裸之天才的一份无所隐蔽的悲苦。陶渊明作为一位智者，他能以一己之智慧，为自己觅得一片栖心立足的天地，虽然他时而也有"挥杯劝孤影"的寂寞悲伤，但仍能在"采菊东篱"、"既耕已种"之际，获得一份"此中有真意"、"不乐复何如"的心灵上的安慰与解脱。可李白却除了"痛饮"之外再无任何解脱之物了。那么"酒"真能使诗人获得解脱，真能"与尔同销万古愁"吗？恰恰相反，"抽刀断水水更流，举杯销愁愁更愁"，借酒浇愁的结果却是越饮越愁，越愁越饮，直至于"痛饮狂歌空度日"。此外，谈到李白诗集中那些浪漫恣纵的"狂歌"，如《远别离》《蜀道难》《将进酒》《梦游天姥吟留别》等，都是他愤世嫉俗、狂放不羁之浪漫主义精神与风格的突出表现：想象上卓异神奇；感情上炽烈奔放；风格上豪放飘逸；语言上任纵恣肆，不假雕饰；诗歌体裁上多为不拘格律的乐府歌行；尤其独特的是他诗歌意境与意象上的极端个性化与超现实性，如他那些极度夸张的，令人眼花缭乱、惊心动魄的梦幻、神话传说，以及对于历史典故的随意组合，真有如"列子御风而行，如龙跳天门，虎卧凤阙，有非地上凡民所能梦想及者"（清人方东树语），正可谓"笔落惊风雨，诗成泣鬼神"！当这位落拓不羁的天才诗人既失望于人世，又幻灭于仙境之后，除了"狂歌"与"痛饮"之外，已一无所有，可杜甫的"空度日"三字又将这仅有的酒与诗也一并抹煞了。杜甫深知以李白的天才与志意，他并不能真正从"痛饮狂歌"中得到满足与安慰，而只能是在多重失望与悲哀之下，求得暂时的逃避和排遣罢了。

　　最后一句"飞扬跋扈为谁雄"，是继前三句写失望幻灭、落拓悲哀后，总写此一绝世之天才的绝世之寂寞。"飞扬跋扈"使人联想到鹏鸟之飞与鲲鱼之跃。《说文》云："扈，尾也。跋扈，犹大鱼之跳，拔其尾也。"以诗人之恣纵不羁，迥出流俗而言，正好像《庄子·逍遥游》中那只鲲化而飞的鹏鸟，李白曾多次以此自比。如他在《大鹏赋》里所说的那只巨鲲，它"脱耆鬣（鱼背上像鬣一样的鳍）于海岛，张羽毛于天门。刷（沐浴）渤海之春流，晞（晾晒）扶桑之朝暾，煇（火花飞迸貌）赫乎宇宙，凭陵乎昆仑。一鼓一舞，烟朦沙昏，五岳为之震荡，百川为之崩奔。而乃蹶厚地，揭太清，亘层宵，突重溟。激三千以崛起，向九万而迅征"。从这些描述中，我们可以看到诗人李白对鹏鸟的振羽高飞，有着极为天真浪漫的向往。其实在现实生活中，且不说你即使飞起来也会因没有"怒无所搏，雄无所争"的对手而倍感孤寂，仅就这尘世人间樊篱重重的环境而言，像"鹏鸟"这样巨大的形魄与气势，恐怕是连容身之处都没有，所以李白才会无东而悲叹．"大鹏飞兮振八裔，中天摧兮力不济。"世上没有大鹏所期待的天风海涛，更没有李白《大鹏赋》里所说的可与大鹏并驾齐驱、相伴而飞的"稀有之鸟"。尘世之中只有无知窃笑的斥鹦与徒争腐鼠的鸱鸟。于是李白只得一生都生活在寂寞中——寂寞地腾跃，寂寞地挣扎，寂寞地摧折，以至寂寞地陨落……杜甫这四句诗真乃是一幕绝顶的天才者的悲剧！为了进一步认知李白的人与诗，我们下面要看一首表现他天才失意之悲的"狂歌"《远别离》。

　　凡是有真知灼见、真知真赏的人，一定能把天下最好的东西吸收过来，变成自己的长处。这首古代歌行就是在吸收和融会了古乐府杂言体加散文化的句式，在楚辞的节律上创造出来的，这是李白用得最为得心应手的一种体裁形式。你只要反复读两遍这首诗，就不难发现他的这些特点。首先是字句上的长短不齐，从三字句到十字句，参差错落、不拘一格。其次是声律上的多次换韵，时而隔句押韵，时而数句一韵，时而句句入韵，既突出了古代歌行古朴苍劲的力度美，又恰好适应了李白那一份狂放不羁的天性，而且更适合于表现他那种"大江无风，涛浪自涌；白云在天，从空变灭"的艺术风格，因此就首先从形式上给了你一个不同凡俗的直觉印象。我们再看诗的内容，《远别离》是一个传统的乐府古题，虽然自古人们所表现出的离别之情，曾经有着古今、久远、长短、生死的不同类别，但最基本的无非只有生离与死别这两种类型。生离虽然痛苦，但毕竟还有再见的希望；死别即使悲哀，然而一痛之下断绝了所有的念头，倒也不至于日后再受相思的煎熬。天下最悲哀的，则莫过于从生离转变成死别，而且不但死后尸骨无还，更复不知葬在何处，而李白这里所写的，正是这样一种离别。"远别离，古有皇英之二女，乃在洞庭之南，潇湘之浦。"相传帝尧曾将两个女儿（娥皇、女英）嫁给舜。舜晚年南巡，死而葬在苍梧的九嶷山间，皇、英二女望苍梧而泣，泪洒湘竹而成斑。其后死而化作湘水之神。诗人以他天才的神思狂想，选取这样一个带有悲剧色彩的事象，究竟要表达什么用意呢？对此，前代学者曾有过种种猜测和推论，这点我们后面谈。我们首先要弄清楚的，应是诗篇本身所具有的表层意义和艺术价值。诗人表面所写的只是离别之情，而且这一离别居然发生在贵为天子的帝王与后妃之间。要知道凭借他们的地位与权势，是可以避免一切人为的灾难和祸患的。如果有什么悲剧连他们都无法避免了，那就足以证明它是带有极广的普遍性了，所以千百年来，苍梧九疑始终被这一浪漫而悲凄的气氛所笼罩，洞庭湖与潇湘水也一直载着千古之沉哀东流到海。"海水直下万里深，谁人不言此离苦"这一句，把天下离别的悲苦从古拉到今，从神转到人，无论从形式结构，还是从情意结构上，都为后来"我"的出现做了呼应和铺垫。

中国古人讲天人感应，他们认为，人间若有了不幸，上天就会出现迹象给以回应。"日惨惨兮云冥冥，猩猩啼烟兮鬼啸雨"是说：不仅天下的有情之人都被这一离别的悲哀感动了，而且连自然界无情的日月风云、禽兽鬼神也都不禁为之黯然哭泣。这正是李白天才之狂想的体现，不愧是"惊风雨"、"泣鬼神"的浪漫之语。

前面开端处，诗篇在隔句压韵、错落有致的章法中，客观地叙述了一个遥远而古老的悲剧传说，这很像一部音乐史诗中的序曲，虽然其中的"谁人"二字已使这悲剧产生了移远就近、从神到人的变化，但至此还丝毫没看出有任何借古讽今、借题发挥的迹象。可是接下去"我纵言之将何补"的一个韵句突然像个木楔子似的插了进来，非但打破了诗篇已有的韵式整齐之格局，而且在内容上也有了更丰富、更含蓄的用意。至此，诗篇开始进入第二个乐章，即诗篇之主题。于是这便有了表层与深层、言内与言外的双重意义。你看，"我纵言之将何补"一句，不仅把古今的离别之悲巧妙地串联起来，还把对于人间离别的泛论引渡到"我"所要针对的具体对象上来。"补"是挽回、补赎之意，诗人想要挽回的是那份人间离别的深悲长恨。可是"皇穹窃恐不照余之忠诚，雷凭凭兮欲吼怒"这种汉乐府杂言加散文化的句式，与屈原《离骚》之情意的结合，表面是说，光明而尊贵的上天恐怕不会洞悉照见我对他的一片忠诚，既然"不照"也就罢了，可没想到上天那些雷公、电母、天兵天将们（喻皇帝宠信的当权得势之人）对我盛怒，发出闪电雷鸣的攻击。这与屈原《离骚》中的"荃不察余之中情兮，反信谗而齌怒"同义。这自然使人想到李白任翰林待诏期间那份遇中不"遇"的悲哀。当时玄宗一味沉溺于享乐，致使政权落在奸相李林甫、杨国忠等人的手中，朝内重用奸佞，朝外宠信逆贼，这就为安史之乱种下了隐患。这一切，虽然李白曾经敏锐地预感到了，但玄宗从不给他商谈政事的机会；就算有机会进言，但因得罪过玄宗左右的宠信，这些人常在皇帝面前毁谤他，即使他一片赤诚，忠言相谏，玄宗也不会听得进去，反而更引起皇亲贵戚对他加倍的攻击。所以诗人慨然悲叹"我纵言之将何补"，"雷凭凭兮欲吼怒"。既然如此，那么预料中的历史悲剧又怎么能避免呢？这就跟上古时"尧舜当之亦禅禹，君失臣兮龙为鱼，权归臣兮鼠变虎"一样地不幸！"禅"是禅让，特别指皇位的转让。无论古今中外，所有政治不稳定的原因，都与激烈争夺最高统治地位领导权的斗争有关，究竟应以什么方式来获取统治地位呢？是由人民选举，还是世袭的传承，或靠武装夺取政权？中国古代的儒家把"禅让"作为一种理想的天子易位方式来标榜，而且传说上古时国君最初不是把皇位让给儿子的，而是让给他们选拔出来的、人民拥戴的贤德之人，至禹把皇位传给儿子启，中国才开始了父死子继的世袭制。这不过是被儒家所美化了的理想罢了。要知道，上古离我们那么久远，又没有文字记载，谁知道尧就真的是自愿让位给舜的，舜又果真是无条件地禅让给禹的？以历史上屡见不鲜的杀君弑父之事件而言，谁知这其中有没有迫不得已的原因呢？这并非是无端的怀疑，诗人下面说了他所怀疑的根据："或云尧幽囚，舜野死。"据《史记·五帝本纪》正义所引《竹书纪年》载"昔尧德衰为舜所囚也"；《国语·鲁语》也有"舜勤民事而野死"的记载。既然历史上确有"尧幽囚"之事，那么说不定上古所谓"禅让"，也会有汉献帝让位给曹丕，曹魏让位给晋司马氏一样的缘由在。历史告诉我们，只有天子失去了忠臣的辅佐，政权被奸臣所篡夺时，才会有"禅让"的事。照此看来，远古的尧、舜之被"幽囚"，遭"野死"，以至与最亲近的人"远别离"，也未必不是由于"君失臣"、"权归臣"所导致的结果。历史的发展证明了，并且还在继续证明着：只要"荃不察余之中情"、"皇穹不照余之忠诚"的现象还存在，那么尧、舜的"幽囚"、"野死"及其"远别离"的悲剧下场就不可能避免和补赎，这正是诗人李白寄托在这个古老的离别故事中的深刻寓意。

接下去，随着诗篇韵律上的转换，诗人感慨的情意也逐渐变得深沉和凝重起来。尽管还是接着第一部分来继续渲染舜与二妃的别离之悲，但经过前面一番以尧之"幽囚"、"禅让"为参照与陪衬的描述，舜与二妃的离别已不只是普通意义上的别离了，而是对特定社会背景的一种暗示，这就更具有深刻而特殊的历史政治意义了。既然"余之忠诚""皇穹不照"，既然"我纵言之"而于事无补，那么像帝舜这样失位、失国、亡命、亡家也就不足为奇了。只是舜的下场实在太过于

悲惨了："九疑联绵皆相似，重瞳孤坟竟何是?""重瞳"指的是舜，相
传舜是双瞳，故而又称他为重瞳或重华。这两句是说，九嶷山有九座
相似的山峰，那意外"野死"的舜究竟葬在哪一座山峰之上居然不得
而知！天下之悲莫过于此了，以帝王天子之身份，即使没有秦皇、汉
武那样恢宏壮观的陵墓与仪葬，恐怕也不至于"野死"吧，何况是死
后无葬身之地，以至于其妻妾家人欲哭无处！更为绝妙的在于，这两
句诗还令人在悲哀之余，不禁产生一种自然的联想，或者说是怀疑：
难道舜的"野死"真是"勤于民事"的正常死亡，而不是毙命于非常
的兵变或动乱? 不然怎么竟然会没有人知道这一代贤君的"孤坟竟何
是"呢? 倘能知道孤坟的是处，那么对他的怀念和哀悼还能有一个固
定的宣泄祭奠之所，可现在竟然连一个可以痛快淋漓大哭一场的地方
都寻不到。于是，整个九疑之山、苍梧之野的每一个山丘、每一座孤
坟，都会因有可能是"重瞳孤坟"而令人感到悲泣; 同时也因其不能确
指是"重瞳孤坟"而倍感压抑。所以诗人说"帝子泣兮绿云间，随风波
兮去无还"。娥皇、女英因为是尧帝的女儿故又称"帝子"，传说当年皇、
英二女因不知舜坟何在，而泣遍了整个苍山竹林，可他们所怀念的舜却
"随风波兮去无还"。听说当年舜与二妃离别时是坐着船走的，没想到这
一别而去，竟从生离到死别，不仅尸骨无还，而且孤坟难觅！所以皇、
英二女只好将这全部痛苦哀伤全都化作"恸哭兮远望，见苍梧之深山"
了。这是何等深重沉痛的悲哀，何等永恒而遥远的别离。天地之间何时
才能挽赎这种不圆满的人间憾恨，何时才能消灭造成这不幸与悲哀的根
源呢? 除非等到那么一天："苍梧山崩湘水绝，竹上之泪乃可灭。"然而
苍山无崩塌之日，湘水无断绝之时，那皇、英二女挥洒在翠竹上的泪
迹——这象征着人间悲剧的"远别离"也就永远不会消失。

　　从上面的分析中，我们已经清楚地看到李白真不枉为"天才"诗
人，他不但具有天才的狂想与创作才能，更具有天才的洞察和预见。
虽然在他写此诗时，唐玄宗与杨贵妃马嵬坡上的"远别离"尚未发生，
但今天当我们面对这样一番"别时容易见时难"的人间悲剧时，居然
会不由自主地将它与古往今来、天上人间、无限江山的"远别离"都
联系到一起，尤其诗中那脱口而出的"我纵言之将何补"以及"皇穹

窃恐不照余之忠诚"等句,不仅真切地传达出诗人"逢时吐气思经纶"
(《梁甫吟》)的欲求世用的襟怀志意,同时更流露了诗人终于不得真
"遇"的悲寂怅惘。这份由生离到死别的离别,就舜与二妃来说,无疑
是悲哀之至的;同时对李白与玄宗的遇而复失而言,难道不也是一种
无可挽赎的绝顶之哀吗?尤其可悲的还在于,这两种悲剧或许正是出
自同一根源!遗憾的是李白虽具有超世之才,然而不幸竟误落凡尘,
于是他只好痛饮狂歌,徒叹悲寂了!

　　李白最好的诗有两种类型,一种是长篇歌行,另一种是短小的绝句。
长诗可以任凭其才情奔腾驰骋,飞扬跳跃,无论怎样变化都可以;短小
的绝句出口成章,带着一种天然的情韵,没等诗人感到约束,诗就结束
了。李白写得最不好的就是七言律诗,因为七律平仄、对仗的格式极严
格,对于浪漫飞扬、狂放不羁的李白来说,就仿佛一只大鸟被关在笼子
里,连翅膀都张不开,更不要说活动自如了。所以本章所选的《远别离》
《梁甫吟》《将进酒》《蜀道难》《梦游天姥吟留别》等作品,都是李白所
最擅长的长篇乐府歌行体的代表;而《玉阶怨》《闻王昌龄左迁龙标遥有
此寄》等所代表的则是李白的另外一种作风,即"清水出芙蓉,天然去
雕饰"的一类小诗,对于这一类诗,限于篇幅,本章不再细读。

■阅读思考

　　1. 什么是浪漫主义?你能从《远别离》《蜀道难》《梁甫吟》《梦游天姥吟留
别》《将进酒》等诗中体会到李白浪漫主义的精神与风格特征吗?

　　2. 上题所列之诗你最喜欢哪一首?任选其中的一首,做思想价值与艺术价
值上的分析鉴赏。

# 第十四章

# 14 为人性僻耽佳句
语不惊人死不休

——谈唐朝诗圣杜甫诗集大成的艺术
成就

# 杜　甫

　　杜甫（712—770），字子美，杜审言孙，原籍湖北襄阳，生于河南巩县，与李白同为唐代第一流诗人，并称李杜，新旧唐书有传。本章《秋兴》选自上海古籍出版社叶嘉莹著《杜甫秋兴八首集说》，其余选文均选自中华书局《全唐诗》。

## 自京赴奉先县咏怀五百字[1]

　　杜陵有布衣[2]，老大意转拙[3]。许身一何愚[4]，窃比稷与契[5]。居然成濩落[6]，白首甘契阔[7]。盖棺事则已[8]，此志常觊豁[9]。穷年忧黎元[10]，叹息肠内热。取笑同学翁[11]，浩歌弥激烈[12]。非无江海志[13]，潇洒送日月[14]。生逢尧舜君[15]，不忍便永诀[16]。当今廊庙具[17]，构厦岂云缺[18]？葵藿倾太阳[19]，物性固莫夺[20]。顾惟蝼蚁辈[21]，但自求其穴。胡为慕大鲸[22]，辄拟偃溟渤[23]？以兹误生理[24]，独耻事干谒[25]。兀兀遂至今[26]，忍为尘埃没[27]。终愧巢与由[28]，未能易其节[29]。沉饮聊自适[30]，放歌破愁绝[31]。

　　[1]《自京赴奉先县咏怀五百字》作于天宝十四载（755）十一月安禄山作乱前，时杜甫刚得到右卫率府胄曹参军的官职，离长安赴奉先县（今陕西蒲城县）探望妻子。

　　[2] 杜陵：汉宣帝的陵墓，在长安东南。杜甫祖籍杜陵，自己也在这一带住过，故常自称"杜陵布衣"、"杜陵野老"等。布衣：平民百姓。

　　[3] 老大：年纪大。意转拙：谓心思意念反而更加不灵活。

　　[4] 许身：谓献身给某种事业或理想。一何愚：意谓自己献身之志向是多么的不聪明、不现实。一何，为何，多么。

　　[5] 窃：私下。谦辞。稷与契（xiè）：传说中辅佐虞舜的两位贤臣。

　　[6] 濩（huò）落：即"瓠落"。《庄子·逍遥游》："魏王贻我大瓠之种，我树之成而实五石，以盛水浆，其坚不能自举也；剖之以为瓢，则瓠落无所容。"此指无用如大瓠。

　　[7] 契阔：勤苦，劳苦。又，久别。

　　[8] 盖棺：谓死去。已：完了，终结。

　　[9] 觊（jì）豁：谓希望实现。豁，舒展。

[10] 穷年：一年到头。黎元：百姓。

[11] 取笑：谓被人耻笑。

[12] 浩歌：放声高歌。弥激烈：更加激越高亢。

[13] 江海志：浪迹四方放情江海之志。即退隐之志。

[14] 潇洒：悠闲自在。送日月：打发时光。

[15] 尧舜君：像唐尧和虞舜那样的圣明君主。指唐玄宗。

[16] 永诀：永别。

[17] 廊庙具：指能担负国家重任的栋梁之才。

[18] 构厦：营造大厦。比喻治理国事或建立大业。岂云：怎能说。

[19] 葵藿：葵性向日，古人多用以比喻下对上赤心趋向。语出曹植《求通亲亲表》："若葵藿之倾叶，太阳虽不为之回光，然终向之者，诚也。"倾太阳：朝向太阳。

[20] 物性：物之本性。夺：强行改变。

[21] 顾惟：回头想一想。蝼蚁辈：指那些只知追求个人名利的小人物。

[22] 胡为：为什么要。慕大鲸：谓羡慕那些有远大抱负的人。

[23] 辄拟：总是想要。偃：止息。溟渤：泛指大海。

[24] 以兹：因此。误生理：耽误了生计。误，一作"悟"。

[25] 干谒：对人有所求而请见。此指依附权贵。

[26] 兀兀（wù wù）：犹矻（kū）矻，勤勉貌。

[27] 没：埋没。

[28] 巢与由：巢父、许由，尧时的两个隐士。

[29] 易：改变。节：志节，志向。指自己"窃比稷契"的志向。

[30] 沉饮：大量喝酒。自适：悠然闲适而自得其乐。适，一作"遣"。

[31] 放歌：放声歌唱。破愁绝：排遣心里那些极端的忧愁。

岁暮百草零，疾风高冈裂。天衢阴峥嵘[32]，客子中夜发[33]。霜严衣带断，指直不能接[34]。凌晨过骊山[35]，御榻在嵽嵲[36]。蚩尤塞寒空[37]，蹴踏崖谷滑[38]。瑶池气郁律[39]，羽林相摩戛[40]。君臣留欢娱，乐动殷胶葛[41]。赐浴皆长缨[42]，与宴非短褐[43]。彤庭所分帛[44]，本自寒女出。鞭挞其夫家，聚敛贡城阙[45]。圣人筐篚恩[46]，实欲邦国活[47]。臣如忽至理[48]，君岂弃此物。多士盈朝廷[49]，仁者宜战栗[50]。况闻内金盘[51]，尽在卫霍室[52]。中堂舞神仙[53]，烟雾蒙玉质[54]。暖客貂鼠裘，悲管逐清瑟。劝客驼蹄羹，霜橙压香橘。朱门酒肉臭[55]，路有冻死骨。荣枯咫尺异[56]，惆怅难再述[57]。

[32] 天衢：天空。天空广阔，任意通行，如世之广衢，故称天衢。衢，大路。峥嵘（zhēng róng）：高峻貌。

[33] 客子：离家在外的人，杜甫自指。中夜发：半夜出发。

[34] 指直：谓手指僵直。

[35] 骊山：在今陕西临潼，距长安六十里。

[36] 御榻：皇帝的坐榻。嵽嵲（dié niè）：高山。

[37] 蚩尤：传说中上古时代部落的酋长，与黄帝作战，兴大雾。这里指雾。

[38] 蹴踏：踩，踏。崖谷：山崖、山谷。

[39] 瑶池：神话中西王母的所居之地，这里指骊山的温泉。郁律：烟雾蒸腾貌。

[40] 羽林：羽林军，天子的卫兵。相摩戛：形容拥挤，极言卫兵人数众多。摩戛，摩擦。

[41] 乐动：奏乐声响起。殷（yǐn）：震动。胶葛：深远广大貌，这里指天空。

[42] 赐浴：谓皇帝赏赐在温泉洗浴。长缨：代指达官贵人。缨，帽带。

[43] 与宴：参加宴会者。短褐：粗布短衣，代指老百姓。

[44] 彤庭：指朝廷。汉代宫廷以朱漆涂饰，故称。

[45] 聚敛：剥削，搜刮。城阙：指京城。

[46] 圣人：指皇帝。筐筐恩：帝王厚赐物品之恩。筐筐，皆盛物竹器。

[47] 邦国活：使国家生存发展。

[48] 忽：忽视。至理：最高的道理。

[49] 多士：谓百官。盈：满。

[50] 仁者：有德行的人。宜战栗：谓应对此感到恐惧。

[51] 内：宫中。金盘：指代珍贵器皿。

[52] 卫霍：西汉卫青、霍去病，皆汉武外戚，深得宠幸。

[53] 神仙：指女乐，唐人多谓美女为神仙。

[54] 烟雾：形容舞衣之轻薄飘逸。玉质：形容姿貌肌肤之美。

[55] 朱门：红漆大门，指代贵族豪富之家。

[56] 荣枯：以草木的茂盛与枯萎喻人世的盛衰穷达。咫尺：形容距离近。

[57] 惆怅：因失意或失望而伤感懊恼。

北辕就泾渭[58]，官渡又改辙[59]。群水从西下[60]，极目高崒兀[61]。疑是崆峒来[62]，恐触天柱折[63]。河梁幸未坼[64]，枝撑声窸窣[65]。行旅相攀援[66]，川广不可越[67]。老妻寄异县[68]，十口隔风雪。谁能久不顾，庶往共饥渴[69]。入门闻号咷[70]，幼子饥已卒[74]。吾宁舍一哀[72]，里巷亦呜咽[73]。所愧为人父，无食致夭折[74]。岂知秋禾登[75]，贫窭有仓卒[76]。生常免租税，名不隶征伐[77]。抚迹犹酸辛[78]，平人固骚屑[79]。默思失业徒[80]，因念远戍卒[81]。忧端齐终南[85]，颎洞不可掇[83]。

[58] 北辕：车向北行。泾渭：泾水和渭水。

[59] 官渡：官设的渡口。改辙：更改行车的道路。

[60] 群水：谓泾渭诸水。水，一作"冰"。

[61] 极目：一眼望去。崒（zú）兀：原意为山峰高耸险峻，这里描写上游水势之大。

[62] 崆峒（kōng tóng）：山名，在甘肃岷县。泾渭二水皆从陇西而下，故疑来自崆峒。

[63] 天柱折：《淮南子·天文训》："昔者共工与颛顼争为帝，怒而触不周之山，天柱折，地维绝（支撑天的柱子折了，系挂地的绳子断了）。"

[64] 河梁：河上的桥。坼：裂开。

[65] 枝撑：建筑物中起支撑作用的梁柱，此指桥柱。窸窣（xī sū）：象声词，形容轻微细碎之声。

[66] 行旅：旅客。相攀援：互相牵挽。

[67] 川广：谓河流之宽。

[68] 寄异县：谓客居在奉先县。

[69] 庶：希冀。共饥渴：共度时艰。

[70] 号咷（táo）：啼哭呼喊。

[71] 已卒：已经死去。

[72] 宁：岂，难道。舍一哀：忍受、克制这种悲痛。

[73] 里巷：乡邻。

[74] 夭折：短命早死。

[75] 秋禾登：谓秋粮成熟收获。

[76] 贫窭（jù）：贫穷。窭，贫也。此谓贫穷之家。仓卒（cù）：亦作"仓猝"，谓非常事变。

[77] "生常"二句：唐代官宦之家享有不纳租税、不服兵役的特权。

[78] 抚迹：追抚往事。犹酸辛：谓尚且如此辛酸悲苦。

[79] 平人：平民。唐人避唐太宗李世民讳，以"人"代"民"。固骚屑：当然

更加纷扰不安。骚屑，纷扰貌。

　　[80] 失业徒：失去产业、流离失所之人。

　　[81] 远戍卒：戍守边疆的兵士。

　　[82] 忧端：愁绪。齐终南：和终南山一样高。终南山在长安南。

　　[83] 浻（hòng）洞：形容水势汹涌，浩大无边貌。不可掇：不可收拾。

# 秋兴（八首）[1]

## 一

　　玉露凋伤枫树林[2]，巫山巫峡气萧森[3]。江间波浪兼天涌[4]，塞上风云接地阴[5]。丛菊两开他日泪[6]，孤舟一系故园心[7]。寒衣处处催刀尺[8]，白帝城高急暮砧[9]。

　　[1]《秋兴》八首是大历元年（766）秋杜甫在夔州时所作的一组七言律诗。唐代夔州辖境相当今四川奉节、巫溪、巫山、云阳等地。秋兴：因秋以发兴。

　　[2] 玉露：白露。凋伤：谓使草木零落枯萎。

　　[3] 巫山：山名，在四川、湖北两省边境，北与大巴山相连，形如"巫"字，故名。长江穿流其中，形成三峡。巫峡：长江三峡之一，西起四川省巫山县大溪，东至湖北省巴东县官渡口，因巫山得名。气萧森：气象萧瑟阴森。

　　[4] 兼天：连天。此句谓江中波浪涌起自下而上似与天相连。

　　[5] 塞上：谓西部边塞。此句谓天上阴云弥漫自上而下一直连接到大地。

　　[6] 丛菊两开：杜甫到夔州已经两秋，故第二次看到菊开。他日泪：谓去年此时亦曾感秋而落泪。他日，以往，昔日。

　　[7] 一系：谓始终、完全系心于此。系，拴捆。故园心：思念家乡之心。此句谓自己只能把回到故园的希望寄托在一只小小的孤舟上。

　　[8] 寒衣：御寒的衣服。催刀尺：谓催促剪裁制作。刀，剪刀。

　　[9] 白帝城：古城名，故址在今四川省奉节县东瞿塘峡口。暮砧（zhēn）：谓黄昏捣衣声。砧，捣衣石。（参见《春江花月夜》"捣衣砧上拂还来"句注。）

## 二

　　夔府孤城落日斜[1]，每依北斗望京华[2]。听猿实下三声泪[3]，奉使虚随八月槎[4]。画省香炉违伏枕[5]，山楼粉堞隐悲笳[6]。请看石上藤萝月，已映洲前芦荻花<sup>[7]</sup>。

[1] 夔府：唐置夔州，州治在奉节，为府署所在，故称。

[2] 北斗：长安在夔州之北，故瞻依北斗而望之。京华：京城之美称。

[3] 三声泪：郦道元《水经注·江水注》："每至晴初霜旦，林寒涧肃，常有高猿长啸，属引凄异，空谷传响，哀转久绝。故渔者歌曰：'巴东三峡巫峡长，猿鸣三声泪沾裳。'"

[4] 奉使：奉命出使。八月槎：典出张华《博物志》："近世有人居海渚者，年年八月有浮槎去来不失期，人赍粮乘槎而去，十余日至天河。"又《荆楚岁时记》载，汉武帝令张骞穷河源，乘槎经月，至天河。杜甫在川为剑南节度使严武之幕僚，本以为严武还朝时自己亦可随之返长安，但严武死在成都，杜甫的计划落空，故云"虚随"。

[5] 画省香炉：此以汉代之尚书省指代杜甫为左拾遗之唐代门下省。《汉官仪》："尚书省中，皆以胡粉涂壁，青紫界之，画古贤人烈女。尚书郎更直，给女侍史二人，执香炉烧熏，从入护衣服。"违伏枕：谓因衰病而违离京华之朝廷。伏枕：指伏卧在枕上；后多指因病弱、年老而长久卧床。《诗经·陈风·泽陂》："寤寐无为，辗转伏枕。"

[6] 山楼：指白帝城楼。粉堞：用白垩涂刷的女墙。隐悲笳：谓山楼粉堞在黄昏悲笳声中渐渐隐没于暮色之下。悲笳，悲凉的笳声。笳，古代军中号角，其声悲壮。

[7] "请看"二句：写月影移动，暗含光阴速逝意，呼应首句，可见其伫望时间之久。

三

千家山郭静朝晖<sup>[1]</sup>，日日江楼坐翠微<sup>[2]</sup>。信宿渔人还泛泛<sup>[3]</sup>，清秋燕子故飞飞<sup>[4]</sup>。匡衡抗疏功名薄<sup>[5]</sup>，刘向传经心事违<sup>[6]</sup>。同学少年多不贱<sup>[7]</sup>，五陵衣马自轻肥<sup>[8]</sup>。

[1] 千家山郭：谓住户千家之山城。

[2] 坐翠微：谓对翠微而坐。翠微，青翠的山气。

[3] 信宿：连宿两夜。泛泛：漂浮貌。谓渔舟仍浮行江上。

[4] 飞飞：飞行貌。谓燕子仍在眼前飞来飞去。

[5] 匡衡抗疏：匡衡于汉元帝、汉成帝两朝为官，多次上疏进谏时政得失。事见《汉书·匡衡传》。功名薄：意谓自己功名不遂，比不上匡衡。

[6] 刘向传经：刘向于汉宣帝时，讲论五经于石渠阁，汉成帝时，领校中五经

秘书。事见《汉书·刘向传》。心事违：意谓自己心事乖违，亦比不上刘向。

[7] 同学少年：谓小时同学之辈。

[8] 五陵：汉时长安有五陵：长陵、安陵、阳陵、茂陵、平陵。汉徙豪杰名家于诸陵，故五陵为豪侠所聚。衣马轻肥：形容生活的豪华。《论语·雍也》："乘肥马，衣轻裘。"

## 四

闻道长安似弈棋[1]，百年世事不胜悲[2]。王侯第宅皆新主[3]，文武衣冠异昔时[4]。直北关山金鼓震[5]，征西车马羽书驰[6]。鱼龙寂寞秋江冷[7]，故国平居有所思[8]。

[1] 闻道：听说。似弈棋：指长安先陷于安禄山，又陷于吐蕃，像下棋一样迭相胜负。

[2] 百年：指自唐朝开国至此时约百年。又，人生一世亦谓百年。

[3] 皆新主：谓每经过一次动乱之后，豪门贵宅又换一批新主人。

[4] 衣冠：搢绅、士大夫。异昔时：谓新进的达官贵人亦非往日旧族。

[5] 直北：正北。此谓夔州之北。金鼓：军中交战所击以号令进退者。此代指战争。广德元年（763）吐蕃入寇陷长安；广德二年（764）仆固怀恩引回纥、吐蕃进逼奉天，京师戒严。是时朝廷北忧回纥，西患吐蕃，此句及下句乃兼而言之，不过一句重在彼，一句重在此而已。

[6] 羽书：犹"羽檄"，古代军事文书，插鸟羽以示紧急。驰，一作"迟"。广德元年（763）吐蕃入长安，征天下兵莫至，"羽书迟"也可能是指此事。

[7] 鱼龙寂寞：陆佃《埤雅》："郦道元水经曰：'鱼龙以秋日为夜。'"

[8] 故国：旧都，古都，指长安。平居：平昔所居。

## 五

蓬莱宫阙对南山[1]，承露金茎霄汉间[2]。西望瑶池降王母[3]，东来紫气满函关[4]。云移雉尾开宫扇[5]，日绕龙鳞识圣颜[6]。一卧沧江惊岁晚[7]，几回青琐点朝班[8]。

[1] 蓬莱宫阙：《唐会要》卷三十："龙朔二年，修旧大明宫，改名蓬莱宫，北据高原，南望终南山如指掌。"南山：指终南山。

　　[2] 承露：汉武帝好神仙，曾在建章宫立铜仙人舒掌捧铜盘承接甘露。金茎：指铜柱。

　　[3] 瑶池：古代传说中昆仑山上的池名。降王母：《汉武帝内传》载，七月七日西王母曾降临汉宫，与汉武帝饮宴。王母，古代传说中的女神。

　　[4] 紫气：紫色云气，古代以为祥瑞之气。《史记·老子韩非列传》"莫知其所终"司马贞索隐引刘向《列仙传》："老子西游，关令尹喜望见有紫气浮关，而老子果乘青牛而过也。"函关：函谷关，尹喜为函谷关令。

　　[5] 雉尾：雉尾扇，古代帝王仪仗用具之一。开宫扇：《唐会要》卷二十四："开元中，萧嵩奏：每月朔望，皇帝受朝于宣政殿，宸仪肃穆，升降俯仰，众人不合得而见之，请备羽扇于殿两厢，上将出，扇合，坐定，乃去扇。"

　　[6] 龙鳞：指皇帝的衮服，龙袍。圣颜：天子之颜，指唐玄宗。

　　[7] 沧江：江流，江水。岁晚：切秋日。

　　[8] 青琐：青琐门，汉代宫门名。点：传点。朝班：古代群臣朝见帝王时按官品分班排列的位次。后泛称朝廷百官之列。


# 六

　　瞿唐峡口曲江头[1]，万里风烟接素秋[2]。花萼夹城通御气[3]，芙蓉小院入边愁[4]。珠帘绣柱围黄鹄[5]，锦缆牙樯起白鸥[6]。回首可怜歌舞地[7]，秦中自古帝王州[8]。

　　[1] 瞿唐峡：即瞿塘峡，长江三峡之一。曲江：即曲江池，在今陕西西安市东南，秦为宜春苑，汉为乐游原，有河水水流曲折，故称曲江。唐开元中为都人中和、上巳等盛节游赏盛地。

　　[2] 风烟：景象，风光。亦可指战乱、战火。素秋：秋季。古代五行之说，秋属金，其色白，故称素秋。

　　[3] 花萼：花萼楼，在长安南内兴庆宫。夹城：唐玄宗筑夹城自宫内通曲江芙蓉苑。通御气：指天子游幸往来。

　　[4] 芙蓉小苑：即芙蓉苑。边愁：因边乱、边患引起的愁苦之情。此当指安史之乱。

　　[5] 珠帘：珍珠缀成的帘子。绣柱：谓彩绘雕饰华美之柱。黄鹄：鸟名，朱骏声《说文通训定声·孚部》："形似鹤，色苍黄，亦有白者，其翔极高，一名天鹅。"《西京杂记》："昭帝始元元年，黄鹄下建章太液池中，帝作歌。"

　　[6] 锦缆：锦制的精美缆绳。牙樯：象牙装饰的樯杆。一说樯杆顶端尖锐如牙，故名。后为樯杆的美称。白鸥：水鸟名。

　　[7] 可怜：可爱，可惜。歌舞地：指曲江。

　　[8] 秦中：指今陕西中部平原地区，因春秋战国时地属秦国而得名，也称关中。帝王州：帝王居住的地方，指京都。

## 七

　　昆明池水汉时功[1]，武帝旌旗在眼中。织女机丝虚夜月[2]，石鲸鳞甲动秋风[3]。波漂菰米沉云黑[4]，露冷莲房坠粉红[5]。关塞极天唯鸟道[6]，江湖满地一渔翁[7]。

　　[1] 昆明池：汉武帝元狩三年（前120）于长安西南郊凿昆明池，以习水战。池周围四十里，广三百三十二顷，宋以后湮没。

　　[2] 织女机丝：曹毗《志怪》：“昆明池作二石人，东西相望，象牛郎织女。”机丝，织机上的丝。

　　[3] 石鲸鳞甲：《西京杂记》：“昆明池刻玉石为鲸鱼，每至雷雨，常鸣吼，鬐尾皆动。”

　　[4] 菰（gū）米：菰即茭白，至秋结实，名菰米，一称雕胡米，可以做饭。沉云黑：言菰之多如黑云映于水中。

　　[5] 莲房：莲蓬。莲蓬中各小孔分隔如房，故名。粉红：指莲花瓣。

　　[6] 关塞：泛指秦蜀间之高城险塞。鸟道：只有鸟才能飞过去的道路。

　　[7] 江湖满地：指杜甫所在之夔州三峡及欲往之潇湘洞庭等地。渔翁：杜甫自谓。

## 八

　　昆吾御宿自逶迤[1]，紫阁峰阴入渼陂[2]。香稻啄余鹦鹉粒，碧梧栖老凤凰枝[3]。佳人拾翠春相问[4]，仙侣同舟晚更移[5]。彩笔昔曾干气象[6]，白头吟望苦低垂[7]。

　　[1] 昆吾：地名，在长安南，靠终南山，汉代属上林苑的范围。御宿：地名，亦在长安南。《汉书·扬雄传》：“武帝广开上林，南至宜春、鼎湖、御宿、昆吾。”逶迤：曲折绵延貌。

　　[2] 紫阁峰：终南山之峰名。渼陂（měi bēi）：古代湖名，在今陕西省户县西，汇终南山诸谷水，西北流入涝水。一说因水味美得名，一说因所产鱼味美得名。

[3] 香稻：渼陂盛产香稻。此与下句皆用倒装法，重点强调的是"香稻"与"碧梧"，意在描述盛世经济富足，物产丰富；时代祥瑞，政治清明。而无意表现"鹦鹉"与"凤凰"。

[4] 拾翠：拾取翠鸟羽毛以为首饰，后多指妇女游春。语出曹植《洛神赋》："或采明珠，或拾翠羽。"相问：互相赠送。

[5] 仙侣：指人品高尚、心神契合的朋友。语出《后汉书·郭太传》："林宗惟与李膺同舟而济，众宾望之，以为神仙焉。"晚更移：谓舟屡移而忘归。

[6] 彩笔：作者文才高超之自喻。《南史·江淹传》："又尝宿于冶亭，梦一丈夫自称郭璞，谓淹曰：'吾有笔在卿处多年，可以见还。'淹乃探怀中得五色笔一以授之。尔后为诗绝无美句，时人谓之才尽。"干：关涉，干预。气象：景色，景象。气势磅礴之意。范仲淹《岳阳楼记》："朝晖夕阴，气象万千。"

[7] 苦低垂：意在写今日穷老衰病颓然委顿之状。

# 春望

国破山河在，城春草木深[1]。感时花溅泪，恨别鸟惊心[2]。烽火连三月，家书抵万金[3]。白头搔更短，浑欲不胜簪[4]。

[1] "国破"二句：言山河依旧人事全非，国家残破。春到京城，而宫苑和民宅却荒芜不堪，杂草丛生。

[2] "感时"二句有两解：一说诗人因感伤时事，牵挂亲人见花开而落泪，闻鸟鸣也心惊。另一说是以花鸟拟人，因感时伤乱，花也流泪，鸟也惊心。二说皆可通。

[3] "烽火"二句：是说战争从去年（755）冬直到如今（756）春深三月，战火仍连续不断。多么盼望家中亲人的消息，这时的一封家书价值"万金"。抵万金：喻家信之难得。

[4] 浑欲：简直要。不胜簪：头发少得连发簪也插不住了。

## 登高[1]

风急天高猿啸哀[2]，渚清沙白鸟飞回[3]。无边落木萧萧下[4]，不尽长江滚滚来。万里悲秋常作客[5]，百年多病独登台[6]。艰难苦恨繁霜鬓[7]，潦倒新停浊酒杯[8]。

[1] 这首诗是唐代宗大历二年（767）作者在夔州重阳节登高时所作。诗中形象

刻画了夔州秋天苍凉壮阔的景色，抒发了自己长年飘泊、老病孤愁的慨叹。

　　[2] 猿啸哀：巫峡多猿，其声凄厉。

　　[3] 渚（zhǔ）：水中小洲。回：回旋。

　　[4] 落木：落叶。萧萧：风吹动树叶的声音。

　　[5] 万里：远离故乡。悲秋：秋天万物萧瑟，令人生悲。常作客：长年羁旅异乡。

　　[6] 百年：犹一生。

　　[7] "艰难"句：意谓时世艰难，自己又华年已逝，鬓发日白。苦恨：极恨。繁霜鬓：白发多。

　　[8] "潦倒"句：意谓潦倒之时本可借酒浇愁，无奈又因肺病而停饮，使愁苦无法排遣。潦倒：失意，衰颓。

# 登岳阳楼[1]

　　昔闻洞庭水，今上岳阳楼。吴楚东南坼[2]，乾坤日夜浮[3]。亲朋无一字[4]，老病有孤舟[5]。戎马关山北[6]，凭轩涕泗流[7]。

　　[1] 此诗为大历三年（768）冬杜甫由夔州出峡，漂泊江湘，登岳阳楼所作。诗作在形象描绘洞庭湖水势浩瀚景象之同时，抒发家国多难、自身潦倒羁旅之痛。岳阳楼：即岳阳城西门楼，下临洞庭湖。

　　[2] "吴楚"句：意谓洞庭一湖将吴楚两地分割开来。吴楚，指春秋战国时吴、楚两国之地，包括长江中下游湖北、湖南、安徽、江西、江苏、浙江等省。大致说来，洞庭湖在楚地（今两湖一带）的东北，吴地（今江浙一带）的西南。坼（chè）：分开，裂缝。

　　[3] "乾坤"句：意谓整个宇宙都好像浮在湖面上。《水经注·湘水注》说："洞庭湖水，广圆五百余里，日月若出没于其中。"乾坤：指天地，包括日月。

　　[4] 字：指书信。

　　[5] 老病：杜甫这　年五十七岁，患多种疾病。有孤舟：杜甫一家出蜀后未曾定居，一直过着船居生活。

　　[6] 戎马：兵马，比喻战争。北方战事未息，这年秋冬，吐蕃仍侵掠陇右、关中一带，长安戒严，唐王朝调兵抗击。关山北：指岳阳以北中原及边塞地区。

　　[7] 凭轩：倚靠楼窗。涕泗：眼泪鼻涕。

## ■解读鉴赏

　　孟子曾经说，孔子是一位集大成的圣人。什么叫"集大成"？他举了个例子说，好比一个音乐大合奏，其中有各种各样的乐器，以钟的"金声"为开始，以磬的"玉振"为结束。它与个别乐器的独奏不同，它需要智慧和技巧，也需要气魄和力量。那是一种兼长并美的品质和才能，不是随便哪一个人都能具备的。在我国诗史上，也有这样一位集大成的诗人，那就是被历代读书人尊为"诗圣"、将其诗目为"诗史"的杜甫。

我国诗歌发展到唐代已经到了足以集大成的时代。唐代名家辈出，风格多彩。王维的高妙、李白的俊逸、韩愈的奇崛、李商隐的窈眇，固然皆属诗苑名花，就连孟郊之寒、贾岛之瘦、卢仝之怪诞、李贺之诡奇，也要算诗苑异草。然而如果站在客观的立场来评断，想要从这种种缤纷歧异的风格中推选出一位能够称为集大成的代表作者，除杜甫之外，无人足以当之。

杜甫之所以能够集大成，首先是由于他具有集大成的胸襟和容量，他博观兼采古今诗人与诗作的长处，对各种诗体融会运用，开创变化，千汇万状，无所不工。他的诗有的工整秀丽，有的老健疏朗，有的声律精美，有的沉郁顿挫。无论妍媸钜细他都能收罗笔下，一切人情物态他都能表现得淋漓尽致。杜甫在古体诗和近体诗上各有独到成就，其中尤其值得注意的是他在前人声律技巧的基础上对七言律诗体式的开拓和发展。在这一点上，他与李白存在着态度的差异。李白说，"自从建安来，绮丽不足珍"（《古风》）；而杜甫说，"不薄今人爱古人"，"转益多师是汝师"（《戏为六绝句》）——这实在就是李白的七言律诗始终比不上杜甫的主要原因！杜甫之所以能够集大成的第二个原因，是由于他具有一份博大均衡而且健全的才性。杜甫生活在唐王朝由盛而衰急剧转变的时代，他所看到的和亲身经历的都是战乱流离和忧伤痛苦。然而他既不像李白那样白云在天，飘逸绝尘；也不像王维那样逃隐于禅，消极淡漠；甚至他也不像屈原那样完全被痛苦所击倒而怀沙自沉。杜甫能够正视、担荷并且反映时代的苦难，就像大地上一座坚实难移的大山，任凭时代血与泪的冲洗侵袭，却能默默地把它们化为沃土，给后世留下满山生命的碧绿。杜甫之所以能够集古今诗之大成还有第三个更主要的原因，那就是他在修养与人格上也凝成了集大成的境界——实现了一种诗人感情与儒家道德的自然而完美的融合。我国传统文化强调教化的作用，轻视那些纯美或纯情的作品，然而很多教化的内容又往往虚浮空泛，与诗人的感情存在着一定的距离。像中唐白居易的讽谕诗，内容当然很好，但那仅仅是一种出于理性的是非善恶之辨，终究难以成为第一流的好诗。唯有杜甫，他的诗中所经常表现的那种忠爱仁厚之情乃是出于一种天性至情的流露，因此总是带着震撼人心的感发力量。这在诗人之中是极为难得的。全面介绍杜甫集大成的成就在这样有限篇幅中绝难做到，我们这一章只能结合部分作品对杜甫的主要思想和艺术特色做一概括介绍。先看体现他博大深厚、仁慈忠爱情怀的《自京赴奉先县咏怀五百字》。

杜甫本是襄阳人，后徙河南巩县，但他的远祖杜预是京兆杜陵人，所以杜甫在诗中经常自称"杜陵野老"。唐玄宗开元年间（713—741）他曾到长安参加科考，没有考中。天宝六载（747）他又到长安参加一次特科的考试，由于奸相李林甫嫉贤妒能，谎称"野无遗贤"而又没考中。一般人考不上也就算了，因为他们以为在朝廷为官无非就是追求个人的功名利禄而已，但杜甫是把在朝为官视为实现自己的理想志意的途径。而杜甫的理想志意就是"许身一何愚，窃比稷与契"，是"致君尧舜上，再使风俗淳"（《奉赠韦左丞丈二十二韵》）。尧舜时代是中国儒家认为最理想的盛世，稷和契都是辅佐舜的贤臣。稷教民耕种，天下有一个人没有吃饱他都认为是自己的责任；契负责民事，天下有一家一户不安乐，他也认为是自己的责任。杜甫以一"布衣"的身份而怀抱这样的理想，自然是很不现实的。可是他说，"盖棺事则已，此志常觊豁"——我只要还有一口气就不会放弃这个理想！后来到天宝十载（751），杜甫终于找到了一个机会向玄宗献《三大礼赋》，得到玄宗的赏识，召试文章并送隶有司参列选序。这一等又是四年，直到天宝十四载（755）才得到一个右卫率府胄曹参军的官职。在这一年的十一月，他从长安去奉先县探望妻子家人，写下了这首有名的《自京赴奉先县咏怀五百字》。这首诗以议论为主，杂以叙事，所用基本上是"赋"的表现方法，全诗语气口吻中带有强烈的直接感发。

从对《诗经》的鉴赏中我们知道，"赋"的表现效果未必不及"比"、"兴"强烈，《郑风·将仲子》通过一个女孩子对她所爱的男子翻来覆去的叮咛，生动地表现了这个女孩子心中那份缠绵的感情。同样，杜甫这首长诗第一大段又为我们提供了这样的例证，"杜陵有布衣，老大意转拙。许身一何愚，窃比稷与契"，这是诗人在叙述自己的理想，但叙述理想为什么要用那样的口气？为什么要说"一何愚"？为什么要说"意转拙"？那是因为，他深知他的理想是如何的不合时宜，深知它会给自己带来终身的悲剧。然而什么叫"许身"？女子把自己的一生交付给一个男子叫作"许身"。在封建社会，那是一种永远也不能改变的契约。而诗人也就这样把自己的一生交付给"窃比稷与契"的理想了。他说，即使这个理想不能实现，我也要为它做终生的努力！这里边，其实已经有了一番意思上的转折盘旋。但这还不够，接下来他又有另外的一层转折——"非无江海志，潇洒送日月。生逢尧舜君，不忍便永诀"。他说，我并不是没有考虑过归隐江湖去过那潇洒自在的日子，可是我既然遇到了一个英明的君主，就实在不忍心离他而去。从历史上看，唐玄宗在早年的确是一个英明干练的君主，否则就不会有比美贞观的开元盛世，而且玄宗曾经赏识过杜甫，感情深厚的杜甫对这些事情一直到晚年还记忆犹新。所以我以为，杜甫虽然对玄宗晚年的骄奢以及因此招来的祸乱深为痛心，但他在这里所说的"生逢尧舜君，不忍便永诀"两句确实是由衷之言，并不是信口说说而已。可是尽管如此，以朝廷之大，难道就缺少你这样一个小人物吗？"当今廊庙具，构厦岂云缺"，这又是一层转折。但接下来诗人又诚恳地陈述他不得不如此的理由——"葵藿倾太阳，物性固莫夺"！他说尽管朝廷有我不多，无我不少，但尽忠朝廷乃是我的本性，就像葵花永远朝着太阳一样，那是无可奈何的事情。诗写至此，本来已经把内心那种盘旋反复的感情表达得很清楚了，可是诗人还觉得意犹未尽，下面又接上几层转折。他说，你看那些蝼蚁一类的昆虫，只要在自己的洞穴里储足食物也就够了，我为什么总是羡慕那巨大的鲸，渴望压倒那海上的波涛？既然有这样的渴望我就应该去干谒权贵，尽快为自己在朝廷上找到一个位置，可是我为什么又耻于做那种事情，以至蹉跎至今？既然如此，学巢父、许由那样隐居避世不是也很好吗？可是我又不能放弃"窃比稷与契"的理想。怎样解决这些无法调和的矛盾呢？没有办法的，只有先喝几杯酒，暂时把它忘掉吧！在战火方兴的乱世却抱着"窃比稷与契"的幻想，位卑言轻，却固执地以天下为己任——这实在是杜甫一生悲剧的根源，但也正是杜诗博大深厚之感发力量的来源！杜甫这首诗的第一大段反反复复地向读者陈述他的这种矛盾和无可奈何的苦衷，每隔几句就是一层转折，有的地方几乎是两句一转或者一句一转。每一层转折实际上都是更深入地披露自己的内心，那种真诚与执著使人们读这首诗的时候很难不动感情。

杜甫从长安去奉先县，途中经过骊山。骊山离长安六十里，上面有华清宫温泉。这个时候，唐玄宗与杨贵妃正在华清宫避寒，把国家大事完全抛在了脑后。可是你要知道，安禄山在范阳叛乱正是天宝十四载（755）的十一月！这时候他已经起兵，只不过由于路途遥远，消息还没有传到长安而已。值得注意的是，杜甫以诗人的锐敏，分明已经有了预感。而且在这首诗中，他把这种预感通过一些象喻表现出来了。比如"蚩尤塞寒空，蹴踏崖谷滑"两句就是如此。"蚩尤"在这里指的是雾，因为传说黄帝的时候蚩尤作乱，曾经造了满天的大雾来围困黄帝的军队。杜甫说，骊山凌晨大雾塞空，人走在山路上一步一滑，十分危险。这从表面上看不过是行路所历与所见，但他所用的语汇和形象却暗示了刀兵将起的一种不安定之感。再比如，"御榻在嵽嵲"的"御榻"指皇帝的座位，而"嵽嵲"则是山高的样子。唐代华清宫确实是在骊山顶上，这有晚唐杜牧的"长安回望绣成堆，山顶千门次第开"（《过华清宫》）为证，因此杜甫在这里完全是写实。但"嵽嵲"押的是入声韵，而且字形很繁难，是两个不常见的字，这两个字从声音到形状都给人一种不安定的感觉。其他像"岁暮百草零，疾风高冈裂"，"天衢阴峥嵘"，"乐动殷胶葛"等也都是如此。这是杜甫在艺术上一个很重要的特点。在我国诗史上，善于使用象喻的诗人还有陶渊明和李商隐，但这三个人的风格大有区别：李商隐经常写一些"珠有泪"、"玉生烟"等现实中根本就没有的东西，因此可以说他的象喻乃是"缘情造物"；陶渊明所常写的松、鸟等物虽然现实中有，可他所写的自是他心中的松、鸟，而不是现实中的松、鸟，因此可以说他的象喻是"以心托物"；只有杜甫，他所写的都是眼前实有之物，但同时又是一种超越现实的意象，因此可以说他是"以情注物"。杜甫的这一特点，在晚年所作七律如《秋兴》等诗中表现得更为突出。

《自京赴奉先县咏怀五百字》第二大段中还有一个要注意的地方就是杜甫对朝廷君臣腐败现象的批评不避丑拙。唐玄宗好大喜功，宠信宦官，而且晚年很昏庸，所用的李林甫、杨国忠等都是欺君误国的奸相。前文讲到天宝六载（747）玄宗下诏举行特科考试以选拔人才，宰相李林甫却命令考官一个也不许录取，然后向玄宗祝贺，说是"野无遗贤"；天宝十三载霖雨伤稼，宰相杨国忠隐瞒灾情，找了些好粮食给玄宗看，说霖雨虽多却没有伤害庄稼。对此杜甫说，你们这些当权的大臣享受着皇上的丰厚赏赐，却把国家搞到今天这种危机四伏的地步，难道你们心里就不恐惧吗——"多士盈朝廷，仁者宜战栗"。而且"况闻内金盘，尽在卫霍室。中堂舞神仙，烟雾蒙玉质"——这是把矛头直接指向了杨贵妃姐妹兄弟。皇亲国戚的穷奢极侈和老百姓的饥寒交迫已经形成了鲜明的对比，"朱门酒肉臭，路有冻死骨"，一个国家到了这种地步怎能继续粉饰太平！这就是杜诗在艺术上的另一个独特之处：不避丑拙的表现。杜甫有一首《义鹘行》讲述一只"义鹘"除暴安良杀死白蛇的故事，当写到鹘从高空把凶恶的蛇击落在地时，他说那条蛇"折尾能一掉，饱肠皆已穿"——写得真是鲜血淋漓，令人恐惧。而在另一首《述怀》诗中他说，"麻鞋见天子，衣袖露两肘"——试想，见天子在杜甫是何等隆重的事情，但他如实写出了自己从长安逃到凤翔时的狼狈形象，丝毫不加粉饰。"朱门酒肉臭，路有冻死骨"也是一样，这是杜甫的千古名句，写得多么直率，对丑恶的现实一点儿也不加隐晦。我以为，杜甫写诗之所以能不避丑拙，那是因为他心中感情的质量是博大深厚而且真挚的。杜甫也有写得很美的诗，但那些诗别的诗人也能模仿，不能够算是他的独特之处，而他的不避丑拙绝不是感情浅薄的人所能够模仿得了的。

杜甫这首诗在章法上也十分严谨。他本来是写凌晨路过骊山途中所见，由此而引发出从"彤庭所分帛，本自寒女出"开始的一番大议论。但"路有冻死骨"一句，又了无痕迹地回到了路上。这种收纵自如的笔力，一般人是不容易做到的。那么，既然又回到了路上所见，他的第三大段就接着走他的路了：在泾渭二水交汇的地方，他看到汹

涌的河水奔腾而下，那气势像是把天柱都要冲折了，幸亏河上的桥还
没有断，但已经发出了摇动的声音，行人互相拉扯着过桥，心中越着
急越觉得河太宽，桥太长，总也走不到头。这几句写景同样充满了风
雨欲来的暗示，尤其是他用了"天柱"这个词，《列子·汤问篇》说：
"共工氏与颛顼争为帝，怒而触不周之山，折天柱，绝地维。"在这里，
这个典故暗示了诗人心中对时局的忧虑。杜甫这个人，他不但对国家
有深厚的感情，对自己的妻子儿女也有深厚的感情，"庶往共饥渴"一
句写得真是情深意切。他说，我的妻子儿女都寄居在奉先县，我没有
力量使他们生活得更好一些，只能做到去和他们共同分担这缺衣少食
的生活，以减轻一点儿心中对他们的歉疚。但是我一进门就听到哭声，
原来我的小儿子已经因饥饿而死！然而在这样的悲痛中，杜甫所想到
的是什么？他说"生常免租税，名不隶征伐。抚迹犹酸辛，平人固骚
屑"——我一个做官的人，既免租税又可以不当兵，尚且遭此不幸，
那些平民老百姓又怎能活得下去！本来，凡是好诗一定都有一份真挚
的感情在里面，但一般人最真挚的感情往往都是一己的悲欢离合和喜
怒哀乐。像李商隐的"身无彩凤双飞翼，心有灵犀一点通"（《无题》），
像晏几道的"记得小苹初见，两重心字罗衣"（《临江仙》），写得当然
也很好，但只是个人的爱情，当不得"博大"二字。而杜甫首先考虑
的往往不是个人：当长安沦陷之后，杜甫把家眷安置在鄜州羌村，自
己只身去灵武投奔肃宗，半路被叛军俘虏到长安，他又冒着生命危险
逃出长安到凤翔，终于见到了肃宗。当时鄜州曾被叛军占领，他心里
是多么惦念妻子儿女的安危，多么想回家去看看，可是他说什么？他
说，"涕泪受拾遗，流离主恩厚。柴门虽得去，未忍即开口"（《述
怀》）！即使在他晚年从四川漂流到湖南，身体衰老多病、生活困顿流
离的时候，他所关心的是什么？是"戎马关山北，凭轩涕泗流"（《登
岳阳楼》）——国家西北边疆战事又起，当我登上岳阳楼望着那浩瀚无
垠、动荡不宁的洞庭湖时，就止不住地为乱世苍生流下泪来！所以，
杜甫真的是一个坚持自己的理想志意一直到死都没有改变的人。而且，
他所关怀的范围那么博大，以至"忧端齐终南，澒洞不可掇"——所
有这些烦恼忧愁堆积得像高山一样，浩荡无边，没有办法理出一个头

绪！读杜甫的诗集我们可以看到，作为一个诗人，杜甫对国家、人民、妻儿、好友，直到自然界的一鱼一鸟、一花一木，都始终保持着一种发自内心的关怀与热情。尽管他晚年"牙齿半落左耳聋"（《复阴》），"此生已愧须人扶"（《暮秋枉裴道州手札遣兴呈苏涣侍御》），但在他的诗歌中，却永远活跃着一颗不死的心。北宋政治家王安石题他的画像说："所以见公画，再拜涕泗流。推公之心古亦少，愿起公死从之游。"南宋爱国诗人陆游读他的诗说："后世但作诗人看，使我抚几空嗟咨。"而著名的民族英雄文天祥则在监狱里集杜诗成二百首绝句，并且说，凡是自己想说的话，杜甫已经全都说过了。由此，我们也可以看出杜诗中那种千古常新的感发力量对我国的民族精神和爱国传统所起的作用有多么大。

此外，杜甫在艺术表现上的集大成特色，本章选了《秋兴》八首一组七言律诗为例加以解析。杜甫晚年到夔州以后所写的格律诗有两种不同风格，一种是横放杰出完全打破了格律的作品，一种是谨守格律但在章法结构、句法意象上有拓展和变化的作品。前者可以《白帝城最高楼》为代表，后者则以《秋兴》八首为代表。这两种作品的风格虽然看起来迥然相异，实际上都是杜甫晚年对格律之运用已经达到完全从心所欲之地步的表现。《秋兴》一组诗集中体现了诗人感情章法上的"博大精深"、风格基调上的"沉郁顿挫"等集大成特色。杜甫晚年漂泊西南，在成都住过几年，离开成都后准备乘舟东下回到中原，途中在夔州住了一年多，这一组诗就是在夔州度过第二个秋天时有感而作。杜甫从夔州秋日的景物兴起感发，引起了对长安的思念，这八首诗在章法上首尾相连，是一个整体，记载了诗人越来越强烈的感情发展线索，所以它们每首诗的前后次序是不可以颠倒的。

下面我们就结合对杜甫《秋兴》八首的简介，来体会一下杜甫感情章法上的"博大精深"、风格基调上的"沉郁顿挫"的集大成特色，并以其中一两首诗为例，谈谈杜诗在意象选择、句法安排上的匠心与成就。

感情章法的"博大精深"在杜甫《秋兴》八首组诗中体现得最为充分，如果说"博大"是就诗人忠厚仁爱之情的宽度、广度、浓度而言，那么"精深"自然是言其诗作的艺术质量了。组诗八首的主题是表达诗人身在夔府、心系长安的忧思之情，而对于朝廷、国家、人民的牵挂与怀念在这组诗里并非"赋"法直接叙述出来的，而是通过夔府秋景触发了诗人"老去才难尽，秋来兴甚长"之连绵无端的兴发联想后用一连串的形象来表现的。尤为绝妙的是诗人将这一兴发感慨的发生过程用形象表达得有章有致，井然生姿，宛若画卷所形成的一部激荡人心的交响乐，一幅幅图像犹如一个个声部和一个个乐章，有他忠君爱民忧国思家之深情在诗中回荡。为了具体说明这一"兴发感动"之思绪的转变过程，我们不妨列表示意如下：

| 内容<br>序号 | 身在夔府 | | 心系长安 | | 时空联系方式 |
|---|---|---|---|---|---|
| | 句数 | 具体诗句或意象 | 句数 | 具体诗句或意象 | |
| 第一首 | 7 | 玉露、巫山、江间、塞上、丛菊、寒衣、白帝 | 1 | 孤舟一系故园心 | 时间 { 玉露 暮砧 |
| 第二首 | 6 | 夔府、听猿、奉使、山楼、请看、已映 | 2 | 每依北斗望京华，画省香炉违伏枕 | 时间 { 落日 藤萝月 |
| 第三首 | 5 | 千家、日日、信宿、清秋、匡衡、刘向 | 3 | 匡衡、刘向、同学、五陵 | 时间 { 朝晖 日日 |
| 第四首 | 3 | 直北、征西、鱼龙、故国平居有所思 | 5 | 闻道、百年、王侯、文武 | 时（历史）空（地理）转换之间过渡 |
| 第五首 | 2 | 一卧苍江惊岁晚 几回青琐点朝班 | 6 | 蓬莱、承露、西望、东来、云移、日绕 | 空间：蓬莱宫 |
| 第六首 | 1 | 万里风烟接素秋 | 7 | 瞿塘、万里、花萼、芙苕、珠帘、锦缆、回首、秦中 | 空间：曲江头 |
| 第七首 | 2 | 关塞极天唯鸟道 江湖满地一渔翁 | 6 | 昆明、武帝、织女、石鲸、波漂、露冷 | 空间：昆明池 |
| 第八首 | 1 | 白头吟望苦低垂 | 7 | 昆吾、紫阁、香稻、碧梧、佳人、仙侣、彩笔 | 空间 { 昆吾亭 御宿川 紫阁峰 |

　　从上表可以看出诗人由物及心，由夔府秋景的萧森悲凉到对长安君王、家国、政局的忧患哀伤这一感发生命的形成、生长及变化过程。前三首由"晨露"到"日暮"，由"落月"到"朝晖"，是一昼夜时间的轮回；整八首诗，从首句的"枫林"、"秋菊"之"秋"到第八首"佳人拾翠"之"春"，是一年的轮回；前三诗所感是随着时间的推移而生，后五诗之情是随空间转换而成，这种从朝到暮、从昼到夜、从时间到空间、从自然景物和内心情怀的频频转换所要传达的，正是诗人时时刻刻、朝朝暮暮、岁岁年年都不能忘怀的"京华"、"故国"之情，而这种难以释怀的忧患哀伤之情又随着时间、地域的转换而终于形成一个深厚博大、浑然一体的艺术境界。这种艺术境界与效果的生成，除了诗人博大深厚的感情基础外，不能不归之于诗人对章法结构的精心、巧妙的驾驭。

　　另就诗中所体现的"沉郁顿挫"的风格而言，我们知道决定文学作品风格的往往有三个因素：一是作者的人品与人格；二是作品中使用的意象；三是体现作家个性的语言。杜甫也是这诸多因素的集大成者，为人"忠爱仁厚"、"忧患民生"的本性决定了他无论"观风雨"还是"览江山"，都会将自然界的山水风雨与祖国的"江山社稷"和民族的"神州风云"结合起来，用他带着博大深厚、忠爱忧患之情的意象去营造超越现实中自然环境气氛的时代气象与政治气候。宋玉《九辩》说，"悲哉秋之为气也，萧瑟兮，草木摇落而变衰"；陆机《文赋》说，"悲落叶于劲秋"，秋天草木的凋谢是最容易引起诗人感发的。"玉露凋伤枫树林"这一句，在凄凉之中还有一种艳丽的感觉。因为"玉露"有白色的暗示，白属冷色；"枫树林"是暖色。它不像李白的"玉阶生白露"完全是寒冷的色调，倒有点儿像冯延巳的"和泪试严妆"，在悲哀中藏有热烈。这两种颜色的强烈对比，就更增强了"凋伤"这个词给人的感觉。"巫山巫峡气萧森"是从夔州东望之所见，点出了他现在是身在夔州。"巫山"——上到长江两岸的高山；"巫峡"——下到深谷之间长江的流水。这虽然只是两个地名，但其中有一种包罗一切的"张力"：从高处到低处，从天到地，从山到水，眼前所有的一切都已经被萧森的秋意笼罩无余了。这就像拍电影，先给你一个整体的广角镜头，定下了一个整体大气候的基调，然后再具体来表现它是怎样的萧条和肃杀。他说那是，"江间波浪兼天涌，塞上风云接地阴"。凡顺江而东游历过三峡者都有感受，三峡江水湍急，奔腾而下，那真是"朝辞白帝彩云间，千里江陵一日还"。在三峡的船上，向前看是滔滔的江水无尽头，向后看也是滔滔的江水无尽头，满江汹涌的波浪好像一直打到天边，船过巫山巫峡时，两岸山上都是阴云笼罩，景色看不清楚。而且这里经常都是如此，很难遇到晴天。可以想见，杜甫当年看到的一定也是这样的景象：江面上波涛连天，天空中阴云接地。这虽然都是客观的写实，但那波涛风云遮天盖地、夔门三峡秋气逼人的阴晦苍凉的景观，就与杜甫所处的时代背景有了一种"象喻"的联系。在杜甫离开长安之后的这些年里，安史之乱虽被平定，但藩镇的势力有增无减，大小战乱接连不断。长安城曾被吐蕃攻陷，皇帝曾又一次逃亡。就连蜀中也有过不止一次的叛乱。天地间到处都是一片动荡的、不安定的景象。而且杜甫本身也在大唐王朝的动荡混乱之中饱受颠沛流离之苦，他自己的命运也是和时代的灾难结合在一起的。王嗣奭《杜臆》评论这几句说："首章发兴四句，便影时事。"杜诗开阔博大与众不同，别人的诗能写出自己的悲哀就很好了，而杜甫的诗带有时代的感慨和悲哀。但是王嗣奭"便影时事"的说法似不妥，因为"影"是影射，影射就像猜谜，是一种有心的安排。可杜甫之所以了不起，是因为他那种对时世的关怀并不是有心安排的，他的胸怀感情本来就博大深厚，当他看到这"巫山巫峡气萧森"的秋景时，开口就带出了时代和身世的双重悲哀。有的人学杜诗，也写些家国的感慨，却总难免虚浮造作，而杜甫的感慨是自然的。这正是他诗中意象超越现实的表现。所以今天当我们读到《秋兴》第一首"玉露凋伤枫树林，巫山巫峡气萧森。江间波浪兼天涌，塞上风云接地阴"等夔州秋江之自然景象时，总会与当时朝野不稳、内忧外患、国势衰微、社会动荡的时代气象联系起来。再如第七首中"织女机丝虚夜月，石鲸鳞甲动秋风"两句，虽然织女和鲸的石像确为长安昆明池所实有，但杜甫这两句并不只是写对这些景物的怀念，他所要带给读者的乃是借织女、石鲸而表现出一种"机丝虚夜月"与"鳞甲动秋风"的空幻动荡的意象。这种意象极易触发读者的联想：既然是织女，难道不应该织出布来？但那织机上根本就没有线，所以这个织女徒然只有一个形象，其他一切都是落空无成的。只想到这里，在写实之中已经有了象征的含义。还不止如此，《诗经·小雅》中有一首《大东》写当日东方诸侯国家之贫困说："小东大东，杼柚其空。""杼柚"就是织布机。织布机上都是空的，说明人民已经无衣无食。这令我们联想到唐代各种战乱所造成的民不聊生的社会状况。至于昆明池里的石鲸，《西京杂记》说每当有雷雨时它就"常鸣吼"，而且"鬐尾皆动"。这当然是传说，可那是一种狂风暴雨之中动荡不安的景象，而且《左传》中曾把叛乱的人叫作鲸鲵，所以这里显然也有一种象征的作用。杜甫能够完全不为现实所拘限，而以意象渲染出一种象外之境界，这在中国旧诗的传统中，实在是一种极其可贵的开拓。

《秋兴》这八首诗还有一点可注意，即句法的突破传统。这体现在第八首的"香稻啄余鹦鹉粒，碧梧栖老凤凰枝"二句中。也许有人以为杜甫是为格律所限才把文法颠倒，其实不然。如果他说"鹦鹉啄余香稻粒，凤凰栖老碧梧枝"也同样符合格律。那么为什么杜甫一定要把话颠倒来说呢？因为杜甫所要写的既不是鹦鹉也不是凤凰，而是香稻和碧梧——其实他也不是要写香稻和碧梧，他真正要写的是开元年间（713—741）那美好的时代。那时香稻之多不但人吃不了，剩下的给鹦鹉，鹦鹉也吃不了；碧梧之美丽，使凤凰都愿意在上面栖息一辈子啊！这才正是渼陂那个地方当年的风物之美。这种把握重点的精练对偶和超乎写实的感情境界，既保持了七律的形式之美，又发挥了它的长处与特色，是杜甫对七律一体所做出的重要贡献。

总之，杜甫的《秋兴》八首既有严谨的章法结构又有强烈的感情驱动，他的意象描写既反映了现实又超脱出现实。就好像蜂之酿蜜，那蜜虽然采自百花，却已不属于百花中的任何一种。这在中国诗的意境中，尤其是在七言律诗的意境中，是一种极为可贵的开拓。

■**阅读思考**

1. 人们惯用"博大精深、沉郁顿挫"来概括杜甫诗的风格特色，你能具体解释这八个字的含义，并用具体作品加以说明吗？

2. 为什么说杜甫《秋兴》八首中的意象描写既反映了现实又超越了现实？

# 第十五章

## 15

# 花须柳眼各无赖
# 紫蝶黄蜂俱有情

——谈中唐韩愈、白居易及其他特色
诗人

# 韩　愈

韩愈（768—824），字退之，河南河阳（今河南孟县）人。祖籍昌黎（今辽宁凌源县），韩愈在文中多次自称"昌黎韩愈"，人们也称他"韩昌黎"。贞元八年（792）进士，历任监察御史、阳山令、潮州刺史、兵部侍郎、吏部侍郎等职。曾两次遭贬谪，但很快被召回京。韩愈是唐代古文运动的倡导者，他提倡三代两汉散文，主张"文以载道"，强调文章内容的重要性；在文学形式上主张创新，对后世散文影响深远。他的诗歌，题材广泛，风格险怪，讲究用奇字，造奇句，人们评为"以文为诗"。与孟郊、贾岛等人自成一派，史称"韩孟诗派"。本章选文均选自上海古籍出版社《全唐诗》。

## 山石[1]

山石荦确行径微[2]，黄昏到寺蝙蝠飞。升堂坐阶新雨足[3]，芭蕉叶大栀子肥[4]。僧言古壁佛画好，以火来照所见稀[5]。铺床拂席置羹饭[6]，疏粝亦足饱我饥[7]。夜深静卧百虫绝[8]，清月出岭光入扉[9]。天明独去无道路[10]，出入高下穷烟霏[11]。山红涧碧纷烂漫[12]，时见松枥皆十围[13]。当流赤足蹋涧石[14]，水声激激风吹衣[15]。人生如此自可乐，岂必局束为人靰[16]！嗟哉吾党二三子[17]，安得至老不更归[18]。

[1] 此诗大约作于贞元十七年（801）夏秋之间，诗人游洛阳惠林寺时。山石：取诗篇首句头两字为题，与内容关系不大。

[2] 荦（luò）确：险峻不平的样子。径：小路。微：狭窄。

[3] 升堂坐阶：先上庙中殿堂，再出来坐在台阶上看风景。新雨足：刚下过一场透雨。

[4] 栀（zhī）子：长绿灌木，夏日开花。栀，一作"支"。

[5] 稀：依稀，隐约。也可解为珍稀，罕见。

[6] 羹饭：泛指菜饭。

[7] 疏粝（lì）：粗糙的饭食。粝，糙米。

[8] 百虫绝：各种昆虫都停止了鸣叫。

[9] 扉（fēi）：门。

［10］无道路：清晨烟云迷茫，辨不清道路。

［11］穷：尽。烟霏：流动的烟云。

［12］纷：繁盛。烂漫：光彩夺目。

［13］栎（lì）：通"栎"，一种落叶乔木。十围：形容树的粗大。两手合抱一圈叫作一围。

［14］当流：对着水流。蹋：通"踏"。

［15］激激：流水冲击涧石的声音。

［16］局束：局促，拘束。靮（jí）：套在马嘴上的马缰绳。

［17］嗟哉：表示感慨，感叹。吾党二三子：指与自己志同道合的几位朋友。

［18］不更归："更不归"的倒文。

# 左迁至蓝关示侄孙湘[1]

一封朝奏九重天[2]，夕贬潮州路八千[3]。欲为圣朝除弊事[4]，肯将衰朽惜残年[5]。云横秦岭家何在[6]，雪拥蓝关马不前[7]。知汝远来应有意，好收吾骨瘴江边[8]。

［1］韩愈一生以辟佛为己任，元和十四年（819）上《论佛骨表》，力谏宪宗"迎佛骨入大内"，触犯"人主之怒"，几乎被定为死罪，经裴度等人说情，才由刑部侍郎贬为潮州刺史。潮州在今广东东部，距当时京师长安有八千里之遥，当韩愈离开京都行至蓝田县（蓝关）时，他的侄孙韩湘赶来与之同行。韩愈此时悲歌当哭，慷慨激昂地写下这首名诗。

［2］封：谏书。九重天：古人谓天有九层，故代指天。此喻指天子之宫阙或朝廷。

［3］潮州：地名，在广东省境内。八千：由长安至潮州有八千里路程。

［4］欲：想，打算。弊事：有害之事。

［5］肯：岂肯。惜：舍不得。

［6］秦岭：指终南山，暗喻家国所在之地。此谓不独系念家人，更多的是伤怀国事。

［7］蓝关：今陕西省蓝田县。马不前：此用古乐府"驱马涉阴山，山高马不前"意，抒发大雪寒天，立马蓝关，临路艰危，英雄失志之悲。

［8］"知汝"二句：意谓我知道你远道而来一定是有原因的，你猜到我会在这瘴气浓重的江边活不下去的，所以等着替我收拾尸的吧！瘴江边：指当时潮州岭南一

带气候潮湿，夏天水中散发出一种毒气（瘴气），人碰到就会被熏死。收骨：典出《左传·僖公三十二年》老臣蹇叔哭师之"必死是间，余收尔骨焉"之语。韩愈此处用其意，向侄孙从容交代后事，语意紧扣"肯将衰朽惜残年"句意，进一步流露出诗人凄楚难言的激愤之情。

## 早春呈水部张十八员外[1]（其一）

天街小雨润如酥[2]，草色遥看近却无。最是一年春好处，绝胜烟柳满皇都[3]。

[1] 本题共两首，此为第一首，作于长庆三年（823）。水部员外郎：官职名。张籍时任水部员外郎，其排行十八，故称"张十八"。

[2] 天街：皇城中的街道。酥：酥油，动物乳制品。此极言春雨的温润与光泽。

[3] 绝胜：即远远超过。末两句意谓此时春色最美，等到春晚，烟柳笼罩全城，反觉减色了。

**点评**：此咏早春，能以诗的语言摄取早春之魂，描绘出画笔难摹的色彩与气息：一种淡远的、轻柔曼妙的，似有却无的，自然造化中独特的美感享受。

# 白居易

白居易（772—846），字乐天，晚号香山居士，又号醉吟先生。郡望太原，后迁居下邽（今陕西渭南），生于河南新郑（今属郑州）。贞元十六年（800）进士及第，贞元十八年（802）授秘书省校书郎。元和元年（806）补盩厔（今陕西周至）县尉。不久入为翰林学士，改左拾遗。元和十年（815）因上书言事，被贬江州司马。后历任忠州、杭州、苏州刺史。因晚年官太子少傅，故世称"白傅"、"白太傅"。白居易与元稹相友善，二人皆以诗名，时号"元白"。又与刘禹锡齐名，并称"刘白"。白居易创制了"元和体"，又是新乐府诗歌的主要倡导者，主张"文章合为时而著，歌诗合为事而作"，强调诗歌的现实内容和社会作用。其诗风平易通俗，明白晓畅，广为流传。今存诗近三千首，是唐代存诗数量最多的诗人。有《白氏长庆集》。

## 上阳白发人（愍怨旷也）[1]

上阳人，上阳人，红颜暗老白发新。绿衣监使守宫门[2]，一闭上阳多少春。玄宗末岁初选入，入时十六今六十。同时采择百余人，零落年深残此身。忆昔吞悲别亲族，扶入车中不教哭。皆云入内便承恩[3]，脸似芙蓉胸似玉。未容君王得见面，已被杨妃遥侧目[4]。妒令潜配上阳宫，一生遂向空房宿。宿空房，秋夜长，夜长无寐天不明。耿耿残灯背壁影，萧萧暗雨打窗声[5]。春日迟，日迟独坐天难暮。宫莺百啭愁厌闻[6]，梁燕双栖老休妒。莺归燕去长悄然，春往秋来不记年。唯向深宫望明月，东西四五百回圆。今日宫中年最老，大家遥赐尚书号[7]。小头鞋履窄衣裳[8]，青黛点眉眉细长。外人不见见应笑，天宝末年时世妆。上阳人，苦最多。少亦苦，老亦苦，少苦老苦两如何！君不见昔时吕向《美人赋》[9]，又不见今日上阳白发歌！

[1] 上阳：即上阳宫，唐代离宫之一，地处洛阳皇城西南禁苑（隋朝的西苑）之东，唐高宗李治在东都洛阳时修建，上元年间，唐高宗在此处理朝政。705 年，武则天被儿子唐中宗逼迫退位之后就居住在上阳宫，直到年底驾崩。唐玄宗曾在上阳宫举行过宴会。自开元二十四年（736）十月以后，即不再到东都，上阳宫自然冷落下来。本诗小序又云："天宝五载以后，杨贵妃专宠，后宫人无复进幸矣。六宫有美色者，辄置别所，上阳是其一也。贞元中尚存焉。"安史之乱时，上阳宫被严重破坏。此后上阳宫逐渐荒废，唐德宗时废弃。白发人：指诗中所描绘的那位老年宫女。古时称成年无夫之女为怨女，成年无妻之男为旷夫。这里"怨旷"并举，实际上写的是被幽禁在宫廷中的可怜女子。愍（mǐn）：同"悯"，怜悯。

[2] 绿衣监使：监管宫门的太监。《旧唐书·车服志》："六品服深绿，七品服浅绿。"京都苑四面监为从六品，故称其为"绿衣监使"。

[3] 承恩：蒙受恩泽。

[4] 杨妃：杨贵妃。遥侧目：远远地用斜眼看，表嫉妒。

[5] 耿耿：微微的光明。萧萧：风声。

[6] 啭（zhuàn）：鸣叫。

[7] 尚书：官职名。

[8] 鞋履（xié lǚ）：皆指鞋。鞋，通"鞋"。

[9] 《美人赋》：作者自注为"天宝末，有密采艳色者，当时号花鸟使，吕向献《美人赋》以讽之。"

**点评**：此为政治讽谕诗，是白居易《新乐府》五十首中的第七首。《新乐府》题下注云："元和四年为左拾遗时作。"序曰："凡九千二百五十二言，断为五十篇。篇无定句，句无定字，系于意，不系于文。首句标其目，卒章显其志，《诗》三百之义也。其辞质而径，欲见之者易谕也。其言直而切，欲闻之者深诫也。其事核而实，使采之者传信也。其体顺而肆，可以播于乐章歌曲也。总而言之，为君、为臣、为民、为物、为事而作，不为文而作也。"

# 卖炭翁（苦宫市也）[1]

卖炭翁，伐薪烧炭南山中[2]。满面尘灰烟火色，两鬓苍苍十指黑[3]。卖炭得钱何所营[4]？身上衣裳口中食。可怜身上衣正单，心忧炭贱愿天寒。夜来城外一尺雪，晓驾炭车辗冰辙[5]。牛困人饥日已高，市南门外泥中歇[6]。翩翩两骑来是谁？黄衣使者白衫儿[7]。手把文书口称敕，回车叱牛牵向北[8]。一车炭，千余斤[9]，宫使驱将惜不得[10]。半匹红绡一丈绫，系向牛头充炭直[11]。

[1] 此为组诗《新乐府》中的第三十二首。宫市：原本是宫内设市肆（商店），方便宫需物品交易的方式。后宫中派宦官以宫市名义到民间市场强买，实际上是公开掠夺。唐德宗时用太监专管其事。

[2] 伐：砍伐。薪：柴。南山：即终南山，秦岭山脉的主峰之一，在今陕西西安南五十里处。

[3] 苍苍：花白。

[4] 何所营：做什么用。营，经营。

[5] 辗（niǎn）：通"碾"，轧。辙：车轮滚过地面碾出的痕迹。

[6] 困：困倦，疲乏。市：集市。

[7] 翩翩：轻快洒脱的情状。这里形容得意忘形的样子。骑（jì）：骑马的人。黄衣使者：指皇宫内的太监。白衫儿：指太监手下的爪牙。

[8] 把：拿。敕（chì）：皇帝的命令或诏书。回：调转。叱（chì）：吆喝。

[9] 千余斤：非实指，形容多。

[10] 驱将：赶着走。惜不得：舍不得。得，能够。

[11] 半匹红绡一丈绫：唐代商务交易，绢帛等丝织品可以代货币使用。当时钱贵绢贱，半匹纱和一丈绫，比一车炭的价值相差很远。这是官方用贱价强夺民财。系：挂。直：通"值"，价格。

# 长恨歌[1]

汉皇重色思倾国[2]，御宇多年求不得[3]。杨家有女初长成[4]，养在深闺人未识[5]。天生丽质难自弃，一朝选在君王侧。回眸一笑百媚生[6]，六宫粉黛无颜色[7]。春寒赐浴华清池[8]，温泉水滑洗凝脂[9]。侍儿扶起娇无力[10]，始是新承恩泽时[11]。云鬓花颜金步摇[12]，芙蓉帐暖度春宵[13]。春宵苦短日高起，从此君王不早朝[14]。承欢侍宴无闲暇[15]，春从春游夜专夜[16]。后宫佳丽三千人，三千宠爱在一身。金屋妆成娇侍夜[17]，玉楼宴罢醉和春[18]。姊妹弟兄皆列土[19]，可怜光彩生门户[20]。遂令天下父母心，不重生男重生女[21]。骊宫高处入青云[22]，仙乐风飘处处闻。缓歌慢舞凝丝竹[23]，尽日君王看不足[24]。

[1] 这首诗作于元和元年腊月（807年1月），当时白居易任盩厔县尉，与友人陈鸿、王质夫同游当地名胜游仙寺。根据当地民间传说白居易写下了长篇叙事诗《长恨歌》，陈鸿写成了传奇小说《长恨歌传》。

[2] 汉皇：本指汉武帝刘彻，这里借指唐玄宗。色：美色。倾国：喻指美女。《汉书·外戚传》载李延年在武帝面前唱的歌："北方有佳人，绝世而独立。一顾倾人城，再顾倾人国。"

[3] 御宇：统治天下。求：寻求。

[4] 杨家有女：指杨玉环。先为寿王李瑁（玄宗子）的妃子，开元二十八年（740）玄宗使她为道士，住太真观，因号太真。天宝四载（745）七月，召还俗，立为贵妃。

[5] "养在"句：有意为唐玄宗的行为隐讳。

[6] 回眸：旋转眼睛。眸，眼中瞳仁。百媚：种种迷人的姿态。

[7] 六宫：古代后妃住地。粉黛：以化妆品指代妇女。颜色：姿色。

[8] 华清池：温泉浴池名，开元十一年（723）建于骊山。

[9] 凝脂：形容洁白柔嫩的肤肌。《诗经·硕人》："手如柔荑，肤如凝脂。"

[10] 侍儿：指宫女。

[11] 承恩泽：指得到唐玄宗的宠爱。

[12] 步摇：一种插在发髻上的首饰，所缀珠玉走动时摇动生姿。

[13] 春宵：喻新婚之夜。

[14] 不早朝：不上早朝听政。

[15] 承欢：得到皇帝的欢心。侍宴：陪皇帝饮酒作乐。

[16] 夜专夜：每夜都得专宠。

[17] 金屋：指宫中杨贵妃的住处。《汉武故事》："帝为胶东王，数岁，长公主裸抱置膝上，问曰：'儿欲得妇否？'曰：'欲得。'……指其女阿娇：'好否？'笑对曰：'好，若得阿娇作妇，当作金屋贮之。'"

[18] 玉楼：华美的楼阁。醉和春：带着醉意入寝。

[19] 列土：本谓封建最高统治者分封土地，此指得到封官进爵。杨贵妃有三个姐妹分别封为韩国、虢国、秦国夫人，三个堂兄弟居高官，其中杨钊赐名国忠，天宝十一载（752）为右丞相。

[20] 可怜：可爱，可羡。

[21]《长恨歌传》载当时民谣："生女勿悲酸，生男勿喜欢。""男不封侯女作妃，看女却为门上楣。"

[22] 骊宫：指骊山上的华清宫。

[23] 缓歌：舒缓悠扬的歌声。慢舞：轻盈的舞姿。凝丝竹：形容舞蹈与管弦乐配合得紧密和谐。

[24] 不足：不厌。

渔阳鼙鼓动地来[25]，惊破霓裳羽衣曲[26]。九重城阙烟尘生[27]，千乘万骑西南行[28]。翠华摇摇行复止[29]，西出都门百余里[30]。六军不发无奈何[31]，宛转蛾眉马前死[32]。花钿委地无人收[33]，翠翘金雀玉搔头[34]。君王掩面救不得，回看血泪相和流。黄埃散漫风萧索[35]，云栈萦纡登剑阁[36]。峨嵋山下少人行[37]，旌旗无光日色薄[38]。蜀江水碧蜀山青，圣主朝朝暮暮情[39]。行宫见月伤心色[40]，夜雨闻铃肠断声[41]。天旋日转回龙驭[42]，到此踌躇不能去[43]。马嵬坡下泥土中，不见玉颜空死处[44]。君臣相顾尽沾衣[45]，东望都门信马归[46]。归来池苑皆依旧，太液芙蓉未央柳[47]。芙蓉如面柳如眉，对此如何不泪垂。春风桃李花开日，秋雨梧桐叶落时。西宫南内多秋草[48]，落叶满阶红不扫。梨园弟子白发新[49]，椒房阿监青娥老[50]。夕殿萤飞思悄然[51]，孤灯挑尽未成眠[52]。迟迟钟鼓初长夜[53]，耿耿星河欲曙天[54]。鸳鸯瓦冷霜华重[55]，翡翠衾寒谁与共[56]。悠悠生死别经年[57]，魂魄不曾来入梦[58]。

[25] 渔阳：郡名，范阳节度使所辖，治所蓟州（今天津蓟县）。鼙鼓：古代军中所用的一种小鼓，也指代军队或者战争。此下四句写安史之乱的爆发。

[26] 霓裳羽衣曲：舞曲名。相传来自西域，曾经唐玄宗改编，是当时著名舞曲。

[27] 九重城阙：指京城长安。京城为皇宫所在，皇宫有九重，故云。

[28] 西南行：天宝十五载（756）六月，安禄山破潼关。唐玄宗与杨玉环自长安出延秋门，向西南逃奔蜀中。

[29] 翠华：用翠鸟羽毛装饰的旗帜，为皇帝仪仗所用。摇摇：形容旌旗仪仗飘扬。此下八句写马嵬兵变、诛杨贵妃事。

[30] "西出"句：是说到了马嵬驿，故址在今陕西兴平县西北。

[31] 六军：古代天子六军，这里指护卫皇帝的羽林军。

[32] 宛转：缠绵悱恻的样子。蛾眉：美女的代称，指杨玉环。马前死：玄宗逃至马嵬驿时，龙武大将军陈玄礼代表将士意见，请诛杀杨玉环。玄宗无奈，命高力士将她缢死。

[33] 花钿：镶嵌金银珠宝的首饰。

[34] 翠翘、金雀：都是钗名。玉搔头：玉簪。

[35] 散漫：形容尘土飞扬，弥漫。萧索：肃杀凄凉。

[36] 云栈：高入云霄的栈道。剑阁：即剑门关，在今四川剑阁县境。

[37] 峨嵋山：在四川峨嵋县境，这里泛指蜀山。

[38] 日色薄：形容光景惨淡。

[39] 朝朝暮暮情：用宋玉《高唐赋》巫山神女典故，喻唐玄宗与杨玉环生前的情好。

[40] 行宫：皇帝出行时的住处。

[41] 铃：指风铃的响声。《明皇杂录》："明皇既幸蜀，西南行，初入斜谷，属霖雨涉旬，于栈道雨中闻铃音，隔山相应。上既悼念贵妃，采其声为《雨霖铃曲》以寄恨焉。"

[42] 天旋日转：比喻政局转变。回龙驭：指玄宗的车驾返回长安。唐肃宗至德二载（757）九月郭子仪收复长安，十二月唐玄宗返京。

[43] 此：指杨贵妃缢死处。踌躇：驻足不前。

[44] 不见：找不到。《新唐书·后妃传》载唐玄宗由蜀返长安经过马嵬坡时曾派人为杨贵妃改葬，开棺只剩香囊一枚。玉颜：指杨玉环。

[45] 相顾：相视，相看。

[46] 都门：指长安城门。信马：听任马儿自由行走，指心神不定。

[47] 太液：汉朝建章宫北的池名。未央：汉代宫名。这里借太液、未央代指唐代的宫廷、池苑。

[48] 西宫：指太极宫。南内：兴庆宫。兴庆宫在东内之故称南内。唐玄宗还京

后，初居兴庆宫，因邻近大街，时常和外界接触，肃宗恐他有复辟之心，将他迁入太极宫的甘露殿，加以变相的软禁。

[49] 梨园弟子：唐玄宗设宜春、梨园二教坊，教练供奉宫廷的歌舞艺人，称艺人为梨园弟子。

[50] 椒房：后妃所住的宫殿，用花椒和泥涂壁，取其香暖兼有多子之意。阿监：宫中女官。青娥：青春美好的容颜。

[51] 夕殿萤飞：化用谢朓《玉阶怨》"夕殿下珠帘，流萤飞复息"诗意。思悄然：愁闷不语的样子。

[52] 孤灯挑尽：是说夜已深了，灯芯屡挑殆尽。古代宫中燃烛，不点油灯，以此衬托玄宗晚年生活的凄苦。

[53] 钟鼓：报更的钟鼓声。

[54] 耿耿：微明的样子。星河：银河。

[55] 鸳鸯瓦：两片嵌合在一起的瓦。霜华：即霜花。

[56] 翡翠衾：一说是织着翡翠鸟花纹的被；一说饰有翡翠鸟羽毛的被。

[57] 经年：过去了一年。

[58] 魂魄：指杨贵妃的亡魂。

临邛道士鸿都客[59]，能以精诚致魂魄[60]。为感君王辗转思[61]，遂教方士殷勤觅[62]。排空驭气奔如电[63]，升天入地求之遍。上穷碧落下黄泉[64]，两处茫茫皆不见。忽闻海上有仙山，山在虚无缥缈间。楼阁玲珑五云起[65]，其中绰约多仙子[66]。中有一人字太真[67]，雪肤花貌参差是[68]。金阙西厢叩玉扃[69]，转教小玉报双成[70]。闻道汉家天子使，九华帐里梦魂惊[71]。揽衣推枕起徘徊，珠箔银屏迤逦开[72]。云鬓半偏新睡觉，花冠不整下堂来。风吹仙袂飘飘举[73]，犹似霓裳羽衣舞。玉容寂寞泪阑干[74]，梨花一枝春带雨。含情凝睇谢君王[75]，一别音容两渺茫。昭阳殿里恩爱绝[76]，蓬莱宫中日月长[77]。回头下望人寰处，不见长安见尘雾。唯将旧物表深情[78]，钿合金钗寄将去[79]。钗留一股合一扇[80]，钗擘黄金合分钿[81]。但教心似金钿坚[82]，天上人间会相见。临别殷勤重寄词[83]，词中有誓两心知。七月七日长生殿[84]，夜半无人私语时。在天愿作比翼鸟[85]，在地愿为连理枝[86]。天长地久有时尽[87]，此恨绵绵无绝期[88]。

[59] 临邛：县名，唐属剑南道，今四川邛崃县。鸿都：原为东汉都城洛阳的宫

门名，这里借指长安。

[60] 致：招来。

[61] 展转思：反复不止的思念。

[62] 教：使得。方士：古称炼丹求仙的人，这里指临邛道士。殷勤觅：尽力去寻找。

[63] 排空驭气：腾空驾云。

[64] 穷：穷尽，指寻遍。碧落：道家称天界为碧落，一般用作天上的代称。黄泉：指地下。

[65] 五云：五色彩云。

[66] 绰约：轻盈美好的样子。

[67] 太真：杨贵妃开元二十八年（740）被度为女道士，道号太真。

[68] 参差：仿佛、差不多。

[69] 金阙：道教相传的"仙境"，这里指神仙住的宫殿。玉扃（jiōng）：玉做的门环。

[70] 小玉：传说为吴王夫差的女儿。双成：传说是西王母的侍女。

[71] 九华帐：彩饰繁丽的帐子。

[72] 珠箔：珠帘。银屏：镶嵌银丝花纹的屏风。迤逦：接连地。

[73] 袂（mèi）：衣袖。

[74] 阑干：形容泪水纵横的样子。

[75] 凝睇：凝视。

[76] 昭阳殿：汉成帝皇后赵飞燕所居之宫殿名。这里借指杨贵妃生前所居处。

[77] 蓬莱宫：神话传说中仙山上的宫殿。

[78] 旧物：指生前与玄宗定情之物。

[79] 钿（diàn）合：即钿盒，用黄金珠宝嵌成花纹的盒子，有一底一盖。

[80] 合一扇：指钿盒的盖或底。扇，量词。

[81] 钗擘：黄金做头钗分开成两半。擘，分开。合分钿：即嵌金属花片的盒子各得一半。

[82] 但教：但愿让。

[83] 寄词：捎话给对方。

[84] 长生殿：天宝元年（742）造长生殿于华清宫。又，唐代后妃的寝宫，可通称长生殿。

[85] 比翼鸟：《尔雅·释地》："南方有比翼鸟焉，不比不飞，其名谓之鹣（jiān）鹣。"这里指雌雄相并而飞的鸟。

[86] 连理枝：两棵树不同根，而枝干结合在一起的枝叫连理枝。

[87] 有时尽：有完结之时。

[88] 此恨：指玄宗与杨贵妃生离死别的千古憾恨。恨，遗憾。

# 琵琶行并序[1]

元和十年，予左迁九江郡司马[2]。明年秋，送客溢浦口[3]，闻船中夜弹琵琶者，听其音，铮铮然有京都声[4]；问其人，本长安倡女，尝学琵琶于穆、曹二善才[5]。年长色衰，委身为贾人妇[6]。遂命酒，使快弹数曲，曲罢悯然[7]。自叙少小时欢乐事，今漂沦憔悴，转徙于江湖间。予出官二年，恬然自安，感斯人言，是夕，始觉有迁谪意，因为长句歌以赠之，凡六百一十六言，命曰琵琶行。

浔阳江头夜送客[8]，枫叶荻花秋瑟瑟[9]。主人下马客在船，举酒欲饮无管弦[10]。醉不成欢惨将别，别时茫茫江浸月。忽闻水上琵琶声，主人忘归客不发。寻声暗问弹者谁，琵琶声停欲语迟。移船相近邀相见，添酒回灯重开宴[11]。千呼万唤始出来，犹抱琵琶半遮面。转轴拨弦三两声[12]，未成曲调先有情。弦弦掩抑声声思[13]，似诉平生不得志。低眉信手续续弹，说尽心中无限事。轻拢慢捻抹复挑[14]，初为霓裳后六幺[15]。大弦嘈嘈如急雨[16]，小弦切切如私语[17]。嘈嘈切切错杂弹[18]，大珠小珠落玉盘。间关莺语花底滑[19]，幽咽泉流水下滩[20]。水泉冷涩弦凝绝，凝绝不通声暂歇。别有幽愁暗恨生，此时无声胜有声。银瓶乍破水浆迸[21]，铁骑突出刀枪鸣[22]。曲终收拨当心画[23]，四弦一声如裂帛[24]。东船西舫悄无言[25]，唯见江心秋月白。

[1] 此诗作于元和十一年（816）江州司马任上。这是作者继《长恨歌》之后所写的又一长篇叙事诗，与前者不同的是，通篇采用纪实的手法，通过描写一位琵琶女的身世和她卓绝的演奏才艺，寄寓了作者本人仕途沦落的慨叹。作品结构缜密，风格朴素庄重，语言平畅自然。

[2] 左迁：即降职。九江郡：隋郡名，天宝元年（742）改为浔阳郡，乾元元年（758）复改江州，州治在今江西九江。司马：官名，州刺史的副职。在唐代已成为闲职。

[3] 湓（pén）浦口：即湓口，在九江西湓水入江处。

[4] 京都声：京城流行的声调。

[5] 善才：对优秀琵琶师的称呼。

[6] 委身：托身。贾（gǔ）人：商人。

[7] 悯然：含愁的样子。

[8] 浔阳江：流经九江境内的长江。

[9] 瑟瑟：风吹草木声。

[10] 管弦：指音乐。

[11] 回灯：重新张灯。

[12] 转轴拨弦：将琵琶上缠绕丝弦的轴，拧动以调音定调。三两声：指试弹几声。

[13] 掩抑：指幽咽的情调。思：情思。

[14] 拢：叩弦。捻（niǎn）：揉弦。抹：顺手下拨。挑：反手回拨。四种都是弹琵琶的指法，前两者用左手，后两者用右手。

[15] 霓裳：指《霓裳羽衣曲》。六幺：即《录要》，当时京城流行的曲调。

[16] 大弦：指最粗的弦。

[17] 小弦：指细弦。

[18] 嘈嘈：形容声音沉重而舒长。切切：形容声音细促而轻幽。

[19] 间关：鸟声。滑：轻快流利。

[20] 幽咽：低沉阻塞。水下滩：一作"冰下难"。

[21] "银瓶"句：意思是音乐在静寂之后突然发出激越清脆的声音。迸：溅射。

[22] "铁骑"句：形容音乐的声音转为雄壮铿锵。

[23] 拨：套在手指上拨弦的拨子，一般用象牙、牛角等材料制作。当心画：即用拨子在琵琶的中部划过四弦，是结束全曲时常用的右手手法。画，同"划"。

[24] 四弦一声：由于最后一划非常之快，四根弦同时发声。帛：丝织品。

[25] 舫：船。

沉吟放拨插弦中[26]，整顿衣裳起敛容[27]。自言本是京城女[28]，家在虾蟆陵下住[29]。十三学得琵琶成，名属教坊第一部[30]。曲罢曾教善才伏[31]，妆成每被秋娘妒[32]。五陵年少争缠头[33]，一曲红绡不知数[34]。钿头银篦击节碎[35]，血色罗裙翻酒污[36]。今年欢笑复明年[37]，秋月春风等闲度[38]。弟走从军阿姨死[39]，暮去朝来颜色故[40]。门前冷落车马稀，老大嫁作商人妇[41]。商人重利轻别离，前月浮梁买茶去[42]。去来江口守空船[43]，绕船月明江水寒。夜深忽梦少年事，梦啼妆泪红阑干[44]。我闻琵琶已叹息，又闻此语重唧唧[45]。同是天涯沦落人，相逢何必曾相识[46]。我从去年辞帝京[47]，谪居卧病浔阳城。浔阳地僻无音乐，终岁不闻丝竹声。住近湓江地低湿，黄芦苦竹绕宅生[48]。其间旦暮闻何物？杜鹃啼血猿哀鸣[49]。春江花朝秋月夜，往往取酒还独倾。岂无山歌与村笛，呕哑嘲哳难为听[50]。今夜闻君琵琶语，如听仙乐耳暂明。莫辞更坐弹一曲[51]，为君翻作琵琶行[52]。感我此言良久立[53]，却坐促弦弦转急[54]。凄凄不似向前声[55]，满座重闻皆掩泣[56]。座中泣下谁最多，江州司马青衫湿[57]。

[26] 沉吟：有话说而又沉静思忖。

[27] 敛容：收敛起面部的表情。

[28] 京城：指长安。

[29] 虾蟆陵：在长安城东南曲江附近，是当时歌伎舞姬聚居之地。虾蟆为"下马"的讹音。

[30] 教坊：唐代官办管理音乐杂技、教练歌舞的机关。这里虽说"名属教坊第一部"，实际上仅是临时召入宫中演奏的外界歌舞伎。

[31] 教：使得，让。伏：称道。

[32] 秋娘：原是一位著名妓女的名字，后多泛指才貌双全的歌舞伎。

[33] 五陵年少：有钱有势人家的子弟。五陵在长安城外，汉代五个皇帝的陵墓，后来皇帝迁贵族于此，便成为阔人们居住的地方。缠头：以锦帛之类的财物送给歌舞的妓女叫作缠头。

[34] 绡（xiāo）：指精细轻柔的丝织品。

[35] 钿（diàn）头银篦：镶嵌着花钿的篦子。击节：打拍子。

[36] 血色：红色。翻酒污：弄洒了酒而沾污。

[37] 明年：第二年。

[38] 秋月春风：指一年中的良辰美景。等闲度：随随便便度过。

[39] 弟：指歌舞妓院中的同仁。阿姨：指妓院中的老鸨。

[40] 颜色故：容颜衰老。

[41] 老大：年纪大了。

[42] 浮梁：唐属饶州，今江西浮梁县。是唐代茶叶的一大集散地。

[43] 去来：偏义副词，犹言来到。

[44] 红：指胭脂色。阑干：纵横的样子。

[45] 重：重又。唧唧：叹息声。

[46] "同是"二句：是说彼此过去虽不相识，但人生的遭际有共同之处，因而偶然相逢也可倾吐心事。

[47] 帝京：长安。

[48] 苦竹：竹的一种，其笋味苦。

[49] 杜鹃：鸟名。相传为蜀王杜宇（号望帝）的魂魄所化，蜀地最多，暮春即鸣。其声凄切，似乎在说"不如归去"！因此在古诗文中。常以杜鹃悲啼衬托离人的相思。

[50] 呕哑嘲哳（ōu yā zhāo zhā）：形容声音杂乱繁碎。

[51] 更坐：重新坐下。

[52] 翻：指按曲调写成歌词。

[53] 良久：许久。

[54] 却坐：退回原处，重又坐下。促弦：紧弦，即把声调调高。

[55] 向前：从前。

[56] 掩泣：掩面而泣。

[57] 江州司马：当时诗人所任之职。青衫：按唐制，青是文官品级最低的服色。这时白居易虽为州司马，官阶却是将仕郎，从九品，所以著青衫。

# 买花[1]

　　帝城春欲暮[2]，喧喧车马度。共道牡丹时，相随买花去。贵贱无常价，酬直看花数[3]。灼灼百花红[4]，戋戋五束素[5]。上张幄幕庇[6]，旁织笆篱护。水洒复泥封，移来色如故。家家习为俗，人人迷不悟。有一田舍翁，偶来买花处。低头独长叹，此叹无人谕[7]。一丛深色花，十户中人赋[8]。

[1] 此诗是《秦中吟》十首中的第十首，大致作于元和五年（810）前后。

[2] 帝城：指京城长安。

[3] 直：通"值"，物价。数：计算的意思。

[4] 灼灼：形容花的颜色非常鲜艳。《诗经·周南·桃夭》："桃之夭夭，灼灼其华。"

[5] 戋戋（jiān）：少，细微。《易经·贲卦》："束帛戋戋。"

[6] 幄幕：帷幕。庇：庇护。

[7] 谕：知道，理解。

[8] 中人赋：中等人家所缴纳的赋税。

# 赋得古原草送别[1]

离离原上草[2]，一岁一枯荣[3]。野火烧不尽，春风吹又生。远芳侵古道[4]，晴翠接荒城[5]。又送王孙去，萋萋满别情[6]。

[1] 赋得：古代凡按题目作诗，常在题前加这两个词。古原：荒原。

[2] 离离：分披繁盛的样子。

[3] "一岁"句：意思是一年一度的枯萎和返青。

[4] 远芳：伸向远方的芳草。侵：蔓延。

[5] 晴翠：草木在阳光的照耀下映射出的一片碧绿。

[6] "王孙"二句：化用《楚辞·招隐士》："王孙游兮不归，春草生兮萋萋。"王孙：这里泛指游子。萋萋：草盛的样子。

**点评**：这首诗相传是白居易十六岁时所作。他写的虽然只是原上野草，但开头四句气象开阔博大，表现出在周而复始的盛衰循环之中那一种不可摧毁的生命力。这是一首感发力量很强的好诗。据说白居易初到长安，当时名士顾况曾戏笑他说"长安米贵，居大不易"。但当顾看到他这首诗，便立即改口说"有才如此，居亦不难"。

# 钱塘湖春行[1]

孤山寺北贾亭西[2]，水面初平云脚低[3]。几处早莺争暖树，谁家新燕啄春泥。乱花渐欲迷人眼，浅草才能没马蹄[4]。最爱湖东行不足，绿杨阴里白沙堤[5]。

[1] 这首诗作于长庆三年（823）诗人任杭州刺史时，是诗人描写苏、杭之作的名篇，笔触舒展流畅，风格清新明快。钱塘湖：即西湖。

[2] 孤山寺：孤山在西湖中后湖与外湖之间，山上有孤山寺，陈文帝天嘉（560—566）初年建。贾亭：一名贾公亭。贾全为杭州刺史时建造。

[3] 云脚：指出现在雨前或雨后的邻近地面的云气。

[4] 才：刚刚、正好。

[5] 白沙堤：即白堤，又称沙堤或断桥堤，在杭州西城外，沿堤向西南行直通孤山。

# 李 贺

　　李贺（790—816），字长吉，福昌昌谷（今河南宜阳县）人，唐皇室远支。因避家讳，不得参加进士科考试。仅做过奉礼郎，终身抑郁不得志，死时年仅二十七岁。他早岁工诗，受知于韩愈、皇甫湜。其诗尤长乐府，善于熔铸词采，驰骋想象，运用神话传说，创造出瑰奇诡谲、璀璨多彩的鲜明形象，艺术上有显著的特色。但由于他生活孤独，性情冷僻，对现实缺乏深切的感受，因而诗中带有阴暗低沉的色调。他作诗态度严肃，以苦吟著称。有《李长吉歌诗》。

## 李凭箜篌引[1]

　　吴丝蜀桐张高秋[2]，空山凝云颓不流[3]。湘娥啼竹素女愁[4]，李凭中国弹箜篌[5]。昆山玉碎凤凰叫[6]，芙蓉泣露香兰笑[7]。十二门前融冷光[8]，二十三弦动紫皇[9]。女娲炼石补天处[10]，石破天惊逗秋雨[11]。梦入神山教神妪[12]，老鱼跳波瘦蛟舞[13]。吴质不眠倚桂树，露脚斜飞湿寒兔[14]。

　　[1] 李凭：中唐时供奉宫廷的梨园弟子，以擅长弹箜篌而名噪一时。箜篌（kōng hóu）引：乐府旧题。箜篌，古琴的名称，有横弹与竖弹两种，李凭所弹的是二十三弦的竖箜篌。

　　[2] 吴丝蜀桐：泛言箜篌的精美。吴丝，吴地（今江浙一带）所产的丝做成的弦。蜀桐，蜀地（今四川一带）所产的桐木做成的琴身。张：绞紧琴弦，弹琴时的准备动作，这里指弹奏。高秋：暮秋。

　　[3] “空山”句：意思是李凭弹奏的音乐有响遏行云的艺术效果。凝云：裹在一起的云层。颓不流：静止不动。

　　[4] “湘娥”句：意思是音乐使神女也受到感动。湘娥：传说中溺于湘江成为湘江之神的舜帝二妃。啼竹：相传舜出巡死于苍梧，娥皇、女英寻至湘江，泪洒竹上，使竹成为斑竹。素女：传说中的神女，善鼓瑟。《史记·封禅书》：“太帝使素女鼓五十弦瑟，悲，帝禁不止。”

　　[5] 中国：国中，指国都长安。

　　[6] 昆山：昆仑山，相传是产美玉之地。玉碎凤凰叫：形容箜篌发出的乐声清脆激越。

[7] 芙蓉泣露：形容乐声幽咽哀怨。香兰笑：形容音乐的轻柔欢快。

[8] 十二门：长安城四面各三门，共有十二门。融冷光：动听的音乐使城中寒气消解。

[9] 二十三弦：指李凭所弹的箜篌。动紫皇：感动天帝。紫皇，道教中最尊贵的神。

[10] 女娲（wā）：神话中的女帝，传说她炼五色石以补天。

[11] 逗：引出来。

[12] "梦入"二句：写李凭在梦中将他的绝艺教给神仙，惊动了仙界。在听众的幻觉中，仿佛李凭是在神山上教神妪弹箜篌。这就是说，李凭技艺之精连神仙也佩服，愿意向他学习。神妪（yù）：指成夫人。《搜神记》卷四："永嘉中，有神现兖州，自称樊道基。有妪号成夫人。夫人好音乐，能弹箜篌，闻人弦歌，辄便起舞。"

[13] "老鱼"句：形容音乐神妙，能使鱼跳舞。《列子·汤问》有"瓠巴鼓琴而鸟舞鱼跃"句。蛟（jiāo）：古代传说中的一种龙类动物。

[14] "吴质"二句：意谓月宫中的吴刚听到乐曲声也忘记了砍树，倚在桂树上凝神倾听，陷入遐想，忘记困倦；桂树下的玉兔听到乐曲声也浑然入境，全然觉察不到寒露打湿了全身。吴质：即吴刚。《酉阳杂俎》载，吴刚因"学仙有过，谪令伐树"。露脚：露水。斜飞：古人以为露是从天上降落下来的。"露脚斜飞"似在表现"缓慢沉浸陶醉"的缘由，美妙乐曲伴随甘露与云雾慢慢飘飞到了月宫，才产生了吴刚、玉兔的反常表现。寒兔：古代传说中的月中玉兔。此处不用玉兔，似在表现：连玉兔都听得痴迷了，久久站在那里呆住了，以至于被渐渐飘飞而下的寒露打湿了。

# 浩歌[1]

南风吹山作平地，帝遣天吴移海水[2]。王母桃花千遍红[3]，彭祖巫咸儿回死[4]？青毛骢马参差钱[5]，娇春杨柳含细烟[6]。筝人劝我金屈卮[7]，神血未凝身问谁[8]？不须浪饮丁都护[9]，世上英雄本无主。买丝绣作平原君[10]，有酒惟浇赵州土。漏催水咽玉蟾蜍[11]，卫娘发薄不胜梳[12]。羞见秋眉换新绿[13]，二十男儿那刺促[14]？

[1] "浩歌"本于《楚辞·九歌·少司命》："望美人兮未来，临风恍兮浩歌。"浩歌：放声高歌。

[2] 帝：上天的玉帝。天吴：古代神话中的水神。《山海经》："天吴，八首八面，虎身，八足八尾，系青黄色，吐云雾，司水。"

[3] 王母：传说中的女神。原是掌管灾疫和刑罚的大神，后于流传过程中逐渐女性化与温和化，而成为慈祥的女神。相传王母住在昆仑仙岛。王母的瑶池蟠桃园里种有蟠桃，食之可长生不老。王母亦称为金母、瑶池金母、瑶池圣母、西王母。

[4] 彭祖、巫咸：都是传说中长寿的神仙。据古代典籍记载，彭祖是颛顼的玄孙，相传他历经唐、虞、夏、商等代，活了八百多岁。《楚辞》有"巫咸将夕降兮"，王逸注为"巫咸，古神巫也"。

[5] "青毛"二句：马的毛色青白相间，马毛修剪成钱形的花纹。此为"连钱骢"，甚为名贵。

[6] 娇春杨柳含缃烟：指春天杨柳正要发芽时带有的一种鹅黄色朦胧景色。缃，浅黄色的绢。

[7] 筝人：弹筝女。屈卮：酒杯。

[8] "神血"句：酒醉时飘飘然，似乎形神分离了，不知自己是谁。

[9] 浪饮：放浪纵酒。丁都护：刘宋高祖时的勇士丁昕，官都护。又乐府歌有《丁都护》之曲。王琦注云："唐时边州设都护府……丁都护当是丁姓而曾为都护府之官属，或是武官而加衔都护者，与长吉同会，纵饮慷慨，有不遇知己之叹。故以其官称之，告之以不须浪饮，世上英雄本来难遇其主。"

[10] 平原君：战国时赵国的公子，以善养士著称，相传他有门客三千。

[11] 漏：铜壶滴漏，古代计时的器具。以铜壶盛水匀速滴漏来计时。玉蟾蜍：用于滴漏的玉雕蟾蜍形盛水容器。

[12] 卫娘：汉武帝的皇后卫子夫。《汉武故事》："上见其美发，悦之。"发薄不胜梳：言卫娘年老色衰，头发稀疏了。

[13] 秋眉：稀疏变黄的眉毛。换新绿：画眉。唐人用青黑的黛色画眉，因与浓绿色相近，故唐人诗中常称黛色为绿色。

[14] 刺促：局限，拘束。烦恼。

**点评：**此诗前四句写高山大海也会变化，人生无论年寿多长，也终有一死。亘古以来的时空之中，没有任何一物是永恒不变的。五至八句由人生苦短而借酒消愁。九至十二句写酒入愁肠触动生不逢时、怀才不遇之愤懑：既然世无平原君般的贤主，姑且买丝绣幅平原君形象，以洒酒凭吊追怀他。最后四句言人生易老，无奈不遇明主，索性及时行乐。

# 刘禹锡

刘禹锡（772—842），字梦得，洛阳（今河南洛阳）人，一作彭城人，贞元九年（793）进士。是王叔文政治改革集团的重要人物之一。王叔文改革失败后，贬朗州司马，迁连州刺史。后入朝为主客郎中，最后官至检校礼部尚书。刘禹锡不仅是一位政治改革家和哲学思想家，也是成就独特的著名诗人。其诗带有浓烈的政治色彩，针砭时弊，观点鲜明。虽与韩愈、白居易结有深交，却能在歌风上保持独立自主，不附和于韩白诗派。这得益于对民间流行俚曲的借鉴汲取上。《竹枝词》《柳枝词》等语言干净明快，绝无炫博矜奇之处，正是他这方面的艺术实践。

# 乌衣巷[1]

朱雀桥边野草花[2]，乌衣巷口夕阳斜。旧时王谢堂前燕[3]，飞入寻常百姓家[4]。

[1] 此为刘禹锡怀古组诗《金陵五题》中的第二首。乌衣巷：在今南京市东南，在文德桥南岸，是三国东吴时的禁军驻地。由于当时禁军身着黑色军服，故此地俗称乌衣巷。东晋时王导、谢安两大家族都居住在乌衣巷，故人又称其子弟为"乌衣郎"。入唐后乌衣巷沦为废墟。此诗写乌衣巷的今昔变化。

[2] 朱雀桥：在乌衣巷附近，是六朝时都城正南门（朱雀门）外的大桥，当时的交通要道。

[3] 王谢：指东晋时代王导和谢安两大贵族之家。琅琊王氏，从太保王祥以来，一直是名门望族，东汉末年，中原战乱，王祥扶老携幼，举家南迁。王祥族孙王衍累任至司空、司徒、太尉，是朝中显贵。王导是王衍的族弟，王导出身中原著名士族，是老练的政治家，是东晋朝的实际创造者。元帝因此把王导比作自己的"萧何"，极为倚重。陈郡阳夏谢氏家族是永嘉之乱中随元帝东迁渡江的著名世家人族。谢安的伯父谢鲲在西晋末年曾是东海王司马越的相府参军，过江后死在豫章太守任上，他也是"江左八达"之一。东晋初，谢安的父亲谢裒，官至太常卿。谢氏的地位因鲲、裒兄弟的业绩而不断上升，但真正创造家族辉煌的却是谢安。

[4] 寻常：平常、普通。

**点评**：这是一首怀古诗。凭吊东晋时南京秦淮河上朱雀桥和南岸的乌衣巷的繁华鼎盛，而今野草丛生，荒凉残照。感慨沧海桑田，人生多变。以燕栖旧巢唤起人们想象，侧面落笔，小中见大，含而不露，以"野草花"、"夕阳斜"涂抹背景，美而不俗。语虽极浅，味却无限。

# 酬乐天扬州初逢席上见赠[1]

巴山楚水凄凉地[2]，二十三年弃置身[3]。怀旧空吟闻笛赋[4]，到乡翻似烂柯人[5]。沉舟侧畔千帆过，病树前头万木春。今日听君歌一曲，暂凭杯酒长精神[6]。

[1] 此为诗人于席间回白居易所赠的酬答之作。乐天：即白居易字。白赠刘诗谓："为我引杯添酒饮，与君把箸击盘歌。诗称国手徒为尔，命压人头不奈何。举眼风光长寂寞，满朝官职独蹉跎。亦知合被才名折，二十三年折太多。"酬：酬答。

[2] 巴：今四川东部一带。楚：今湖南、湖北、安徽一带。作者贬朗州，调夔州、和州，长期生活于巴楚之间。

[3] 二十三年：作者于唐顺宗永贞元年（805）被贬，于唐文宗大和元年（827）调回到东都洛阳任职，前后共计二十三年。

[4] 闻笛赋：指向秀的《思旧赋》。魏晋人向秀与诗人、音乐家嵇康是好朋友。嵇康因为得罪了司马昭被杀，向秀路过山阳（今河南焦作，这里有嵇康的故居），听到邻人吹笛子，想起嵇康和吕安，便写了一篇《思旧赋》。作者借此典怀念已逝的好友。

[5] 到乡：刘禹锡生长在苏州，按《禹贡》九州的划分，属于扬州，故言回到故乡。烂柯人：《述异记》载："晋时王质伐木至信安郡石室山，见童子数人棋而歌，质因听之。童子以一物与质，如枣核，质含之而不觉饥。俄顷，童子谓曰：'何不去？'质起视，斧柯尽烂。既归，无复时人。"柯：斧头柄。政治改革失败以后，王叔文集团中人或被杀，或被贬，二十三年后，诗人暮年返乡，见世事沧桑，人事全非，恍如隔世，不胜悲悼感慨。

[6] 暂凭：暂且凭借。

## ■解读鉴赏

杜甫是唐代诗坛上集大成的诗人。他的诗歌创作，把唐代诗歌推向一座新的高峰。同时，杜甫的种种努力和探索，也为后来诗歌创作开辟了多方面的途径。杜甫之后的诗歌流派，很少有不受杜诗影响的。从杜甫诗句的警策凝练方向，繁衍出韩愈、孟郊等用语"奇险"的一派；从杜甫注重社会现实生活的方面，又滋生了白居易、元稹等人的"新乐府"诗。真所谓"江山代有才人出"。但是，这些诗尽管也都继承和发展了杜诗的某些特点，可是与杜甫比起来却有很大的不同。西方文学批评家布罗姆曾提出过"影响的焦虑"之说，是说后来的诗人在前人的影响笼罩之下，想要超过前人，却无能为力的一种焦虑。中唐的许多诗人都各有可观的成就，但终不免有一种努力用心着迹之感，缺少杜甫所本有的博大深厚的自然感发的力量。不过他们自己的成就也仍是不可抹杀的。

韩愈是中唐诗坛上很有才华的作者，他不仅写诗，还写了一手漂亮的散文，是唐代有名的古文运动的倡导者。在语汇和语法的运用掌握上，他有着过人的才能，他的诗里常有"吐奇惊俗"之语。表面上看他似乎是继承了杜诗形式上讲求炼字、造句的特点，但实际上二人却有很大差别。杜甫说过："为人性僻耽佳句，语不惊人死不休。"这看上去似乎是个语言修辞的问题，其实修辞并不仅是个语言锤炼的问题，《易经·乾卦》中说"修辞立其诚"，修辞绝不是指花花草草地装点文字，而是要找到一句最适合的词语来传达你心中最真切的感受。法国 19 世纪著名文学家福楼拜，在写给莫泊桑的信中曾提到过"一语说"，他告诫莫泊桑在写人或状物时，要从众多的语汇中选择出最恰切、最能够表现作者真正感受的那一个字。杜甫诗最重要的一点，是他所使用的语言，所写出的诗句，总是与他内心情感相配合，而且是配合得恰到好处的。他的《秋兴》中有两句很著名的诗句："香稻啄余鹦鹉粒，碧梧栖老凤凰枝。"这句诗不合常规，也不合文法，真可谓"出语不凡"。可杜甫之所以要把"香稻"与"鹦鹉"，"碧梧"与"凤凰"颠倒来写，原因在于，杜甫所要表现的是开元盛世，香稻富足、碧梧茂盛的太平景象。而"鹦鹉啄余"与"凤凰栖老"则不过是对昔日兴盛气象的一种烘托，并非是现实生活中的实有景物。这样的语序安排与杜甫心中对故都、对渼陂当年盛世的怀恋之情结合得恰到好处，也就是说杜甫在文法、句法上的颠倒运用，绝不是为了要"语不惊人死不休"，而完全是为了抒情达意的需要。这与韩愈等人在诗歌中故作"炫奇立异"的奇险之语有着本质的区别。杜诗所以能达到"语不惊人死不休"的境界，其功力不仅在于他驾驭语言、遣词造句的才力，更重要的在于他内心深处的那一份博大、深厚的情怀。韩愈等人只从语言形式上争胜求异，只在遣词造句上逞才使气，这正是他们与杜甫的根本区别所在。

至于白居易，他所继承的是杜诗反映社会现实的传统。他在一篇很著名的文章《与元九书》中指出"文章合为时而著，歌诗合为事而作"这种主张，明显是受到杜诗在内容方面的影响。不错，杜甫是写实的诗人，他对于社会、民生自有一份本能、由衷的深切关怀。他说"穷年忧黎元，叹息肠内热"，"朱门酒肉臭，路有冻死骨"。直到老年流落于四川的一条小船上，他还想着"戎马关山北，凭轩涕泗流"。这一切都是杜甫的肺腑之言，是"葵藿倾太阳，物性固莫夺"的。他不同于有些人，先要自己吃饱喝足，然后再去关心别人，碰到一点挫折，或是与自己利益相冲突的事，就可以置民族、家国的利益于不顾，而"但自求其穴"只顾自己去了。表面上看，白居易等人与杜甫一样，都有一份对国家、人民的关爱之情，但这两种关怀是不一样的，一种是源于内心感情深处的，而另一种只是停留在道义、情理的表层之上。当然，能够有这样一份关心也已经很不错了，我们只是想说明白居易、元稹等人的那些反映社会现实的"新乐府"大多是出于"讽谕"的用心，要找些题目来作诗罢了。这种反映现实之作，在本质上与杜甫的诗有着截然不同的性质。最伟大的诗人都是用他们的生命来写诗的，并且是用自己的生命、生活来实践他们的诗篇的，因此我们讲这些伟大的、一流的诗人与诗作时，就不能不结合他们生平事迹及思想经历来讲，但像韩、白等人的诗，就无须结合他们的生平经历，因为他们更多的是以模仿诗歌的艺术形式或追求社会功能为自己的创作目的。

为进一步说明以上的这些观点，我们分别来看他们的几篇作品。先来看韩愈的一首《山石》。这首诗是写诗人一次偶然在山间寺庙中过夜的见闻。从描写表现的角度来说，确实很有特色。"荦确"是两个很少见的字，是说山石的高低不平，这两个字用得很奇怪，也很妙。如果换成"不平"，从意思来看是对的，可从字音、字形上看去就显得很平淡了，而"荦确"无论从字音还是字形上都给你一种新奇不平的感受。前八句诗人对眼中所见的景物描写很恰当，可你一旦认真追寻下去，就会发现其中缺少一种深层的东西，不像杜甫的诗，每一句都是沉甸甸地饱含着深情。接着他写寺中僧人对他的热情款待，以及他自己的感受。"夜深静卧百虫绝，清月出岭光入扉"，深山里这种安宁、静谧的月色、景物与诗人的感受的确写得很妙。接着又写第二天早晨，诗人要下山却找不到路，无论山上山下，到处都被烟雾所笼罩，诗人就在这一片雾霭茫茫中上下穿行。途中所见的，是山上的红花，涧中的碧水，纷纭烂漫，偶尔可以见到很大的松树和枥树，他赤足走上涧石，听到涧中激激的水流，感到山中习习的凉风，如此美妙的情境，如此惬意的感受，不禁引起诗人的感慨："人生如此自可乐，岂必局束为人靰？""靰"是套在马头上的络头，有这样美好的地方，这样美好的享受，我们又何必像被套上络头的马一样，任人驱使呢？因此"嗟哉吾党二三子，安得至老不更归"！最后两句表达了诗人对这种悠哉游哉生活的留恋与向往。诗以开头"山石"二字为题，却并不是歌咏山石，而是一首记叙游程的诗。此诗汲取了游记散文的写法，按照行程的顺序，叙写从"黄昏到寺"、"夜深静卧"到"天明独去"的所见、所闻和所感，是一篇诗体的山水游记，这体现了韩诗"以文为诗"的特点。对诗作的解读鉴赏，通常会有感触、感受、感动、感发等层次上的区别，《山石》若就感受而言也是一首很不错的诗，他能够按其感觉、感触的层次和时间、空间的顺序将己之所闻、所见、所处、所感、所获都准确而巧妙地传达出来。但遗憾的是除此之外，就再也没有别的更深厚、更强烈的东西了。

《左迁至蓝关示侄孙湘》是韩愈七言律诗中的佳作，后人认为有些"沉郁顿挫"的杜诗味道，能变化律诗一般的风格而自成面貌，其中也不乏韩诗"以文为诗"的特点在。《早春呈水部张十八员外》这首小诗似乎与韩愈诗"炫奇立异"的特色极不吻合。诗风清新自然，近于口语，可见韩愈的诗在奇险以外，也另有些"平淡"之作，这也是不可忽视的。

关于白居易那些内容上反映现实，文字上"老妪能解"的诗，可溯源到古代传统经学家重视诗歌社会功用的时代。《诗经》开始就有"美刺比兴"之说。汉代还设有专职官员负责采诗的机构，就是"乐府"，通过这种办法使执政者了解民间疾苦，以便改善政治。白居易继承中国诗歌的这一传统，写了《新乐府》《秦中吟》等大量反映民间疾苦的讽谕诗，上文作品选中的《买花》就是《秦中吟》里的一首。白居易主张"文章合为时而著，歌诗合为事而作"；主张用诗歌来"救济人病，裨补时阙"；同时，他还努力使自己的诗写得通俗平易，让不识字的老妇也能听懂，这用心是极好的；但我们知道，诗歌本是一种生命的感发，如果理性的安排思索太过，就不可避免会消弱其直觉感发的力量。白居易很推崇杜甫，但二人的诗有所不同：杜诗中更多的是抑制不住的感情，而白居易讽谕诗中更多的是理性。一个是"自发"，一个是"有心"，这一点点的区别就决定了二人诗歌艺术成就的不同。不过尽管如此，在中国诗歌史上，白居易对古乐府诗的继承和拓展做出了重要贡献，这一点是不可忽视的。由于这些诗较为通俗易懂，本文不过多解说。

白居易把自己的诗分成四类，除了"合为事而作"的"讽谕诗"外，还有吟咏性情的"闲适诗"，情动于中而形于咏叹的"感伤诗"，以及五、七言的"杂律诗"。他认为前两类是他的主要作品，后两者则可不必保存。其实，正是在这些不被他重视的诗作里，却有两首深受后人喜爱，并且广为流传的好诗，即《长恨歌》与《琵琶行》。《长恨歌》是一首迄今以来，将唐玄宗与杨贵妃的爱情故事表现得最为美丽的长篇歌行体叙事诗。《琵琶行》写诗人在浔阳江边与一位琵琶女邂逅相遇，然后引出对一段有关琵琶女的身世经历的介绍，进而引发出仕途失意之诗人"同是天涯沦落人，相逢何必曾相识"的人生感慨。就故事而言，《长恨歌》写得情节曲折、凄婉动人；就情意而言，《琵琶行》带有诗人内心深处的悲慨，具有极强烈的感发力量。中国旧诗中的歌行体有两种：一种是像李白、高适、岑参他们所写的那种古诗体的歌行；一种就是白居易所写的这种结合了律句的歌行。白居易把近体诗格律融会到歌行体长诗中，创造出这种新的体式，《长恨歌》《琵琶行》都是代表之作。旧的歌行体多用杂言，强调古朴，尽量避免使用律句。而这首《长恨歌》写得很华丽，其中有不少句子都是十分工整的律句，如"行宫见月伤心色，夜雨闻铃肠断声"、"春风桃李花开日，秋雨梧桐叶落时"等。另外，这些诗每隔数句一换韵，显得十分整齐，表现出一种曲折婉转而又缠绵的姿态，非常适合于委婉的叙事。中国诗歌中向来比较缺乏长篇叙事诗。所以歌行体的这一开创对后世产生了相当大的影响，像吴梅村的《圆圆曲》等，就明显受到《长恨歌》的影响。

中唐诗坛除了韩愈、白居易之外，还有一位重要的诗人也是不容忽视的，那就是被称为"鬼才"的李贺。李贺是一个才大而命短的诗人，他二十七岁就过早地离开了人世。他的一生是很不幸的，他父名"晋肃"，"晋"与"进"同音，为避父讳，他被剥夺了参加科举考试的资格。这对才华横溢的李贺来说，实在是一种残酷的打击。从他的诗中可知他身体羸弱多病，一方面，他在现实生活中遭遇了如此不幸的挫折与打击；另一方面，他又具有敏锐的感觉和丰富的想象力。虽然他仅有二十几年的短短生命，可他却在中国诗歌史上第一次创造出敏锐与奇想结合的诗歌境界，这对晚唐诗人李商隐产生了重要的影响。李贺诗中的形象，大都来源于神仙、鬼魅或神话传说，并非现实所有。由于早逝，他的生活体验与感情经历不是很丰富，因此他的诗在内容情意，以及对国家、人民、社会、世事的关怀上都无法与李商隐相比。虽然李贺也写过诸如《老夫采玉歌》一类反映人民生活疾苦的诗章，但他的这种写实与白居易的"新乐府"很相近，更多的是对一时一事外表的观察和反映，只在一定程度上写出了他对民生疾苦的同情。不过在李贺的一些优秀诗作中，我们也可以透过他那种敏锐的感觉和神奇的形象，看到他内心深处的一份悲慨。《浩歌》一诗写的是世事无常的悲慨，前两句写宇宙沧桑的巨大变化。《诗经·十月之交》中写过周朝的一次大地震：高岸为谷，深谷为陵，这是地壳的变化，是写实的。而李贺这里所写的确是世界上从未发生过的事情。"天吴"是古代神话中的水神，"帝"是上天的玉帝。这完全是一种神话的境界，诗人的想象是神奇的，表达也是特殊的："王母桃花千遍红，彭祖巫咸几回死。"神话里说王母娘娘的鲜桃三千年开一次花，结一次果。彭祖与巫咸都是传说中长寿的神仙，这里诗人是要写人世的无常，世上的一切都不是永恒的，即使是王母的桃花和彭祖、巫咸这样长命的神仙也在变化之中。接下去他又说"青毛骢马参差钱，娇春杨柳含细烟。等人劝我金屈卮，神血未凝身问谁"？前三句极写生命的美好：你有毛色青白相间的青骢好马，骑在这样的马上，饱览"娇春杨柳含缃烟"的美妙景色，"缃烟"指春天杨柳正要发芽时带有的一种鹅黄色。当你饱览秀色，纵酒放歌，当美人捧着珍贵的金屈卮向你劝酒之时，你有没有想过"神血未凝身问谁"的问题？"神"是精神，"血"是肉体，只有当神、血凝聚到一起时，才有我们这些人的生命，在你生前和死后，当你的神、血分离之后，你的身体，你的生命又在哪里呢？这样的问题你问谁？谁又能回答你呢？此四句合起来表现了一种生命短暂无凭的悲慨。下面接着又说，"不须浪饮丁都护，世上英雄本无主"，丁都护是南北朝时的一个隐士，不得意而经常借酒浇愁。这两句说，你无需为你的才智、武勇不得知用而沉醉纵饮，因为世上的英雄原本就很难找到一个真正能认识你、重用你、值得你为之献身的主人。虽然李贺没有李商隐那么深广的关怀，但他诗中也饱含着生命落空的悲慨。一个人如果在你努力和尝试之后失败了，那还没有什么可遗憾的，可李贺连一次尝试和努力的机会都没有，况且他体弱多病，所以他的诗里就常常带有很深的生命悲哀。"买丝绣作平原君，有酒惟浇赵州土"，平原君是战国时赵国的公子，以善养士著称，相传他有门客三千。既然天下有这样能够赏爱人才的主人，我李贺一定买丝绣出他的画像，买酒浇在孕育过这位贤主的赵州的土地上，以表示我对他的崇敬和向往。"漏催水咽玉蟾蜍，卫娘发薄不胜梳"，生不我待，时不我与，时光在漏壶滴水中悄然流逝，当年汉武帝所宠幸的妃子卫子夫已经衰老不堪，原来因而得宠的那满头美发都变白了，脱落了。"羞见秋眉换新绿"，这种想象和比喻真是神奇："秋眉"是极奇怪的说法，一般人形容眉毛多用黛眉。黛是一种深黑色，这种颜色有时可以发出一种蓝色和深绿色的光亮。古人对颜色的描述常常不是很清楚，由于青色常常有绿光，因此常被说成绿。有时形容一个人的年轻健康，常用"绿鬓朱颜"，这里说的"新绿"即指很年轻的时候。有一天你老了，你的眉毛不仅变白，而且也逐渐脱落了，这就成了"秋眉"了。用"春秋"来形容眉发，这正是李贺诗的修辞特色。李白用"君不见黄河之水天上来，奔流到海不复回。君不见高堂明镜悲白发，朝如青丝暮成雪"

来描写人的衰老，可是李贺却用了"卫娘发薄不胜梳，羞见秋眉换新绿"，这真是两种不同的神奇！诗的最后说"二十男儿那刺促"？一个人二十多岁已经成年，应该有所作为了，为何生活的天地还是这样的局促？这就又一次在诡奇的想象之中表现出诗人内心那份抑郁不平的悲慨：今日的平地，安知不是昨日的高山？今日的桑田，安知不是昨日的沧海？王母的桃花三千年一开，而竟然也开了几千遍；彭祖和巫咸乃是世上最长寿之人，也死了无数回。可见岁月之无情，人生之短促。那么，面对这春日美景，走马劝酒，又当如何呢？不需在悲歌中沉醉，去追逐扬名立功的机会吧！然而那识人惜才的平原君又在哪里呢？眼见得漏催水咽，卫娘发薄，秋眉换新绿，二十岁的男儿哪能坐愁头白，赶紧及时行乐吧……

综上所述，本章想通过对韩愈、白居易和李贺三家所做的详略不同的介绍，来概括一下杜甫之后中唐诗坛上讽谕、咏史、咏怀等类题材的创作情况。这或许太过于粗略，但由于篇幅的局限，其他比较有影响的作家，如刘禹锡、孟郊、贾岛等诗人只得略去。或可从前文对其作品的选注来了解。

### ■阅读思考

1. 白居易的《新乐府》《秦中吟》等讽谕诗与杜甫的现实主义之作有什么本质区别？请举诗例详细加以说明。

2. 阅读韩愈、李贺等人的作品，简述其各自的特色，并概述中唐诗人创作的总体风貌。

第十六章

**16**

## 朱弦一拂遗音在
## 却是当年寂寞心

——谈中唐自然山水诗人韦应物、
柳宗元、张继、刘长卿

# 韦应物

　　韦应物（约737—约791），京兆长安（今陕西西安）人。十五岁曾为唐玄宗宫廷侍卫"三卫郎"。安史之乱后失官，始折节读书。中唐以来历任滁州刺史、江州刺史、左司郎中等职，官终苏州刺史，世称"韦苏州"。他的诗歌大量写田园山水，但也不乏反映民瘼、斥责贪吏、讽刺豪门的诗篇。艺术上深受陶渊明、王维的影响，形成一种闲淡简远的风格。后人每以"陶韦"或"王孟韦柳"并称。本章选文均选自上海古籍出版社《全唐诗》。

## 初发扬子寄元大校书[1]

　　凄凄去亲爱[2]，泛泛入烟雾[3]。归棹洛阳人[4]，残钟广陵树[5]。今朝此为别，何处还相遇。世事波上舟，沿洄安得住[6]。

　　[1] 扬子：指扬子津，在长江北岸，近瓜洲。元大：姓元，排行老大的友人。校书：官名。唐代的校书郎，掌管书籍校对。

　　[2] 去：离开。亲爱：相亲相爱的朋友，指好友元大。

　　[3] 泛泛：船行江上漂浮貌。

　　[4] "归棹"句：指从扬子津出发乘船北归洛阳。棹：原本是船桨，此代船。

　　[5] "残钟"句：意谓回望广陵，只听得晓钟的残音传自林间。广陵：今江苏省扬州市。

　　[6] 沿洄：指处境的顺逆。安得住：怎能停得住。

　　**点评**：此诗由送友启程到舟行江上，开头两句写别离之"初发"；三、四句写友人乘舟归去；五、六句写期望重逢；最后两句以舟行不定，喻世事之顺逆翻覆，感慨世事推移犹如江上泛舟，凶吉难料，难以自主。

## 寄全椒山中道士[1]

　　今朝郡斋冷[2]，忽念山中客[3]。涧底束荆薪[4]，归来煮白石[5]。欲持一瓢酒[6]，远慰风雨夕[7]。落叶满空山[8]，何处寻行迹[9]。

　　[1] 寄：寄赠。全椒：今安徽省全椒县，唐属滁州。

　　[2] 郡斋：指滁州刺史官署中的斋舍。

〔3〕山中客：指全椒山道士。

〔4〕涧：山间流水的沟。束：捆，一作"采"。荆薪：杂柴。

〔5〕白石：即白石英。这里借喻全椒道士生活清苦。相传道家服食有"煮五石英法"。

〔6〕瓢：将干的葫芦挖空，分成两瓣，称瓢，用来做盛酒浆的器具。

〔7〕慰：一作"寄"。风雨夕：风雨之夜。

〔8〕满：一作"遍"。空山：空寂的深山。

〔9〕行迹：来去的踪迹。

**点评：**此为寄赠诗，首句既写郡斋之"冷"，更写出诗人心头之"冷"。想到道士在山中苦炼修行，想送一瓢酒去，使老友在秋风冷雨之夜中，获得些温暖和安慰，但又怕满山落叶，寻不到他的踪影与足迹。全诗情深意远，在对山中道士的忆念之情中透露出诗人对于远离世事，不食人间烟火之清高生活的向往。

## 滁州西涧[1]

独怜幽草涧边生[2]，上有黄鹂深树鸣[3]。春潮带雨晚来急[4]，野渡无人舟自横[5]。

〔1〕这首诗是作者在滁州刺史任上所写。滁州：在今安徽滁州市以西。西涧：在滁州城西，俗名上马河。

〔2〕怜：怜惜，怜爱。幽草：幽谷里的小草。

〔3〕黄鹂：鸟名，羽毛呈黄色。鸣声清脆悦耳，亦名黄莺。深树：指树丛深处。

〔4〕春潮：春天的潮汐。

〔5〕野渡：荒野之间无人看守的渡口。

**点评：**此诗是韦应物最负盛名的写景佳作，作于诗人滁州刺史任上。诗中描绘了山涧水边从下到上，由远及近的所见所闻所感。笔墨精练简洁，语言闲远恬淡，最后两句意境尤为美妙传神，可谓七言绝句中的神品。在对景物的客观描摹中流露出诗人随缘自适、怡然自得、开朗豁达的人生情怀。

# 柳宗元

柳宗元（773—819），字子厚，河东解（山西运城县解州镇）人，世称"柳河东"。贞元九年（793）登进士第，授校书郎，调蓝田尉，升监察御史。参加王叔文集团，"永贞革新"失败，被贬永州司马。十年后迁为柳州刺史，故又称"柳柳州"。

四年后病死任上。柳宗元既是古代著名的哲学家，又与韩愈共同倡导了古文运动，并称"韩柳"，为"唐宋八大家"之一。其诗内容广泛，风格多样，尤其是山水记游之作，与韦应物并称"韦柳"。风格清峭疏淡，自成一格。

## 登柳州城楼寄漳、汀、封、连四州刺史[1]

城上高楼接大荒[2]，海天愁思正茫茫[3]。惊风乱飐芙蓉水[4]，密雨斜侵薜荔墙[5]。岭树重遮千里目[6]，江流曲似九回肠[7]。共来百越文身地[8]，犹自音书滞一乡[9]。

[1] 唐顺宗永贞元年（805），王叔文革新集团被击败，柳宗元等八人都被贬为边远州郡的司马，时称"八司马"。唐宪宗元和十年（815）重被起用，其中除凌准、韦执谊已死贬所，程异另先任用外，柳宗元、韩泰、韩晔、陈谏、刘禹锡分别任为柳州、漳州、汀州、封州、连州的刺史。本篇即是这年夏天诗人抵柳州后，寄赠给四州刺史的。

[2] 接：连接。亦可作目接（看到）解。大荒：泛指荒僻边远的地区。

[3] 海天愁思：像大海苍天一般的无边无际的愁绪。

[4] 飐（zhǎn）：吹动。芙蓉：荷花。

[5] 薜荔：一种常绿的蔓生植物，常缘壁而生。这两句实写夏天暴雨中所见，暗喻政治斗争中惊风暴雨的凶险。

[6] 重：层层。

[7] 江：指柳江。九回肠：形容愁肠九转。司马迁《报任少卿书》："肠一日而九回。"

[8] 百越：即百粤，泛指五岭以南的少数民族之地。文身：文，同"纹"，身上刺花，古时南方少数民族有"文身断发"的习俗。

[0] 犹自：依然是。音书：音讯。滞：阻隔。

**点评**：此为寄赠之作。诗人初到柳州，夏日登楼，面对满目风雨，异乡风物，不禁怀念起际遇相同、休戚相关、同命相连的难友。诗篇情景相生，景真情切，慨叹世路艰难，人事变迁，天各一方，相见无望之悲凉哀怨，无法自抑。

## 江雪[1]

千山鸟飞绝，万径人踪灭[2]。孤舟蓑笠翁[3]，独钓寒江雪。

[1] 此诗作于永州贬所。

[2] 径：山野间的小路。踪：踪迹。

[3] 蓑笠翁：穿蓑衣戴斗笠的渔翁。

**点评**：此诗作于柳宗元贬永州后，诗人借描写山水景物，借歌咏隐居在山水之间的渔夫，来寄托自己清高而又孤傲的情感，抒发自己在政治上失意的郁闷烦恼。诗境幽僻冷清。

# 溪居[1]

久为簪组累[2]，幸此南夷谪[3]。闲依农圃邻，偶似山林客。晓耕翻露草，夜榜响溪石[4]。来往不逢人，长歌楚天碧[5]。

[1] 此被贬为永州司马后作。

[2] 簪组：古代官吏的服饰，此指官职。累：约束，束缚。

[3] 南夷：古代对南方少数民族的称呼。谪：贬官削职，或流放、发配至边远疆域。

[4] 夜榜：夜里行船。榜，本指摇船用具。

[5] 楚天：永州原属楚地。

**点评**：此诗为柳宗元贬官永州，居处冉溪之畔时的作品。全诗写谪居佳境，表面上自我排遣，也自得其乐，实际上曲折地表达被贬谪的幽愤。作者壮志难酬，苦闷之情就悄然隐入字里行间。

# 与浩初上人同看山寄京华亲故[1]

海畔尖山似剑芒[2]，秋来处处割愁肠[3]。若为化作身千亿[4]，散向峰头望故乡[5]。

[1] 与：同。浩初：诗人的朋友，潭州（今湖南长沙）人。上人：对僧人的尊称。亲故：亲戚、故人。

[2] 畔：边，侧。剑芒：剑的顶部尖锐部分。

[3] 秋：秋季。割：断。愁肠：因思乡而忧愁，有如肝肠寸断。

[4] 若：假若。化身：柳宗元精通佛典，同行的浩初上人，便是龙安海禅师的弟子，诗人自然联想到佛经中"化身"的说法，以表明自己的思乡情切。千亿：极言其多。

[5] 散向：飘向。峰头：山峰的顶端。

**点评**：此诗作于柳州任上。诗篇紧扣"看山"之题，不着痕迹地将所见之景与所念之情联系到了一起。而且一"秋"字勾勒出的衰草连天、荒凉凄寂之景，唤起强烈的怀乡思亲念远之情，进而想到要化身千亿，全部散向峰头，以尽思乡之深情。

# 张　继

张继（约715—约779），字懿孙，襄州（今湖北襄樊）人。郡望南阳（今属河南）。天宝十二载（753）进士。安史之乱时，避居江南。大历末，以检校祠部员外郎分掌财赋于洪州（今江西南昌），卒于任上。有诗名。其诗不事雕饰而体调清迥。有《张祠部诗集》。

## 枫桥夜泊[1]

月落乌啼霜满天，江枫渔火对愁眠[2]。姑苏城外寒山寺[3]，夜半钟声到客船。

[1] 枫桥：地名，在今江苏省苏州市。泊：停靠。
[2] 渔火：渔船上的灯火。火，一作"父"
[3] 姑苏：今江苏省苏州市。寒山寺：苏州枫桥附近的寺院。

**点评**：此诗当作于安史之乱后作者避地吴中时。诗中真切描绘了枫桥泊舟的夜景，含蓄抒发了作者的羁旅愁思。

# 刘长卿

刘长卿（约726—约789），字文房，河北河间（今河北省河间市）人。开元进士，曾任长洲县尉，两次下狱遭贬官终随州刺史。诗多写政治失意，也有反映离乱之作，善于描绘自然景物。长于五言。

## 逢雪宿芙蓉山主人[1]

日暮苍山远，天寒白屋贫[2]。柴门闻犬吠，风雪夜归人。

[1] 芙蓉山：今湖南宁乡县芙蓉山。
[2] 白屋：平民住的房子。建屋用白茬木材，没有涂饰任何彩绘。一说屋用白

茅盖顶，故称。

　　**点评**：此诗生动描绘出一幅雪夜投宿山村的图景，含蓄表现羁旅之辛苦与山村之荒寒。


## ■解读鉴赏

　　《孟子》云："观于海者难于水，游于圣人之门者难为言。"意思是说，见过大海壮阔波澜的人，不会再为江河湖泊的水势而感到惊叹，在孔夫子门下游学过的人，对别人所讲的道理就都觉得不够好了。同样，当我们讲过盛唐李白、杜甫、王维、高适、岑参等人的诗篇之后，再来看中晚唐的诗，就会觉得味道不够了。当然这是就盛唐以后诗歌发展的整体趋势而言，对于某个具体诗人来说，也并不尽然。本章我们主要介绍的韦应物与柳宗元，便是中唐时期诗歌创作题材较广，并且较有特色的两位诗人。

　　以前我们说过诗人的身世经历决定着他们诗歌的风格特色，对韦应物来说，启蒙学诗的早与晚，对于诗歌的创作也有重要的影响。韦应物出身于贵族世家，他的祖先有好几个曾做过宰相。但要知道，仕宦在没有保障的政海波澜中，灾祸是旦夕之间的事。韦应物出生时，他的家族已经走向衰落了，但唐代规定，官宦世家的子弟都有选充皇家侍卫的资格，皇帝以为用这些人做侍卫较为可靠，所以韦应物在十四五岁就入选侍卫了，而且做了玄宗侍卫。不久安史之乱发生，长安陷落，玄宗出奔蜀，韦应物没能来得及跟玄宗走。安史之乱以后，少年没有好好读书的韦应物就以皇家侍卫的身份进了刚刚恢复起来的太学，开始读书和学诗，那时他已经二十多岁了。杜甫是"七龄思即壮，开口咏凤凰"，当然七岁与二十岁都有可能写出好诗来，但这中间有一点是截然不同的。如果你的学习是从幼年开始的，那你所学到的东西是伴随着你的生命、身心一同生长发育起来的。六七岁开始吟诗的人，他的感发之情来得更真切、更自然，他写的诗也不是想出来的，而是不假思索、脱口而出流淌出来的。可韦应物二十多岁才"拔笔学提诗"，所以他的学习都是有意的，写作也是有意的，因此他有意学陶（渊明）就像陶，有意学谢（灵运）就像谢了。他描写自然景物的诗里，就既有像陶诗的一类，又有像谢诗的一类。他诗的好处不是在自然感发中得到的，而是需要透过思索才能体会出来。另外由于他不是从小就学诗，所以他对诗歌的声韵、节律等缺乏一种与生俱来的天然的掌握，因此他的诗，古体比近体好，五言比七言好。下面我们就循着他的诗形成的途径，用思索和理性的方法来寻求、品尝韦诗的好处。文学史上习惯把王维、孟浩然、韦应物、柳宗元并称为山水田园诗派的代表，其实韦应物对各类题材和体裁都有过实践，并且都取得了一定的成就，限于篇幅，我们只能看他两首有代表性的山水诗《初发扬子寄元大校书》和《寄全椒山中道士》。

　　这两首诗都不是律诗（因为律诗必须押平声韵），但从平仄和对偶上看，又很近于近体诗，像这种介于古体和近体之间的一类诗叫作格诗，韦应物写得较好的正是这类五言格诗。前一诗是他从扬子江出发时写给一位姓元、排行老大、任校书郎的朋友的。韦应物曾任过滁州、江州和苏州的刺史，故经常往来于扬子江上。这诗的前四句是结合着离别的感情描写景物，他说：我怀着凄然的远别之情与亲爱的朋友们离别，我泛舟漂泊在朝雾茫茫的大江上，欲回到洛阳去。当我渐渐远离故人之际，透过重重烟树听到广陵（扬州）传来的渐渐微弱的钟声。这随波飘摇的小舟，茫茫的江雾及余音缭绕的钟声结合在一起，不由得引出人生的慨叹，"今朝此为别，何处还相遇"，我们这些政海波涛之中身不由己的人，岂不正像这千顷波涛中的一叶小舟，随时都有倾覆的危险，这真是"此地一为别，会面安可知"！回首展望命运多变的人生，真可谓"世事波上舟，沿洄安得住"！"沿"是顺水而下，"洄"是顺水回旋。命运的顺逆如浪里行舟，只要我们一上船，一切只有听天由命了，我们自己是主宰不了的！诗篇在情景之中有一种思致的融汇，也就是说，他的感情的传达，以及兴发感动的力量是在"泛泛入烟雾"、"残钟广陵树"的情境和"世事波上舟，沿洄安得住"的思致中传达出来的。

　　《寄全椒山中道士》一诗，是韦应物任滁州刺史时在当地郡斋中写的。"全椒"是滁州的一个地名，在今安徽省东部。他说自己独居在寂寞寒冷的郡斋之中，忽然想起山中学道的道士朋友来。他的朋友，即

"山中客"所过的是怎样的生活呢?"涧底束荆薪,归来煮白石。"学道的人不食人间烟火,他们从涧底打来木柴,然后"煮白石"以充饥。这里诗人用了葛洪《神仙传》中白石先生因常煮白石为粮,而就白石山居,时人号称白石先生的典故。"白石"是一种矿物质。魏晋时人讲究服药以求长生,传说嵇康有个朋友到山中去,吃了一种尚未凝固的钟乳石,他想带一些给嵇康吃,但那东西带出来就变得僵硬、咬不动了。我想煮白石大概就是煮这类的矿物质。韦应物想到山中朋友宁静淡泊、意趣超逸的生活,不由得向往之,于是产生了"欲持一瓢酒,远慰风雨夕"的愿望。但是"山中客"与世隔绝,就算你去了,在那"落叶满空山"的一片苍茫寂寥中,你又"何处寻行迹"呢?贾岛有《寻隐者不遇》诗说:"松下问童子,言师采药去。只在此山中,云深不知处。"这情趣超逸、意境遥深、格调高古、余味无穷的韵致跟韦应物的这首诗很相似。

　　一般说,对诗歌的欣赏可分为三个层次。第一是感官上的感受,像谢灵运那些刻画山水形貌的诗,除了给读者的感官上留下一些新奇的印象外,再也没有更深层次的作用和力量了。第二是感情上的感动,像孟浩然的"木落雁难度,北风江上寒。我家襄水曲,遥隔楚云端。乡泪客中尽,归帆天际看。迷津欲有问,平海夕漫漫",读后使你不禁为这个浪迹天涯的游子如今落得困顿无成、泪痕满面、行囊空空、有家难归的凄惨下场而深感悲哀。第三是感发的联想。前两者都是可以确指的描写,都有一个可以引发你感受与感动的对象在,而第三类诗常常是超乎具体情景、事象之外的一种思致或意境。这一类诗人中最具代表性的当然要首推李商隐了。此外,像陶渊明的"采菊东篱下,悠然见南山"、"此中有真意,欲辨已忘言",像王维的"飒飒秋雨中,浅浅石溜泻。跳波自相溅,白鹭惊复下",以及韦应物的"欲持一瓢酒,远慰风雨夕。落叶满山空,何处寻行迹"、"独怜幽草涧边生,上有黄鹂深树鸣。春潮带雨晚来急,野渡无人舟自横"也都在不同程度上表现出一种说不出来的,超乎你耳目感官感受之外的一种心灵及精神上的触引和兴发,这是一种不十分具体,也不十分强烈,易于意会而难以言传的特殊境界,有人称之为"一片神行"。这应该算是自然山水诗中最好的一类了。那么下面我们再来看看柳宗元又当属于哪一种类型呢？

金人元遗山有一首论诗绝句说："谢客风容映古今，发源谁似柳州深。朱弦一拂遗音在，却是当年寂寞心。"意思是说，谢灵运以刻画山水形貌闻名于世，从而开了山水诗的传统，影响了后来众多的唐代诗人。柳宗元在描写自然山水景物上似乎与谢灵运是同出一源的，但透过外表的"风容"之美，我们可以看到两位诗人所共同蕴含着的是一份寂寞的心情。"寂寞心"是指没有能够了解他们感情的人，其中也包含了无人知遇、不得任用的意思。前面我们讲过左思的"铅刀贵一割"，讲过李白的"天生我材必有用"，这都是些具有远大政治理想、却因不被知用而深怀寂寞之心的人。不过谢灵运的寂寞和柳宗元是很不一样的。谢灵运以他富贵、豪奢的地位而经历了改朝换代的变迁，陡然从高贵的世胄而沉沦为卑微的下僚，他当然不免抑郁于心，因此他的不甘寂寞，是源于一己权势地位陡然失落所引起的恣纵者的失意；而柳宗元则是由于政治理想不得实现才产生的抑郁和苦闷。

柳宗元的家世也是很显赫的，后来也渐趋衰落。柳宗元是他这一代中的独子，所以家里都希望他能重振家风，当柳宗元二十多岁考中进士后，众人皆谓"柳氏有子矣"，可见对他的厚望。柳宗元确实不负众望，他具有远大的政治理想、深刻的思想见解和多方面的能力才干。当永贞元年（805）顺宗皇帝继位任用王叔文之后，柳宗元、刘禹锡等一批富有改革魄力的人也都受到了重用，随后便实行了一系列重要的改革措施。正当王叔文等人准备革除唐朝历代最大的积弊，夺取宦官和藩镇的实权之际，发生了一件最不幸的事情：等了许多年才做上皇帝，并且积极支持王叔文革新政治的顺宗，因病不得不让位给太子李纯（宪宗）。古今中外的新皇帝都不喜欢父辈的臣子，为了摆脱父辈老臣的控制，宪宗一继位就把王叔文等改革派全都贬到边远的外省去做司马，这就是历史上有名的"永贞八司马"事件。柳宗元当时被贬到永州（在今湖南），他没有弟兄姐妹，加之妻子早逝，无儿无女，只好一个人孤苦伶仃地被冷落幽闭在那里。他曾借助游山玩水的方式来排解内心的痛苦，这一时期他所写的山水游记及山水田园诗，外表看去是在写对山水景物的赏玩，而且常常故意写得冷静，似乎是超脱了，但是事实上，冷静超逸之中常流露出他的热情和痛苦。柳宗元在永州一待就是十年，后被召回朝廷，不久又被贬为柳州刺史。柳州在今广西境内，当时十分落后、闭塞、不开化。但此次柳宗元身为刺史，有了地方上的实权，因此他一到此地就开渠凿井，借助人们的迷信心理，在庙宇里开展文化教育。这一时期他不仅写了大量的自然山水诗，还写了许多政论文章和寓言故事，如《封建论》《捕蛇者说》等。下面我们来看他此时所写的两首描写自然山水的诗《溪居》和《与浩初上人同看山寄京华亲故》。

这两首诗都是借景物抒发寂寞、痛苦、悲慨、热烈情怀的。《溪居》外表写得冷静、超然，其实说的都是反语："久为簪组累，幸此南夷谪"二句中的"簪组"指的是仕宦人的服饰。意思是说，我长久地做官，这对我来说是一种牵累，如今能够贬逐到这南方的蛮夷之地，可谓一大幸运。接着他又说，闲暇时，我与农夫野老为邻居和朋友，我与他们在一起的那份适意悠闲的情趣真像那无忧无虑的"山林客"。我所过的是真正的农家生活："晓耕翻露草"，日出而作；"夜榜响溪石"，日入而息。诗篇至此，也许你还看不出诗人是在说反话，等到最后两句一出口，"来往不逢人，长歌楚天碧"，我们方才深刻地感受到了诗人那份无法排遣的悲哀与寂寞。既然你有"农圃邻"、"山林客"为友，何言"来往不逢人"呢？既然有"晓耕"、"夜榜"的情趣和适意，又为何要"长歌楚天碧"？原来他并非真的超然和悠闲，因为那些"农圃邻"、"山林客"与我们这位被谪南夷的诗人本来就不属于同一阶层和类型，诗人可以很快就适应、了解他们，而他们却永远也不会理解诗人内心的真正感情，所以诗人只好面对着茫茫的苍穹，仰天长啸，将那份深深的寂寞与悲慨全都发泄在苍茫无际的天地之间。可见诗人愈是极力用冷静与超然的姿态来掩饰内心的情怀和悲慨，这种悲慨之情就愈是表现得真挚、强烈。这就是柳宗元山水田园诗的一大特色。

除此之外，他也有直抒胸臆的诗作，如《与浩初上人同看山寄京华亲故》。在柳宗元的诗作中，写得最好的是五言诗，但这一首七言绝句也写得极为出色。诗篇从头至尾，每一个形象、每一个词汇都充满了感发的力量。本诗作于柳州，"浩初上人"，是诗人的一位僧人朋友。

诗一开篇就利用当地的景物特色直抒思乡之情。广西柳州多山水，而且秋天的群山因没有水雾的缭绕而显得格外清晰，一座座山峰远远看去像是一柄柄锐利的剑锋，而诗人内心思乡的痛苦如同万剑穿心一般难以忍受。痛苦使得诗人忽发奇想："若为化作身千亿，散向峰头望故乡。"诗人是被贬到这远离家乡的偏僻之地的，没有朝廷的诏书，就没有诗人还乡的自由。既然不能回到故乡去，那只有登高向故乡的方向遥望。但此地最高处只有那些"似剑芒"的"尖山"，尽管如此，诗人也恨不能用分身之术把自己分解出千亿个身体，这千亿之身将不辞剑峰穿肠，一起分散到每一座尖山顶上，向着一个共同的方向遥望！可见思乡之苦远甚于万剑穿肠！这首诗短短二十八个字，把诗人一腔迫切的乡思之情表现得强劲、炽烈、沉痛而悲凉。这是柳宗元山水诗的又一特色，这方面较有代表性的还有《登柳州城楼寄漳、汀、封、连四刺史》等。清人王士祯《戏仿元遗山论诗绝句》中有一首诗，是专门批评韦应物与柳宗元诗的：

风怀澄淡推韦柳，佳处多从五字求。解识无声弦指妙，柳州那得比苏州。

综观二人的诗作，我们可以得出这样的印象，若仅就其山水诗的创作而言，韦应物与柳宗元是难以分出高下的，在表现山水自然的意境和韵味方面，韦应物确实胜过柳宗元；而在写景抒情的丰厚、深挚、浓烈、真率上，韦应物又明显地逊色于柳宗元。可以说，二人各具特色，各有千秋。与此同时的还有张继、刘长卿等人也不乏优秀的自然山水之作，此处不再一一解析了。

**■阅读思考**

1. 你认为中唐的自然山水诗与盛唐王维、孟浩然的山水田园诗有什么不同？

2. 从本章所选的作品中选出你最喜欢的一两首诗，试与前代山水田园诗人王维、孟浩然、陶渊明、谢灵运等的作品做比较分析。

上编

17

第十七章

## 春心莫共花争发
## 一寸相思一寸灰

——谈晚唐诗坛上的小李杜[1]

---

[1] 即指李商隐和杜牧。

# 李商隐

　　李商隐（约813—858），字义山，号玉谿生，又号樊南生。怀州河内（今河南沁阳市）人。开成二年（837）进士，授秘书省校书郎，补弘农尉。次年入泾原节度使王茂元幕府，并做了他的女婿。当时牛（僧孺）李（德裕）党争激烈，李商隐被卷入旋涡，政治上受到排挤，此后一生在牛、李两党的倾轧中度过，困顿失意，曾在各地节度使幕中当书记。李商隐在诗歌上有杰出的成就，其中七律成就最高，此外，五律、绝句、七古、五古等也多有名篇警句。他的诗秾艳绮丽，幽微含蓄，深情绵邈，寄托极深，善于用典故和神话传说，通过想象、联想和象征，构成丰富多彩的艺术形象。他的散文峭直刚劲，直抒胸臆；工本章奏典丽工整，才情富赡，善于表情达意，对后世影响很大，被奉为"四六文"的金科玉律。本章选文均选自上海古籍出版社《全唐诗》。

## 丹丘[1]

　　青女丁宁结夜霜[2]，羲和辛苦送朝阳[3]。丹丘万里无消息，几对梧桐忆凤凰[4]。

　　[1] 丹丘：亦作"丹邱"，传说中神仙所居之地。
　　[2] 青女：传说中掌管霜雪的女神，借指霜雪；亦喻指白发。丁宁：同"叮咛"，再三嘱咐，犹殷勤。
　　[3] 羲和：中国神话中太阳神的名字。传说她是帝俊的妻子，与帝俊生了十个儿子，都是太阳（金乌），住在东方大海的扶桑树上。传说羲和又是太阳的车夫。《楚辞·离骚》说："吾令羲和弭节兮，望崦嵫而无迫。"
　　[4] 几：多少。

## 瑶池[1]

　　瑶池阿母绮窗开[2]，黄竹歌声动地哀[3]。八骏日行三万里，穆王何事不重来[4]。

　　[1] 瑶池：古代传说中昆仑山上的池名，西王母所居。《穆天子传》中记载，圣母言行优雅温婉，曾邀周穆王在瑶池共宴。

[2] 阿母：西王母，我国古代神话传说她居住在昆仑之丘、瑶池之滨。绮窗：雕饰精美艳丽的窗户。《列子·周穆王》记载："穆王不恤国事，不乐臣妾，肆意远游，命驾八骏之乘……遂宾于西王母，觞于瑶池之上，西王母为天子谣，王和之，其辞哀焉。"

[3] 相传周穆王在大风雪中作《黄竹歌》哀悼冻饿而死的人民。

[4] 八骏：传说中周穆王驾车用的，据说能日行万里（一说三万里）的八匹骏马。此二句意谓：尽管穆天子有日行三万里的八匹骏马，可他再也无法赴瑶池与西王母相会了，他终生向往的"灵丹妙药"，最终还是没能消除这恨水东流、荒冢一堆，歌在人却亡、马骏人无奈的千古憾恨。

# 安定城楼[1]

迢递高城百尺楼，绿杨枝外尽汀洲[2]。贾生年少虚垂涕[3]，王粲春来更远游[4]。永忆江湖归白发，欲回天地入扁舟[5]。不知腐鼠成滋味，猜意鹓雏竟未休[6]。

[1] 安定：郡名，即泾州（今甘肃泾川县北），唐代泾原节度使府所在地。文宗开成三年（838），作者参加博学宏词科考试，因故落选。这首诗是本年春天在其岳父、泾原节度使王茂元幕时登临抒怀之作。

[2] 迢递：绵长缭绕的样子。尽：尽头。此二句意谓：登上城楼眺望，在枝柯披拂的绿杨林外，视线尽处，都是泾水之中片片的洲渚。

[3] 贾生：西汉的贾谊，他青年时所上的《陈政事疏》中针对当时国家的种种弊端，指出当时形势有"可为痛哭者一，可为流涕者二，可为长太息者六"而提出了一系列的建议。这句说自己虽忧国事，却得不到当权者的重视，故云"虚垂涕"。

[4] 王粲：东汉末年人，曾流寓荆州依刘表，作《登楼赋》，抒写其"冀王道之一平兮，假高衢而骋力"的怀抱和不得志的苦闷。此句借王粲抒发自己落第远游、寓居泾幕的抑郁心情。

[5] 永忆：长想，一贯向往。江湖：与朝廷相对，喻指归隐的处所。入扁舟：暗用春秋时越国大夫范蠡功成之后，驾扁舟泛五湖而归隐的典故。此二句意谓自己一贯向往着年老白发时乘舟归隐江湖，但希望是在做出一番回天转地的宏伟事业后才遂此宿愿。

[6] "不知"二句：典出《庄子·秋水》，惠施在梁国当宰相，庄子前去见他。有人对惠施说，庄子想取代你的相位，惠施很恐慌。庄子见到惠施，用寓言讽刺他

道：南方有一种叫鹓雏的鸟，非梧桐不栖，非竹实不吃，非甘泉不饮，鸱鸟弄到一只腐鼠，看到鹓雏飞过，怀疑它要来抢食，就冲着它发出"嚇"的怒叫声。现在你惠施也想用梁国这只腐鼠来"嚇"我吗？作者借此典，讽刺那些猜忌和排斥自己的朋党势力。腐鼠：喻自己所鄙视的利禄。成滋味：当作美味。猜意：以己心猜人意。鹓雏：凤凰一类的鸟，喻指有雄心壮志和高洁品格之人。此二句谓自己具有忧时爱国的高情远志，不屑个人利禄得失，不料嗜腐成癖、醉心利禄者却对自己猜忌不休。

## 任弘农尉献州刺史乞假归京[1]

黄昏封印点刑徒[2]，愧负荆山入座隅[3]。却羡卞和双刖足，一生无复没阶趋[4]。

[1] 开成四年（839），作者由秘书省校书郎调任弘农（今河南省灵宝县）尉，因活狱（免除或减轻对受冤死囚的处罚）而触怒上司，故诗人愤而辞去尉职。此诗即为呈给上司要求离职的。

[2] 封印：封存官印。封印与清点囚徒是县尉每天散衙前的例行公事。作者的《偶成转韵七十二句赠四同舍》有"手封狴牢屯制囚，直厅印锁黄昏愁"可参证。

[3] 荆山：虢州湖城县（今河南灵宝县）有荆山，山势雄峻。作者《荆山》诗云："压河连华势孱颜，鸟没云飞一望间。"雄峻的荆山与诗人沉沦下僚、任人驱使的屈辱地位正成鲜明对照，故面对映入座隅的荆山，深感愧疚，自觉有负于荆山。

[4] 卞和刖足：相传春秋时楚人卞和在荆山（今湖北南漳县西）得一玉璞，先后献给楚厉王和楚武王，却都被人说成是石头，因而相继被砍去双脚。楚文王即位，他抱璞哭于荆山，文王命玉工雕琢这块玉璞，果得宝玉，后以此制成著名的"和氏璧"。刖足，断足，古代的一种酷刑。诗人任所附近之荆山与卞和哭玉之荆山同名，作者因"活狱"而触忤上司，卞和因献玉反遭刖足，这"忠而见疑，信而被谤"的遭遇极其类似，故令诗人生此联想。没阶：尽阶，走完台阶。没阶趋：形容拜迎长官时奔走于阶前的卑屈情状。县尉职位卑微，低于县令、县丞和主簿。此二句谓我反倒很羡慕卞和被刖去双足，免得一辈子遭受在阶前逢迎奔走的耻辱。

## 锦瑟[1]

锦瑟无端五十弦[2]，一弦一柱思华年[3]。庄生晓梦迷蝴蝶[4]，望帝春心托杜鹃[5]。沧海月明珠有泪[6]，蓝田日暖玉生烟[7]。此情可待成追忆，只是当时已惘然[8]。

[1] 此诗内容，旧说极多歧义：有认为"锦瑟"是令狐楚家婢女名，故推断此为爱情诗；有认为是作者追怀死去妻子王氏的悼亡诗；还有人认为瑟有适、怨、清、和四种声调，诗的中间四句各咏一调，所以这是一首描绘音乐的咏物诗。张采田《玉谿生年谱会笺》认为这是诗人晚年所作追叙平生、自伤身世的咏怀诗，此说较为合理。诗因"锦瑟"起兴，故取之为题。

[2] 锦瑟：瑟，类似古琴的乐器。上有花纹如锦，故曰锦瑟。无端：无缘无故，凭什么。

[3] "一弦"句：因瑟有五十弦，自己也年近半百，联想生平华年，心弦随琴弦一一响（想）起。

[4] "庄生"句：典出《庄子·齐物论》："昔者庄周梦为蝴蝶，栩栩然胡蝶欤，不知周之梦为胡蝶欤，胡蝶之梦为周欤？"意谓浮生若梦，变幻莫测；即便是蝴蝶美梦，然晓梦难圆，随时都将破灭。

[5] "望帝"句：典出《太平御览》引《十三州志》："杜宇（望帝）死时，适二月，而子规鸣，故蜀人怜之。"意谓就像望帝即使身死也要将满怀春情寄托于杜鹃一样，诗人平生也有满腹衷情，但却无处去表白诉说。

[6] 沧海：典出《博物志》："南海外有鲛人，水居如鱼，不废绩织，其眼泣则能出珠。"《新唐书·狄仁杰传》："仁杰举明经，调汴州参军，为吏诬诉黜陟，使阎立本如讯，异其才，谢曰：'仲尼称观过知仁，君可谓沧海遗珠矣。'"此处连用二典，意谓即使在政治清明的时代背景下，也会像"沧海遗珠"一样，致使一些人贤良之才终身不遇、徒叹悲哀。

[7] "蓝田"句：今陕西省蓝田县距长安不远处有玉山，产良玉。陆机《文赋》曰："石蕴玉而山辉。"故蕴诸美玉的蓝田山便会在暖日晴辉中呈现出一派烟霭凄迷的景象。此喻谓诗人如美玉蕴诸山，因不得被开采而徒然地发出感伤、迷惘、惆怅之气场。

[8] "此情"二句：正如高步瀛《唐宋诗举要》卷五云："如上所述，皆失意之事，故不待今日追忆，惘然自失，即在当时已如此也。"惘然，失意迷惘的样子。尾联总括全诗，自问自答，自道出此系追忆往昔，痛定思痛之作。意谓："晓梦"、"春心"、"珠泪"、"玉烟"等种种华年往事，今天都已化作过往追忆，难道只是到今天才感到华年坎坷，此生蹉跎的吗？其实早在当时就已经有了"虚怀凌云万丈才，一生襟抱未曾开"的难言之痛、至苦之情了，无奈"自古才命两相妨"，除了徒叹奈何、凄然向往之外还能怎样。

# 无题[1]（三首）

## 一

相见时难别亦难[2]，东风无力百花残[3]。春蚕到死丝方尽，蜡炬成灰泪始干[4]。晓镜但愁云鬓改，夜吟应觉月光寒[5]。蓬山此去无多路，青鸟殷勤为探看[6]。

[1] 以"无题"为诗题是李商隐的创造。此后凡诗人别有寄托，不愿或不便表明作品的题目时，便命之为"无题"。一般《无题》诗意隐晦，众说纷纭，难以确解。本章所选三首《无题》非一时一地之作，也无顺序先后之别。

[2] "相见"句：古人常说"别易会难"，这句翻进一层，说唯其相见困难，才更令人间的分别难以忍受。上"难"指困难，下"难"言难堪。

[3] "东风"句：述说分别的季节与情态：时值暮春，伤春与伤别的双重悲哀更加令人黯然神伤。

[4] "春蚕"二句："丝"与"思"谐音，蜡烛燃烧时烛脂流溢如泪，故称"蜡泪"。此二句比喻对所爱者至死不渝的思念和无穷无尽的离恨。

[5] "晓镜"二句：谓晨起揽镜，唯忧会合无期，年华易逝而朱颜渐改；长夜无寐，对月吟诗，倍感知音不在，孤寂无依而身心凄寒。云鬓改，喻女子乌云一样浓密的鬓发因长相思念而变白。"但愁"、"应觉"都是设想对方心理之语。

[6] "蓬山"二句：蓬山是神话传说中的海上仙山，此指所思女子的居处。青鸟：传说中善于传情的仙鸟。此谓对于善于传情的青鸟而言，相爱双方的空间距离总是不远的，故坚信青鸟一定会不辱使命，将思念与祝愿殷勤地传递给对方。

**点评**：此诗于《无题》中最为有名，首联写春光易逝，聚散两难的人生长恨；颔联写春情绵绵，自缚自煎的执著不渝；颈联写春容渐改，相会无期的怅惘哀伤；尾联写春心不泯，寄情仙山的凄然向往。

## 二

昨夜星辰昨夜风，画楼西畔桂堂东[1]。身无彩凤双飞翼，心有灵犀一点通[2]。隔座送钩春酒暖，分曹射覆蜡灯红[3]。嗟余听鼓应官去[4]，走马兰台类转蓬[5]。

[1] 画楼、桂堂：皆喻富贵人家的屋舍。画楼，雕梁画栋的楼房。桂堂，临桂树而居的屋舍。

〔2〕灵犀：古代视犀牛角为灵异之物，犀角中心的髓质似白线贯串上下，直通两头。故说"灵犀一点通"，比喻相爱双方的心灵感应与相通。

〔3〕送钩：也称藏钩。古代腊日的一种游戏，分两方以较胜负。把钩互相传送后，藏于一人手中令人猜。射覆：古代游戏。在覆器（巾盂等）下放上东西令人猜。此二句意谓：因以游戏胜负决定喝酒的次序与数量，故不免因争执或罚饮，在烛光映照下酒酣耳热，故曰"春酒暖"、"蜡灯红"。

〔4〕嗟余：慨叹之余。鼓：更鼓。应官：应差，上班。唐制规定五更二点，鼓自内（宫中）发，诸街鼓承振，坊市门皆启。鼓响天明，即须上班应官，故曰"听鼓应官"。

〔5〕"嗟余"二句：意谓作者陷入对昨夜相会欢乐气氛的回忆，直到应差上班的更鼓都响了，才意犹未尽地不得已骑马奔赴办公所在的兰台。兰台，即秘书省，掌管图书秘籍。李商隐曾任秘书省正字。类转蓬：类似飘转翻飞的蓬草。不乏有身不由己，飘零无依之慨。

**点评：**此诗首联写今宵对昨夜"画楼西畔桂堂东"一见的回味与追忆；颔联写今宵人分两地，灵犀相通的微妙心理；颈联揣度意中人于灯红酒绿中欢乐游戏的情景；尾联写美好回忆身不由己地被听鼓应官所中断的无奈和嗟叹。

## 三

飒飒东风细雨来，芙蓉塘外有轻雷[1]。金蟾啮锁烧香入，玉虎牵丝汲井回[2]。贾氏窥帘韩掾少[3]，宓妃留枕魏王才[4]。春心莫共花争发，一寸相思一寸灰[5]。

[1]"飒飒"二句：意谓柔顺的春风细雨滋润着万物，隐隐的春雷惊醒了冬眠的大地。天地间的融融春意也唤醒了闺中女主人公的一怀春情。飒飒，早春的风雨声。芙蓉，荷花的别名。

[2]"金蟾"二句：此二句含意隐晦，意谓当春天到来时，即使隔绝闭锁很严的心灵，也会被"烧香入"的热烈馨香所熏染；即使枯如古井一样的感情，也会在"玉虎牵丝"，辘轳交往的钩引下涌出清泉。金蟾：指蛤蟆形状的香炉。啮：咬。锁：指香炉的鼻钮，可以开闭，放入香料。玉虎：用虎状玉石装饰用于汲水的辘轳。丝：指井索。

[3]贾氏窥帘：《世说新语》记载：晋韩寿貌美，贾充辟他为掾（僚属）。一次充女在门帘后窥见韩寿，很喜爱他，于是二人私通。后被贾充发觉，遂以女妻寿。

[4]"宓妃"句：《文选·洛神赋》李善注云：曹植曾求娶甄氏（原为袁绍儿媳），曹操却将她许给曹丕。甄氏死后，曹丕将她的遗物玉镂金带枕给了曹植。植离

京归国途中，在洛水边止宿，梦见甄氏对他说："我本托心君王，其心不遂。此枕是我在家时的从嫁，前与五官中郎将（指曹丕），今与君王。"植因感其事而作《洛神赋》。此承上联"烧香"引出贾氏窥帘、韩寿偷香的爱情故事；由"牵丝"引出甄后留枕、旧情缠绵的爱情故事。两句意谓，贾氏窥帘，是爱韩寿的英俊年少；甄后情深，是慕曹植的才高八斗。她们追求爱情的愿望都是不可抑制的，即"怀春之心"势必会"共花争发"的。

[5]"春心"二句：意谓相思之情如春花萌发不可遏止，但每每与花俱发的春心总会落得灰飞香灭，绳断丝牵，无奈只得压抑住满怀的春情，违心地强迫自己"春心莫共花争发"，因为"一寸相思一寸灰"。

点评：此通篇写美好情感的萌发之美与压抑之悲，从中可见诗人炽烈奔放的热情与抑郁无奈的悲慨。

## 暮秋独游曲江[1]

荷叶生时春恨生，荷叶枯时秋恨成。深知身在情长在，怅望江头江水声。

[1] 曲江：唐代长安最著名的皇家园林风景区之一。在今西安市城区东南部，境内有曲江池、大雁塔及大唐芙蓉园等风景名胜古迹。

点评：此诗所抒之无可奈何与怅惘哀伤之情，是回旋于作者绝大多数诗篇中的感情基调。

# 杜 牧

杜牧（803—853），字牧之，京兆万年（今陕西西安）人。宰相杜佑之孙。大和二年（828）中进士。历任监察御史、左补阙、史馆修撰，黄、池、睦、湖等州刺史，及司勋员外郎。自终中书舍人。诗、赋、古文都很有名，而以诗的成就为最高，其诗骨气豪宕而神采艳逸。往往于拗折峭健之中，见风华掩映之美，艺术上富于独创。与李商隐齐名，并称"小李杜"。尤长于七言律诗和七言绝句。诗歌多伤时感事之作，咏史诗独具眼光，见解精辟。

## 过华清宫[1]

长安回望绣成堆[2]，山顶千门次第开[3]。一骑红尘妃子笑[4]，无人知是荔枝来。

[1] 华清宫：故址在今陕西临潼县骊山，曾为唐明皇与杨贵妃游乐之地。

[2] 绣成堆：指骊山右侧的东绣岭，左侧的西绣岭。《陕西通志》卷八引《名山考》："东绣岭在骊山右，当时林木花卉之盛，类锦绣然，故名。"

[3] 山顶千门：指重重宫门。

[4] "一骑（jì）"二句：奔驰的驿马蹄下扬起一路烟尘，妃子嫣然一笑，无人能料此是送荔枝来的。杨贵妃性嗜鲜荔枝，玄宗命从涪州（今四川涪陵）用快马送鲜荔枝到长安，数日可到。骑，一人一马。

**点评**：本题共三首，此为其一。杨贵妃性嗜荔枝，史书便有记载，诗人化用这一历史事实，形象而生动地揭露了封建统治者荒淫腐朽的生活，以及他们为了自己奢侈享乐的生活不恤民力的残酷行为。全诗措辞委婉，讽刺意味溢于言表。

# 泊秦淮[1]

烟笼寒水月笼沙，夜泊秦淮近酒家。商女不知亡国恨[2]，隔江犹唱后庭花[3]。

[1] 秦淮：河名，源出江苏省溧水县，贯穿金陵（今南京市）。

[2] 商女：卖唱的歌女。

[3] 江：指秦淮河。后庭花：歌曲名，南朝陈后主在金陵时荒于声色，作《玉树后庭花》舞曲，终至亡国。后人遂称此曲为亡国之音。

**点评**：此诗写夜泊秦淮所见所闻，诗人由眼前浮靡的社会风气，联想到南朝统治者纸醉金迷的奢侈生活，不由生发出深沉的慨叹。全诗寄兴深远，旨趣遥深。被后人誉为绝唱。

# 赤壁[1]

折戟沉沙铁未销，自将磨洗认前朝[2]。东风不与周郎便，铜雀春深锁二乔[3]。

[1] 赤壁：有多处，此诗所咏在黄州（今湖北黄冈）。相传三国鏖战之地在今湖北蒲圻。武宗会昌二年（842）杜牧官黄州刺史，四年九月转池州刺史。此诗即作于这一时期。诗人借赤壁之战这一历史典故，抒发吊古之意，寓托了时世兴亡之感及自己壮志难酬的心怀。

　　[2]"折戟（jǐ）"二句：从江岸泥沙中获得残破武器，磨洗后分辨出是三国遗物。折戟：断戟。戟是古代的一种兵器。销：熔化。此处意为朽烂。将：拿，持。

　　[3]"东风"二句：意思是如果没有东风助势，东吴的二乔就免不了被曹操捉到铜雀台去供他享乐了。东风，指火烧赤壁之事，周瑜用黄盖之计，以火攻焚烧曹操用铁链联在一起的战船，正好东南风起，大破曹军。周郎：周瑜。周瑜二十四岁即为将，吴中皆呼为周郎。铜雀，即铜雀台，曹操所建，故址在今河北临漳县，上居姬妾歌妓，为曹操晚年行乐之处。二乔：大乔、小乔。大乔为孙策之妻，小乔为周瑜之妻，均以美貌著称。此处以二乔被掳代指东吴灭亡。

# 遣怀

　　落魄江湖载酒行[1]，楚腰纤细掌中轻[2]。十年一觉扬州梦[3]，留得青楼薄幸名[4]。

　　[1]落魄：潦倒。江湖：泛指四方各地。
　　[2]楚腰：指美人的细腰，用《韩非子》"越王好勇，而民多轻死。楚灵王好细腰，而国中多饿人"典故。掌中轻：指汉成帝皇后赵飞燕，典出《飞燕外传》"体轻，能为掌上舞"。此二典皆为赞喻扬州妓女之美妙，是对昔日放荡生涯的追忆。
　　[3]扬州梦：言自己在扬州的冶游生活如一场梦。
　　[4]青楼：此指妓女居住的地方。薄幸：薄情、负心。
　　**点评**：此为追忆扬州幕府生活所作。诗人不甘寄人篱下，长做幕僚，故生活放荡不羁。本诗追忆中不乏对放纵生活的悔恨——潦倒江湖，以酒为伴，秦楼楚馆，美女娇娃，然而忽忽十年过去，扬州那种放浪形骸的风流时光犹如一场大梦，梦醒时分，竟落得以"薄情负心"闻名青楼。绝句是带着苦痛吐露出来的，前两句叙事，后两句抒情。除愧疚忏悔之外，大有人生恍如梦幻、不堪回首之意。

## ■解读鉴赏

　　繁星璀璨的唐代诗空中，除了李白、杜甫之外，还有一颗放射着神异凄迷之光的明星，那就是李商隐。虽然他没有李白的飞扬不羁，也没有杜甫的博大深厚，但他所特有的那一片幽微窈眇、扑朔迷离的心灵之光，在参横斗转、月坠星残的迢迢银汉中，无疑也是前无古人的永恒！他的神奇绚烂如同"夜月一帘幽梦"，他的缠绵悱恻恰似"春风十里柔情"（秦观词句）。尽管千百年来，在对最能代表李商隐特色之诗篇的认识上，几乎无一不存在着分歧；尽管古今评说者异口同声地公认他的诗难懂、更难解，即使你对他所写的背景和用意一无所知、一无所懂，但你仍能被他感性上的直觉魅力所吸引、所打动，这就是李商隐诗的最大成功，我们不妨以他的《丹丘》和《瑶池》这两首小诗为例，先来感受一下他留给你的直觉印象。

李商隐诗的题目有许多是取于本诗中的某两个字，对这种题目，你懂不懂都没有关系。"丹丘"与"瑶池"都是神话中神仙的住处，它们所象征的是完美而崇高的理想境界。传说"青女"是天上主霜的女神，"羲和"是管理太阳的男神。《丹丘》所写的是：青女以叮咛专注、无限深切的关爱之情，竭尽全部心力才凝结起那美丽晶莹的霜花；羲和不辞艰辛劳苦，日复一日地驾着日车奔波往来于东西山之间。这种不分昼夜、不分男女、千般叮咛、万般辛苦地对于美丽与光明的追求向往，其结果如何呢？不要说寻到神仙境地的丹丘，连丹丘的消息都没能寻到。假如换了别人，没有寻到，把它放弃就是了，可李商隐的无可奈何就在于他的不肯放弃，他仍然还在"几对梧桐忆凤凰"。《庄子》上说，凤凰非梧桐不栖，而梧桐树也只有凤凰才配让它栖息，因而"凤落梧桐"便成了美满遇合的象征。而今梧桐虽在，凤鸟却不至，这岂不是天地间最大的缺憾！所以李商隐怎么也不会甘心，既然青女、羲和付出了这样的心力和体力，怎么就没有结果呢？既然有了梧桐，怎么就没有凤凰呢？为此他要期待，他要无数次地面对梧桐，翘首企盼着凤凰的到来。

《瑶池》用了周穆王求神仙的典故。《穆天子传》载，周穆王想求长生，曾驾八骏去瑶池见西王母，途经黄竹时看到漫天大雪之中，遍地都是冻饿而死的人，他于是就作《黄竹歌》以哀之。李商隐袭用这个典故的本意，进而想到那位住在瑶池的西王母如果真像"阿母"一样慈祥亲切，关怀抚爱人间的生灵，那她一定会敞开通往人间的"绮窗"，那么天下人间的苦难也一定会随着"黄竹歌"传入"绮窗"，感动她慈悲的心肠，唤起她深切的母爱。倘若真有这样的瑶池，真有这样一位神仙"阿母"，那么凭周穆王那日行三万里的"八骏"，肯定会到达瑶池，找到阿母，解救天下百姓脱离苦海的。可事实上周穆王却为什么没有再来呢？

这两首小诗使我们感到李商隐所追求的理想境界确实是崇高而完美的，"丹丘"、"瑶池"，多么崇高神奇！"凤凰"、"绮窗"，多么遥远绚丽！然而这一切都是虚无缥缈的，如果真有"丹丘"和"凤凰"，为何诗人终生都没能寻到？而只能在记忆中向往呢？如果真有"瑶池阿母"，真有"绮窗"、"八骏"，为什么神仙的境界就再也不能达到呢？为什么李商隐的时代，大地人间还沉浸在痛苦悲哀之中呢？其实李商隐并非不晓得这一切都是虚幻的，可是他就是不甘心放弃，就是要怀着无限悲哀的痴情，苦苦地渴望和期待着。读李商隐的这些诗，即使你不知道他所追求的究竟是什么，他的言外之意指什么，只凭他怅惘哀伤、缠绵悱恻的感情形象本身，就足以在直觉上打动你，使你不由得被那难以言状的悲怆之美所震慑、所吸引。同时也正因为你难以用理性去解说，难以用指实的框子来圈定，因而他所带给你的感动和联想才是自由和无限的。那么李商隐为什么会有这种怅惘哀伤的感情，又怎么会写出这样窈眇隐晦的诗作呢？这就是他所经历的时代、家境，以及本人性格、遭遇等多方面因素结合的结果了。

李商隐所经历的唐代，已经处于整个唐帝国，也是整个中国封建社会的一个急剧下滑的陡坡上，任何力量都不能阻止它注定倾覆的惯性了。李商隐在短短四十六年的生命历程中，曾目睹了宪宗、穆宗、敬宗、文宗、武宗、宣宗六朝的更替。这正是唐代的多事之秋，外有藩镇割据，内有宦官专权，加之朝臣之间的朋党争斗，因此形成当时朝中帝王之生杀废立尽出于中官（太监），朝士之进退黜擢半由于恩怨的局面。历史上有名的"甘露之变"，使李商隐深为唐文宗"受制于家奴"以致"运去不逢青海马，力穷难拔蜀山蛇"（《咏史》）的处境而痛惜。此外更令人痛惜的还在于诗人的不幸身世和遭遇。他的传记中记载，他少小孤寒，十岁丧父，十二岁就作为长子而担负起养家的责任。为此他曾刻苦读书，除欲求得到仕宦的因素外，李商隐还是一个关怀国家民生、有理想、有见解的有志之士。不幸他科场不利，两次应考皆未登第。直到他二十六岁那年，才因令狐楚、令狐陶父子的推荐考中进士。就在这一年的冬天，他写了《行次西郊作一百韵》的著名长诗，诗中描绘出当时民间的荒凉景象："高田长槲枥，下田长荆榛。农具弃道旁，饥牛死空墩。依依过村落，十室无一存。"指出了当时政纲紊乱的弊端在于"中原遂多故，除授非至尊。或出悻臣辈，或由帝戚恩"；"巍巍政事堂，宰相厌八珍，敢问下执事，今谁掌其权。疮疽几十载，不敢抉其根"。最后诗人陈述自己的愿望说："我愿为此事，君前剖心肝。叩头出鲜血，滂沱污紫宸。九重黯已隔，涕泗空沾唇。"表现出深挚强烈的救国救民之愿望。就在他写此诗的次年，他又去参加博学鸿词科的考试。当时他本已被吏部录取，可当他的名字上报到中书省时，却由于中书长者说"此人不堪"，遂又落选。李商隐为何会令中书长者感到"不堪"呢？这之中有两种可能，首先不能排除他当时既受知于令狐氏（牛僧孺党人），又娶了王茂元（李德裕党人）之女为妻的事实，这被当时朋党交争、各执一见的官场视为背恩之举；此外更重要的可能在于李商隐的这首长诗触犯了当权者的忌讳。因此以李商隐那一份执著多情、幽微善感的天性，他既要追求"欲回天地入扁舟"（《安定城楼》）的理想境界，又要保持"一生不复没阶趋"（《任弘农尉献州刺史乞假归京》）的高尚气节；既不能忘怀令狐父子的知遇之恩而与之断绝来往，又不忍伤害与爱妻、岳父之间的亲情关系；再加上他写的那些政治诗所招来的许多麻烦，这一切都注定了他在感情上将终生陷在进退两难的矛盾旋涡中难以自拔。在政治作为上，他更是失意，一生穷困漂泊，先后数次为人做幕僚（给地方军政长官当秘书），从未有过施展才志的机会。翻开李商隐的文集，可以看到，他十之八九的文章都是给人家做掌书记时留下的。以这样才学卓越的有志之士，而一辈子都浪费在写那些无聊的公文上，这实在是人世间最大的遗憾和悲哀。正是这种"虚负凌云万丈才，一生襟抱未曾开"（崔珏《哭李商隐》）的终生憾恨与他"古来才命两相妨"（《有感》）的种种遭遇，才使李商隐的诗风染上了那些怅惘哀伤、凄迷晦涩的情调。下面我们来解读他那首最有名、也是最难懂的《锦瑟》诗。

　　这是李商隐诗歌中争议最多的一首诗。有人说是爱情诗，有人说是政治诗，有人说是悼亡妻的，有人说是泄积怨的，有人说此一句指令狐陶，彼一句指李德裕……真可谓"一篇锦瑟解人难，可惜无人作郑笺"。对此我们应该抛开各种成见，先从诗篇本身所使用的典故、形象、结构、口吻中去体会他给予我们的直觉感受才好。

李商隐诗难懂的另一个重要原因，还在于他频繁地用典，因此读他的诗，首先要弄清他诗中典故的本来意义。"锦瑟无端五十弦"句中就用了《史记·封禅书》中的一个故事：上古时"太帝使素女鼓五十弦瑟"，瑟这种乐器发出的声音本来就是低沉哀伤的，再加上它的弦有五十根之多，所奏出的乐曲就更是繁复曲折、忧郁悲怆了，所以每次奏瑟，都令太帝泣不可止，后来太帝实在无法忍受这么沉重的哀痛，就"破其瑟为二十五弦"。李商隐用此典故的重点在于"无端五十弦"之上，一般乐器有四弦的琵琶，五弦、七弦的琴，十三弦的筝，你"锦瑟"为什么偏偏要多出这么多根弦来？你李商隐为什么偏要比别人的情感更锐敏纤细，更幽微抑郁？孰令为之，孰令致之？是"无端"而然，无缘无故，生来如此，无可奈何的！这是美丽珍贵之"锦瑟"与生俱来的悲哀，也是才情华美之李商隐命定的悲剧！所以下面的"一弦一柱思华年"便过渡到诗人对自己悲剧年华的追忆。由于"锦瑟"之弦与诗人之心弦是同声相应、互为应和的，那么锦瑟上每一根弦柱所发出的声响，都自然会引起诗人心灵的波动和震颤，于是诗人触绪伤怀，引出了对平生感情经历与生命遭遇的追溯和回忆——

"庄生"两句所忆及的是诗人华年之中的感情经历。首先他用了《庄子·齐物论》上的典故：庄子有一天梦中变成了蝴蝶，但梦醒后，发现自己还是庄周，于是他茫然不知是蝴蝶变成了庄周呢，还是庄周变成了蝴蝶。庄子的本意是要表现"齐物"的哲学思想。但李商隐的用意不在"齐物"上，他只是借典发挥，沿着"梦为蝴蝶"这个美丽的形象思路，再加一"晓"与"迷"字，使之又翻出一层新意：梦是理想的象征，蝴蝶又是永远追寻着鲜花的，这里都蕴含着对美好理想与情感的追寻和向往。李商隐于"梦"前加一"晓"字，意在突出强调那是一场破晓之前很快就要破灭的残梦。"迷"字的重点则在于衬托蝴蝶之梦的美好。梦越是美妙、香甜，就越对之执迷痴狂、流连忘返。这一句完整的意思是：我曾有过执迷痴狂的梦想，而且这梦幻有如蝴蝶一般翩跹，但没料到我这一份如痴如狂的热情和希望，竟会在这么短的时间内，这么轻易地就毁灭了。现实中李商隐所追求的、所梦想的究竟是什么呢？其实无论是什么，他都不妨可以有这种追求的感情！

接着"望帝春心托杜鹃"又用了望帝魂化杜鹃的典故：古时蜀地有一皇帝名杜宇，号称望帝，他曾因一失足，铸成失位、失国的千古憾恨而终生陷于愧疚自责之中。死后他的灵魂化作杜鹃鸟，每到春来，杜鹃鸟就不住地鸣叫，其啼声酷似"不如归去"，而且直啼到泣血为止。这里李商隐除了袭用望帝死后仍难摆脱对旧情、故国的牵恋之情以外，又在"望帝魂托杜鹃"的典故中间加上"春心"二字。"春心"在中国传统诗歌中所代表的，是一种浪漫而热烈的感情的萌动，但由于对这样一种美好感情的追求，常常要伴随着许多痛苦悲哀，所以李商隐在另一首《无题》中说"春心莫共花争发，一寸相思一寸灰"。李商隐的悲哀正在于他明知春心会寸寸成灰，却偏偏还要"春蚕到死丝方尽，蜡炬成灰泪始干"。尤其是当诗人的这份"春心"一旦加之于"望帝托杜鹃"的固有意象之上，遂又有了更深层次的喻意：与花争发的春心托情于"春蚕"、"蜡炬"，这份至死方休的执著已弥足感人了，更何况这"春心"竟又寄托在至死不休的"望帝"与"杜鹃"之上呢！

从"晓梦"到"春心"，从"迷蝴蝶"到"托杜鹃"，随着李商隐低回婉转、幽隐哀怨的心弦的拨动，那些旧情如梦、憾恨无穷的华年往事被重新唤醒，联想到命途多舛、浮生如萍的遭遇，诗人禁不住触绪伤情——"沧海月明珠有泪，蓝田日暖玉生烟"的前两句"庄生"、"望帝"都是从人说起的，这两句的"沧海"、"蓝田"则是从景物上说的。景就是"境"，就是境遇和遭际，如果说前两句是诗人内心感情经历的象喻，那么这两句所象喻的，则是诗人外在的环境和遭遇。"沧海"一句是三个典故的结合。李商隐诗不仅喜欢用典，而且也善于用典，有时他是直接用典故的原意，有时是借典发挥，翻用新意。这句他是把几个相关的典故结合在一起连用。首先用了蚌珠的典故：中国古籍中记载，月满则珠圆，月缺而珠虚（空），只有当夜明月满之时，你才能采到圆润美满的珍珠。所以"沧海月明珠有泪"的第一层用意是说，海上月满，海蚌珠圆（这是典故上说的），而且这明珠还含着晶

莹的眼泪（这是李商隐加上去的）。珍珠是美丽的，泪珠是悲哀的，为
什么天下那些最美好的事物总要伴着悲哀呢？而且是在"沧海"这如
此广漠荒凉之中的悲哀！于此又有了第二个典故，即"沧海遗珠"的
联想：珠宝的价值就在于有识货的人把它当作珠宝来珍惜和赏爱，而
事实上那些采珍珠的人们却往往把一颗最美好、最明亮的珍珠遗漏在
茫茫沧海之中，如果真有这样一颗被遗弃的，永远得不到知赏和采撷
的珍珠，它又怎么能不"珠有泪"呢！这就又引出了第三个典故：传
说大海中有一种"水居如鱼"的鲛人，她哭泣时，能够泪落成珠。"珠
有泪"说的是如此珍贵美好的事物却充满了凄凉悲哀，"泪成珠"是说
如彼沉痛悲哀的情感竟具有美好珍贵的价值。一个是美丽而且悲哀的，
一个是悲哀然而美丽的，这美与悲、悲与美所构成的种种形象，岂不
正是李商隐其人、其诗与其不幸的身世境遇相结合的浓缩概括吗？

　　下句中的"蓝田"，是长安附近以盛产玉石而闻名的一座山的名
称。这首诗不但每一句都表达了一个完整的意象，而且形象与形象之
间还具有相得益彰的对比效果。"沧海"是海，"蓝田"是山；"月明"
是夜晚，"日暖"是白天。在"沧海月明"的凄凉孤寂之中，诗人曾有
过"珠有泪"般美好而悲哀的感情经历，那么在"蓝田日暖"这样温
暖和煦的环境里，诗人的境遇又是如何呢？古人说"石蕴玉而山辉"。
所谓"玉生烟"这里可能有两种喻意，一是把玉当作可望而不可即的
追寻对象，欲采而不得；另一种是以玉自比，言其由于无人开采，因
此当日光照射在玉石之上才焕发出凄迷朦胧的烟光。不管是要采而不
得，还是有玉无人采，总之都是蕴藏与采用相违反、相悖逆的不幸
际遇。

　　综观诗人一生的身心经历，他曾有过梦迷蝴蝶的美妙幻想，可那终
归是残更晓梦，转瞬即逝；他曾竭力控制压抑自己的满怀春情，可那
"春心"非但不死，还附魂"望帝"，托情"杜鹃"；他晶莹美丽如沧海明
珠，但不幸竟被采珠者遗落在苦海苍茫之中；他玲珑珍贵如蓝田宝玉，
却幽闭埋没于岩石层中，凄然散发着渴求与无奈的迷雾灵光。诗的结尾
总结道："此情可待成追忆，只是当时已惘然。""此情"指的即从"庄
生"到"蓝田"这四种不同的身心境遇。对于这种种感情的境遇，难道

一定要等到今天追忆它的时候才觉得它们是怅惘哀伤的吗？清朝人写过两句词："当时草草西窗，都成别后思量。"人生有许多感情是在失去之后才认识到它的意义和价值的，但李商隐不是，他在"当时已惘然"了。"惘然"是一种怅惘哀伤、若有所失、若有所寻的感情，这是一种人之常情，每个人都有过追寻和失落的感受，人生就徘徊在这追寻与失落的情感之间，而将人生这种感情境界表现得最深切感人的，莫过于李商隐了，在他之前，没有人能写出这样的诗来。那么李商隐的特色和魅力究竟是什么呢？

概括地说，李商隐诗最突出的特色是用理性的章法结构来组织非理性的、缘情而造的形象（意象）。如《锦瑟》前两句在结构上具有起承的作用，中间四句排列了四种情、境的形象，最后两句是全诗的总结和收束，具有转合之妙。这种理性与非理性的结合，使你产生似懂非懂的印象，它的起承转合、条理层次与情绪口吻，都使你感到完全可以理解；而"晓梦迷蝴蝶"、"春心托杜鹃"，以及"沧海珠有泪"、"蓝田玉生烟"等超现实、超理性的形象，又给你一种概念上的、不可理喻的直觉美感，并在打动你的同时带着一种莫名其妙的吸引力。从心理学上讲，人们对事物的认知都是"贵远而贱近"的，对某一事物的理解和认识如果到了一览无余的程度，那它就不再具备吸引你的力量了，只有那些你看得见、摸得着，却看不清、猜不透，似懂非懂，似曾相识又不曾相知的事物对你才有魅力，才能诱发你的好奇心。"魅"字之从"鬼"部，就在于它具有一种神秘感和诱惑力，是非人之理性所能克制的吸引力。李商隐的《锦瑟》《燕台》，以及相当一部分《无题》诗就具有这样的艺术魅力。对于这些完全诉诸感性的，完全凭心灵感受的触动而写成的诗篇，原本是不可以有心求的。因此要想欣赏李商隐的诗，首先应当具备一颗与诗人相类似的心灵，用"心有灵犀一点通"的直觉感受去收集他留给你的，能够感受而却难以言说的印象，循此印象所生成的感觉线索，再一步步深入去体会他那"才命两相妨"的抑郁悲伤；去探索他幽微窈眇的心灵迹象；去沟通他朦胧凄迷的神致思路；去分享他如梦如幻的追寻向往。而不应带着某种固有的成见，用完全猜谜的方式来解读，即使你能机巧地偶然猜对了，也仍然不是正确的欣赏途径。

与李商隐同时，年纪稍长的杜牧在晚唐诗坛上也具有重要的地位和影响。杜牧是宰相杜佑之孙，居长安城南樊川别墅，世称"杜樊川"。杜牧生于内忧外患日益深重的晚唐，自幼便有经邦济世的抱负和忧国忧民的情怀。他关心国家的政治和军事，曾注《孙子》十三篇，注意研究"治乱兴亡之迹，财赋甲兵之事，地形之险易远近，古人之长短得失"（《上李中丞书》）。也希望凭借自己的努力挽回唐王朝实际上已不可逆转的颓势。杜牧今存诗五百多首，在艺术上各体皆工，七绝尤佳，有不少为人传诵的名篇。深沉的历史感是杜牧诗中的一个显著特色。无论是感慨往事、针砭现实还是抒写怀抱、描摹自然，都常常流露出伤今怀古的忧患意识。但由于杜牧性格比较开朗乐观，所以他的诗中虽有颓唐的成分，却并不显得消沉，而是在忧郁中透出清丽俊爽的风情格调。

杜牧的政治诗多揭露时弊和表达他对现实的关切。代表作有《感怀诗》《河湟》《早雁》等。如《早雁》以惊飞四散的早雁，比喻在回纥侵略者蹂躏下被迫流离的边地人民，表现了对难民的深切体贴和同情，也谴责了统治者对他们的漠不关心。此诗通篇采用比兴象征手法，表面上句句写雁，实际上句句写人，含蓄蕴藉，寓意深刻。

值得注意的是杜牧讽刺帝王的荒淫，议论朝政得失的咏史诗很富特色，艺术上也有创新。一部分采用传统手法，借古喻今；另一部分以诗论史，具有史论色彩，分别以《过华清宫》和《赤壁》为代表。《过华清宫》通过杨贵妃嗜鲜荔枝玄宗命飞骑千里传送的历史事实，深刻揭露和讽刺了统治者骄奢淫逸的生活。作者在史实的基础上，驰骋丰富的艺术想象，既引人入胜，又耐人寻味。全诗不着一句议论而题旨自见。《赤壁》写作者凭吊古迹所抒发的历史兴亡的感慨。作者将东吴在赤壁之战中的巨大胜利，完全归之于偶然的东风，不是出于军事上的无知，而是借史事一吐胸中怀才不遇的块垒。此诗用笔锋利，英气逼人，充分体现出杜牧诗"雄姿英发"的特色。这一以诗论史的写法尤为后代许多诗人所仿效。

杜牧的写景抒情诗也取得很高成就，他既善于用凝练的语言勾勒鲜明的景物意象，又善于把悠远的情思寄托在具体画面之中。如《泊秦淮》以迷茫朦胧的江边月色和柔曼颓靡的流行曲调，构成一幅色彩凄凉暗淡、人物醉生梦死的世情生活图画，而这一切又从抒情主人公的视听感觉中写出，并引起他对前朝亡国教训的联想。清醒与麻木、历史与现实的对照映射，传达出一种浓厚的忧世伤时的感伤情怀。

由于晚唐一蹶不振，个人际遇也不顺，理想与现实始终处于矛盾中，杜牧于是失意消极，甚至放浪声色、玩世不恭，因而诗中也留下一些轻薄之作，正如他自己所云："十年一觉扬州梦，赢得青楼薄幸名。"（《遣怀》）这一方面反映了中唐以后士大夫追求享乐的浮华习气，同时也表明了作者与统治者不合作的人生态度。

■**阅读思考**

1. 你喜欢李商隐的诗吗？你以为李商隐诗歌的独特魅力来自何处？对这样的诗应如何欣赏？

2. 就《无题》《锦瑟》等诗的阅读，谈谈李商隐诗歌意象与意境方面的特色。

# 第十八章

## 18 要眇宜修即本真
## 莫因侧艳贬词人

——谈晚唐五代"歌词"中的微言大义
与情感境界

# 【晚唐】温庭筠

温庭筠（约 812—866），原名岐，字飞卿，太原（今山西太原）人，一生不得志，生活放荡不羁。晚年任方城尉和国子助教。本章选文均选自贵州人民出版社赵崇祚辑《花间集》。

## 菩萨蛮[1]（二首）

### 一

小山重叠金明灭[2]，鬓云欲度香腮雪[3]。懒起画蛾眉[4]，弄妆梳洗迟[5]。　　照花前后镜[6]，花面交相映[7]。新贴绣罗襦[8]，双双金鹧鸪[9]。

[1] 菩萨蛮：唐教坊曲名，后用为词牌名。

[2] 小山：屏山，指床头小屏风。金明灭：谓日光照在屏风上闪烁明灭的样子。

[3] 鬓云：谓如云之鬓发。度：谓掠过。香腮雪：谓如雪之香腮。

[4] 蛾眉：蚕蛾之须弯曲细长，因而喻女子长而美的眉毛。

[5] 弄妆：妆饰，打扮。

[6] 前后镜：谓用两个镜子前后相照。

[7] 花面：谓头上之花与美人之面。

[8] 贴：指贴绣，一作"帖"。绣罗襦：绣花的绸制短衣。

[9] 金鹧鸪：用金线绣的鹧鸪鸟。

### 二

南园满地堆轻絮[1]，愁闻一霎清明雨[2]。雨后却斜阳[3]，杏花零落香。　　无言匀睡脸[4]，枕上屏山掩[5]。时节欲黄昏，无聊独倚门[6]。

[1] 南园：泛指园圃，南，此处无实际方位意义，同南亩、南窗之类。轻絮：轻飘的柳絮。

[2] 一霎：顷刻之间，一阵儿。

[3] 却：犹正也，于语气加紧时用之。

[4] 匀：动词。此指在面庞上敷脂施粉的动作。

[5] 屏山：即屏风，亦称枕屏、枕障。

[6] 时节：时光，时候。

**点评**：此词写的是一位独处闺中女子在春暮时节昼睡醒来时的形态。上阕点明了时节：春暮飞柳絮，杏花残留香。同时也点明了人情，惜杏花落，闻雨而愁。下阕点明主人翁是刚刚睡醒，睡脸依旧。孤独无语依照惯例把脂粉涂抹在脸上，然后便百无聊赖地独自倚在门边打发寂寞的黄昏时光。

# 南歌子

　　倭堕低梳髻[1]，连娟细扫眉[2]。终日两相思。为君憔悴尽，百花时[3]。

[1] 倭堕（wō duò）：倭堕髻。古代妇女的一种发式，发髻偏歪在头部一侧，似堕非堕，是东汉后期流行的一种时髦发式。

[2] 连娟：弯曲而纤细。扫眉：描画眉毛。

[3] 百花时：谓春天。

# 【五代西蜀】韦庄

　　韦庄（约836—910），字端己，京兆杜陵（今陕西西安东南）人，韦应物四世孙。唐末进士。后入蜀为西川节度使王建（后为前蜀开国皇帝）掌书记，在前蜀官至宰相。

## 菩萨蛮（五首）

### 一

　　红楼别夜堪惆怅[1]，香灯半卷流苏帐[2]。残月出门时，美人和泪辞。　　琵琶金翠羽[3]，弦上黄莺语[4]。劝我早归家，绿窗人似花。

[1] 红楼：富贵人家女子的住房。别夜：谓分别前夜。惆怅：因失意或失望而伤感、懊恼。

[2] 香灯：燃油中掺有香料之灯。流苏帐：饰有流苏的帷帐。流苏，用彩色羽毛或丝线等制成的穗状垂饰物。

[3] 金翠羽：谓琵琶上的装饰。

[4] 黄莺语：谓弹奏的乐曲声。

## 二

人人尽说江南好，游人只合江南老[1]。春水碧于天，画船听雨眠[2]。　　垆边人似月[3]，皓腕凝霜雪[4]。未老莫还乡，还乡须断肠。

[1] 只合：只应当。江南老：谓终老于江南。
[2] 画船：装饰华丽的船。
[3] 垆边：指酒店。垆，古时酒店里安放酒瓮的炉形土台子。
[4] 皓腕：雪白之腕。霜：一本作"双"。

## 三

如今却忆江南乐，当时年少春衫薄。骑马倚斜桥，满楼红袖招[1]。　　翠屏金屈曲[2]，醉入花丛宿[3]。此度见花枝[4]，白头誓不归。

[1] 红袖：谓美女。
[2] 翠屏：绿色屏风。屈曲：谓"屈戌"，门窗上的环纽、搭扣。一说，指屏风之折叠。
[3] 花丛：谓美女之云集。薛道衡《宴喜赋》："妖姬淑媛，玉貌花丛。"
[4] 此度：这一回。花枝：喻美女。

## 四

劝君今夜须沉醉，樽前莫话明朝事[1]。珍重主人心[2]，酒深情亦深。　　须愁春漏短[3]，莫诉金杯满。遇酒且呵呵[4]，人生能几何。

[1] 此二句是主人劝客之辞。
[2] 主人：一说是指西川节度使王建。
[3] 春漏：春夜的更漏。
[4] 呵呵：笑声。

## 五

洛阳城里春光好，洛阳才子他乡老[1]。柳暗魏王堤[2]，此时心转迷[3]。　　桃花春水渌[4]，水上鸳鸯浴。凝恨对残晖，忆君君不知。

[1] 洛阳才子：作者自谓。韦庄在洛阳曾作《秦妇吟》长诗，时人号为"秦妇

吟秀才"。他乡：指蜀。韦庄晚年仕前蜀为宰相，卒于蜀中。

[2] 魏王堤：唐时名胜之一。洛水流入洛阳城内，过皇城端门，经尚善、旌善两坊之北，南溢为池，贞观中赐魏王李泰，故名魏王池。有堤与洛水相隔，名魏王堤。

[3] 转：渐渐，更加。迷：迷惑，失落。

[4] 桃花春水：《礼记·月令》："仲春之月，始雨水，桃始华。"韩婴《诗传》："三月桃花水。"后世称春涨为"桃汛"。渌（lù）：清澈，一本作"绿"。

# 思帝乡[1]

春日游，杏花吹满头。陌上谁家年少[2]，足风流。妾拟将身嫁与，一生休[3]。纵被无情弃[4]，不能羞[5]。

[1] 思帝乡：唐教坊曲，用作词调。

[2] 陌上：路上。年少：少年。

[3] 一生休：意谓了此一生。休，罢。

[4] 无情：指那男子。

[5] 不能羞：谓不以此为羞。

### ■解读鉴赏

中国古典文学向来有"诗言志"、"文载道"的传统。但是有一种文学体式从兴起时就突破了这个传统。它就是我们从这一章开始要讲的"词"。词的演化发展轨迹，就总体而言，大致如刘毓盘《词史》所说："勾萌于隋，发育于唐，敷舒于五代，茂盛于北宋，煊灿于南宋，剪伐于金，散漫于元，摇落于明，灌溉于清初，收获于乾嘉之际。"

隋唐以来，中国旧有的音乐融汇当时的外来音乐，形成了一种新的音乐，即"胡乐"，或称"燕乐"。词，就是配合这种新兴音乐演唱的歌词。词本来流行于市井里巷之间，后来文人们觉得它曲调很美而文词不美，就自己下手来填写。早期的文人词大多以美女和爱情为主，写得漂亮婉约，适宜在歌酒筵席上给那些年轻美丽的歌女演唱。我国最早的一本文人词集叫作《花间集》。这书名很美，西方把它译成"花丛里的歌"。然而，这些晚唐五代歌酒筵席上的流行歌曲，后来却发展成了一种最富于感发联想之言外意蕴的文学体式（以至于超越了"诗言志"

的社会艺术功能），这种奇妙的变化究竟是怎样发生的？词体与诗体到底有什么本质上的不同特质？本章将从《花间集》中的第一位词人温庭筠的一首《菩萨蛮》来探求这其中的奥妙。

温庭筠《菩萨蛮》这首小词很简单，从头到尾不过是描写了一个美丽的女子醒觉、起床、画眉、簪花、照镜、更衣的过程。按以往"言志"、"载道"的标准来看，似乎毫无欣赏价值，但对"词"这一纯美之文体，是不能简单套用"言志"、"载道"的标准而轻易否定它的。孔子说"诗可以兴"，"兴"就是兴发感动。诗可以培养人有一颗善于兴发感动的心灵，从宇宙间一花一鸟一草一木都能体会到生活的理想和情趣。因此，读中国的古典诗词，有时一定要能够超出外表所说的情事，看出一种精神上的本质才行。对温庭筠这首词，我们也应该作如是观。

什么是"小山重叠金明灭"？对于这个"小山"，有人说是"山眉"，有人说是"山枕"。但人的眉毛和古人用的枕头都不可以重叠。温庭筠在他的另一首《菩萨蛮》中有"无言匀睡脸，枕上屏山掩"的句子。"屏山"是指古人睡觉时放在枕头前边的一个小小的屏风。这里的"小山"，其实也就是指的这样一个屏风。由于屏风是曲折的，上边又有金碧螺钿的装饰，所以日光照在上面就显出金光流动、闪烁不定的样子。但是为什么要说"小山"，而不直接说"屏风"或者"小屏"呢？这就是温庭筠在语言风格上的一个特色了。他往往不向读者提供理性认知的概念，而是只提供一种感官的直觉。温庭筠的这个特点曾经受到很多人的批评，说他用词模糊晦涩，不知所云。但是我以为，诗词乃是一种唯美的感性作品，有的时候需要和现实拉开一段审美的距离。这就像是观看一幅画，稍稍站远几步反而能够更好地观赏它的美。比如他的第二句"鬓云欲度香腮雪"，"鬓云"是"鬓发的乌云"；"香腮雪"是"香腮上的白雪"。他不说"乌云般的鬓发"、"雪白的香腮"，因为那样讲太庸俗，太缺乏韵味。而"乌云"、"白雪"，再加上前一句的"小山"，这三种品质相近的大自然景象就为人物增添了一种远韵。试想：早晨的阳光照在小山一样重重叠叠的屏风上，光影的闪动惊醒了熟睡中的女子，她美丽的头在枕上微微一动，长发的乌云一下子就飘过了白雪般的面颊。这幅图画是不是很美？

　　"懒起画蛾眉，弄妆梳洗迟"与前边两句又有所不同，它带有传统文化的背景。如果你对中国的传统文化没有一定了解，你就只能停留在表面的意思上，无法对这两句产生感发。在这里，有些词汇我把它们叫作"语码"——语言的符码。一旦你叩响了它，就能带出一大串有关的联想。是哪些语汇呢？就是"蛾眉"、"画蛾眉"和"懒起画蛾眉"。屈原《离骚》说"众女嫉余之蛾眉兮，谣诼谓余以善淫"；李商隐《无题》说"八岁偷照镜，长眉已能画"；杜荀鹤《春宫怨》说"早被婵娟误，欲妆临镜慵。承恩不在貌，教妾若为容"。在这些诗句中，"蛾眉"是美好才智的象征；"画眉"是对美好才智的向往追求；"欲妆临镜慵"则是因为空有美好的才智却不能为世所用。从屈原开始，我国古典文学就有一个以美女香草托喻君子的传统。古人常说，"士为知己者死，女为悦己者容"。"容"，在这里有梳妆打扮的意思。可是，如果没有人欣赏，你还梳妆打扮给谁看？"懒起画蛾眉"的"懒起"二字和"弄妆梳洗迟"的"迟"字，就暗含有这样一种哀怨的情意。不过，温词之妙也正在这里：虽然说是"懒起画蛾眉"，可毕竟还是"起"了，而且也"画"了；虽说"迟"，可毕竟也"弄妆梳洗"了。原来，中国还有一个传统的说法是，"兰生幽谷，不为无人而不芳"。尽管无人欣赏，但仍要画眉，为的是保持自身容德的美好。"弄"字本身有一种赏玩的含义，所谓"弄妆"者，是说在对镜化妆时也有一种自我欣赏之意。一般来说，自我欣赏并不是一种好的习惯。但我实在也要说，一个人对自己一定要有所认识，应该从自爱中表现出自信。近代词学家王国维有一首词中说："从今不复梦承恩，且自簪花坐赏镜中人"——我绝不因无人欣赏而自暴自弃，我自己簪花在镜中欣赏自己。这不是一般人所说的那种肤浅的自我欣赏，而是对自己人格品德的尊重与赏爱。因为你的价值并不是建立在别人的赏识标准上的。在这里需要说明的是，"懒起画蛾眉，弄妆梳洗迟"表现了一个美丽女子因无人欣赏而寂寞孤独的心情，本来并没有超出艳情绮思的范围；而且据史书记载，温庭筠"士行尘杂，不修边幅"，就其平生为人以及当时那种歌酒筵席的写作背景来看，他不大可能有什么比兴寄托之心。但是由于他所使用的"蛾眉"等语汇恰好与中国文化传统中美人香草的托喻暗合，所以就很容易引起读者的感发和联想，从而也就提高了这首词的意境。

这首词从女子的起床、梳洗、画眉，直写到梳妆已毕，簪花照镜，达到高潮。这是一个美好的完成。"照花前后镜，花面交相映"两句不但形象美好，而且叙写的口吻中饱含着活泼的生命和充沛的感发力量。你看她"照花"要用"前后镜"，就是说，除前面的妆镜外，还要把一面镜子置于脑后，用来从各个角度观察头上的花是否戴好。这本是对照花动作很客观的叙写，但从中流露出一种追求完美和自我珍重的情意。什么是"交相映"？如果你用两面镜子前后对照一下就会发现：由于两面镜子里边都有对方的影像，所以人面与花两个美丽的形象前后相生，无穷无尽！你看，多么饱满的笔力，多么飞扬的神采。难怪清代词学家张惠言竟说这后半首有《离骚》"初服"之意！"初服"指《离骚》中的"进不入以离尤兮，退将复修吾初服"，表现的是屈原虽然"忠而被谤"却宁死也不肯苟合求荣的道德操守。现在我们再来看这个女子梳洗之后要换什么样的衣服："罗"，已经是一种很好的衣料；"绣罗襦"，是说罗制作的短衣上还绣有美丽的图案；"新贴"的"贴"指"贴绣"，那是一种类似现在"补花"的刺绣方法。另外还有一个可能就是"熨帖"，说那衣服是刚刚熨烫平整的。"双双金鹧鸪"，是说那绣罗襦上所绣的花样乃是一对对金色的鹧鸪鸟。所以你看，这真是层层推进。从起床画眉、簪花照镜到更衣着装，把这个女子容貌与服饰的美渲染到了极点。但是，"双双金鹧鸪"的含义还不止于此。要知道，中国人常常用比目鱼、鸳鸯鸟、并蒂莲，以及燕些女萝等成双作对的鱼鸟花草来象征理想的归宿和幸福的生活。绣罗襦上绣的花样是成双成对的金鹧鸪，而这个女子现在却是这样寂寞孤独。这首词通篇都是客观描写，没有一句话正面提到她的寂寞孤独，但是在结尾处却用反衬的笔法暗示了这一点：她为什么如此慵懒？因为她的美丽无人欣赏，她还不如绣罗襦上那成双作对的金鹧鸪！"双双金鹧鸪"，如此华美客观的视觉形象常常会淡化句中的意义蕴涵，你得琢磨一下才能明白里面蕴含着的情意。这就是温庭筠的特色。

同样描写美女，较之《花间集》一般的浮艳浅俗之作，温词总是有一种深远含蓄的美感与韵味。那么这种美感是如何产生的呢？首先，是他词中对人与物的纯美客观的形象描写，给你一种富丽精工、优雅珍重、超凡脱俗的直觉，如上文讲到的《菩萨蛮》中"小山重叠金明灭"，以及另一首《菩萨蛮》中的"水精帘里颇黎枕，暖香惹梦鸳鸯锦"等句。其次，是他描写美女容貌时所用词语的偏正次序也给人一种自然悠远、脱离低俗趣味的美感。譬如同样写美女美色，普通花间词人的说法是"胸前如雪脸如莲"（欧阳炯《南乡子》），而温词却说"鬓云欲度香腮雪"。"胸"、"脸"、"鬓"、"腮"都属肉质人体望之可触的现实色相，在中国古代的男权社会中，女性的美色是可作为商品供男性消费的，而以美色、爱情为主要内容的词又全都是男性写的，因此他们在下笔描写美女们的"胸"、"脸"、"鬓"、"腮"时，难免会带着一种消遣、赏玩的低俗趣味。而温庭筠词中的"鬓云"、"香腮雪"却让作为重点来表现的现实色相中"鬓"、"腮"一类主词，退回到次要的、修饰性的偏词的位置，这样一来，"云"（像"鬓"一般的乌云）与"雪"（像"香腮"一般的白雪）就变成了主词和本体，现实中的美女与美色成了修饰大自然中乌云与白雪的形容词和喻体，原本处于主角位置上的美女美色与大自然中云山白雪一融合，成为一幅画中人。如此一来，谁还能对画中人产生消费的欲望呢？由此看来温庭筠这些词不但摆脱了一般花间词人的低俗品味，更为自己从花间"风尘"中"赎了身"。再次，它与中国文化中"美人香草以喻君子"的传统暗合，就像上文所分析的，它通过"懒起画蛾眉，弄妆梳洗迟"等微言，可以把读者的感发联想引向屈原《离骚》中的高远美好之境界。这三点，都涉及词的体式特质。

《人间词话》的作者王国维说："词之为体，要眇宜修，能言诗之所不能言，而不能尽言诗之所能言。诗之境阔，词之言长。"所谓"要眇宜修"，乃是《楚辞·湘君》里的一句话，形容一个女性不但有外在修饰的美，而且有内在品质的美。王国维就用这句话来说明词体的特质。词很美丽而且余味深长，有些难于用诗表达的感情可以用词表达出来。但是词也有局限，一些反映社会历史事件的鸿篇巨制以及反映民生疾苦的内容，如杜甫的《北征》、白居易的《新乐府》等，就不是词所能胜任的了。张惠言有一段话说得也很好，他说词是"缘情造端，兴于微言，以相感动，极命风谣里巷男女哀乐，以道贤人君子幽约怨悱不能自言之情"（《词选序》）。就是说，词是从写爱情开始的，但是它把一般人的相思爱情和悲欢离合写得那么委婉含蓄、韵味深远，结果就产生了另外的一种作用，就把那些贤人君子由于志意理想不能实现而产生的幽约怨悱之情表现出来了。需要说明的是，这种表现在词的早期，仅仅是"微言"的暗合或者潜意识的流露，要等到苏轼、辛弃疾等大家陆续出现之后，词的抒情言志功能才逐渐从自发走向自觉，形成了两宋词坛鼎盛的局面。张惠言所说的"微言"，实际上就是我们在这首词中所讲的"蛾眉"、"画蛾眉"之类的"语码"。由美感和"语码"引起读者比较高远的感发和联想，乃是温词的一个显著特点。这一特点使词体开始脱离歌酒筵席上那些毫无意义的艳歌，逐渐提高了自己的价值和地位。温庭筠作为自中晚唐以来诗人中以专力作词的第一人，不但写了数量较多的词，而且所用牌调也有比较丰富的变化。所以，从词的整个发展历史来看，他算是一位重要的奠基者。

词到了《花间集》另一位词人韦庄的手里又进了一步，虽然内容仍然不离美女、爱情，但开始突出了作者的主观感情。温庭筠的词是客观的，虽很华美却没有明显的个性，可以随便拿给任何一个歌女去演唱，《花间集》的大部分作品都如此。而韦庄所写的爱情歌曲却是有主人公的。例如，"记得那年花下，深夜，初识谢娘时。水堂西面画帘垂，携手暗相期"（《荷叶杯》）；"昨夜夜半，枕上分明梦见，语多时。依旧桃花面，频低柳叶眉"（《女冠子》）；等等。时间、地点俱全，人物情态楚楚动人，呼之欲出。不但如此，温词总是以女子的口吻说话，韦词则常常直接用男子的口吻。即使有的时候他也像温庭筠一样假托女子口吻抒写爱情，那感情也总是带有一种劲直真切的个性。我们可以看他的一首小词《思帝乡》。

这首小词看起来真是既明白又浅显，然而却含有极强劲的感发力量。这种力量从开头的"春日游，杏花吹满头"两句中就流露出来了。李商隐有一首《无题》诗："飒飒东风细雨来，芙蓉塘外有轻雷。金蟾啮锁烧香入，玉虎牵丝汲井回。贾氏窥帘韩掾少，宓妃留枕魏王才。

春心莫共花争发，一寸相思一寸灰。"说的是，春天万物复苏，在春雨来、春雷响的时候，人类追求爱情的一份感情也被唤醒了，于是就发生了贾氏窥帘、宓妃留枕这一系列爱情故事。所以你看，"春日游"这三个字在一开始就把读者的感情直接领向这样一个途径："春日"，一个爱情萌发的季节；"游"，一种向外的寻觅。春郊杏花盛开，当一阵风吹过时，花瓣漫天飞舞，落得人们满头都是。"杏花吹满头"——那种撩动是如此地贴近你。于是，处于这种情绪感染下的这个女孩子就说："陌上谁家年少，足风流。妾拟将身嫁与，一生休。"陌上有那么多游春的少年，谁是真正值得我以身相许的？如果找到这样一个对象，那我就把整个的一生全都交给他！"陌上谁家年少，足风流"是个九字长句，"妾拟将身嫁与，一生休"又一个九字长句，前一句是期待，后一句是奉献。两相呼应，一口气读出，产生一种喷涌之势，有力地表现了期待之真诚迫切和奉献之彻底坚决。这还不够，接着她又说："纵被无情弃，不能羞。"这句话说得真是斩钉截铁，使人联想到——"亦余心之所善兮，虽九死其犹未悔"（屈原《离骚》）。杜甫有诗说："杜陵有布衣，老大意转拙。许身一何愚，窃比稷与契。"（《自京赴奉先县咏怀五百字》）稷和契是舜时的两位贤臣，杜甫希望做到像他们二人辅佐舜的时候那样，使天下人民都能吃得饱，家家户户生活安乐。这是古人一种美好的政治理想。古往今来，有很多读书人把自己的一生交付给这一理想，这也叫作"许身"。可见，无论事业还是理想都需要奉献，它们也像爱情一样，在经过慎重的选择之后必须"殉身无悔"。韦庄这首小词虽不必有儒家的修养和"楚骚"的用心，但他所写的那种用情的态度却能够感人至深。

由于不同作家有不同的个性特点，所以我们在读他们的作品时也要有不同的侧重点。温庭筠的词客观精美，富于启发联想，读他的词就应该多注重那些"微言"的感发。韦庄的词包含有丰富的主观感情，读他的词就要有一个"知人论世"的态度。因此，适当了解韦庄本人的身世和他所处的时代是很必要的。韦庄生活在唐王朝由衰败到灭亡的时代，他经历过黄巢攻破长安的战乱，从长安逃到洛阳，写下了有名的长诗《秦妇吟》，后来又在江南长期飘泊。唐昭宗乾宁元年（894）

他五十九岁时考中进士，六十六岁时被西川节度使王建聘请入蜀为掌书记。四年之后，朱温胁迫昭宗迁都于洛阳，然后杀死了昭宗，不久篡唐自立，是为后梁。唐朝从此灭亡。接着王建也称帝，是为前蜀。韦庄虽然受到王建信任，做了前蜀的宰相，但他从此就留在蜀中，再也不能回中原故乡了。七十五岁的时候，韦庄死于成都。《花间集》里有韦庄的五首《菩萨蛮》，由于篇幅所限，我们不可能做详细讲解，只是想通过它们来进一步阐明韦词个人情感的特色。

第一首"红楼别夜堪惆怅"，那红楼绿窗下的美人，显然是一个他曾经爱过的女子。在离别的夜晚他们彻夜未眠，那女子为他弹奏琵琶，弦上的声音诉说着她深情的叮咛："劝我早归家，绿窗人似花。""人似花"与"早归家"有什么因果关系？王国维有一首《蝶恋花》说："阅尽天涯离别苦，不道归来，零落花如许。"花是人世间最美丽也最不长久的事物，几天不见它就会憔悴零落，何况游子久羁他乡呢！事实上，他们这次离别所造成的毕生遗憾，我们是要一直读到最后一首的结尾才能更深切地体会出来的。

第二首"人人尽说江南好"，描写了秀丽的江南风景和人物。然而我们更要注意的是他的口吻，是"人人尽说"而不是他自己说江南好；是别人都劝他而不是他自己愿意在江南终老。为什么人们会劝一个游子不要再回他的故乡？因为那时长安和洛阳都在战乱之中，"内库烧为锦绣灰，天街踏尽公卿骨"（《秦妇吟》），哪里有江南生活这样平安快乐？然而我们也不要忘记，中国人的传统观念是狐死首丘，落叶归根。所谓"未老莫还乡，还乡须断肠"，其潜台词正是：我现在虽然不回去，可将来无论如何是要回去的。

但是在第三首中，他终于承认江南生活毕竟值得回忆——"如今却忆江南乐，当时年少春衫薄"。为什么离开了江南才承认江南生活的快乐？因为在江南的时候他一心思念故乡，身在美丽的江南却感受不到江南生活的美好。而他现在不但没有回到故乡，反而飘泊到更远的地方，连江南的生活也变成过去的回忆了。唐诗有云："客舍并州已十霜，归心日夜忆咸阳。无端更渡桑干水，却望并州是故乡。"诗的意思是：我在并州作客十年，那时并没有感到并州有多么好，心里想念的只有故乡咸阳；可是现在我不但没能回到故乡，而且又离开并州到了更远的地方，这时候我才知道我对并州也早就有了像对故乡一样的感情。失去了的东西总是最美好的，韦庄现在也是如此。那么他真的改变了主意，准备"此度见花枝，白头誓不归"了吗？这其实是一句反话，是人在无可奈何的时候故作决绝无情之语。因为，从"未老莫还乡"到"白头誓不归"到"遇酒且呵呵"，他在意思上层层转折，层层深入，纵然有时故作旷达，但实际上却一首比一首更明显地透露出内心的痛苦。他明知自己永远也不能够回到故乡了，但却无法放弃对故乡刻骨铭心的思念。这就是韦庄在感情表达上的"似直而纡，似达而郁"（陈廷焯《白雨斋词话》语）。

第四首他说"劝君今夜须沉醉，樽前莫话明朝事"，又说"须愁春漏短，莫诉金杯满"。在短短四十四个字的小令中，竟重复用了两个"须"字和两个"莫"字，这种重叠反复的口吻，表现出多少无可奈何的心情和多少强自挣扎的努力！所谓"漏"，指计时的更漏。这个"短"在表面上是说春夜的短暂，但其中也很可能暗喻着他自己的衰老和时日无多。如果我们把这些结合韦庄的身世以及"珍重主人心，酒深情亦深"等言语来看，那么他现在所处的地方应该是王建的前蜀。但是他留在蜀中，真的就把当年的"红楼"忘记了吗？

第五首开端"洛阳城里春光好，洛阳才子他乡老"两句，一开口就重复说了两遍"洛阳"，对洛阳充满了眷念的情意。"柳暗魏王堤"当然是洛阳的春天，"桃花春水渌，水上鸳鸯浴"则是成都的春天。风景不殊，而举目有山河之异。所以结尾"凝恨对残晖，忆君君不知"两句很自然地就折回到第一首那红楼的别夜。他说：我面对落日余晖思念着你，可是我既然再也不能回去，又怎样向你证明我没有负心忘记了你呢？"忆君君不知"五个字写得真是沉痛，可以想见他对回乡团聚已灰心绝望的痛苦。

张惠言说这是唐朝灭亡、韦庄留蜀后的"寄意之作"，我以为这是有可能的。韦庄这一组词的章法、句法、口吻，都带有感发的力量，而且"凝恨对残晖"的"残晖"二字就很可能有所喻托，因为古人经常用落日斜阳来慨叹一个朝代的衰亡，例如辛弃疾《摸鱼儿》的"休去倚危栏，斜阳正在，烟柳断肠处"就有这种含义。朱温在洛阳杀死了昭宗，可以说，唐朝最终的灭亡是在洛阳。结合韦庄的身世来看，如果那个"红楼别夜"的美人是他在洛阳时所爱的一个女子的话，那么他在怀念她的同时也怀有一份对故国和故主的哀思是十分可能的。

现在我们已经可以看出，韦庄的词和温庭筠的词虽然都写美女、爱情，其实却有很大的不同：温词客观，韦词主观；温词秾丽，韦词清简；温词对情事常不做直接描写，韦词则多做直接而分明的叙述。韦庄通过他个人劲直真挚的感情，把以往歌酒筵席间那些不具个性的艳歌变成了抒写一己真情实感的诗篇，这在词的发展初期是值得注意的。但应该说明的是，以抒写劲直真挚的感情取胜本是韦词的好处，但由此也带来了韦词的缺点。那就是他往往只能写出一个感情的事件，而不是感情的境界，由于他写得过于真切劲直，读者被他这些具体的情事所限制，就不容易引起更深远、更自由的联想。那么，是谁进一步打破了这种局限，使词体既富于直接感发的力量，又能产生较高的境界呢？那就是下一章将要介绍的南唐词人冯延已和李煜。

**■阅读思考**

1. 温庭筠词体现了早期作为"歌词之词"的"花间词"在题材、风格、意境、语言等方面的一些什么特点？

2. 阅读并比较温庭筠、韦庄词的区别，并简述两家词在中国词史发展中的地位与作用。

下编

第十九章

# 19

# 风乍起一江春水皱
# 春去也天上人间愁

——以南唐词为例谈"歌词之词"向
"诗词之词"的转变

# 冯延巳

冯延巳（903—960），又名延嗣，字正中，五代广陵（今江苏省扬州市）人。是南唐先主、中主时的两朝元老。李璟朝出任宰相。冯延巳多才多艺，其才艺文章，连政敌也很佩服。最有成就的是词。他的词多写闲情逸致，文人气息很浓，对北宋初期的词人影响较大。其词集名《阳春集》。本章选文均选自文学古籍刊行社林大椿辑《唐五代词》。

## 鹊踏枝[1]（二首）

### 一

谁道闲情抛掷久[2]，每到春来，惆怅还依旧。日日花前常病酒[3]，不辞镜里朱颜瘦[4]。　河畔青芜堤上柳[5]，为问新愁，何事年年有。独立小桥风满袖，平林新月人归后。

[1] 鹊踏枝：即《蝶恋花》，唐玄宗时教坊曲名，后用为词调，始见敦煌词。

[2] 闲情：无端的愁绪。

[3] 病酒：因沉醉于酒而害病。日日：一作"旧日"。

[4] 不：一作"敢"。辞：推辞、逃避。

[5] 青芜：丛生的杂草。杜甫《徐步》诗有"整履步青芜"句。

### 二

梅落繁枝千万片，犹自多情，学雪随风转。昨夜笙歌容易散，酒醒添得愁无限。楼上春山寒四面，过尽征鸿，暮景烟深浅[1]。一晌凭栏人不见，鲛绡掩泪思量遍[2]。

[1] 暮景：日暮黄昏，云气迷蒙的景象。

[2] 鲛绡：冯延巳据《述异记》云，鲛绡乃南海鲛人所织之绡，而鲛人则眼中可"泣泪成珠者也"。此处解为用以掩泪之巾。

**点评**：这首词表达出词人盘旋郁结、肝肠寸断的悲苦情怀，同时也传达出一种千回百转、万死不辞的执著而悲壮的感情境界：即使"梅落繁枝千万片"，一切都将零落成空，眼看就要委于泥尘，走向灭亡，然而却还依旧要保持"犹自多情，学雪随风转"的一份从容潇洒的姿态；即使是"一晌凭栏人不见"，没有任何希望可言了，也绝不放弃自己的期待，还要"鲛绡掩泪思量遍"。

# 抛球乐[1] （二首）

## 一

酒罢歌余兴未阑[2]，小桥流水共盘桓。波摇梅蕊当心白，风入罗衣贴体寒。且莫思归去，须尽笙歌此夕欢。

[1] 抛球乐：词牌名。

[2] 阑：尽。

**点评**：此首词中表现的是一种郁抑惝恍之情，透过"波摇梅蕊当心白，风入罗衣贴体寒"的一番情景交融的描写和体会，那水面之波心与作者之词心，"风入罗衣"之体寒与孤寞凄寂之心寒浑然打成了一片，至此作者与之共盘桓的已不仅是"小桥流水"，还有那千回百转的柔肠与郁抑惝恍的怅惘。

## 二

逐胜归来雨未晴[1]，楼前风重草烟轻。谷莺语软花边过，水调声长醉里听。款举金觥劝[2]，谁是当筵最有情。

[1] 逐胜：即指游春。

[2] 金觥：盛酒的器皿。

**点评**：本词表现了冯延巳词之"俊"的一面。这是一种微妙的姿态美，"逐胜归来"，多么惬意逍遥；天色将晴未晴，多么深沉幽微；"楼前风重草烟轻"，景色多么凄迷；而"谷莺语软花边过"与"水调声长醉里听"又是多么富有逸趣。这一切既是轻描淡写的，但也是意味深长的，虽然你说不清它表现的是愉快，还是悲哀、惆怅，还是感慨，可你却从中获得心灵上的牵引，一种思绪的兴发和心灵的触动。

# 谒金门

风乍起，吹皱一池春水[1]。闲引鸳鸯香径里，手挼红杏蕊[2]。

斗鸭栏杆独倚[3]，碧玉搔头斜簪[4]。终日望君君不至[5]，举头闻鹊喜。

[1] "吹皱"句：这是当时的名句。李璟曾戏冯延巳说："吹皱一池春水，干卿

何事?"

[2] 挼（ruó）：揉搓。

[3] 斗鸭栏杆：用栏杆圈养着一些鸭，使之相斗。三国时已有此风。宋时此风已稀。

[4] 玉搔头：玉簪。斜簪：仿佛欲落的样子。簪，一作"坠"。

[5] 君：指词中抒情女主人公的丈夫。

**点评**：此词写贵族少妇终日独居百无聊赖的情态，传达出难以言状的忧愁。

# 采桑子[1]

花前失却游春侣，独自寻芳。满目悲凉。纵有笙歌亦断肠。　林间戏蝶帘间燕，各自双双。忍更思量[2]。绿树青苔半夕阳。

[1] 采桑子：一名《丑奴儿令》。这首词表面写寻春失侣的怅惘，但其间流露了难以具言的时、空及人生的忧患意识。

[2] 忍：怎忍，哪堪。

# 浣溪沙[1]

转烛飘蓬一梦归[2]，欲寻陈迹怅人非[3]，天教心愿与身违[4]。待月池台空逝水[5]，荫花楼阁漫斜晖[6]，登临不惜更沾衣[7]。

[1] 浣溪沙：唐代教坊曲名，后用为词牌名。这首词《花草粹编》等本谓冯延巳作，《历代诗余》《全唐诗》及各本南唐二主词均为李煜作。这首词表面写闺阁园亭中的孤寂与无奈，其间透露出深切的生命忧患意识，以及执著无悔的感情境界。

[2] 转烛：风吹烛火。这里用来比喻世事变幻莫测。唐代杜甫诗《佳人》中有"世情恶衰歇，万事随转烛"句。飘蓬：飘动的蓬草，这里比喻人世沧桑，飘泊不定。蓬，蓬草，多年生草本植物，枯后根断，遇风飞旋，故又称飞蓬。

[3] 陈迹：过去事情遗留下来的痕迹。怅：怅惘，不如意。

[4] 教：让，令。

[5] 待月：这里暗指夜深人静时情人私下约会。池台：池苑楼台。逝水：逝去的流水，常用来比喻已过去的时间或事情。

[6] 荫花：一作"映花"。荫，隐藏，遮挡。漫：通"谩"，弥漫。斜晖：傍晚的光辉。

[7] 沾：沾湿，浸润。

# 长命女[1]

　　春日宴，绿酒一杯歌一遍[2]。再拜陈三愿：一愿郎君千岁；二愿妾身常健；三愿如同梁上燕，岁岁长相见。

　　[1] 长命女：唐教坊曲名，用作词调名。冯延巳《长命女》词原为单调。《词谱》卷三于"再拜陈三愿"处分片作为双调。后来人多将其填为双调。这首词在叙述爱恋中女子对美好未来的祝愿中，表现出劲直无悔、至死不渝的感情境界。

　　[2] 绿酒：古时米酒酿成未滤时，面浮米渣，呈淡绿色，故称绿酒，或绿蚁。

# 李　煜

　　李煜（937—978），初名从嘉，字重光，号钟隐、莲峰居士。彭城（今江苏徐州）人。李璟第六子，961—975 年在位，史称南唐后主。即位后对宋称臣纳贡，以求偏安一方。975 年，宋军破金陵，后主肉袒（脱去上衣，裸露肢体，古人在祭祀或谢罪时以此表示恭敬或惶恐）出降，虽封作违命侯，实已沦为阶下囚。太平兴国三年（978）七月卒。据宋人王铚《默记》记载："盖为宋太宗赐牵机药所毒毙。"追封吴王，葬洛阳邙山。他精于书画，谙于音律，工于诗文，词尤为五代之冠。其词见于《南唐二主词》。

# 玉楼春[1]

　　晚妆初了明肌雪[2]，春殿嫔娥鱼贯列[3]。凤箫吹断水云闲[4]，重按《霓裳》歌遍彻[5]。　　临风谁更飘香屑，醉拍阑干情未切[6]。归时休放烛花红，待踏马蹄清夜月[7]。

　　[1] 此词写李煜前期帝王生活中夜晚宫廷歌舞宴乐的盛况，是作者于南唐全盛时所作。

　　[2] 晚妆初了：晚妆刚结束。明肌雪：谓肌肤明洁细腻，洁白如雪。

　　[3] 春殿：即御殿，以其豪华、盛大而称"春殿"。嫔（pín）娥：这里泛指宫中女子。鱼贯列：像游鱼一样一个挨一个依次排列，鱼贯进入宫殿的样子。

　　[4] 凤箫：即排箫，一种竹管制成的乐器，比竹为之，参差如凤翼，故名。吹断：吹尽。水云闲：一说为水云间。极言"云自无心水自闲"的悠远美妙状态。意

谓乐工们尽自己所能，吹到极致，乐声上扬，飘荡于水云之间，于是天上人间到处充溢萦绕着美妙的音乐和欢乐的气氛。

[5] 重按《霓（ní）裳》歌遍彻：重按，一再弹奏。按，弹奏。霓裳，《霓裳羽衣曲》的简称。此曲为唐代宫廷著名法曲，传为唐开元年间河西节度使杨敬忠所献。初名《婆罗门曲》，后经唐玄宗润色并配制歌词，改用此名。歌遍彻，唱完大遍中的最后一曲，说明其歌曲长久，音调高亢急促。遍，大遍，又称大曲，即整套的舞曲。彻，《宋元戏曲史》中云："彻者，入破之末一遍也。"

[6] 醉：心醉、陶醉。拍：拍打，这里兼有为乐曲拍掌击节之意。阑干：即栏杆。情未切：即"情味切"，谓眼耳鼻舌声意诸般享受融合得恰到好处。未，通"味"。切，恰切。

[7] 归：回。休放：休照。烛花红：指明亮的烛光。烛花，烛光。踏马蹄：策马缓慢而行，有踏月之意。有本作"放马蹄"，意为让马随意而行。

**点评**：词起叙嫔娥之美与嫔娥之众，次叙春殿歌舞之盛。下阕描述殿中香气氤氲与人之陶醉。末二句转出踏月之意，想见后主风流豪迈之襟抱与意趣，与传统"花间"之作的区别。

# 虞美人[1]

春花秋月何时了[2]，往事知多少？小楼昨夜又东风，故国不堪回首月明中！ 雕阑玉砌应犹在[3]，只是朱颜改[4]。问君能有几多愁[5]，恰似一江春水向东流。

[1] 虞美人：此调原为唐教坊曲，初咏项羽宠姬虞美人，因以为名。又名《一江春水》《玉壶水》等。本词大约作于李煜归宋后的第三年。词中流露了不加掩饰的故国之思，据说这是促使宋太宗下令毒死李煜的原因之一，可谓李煜的绝命之作。

[2] 月，一作"叶"。了：了结，完结。

[3] 雕阑玉砌：指远在金陵的南唐宫苑。砌：台阶。应犹：一作"依然"。

[4] 朱颜改：指所怀念的人已衰老，一说指"雕阑玉砌"之荒废褪色。

[5] 君：作者自称。能：或作"还"、"却"。

**点评**：此词感怀故国，悲愤已极。通首一气盘旋，曲折跌宕，如怨如慕，如泣如诉。

# 相见欢[1]（二首）

## 一

　　无言独上西楼，月如钩。寂寞梧桐深院锁清秋[2]。　　剪不断，理还乱，是离愁[3]。别是一般滋味在心头[4]。

　　[1] 相见欢：唐教坊曲，后用为词牌。又名《秋夜月》《上西楼》《乌夜啼》等。王国维《人间词话》说："一切景语皆情语也。"这首词恰好可以为此语作注。词篇情景相生，互为映衬，具有极其和谐完美的艺术境界和感染力量。

　　[2] 锁清秋：深深被秋色所笼罩。

　　[3] 离愁：指去国之愁。

　　[4] 别是一般：另有一种。

## 二

　　林花谢了春红[1]，太匆匆。无奈朝来寒雨晚来风。　　胭脂泪[2]，相留醉[3]，几时重[4]？自是人生长恨水长东。

　　[1] 林花谢了春红：指花红得像胭脂，落在上面的雨点如同女子面颊上的泪滴。谢：凋谢。

　　[2] 胭脂泪：一说是指将飘零的红色花瓣上的雨水就像女子红颜上的粉泪；另一说即指女子脸上涂有胭脂，泪水流经脸颊时沾上胭脂的红色。

　　[3] 相留醉：似乎邀留我再为她沉醉一次。相留，一作"留人"。

　　[4] 几时重：花与人何时再重逢呢？即使明年花还再开，可是眼前的这一枝、这一朵再也不会回来了。王国维《玉楼春》词有"君看今日树头花，不是去年枝上朵"句。

# 清平乐[1]

　　别来春半[2]，触目愁肠断[3]。砌下落梅如雪乱[4]，拂了一身还满。雁来音信无凭[5]，路遥归梦难成。离恨恰如春草，更行更远还生[6]。

　　[1] 清平乐：唐教坊曲，后用为词牌名。又名《忆萝月》《醉东风》等。

　　[2] 春半：春天的一半。是指春意正深浓、春光明媚之时。

　　[3] 愁肠：一作"柔肠"。

　　[4] 砌下：玉砌的台阶下。落梅如雪乱：谓白梅似雪，落英缤纷。

[5] 雁来音信无凭：古人谓鸿雁可以传书，可这里指雁归并没有传来人的音信。无凭，没有凭信。

[6] "离恨"二句：用远接天涯、绵绵不尽、无处不生的春草比喻离愁别恨。《楚辞·招隐士》："王孙游兮不归，春草生兮萋萋。"恰如：一作"却如"。

# 子夜歌[1]

人生愁恨何能免？销魂独我情何限[2]？故国梦重归[3]，觉来双泪垂。　　高楼谁与上[4]，长记秋晴望[5]。往事已成空，还如一梦中。

[1] 子夜歌：词牌《菩萨蛮》的别名。
[2] 销魂：失魂。独我：只有我。何限：无限。
[3] 重归：别作"初归"。
[4] 谁与：与谁。
[5] 秋晴：晴朗的秋天。

**点评**：此首思故国，不假采饰，纯用白描。"故国"句开，"觉来"句合，言梦归故国，及醒来之悲伤。换头，言近况之孤苦。"往事"句开，"还如"句合。上下两"梦"，上言梦似真，下言真似梦。

# 浪淘沙[1]（二首）

## 一

往事只堪哀，对景难排。秋风庭院藓侵阶。一任珠帘闲不卷，终日谁来。　　金锁已沉埋[2]，壮气蒿莱[3]。晚凉天净月华开。想得玉楼瑶殿影[4]，空照秦淮[5]。

[1] 浪淘沙：唐教坊曲，后用为词牌名。又名《浪淘沙令》《卖花声》《过龙门》等。

[2] 金锁：即铁锁链，此借三国时吴国用在江中置铁锁链抗拒晋军舰船的失败，借指南唐抗拒宋师的失败。一作"金剑"。《晋书·王濬传》："吴人于江碛要害之处，并以铁锁横截之。"刘禹锡《西塞山怀古》："王濬楼船下益州，金陵王气黯然收。千寻铁锁沉江底，一片降幡出石头。"

[3] 壮气蒿莱：王气尽失，唯野草丛生。蒿莱，杂草，野草。此指南唐故都金陵（今南京市）之"王气"与抵抗宋军之"志气"都已付给野草了。

[4] 玉楼瑶殿：状故都宫殿楼阁的美好。

[5] 秦淮：指横贯南唐都城的秦淮河。

## 二

帘外雨潺潺[1]，春意阑珊[2]，罗衾不耐五更寒[3]。梦里不知身是客[4]，一晌贪欢[5]。　　独自莫凭栏[6]，无限江山，别时容易见时难[7]。流水落花春去也，天上人间[8]。

[1] 潺（chán）潺：雨声。

[2] 阑珊：衰残，将尽。一作"将阑"。

[3] 罗衾（qīn）：丝绸做的被子。不耐：受不了。一作"不暖"。

[4] 身是客：指被拘汴京，形同囚徒。

[5] 一晌：一会儿，片刻，谓时间很短。贪欢：指贪恋梦境中的欢乐。

[6] 凭栏：倚栏远望。

[7] 别：主要指与故国南唐"无限江山"的分别。

[8] "流水"二句承上而来，以春去不返喻故土难还，以天上、人间的巨大差距喻今昔处境的巨变。

## 破阵子[1]

四十年来家国[2]，三千里地山河。凤阁龙楼连霄汉[3]，玉树琼枝作烟萝[4]。几曾识干戈[5]？　　一旦归为臣虏[6]，沈腰潘鬓销磨[7]。最是仓皇辞庙日[8]，教坊犹奏别离歌[9]，垂泪对宫娥[10]。

[1] 破阵子：唐教坊曲，后用为词牌名。一名《十拍子》。

[2] 四十年：南唐自建国至李煜作此词，为三十八年，此处四十年为虚数。

[3] 凤阁龙楼：指帝王宫廷的豪华建筑。凤阁，一作"凤阙"。霄汉：天河，喻高空。

[4] 玉树琼枝：指宫苑中的珍奇树木形成的美景。烟萝：形容参天大树藤萝攀附，如同雾气笼罩，绿云缭绕。

[5] 干戈：古兵器名，代指战争。

[6] 臣虏：被俘称臣。此句指宋太祖开宝八年（975）冬十一月，金陵城陷，李煜出而请降，做了宋朝的俘虏。

[7] 沈腰：指沈约，字休文，是南朝有名的文士，他在《与徐勉书》中叙说自

己年老多病时云："百日数旬，革带常应移孔；以手握臂，率计月减半分。似此推算，岂能支久。"后以"沈腰"代称憔悴瘦损的人。潘鬓：指潘岳，字安仁，是晋朝名士，诗文多哀愁之作。他在《秋兴赋》序里说："余春秋（年龄）三十有二，始见二毛（花白头发）。"后以"潘鬓"代指多愁善感，未老头白。销磨：即消磨，逐渐消耗。

[8] 辞庙：离开故国时辞别太庙。太庙是古代帝王供奉祖先牌位的地方。

[9] 教坊：古代管理宫廷音乐的官署，此指宫廷乐工与歌伎。

[10] 垂泪：一作"挥泪"。宫娥：宫女。

## ■解读鉴赏

读冯延巳词，你会被他词中的感伤、惆怅，与悲剧、忧患意识所感染，想要了解它的成因，先应对他做一番"知人论世"的功课。冯延巳生于唐昭宗天复三年（903），卒于宋太祖建隆元年（960），他的父亲在南唐开国之初就官至吏部尚书，所以冯延巳自幼出入于宫廷内部，并与南唐君主以世家相交往。先主李昪看中他多才多艺，任命他为秘书郎，让他与太子李璟交游。后来李璟做了元帅，冯延巳在元帅府做掌书记。李璟登基的第二年，即保大二年（944），就任命冯延巳为翰林学士承旨。到保大四年（946），冯延巳终于登上了宰相的宝座。第二年，陈觉、冯延鲁举兵进攻福州，结果死亡数万人，损失惨重。李璟大怒，准备将陈觉、冯延鲁军法处死。冯延巳为救两人性命，引咎辞职，改任太子太傅。保大六年（948），出任抚州节度使。在抚州待了几年，也没有做出什么政绩。到了保大十年（952），他再次荣登相位。

冯延巳当政期间，先是进攻湖南，大败而归。后是淮南被后周攻陷，他的异母弟冯延鲁兵败被俘，另一宰相孙晟出使后周被杀。958年，冯延巳被迫再次罢相。当时朝廷里党争激烈，朝士分为两党，宋齐丘、陈觉、李征古、冯延巳等为一党，孙晟、常梦锡、韩熙载等人为另一党。几次兵败，使得李璟痛下决心，铲除党争。他于958年下诏，历数宋齐丘、陈觉、李征古之罪。宋齐丘放归九华山，不久就饿死在家中，陈觉、李征古被逼自杀。至此，宋党覆没。而冯延巳属于宋党，居然安然无恙，表明李璟对冯延巳始终信任不疑。罢相两年后，即公元960年，冯延巳因病去世，终年五十八岁。也就是这一年，赵匡胤夺取天下，建立起北宋王朝。再过一年（961），李璟去世，李煜即位。

冯延巳的人品，颇受非议，常常被政敌指责为"奸佞险诈"（文莹《玉壶清话》卷十），"谄媚险诈"（陆游《南唐书·冯延巳传》）。政敌的攻击，难免言过其实，但据马令《南唐书·冯延巳传》所载，冯延巳的政治见解和政治才干确属平庸。比如他曾说："先主李昪丧师数千人，就吃不下饭，叹息十天半月，一个地道的田舍翁，怎能成就天下的大事。当今主上（李璟），数万军队在外打仗，也不放在心上，照样不停地宴乐击鞠，这才是真正的英雄主。"由此看来，冯延巳一再被人指责，似乎也不是毫无根据。但是这些并不影响对他词作价值的评判。

冯延巳词的特点，可以概括为：承前启后，因循出新。所谓"承前"与"因循"，是说他的词继承"花间词"的传统，创作目的还是"娱宾遣兴"，题材内容上也没有超越"花间词"的相思怨别、男欢女爱、伤春悲秋的范围。所谓"启后"与"出新"，是说他的词在继承"花间词"传统的基础上，又有突破和创新。如冯延巳在表现爱情相思苦闷的同时，还渗透着一种时间意识和生命忧患意识。他在词中时常感叹人生短暂、时光易逝。这种表现生命忧患意识的内容在词的创作中还是第一次。它不但丰富了词作的思想内涵，还无形中提升了词的境界。

冯词写"愁"的最大特点，是忧愁的不确定性和朦胧性。他词中的忧愁，具有一种超越时空和具体情事的特质，写来迷茫朦胧，含而不露，且常常很难确指是什么性质，是什么原因。如他《鹊踏枝》中的"闲情"，就很难说清是一种什么样的情，一种什么样的愁。他只是把这种闲情闲愁表现得深沉而持久，想抛掷也抛掷不了，想挣扎也挣扎不脱，像孙悟空的紧箍咒，始终缠绕在心头。作者所要表现的就是人生中常有的一种说不清、言不明的忧愁苦闷，抑郁不欢；一种可能已经存在，又似乎是即将来临的人生忧患。大概正因为冯词中忧患苦闷之性质内涵的无法确指，无法界定，从而才留给读者更深切的感受，更广阔自由的联想空间。

《唐宋名家词选》说："延巳在五代为一大作家，与温、韦分鼎三足，影响北宋诸家者尤巨。"在词的发展史上，冯词所具有的重要地位和特色在于：一方面他能够像韦词那样给人以强烈的直觉感动，另一方面他又能像温词那样给人以自由丰富的联想。尤为突出的是冯延巳词中具有一种感情和精神上的境界。且看最能代表冯词这种特色的一首《鹊踏枝》词："谁道闲情抛掷久"，何谓"闲情"？建安时曹丕诗说："高山有崖，林木有枝，忧来无方，人莫之知。"（《善哉行》）李商隐诗说："荷叶生时春恨生，荷叶枯时秋恨成。深知身在情长在，怅望江头江水声。"（《暮秋独游曲江》）曹丕为何而"忧"？李商隐何来其"恨"？这种连诗人自己都难以言状的，每到闲暇就会无端涌上心头的，莫知为而为，莫知至而至的情绪，便正是冯延巳的"闲情"。再看冯词的抒情方式："谁道"一句只有七字，却一波三折，回环往复。"闲情"是主词，如何安排处理这份闲情呢？"抛掷"二字写出了词人为排遣摆脱闲情所采取的态度，这是此句的第一层意思。抛掷闲情，非同抛掷物件那么简单，而是需要一个长期的努力摆脱的过程，因此一个"久"字，言尽了"抛掷"过程中的艰难痛苦，这是第二层意思。经过此番艰苦的抛掷，那"闲情"果然就真的被"抛掷"掉了吗？"谁道"二字遂使那一番长久的、艰苦的挣扎努力化为乌有："闲情"依然如旧，长久的抛掷纯属徒劳！这就是盘旋郁结的冯延巳。

既然"闲情"难以抛掷，所以就"每到春来，惆怅还依旧"。何为"惆怅"？那是一种若有所失落，若有所追寻，无所依傍的感觉。久抛难去之"闲情"未已，春来亦然之"惆怅"依旧，对此，冯延巳索性直面这"闲情"与"惆怅"，毅然以全身心投注："日日花前常病酒，不辞镜里朱颜瘦。"这就是冯词的"境界"所在——"花前"为什么要"病酒"？因为使人最敏感地意识到时光易逝、生命无常的莫过于花了。李煜说："林花谢了春红，太匆匆，无奈朝来寒雨晚来风。"（《相见欢》）杜甫说："一片花飞减却春，风飘万点正愁人。且看欲尽花经眼，莫厌伤多酒入唇。"（《曲江二首》）"经眼"，言花期短暂，如过眼烟云。"欲尽"，指残红。从"一片花飞"、"风飘万点"到"欲尽"的残红，这是一个美好生命被毁灭的惨痛过程。自古文人出于对花的珍重爱赏之情，故而在花落之前就要尽情地欣赏它，即使为它沉醉也在所不辞，冯延巳天生具有一种悲剧精神，知其不可而为之，面对惨痛的悲哀而不逃避、不改变；明知要失败，要毁灭，也绝不放弃挣扎和努力。这就是"不辞"二字所传达出的感情境界。不但如此，他的悲剧精神还表现为一种带着反省的挣扎，"镜里"两字便暗示出这种反省和觉悟。有的人莫名其妙地就落入一场悲剧中，冯延巳绝对不是，他难道不知道"病酒"会"朱颜瘦"吗？既然"镜里"自知红颜消损，为何还要赏花、病酒，为何还要"不辞"？王国维说："正中词品，若欲于其词句中求之，则'和泪试严妆'殆近之欤。"（《人间词话》）是说纵然我泪痕满面，也要保持一份美好的妆容。这是一种对美好事物的执著认真的向往和追求，是一种义无反顾、殉身无悔的悲剧精神，这种不自觉而溢于言外的精神向往和追求，正是冯词所特有的感情境界。

"河畔青芜堤上柳，为问新愁，何事年年有。"过片数句，义兼比兴，上承"闲情"、"惆怅"，下启"新愁"。无论新愁旧恨，都有如"河畔青芜"、堤上新柳之年年相续。你看他那劲直的口吻：我努力挣扎过，我纵情沉醉过，为什么新愁旧愁仍年年不绝，永不得脱？于是他再一次直视并承受起"新愁"（亦旧愁）的侵袭："独立小桥风满袖，平林新月人归后。"有人说这比喻他所受到的朝廷政敌的攻击，我认为可以这样理解，但不可以确指。总之他内心深处确实有那么一种孤独凄寂的悲哀存在。每人都有一个存身的归宿，都有一个温暖的庇护所，当平林远处的新月升上树梢，所有的行人都归去了，冯延巳为什么还要独自孤立在那没有屏障、没有遮蔽的小桥之上，听任四面寒风的侵袭呢？清人黄仲则说，"为谁风露立中宵"？其实，我们不必追究他到底是"为谁"，不管他为谁，那份不辞"独立小桥风满袖"的"不辞"之中所表现出的顽强、坚定、任纵、执著的精神品格，才真正是冯延巳词的价值所在，也正是冯词所以具有强烈感发，所以有境界的缘故所在。然而他究竟哪里来的这般千回百转，这般抑郁缠绵，这般悄恍幽咽，这般顿挫盘旋的"闲情"、"惆怅"和"新愁"呢？这便是他内在天性与外在遭遇相结合的结果了。天下之不幸，莫过于一个人生来就注定了悲剧的命运，而冯延巳却恰恰如此。如前文已介绍过的，李璟即位后，冯延巳做到了宰相。当北方五代之中最后的周代逐渐强盛起来，而南方小国一个个陷入危亡之际，与南唐朝廷关系甚密的冯延巳便开始步入悲剧之途。偏安江南的南唐小国，处在进不可以攻、退不可以守的境况之中，对此，高居相位的冯延巳真可谓进退两难。当时朝内主战者、主和者分宗结派，在激烈的党争中，冯氏因异母弟冯延鲁伐闽失败而涉罪罢相，谪为抚州节度使。后因母丧去职，复出后又做了宰相。不幸又因伐楚的最终失败而再度遭黜免。南唐历史上的这两次对外战争的失利，使国家一步步走向败亡，在冯氏临终前的几年里，南唐已经丢掉了自己的国号而尊奉了后周。以冯延巳那样顽固、执拗的天性，以他一个"开济老臣"，"负其才略而不能有所匡救"的沉痛心情，必然会有为挽救家国危亡而殉身无悔的、知其不可而为的悲剧精神。当这份执著深沉的感情与他在朝廷屡遭攻击、诋毁，乃至罢黜的经历相结合之后，遂变得更加繁复曲折、缠绵郁结起来。

如此遭际，就冯氏个人而言，无疑是不幸的，但若就其对词的影响而论，却不失为一大幸运。我们知道，韦庄、冯延巳所经历的五代，是一个战乱流离、国无宁日的时期，然而奇怪的是，这一特殊历史背景对中国小词的发展竟然起了意想不到的作用。已故台湾大学的方东美教授在他的一本讲稿中写过这样一段话：中国的人心不死，而宋朝又取得那么高的文化成就，就因为五代的小词。一般认为五代的小词都是淫靡的，怎么方先生反说它对北宋文化有巨大贡献呢？人世间的因果、利害关系并非那么浅显易见，五代小词的奇妙，就在于它唤醒了被礼教束缚着的那一份对美与爱的追求，而这一追求，永远是人类社会最珍贵、最美好的感情。等到社会堕落到有一天连男女之间的爱都不忠实了，那人心就真的是彻底败坏了！庄子说"哀莫大于心死，而人死亦次之"（《庄子·田子方》），有对爱和美的追求，正是人心尚未全死的标志。更为奇妙的是，这颗追求爱与美的不死之心，又与五代的乱离、忧患结合了起来，遂使小词所言之情的成分无形中起了变化：男女欢爱、伤春怨别，跟家国忧患、身世感慨混合在一起，如冯延巳《采桑子》中"满目悲凉……绿树青苔半夕阳"等句，明显流露着家国、身世的忧患感慨。这已经远远超出了词在初起时的体裁内容。一向被视为郑卫靡靡之音的侧艳之词中，不仅有对爱与美的向往追求，还有了家国、身世的深层感发，难怪王国维说，"冯正中词虽说不失五代风格，而堂（正厅）庑（两厢）特大，开北宋一代风气，与中、后二主词皆在花间范围之外"（《人间词话》）。这便是词境逐渐拓展的第一步，也是词向诗化（即言志）的方向转变的一个过渡阶段。而使小词这一过渡性变化明显起来，并对后世产生深远影响的人，正是冯延巳。所以冯煦在给冯词集《阳春集》写的序文中说："吾家正中翁，鼓吹南唐，上翼二主，下启欧晏，实正变之枢纽，短长之流别。"意思是说，我们本家的正中老先生，上与南唐二主相结合，形成南唐词的风气，下还影响了欧阳修和晏殊，所以他在词风的转变中起了关键的作用，是长短句中形成流派的人物。此言极有见地，以后论及北宋晏、欧时会详述。

　　"词以境界为最上"，是王国维的《人间词话》开宗明义提出来的一个评词标准。中国文学一向注重"言志"、"载道"传统，诗，以其所言之"志"的高下为尺度；文，以其所载之"道"的深浅为准绳，那么如何衡量"逐弦吹之音，为侧艳之辞"的"词"呢？还是王国维有见识，他不仅提出"境界"之说，还提出了"词之雅郑在神不在貌"（《人间词话》）的高见。"貌"是就其词表面之情意而言的，"神"则言其词品，即感情的品格。一首词的好坏，不在于表面所写的情事如何，而要看其所传达出的感情的质地、品格、姿态，及其兴发感动的作用、程度如何。就冯延巳这首词而言，他貌似写"闲情"、"惆怅"、"新愁"，但深深打动我们的却是那词中的"神"致——那种深沉、挚烈、凝重、郁结的感情质地，那份顽强、执著的用情态度，那种义无反顾、殉身无悔的投注精神。

　　以"花间"为代表的"歌词之词"到了南唐后主李煜手里发生了本质上的突变。这与他所处的时代和身世经历有着密切的关系。据陆游《南唐书》记载，他是中主李璟的第六子。建隆二年（961）继位，在位总共十五年。开宝八年（975）宋将曹彬攻破金陵，李煜肉袒出降，太平兴国三年（978）去世，死时年仅四十二岁。作为社会的人，以伦理的价值标准而论，李煜只是一个身败名裂的亡国君主。有人指责他不会安邦治国，其实这种评价对他根本不适用，因为他根本就没有治国安邦的用心和打算。他与《红楼梦》中的贾宝玉一样，"生于深宫之中，长于妇人之手"（《人间词话》），天生就不是经邦济世的材料。成为一国之君，是他"不幸生在帝王家"的缘故，这对李煜说来，实在是一个历史的误会。然而作为自然人，用艺术的价值标准来衡量，李煜又正因其"生于深宫之中，长于妇人之手"，阅世不深，没有尘世习俗的污染，所以才能"不失其赤子之心"（《人间词话》），始终以其真纯的本性与世人相见。在中国古代的诗人中，最能以自然之真本性与世人相见的，只有陶渊明和李煜。只是渊明之"真"，是深涉人世之后所得到的一种带着反省节制，闪着哲学智慧之光的"真知"；而后主之"真"，则是无所谓阅历、理念，无所谓反省节制的一己本然之"真情"。他这一腔真情，如滔滔滚滚的江水，一任其奔腾倾泻而下，绝无堤坝边岸的拘束，更无含敛脉脉的风度。其势乃随物赋形，经蜿蜒之曲涧，即发为动人心弦的潺湲；过峻峭之陡壁，便成为撼人心魄的喧啸。无论亡国之前的享乐，还是亡国之后的哀痛，他都是兴之所至，为所欲为，全无顾忌；情之所至，全神贯注，入而不返。下面我们将透过对他《玉楼春》《虞美人》两词的细读，来认识他纯情与任纵的一体两面。

　　《玉楼春》写的是亡国之前，宫廷夜晚歌舞宴乐的盛况。词中没有任何高远深刻的情意思致可求，但那纯真任纵的态度，奔放自然的笔法，以及俊逸潇洒的神韵，却是无人可及的。句首的"晚妆"，是指为配合歌舞宴乐之场合，为适应灯红酒绿之光线，为取悦听歌看舞者之欢心而修饰的浓妆艳抹。可以想见，满殿嫔娥经此一番"晚妆"后，带着明媚飞扬的神采和珠光宝气的装饰，以"鱼贯列"的规模翩跹而至的场面。这是最先进入李煜感官的视觉享受。接着"凤箫吹断水云闲，重按霓裳歌遍彻"是写他的听觉感受：如凤翼般精美华贵、参差排列的箫管，尽情奏出仙乐般的曲调，绕梁不绝，与天上浮云、地上流水同为闲扬飘荡；不但如此，他还要让弹奏者更多次地重复弹奏盛唐著名的《霓裳》大曲，以极尽其欢娱之至。而且，这"遍彻"二字所以显得异常饱满有力，还因为它具有双重意义：首先"遍"与"彻"都是《霓裳》之中的乐曲名目，而且"彻"还是其中一段声音特别高亢急促的曲调。其次"遍彻"在此句中做补语，表示周遍、彻底之意，它与句首"重按"一结合，立刻强化了欢娱享乐、恣纵无度的艺术效果。这便是李煜的任纵与奔放！下阕"临风"二句紧承上述令人目不暇接、声不绝耳的视听享乐，又写出不见其人、遥闻其香的嗅觉感受。据说李煜的小周皇后擅长调制、焚燃各种香料，而且南唐宫中有主香的宫女，定时在宫里撒放香料的粉末。"谁更"二字在极力突出了眼、耳、鼻等多种感官的享受之后，又引出了"醉拍阑干情未切"那美酒之口味与内心之情味的切身体会。想想看，满殿翩跹的嫔娥已使人目不暇接；满堂凤箫霓裳之曲不绝于耳；更复有一阵阵香气临风扑鼻；一盏盏美酒伴情陶醉；即便是在微醺半醉之时，他还不住地随着音乐的节奏拍打着玉石栏杆，尽情体味、享用这一人间欢乐的美妙趣味。待到歌阑舞罢、酒醒人散之时，后主仍然兴犹未尽，他不让在回寝宫的途中点燃红烛，因为他要在享尽人间的欢乐之后，还要再尽情消受一番那纯天然、原生态的良辰美景——大自然赋予人间的那一片清澈皎洁的月色！李煜不愧是真正懂得享乐之人，他精于书画，谙于音律，工于诗文，这"归时休放烛花红，待踏马蹄清夜月"是一种多么闲雅、美妙的神致情趣，不只是词义微妙传神，在用字上，如"待"、"踏"、"蹄"这些舌尖音与它们本身传达出的意义凝结在一起，那马蹄踏在清凉霜色中发出的"得得"之声如在耳畔，实是妙不可言！全词通篇以自然纯真、奔腾任纵之笔，表现出一种全无反省节制的，完全沉溺于享乐之中的豪纵意兴，既没有艰深的字面需要解释，也没有深微的情意可供阐述，可他那一份俊逸神飞的感受却实在令人一言难尽。难怪王国维赞赏他："李重光之词，神秀也。"（《人间词话》）

要知道，使一个人有省悟、有思索，使他深刻起来的，是人生的劫难和悲哀。假如李煜没有破国亡家的遭遇，没有"一旦归为臣虏"的感受，如果他只是写歌舞宴乐，就算他的手法再高超，效果再美妙，也终究是浅薄狭隘、毫无境界可言的。命运捉弄了作为政治家的李煜，同时却成就了作为艺术家的李煜，他以纯真的赤子之心体认了人世间最大的不幸，他以阅世甚浅的真性情感受了人生最深重的悲哀，这使他的词风陡然一变，不但成为"眼界始大，感慨遂深"的"士大夫之词"，还"俨然"有了"释迦基督担荷人类罪恶之意"（《人间词话》）。这些巨大的变化都浓缩在此一时期的代表作《虞美人》中——

"春花秋月何时了，往事知多少"真有如"奇语劈空而下"（俞平伯《读词偶得》），天下所有人生的悲哀全都被他一语道尽了！一般诗人可分作两类，一是客观理念型，一是主观纯情型。李煜自然属于后者，这类诗人不是由表及里，举一反三，用理性去感知事物的因果原委、趋势规律的，而是纯以挚诚敏锐的赤子之心与外界事物相接触。破国亡家之痛对于李煜有如一块巨石从天而降，击碎了他清莹澄澈般的赤子之心湖，其所产生的震荡，与所波及的范围是一般人难以想象的。像"林花谢了春红，太匆匆，无奈朝来寒雨晚来风"（《相见欢》），"流水落花春去也，天上人间"（《浪淘沙》），以及这首《虞美人》等，便是这一石激起的千层巨浪！所以王国维才会说"词至李后主而眼界始大，感慨遂深"，"俨然有释迦基督担荷人类罪恶之意"的话。释迦曾说：我不入地狱，谁入地狱，我要把众生的不幸和苦难都担在我一人身上；基督死在十字架上，也是为了代人类赎罪与受过，免除人类的痛苦。王国维此话的意思并非以释迦基督比喻风流天子、亡国之君的李煜本人，而是就其词所有的感染力量与覆盖面而言，是就《虞美人》能以个人身世之悲而涵盖、承揽起天下一切有生之物的共同悲哀的作用而言的。"春花秋月何时了"是一个真理，"往事知多少"也是一个真理，每个人都在这"春花秋月何时了"的永恒无尽中，悲悼"往事知多少"的短暂无常。有人批评这种情绪太消极，其实只有觉悟到人生的短暂，才能不被眼前的利害得失所羁绊，才能提升人类的精神境界。陶渊明之所以能够自食其力、不与世俗同流合污，就因为他很清楚"人生似幻化，终当归空无"（《归园田居》）。眼前的一切浮华终将化为虚幻。佛经上说，先有大悲的觉悟，才会有大雄的奋发，天下的道理总是相辅相成的。李煜这两句词劈天盖地、突如其来，使宇宙的永恒无尽和人生的短暂无常无情地对立起来，那不假思索、脱口而出的"何时了"、"知多少"，使古往一切担荷无常之悲的人，面对宇宙自然之永恒而生出的那一份无奈之情一泻千里！开篇两句所以能写尽天下人间之悲，正因为他深切地感受到了"小楼昨夜又东风，故国不堪回首月明中"的悲惨"往事"。小楼之上，年年有东风，月月有月明，昔日曾"待踏马蹄清夜月"的那一轮明月倘若有知，或许也要询问何处是当年的"春殿"？哪里有当日的"笙歌"？哪里去唤回"醉拍阑干"的那一份情味？苍天明月无知，雕阑玉砌无言，即使它们永恒长在，也永远不解我李煜的亡国之痛。那曾经在明月东风之中，雕阑玉砌之下流连欢乐的多情之人，而今却非当年的神韵光采，也陪伴着雕阑玉砌一起"朱颜改"矣！李煜的任纵沉溺，无论何时、何地、何等处境都一以贯之地不加反省和节制。历史上的蜀后主刘禅也曾身降曹魏，当有人使蜀国故伎表演以助宴乐时，旁人皆感悲怆，而刘禅却喜笑自若，当问他"颇思蜀否？"刘禅说："此间乐，不思蜀。"（见《三国志·蜀志·后主传》裴松之注）由此看来，人称阿斗的蜀后主并非愚钝之辈。倒是不识时务的李后主"一旦归为臣虏"，成为赵宋的阶下之囚，仍执迷不悟，终日"往事"、"故国"、"朱颜"地一味"不堪"，结果"太宗闻之，大怒……赐牵机药（毒药），遂被祸云"（宋王铚《默记》卷上）。纯情任纵的本性使他一旦陷入悲哀，就再也无法自拔了。这首词的前六句，他三度运用对比，以"春花秋月"、"小楼东风"、"雕阑玉砌"的无情永恒来对比"往事"、"故国"、"朱颜"的长逝不返。这循环往复的积蓄，终于汇成滔滔滚滚、不顾一切的宣泄："问君能有几多愁，恰似一江春水向东流"，他将全部的血泪倾覆而出。《虞美人》一词虽为破国亡家者的悲慨，但此中三度永恒（春花秋月、小楼东风、雕阑玉砌）与无常（往事、故国、朱颜）的对比已远远超出帝王将相与士大夫阶层的家国之悼而触动了普天之下所有人的同悲共慨——就算你没有"故国"之亡的悲慨，你还没有对此去难再之"往事"的凭吊吗？即便没有可堪痛悼的"往事"，难道还没有对逝者如斯之"朱颜改"的哀伤感与悲痛吗？就此观之，《虞美人》中所传达出的，是天下一切有生之物都在劫难逃的同悲共慨，所以王国维才会认为李煜此词之能道尽人间痛苦就如同"释迦基督担荷人类罪恶"一样具有网罗天下、概莫能外的力量。

李煜写哀愁的任纵奔放亦如他前首《玉楼春》写欢乐的任纵奔放。唯有能以全身心去享受欢乐的人，才能以全身心去感受悲哀；而也唯有能以全身心感受悲哀的人，才能真正探触到宇宙人生的真谛与至情，所以这首词才能从一己遭遇之悲，写尽千古人世无常之痛，而且更表现为"春花秋月何时了"、"一江春水向东流"这超越古今、开阔博大的浑厚气象。前文曾讲过，冯延巳词虽"堂庑特大"，但犹"不失五代风格"，因为冯词所写仍然是晚唐五代以来以《花间集》为代表的闺阁园亭、歌筵酒席、相思怨别的传统题材，这类作品通常被称为"伶工之词"。李煜在南唐未亡之前的许多作品，如《玉楼春》等描写宫廷生活的词即典型的"伶工之词"，此词表现了一位性情纯真、意兴任纵的风流皇帝纵情听歌、看舞、嗅香、醉酒，以及清夜踏月冶游的酣畅性情。全篇既无深意可解，又无远韵可求，即使写得飘逸俊爽，神采飞扬，终究是浅薄狭隘，全无境界可言。然而，破国亡家之痛让他以纯真的赤子之心体认了人世最大的不幸。后期再写出像《相见欢》《虞美人》《破阵子》《浪淘沙》等词，那"四十年来家国，三千里地山河"，"故国不堪回首"，以及"无限江山"、"落花流水"、"天上人间"、"人生长恨"等词句，便俨然有了"国破山河在，城春草木深"等士大夫们忧国忧民的家国之慨了。可见真正使一个人有反省、有觉悟、有思索，并使之深厚博大起来的莫过于人生的劫难和悲哀。这对李煜来说就是破国亡家之痛。因此冯延巳词只能停留在"堂庑大"、"境界深"的程度，而李煜词却独能突破闺阁园亭、伤春怨别的题材拘限，使其在性质上完成"变伶工之词而为士大夫之词"（《人间词话》）的过渡性转变。这正是作为艺术家的李煜在词史上的成就和贡献。但值得玩味的是，这些成就的取得，并非都出自李煜的有心追求，而完全是他纯真、任纵的本性使这一切成就都本能地达到了极致，这一点才真正是李煜词最不可及的过人之处。

■**阅读思考**

1. 你能从冯延巳词中读出王国维所说的"境界"来吗？你能说明这种境界产生的原因吗？

2. 王国维认为李煜《虞美人》一词"俨然有释迦基督担荷人类罪恶之意"。你认为如何？为什么？

3. 王国维《人间词话》说："词至李后主而眼界始大，感慨遂深，变伶工之词而为士大夫之词。"请你结合晚唐五代词的阅读，谈谈"伶工之词"与"士大夫之词"的区别，并简述一下产生这种变化的原因。

下编

第二十章

**20**

# 若有知音见采
# 不辞遍唱《阳春》

——谈宋初词人晏殊"情中有思"的
风格境界

# 晏　殊

晏殊（991—1055），字同叔，抚州临川（今江西临川）人，依死后谥号人称元献。宋代著名词人。少以神童召试，赐同进士出身。出仕真宗、仁宗两朝。官至同平章事兼枢密使。他一生仕宦得意，能文工诗，又是太平时期的宰相。其词多于闺阁园亭、酒筵歌席中，反映士大夫阶层的情怀志趣。有《珠玉词》集。本章选文均选自中华书局唐圭璋编《全宋词》。

## 浣溪沙[1]（二首）

### 一

一曲新词酒一杯，去年天气旧亭台，夕阳西下几时回。　　无可奈何花落去，似曾相识燕归来，小园香径独徘徊[2]。

[1] 浣溪沙：唐教坊曲名，后用为词牌名。亦作《浣溪纱》或《浣纱溪》。

[2] 香径：指落英缤纷，残红满径，香气弥漫的小路。

### 二

一向年光有限身[1]，等闲离别易消魂[2]，酒筵歌席莫辞频[3]。满目山河空念远，落花风雨更伤春，不如怜取眼前人[4]。

[1] 一向：一晌，片刻。有限身：即人生有限之意。

[2] 等闲：轻易，随便。消魂：失魂，即灵魂离开肉体。意谓极度悲伤痛苦，或极度快乐。

[3] 莫辞频：莫因频繁而推辞。

[4] 怜：怜爱，珍惜。取：语助词。

## 山亭柳[1]

#### 赠歌者[2]

家住西秦[3]，赌博艺随身[4]。花柳上，斗尖新[5]。偶学念奴声调[6]，有时高遏行云[7]。蜀锦缠头无数，不负辛勤[8]。　　数年来往咸京道，残杯冷炙谩消魂[9]。衷肠事，托何人？若有知音见采，不辞遍唱《阳春》[10]。一曲当筵落泪，重掩罗巾。

[1] 山亭柳：词牌名，晏殊是宋词中第一个用平声韵填写此调的作者。这首词作于晏殊知永兴军任上，此时晏殊年过六十。被贬官多年，心中不平之气，难以抑制，借歌者之名一吐心中块垒。

[2] 晏殊小词一向并无标题，这首词以《赠歌者》题名是一个例外。同时，这首词所表现的激越之情也与晏殊一贯不做激言烈响的温润风格不同。

[3] 西秦：地域名。宋置，治京兆府（今西安），辖今陕甘各一部，豫西一小部，在今甘肃省榆中北。

[4] 赌：竞赛，竞争。博：众多，丰富。

[5] 花柳：泛指一切歌舞技巧。斗：竞争。

[6] 念奴：唐代天宝年间著名歌女。

[7] 高遏行云：遏，止。《列子·汤问》说古有歌者秦青"抚节悲歌，声振林木，响遏行云"。

[8] 蜀锦：出自蜀地的名贵丝织品。负：辜负。

[9] 谩：枉，徒然。冷炙：杜甫《赠韦左丞》诗："骑驴十三载，旅食京华春。残杯与冷炙，到处潜悲辛。"

[10] 采：选择，接纳。《阳春》：即《阳春曲》，一种属于"阳春白雪，和者盖寡"的高雅歌曲。

# 踏莎行[1]（二首）

## 一

细草愁烟[2]，幽花怯露[3]，凭栏总是销魂处[4]。日高深院静无人，时时海燕双飞去。　　带缓罗衣[5]，香残蕙炷[6]，天长不禁迢迢路[7]。垂杨只解惹春风，何曾系得行人住[8]？

[1] 踏莎行：词牌名。又名《柳长春》《喜朝天》。

[2] 细草愁烟：此意谓草因被烟雾笼罩而哀愁。

[3] 幽花怯露：此句写由于露水凝聚不散，逐渐沉重以致细小的花朵不堪负担的怯弱的形象。

[4] 销魂：参见本章《浣溪沙》二注 [2]。江淹《别赋》："黯然销魂者，惟别而已矣。"

[5] 带缓罗衣：言行人日渐远去，相思使我憔悴消瘦，衣带一天天地宽松了。

〔6〕香残蕙炷：写兰蕙之香炷的烧残，也象征着热情的消蚀磨减。

〔7〕天长不禁迢迢路：此句写分别之后相隔遥远，极言离别阻隔之苦。

〔8〕"垂杨"二句：意谓垂杨的柔细枝条只会随风拂动，去牵惹春风，却不会将远行人系住。

**点评**：此词上半写景，下半抒情。晏殊有理性的一面，也有感受敏锐的一面。在写景的细腻锐感上，晏殊与冯延巳很相近，但在写情上，晏殊却表现出委婉、轻柔的特色来。无论是相思、怀念、哀怨、悲寂，他都用温柔缠绵的口气陈述出来，不像冯延巳那样执著、强劲。

## 二

小径红稀，芳郊绿遍，高台树色阴阴见。春风不解禁杨花，濛濛乱扑行人面[1]。　翠叶藏莺，朱帘隔燕，炉香静逐游丝转[2]。一场愁梦酒醒时，斜阳却照深深院。

〔1〕"春风"二句：是抱怨春风不知道禁止杨花的舞动，而让它漫天飞扑，乱扑在悲哀的远行人的脸上。解：懂得，知道。

〔2〕炉香静逐游丝转：此句是说香炉中的香烟静静地随着空中飘飞的游丝旋转。游丝，春天常见的一种昆虫的分泌液，类似蛛网。

## 清平乐[1]

金风细细[2]，叶叶梧桐坠。绿酒初尝人易醉，一枕小窗浓睡[3]。
紫薇朱槿花残[4]，斜阳却照阑干。双燕欲归时节，银屏昨夜微寒[5]。

〔1〕清平乐：唐教坊曲名，后用为词牌名。亦作《忆萝月》或《醉东风》。

〔2〕金风细细：谓带着肃杀之气的秋风暗暗袭来。金风，秋风。

〔3〕"绿酒"二句：写一种寂寞无聊赖之感。

〔4〕紫薇朱槿：花名。紫薇，落叶小乔木，花红紫或白，夏日开，秋天凋，故又名"百日红"。朱槿，红色木槿，落叶小灌木，夏秋之交开花，朝开暮落，又名扶桑。

〔5〕银屏：银饰屏风。

**点评**：此类词不需要理性的思致，也不需要有哲理，更无需深厚的感情，仅是词人那一份敏锐的感觉，从"细细"、"叶叶"之景物的微小变化之中传达出的一种感受，就已是极浓厚美妙的诗意了。

# 蝶恋花[1]

槛菊愁烟兰泣露[2]。罗幕轻寒[3]，燕子双飞去。明月不谙离恨苦[4]，斜光到晓穿朱户[5]。　　昨夜西风凋碧树，独上高楼，望尽天涯路。欲寄彩笺兼尺素[6]，山长水阔知何处！

[1] 蝶恋花：词牌名。

[2] 槛：栏杆。此句意谓苑中菊花笼罩着一层烟雾之气，似乎含愁；兰草沾上露水，如在饮泣。

[3] 罗幕：丝罗的帷幕。

[4] 谙（ān）：了解，熟悉，精通。

[5] 朱户：朱红色的门窗。

[6] 彩笺：彩色的精美笺纸。尺素：古人书写用素绢，通常为尺幅，后为写信的代称。句中兼提彩笺、尺素，重复表示寄情达意的殷切。

**点评**：此词写离别相思之情。上阕描写清晨室内、室外的景物，由此衬托长夜相思之苦。下阕写主人公登高望远，难遣离愁。"独上"是说人之寂寞，"高楼"伏下句"望尽"，境界极为高远阔大。

## ■解读鉴赏

北宋初年的晏殊与李煜截然相反，是一个典型的理性词人。《宋史》记载他七岁能属文，十四岁就以神童闻名，得到宋真宗的赏识，被赐同进士出身，以后就平步青云，宠用不衰。一般人都认为"天以百凶成就一词人"，像晏殊这种仕途得意、富贵显达的身世经历，懂得什么叫痛苦悲哀，又能有多少真情锐感？甚至有人讥讽他的词是"富贵显达之余的无病呻吟"。这对晏殊是极不公平的。诗人的穷与达，大半取决于他们的性格，并没有什么"文章憎命达"、"才命两相妨"的必然性。而诗人之性格可分为成功与失败两种类型，前者多为理性诗人，后者属于纯情诗人。李煜"为人君所短处"正是他"为词人所长处"，即他的沉溺任纵、不懂得反省节制、不善于思索权衡，在社会政治生活中简直像个未成熟的"赤子"。因而，破国亡家必然成为这类文人的典型下场。而晏殊虽出身平民，却凭着自己幼而好学、聪慧过人的真才实学得到了开明君主的知遇；又凭着他思力超群、明谋善断的将相之才而得以在朝中立足荣迁。应当看到，他圆融、平静的风度与他富贵显达的身世，正是他这样一位理性词人同株异干的两种成就。同时还应看到，无论晏殊官居几品，他首先是一个诗人。有人以为理性诗人就精于世故、老谋深算，斤斤计较人我、利害的得失。其实，这种目光短浅的权衡计较，根本当不起我们所说的"理性"二字。我们称之为理性诗人的，是与纯情诗人一样具有真诚、敏锐的心灵和感受的诗人，只是纯情诗人以心灵与外界事物相接触，并以心灵反射这种直觉的感受；而理性诗人则将这份心灵的感受上升为理念的思辨，经过哲学提炼之后，聚结为智慧的光照，并通过诗篇折射出来。他们的感情不似滚滚滔滔的激流，而像一面平湖，风雨至也縠绉千叠，投石下亦旋涡百转，但却无论如何也不会失去含敛恬静、盈盈脉脉的一份风度。对外界事物的处理，他们既有思考和判断，又有反省与节制。他们具有社会人的权衡和操持，同时还保有自然人的一颗真诚锐感的诗心。大自然的花开叶落，人世间的离合悲欢，同样使他们性情摇荡，心灵震颤。当日月逝于上、体貌衰于下的时候，他们也会有时移事去、乐往哀来的无限感伤。当晏殊暮年失志，以"非其罪"遭黜斥贬谪时，他也同样激越难平、感愤无已。从以上两首《浣溪沙》和一首《山亭柳》的小词中，我们能看到作为理性词人，晏殊是如何表达其悲哀感伤与激愤之情的。

　　前两首《浣溪沙》写的还是与李煜相同的生命之永恒主题"人生几何"、"去日苦多"的悲哀。但晏殊不像李煜一开篇就把你推进悲痛的深渊，而是若无其事地引你渐入境界。"一曲新词酒一杯，去年天气旧亭台，夕阳西下几时回。"听歌饮酒，是多么美妙的人间享乐，然而他的悲哀也就正在这歌词与酒杯之中被引发了。曹孟德诗说："对酒当歌，人生几何。譬如朝露，去日苦多。"（《短歌行》）《世说新语》载，桓子野"每听清歌，辄唤奈何"。因为饮酒听歌会无端唤起一种对往事的追怀，况且酒是新酒，歌是新词，而天气依旧，亭台依旧，这一"新"一"旧"，不又是无常与永恒的鲜明映衬吗？物是人非，逝者如斯，由此感喟"夕阳西下几时回"。人生能有几度夕阳红，你也许会说明天还会夕阳红，可是伴随每一次夕阳西下而消逝的光阴岁月也会回来吗？这真是："胭脂泪，相留醉，几时重？"若是李煜，接下去又会是一番"自是人生长恨水长东"的血泪淋漓。但晏殊不同于李煜之处正在于此，他所写的"无可奈何花落去，似曾相识燕归来"，是一种非常富于变通的用情态度。自其变者而观，"花落去"是一去不返了，即使明年再开花，也不是去年由此落下的"枝上朵"；但自其不变者而观，则"燕归来"却有可能是去年由此飞走的"老相识"。这是一种极富诗意的反省和妙悟，那"似曾相识"、依依多情的归燕，难道不是对"无可奈何花落去"这一生命缺憾的挽赎和补偿吗？难道不是宇宙人生自我平衡和调节的一种圆融观照吗？"小园香径独徘徊"写得更是雍容闲雅、柔婉微妙。晏殊《破阵子》词中有"重把一尊寻旧径"句，既然是熟悉的"旧"径，又何须去"寻"？其实所"寻"者，非"旧径"也，而是寻思、追怀旧日、旧地的旧情怀。"小园"一句，于"徘徊"之中传达出对"去年天气旧亭台"上失落的和似曾相识的旧情怀的追思和回味。多么温馨恬淡，多么含蓄蕴藉，虽说他所写的仍是闺阁园亭之景、伤春悲秋之情，但在同类作品之中，你会明显感到有一种从未有过的雍容闲雅、盈盈脉脉的风容仪态溢出言外。

另外一首《浣溪沙》的开端"一向年光有限身，等闲离别易消魂"，依旧是出语平淡。"一向年光"即一年短暂的韶光。人生自少壮而衰老正有如韶光之春夏秋冬的一次轮回，正可谓"林花谢了春红，太匆匆"！可比这更悲哀的是这"匆匆"之中还充满了"等闲离别"的痛苦。面对这人生匆促之悲、等闲离别之苦的双重悲哀，李煜与晏殊，纯情词人与理性词人的区别又一次显示出来：晏殊不但具有自觉的反省节制，还隐然有其化解排遣这类悲苦的方法——"酒筵歌席莫辞频"。有酒时就尽情地饮酒，有歌时就尽情地听歌，能够欢聚的时候就尽情地享受这欢聚的美好时光，因为月有圆有缺，人有聚有散，这是非人力所能逆转的自然规律，所以"满目山河空念远，落花风雨更伤春，不如怜取眼前人"！多么通达理智的情怀，若换成李煜，一旦陷入"念远伤春"中，绝不会有"空"的反省和体认，而晏殊却有着一种

"空"念、"空"伤，"更"念、"更"伤的双重省悟和认知。因为逝去的一切已无可挽回，"念远"未必就能与远离人相聚，"伤春"更不能把春光留住，与其空空地追怀离别之人，不如更加珍重尚未分别的"眼前人"。这三句与前一首词的下阕同样隐含着某种人生的哲理，表面看来，不过是"伤春"、"念远"之情，但它所引起的感发与启迪则是——人生对一切不可获取之物的向往都是无益的；对一切无可挽回之事的伤感也都是徒劳的，与其徒劳无益地空怀过去，幻想将来，不如面对眼前，把握住现有的一切，使之不为再次的错过与失落而悔憾。这就是晏殊词中的理性光源。晏殊词集名为"珠玉"，实在是贴切之至，这温润如玉、圆融如珠、情中含思、隐而不露的风情意韵，正是晏殊词风的典型特征。

如果说《浣溪沙》二词，以圆融的观照和理性的反思来处理、排遣伤春怨别之悲，是化解有方的话，那么《山亭柳》一词"借他人酒杯，浇自己心中块垒"，借"题"挥发激愤抑郁之气，便可以说是脱身有术了。晏殊何以会有"块垒"和抑郁呢？本来他自十五岁以神童擢为秘书省正字，直至五十四岁以前，在仕途上一直是一帆风顺的。但没想到晚年他却意外地受到传说中的所谓"狸猫换太子"之事的牵连：宋仁宗本是李宸妃所生，却被章献刘皇后据为己有，这在刘皇后当朝期间，无人敢言。因此当李宸妃死后，晏殊奉命所写的墓志上，只说李宸妃生一女，早卒，无子。后刘皇后卒，就有人向仁宗上言讼告晏殊隐瞒天子的身世，结果被罢黜贬谪。五年之后，晏殊虽又被召回京都，但不久又有人告他利用公差之便修私宅而再遭贬斥。《宋史·晏殊传》里记载当时就有人"以为非殊罪"，因为李宸妃的墓志换了谁写，在当时都同样不敢直言其事。而借公差之便修房在当时北宋的官僚阶层中也是屡见不鲜的。于是晏殊就这样怀着一腔抑郁，先后出知亳、楚、颍、陈、许等州，最后奉命到了永兴军。"军"非指军队，而是一个地区，永兴军在今陕西西安、咸阳一带，《山亭柳》词中提到的"西秦"、"咸京"即指此地。

这首词的情绪激昂慷慨，其强烈的主观色彩与他平时珠圆玉润的风格判若两人。特别是词前还冠以"赠歌者"的题目，这在词的发展历史上，尚属首见。词前的标题把读者的注意力全部引向了词中的"歌者"，那么且看这到底是怎样的一位"歌者"——她"家住西秦，赌博艺随身"。许多人不是靠自己的能力和本领，而是仰仗家族、亲朋的势力而显达的；这位歌者却完全凭借自身渊博的才华技艺得以在"花柳上，斗尖新。偶学念奴声调，有时高遏行云"。无论任何歌舞宴乐的浪漫场合，她都能够展现出其出类拔萃的才能技艺，甚至偶然摹仿唐代天宝年间著名歌者念奴的发音，其高亢的声调居然也可以留住天上的行云。她用自己美妙的歌声赢得了众多欣赏者"蜀锦缠头无数"的酬答，同时她也深为听众们没有辜负自己的一番辛勤奉献而感到由衷的欣慰。然而正如古诗中所说："不惜歌者苦，但伤知音稀。"当她岁华消逝、红颜渐老之时，其才华虽说不减当年，但情形却不复当初了：当她继续"数年来往咸京道"时，得到的竟是"残杯冷炙谩消魂"的待遇，就是在当年赢得"蜀锦缠头无数"的地方，而今只剩下别人弃掷的残酒与吃剩的冷肉！杜甫当年叙述他报国无门的境遇时说："朝叩富儿门，暮随肥马尘。残杯与冷炙，到处潜悲辛。"晏殊此处以杜甫的原诗比类这位歌者，正透露出他不能自已的言外之意。杜甫满腔壮志，不得知遇，歌者满怀"衷肠事"，又托与何人？自古臣妾同命，"若有知音见采，不辞遍唱《阳春》"，这肝胆相照的两句词，道出了古往今来所有为臣者、为妻者、为歌者的共同心声：假如能有真正听懂我的歌唱、赏识我的才华、认识我的价值的人，我定会不辞辛劳，不惜把天下最美好的歌曲、一生最精湛的技艺全部奉献出来！这是一种多么热烈、多么执著的献身精神！然而世无相知，天下如此之大，居然找不到一个懂她、理解她、欣赏她的人，所以每每当她情不自禁地"一曲当筵落泪"时，就赶忙"重掩罗巾"，不肯让不懂她的人发现其内心的悲哀。真乃"和泪试严妆"！这个催人泪下的故事，所以会感人至深，是由于词中那位晚年凄凉的歌者，与我们这位暮年失志的作者同声相应、同命相怜！故事讲的是歌者，而那激越悲慨的感情却是作者的。王国维《人间词话》云："尼采谓一切文学余爱以血书者。"有些人愿意将自己血淋淋的伤口裸露给人看，但也有人宁愿将血泪咽下去，或者借助某一载体而间接地释放，这正是理性诗人的特色。晏殊在感情的处理上一贯是理智而从容的，他加"赠歌者"之题，是为了把感情的距离拉开，然后才无所顾忌地将满腔抑郁和激愤宣泄出来。也许这题目未必真是凭空添加的，说不定确有一位曾经引起过词人感情上共鸣的歌者在，或许正是这样一种特殊的、可遇不可求的机会，才产生了这首与《珠玉词》集中其他作品极不和谐的变调。不过这一曲"有主题变调"与《珠玉词》集的其他作品一样，共同说明了晏殊作为一位理性词人所具有的一体两面。

回想词自伶工之手转到士大夫之手以来的一些著名词人，如韦庄、冯延巳、李煜、晏殊，以及后来的范仲淹、欧阳修、苏轼等，他们或为一代君主，或为当朝宰相、国家重臣，总之都是以兼善天下为己任的济世经邦、出将入相之人，是满腹经纶、学富五车的饱学之士。他们的学识、修养、理想、怀抱、品格、操守，在小词的写作之中不由自主地流露出来，这就无意之中使闺阁园亭、伤春怨别的小词的意境，从最早的对爱与美的追求到战乱流离的忧患，从破国亡家的悲慨到人生哲理的省悟，有了越来越深沉丰富，越来越开阔博大，越来越情中有思、情中有理的明显进化。晏殊词的情中之思，虽不及苏轼之自觉深刻，但他能引起读者有关人生方面的广泛联想和启迪，确是不可否认的事实。王国维认为他的《蝶恋花》词中"昨夜西风凋碧树，独上高楼，望尽天涯路"几句，是古今成大事业、大学问者必须经过的第一种境界。事实上，这本来是一首典型的伤别念远之词，但不管它写的是什么情意和主题，这词句本身所产生的感发，绝不是某种情意和主题所能拘限的。你有没有超凡脱俗、登高临远的志向与追求？你有没有在一夜西风之间、碧树凋零之际的恶劣环境下"独上高楼"的胆略与气魄？你有没有透视纷纭迷雾、"望尽天涯路"的眼力与见识？这确实是古今中外一切想有所成就、有所作为者必须首先回答的一道选题。这种情中之思致，词中之感发，恐怕连晏殊本人也未曾料及，这正是"词之言长"的绝妙所在，也是晏殊词的特美所在。当然晏殊的情中思致，也是因词而异的，它时而表现为圆融之观照，时而表现为理念之启迪，时而为人生之省悟，时而为宇宙之至理。因此，我们对晏殊词的欣赏，也要具备那种"独上高楼，望尽天涯路"的见识和眼光，如果不能从他情中含思的意境着眼，那真将有如入宝山空手回的遗憾了。

■**阅读思考**

1. 阅读晏殊的《浣溪沙》《山亭柳》等词，参照对比李煜词的创作，谈谈理性词人与感性词人的不同风格特征。

2. 你对晏殊《蝶恋花》词中"昨夜西风凋碧树，独上高楼，望尽天涯路"是"古今成大事业、大学问者必先经过的第一种境界"的说法是怎样理解的？谈谈你的看法。

# 第二十一章

# 21

## 行乐直须年少
## 尊前看取醉翁

——谈欧阳修为代表的宋初小词中的
"士大夫情怀"

# 欧阳修

欧阳修（1007－1072），字永叔，号醉翁，又号六一居士。吉安永丰（今属江西）人，自称庐陵（今永丰县沙溪）人。谥号文忠，世称欧阳文忠公，北宋卓越的文学家、史学家。一生著述繁富，成绩斐然，一代儒宗，自命风流。宋仁宗皇祐元年（1049），欧阳修出任颍州（今安徽阜阳）知州。神宗熙宁四年（1071），以观文殿大学士太子少师致仕后，始定居颍州。常游颍州西湖，作《采桑子》十三首。本章所选十首是专写颍州西湖美景的。本章选文均选自中华书局唐圭璋编《全宋词》。

## 采桑子（十首）

### 西湖念语[1]

昔者王子猷之爱竹，造门不问于主人[2]；陶渊明之卧舆，遇酒便留于道上[3]。况西湖之胜概[4]，擅东颍之佳名[5]。虽美景良辰，固多于高会[6]；而清风明月，幸属于闲人。并游或结于良朋，乘兴有时而独往。鸣蛙暂听，安问属官而属私？曲水临流，自可一觞而一咏[7]。至欢然而会意，亦傍若于无人。乃知偶来常胜于特来，前言可信；所有虽非于己有，其得已多。因翻旧阕之词，写以新声之调。敢陈薄伎，聊佐清欢。

[1] 念语：北宋流行的一种歌唱形式中的开场白，也叫"致词"。这类作品是一种念白和歌唱兼而有之的表演形式，俗称"鼓子词"，它是用同一牌调连续歌咏某一人、一物的组词。这一组《采桑子》（十首）即为歌咏西湖美景的，故其开场白曰"西湖念语"。

[2] 王子猷为晋代人，《晋书》记载，吴地有一人家种了许多竹子，王子猷登车造访，主人洒扫阶庭，置酒候客。但王子猷全然不顾，下车后径奔竹林，饱览秀色之后，便扬长而去。

[3] 陶渊明辞官后不愿见官，江州刺史王弘打算与陶渊明会面，却一直没有机会。有一次王弘趁陶乘轿游庐山的机会，让陶渊明的老朋友庞通在半路上备下酒肴，陶公一见有酒就留下与庞、王二人痛饮，打消了去庐山的念头。舆：即轿子。

[4] 胜概：美妙胜景的汇聚。

[5] 擅：享有。此句是说他享有颍州之东部这样一个名胜的美名。

［6］虽：唯。高会：高朋聚会。

［7］此处用王羲之《兰亭集序》之文人雅集、曲水流觞的出处。

一

轻舟短棹西湖好，绿水逶迤[1]，芳草长堤，隐隐笙歌处处随。

无风水面琉璃滑[2]，不觉船移，微动涟漪[3]，惊起沙禽掠岸飞[4]。

［1］逶迤：绵延曲折貌。

［2］琉璃：一种矿石质的半透明的材料，此形容水面波平浪静。梁文帝《西斋行马诗》：“云开玛瑙叶，水净琉璃波。”

［3］涟漪：水面微波。

［4］沙禽：即小鸟。

二

春深雨过西湖好，百卉争妍，蝶乱蜂喧，晴日催花暖欲然[1]。

兰桡画舸悠悠去[2]，疑是神仙，返照波间，水阔风高飏管弦[3]。

［1］然：通“燃”，形容花红似火。杜甫《绝句》：“江碧鸟逾白，山青花欲然。”

［2］兰桡：船桨的美称，即用木兰树制作的船桨。桡，船桨。画舸：绘有彩饰的船。

［3］管弦：管乐与弦乐，泛指音乐。

三

画船载酒西湖好，急管繁弦，玉盏催传[1]，稳泛平波任醉眠。

行云却在行舟下[2]，空水澄鲜[3]，俯仰留连，疑是湖中别有天。

［1］盏：指酒杯。

［2］“行云”句：指云影倒映在水中，谓湖水清澈。

［3］空水：指天空与湖水。南朝宋谢灵运《登江中孤屿》诗：“云日相辉映，空水共澄鲜。”澄鲜：清澈，清新。

四

群芳过后西湖好[1]，狼籍残红[2]，飞絮濛濛[3]，垂柳栏干尽日风。

笙歌散尽游人去，始觉春空[4]。垂下帘栊，双燕归来细雨中。

[1] 群芳：百花。清人谭献《谭评词辨》卷一："'群芳过后'句，扫处即生。"

[2] 狼籍：同"狼藉"，散乱貌。残红：落花。

[3] 飞絮：纷飞的柳絮。

[4] 春空：春意消失。

## 五

何人解赏西湖好[1]？佳景无时[2]，飞盖相追[3]，贪向花间醉玉厄[4]。　　谁知闲凭阑干处，芳草斜晖[5]，水远烟微，一点沧洲白鹭飞[6]。

[1] 解赏：懂得欣赏。

[2] 佳景无时：意谓风景四时宜人，无时不佳。无时，不受四季时节限制。

[3] 飞盖：即飞车，奔驰中的车辆。盖，车篷。

[4] 玉厄：玉制的酒器，此指酒。

[5] 斜晖：夕阳。

[6] 沧洲：指水滨，水边之地。

## 六

清明上巳西湖好[1]，满目繁花，争道谁家[2]？绿柳朱轮走钿车[3]。游人日暮相将去[4]，醒醉喧哗，路转堤斜，直到城头总是花。

[1] 上巳：节日名。古时阴历三月上旬巳日为上巳节，魏晋以后改为三月三日。于此日临水袚除不祥，叫作"袚禊"。这天，男女老少皆出门游春，谓之"踏青"。

[2] 争道：抢道争先，形容车辆拥挤。此句应与下句连读才算完整，谓争着询问那是谁家的华贵的车子。

[3] 朱轮：红漆的车轮。年俸在两千石以上的大官才能用朱轮之车。钿车：用金银宝石装饰的华贵车辆，一般为贵族妇女所乘。

[4] 相将：相随。

## 七

荷花开后西湖好，载酒来时，不用旌旗，前后红幢绿盖随[1]。画船撑入花深处，香泛金厄[2]，烟雨微微，一片笙歌醉里归。

[1] 红幢（chuáng）绿盖：幢、盖是古代仪仗。即张挂在舟、车上的帷幔。此

处喻荷花和荷叶。此句与前句相连，意谓不必用旌旗，前后相随者有莲叶与荷花。

[2] 金卮：金属制的酒器。

## 八

天容水色西湖好，云物俱鲜，鸥鹭闲眠，应惯寻常听管弦。
风清月白偏宜夜，一片琼田[1]，谁羡骖鸾[2]？人在舟中便是仙。

[1] 琼田：玉田。干宝《搜神记》卷十一：杨伯雍常设义浆给行旅。一日有人饮讫，出怀中石子一升与之，曰种此可生美玉，并得好妇。如言种之，遂生白璧，其处地可一顷，名为玉田。此处形容水面。

[2] 骖（cān）鸾：传说中神仙所乘之车，它以三鸾驾车。骖，乘骑，古代驾在车前两侧的马。鸾，传说中凤凰之类的鸟。江淹《别赋》："驾鹤上汉，骖鸾腾天。"

## 九

残霞夕照西湖好，花坞蘋汀[1]，十顷波平，野岸无人舟自横[2]。
西南月上浮云散，轩槛凉生[3]，莲芰香清[4]，水面风来酒面醒。

[1] 花坞：四面如屏的花木深处。蘋汀：长满白蘋的汀洲。汀，水中或水边之沙洲。

[2] "野岸"句：化用唐韦应物《滁州西涧》诗中"野渡无人舟自横"句。

[3] 轩槛：窗前的栏杆。

[4] 莲芰：长出水面的荷叶、菱花等。芰（jì），菱角。两角者为菱，四角者为芰。

## 十

平生为爱西湖好，来拥朱轮，富贵浮云[1]，俯仰流年二十春[2]！
归来恰似辽东鹤[3]，城郭人民，触目皆新，谁识当年旧主人？

[1] 富贵浮云：《论语·述而》："不义而富且贵，于我如浮云。"

[2] "俯仰"句：欧阳修皇祐元年始知颍州有定居之愿。熙宁四年（1071）致仕才遂此愿，历时二十二年。其《思颍诗后序》云："尔来俯仰二十年间……其思颍之念，示尝不忘于心。"

[3] "归来"句：《搜神后记》："丁令威，本辽东人，徘徊于空中而言：'有鸟有鸟丁令威，去家千年今始归。城郭如故人民非，何不学仙冢累累！'遂高上冲天。"

## 采桑子[1]

十年前是尊前客[2]，月白风清，忧患凋零，老去光阴速可惊。
鬓华虽改心无改，试把金觥[3]，旧曲重听，犹似当年醉里声。

[1] 此词是宋神宗熙宁四年（1071）作者退居颍州后所作。

[2] 十年前：是一个概数，泛指他五十三岁以前的一段生活。

[3] 金觥：大酒杯。

## 玉楼春（二首）[1]

### 一

尊前拟把归期说，未语春容先惨咽[2]。人生自是有情痴，此恨不关风与月[3]。　　离歌且莫翻新阕[4]，一曲能教肠寸结[5]。直须看尽洛城花[6]，始共春风容易别。

[1] 据《庐陵欧阳文忠公年谱》：景祐元年（1034）三月，作者西京留守推官任满，离洛阳作此词。

[2] 春容：美艳的容貌。惨咽：哽咽状，形容极为伤心的样子。

[3] 风与月：古人常以为春风明月等自然美好景物可引起感情，亦称男女恋情为风月，本词反其意。

[4] 离歌：指离别的歌，古人演唱离歌，常常是一曲既终，再接一曲。新阕：指新词。阕，原意指乐终，引申为一个乐曲单位。

[5] 肠寸结：哀痛至极，肝肠寸断之意。

[6] 洛城花：指牡丹。欧阳修《洛阳牡丹记》曾有记述。别时在三月，故有此语。

**点评**：王国维《人间词话》讦云："永叔'人生自是有情痴，此恨不关风与月'、'直须看尽洛城花，始共春风容易别'。于豪放中有沉着之致。所以尤高。"这首词很能代表欧阳修的特色：一个是他两方面的张力，他要从悲苦中挣扎起来，尽情地欣赏遍、欣赏够这大自然的美好景色，这是他既豪放、又沉着的缘故；另一个是他叙写的口吻，"拟把"、"自是"、"且莫"、"直须"、"始共"都是豪放之中有沉着之致的表现。

### 二

雪云乍变春云簇[1]，渐觉年华堪送目。北枝梅蕊犯寒开[2]，南浦波纹如酒绿[3]。　芳菲次第还相续，不奈情多无处足。尊前百计得春归，莫为伤春歌黛颦[4]。

[1] 此词又别作冯延巳词，见《尊前集》。乍变：初变。

[2] "北枝"句：北枝的花背太阳，南枝的花向太阳先开。意为现在连北枝上的梅花都冒着严寒绽放了。犯：冒犯，抵制，有一种力量在里边。

[3] 南浦：古水名，在今湖北武汉市南。《九歌·河伯》云："子交手兮东行，送美人兮南浦。"后常用来泛指别之地。此句本于江淹《别赋》："春草碧色，春水绿波。送君南浦，伤如之何。"李白《襄阳歌》："遥看汉水鸭头绿，恰似葡萄初酸醅（pō pēi：重酿未滤的酒）。此江若变作春酒，垒曲便筑糟丘台。"

[4] 黛颦：因伤心而皱起眉头。

**点评**：这首词在情意上与前一首很近似，但在对自然景物的描写和感受上具有突出的特色，他要表现的是春天悄然走近时内心的欣喜。大自然的景色变化本是有目共睹的，但写出诗词来，就有了高下的区别，有的只是写耳目感受之再现，而有的则是写出心灵感受的兴发。欧阳修正是后者的典范。

# 朝中措

### 平山堂[1]

平山栏槛倚晴空[2]，山色有无中[3]。手种堂前垂柳[4]，别来几度春风。　文章太守，挥毫万字[5]，一饮千钟[6]。行乐直须年少，尊前看取衰翁[7]。

[1] 平山堂：在扬州西北蜀冈上，欧阳修庆历八年（1048）为郡守时建。据宋人叶梦得《避暑录话》说，欧阳修在扬州修建一座平山堂，"壮丽为淮南第一，上据蜀冈，下临江南数百里，真、润、金陵三州隐隐若可见。……公每暑时，辄凌晨携客往游"。欧阳修自公元 1049 年离开扬州，对平山堂一直怀念至深。公元 1056 年，刘敞（字原甫，一作"原父"）出任扬州（维扬）知府，欧阳修作此词相送。

[2] 平山：平山堂。栏槛：栏杆。

[3] "山色"句：唐王维《汉江临眺》："江流天地外，山色有无中。"

[4] 堂前垂柳：张邦基《墨庄漫录》："扬州蜀冈上大明寺平山堂前，欧阳文忠公手植柳一株，谓之'欧公柳'，公词所谓'手种堂前杨柳，别来几度春风'者。"

[5] "文章太守"二句：《宋史·刘敞传》："欧阳修每于书有疑，折简来问（刘敞），对其使挥笔答之，不停手，修服其博。"据欧阳修《集贤院学士刘公墓志铭》：

刘敞于宋仁宗至和三年（1056）出知扬州。因称为文章太守。

〔6〕钟：酒盅。

〔7〕衰翁：欧阳修任扬州太守时年刚四十，现已年近五旬，所以自称"衰翁"。况欧阳修长刘敞十二岁，故以自称。

**点评：**欧阳修的基本特色是于豪放之中见沉着的，可是当他豪放多于沉着之时，他的豪放就表现得有一种疏朗飞扬的意态。此词虽也有感慨，但却写得很有潇洒飞扬之致，正所谓"疏隽开子瞻"的地方。

## ■解读鉴赏

我们前面在讲冯延巳词时，曾引过冯煦说的"上翼二主，下启晏、欧"的话，是说冯延巳词开北宋一代词风。冯、晏、欧三家词的风格、意境确实很相近，其主要缘故在于他们都能掌握运用词之"要眇宜修"的特质，而且都能在无意之中结合自己的学问、修养与襟怀，从而传达出深隐幽微、含蓄丰美的意境。不过，由于各自性格秉赋、身世经历的不同，他们在相似之中又各具风貌：冯延巳是在缠绵郁结中表现了热情炽烈、殉身无悔的执著精神；晏殊是于圆融温润之中表现了情中含思的理性观照；而欧阳修则是在豪宕沉挚、抑扬唱叹中表现出一种遣玩的意兴。

一个人的心灵本质及性情秉赋在终日饱食安睡、无所用心的平静生活里，是看不出来的，只有当他真正体验到人生多艰，真正经历过劫难忧患之后，才会显示出来。中国封建社会为有志之士提供的唯一出路就是做官。北宋帝王是比较信任与依赖文人士大夫的，而且北宋的政治环境也相对宽松，这就使得士大夫们有了实现个人政治抱负的憧憬以及实践的勇气；然而，北宋帝王又故意在士大夫中间造成相互牵制的局面，努力使个体平庸化，这就使得有理想、有才华的士大夫备受压抑，屡遭挫折，凤志难酬。这正是欧阳修、苏轼一类渴求在仕途上有积极作为的宋代士大夫们的共同悲剧。与晏殊相同的是，欧阳修也曾官至参知政事，相当于副宰相。然而不同的是，欧阳修的仕宦之途却极其曲折坎坷。人一生中究竟会遇到什么凶吉祸福，这谁也说不准，但当祸患临头时，你的反应和态度却是可以自己掌握和主宰的。欧阳修就是能够以一种风趣谐谐的态度，一种赏玩、驱遣的豪兴来对待他一生屡遭诋毁贬谪的不幸。这或许不算是最佳的方式，但至少是使他不至于被忧患灾难所伤害的正确选择之一。这一特点在他的诗、文中随处可见。他曾不无解嘲地自取别号为"醉翁"，在贬为滁州太守后所写的《醉翁亭记》中，他自叙与客人携酒而游的情形："饮少辄醉，而年又最高，故自号醉翁也。醉翁之意不在酒，在乎山水之间也。"又说"人随太守游而乐，而不知太守之乐其乐也"。他自有其独游之乐，即使与他同游之人也并不了解他这种情趣。他在同一时期所写的《丰乐亭游春》诗中说："春云淡淡日辉辉，草惹行襟絮拂衣。行到亭西逢太守，篮舆酩酊插花归。"是说你若到丰乐亭来游春赏花，在路上碰到一个坐着小竹轿子、喝得酩酊大醉、头上插满鲜花的人，那就是我——当地太守欧阳修。晚年他又自号为"六一"的缘故是：我有琴一张、棋一局、酒一壶、书一万卷、金石佚文一千卷，以我一老翁，老于此五物之间，故自号"六一"也。多么风雅的意趣，多么豪爽的情味。在历尽挫伤忧患之后，他不但没有沉溺于忧患悲哀之中，反而却从中获得了某种足资赏玩的乐趣，这真是古之圣贤才具有的修养。

北宋士大夫最可贵的品质之一是在逆境中始终保持乐观的态度与进取的精神。北宋帝王重用、信任文人士大夫，特别有意识地从贫寒阶层选拔人才。这一大批出身贫寒、门第卑微的知识分子能够进入领导核心阶层，出将入相，真正肩负起"治国平天下"的历史使命，完全依靠朝廷的大力提拔，因此他们对宋王室感恩戴德、誓死效忠，即使仕途屡遭挫折，也此心不变。这是他们乐观态度与进取精神的基础所在。欧阳修一生因坚持自己的政见、积极参与朝廷的政治变革而屡屡遭受罢黜贬谪，有些人在朝的时候，还能慷慨激昂、主持正义，一旦受挫下野，就立刻牢骚满腹、伤感无已，甚至变作一副可怜相，卑躬屈膝，卖身求荣。欧阳修在挫折之中也难免有牢骚怨言，仕途的奔波使欧阳修与友人有了更多次的分离与重逢，每次的重逢都必将牵动内心的诸多感慨，《采桑子》说："十年前是尊前客，月白风清，忧患凋零，老去光阴速可惊。鬓华虽改心无改，试把金觥，旧曲重听，犹似当年醉里声。""十年一别流光速，白首相逢，莫话衰翁。但斗尊前语笑同。"这"白首"、"衰翁"中包含了多少的挫折磨难。挫折失意时难免会有颓丧，不过，欧阳修总是不愿意消沉下去，同时也以这乐观的态度鼓励友人，"尊前语笑"可以抚平彼此心灵的创伤。在回顾了"忧患凋零"的坎坷历程之后，劝慰友人说："鬓华虽改心无改，试把金觥，旧曲重听，犹似当年醉里声。"欧阳修不是在以酒色麻醉自己，而是在困境中鼓励自己与友人再度奋起。《宋史·欧阳修传》称其"天资刚劲，见义勇为，虽机阱在前，触发之不顾。放逐流离，至于再三，志气自若也"。欧阳修初次被贬官到夷陵，生活在"春风疑不到天涯，二月山城未见花"的艰难环境之中，却依然坚定地相信"野芳虽晚不须嗟"（《戏答元珍》）；再次贬官滁州，出现在《丰乐亭记》《醉翁亭记》中的与民同乐的太守欧阳修，仍然是对仕途抱有相当的信心。自滁州移镇扬州，欧阳修曾据蜀冈筑平山堂。后来欧阳修回到朝廷，友人刘敞出知扬州，欧阳修填写过一首旷达乐观的《朝中措》为他送行，充分体现了欧阳修的个人气质。词中所描述的是自己当年在扬州任上的豪纵形象。与词人这种开阔澎湃的心胸相适应的，是眼前的一览无际的"晴空"，遥望可见的"山色"。"文章太守"的"挥毫万字"、"一饮千钟"之豪情，是一种极度自信的表现。"衰翁"云云，潜含着不服老的倔强与疏放。表现在词中的个人品格，与《醉翁亭记》气脉相通。后来，苏轼过平山堂，有感而发，写了一首《西江月》，说"欲吊文章太守，仍歌杨柳春风"，对欧阳修的豁达乐观仰慕不已。欧阳修还曾写信给同时被贬的难友尹师鲁，相约到贬谪之地后不要说一句"戚戚之辞"。这种胸怀素养和兴致情趣，也同样表现在欧阳修描写山川景物的小词的写作上。在创作上，他常常是不写则已，一写起来就一发而不可收。他的《渔家傲》词，两组共二十四首，写尽了从正月到十二月各种节物风光的美好；他的《采桑子》十首，每一首开口就是"西湖好"，但各首内容并不重复，自称为"联章体"，直把西湖一年四季、朝夕阴晴中的好处"歌遍彻"。那种"人生自是有情痴"的程度，丝毫不逊于纵情享乐的李后主。所不同的是欧阳修那种"无奈情多无处足"的奔放中，隐然有着一段"忧患凋零"、"聚散苦匆匆"的深沉慨叹。下面我们就来看看这组《采桑子》中的两首——

　　词中的西湖并非今日杭州之西湖，而是在当年的颍州（今安徽阜阳西北），现已找不到它的旧迹了。欧阳修四十三岁时曾被贬出知颍州，他很喜欢这里的风景，发誓将来告老还乡还回此地定居。这以后，他又历尽人世沧桑、宦海波澜，终于在他六十五岁时辞官隐居，实现了他来西湖终老的夙愿。这组词就是他晚年定居颍州后，用民间通俗鼓子词的形式写的。我们要讲的是这组词中的第四和第十首。

词的前三首，欧阳修写出西湖春夏云水之间，"绿水逶迤，芳草长堤"、"百卉争妍，蝶乱蜂喧"这一番美不胜收的景象，这些确实很值得歌咏和赞赏，但接下去的第四首，就需要有一份会意了——"群芳过后西湖好"，此句所含的会意是难以言传的。这组词凝聚着作者二十多年的人生体验，读这类小词往往比看那些满纸仁义道德的大块文章更能使人感动。前辈词人顾随先生曾认为，欧阳修虽在古文、诗歌方面开了一代风气，但能够使我们更真切、更活泼地理解、认识欧阳修之心性、品格和为人的，却是他的词。一般人只会欣赏那万紫千红、如绣似锦的繁花，可欧阳修却认为"群芳过后"、"狼藉残红"、"飞絮濛濛"中的西湖依然是美好的。"狼藉"是凌乱之意。满地落英，杂乱不堪，满目杨花，一片迷蒙，这种美不是所有人都能获得的视觉上的感受，是通过心灵深处的体悟方能领略到的，这是失落之中的惆怅，是寂寥之中的迷茫。正如五味之于众口，有人嗜咸，有人嗜酸，还有人独能于苦涩中品得一份甘甜。"群芳过后西湖好"，这是经历了怎样的人生五味之后才能道出来的一句话。鲁迅说：没有哭过长夜的人不足以语人生。一个无愧于"人生"二字的人，最重要的是看他能否忍耐失落和寂寞。你平生经过多少摧伤和苦难，别人不了解、不理解，而你自己一定要了解，而且要能够担荷和忍耐，这是做人非常重要的条件。欧阳修不仅认识了，忍耐了，还从中领略到一份"垂柳栏干尽日风"的意趣。在繁花似锦、游人如织的时候，你往往无心顾及杨柳微风的存在；只有当"群芳过后"、"狼藉残红"、"笙歌散尽游人去"之后，你才会恍然发现那楼前栏干之外，微风依依吹拂着长长柔条的那一种摇曳荡漾的美妙姿态，这也正是欧阳修为文、为诗、为词，乃至为人的又一特色，即如苏洵在《上欧阳内翰书》中曾经赞美他的文章有"揖让进退"的姿态美，好比一个人在盛典礼仪中的举手投足都极富有自然得体、潇洒有致的美感一般。只有具备了这样的感情姿态和风范修养的人，才能在人生盛衰、荣辱、进退、得失的变迁中坦然自处；才能在"始觉春空"的彻悟之后，从容淡定地"垂下帘栊"——收拾起那一份用以欣赏"芳草百卉"、"急管繁弦"的春情，以一种新的心境不失时机地转而欣赏那"双燕归来细雨中"的另一番情味。而这份"始觉春空"与"双燕归来"中的思致与情味，与晏殊的"满目山河空念远"、"似曾相识燕归来"何等相似。一般而言，对"空"的觉悟和体认，是人生较高层次的修养。佛家的小乘教也讲"空空"，即从有到无，由盛到衰，所谓四大皆空。那是一种灭绝了情欲的"空"，而古代人物如晏殊、欧阳修者，他们认识了"空"，则是要将"空"念远、"空"伤春、始觉春"空"的一怀春情保留下来，暂且收拾、珍藏起来，转而还要以依然多情的兴致去"怜取眼前人"，去欣赏眼前景。不过，欧阳修的欣赏与遣玩，不是对那种肤浅欢乐的追逐，而是透过对悲慨的排遣而转为欣赏的。天下自其可悲者而观之，事事皆有可悲之处；而自其可乐者而观之，则事事也皆有可乐之处。欧阳修的特色，是他善于从人生悲慨之中去寻求赏玩的欢乐，同时又能以赏玩的欢乐来驱遣人生的悲慨。当年陶渊明与影为伴独游暮春时，大自然景物的美好与世无相知的悲哀交织在一起，使他感到"欣慨交心"（《时运》）；如今欧阳修也是满怀"欣慨交心"之情，写出了这组游西湖的词。

其中的第十首虽排在最后，却是整个十首词的全部背景，如同整幅画面上衬底的颜色——"平生为爱西湖好，来拥朱轮，富贵浮云，俯仰流年二十春"！回想当年作为颍州太守初来西湖时，有官家驷马朱轮的高车，有众多前呼后拥的随从。然而《论语》上说"富贵于我如浮云"，一切荣华富贵，一切权势地位，一切功名利禄，全在这一俯一仰的转瞬之间，随着二十年的年华而化为空幻，这真是从盛到衰、从有到无的人生巨变。对这一切，欧阳修似乎早有了悟，此处不妨再回味一下前首词中"群芳过后"、"狼籍残红"的西湖之好，与"始觉春空"、"垂下帘栊"的意境之妙，就不难领会这"俯仰流年二十春"中的蕴涵了。"二十春"里，天地沧桑，人间巨变，所以他接下去写道：

"归来恰似辽东鹤，城郭人民，触目皆新，谁识当年旧主人？"传说汉朝人丁令威离家学道，成仙后化鹤归来，落在华表上，面对家乡的巨变唱道："有鸟有鸟丁令威，去家千年今始归。城郭如故人民非，何不学仙冢垒垒。"（《搜神后记》）欧阳修虽非学道成仙，但也已饱经沧桑，深谙世道，当他暮年归来，看到当年治下的城郭人民，举目皆无相识，遂用此典，自比恍如隔世的辽东之鹤，借以抒发"谁识当年旧主人"的万端感慨。二十年前，他以父母官的身份，关心、爱护、治理过这里的山山水水及父老乡亲，而如今这块凝结着他心血生命的土地上，却无人知晓他曾是当年、当地的旧主人。这对别人来说是一件多么令人伤心的事，当然，欧阳修也未必就不感伤，但与众不同的是，他能以"垂下帘栊"的姿态，收拾起那份悲伤，并以"昔者王子猷之爱竹，造门不问于主人，陶渊明之卧舆，遇酒便留于道上"（见前文"作品选注"中的"西湖念语"）的意趣豪兴，借纵情赏玩西湖之诸般美景来排遣内心深处的悲慨。这便是王国维《人间词话》中对他词品的概括："豪放之中有沉着之致。"由此看来，如果说晏殊词的特色是"情中有思"的话，那么欧阳修词的特色就是"情中有致"，即沉着的情致与遣玩的兴致。

冯煦的《宋六十家词选例言》说："宋初大臣之为词者⋯⋯独文忠（欧阳修的谥号）与元献（晏殊的谥号），学之既至，为之亦勤，翔双鹄于交衢，驭二龙于天路。⋯⋯其词与元献同出南唐，而深致则过之。"这话不仅概括了晏、欧在宋初词坛上的地位，还阐明了他们与南唐词的承袭关系。刘熙载的《艺概》也说："冯延巳词，晏同叔得其俊，欧阳永叔得其深。"可见，无论是晏殊圆融温润、姿态俊美的"情中之思"，还是欧阳修豪宕深沉、抑扬唱叹的"情中之致"，都未能脱离南唐冯延巳这一源头，即都是在闺阁园亭、伤春怨别的笔墨游戏中，无意识地流露出作者的性情、品格、理想、怀抱、学识和修养等中国传统中的"士大夫情怀"。这是北宋初年小词发展的主流，也是词向诗（言志）方向转化的第一个阶段，这阶段始于冯延巳，止于欧阳修。因此欧阳修在词史上的地位和作用，虽不及他在诗文方面的影响显著，却仍不失为一道分水岭、一座里程碑。

为了进一步说明这一阶段小词的品格境界与其中蕴含的士大夫情怀，我们再举三首小词为例，试做境界高下、优劣的比较。

### 南乡子

二八花钿，胸前如雪脸如莲。耳坠金环穿瑟瑟，霞衣窄，笑倚江头招远客。

欧阳炯（选自《花间集》）

### 浣溪沙

越女淘金春水上，步摇云鬓珮鸣珰，渚风江草又清香。　不为远山凝翠黛，只应含恨向斜阳，碧桃花谢忆刘郎。

薛昭蕴（选自《花间集》）

### 蝶恋花

越女采莲秋水畔，窄袖轻罗，暗露双金钏。照影摘花花似面，芳心只共丝争乱。　鸂鶒滩头风浪晚，雾重烟轻，不见来时伴。隐隐歌声归棹远，离愁引着江南岸。

欧阳修（选自《六一词》）

《南乡子》写的是一位年方十六岁、戴着美丽花钿等饰物的摆渡女，她胸前露着雪白的肌肤，脸颊像莲花一样娇美，耳坠的金环上穿满了瑟瑟的珠子，彩霞般的衣服紧裹着身体，向着等待渡船的客人招手。这位女子的相貌、装束以及佩饰虽然都很美，但她不能使人产生任何美的感发和联想，更没有深意在其中，因此，根本谈不上有境界。薛昭蕴的《浣溪沙》写的是江浙一带的一位漂亮的淘金女，她头上戴着"步摇"的首饰，走起路来随步摇荡，身上还饰有鸣声叮当的玉佩，她正在春水之上淘金，沙洲上一阵风吹过，送来岸边芳草的清香，她不为远山而皱起眉黛，只是带着惆怅注视着斜阳，因为她所爱的那位"刘郎"（神话传说中的人物，借指所爱之人）没有来。这首词写出了一些相思怀念的情感，但表现得很肤浅，也谈不上有境界。真正有境界的是后面一首欧阳修的《蝶恋花》。

欧阳修这首词写的也是美女，这女子也佩有美丽的装饰，也在从事着某种劳作，但她给你的感觉与感受却与前面那两位摆渡女、淘金女大不相同——"越女采莲秋水畔"。"越女"是以美貌而闻名天下的。就连极少写女性诗的杜甫都承认"越女天下白"。"采莲"又是多么美好、高尚的行为，那出污泥而不染的莲花，具有天生丽质、独立不倚、圣洁高雅的资质禀赋。况且"秋水"碧波，又是何等多情的场所。不仅如此，再看她的衣饰——"窄袖轻罗"，罗是多么轻盈飘逸的丝织品，用它制成的窄袖上衣，穿起来是那般的轻盈窈窕、精美纤巧，这里暗示出了一种温馨、柔美的品格气质。尤为绝妙的还有"暗露双金钏"，"双"是美好、圆满与多情的，"金"，是珍贵的。但无论是精神上的富有，还是物质上的优裕，她都没有丝毫的炫耀，只是"暗露"：在采莲的过程中，偶然透过窄袖才隐约闪露出来。这是一种多么含蓄、多么蕴藉、多么深沉、多么凝重的内在的魅力！相比之下，那"耳坠金环穿瑟瑟"、"步摇云鬓佩鸣珰"的摆渡女和淘金女该有多么的炫耀和浅薄。接下去，"照影摘花花似面，芳心只共丝争乱"更是灵光闪烁的神来之笔：当她低头采莲，偶尔看到自己在水中的倒影时，一种对于美的意识突然觉醒了。在中国诗词传统中，临镜、照影本身就带有反省与觉悟的含义，这两句正像白居易《长恨歌》所言"天生丽质难自弃"，一个人骄傲是不好的，但应该意识到并且珍重自己的价值，而且还要将这种价值交托和奉献出来。那么谁才是，哪里可以找到你值得交托奉献的对象呢？所以就"芳心只共丝争乱"了。莲藕的茎断"丝连"，与感情的"思恋"、"思念"谐音，这一语双关的字句为本词提供了更加丰厚的感发和联想，这使她不知不觉沉浸于思绪纷纭的感情境界中，直到"鸂鶒滩头风浪晚，雾重烟轻"，天光暗淡之际，她才恍然注意到"不见来时伴"了，那些类似"摆渡女"和"淘金女"的伙伴们不知何时与她分道扬镳了。这真是欧阳修的绝妙之处，它妙就妙在这"雾重烟轻，不见来时伴"的境界与"群芳过后"、"狼籍残红"、"城郭人民，触目皆新"的境遇同样令人感伤悲慨，然而这正是一个想完成自己、实现自身价值的人所必须经过的那种"昨夜西风凋碧树，独上高楼，望尽天涯路"的孤寂、怅惘之境界。因为只有如此，才能在认识到"空念远"、"空怅惘"之后，也毅然地"垂下帘栊"，从容冷静地应对。"隐隐歌声归棹远，离愁引着江南岸"，她唱起离歌，摇起归棹，渐渐向彼岸驶去，歌声带着她的追寻和惆怅弥漫在一望无际的江面上。

古人说"观人于揖让，不若观人于游戏"。一个人的品格、气质、姿态和风范，往往不是在那种有心表现、循规蹈矩的程式化礼仪中看得出来的，更多的是流露在他们忘情而无心的游戏之中。同样以游戏的笔墨写美女、美貌、美服、美饰，欧阳修笔下的采莲女与那两位"笑倚江头招远客"、"碧桃花谢忆刘郎"的摆渡女、淘金女比起来，其风格确实有很大的不同。而风格即人格，词品即人品，唯有一代儒宗如欧阳修者，才能为此词；也唯有以"境界"、以"在神不在貌"为标准者，才能欣赏这一类词。

### ■阅读思考

1. 同是写离愁别绪、伤春悲秋的歌词之词，欧阳修的小词与晚唐五代的"花间词"有什么不同？

2. 你理解王国维所说"词以境界为最上"、"词之雅郑在神不在貌"的含义吗？请阅读欧阳修的小词，深入体会王国维所说的"神"与"貌"在这些词中的所指，以及这些词的境界所在。

第二十二章

下编 22

# 不减唐人高处在
# 潇潇暮雨洒江天

——谈"市井"词人柳永对词之题材
与体裁的开拓

# 柳 永

柳永，生卒年不详。字耆卿，原名三变，崇安（今福建省崇安县）人，排行第七，故称柳七。宋仁宗景祐元年进士，官屯田员外郎，故又称柳屯田。为人放荡不羁，善为歌辞，有《乐章集》。本章选文均选自中州古籍出版社唐圭璋编《全宋词》。

## 八声甘州

对潇潇暮雨洒江天[1]，一番洗清秋。渐霜风凄紧[2]，关河冷落[3]，残照当楼。是处红衰翠减[4]，苒苒物华休[5]。惟有长江水，无语东流。

不忍登高临远[6]，望故乡渺邈[7]，归思难收[8]。叹年来踪迹，何事苦淹留[9]。想佳人、妆楼颙望[10]，误几回、天际识归舟[11]。争知我、倚阑干处[12]，正恁凝愁[13]。

[1] 潇潇：风雨急骤貌。江天：天色映入江中浑然分不清江与天的界线。

[2] 霜风：刺骨寒风。凄紧：谓寒风疾厉，寒意逼人。紧，一作"惨"。

[3] 关河：关塞江河。

[4] 是处：到处，处处。红衰翠减：谓花凋叶落。李商隐《赠荷花》诗："翠减红衰愁煞人。"

[5] 苒（rǎn）苒：茂盛的样子。一说同"冉冉"，犹言"渐渐"。物华：美好的自然景物。

[6] 临远：望远。临，由上看下，居高面低。

[7] 渺邈：遥远。

[8] 归思：归家的念头。

[9] 何事：何故，为什么。淹留：羁留，逗留，久留。

[10] 颙（yóng）望：凝望，抬头呆望。一作"长望"。

[11] 误几回：唐人范摅《云溪友议》载中唐时女伶刘采春所唱《望夫歌》："莫作商人妇，金钗当卜钱。朝朝江口望，错认几人船。"

[12] 争知：怎知。

[13] 恁：如此，这么。凝愁：凝结不解的深愁。

# 雨霖铃[1]

寒蝉凄切[2]，对长亭晚[3]，骤雨初歇[4]。都门帐饮无绪[5]，留恋处[6]、兰舟催发[7]。执手相看泪眼，竟无语凝噎[8]。念去去[9]、千里烟波[10]，暮霭沉沉楚天阔[11]。　　　多情自古伤离别，更那堪冷落清秋节。今宵酒醒何处？杨柳岸、晓风残月。此去经年[12]，应是良辰好景虚设[13]。便纵有千种风情[14]，更与何人说。

[1] 雨霖铃：此调原为唐教坊曲。相传唐玄宗避安禄山乱入蜀，时霖雨连日，栈道中听到铃声。为悼念杨贵妃，便采作此曲，后柳永用为词调。又名《雨霖铃慢》。

[2] 寒蝉：蝉的一种，一名寒蜩、寒螿。《礼记·月令》："孟秋之月，寒蝉鸣。"

[3] 长亭：古时在路上修建的馆驿，供远行者休息的地方，长亭又是古人送别的地方。

[4] 骤雨：阵雨。

[5] 都门帐饮：在京都郊外搭起帐幕设宴饯行。都门，京城门外。绪：情绪，兴致。

[6] 留恋处：一作"方留恋处"。

[7] 兰舟：木兰树质坚硬，常用来做舟楫。据《述异记》载，鲁班曾刻木兰树为舟。后用作船的美称。

[8] 凝噎：因悲痛气结声塞，说不出话来。噎：同"咽"。一作"凝咽"。

[9] 去去：重复言之，表示一程一程地远去。

[10] 烟波：形容雾气笼罩的水面。

[11] 暮霭：傍晚的云气。沉沉：浓厚貌。楚天：泛指江南一带的天空。古时长江下游地区属楚国，故称。阔：辽远。

[12] 经年：年复一年。

[13] "应是"句：系推想之词，语义却十分肯定。

[14] 纵：纵然，即使。风情：男女恋情。

**点评**：此为写离情别绪的送别词，大约作于词人离汴京南下，与恋人话别之时。词以秋景衬托别情；并设想别后的种种孤寂情景，生动地展现了离人的内心活动，全词情景交融，感情真挚，情调哀怨凄清。

# 定风波[1]

自春来、惨绿愁红[2]，芳心是事可可[3]。日上花梢，莺穿柳带[4]，犹压香衾卧[5]。暖酥消[6]，腻云亸[7]。终日厌厌倦梳裹[8]。无那[9]。恨薄情一去[10]，音书无个[11]。　　早知恁么[12]。悔当初、不把雕鞍锁[13]。向鸡窗[14]、只与蛮笺象管[15]，拘束教吟课[16]。镇相随[17]，莫抛躲[18]。针线闲拈伴伊坐[19]。和我。免使年少，光阴虚过。

[1] 定风波：唐教坊曲，后用为词牌名。

[2] 惨绿愁红：指经风雨摧残的绿叶红花。

[3] 芳心：美人的心。是事：任何事。可可：不经心貌。

[4] 柳带：柳树枝，因其细长如带，故称。

[5] 香衾：熏香的被子。

[6] 暖酥：指女子酥软的肌肤。

[7] 腻云：比喻光泽的发髻。亸（duǒ）：下垂。

[8] 厌厌：懒倦，无聊。梳裹：梳妆打扮。

[9] 无那（nuò）：无可奈何。

[10] 薄情：薄情郎。

[11] 音书：音讯，书信。无个：犹"没有"。个，语助词。

[12] 恁么：这样，如此。

[13] 雕鞍：刻饰花纹的马鞍，华美的马鞍。

[14] 鸡窗：《艺文类聚》卷九一引南朝宋刘义庆《幽明录》："晋兖州刺史沛国宋处宗买得一长鸣鸡，爱养甚至，恒笼著窗间。鸡遂作人语，与处宗谈论，极有言智，终日不辍。处宗因此言巧大进。"后以"鸡窗"指书斋。

[15] 蛮笺：唐时高丽纸的别称，亦指蜀地所产名贵的彩色笺纸。象管：象牙制的笔管，亦指珍贵的毛笔。

[16] 拘束：约束，限制。吟课：吟咏诵读。

[17] 镇：经常，长久。

[18] 抛躲：抛弃，回避。

[19] 针线闲拈：一作"彩线慵拈"。伊：他，指所爱男子。

## 蝶恋花[1]

伫倚危楼风细细[2]，望极春愁，黯黯生天际[3]。草色烟光残照里，无言谁会凭栏意。　　拟把疏狂图一醉[4]，对酒当歌[5]，强乐还无味[6]。衣带渐宽终不悔[7]，为伊消得人憔悴[8]。

[1] 蝶恋花：原为唐教坊曲，调名取义南朝梁简文帝"翻阶蛱蝶恋花情"句。又名《鹊踏枝》《凤栖梧》等。

[2] 危楼：高楼。

[3] 黯黯：迷蒙不明。

[4] 拟把：打算。疏狂：放纵无拘束。

[5] 对酒当歌：语出曹操《短歌行》："对酒当歌，人生几何。"当，与"对"意同。

[6] 强乐：强颜欢笑，勉强作乐。强，勉强。

[7] 衣带渐宽：指人逐渐消瘦。语本《行行重行行》："相去日已远，衣带日已缓"。

[8] 伊：同前词注 [19]。消得：值得。

**点评**：这首词写纤细幽微的感触，颇含凄凉之意。此种凄凉反映了柳永内心的悲慨，是他真正的精神品格的流露。

# 夜半乐

冻云黯淡天气[1]，扁舟一叶，乘兴离江渚。渡万壑千岩[2]，越溪深处[3]。怒涛渐息，樵风乍起[4]，更闻商旅相呼。片帆高举。泛画鹢[5]、翩翩过南浦。　　望中酒旆闪闪[6]，一簇烟村，数行霜树。残日下、渔人鸣榔归去[7]。败荷零落，衰杨掩映，岸边两两三三、浣纱游女[8]。避行客、含羞笑相语。　　到此因念[9]，绣阁轻抛[10]，浪萍难驻[11]。叹后约[12]、丁宁竟何据[13]。惨离怀、空恨岁晚归期阻。凝泪眼、杳杳神京路[14]。断鸿声远长天暮[15]。

[1] 冻云：冬天浓重聚积的云。

[2] 万壑千岩：出自《世说新语·言语》：顾恺之自会稽归来，盛赞那里的山川之美："千岩竞秀，万壑争流。"这里指千山万水。

[3] 越溪：泛指越地的溪流。

[4] 樵风：顺风。

[5] 鹢（yì）：古书上说的一种貌似鹭，善游且无惧风浪的水鸟。画鹢：古时船家常在船头画鹢首以图吉利，后泛指舟船。

[6] 望中：在视野里。酒旆：酒店用来招引顾客的旗幌。

[7] 鸣榔：用木棍敲击船舷，以惊鱼入网。

[8] 浣纱游女：水畔洗衣劳作的农家女子。

[9] 因：此即"于是"、"就"之意。

[10] 绣阁轻抛：轻易抛弃了偎红倚翠的生活。

[11] 浪萍难驻：漂泊漫游如浪中浮萍一样行踪无定。

[12] 后约：约定以后相见的日期。

[13] 丁宁：通"叮咛"，言语恳切貌，反复地嘱咐。竟何据：果然真的能够作为信据吗？

[14] 杳杳：遥远的意思。神京：指都城汴京。

[15] 断鸿：失群的孤雁。

## ■附录

## 鹤冲天

### 柳　永

　　黄金榜上，偶失龙头望。明代暂遗贤，如何向。未遂风云便，争不恣狂荡。何须论得丧。才子词人，自是白衣卿相。　　烟花巷陌，依约丹青屏障。幸有意中人，堪寻访。且恁偎红翠，风流事，平生畅。青春都一饷。忍把浮名，换了浅斟低唱。

## 雪梅香

### 柳　永

　　景萧索，危楼独立面晴空。动悲秋情绪，当时宋玉应同。渔市孤烟袅寒碧，水村残叶舞愁红。楚天阔，浪浸斜阳，千里溶溶。　　临风想佳丽，别后愁颜，镇敛眉峰。可惜当年，顿乖雨迹云踪。雅态妍姿正欢洽，落花流水忽西东。无憀恨，相思意，尽分付征鸿。

## 凤归云

### 柳　永

　　向深秋，雨馀爽气肃西郊。陌上夜阑，襟袖起凉飙。天末残星，流电未灭，闪闪隔林梢。又是晓鸡声断，阳乌光动，渐分山路迢迢。

　　驱驱行役，苒苒光阴，蝇头利禄，蜗角功名，毕竟成何事，漫相高。抛掷云泉，狎玩尘土，壮节等闲消。幸有五湖烟浪，一船风月，会须归去老渔樵。

### ■解读鉴赏

词的发展到了北宋中期，出现了柳永的以长调来写的艳词，这些艳词也是交给歌女们去唱的歌词之词。可是当这类作品变成了长调的慢词以后，那些刻露而铺陈的对于美女与爱情的叙写，就使之失去了早期令词之曲折深蕴，足以引人生言外之想的美感特质，从而变得浅薄与淫靡起来。于是在这种情形下，就出现了一位想要一洗绮罗香泽之态，而有心要把词之意境提高、拓展到与诗一样具有言志之功能的天才作者，那就是挟带着天风海雨而来的苏轼。苏轼是怎样扬长避短地发扬了柳永所开创的长调慢词的美学特质，将晚唐五代以来的"歌词之词"变成为"诗词之词"的？我们还要先从柳永说起。

柳永，原名柳三变，字耆卿，官至屯田员外郎，世称柳屯田，是北宋时著名的词人。宋人笔记曾称"凡有井水饮处即能歌柳词"。北宋社会上至达官贵人，下至贩夫走卒，每个人都唱词、写词。可是，专力写歌词的柳永，却是平生落拓不得志的。因为他生性浪漫，行为不够检点，就被那些自命为正人君子者构成的所谓官场社会所摈弃了。有一天柳永见晏殊，晏殊就说：贤俊作曲子吗？他的意思是说，你的品格不太好，怎么总作那些歌曲呢？柳永不服气说：宰相先生你不是也写歌词吗？晏殊说我虽作曲子，不曾道"针线闲拈伴伊坐"呀。可见柳永所写的多是勾栏瓦舍中，社会底层的歌伎酒女。所以很多读书人讥讽诋毁他是"市井之徒"，认为他写的是俗滥之词，说他虽脱村野，而声态可憎。这是大家共同看到的柳词的缺点。但柳永具有很高的音乐天才，在他的词集《乐章集》中，他所使用的牌调比任何人都丰富。特别是他继承了民间流行的俗曲慢词，突破了晚唐五代及北宋初年文人雅士只填小令不写慢词的风气，这是在形式上对词的一大开拓。因此，在中国词的发展史上，柳永成为文人之中大量填写慢词的第一人。柳永的词声律特别谐美，同时又特别注意章法结构、层次安排及领字的使用等技巧。这些形式上的特色，对北宋后期长调的写作，特别是对周邦彦《清真词》中的铺叙及音律，曾经产生过很大影响。

柳永的词不只是在形式上有开拓，在内容上也有开拓。最值得注意的就是他的词中常有一些接近于唐诗的高处与妙境。在这一类词中，柳永往往以高远的景象、劲健的音节，传达出一种"贫士失职而志不平"的深慨。这种悲慨来源于他家庭传统的仕宦观念与他个人的浪漫天性及音乐才能之间所形成的矛盾与冲突。柳永生在一个非常注意儒家道德的仕宦之家，父兄都曾有过科第功名。然而柳永自己却是一个具有浪漫性格和音乐才能的人，他经常为乐工歌伎作词。这种才能和爱好造成了他个人一生的悲剧。宋人笔记说："柳耆卿为举子时多游狭邪，善为歌辞，教坊乐工每得新腔，必求永为辞，始行于世。"（叶梦得《避暑录话》）而谱写新词的结果，却使士大夫们认为他品格卑下、词语淫秽，因此而影响了他的仕途。据说柳永参加考试不中，写了一首《鹤冲天》词，其中有"才子词人，自是白衣卿相"、"忍把浮名，换了浅斟低唱"等句子。这首词很快就被落第秀才们传唱一时。当他再次参加考试时，宋仁宗一看到他的名字就说，这不是写了"忍把浮名，换了浅斟低唱"的柳三变吗？且去浅斟低唱，何用浮名。结果他又没考上。可是柳永不自悔改，反而更加纵情于游冶，而且自称为"奉旨填词柳三变"。实际上，他是在以狂放来发泄自己的悲慨和不平。柳永在政治上遭到摈斥，终身落拓失意，其症结就在于填词。在历代词人里边，把自己的一生与歌词结合了如此密切之关系的，只有柳永。

另外柳永所写的美女和爱情，也表现了与"花间"一派完全不同的意境和风格。首先，"花间词"所写的女性感情都是诗化了的，写得很含蓄，很美，容易引起人们的寄托联想；而柳永的词所写的是真实的、活生生的女性感情，用的是很通俗的语言，有时候写得很大胆、很露骨，因此就不易引起读者的寄托联想。其次，"花间词"经常假借女子的口吻，有的作者虽然也用男子口吻，但词的内容仍然是写闺中感情多，写外界高远的景物少；而柳永却经常直接用男子的口吻，以一个仕途失意者的身份，来抒写自己落拓失意的悲慨。在这一类词中，他写秋天草木的黄落、凋零，写羁旅行役所见的景色，写大自然的寥阔、高远，景中有情，情中有景，开阔博大，在形象与意境上与以前的词显然不同。在中国文学史上，本来早就有一个"悲秋"的传统。柳永把这个传统和他个人的悲慨结合起来，在词的领域里开拓出"秋士易感"的内容，这是他的一个很重要的贡献。最早看到柳词中这一面的是苏轼。苏轼对柳词中的淫靡之作虽也表现了鄙薄和不满，但对柳词中兴象高远的特色却特别赏识。赵令畤的《侯鲭录》记载说："东坡云：世言柳耆卿曲俗，非也。如《八声甘州》之'霜风凄紧，关河冷落，残照当楼'，此语于诗句不减唐人高处。"所谓"唐人高处"，指的是唐人诗歌中以"兴象"取胜的诗。"兴"是一种感发；"象"，就是形象。"霜风凄紧，关河冷落，残照当楼"几句的好处，就正在于其所写的景象高远而且富于感发的力量。实际上，柳词之中表现此类意境的词不只是这几句，如其《雪梅香》的"景萧索，危楼独立面晴空。动悲秋情绪，当时宋玉应同"；《曲玉管》的"陇首云飞，江边日晚，烟波满目凭栏久。立望关河，萧索千里清秋，忍凝眸"；《玉蝴蝶》的"望处雨收云断，凭栏悄悄，目送秋光。晚景萧疏，堪动宋玉悲凉"。这些例证都可以说是极富于"兴象"的感发作用，有近似于唐人之高处与妙境的作品。而这一类词，无论就形式还是就内容而言，在中国词的发展演进历史之中都具有一种开拓的作用。现在我们就来看他的这首《八声甘州》。

这是柳永写"秋士易感"的内容写得最好的一首词。词的上阕以写全景取胜，所写景物极为开阔高远。其中"暮雨"、"霜风"、"残照"等字眼，暗示了可以使人联想到生命落空的那些大自然之间瞬息不停的变化。除了这些开阔高远的形象，词人还用"潇潇"、"清秋"、"冷落"等双声叠字，从声音上给人一种强有力的感受。然而他的声音虽然纷至沓来，令读者应接不暇，却又丝毫不显得杂乱，这是由于他叙写的层次很有章法的缘故。在词的开端，"对"是个领字，它直贯"潇潇暮雨洒江天"及"一番洗清秋"两句，十三个字一气呵成，写的是今日眼前的景象；然后又以一个"渐"字领起下面"霜风凄紧"、"关河冷落"、"残照当楼"三个四字句，也是十三个字一气呵成，写的则是日复一日正在转变中的景象。这两个十三字句气势虽同，却音节各异。前者是一、七、五的排列，后者则是一、四、四、四的排列。而这两组不同的形象和音节又指向一个共同的作用和目的，那就是在大自然的景色中所显示的无常的推移和变迁。这种由景象所传达的感发力量，就正是所谓"兴象"的作用。柳永最善于用领字，他在一首长调里，可以用好几个领字，带领出层层不同的景物和感情。柳词层次分明的原因，也得益于他的善用领字。

这首词第一句中的"洒"字用得也很好，"洒"是上声字，读时有一个转折，所以这一句读起来觉得很有力量。"潇潇"的暮雨飘洒在江天之中，这是一种动态。于是，从水面到天空，就都充满了大自然的这种动态的变化。所谓"洗清秋"，一方面是说，秋天草木凋零之后，江天显得更加空阔了；另一方面是说，经过秋雨的冲洗之后，山峰、树木都显得更加干净。这两个十三字句，把大自然季节的变化、人生时光的消逝抒写得淋漓尽致。"渐霜风凄紧，关河冷落，残照当楼"，写雨后的景色。"渐"是有一个过程，强调了时间感。"紧"显得十分强劲。"霜风凄紧"与前面的"潇潇暮雨"相呼应，正是由于秋天的风风雨雨交相侵袭，才引起了词人"关河冷落"的感受。在秋风秋雨的侵袭下，草木都零落了，关塞江河显得非常凄凉。词人站在高楼上，面对着落日的余晖，就从时间的消逝、岁月的不返联想到生命的落空。接下来词人说，"是处红衰翠减，苒苒物华休"。每一朵红色的花，每一片翠绿的叶子都凋零了，万物的芳华都走到了尽头。这真是不可排解的一种悲哀。在这里，"物华休"才是作者真正要写的三个字，在这三个字里包含了作者心中对眼前这大自然景色变化的所有感受。从词的开端写到这里，柳永把大自然景物从繁荣茂盛到凋零残败的过程一层层写来，终于逼出了一句结论——"苒苒物华休"。万物都是要凋零残败的，生命无常，光阴易逝，一个人空有一番美好的志意和理想，到头来也只能随着生命的消逝而落空。那么，宇宙之间的万物有不改变不消逝的吗？有的，是"惟有长江水，无语东流"。"长江水"和"苒苒物华休"表面是对举，而实际是更加深一层的叙写。江水的东流，代表的正是永不回头的长逝的悲哀。在这里，柳永把他独特的感受写出来了：江水不因为芳华的消逝发出什么慨叹、表示什么同情，江水永远是冷漠的、长逝不返的。

这首词的上阕写才人志士那种对生命短暂和志意落空的悲哀，写得很好。他把"秋士易感"的悲慨和大自然的景物完全融合在一起，因此显得兴象超远，能够引起读者很强烈的共鸣。下阕笔锋一转，开始写怀人伤别的儿女柔情："不忍登高临远，望故乡渺邈，归思难收。"柳永对羁旅行役的生活有很深的感慨，他本是一个有理想、有抱负的人，但大半生都消磨在羁旅行役之中了。家乡是那么遥远，此时团聚无望，登高临远，徒然引起一番思乡的凄苦！"叹年来踪迹，何事苦淹留"，年复一年地飘泊在外，无法回到所思念之人的身边，这一切终究是为了什么？柳永在《凤归云》词里还说过，"驱驱行役，苒苒光阴，蝇头利禄，蜗角功名，毕竟成何事"，也是"秋士易感"的悲慨。尽管他也写了美女爱情，"想佳人、妆楼颙望，误几回、天际识归舟"——我想，我的心上人也正在怀念我，她在妆楼之上苦苦遥望，有多少次错认远处的船，以为那就是我的船。可是"争知我，倚阑干处，正恁凝愁"——她怎么能够知道，我现在依然羁旅在天涯，正像她一样因相思怀念而悲哀。这两地相思之情，所反衬出的仍然还是羁旅漂泊和生命落空之感。从词的演进发展来看，柳永之前文人士大夫词所写的大多是闺阁园亭、伤离怨别的一种"春女善怀"的情意，虽然它们也可以使人产生才人失志的联想，但其词中的主角、所用的口吻大都是绮年玉貌的佳人，所写景物也大都花前月下、绮罗香泽，是幽微纤柔的。而柳永所写"关河冷落"中落拓羁旅之"秋士易感"的哀伤，却是直接运用男子口吻、以男子为主角抒发中国传统士人功业无成、生命落空的悲慨。这种从"春女善怀"到"秋士易感"的转变，在词的发展演进中无疑是一个重要的开拓和贡献。但由于柳永所写的儿女柔情是极现实、极真切的，并没有如温、韦、晏、欧等人那种足以引人产生托喻之联想的作用，因此也就使得一般读者只看见他在叙事铺写中所表现的相思离别之情，而忽略了他在景物铺写中所表现的兴象高远的那一面。只有到了一代文豪苏轼那里，才以他过人的才情和智慧发现并发扬起柳永词这一开拓性成就，继而将"词"体的演进彻底推向了"诗化之词"的新阶段。

■**阅读思考**

1. 柳永在内容形式上对词的发展演进做出了哪些开拓？
2. 试比较柳永的《定风波》与温庭筠的《菩萨蛮》有哪些相同与不同。

下编

第二十三章

23 天风海涛之曲
幽咽怨断之声

——谈词体演进中苏轼对"诗化之
词"的作用与贡献

# 苏　轼

苏轼（1037—1101），字子瞻，号东坡居士，眉州（今四川眉山）人。父苏洵、弟苏辙在当时皆极负文名，文学史上合称"三苏"。苏轼自少年起即刻苦读书，涉猎极广。宋仁宗嘉祐二年（1057）进士及第，得到主考官欧阳修的热情赞扬。官至翰林学士、知制诰、礼部尚书。一生经历仁宗、英宗、神宗、哲宗、徽宗五朝，几经贬谪，仕途坎坷不平。年轻时政治上富于革新思想，但在革新内容即革新方法上与王安石政见不合。新党执政时，因反对新法被贬官，后司马光执政又反对尽废新法，故在新旧两党的党争中屡遭排挤打击。曾因作诗讽刺新法，被人构陷入狱，后贬官黄州，晚年又远贬惠州、儋州。任地方官时勤政爱民，兴利除弊，深得民心。他在政治上主要受传统儒家思想影响。坚持德治仁政的理想，并表现出浓厚的忠君观念；但他又同时接受佛道思想影响，特别在人生态度上，表现出一种任运自然、随缘自适、安时处顺、旷达恬淡的思想倾向。苏轼是艺术上的全才，除文学外，书法和绘画都取得了很高的成就。在文学创作上，无论诗词散文都堪称大家，对后世有深远的影响。著有《东坡全集》《东坡乐府》。本章选文均选自中州古籍出版社唐圭璋编《全宋词》。

## 八声甘州

### 寄参寥子[1]

有情风万里卷潮来，无情送潮归。问钱塘江上[2]，西兴浦口[3]，几度斜晖[4]？不用思量今古，俯仰昔人非。谁似东坡老，白首忘机[5]。

记取西湖西畔[6]，正春山好处，空翠烟霏。算诗人相得[7]，如我与君稀。约他年，东还海道，愿谢公雅志莫相违[8]。西州路，不应回首，为我沾衣[9]。

[1] 参寥子：佛僧，苏轼友。名道潜，能诗，元祐六年（1091）苏轼将离杭州知州任，去汴京（今河南开封）为翰林学士承旨时作。

[2] 钱塘江：浙江最大河流，注入杭州湾，江口呈喇叭状，以潮水壮观著名。

[3] 西兴：在钱塘江南，今杭州市对岸，萧山之西。

[4] 几度斜晖：意谓度过多少个伴随着斜阳西下的傍晚。

[5] 忘机：见《列子·黄帝》，传说海上有一个人喜欢鸥鸟，每天坐船到海上，

鸥鸟便下来与他一起游玩，一天他父亲对他说："吾闻鸥鸟皆从汝游，汝取来吾玩之。"于是他就有了捉鸟的"机心"（算计之心），从此鸥鸟再也不下来了。这里苏轼说清除机心，即心情淡泊，任其自然，不用机关。

[6] 西湖：杭州风景名胜。

[7] 相得：相交，相知。

[8] 谢公雅志：《晋书·谢安传》载，谢安虽为大臣，"然东山之志始末不渝"，"造泛海之装，欲须经略粗定，自江道还东。雅志未就，遂遇疾笃"。雅志，很早立下的志愿。

[9] 西州路：《晋书·谢安传》载，谢安在世时，对外甥羊昙很好。谢安死后，其外甥羊昙"辍乐弥年，行不由西州路"。某次醉酒，过西州门，回忆往事，"悲感不已"，"恸哭而去"。西州，古建业城门名。晋宋间建业（今江苏南京）为扬州刺史治所，以治所在城西，故称西州。这里苏轼表示希望将来自己退隐的志愿终能实现，不致引起好友抱憾而涕泪沾湿衣裳。

# 定风波[1]

三月七日沙湖道中遇雨[2]。雨具先去，同行皆狼狈，余独不觉。已而遂晴，故作此词。

莫听穿林打叶声，何妨吟啸且徐行[3]。竹杖芒鞋轻胜马[4]，谁怕？一蓑烟雨任平生。　　料峭春风吹酒醒[5]，微冷，山头斜照却相迎。回首向来萧瑟处[6]，归去，也无风雨也无晴。

[1] 定风波：源于唐教坊曲，后用作词牌名。

[2] 此词为元丰五年（1082）在黄州作。沙湖：苏轼《书清泉寺》："黄州东南三十里为沙湖，……余将买田其间。"

[3] 何妨：无妨，不妨。吟啸：意趣潇洒安闲地吟咏歌啸，意谓不以"穿林打叶声"为意。《晋书·阮籍传》："登山临水，啸咏自若。"

[4] 芒鞋：草鞋。

[5] 料峭：形容春天的寒意。

[6] 萧瑟：指风雨。近人郑文焯《手批东坡乐府》："此足征是翁坦荡之怀，任天而动。……以曲笔直写胸臆，倚声能事尽之矣。"

# 念奴娇[1]

## 赤壁怀古[2]

　　大江东去，浪淘尽、千古风流人物[3]。故垒西边，人道是、三国周郎赤壁[4]。乱石穿空，惊涛拍岸，卷起千堆雪[5]。江山如画，一时多少豪杰！　　遥想公瑾当年[6]，小乔初嫁了[7]，雄姿英发。羽扇纶巾[8]，谈笑间、樯橹灰飞烟灭[9]。故国神游，多情应笑我，早生华发[10]。人生如梦，一尊还酹江月[11]。

　　[1] 念奴娇：词牌名。唐天宝年间有一著名歌女名为念奴，因其音调高亢，遂以"念奴"取为调名。宋词中此调以苏轼所填者最为著名。又名《大江东去》《酹江月》等。

　　[2] 赤壁：本指三国时吴将周瑜击破曹操的地方，在今湖北嘉鱼县境内。苏轼这词中所写的则是黄州（今湖北黄冈）的赤壁矶，亦称赤鼻矶。

　　[3] 大江：即长江。淘：冲洗。风流人物：即"如风之行，如水之流"的那些有才气、富于激情的杰出人物。

　　[4] 故垒：旧日营垒。人道是：大家传说是。

　　[5] "乱石"三句意谓：乱石穿过空中的云雾，震散了天上的云簇，惊人的巨浪似乎把山石堤岸都打裂了一样，汹涌的怒涛撞击着山岩陡壁，激起一团团、一堆堆水花，仿佛如白雪一般。穿空：一作"崩云"。拍岸：一作"裂岸"。

　　[6] 公瑾：周瑜，字公瑾。

　　[7] 小乔：即乔玄的小女儿。乔玄有二女，都美貌出众，长女嫁给孙策，次女嫁给了周瑜。

　　[8] 纶巾：青丝做成的头巾。

　　[9] 樯橹：指曹军的战船。一作"强虏"。

　　[10] 故国：指三国时的古战场。华发：花白头发。"故国"三句是说：如果周瑜故国神游，一定会多情地笑我苏东坡一事无成，却白发早生。

　　[11] 尊：酒杯。酹：洒酒祭奠。

　　**点评**：此词是苏轼超旷词风的典型代表，词里透过对人生的悲慨而表现了一种旷达的宇宙观和历史观。虽然词中有作者政治理想徒然落空的悲哀，有他一事无成与周瑜年轻有为的对比，但比较的结果并没有使作者像李煜那样从此沉溺于悲哀，而是用对历史的观照来化解这种悲哀：周瑜风流有为，可最终不也被"大江东去"

而"浪淘尽"了吗?作为一个人,应该培养自己通古今而观之的眼光,要学会把自己放到整个宇宙和历史的大背景中去,把一个人的荣辱、成败与整个人类历史的盛衰兴亡联系起来,这样才不至于把一己的利害计较得很多,也不会把小我的忧患和悲慨看得那么沉重,因为古往今来,有无数的历史人物在与你共同分担着这些盛衰兴亡、荣辱成败的悲慨。这就是历史的通观,也正是这首词之所以写得如此超旷、通脱,如此博大开阔的原因所在。

## 水调歌头[1]

**丙辰中秋,欢饮达旦,大醉,作此篇兼怀子由[2]。**

明月几时有?把酒问青天[3]。不知天上宫阙[4],今夕是何年?我欲乘风归去,又恐琼楼玉宇[5],高处不胜寒[6]。起舞弄清影,何似在人间! 转朱阁,低绮户[7],照无眠。不应有恨,何事长向别时圆?人有悲欢离合,月有阴晴圆缺,此事古难全。但愿人长久,千里共婵娟[8]。

[1] 水调歌头:词牌名。相传隋炀帝开汴河时曾制《水调歌》,唐人演为大曲。大曲有散序、中序、入破三部分,"歌头"为中序中的第一章。

[2] 丙辰:宋神宗熙宁九年(1076)。子由:苏轼之弟苏辙,字子由。当时苏轼在密州,苏辙在济南。

[3] 把酒:举酒。

[4] 宫阙:即宫殿。

[5] 琼楼玉宇:想象天上的宫殿瑰丽无比,皆以玉石砌成。

[6] 胜(shēng):意思是禁受、承受。

[7] 朱阁:指华美的小楼。绮户:刻有美丽雕饰的门窗。

[8] 婵娟:月的别称。

## 永遇乐[1]

**彭城夜宿燕子楼,梦盼盼,因作此词[2]。**

明月如霜,好风如水,清景无限。曲港跳鱼,圆荷泻露,寂寞无人见。紞如三鼓[3],铮然一叶[4],黯黯梦云惊断[5]。夜茫茫,重寻无处,觉来小园行遍[6]。 天涯倦客,山中归路,望断故园心眼[7]。

燕子楼空，佳人何在，空锁楼中燕。古今如梦，何曾梦觉？但有旧欢新怨[8]。异时对，黄楼夜景，为余浩叹[9]。

[1] 永遇乐：词牌名。又名《消息》。

[2] 这首词作于宋神宗元丰元年（1078），苏轼为徐州知州任上，彭城在今江苏省徐州市。白居易《燕子楼诗序》说："徐州故尚书有爱妓曰盼盼，善歌舞，雅多风态。尚书既没，彭城有旧第，第中有小楼名燕子。盼盼因念旧爱而不嫁，居是楼十余年。"

[3] 纰（dǎn）如三鼓：意思是从击鼓的声音上判断，可知已是三更了。纰，击鼓的声音。三鼓，三更天。《晋书·邓攸传》："纰如打五鼓，鸡鸣天欲曙。"

[4] 铮（zhēng）然：树叶落在石阶上发出的声音。韩愈诗说："空阶一叶下，铮若摧琅玕（láng gān）。"

[5] 黯黯：很迷茫很模糊的样子。梦云：是说梦境就像天上的云一样飘忽渺茫、不可把捉。

[6] 觉来：醒来。

[7] "天涯"三句：意谓我厌倦了这种到处漂泊的仕途生活，很想寻找归路，到故乡的山中去过田园生活，可是故乡渺茫，我不仅望断了眼，连心也望断了。

[8] "古今"三句：人生的梦幻很难苏醒，因为有许多悲欢恩怨之情的缠绕。很少有人能摆脱这种情感的纠缠。

[9] "异时对"三句：是作者设想将来人们对着这黄楼夜景凭吊，也一定会为我长叹。黄楼：苏轼知徐州时为治理黄河水患所建的镇水之楼。

**点评：** 此为苏轼词细腻婉转、柔美韶秀的另外一种风格。一般人只注意到苏词的豪放和超越，但忽略了苏轼委婉韶秀的一面。他有时将一己之悲慨表现得含蓄委婉。开头的几个句子，都是一骈一散地整齐排列，而不是一口气地奔腾直下，这就从声音和口吻上形成了细腻婉转的风格基调。下阕明写自己的人生悲慨，但可以看出他是渐渐地仕表达中摆脱这种悲慨。"燕子楼空，佳人何在，空锁楼中燕。古今如梦，何曾梦觉？但有旧欢新怨。"你看，他慢慢地就化解了这份悲慨：有盛就有衰，有来就有去，这是宇宙之间的一种无尽的循环。可是有谁能在尚未经历完自己一生旅途的时候，就突然从梦中清醒过来呢？又有几个人能从自己的悲欢得失之中跳出来而体会到大自然之中那一份永恒不变的美好呢？词先写夜景，后述惊梦游园，故梦与夜景，相互辉映，似真似幻，恍惚迷离。这一构思使前六句小园之景既是寻梦时所知所见，也成了词人着意要表现的一种悟境：世人被名利所扰，营营终日，犹如梦中，而与眼前身畔多少良辰美景交臂失之。这真是"清景无限"可叹"寂寞无人见"！词篇借对燕子楼之盼盼的感叹，来抒发作者自己的人生感慨，而且在古今的结合中，表现出一种哲理上的觉悟。

# 西江月[1]

顷在黄州[2]，春夜行蕲水中[3]。过酒家饮酒，醉，乘月至一溪桥上，解鞍曲肱[4]，醉卧少休，及觉已晓。乱山攒拥[5]，流水铿然[6]，疑非人世也。书此语桥柱上。

照野弥弥浅浪[7]，横空隐隐层霄[8]。障泥未解玉骢骄[9]，我欲醉眠芳草。　　可惜一溪风月，莫教踏碎琼瑶[10]，解鞍欹枕绿杨桥[11]，杜宇一声春晓[12]。

[1] 西江月：词牌名。原为唐教坊曲名，后用为词牌名。

[2] 顷在黄州：谓宋神宗元丰五年（1082），作者谪居黄州。

[3] 蕲（qí）水：水名，源于湖北蕲春县。

[4] 解鞍曲肱（gōng）：解鞍下马，弯着胳膊，当作枕头睡。肱，肘至手腕的部分。

[5] 乱山攒拥：指山峰与山石丛聚在一起。

[6] 流水铿然：流水淙淙声若金石。

[7] 弥弥：水波流动的样子。谓月光照在旷野里，微风吹过，月光闪动就像一片光明的波浪。

[8] "横空"句：层层的云气隐隐约约地横在天空。

[9] 玉骢（cōng）：即玉花骢，泛指骏马。障泥：马鞯（jiān），是马鞍两边垂下来用以挡泥土的布。

[10] "可惜"二句：意谓不要让马儿下水踏碎了这一溪的月色。琼瑶：美玉，比喻月光照在水中的倒影。

[11] 欹（yī）：同"倚"，侧卧。

[12] 杜宇：杜鹃鸟，它的叫声好像说"不如归去"，常鸣于春夜之中。

**点评**：一般的骑士只能在辽阔的原野上驭马扬鞭、纵横驰骋，一旦转到体育场里来，就难以施展他的骑术了。而苏轼却不然，从他的作品中，我们不难看出，他不仅在长调的写作上能够驱使古今、纵横驰骋，充分展示了他的天赋才华，而且在小词的写作上也很有成就和特色。虽然小词不能像写长调那样铺陈，但却能表现出一种刹那之间的灵感来。这首小词是他从九死一生的患难中挣脱出来到黄州以后写的，且看他在解脱之后那"我欲醉眠芳草"的一份逍遥！那"杜宇一声春晓"之顿然觉醒后的一份惊喜。当你从睡梦中醒来，当你从人生沧桑的梦境里恍然清醒，忽然发现了一个你从来也不曾见到过的世界时，你是否也会有"杜宇一声春晓"的哲思与逸趣，顿悟与惊喜呢？

# 水调歌头

### 黄州快哉亭，赠张偓佺。[1]

落日绣帘卷，亭下水连空。知君为我，新作窗户湿青红[2]。长记平山堂上，敧枕江南烟雨，渺渺没孤鸿[3]。认得醉翁语："山色有无中"[4]。　　一千顷，都镜净[5]，倒碧峰[6]。忽然浪起，掀舞一叶白头翁[7]。堪笑兰台公子[8]。未解庄生天籁[9]，刚道有雌雄[10]。一点浩然气[11]，千里快哉风[12]。

[1] 宋神宗元丰六年（1083），苏轼谪居黄州时，友人张怀民（字偓佺，又字梦得），在黄州宅舍西南的长江边建筑一所亭台。苏轼为之起名"快哉亭"，同时填写此词以赠之。

[2] 新作：新近建造。窗户湿青红：是说亭台的门窗涂着青红相间的油漆，色彩极为绚丽。"湿"为动词，在此含有油漆未干之意。

[3] 渺渺：幽远的样子。孤鸿：指失群的大雁。

[4] 认得：体会到，领略到。醉翁：指欧阳修。欧词《朝中措·平山堂》中有"山色有无中"句。

[5] 镜净：江水清澈平净像镜面一样。

[6] 倒碧峰：指青碧的山峰倒映在江水中。

[7] 一叶：即一条小船。白头翁：此指驾船的白发人。

[8] 兰台公子：指宋玉。据说宋玉曾随楚襄王游于兰台（今湖北钟祥县东），故称兰台公子。

[9] 庄生：即庄周。天籁：自然界所发出的声响。《庄子·齐物论》："女（汝）闻人籁，而未闻地籁；女闻地籁，而未闻天籁。"

[10] 刚道有雌雄：硬是说风也有雌雄。宋玉《风赋》中说风有雌雄之风，雄风乃"大王之风"，雌风乃"庶人之风"。刚道，偏说、硬说。

[11] 浩然气：正大刚直之气。《孟子·公孙丑上》："我善养吾浩然之气。"古人认为"浩然之气"是最高的正气和节操。

[12] 快哉风：语出宋玉《风赋》："有风飒然而至，王乃披襟而当之曰：'快哉，

此风!'"

# 临江仙[1]

## 夜归临皋[2]

　　夜饮东坡醒复醉[3]，归来仿佛三更。家童鼻息已雷鸣[4]。敲门都不应，倚杖听江声。　　长恨此身非我有[5]，何时忘却营营[6]？夜阑风静縠纹平[7]。小舟从此逝，江海寄余生[8]。

　　[1] 临江仙：词牌名。源于唐教坊曲。因原曲多用来咏水仙故名"临江仙"。

　　[2] 这首词作于元丰五年（1082）九月。临皋：地名，在黄州城南长江边上，作者贬居黄州时在此有寓所。

　　[3] 东坡：地名，在黄冈城东，原是一片营房废地，作者谪居黄州后，请得此地，并在此修建了房屋，作为游息之所，因此自号东坡。

　　[4] 鼻息：打鼾的声音。韩愈《石鼎联句序》说衡山道士"倚墙睡，鼻息如雷鸣"。

　　[5] 此身非我有：《庄子·知北游》："舜问乎丞曰：'道可得而有乎？'曰：'汝身非汝有也，汝何得有夫道？'舜曰：'吾身非吾有也，孰有之哉？'曰：'是天地之委形也。'"

　　[6] 营营：往来不断的样子。这里指为功名利禄而奔波劳碌。

　　[7] 夜阑：夜深。縠纹：指水的波纹。縠，绉纱，一种有皱纹的丝织品。

　　[8] "小舟"二句：表示要弃官不做，隐居江湖以托余生。

# 江城子[1]

## 乙卯正月二十日夜记梦[2]

　　十年生死两茫茫[3]，不思量[4]，自难忘。千里孤坟[5]，无处话凄凉。纵使相逢应不识[6]，尘满面，鬓如霜。　　夜来幽梦忽还乡[7]，小轩窗[8]，正梳妆。相顾无言[9]，唯有泪千行。料得年年肠断处[10]，明月夜，短松冈[11]。

　　[1] 江城子：词牌名，又名《江神子》。

　　[2] 乙卯：宋神宗熙宁八年（1075）。

　　[3] 十年生死：苏轼十九岁与同郡王弗结婚，嗣后出蜀入仕，夫妻琴瑟调和，甘苦与共。十年后王弗亡故，归葬于家乡的祖茔。这首词是苏轼在密州一次梦见王弗后写的，距王弗之卒又是十年了。两茫茫：是从生者与死者两方面说的，两相幽隔，音讯渺茫。

　　[4] 思量：思念，念想。

　　[5] 千里孤坟：苏轼之妻王氏埋葬于四川眉山，而当时苏轼在密州（今山东诸城县），相隔千里。

　　[6] 纵使：即使。

　　[7] 幽梦：梦境隐约，迷离飘忽。

　　[8] 小轩窗：小室的窗前。轩，只有窗槛的小室。

　　[9] 顾：看。

　　[10] 料得：料想。

　　[11] 短松冈：种植小松树的山岗，指王氏墓地。

# 江城子

### 密州出猎[1]

　　老夫聊发少年狂[2]，左牵黄，右擎苍[3]。锦帽貂裘[4]，千骑卷平冈[5]。为报倾城随太守[6]，亲射虎，看孙郎[7]。　　酒酣胸胆尚开张，鬓微霜，又何妨。持节云中，何日遣冯唐[8]。会挽雕弓如满月[9]，西北望，射天狼[10]。

　　[1] 词题名一作《江神子·猎词》。宋神宗熙宁八年（1075）十月，苏轼作为密州知府，在往常山祭祀的归途中与同官会猎时作。

　　[2] 老夫：苏轼自称，其时年仅四十。聊：聊且。少年狂：指少年狂放不羁的心态。

　　[3]《史记·李斯列传》："牵黄犬，臂苍鹰。"鹰、犬都是猎人用来擒捕鸟兽的。

　　[4] 锦帽：锦制的帽子。貂裘：貂鼠皮做成的皮袍。

　　[5] 卷：形容大批马队奔驰如卷席。

　　[6]"为报"句：为了报答全城人都来观看太守打猎的盛情。倾城：全城的人。太守：州郡的长官，苏轼自指。

　　[7] 孙郎：三国时东吴孙权曾亲乘马射虎。见《三国志·吴书·吴主传》。

　　[8]"持节"二句：《史记·冯唐列传》载，西汉魏尚为云中郡（今内蒙古托克

托东北）守，抵御匈奴颇有功绩，因上报战果数字稍有出入被削职，冯唐向汉文帝劝谏，文帝即派冯唐持节（使者凭证）赦魏尚，恢复他的云中郡守职位。此二句是希望朝廷有一天派使者前来委自己以守边重任。

[9] 会：将要。满月：形容把弓全部拉开，如盈满圆月，箭可射得劲远。

[10] 天狼：星宿名，古人以为主侵掠。此指当时西夏和北方的辽国。

**点评：**本词为苏轼创作豪放词的标志，有意识与词坛盛行的柔婉之风立异。他在《与鲜于子骏书》中云："近却颇作小词，虽无柳七郎（柳永）风味，亦自是一家。……数日前猎于郊外，所获颇多；作得一阕，令东州壮士抵掌顿足而歌之，吹笛击鼓以为节，颇壮观也。"

# 水龙吟[1]

## 次韵章质夫《杨花词》[2]

似花还似非花[3]，也无人惜从教坠[4]。抛家傍路[5]，思量却是，无情有思[6]。萦损柔肠，困酣娇眼，欲开还闭[7]。梦随风万里，寻郎去处，又还被莺呼起[8]。　　不恨此花飞尽，恨西园落红难缀。晓来雨过，遗踪何在？一池萍碎[9]。春色三分，二分尘土，一分流水。细看来不是，杨花点点，是离人泪。

[1] 水龙吟：词牌名。又名《一捻红》。

[2] 此词为元丰三年（1080）在黄州作。章质夫：即章楶（jié），字质夫，作有《水龙吟》（燕忙莺懒花残）。苏轼《与章质夫》云："《柳花》词妙绝，使来者何以措词。本不敢继作，又思公正柳花飞时出巡按，坐想四子，闭门愁断，故写其意，次韵一首寄云，亦告以不示人也。"

[3] "似花"句：谓杨花既像花又不像花。清人刘熙载《艺概·词曲概》："此句可作全词评语，盖不离不即也。"

[4] 从：任凭。教：使。

[5] 抛家傍路：指杨花飞离枝头，坠落路旁。

[6] 无情有思：看似无情，却有意思。"思"与柳丝之"丝"同音双关。此化用杜甫《白丝行》"落絮游丝亦有情"句意。

[7] "萦损"三句：写柳絮飘飞时引起的闺愁及思妇的娇困情态。

[8] "梦随"三句：翻用唐人金昌绪《春怨》"啼时惊妾梦，不得到辽西"诗意。

[9] 萍碎：苏轼原注："杨花落水为浮萍，验之信然。"又其《再次韵曾仲锦荔支》

诗自注："飞絮落水中，经宿即为浮萍。"此为古代传说，是诗人想象之词，不足信。

**点评**：清人沈谦《填词杂说》评本词："幽怨缠绵，直是言情，非复咏物。"王国维《人间词话》："咏物之词，自以东坡《水龙吟》为最工。"由此可以见苏词各方面的成就。

## ▓解读鉴赏

身为一代文豪的苏轼，以其德业文章而永垂青史，他的一生，表现了过人的才情和智慧。对别的词人，我们可以不详细介绍他们的生平经历，但要想了解苏东坡的才情与智慧，就必须从他早年的成长经历谈起。《宋史》的传记记载，苏轼幼年时因其父苏洵四方游学，便由母亲程氏"亲授以书"。他天资聪颖，凡"闻古今成败"，都能语其要。有一次听母亲读《后汉书·范滂传》：范滂是东汉党锢之祸中的受害者，桓帝时，冀州有盗贼，朝廷命他为清诏使，他立志要有所作为，便登车揽辔，走马上任，慨然有澄清天下之志。当后来党锢之祸发生时，他不委曲求全，宁肯付上生命的代价。在他准备舍生取义时，曾为老母在堂、养育之恩未报而深感愧疚。然而其母却说：能以这样好的理由去死，死亦何憾？人怎么能够既希望有品德节义的令名，又希望能富贵寿考呢？苏轼听到此，便问母亲："轼若为滂，母许之否乎？"意思是，我将来若遇到这类生死的抉择，也采取范滂的做法，您是否也能像范母那样割舍得下呢？苏母回答说："汝能为滂，我顾不能为滂母耶？"一般而言，个性不同的人，即使同在一起读书，同读一本书，尽管所接触的内容相同，但每个人的收获却不尽相同，这是由人的天性秉赋所决定的。苏轼天性中原本就有一种忠义奋发，欲以天下为己任的用世怀抱，因此他才深为范滂杀身成仁，宁为玉碎、不为瓦全的品德节义所打动，所以他才能在日后的宦海波澜中，不盲从，不苟且，始终坚持自己的理想、意志和怀抱，所以他才不管位卑位高，不管在朝在野，不管何时何地，都在力所能及之下，为国家百姓兴利除弊。这种"士当以天下为己任"的理想志意，这种对国家、对人民忠爱不渝、恪尽天职的品德节义，正是他所以能具有第一流情感的根源所在。

此外，传记上还记载苏轼幼年曾与僧人密切交往，受佛家思想的影响。长大之后"既读庄子",又为之所打动,他曾说:"吾昔有见,口未能言,今见是书,得吾心矣。"可见早在接触《庄子》之前,他就已经有了对宇宙、人生、历史的感悟、见解在心了,所以他才会在"今见是书"之后,与那位人类历史上大彻大悟的智者一见如故,心心相通。那么究竟他从《庄子》中得到了些什么呢?综观苏轼之向往高远、善处穷通的一生,不难发现,使他得之于心的,正是老庄专门用以应付外物之变的"齐死生,一毁誉,轻富贵,安贫贱"的静而达、超旷而逍遥的精神持守。其中有击水三千里,扶摇直上九万里的鲲鹏;有大水滔天,大旱熔金,也不为之所伤害的藐姑射山之神人;还有那操刀十九载,深谙解牛之道,致使牛骨与刀刃两相无伤的庖丁。所以,他才能不被后半生连续十几次的谗毁、贬逐所击败;才能在艰险忧患的境况中安然自处,始终保持了一种拿得起、放得下的豁达从容之心态。苏轼最可贵的优点是他不褊狭、不拘执。他生来具有极强的对各种事物的要义、道理的摄取能力,经史古籍的阅读,形成了他通古今之变的思想观照;对《庄子》诸书的感悟,使他获得了融天地、宇宙于一身的精神贯通。在他的精神世界里,似乎有一个庞大无极的,集儒、道、佛、史诸家之精髓而自然混成的独特而完整的思想体系,这也就是他所以能具备第一流智慧的根源所在。

前文解读晏、欧词时曾经讲过,北宋的一些名臣,往往于其德业文章之外,以游戏的笔墨沉溺于小词的写作,并在无意当中流露出他们的理想怀抱、品格和修养。苏轼也不例外,他在仕途受挫,以余力所写的词作中,就充分表现出儒家士大夫的志意、情感。一个人的人格即是他的风格。凡是真正富于智慧才华的人,无论做任何事,总是出手不凡的。正如苏轼在智慧上能集诸家众说之精华一样,在词的写作上,也博收众家之长。他的词中,有冯延巳挚烈深沉的执著,有李煜滔滔滚滚的奔放,有晏殊情中有思的圆融,有欧阳修疏隽豪放的意兴,也有柳永开阔博大的气象。但奇怪的是,他在遍汲各家之不同特点之后,唯独放弃了各家的共同特点,即美女爱情的传统题材。这在自晚唐五代以来的词"逐弦吹之音,为侧艳之词"的历史演进中,无疑是一大突破。不但如此,他还以自己的写作实践,开创了"东坡词颇似老杜诗，以其无意不可入，无事不可言"（刘熙载《艺概》）的新风气。胡寅在《酒边词·序》中曾说："眉山苏氏，一洗绮罗香泽之态，摆脱绸缪宛转之度，使人登高望远，举首高歌，而逸怀浩气，超然乎尘垢之外。"这话概括了他在词史发展演进中的成就和贡献，其中那一股超乎尘垢之外的"逸怀浩气"，来源于苏轼那一流的情感与智慧，并决定了苏词独具的疏隽超旷之风格。人们常用"豪放"二字来称述苏轼的词，并将他和南宋辛弃疾并称为豪放词人。但其实苏、辛两家的风格并不尽同，王国维说："东坡之词旷，稼轩之词豪。"（《人间词话》）虽说二人皆有能"放"的一面，但辛词之"放"是英雄豪杰的忠义愤发之气，而苏词则是天趣独到的超逸旷达之怀。苏词在用情的态度上具有一种豁然超解的美感，如同天风海雨，飘然而来，倏然而去，刘熙载称之为"悬崖撒手处，无咎莫能追蹑矣"（《艺概》）。但因此也不免使人感到苏轼超脱得太容易，旷达得太轻松了，甚至有人怀疑他俨然具有"神仙出世之姿"（《艺概》）。"超然乎尘垢之外"，是否就"短于情"或"不及情"呢？近人夏敬观曾把苏词超旷的特色分作两类，一类"如春花散空，不着迹象……正如天风海涛之曲，中多幽咽怨断之音，此其上乘"；另一类"若夫激昂排宕，不可一世之概，陈无己所谓'如教坊雷大使之舞，虽极天下之工，要非本色'，乃其第二乘也"（《映庵手批东坡词》）。后者主要指苏轼早期于超旷中流露出一些粗率弊病的词作，这多是由于苏轼才气过人，俗语说"才"大"气"粗，所以难免为词下笔之际有率意之嫌。而另外一类属于"上乘"的作品，则既有超旷的特质，也不流于粗豪；既有"寄慨无端"的幽咽怨断之音，又能将这种幽咽的悲慨表现得如"春花散空，不着迹象"，因而才不易为一般人所察觉。如他一些仕宦失意，流落外地所作，表面看起来很是超然旷达、飘逸潇洒，其中却隐然带有怅然与无奈。如《水调歌头》中的"明月几时有？把酒问青天，不知天上宫阙，今夕是何年。我欲乘风归去，又恐琼楼玉宇，高处不胜寒。起舞弄清影，何似在人间"。其中隐然表现出他内心深处的一种入世与出世之间的矛盾悲慨。再如他著名的《念奴娇·赤壁怀古》，开篇数句"大江东去，浪淘尽、千古风流人物"，其气象固然高远不凡，结尾的"人生如梦，一尊还酹江月"，语气也甚为旷达，但事实上却在"公瑾当年"的"谈笑间，樯橹灰飞烟灭"与自己壮志未酬、被贬黄州而"早生华发"的对比中，蕴含了深痛的悲慨。苏东坡虽然"以诗为词"，以词言志，但无论他词中有多少浩气逸怀、豪情壮志，其最好的作品中总是有些曲折幽微的言外之情思在。那是将逸怀浩气、豪情壮志与词之"要眇宜修"的特质结合起来的一流之作，是他用世之志意与超旷之襟抱相融汇所达成的最高境界，是后世既无此学识志意，更无其性情襟抱的人无论怎样也无法学到的，这是苏词之开拓中所表现出的一种最可贵的成就。《念奴娇·赤壁怀古》有一点近似这类作品，但毕竟开阔飞扬之处多，而幽微隐约之处少。那么我们就来看他另一首真正如"天风海涛之曲，中多幽咽怨断之音"，同时在表现上又似"春花散空，不着迹象"的词——《八声甘州·寄参寥子》。

这首词写于苏轼第二次离开杭州之际。他一生曾两度被贬杭州。第一次是在宋神宗任用王安石变法期间，苏轼因上万言书批评新法的缺陷而触怒了执政的新党，因而被逐为杭州通判。第二次是神宗死后的元祐（1086—1094）年间。中国封建制度历来是一朝天子一朝臣，哲宗继位后因年幼无知，所以很长一段时间里是宣仁太后掌朝听政。宣仁太后起用了曾经激烈反对过新党的司马光为宰相，并把因反对新党而被贬出去的人都召回来，苏轼也在其中。苏东坡的胸怀宽广、志向远大还表现在他从不计较个人恩怨。回朝之后，他非但没因受过新党排挤而一味地否定新党，反倒因为不同意将新法一概废除而得罪了旧党。结果苏轼便以与司马光论政不合为由请求外放，做了杭州的知州。不久，他又接到了回朝的命令，这首词就是他在奉命还朝之前写给杭州的好朋友参寥子的。

词开篇二句"有情风万里卷潮来，无情送潮归"，真是逸怀浩气喷薄而出。前文讲过，苏词汇聚了前辈词人的各种精华，这两句词其气势之奔放，气象之博大，较之李煜和柳永，实在有过之而无不及，因为它既非出于亡国之君的极痛深悲，也非源自失意词人、落拓秋士的无限伤感，它是历尽人间沧海，身经大浪淘沙之后才获得的智慧哲思。宇宙人生充满着兴盛衰亡的变化和聚散离合的往复，在这"有情"、

"无情"，"来"与"往"的对举中，包含了多少悲喜祸福的变迁。"问钱塘江上，西兴浦口，几度斜晖?"西兴浦是钱塘江观潮的地方，就在这每一天、每一月的风来风往，潮涨潮落之中，多少岁月年华和人间往事被冲刷殆尽了，那真是"不用思量今古，俯仰昔人非"!且不用说历史古今的变化，只以宋朝眼前的党争而言，"俯仰"之间，多少人被无情之风潮吞没了。这两句含有无限的苍凉悲慨，因为苏东坡不仅是政海波涛中的观潮者，更是一个弄潮人。写此词时，他先后经历了自杭州而密州、徐州、湖州、黄州、汝州、又杭州的七次贬逐，特别是经过那次大难不死的"乌台诗案"之后，他对宦海波澜之中变幻莫测的潮来、潮往、有情、无情，有了更加深切的感受和体验，同时也有了更加洞达、通脱的精神了悟。所以他接着说"谁似东坡老，白首忘机"，仿佛超身一跃而起，就从悲慨中挣脱出来了。"忘机"是说苏轼在历尽人生风雨、宦海浮沉之后，早已把得失荣辱、机智巧诈置之度外了。此次奉旨还朝，等待他的是福是祸，还很难预测，想到与人生知己分别在即，一种人生无定在、聚散两依依的酸楚油然而生，所以下面说"记取西湖西畔，正春山好处，空翠烟霏。算诗人相得，如我与君稀"，这才是苏轼最难以忘怀、最难以摆脱的情感，即他超旷中的多情。如此美妙的西湖胜景，为这对友人增添过多少欣悦欢愉。况且苏轼两度来此为官，对西湖的一山一水、一草一木都产生了深厚的感情，更何况还有这里的人民、朋友，特别是像参寥子这样懂音乐、能诗文、得大道的僧友，这本是千古难求的美好遇合，而现在却要被迫分离。此刻一别，何时才能再相见?想到宦海之中的风云变幻，苏东坡自知若要坚持理想、操守和节义，免不了还要再遭迫害。于是他满怀悲慨地与参寥子约定："约他年，东还海道，愿谢公雅志莫相违。""谢公"是指东晋谢安（字安石），当年他隐居在东山，不肯出山为官，后因百姓们呼吁"安石不出，如苍生何"，于是他才出山辅佐东晋，淝水一战打败了前秦苻坚，立了大功。但自古历史上从来都是功高见嫉，后来他果然受到佞臣的谗毁与朝廷的猜忌，在决定离开首都建康的临行之前，他"造泛海之装"，准备"东还海道"，从水路回到他当年隐居的东山去。但他刚走到新城就生病了，只得又回建康治病，此时他已不能走路了，就"舆过西州门"，被人用轿子抬过了通向建康的西州门，到建康后不久就死了。谢安死后，他的外甥羊昙发誓"行不过西州路"。可是有一天羊昙醉酒后不知不觉间就来到了西州门，当他清醒之后，想到舅父由此门出去后再没能生还，就忍不住痛哭流涕。苏轼这里用此典故自比谢安，他说咱们也定一个后约，如果有一天我再被贬出首都汴京时，希望也像谢安一样"东还海道"返回杭州，但愿这一希望能够如愿以偿，别像谢安那样身与愿违。"西州路，不应回首，为我沾衣"，是说想我苏轼不会像谢安那样此去不返，死在首都吧；想你参寥子有朝一日经过西州路时也不会像羊昙那样，为我的不能生还而泪湿衣衫吧。这真是悲痛欲绝之意，悲慨万端之语，悲壮至极之境！佛家说"才说无便是有"，当他说不要为我死而哭泣时，正是他内心已经想到了这种结果。可见苏轼对自己的前途命运有着非常清醒的认识，只不过这内心中的血泪与悲慨在他那天风海涛、漫天舒卷之中，变得疏放壮美、隽逸和超旷。这才正是苏轼词的最高成就和最佳境界。

这等疏隽超旷之特色还突出体现在他黄州所作的另外一首《定风波》中。这首《定风波》写于"乌台诗案"幸免于难被贬黄州之后。关于"乌台诗案"的大致经过是这样的——苏轼早年曾因反对新法中的某些弊端而遭到迫害，被一贬再贬，在他被贬往湖州所写的"谢表"里说："知其愚不适时，难以追陪新进；察其老不生事，或可牧养小民。"意思是说朝廷深知我是个傻瓜，不懂得投机取巧，无法侍奉那些台上的新党；但念我年岁大了，不可能再惹麻烦了，也许还能当个小小的地方官来管管小百姓。此话听起来确实有些牢骚，所以就被攻击他的党人摘录去，诬告他诽谤朝廷。另外苏轼还写过两首咏桧树的诗，其中有"根到九泉无曲处，此心唯有蛰龙知"两句，是说我从桧树外表挺立的样子想象它的根须也不会是弯曲的，但这种正直的根本有谁能认识呢？如果地下有蛰龙的话，也许只有它才能知道桧树正直不弯的根本。不想这竟招来横祸，因为古代中国，龙一向是天子的象征，天子本来是飞龙在天的，可你说：只有地下的龙才知道你，蛰龙到底是谁呢？这岂不是犯了叛逆的死罪。所以政府派人抓捕他，把他打入御史台监狱里。御史台的院子里有很多柏树，树上有乌鸦栖息，因此也叫乌台。苏轼在狱中给其弟苏辙的绝命诗里曾说："柏台霜冷夜凄凄，风动琅珰月向低。梦绕云山心似鹿，魂飞汤火命如鸡。"可以想见他在狱中受尽了精神和肉体上的折磨。好在宋神宗还是一个明白人，当他看了那些诬陷苏轼的证据后说："彼自咏桧，何预朕事，自古称龙者多矣，如荀氏八龙、孔明卧龙，岂人君也！"于是这才免除了苏轼的死罪，将他贬到黄州做了团练副使。这首《定风波》及《念奴娇•赤壁怀古》《前赤壁赋》《后赤壁赋》等著名的诗文都是此一时期所作。

从词前序文中可知：这是写一次旅途遇雨的经历。沙湖在黄州东南三十里。一日，在去沙湖的路上遇到暴雨。本来他们是带着雨具的，但开始他们以为不需要，就让先行的人带走了，不料后来竟暴雨突降，同行者都惊慌失措，狼狈不堪，唯有苏轼竟"不觉"，这倒并非是他麻木迟钝，而是他清楚地知道：狂风骤雨不会久长，紧张和狼狈也于事无补。果然没多久，雨停天晴了。由此，苏轼联想到自己风雨飘摇中的大半生经历，于是他就借题发挥，写下了这首充满人生智慧和哲理的小词。"莫听穿林打叶声，何妨吟啸且徐行"，天下有许多事情，不会因为你心理上的畏惧而改变其现状，当暴风雨向你袭来，而你又无法回避它时，紧张与畏惧不仅无济于事，反而有可能滑倒在泥泞中，加重对你的伤害。因此你要有一种精神，从宗教来说是一种定力，从道德来说是一种持守。自然界的风雨虽不足道，但若要在人生的风吹雨打中站稳脚跟、不被打倒，就必须具备这种定力和持守。儒家的持守就是"富贵不能淫，贫贱不能移，威武不能屈"。陶渊明诗说"结庐在人境，而无车马喧。问君何能尔，心远地自偏"，"无车马喧"是由于陶公的心境远离了车水马龙、人声嘈杂的尘世；"莫听穿林打叶声"也是因为苏公心中不以"穿林打叶声"为然。儒家提倡"泰山崩于前而色不变"，这是一种修养。那么既然不为外物所动，难道就站在那里情愿承受风吹雨打吗？那就成了鲁迅所说的阿Q精神了。天下许多事情看来很相似，但在毫厘之间，本质就不同了。超脱是好的，但麻木迟钝就不应该了。你可以不在乎外界的打击，但你麻木不仁，痛痒不分，站在原地甘愿忍受打击，就实在是太蠢了。所以苏轼接下去就说："何妨吟啸且徐行。"这才真叫潇洒，非但"莫听"风吹雨打，还能伴随着风雨声而"吟啸"（吟诗歌唱）着从容地走自己的路。人要训练自己在心境上留有余裕，保持一份化悲苦为乐趣的赏玩的意兴。苏轼晚年曾被贬至荒凉偏僻的海南岛，他非但没有抱怨，反而还欣然自得地写诗道："参横斗转欲三更，苦雨终风也解晴。云散月明谁点缀，天容海色本澄清。空余鲁叟乘桴意，粗识轩辕奏乐声。九死南荒吾不恨，兹游奇绝冠平生。"（《六月二十日夜渡海》）《圣经·新约》上说：万事都互相效力，使信主的人得益处。如果我们不提宗教，只从哲学修养上讲，那就是说你无论在任何环境中，无论做任何事情，都要学会在各种环境和事物的相互作用中，汲取于你有益处的东西。苏轼就具有这种能力：不管是自然界的一场风雨，还是人生之中的某种意外遭遇，他都能从中获得精神智慧上的启迪，所以他才有"竹杖芒鞋轻胜马，谁怕？一蓑烟雨任平生"的洒脱旷达，这正是超旷豪迈与"阿Q精神"的本质区别。苏轼之可贵还在于，他人生的自我完成，完全是在"无待于外"的情况下实现的，在任何环境中，他都是求诸己，而非求诸人；求诸内，而不是求诸外的。谁都晓得，风雨兼程之中，若有一匹马最好，但若没有的话，每个人的反应就会不同了。苏轼以为"竹杖芒鞋"也自有其轻松舒适、胜似于马的优越之处，这样想来，还有什么可畏惧和遗憾的呢？所以就有了"谁怕？一蓑烟雨任平生"的豪迈旷达。至此，苏轼所写的已经不是自然界的风雨了。"料峭春风吹酒醒，微冷，山头斜照却相迎。"苏轼常常喜欢写梦中觉醒的境界，像"人生如梦"、"古今如梦"等，此处不是梦醒，而是酒醒，这同样也是一种觉醒，人在觉醒之初，都会有"微冷"的感觉，何况是料峭春寒中。但后面的"山头斜照却相迎"，一下子将寒冷全部驱散了。"相迎"二字很妙，当你刚刚从风雨寒冷中经过，偶一抬头，看到雨过天晴，霞晖斜照，心中立即会充满亲切、温暖与振奋，人生也常会有这种体会。于苏轼而言，"乌台诗案"在他的一生中，无异是料峭春寒中的一场噩梦，直至被贬黄州，他才大梦方醒，才有了对宇宙人生的一种通明洞达的观照，这其中的感受很像是"山头斜照"之"相迎"而来，于是苏轼的精神境界、修养操持又一次得以净化和升华，这时当他再回过头看他曾经走过的旅途时——居然"也无风雨也无晴"了！因为此时此刻，他完全超脱于风雨阴晴、悲喜祸福之上了！无论进退荣辱，无论祸福得丧，在苏轼看来，早就等量齐观，超然其外了。风雨阴晴是外来的，荣辱得丧也是外来的，超脱象外者是不会轻易被这外来的打击所伤害的。这已经不只是通观了，而是一种透视人世、洞达人生之后的旷观！唯其具备了这样的智慧与修养，苏轼才会在"同行皆狼狈"的情况下，有"余独不觉"的反应；才会在宦海波涛、风疾浪险的九死一生中，始终坚信"云散月明谁点缀，天容海色本澄清"。由此看来，这首《定风波》不仅仅是一首小词，它更是苏轼一生善处穷通的智慧结晶。

**■阅读思考**

1. 胡寅《酒边词·序》说："眉山苏氏，一洗绮罗香泽之态，摆脱绸缪婉转之度，使人登高望远，举首高歌。而逸怀浩气，超然乎尘垢之外。"阅读苏轼的作品，谈谈你对这段评价的理解。（提示：什么是绮罗香泽之态？什么叫绸缪婉转之度？什么是逸怀浩气？各自体现在哪些词中？）

2. 近人夏敬观曾把苏词超旷的特色分作两类，一类"如春花散空，不着迹象……正如天风海涛之曲，中多幽咽怨断之音，此其上乘"；另一类"若夫激昂排宕，不可一世之概，陈无己所谓'如教坊雷大使之舞，虽极天下之工，要非本色'，乃其第二乘也"。结合对苏轼词的阅读，谈谈你对此段话的理解。

第二十四章

# 24 淡语皆有味
# 浅语皆有致

——谈北宋婉约词人秦观敏锐而善感
的词心

# 秦 观

秦观（1049—1100），字少游，一字太虚，号淮海居士，扬州高邮（今江苏高邮）人。宋神宗元丰八年（1085）进士。曾任秘书省正字，兼国史院编修官等职。因政治上倾向于旧党，被目为元祐党人，绍圣后累遭贬谪。文辞为苏轼所赏识，是"苏门四学士"之一。工诗词。词多写男女情爱，也颇有感伤身世之作，风格委婉含蓄，清丽雅淡。诗风与词风相近。有《淮海词》（又名《淮海居士长短句》）。本章选文均选自中州古籍出版社唐圭璋编《全宋词》。

## 浣溪沙

漠漠轻寒上小楼[1]，晓阴无赖似穷秋[2]，淡烟流水画屏幽[3]。

自在飞花轻似梦[4]，无边丝雨细如愁，宝帘闲挂小银钩[5]。

[1] 漠漠：寂静无声。轻寒：微寒。

[2] 晓阴：拂晓天色阴晦，还没透亮。无赖：无聊，无奈，没有道理。穷秋：晚秋。鲍照的《代白纻曲》中："穷秋九月荷叶黄，北风驱雁天雨霜。"

[3] 淡烟流水：指屏风上的山水画。

[4] 自在：安静闲适。这是一首伤春之作。飞花：纷飞的柳絮。

[5] "宝帘"句：是说把宝帘闲挂在小银钩上。宝帘：华美的帘子。闲挂：闲放不卷的意思。小银钩：银制的小挂钩。

## 踏莎行

### 郴州旅舍[1]

雾失楼台[2]，月迷津渡[3]，桃源望断无寻处[4]。可堪孤馆闭春寒[5]，杜鹃声里斜阳暮。　　驿寄梅花[6]，鱼传尺素[7]，砌成此恨无重数[8]。郴江幸自绕郴山[9]，为谁流下潇湘去[10]？

[1] 郴（chēn）州：今湖南郴县。本词作于宋哲宗绍圣四年（1097），作者在郴州贬谪之地。

[2] 雾失楼台：楼台消失在夜雾里。

[3] 月迷津渡：月色朦胧迷失了渡口。津渡，渡口。

[4]"桃源"句：理想中的桃花源，无处觅寻。望断：望尽。

[5]可堪：哪堪，受不住。孤馆：独居的旅舍。闭春寒：被春寒所笼罩。

[6]驿寄梅花：古人有折梅相赠的习俗。这里作者引用陆凯寄赠范晔的诗："折梅逢驿使，寄与陇头人。江南无所有，聊赠一枝春。"以远离故乡的范晔自比。

[7]鱼传尺素：《古诗》中有"客从远方来，遗我双鲤鱼。呼儿烹鲤鱼，中有尺素书。"尺素，书信。

[8]砌：堆积。

[9]"郴江"二句：意谓郴江本来是绕着郴山而流的，为何却流往潇湘去了呢？幸自：本自，本来是。

[10]为谁：为什么。

**点评**：这首词是作者因坐党籍连遭贬谪时所写，表达了失意人的凄苦和哀怨的心情，流露了对现实政治的不满。上阕写旅途中所见景色，景中见情。下阕抒发诗人内心的苦闷和愁恨心情。词意委婉含蓄，寓有作者身世之感。

# 画堂春[1]

　　落红铺径水平池[2]，弄晴小雨霏霏[3]，杏园憔悴杜鹃啼[4]，无奈春归。　　柳外画楼独上，凭栏手捻花枝[5]，放花无语对斜晖[6]，此恨谁知。

[1]画堂春：词牌名。

[2]落红：落花。

[3]弄晴：天将晴未晴的样子。

[4]"杏园"句：言指杏园凋零荒凉之状。

[5]凭栏：倚栏。

[6]斜晖：此指日暮斜阳。

**点评**：此词通篇抒发"无奈春归"之感伤。词句轻柔、婉转，绝无"林花谢了春红"般沉痛悲伤、强劲奔放。最妙者即"放花无语对斜晖，此恨谁知"二句，流露出浓厚的惜花伤春之情，多少欲说还休的幽微感受，尽在"手捻花枝"、"放花无语"的动作中传达出来，真乃细致、幽隐、微妙。

# 千秋岁[1]

### 谪处州日作[2]

水边沙外，城郭春寒退[3]，花影乱，莺声碎[4]。飘零疏酒盏[5]，离别宽衣带。人不见，碧云暮合空相对[6]。　　忆昔西池会[7]，鹓鹭同飞盖[8]。携手处，今谁在？日边清梦断[9]，镜里朱颜改。春去也，飞红万点愁如海[10]。

[1] 千秋岁：词牌名。又名《千秋节》等。

[2] 处州：今浙江丽水县。本词写于作者被贬处州的第二年。

[3] 城郭：古代内城为城，外城为郭。

[4] "花影乱"二句：万花纷纭，在日影下迎风摇曳；流莺歌唱，细促轻幽。唐人杜荀鹤《春宫怨》有"风暖鸟声碎，日高花影重"句。乱：众多貌。

[5] 飘零：飘泊。疏：疏远。

[6] "碧云"句：指时近傍晚，云色凝重。江淹《休上人怨别》有"日暮碧云合，佳人殊未来"句。

[7] 西池：晋明帝曾经在丹阳筑西池，此借比汴京西郊的金明池。秦观曾有《上巳游金明池》诗略记其胜。

[8] 鹓鹭同飞盖：鹓、鹭为两种鸟，它们飞行时常按一定的次序排列，此喻百官上朝时秩序井然，这里指师友、同僚。盖，即车篷。飞盖，即疾行的车子。

[9] 日边清梦断：意谓重返帝都，共侍君侧，终成幻梦。

[10] 结尾二句是作者对自己前程无望的悲慨。杜甫《曲江二首》诗云："一片花飞减却春，风飘万点正愁人。"

**点评：**此词所表现出的凄婉特色，是秦观词从早年柔婉向晚年凄厉风格转变的过渡。词中的"日边清梦断，镜里朱颜改"表达了词人对用世前景的灰心与失望，虽说感情极其痛苦悲伤，但还未最后绝望，他还有对"花影乱，莺声碎"和"碧云暮合空相对"的一份欣赏的余裕。

# 望海潮[1]

梅英疏淡[2]，冰澌溶泄[3]，东风暗换年华。金谷俊游[4]，铜驼巷陌[5]，新晴细履平沙[6]。长记误随车[7]；正絮翻蝶舞，芳思交加[8]，柳下桃蹊[9]，乱分春色到人家。　　西园夜饮鸣笳[10]。有华灯碍月，飞盖妨花[11]。兰苑未空[12]，行人渐老[13]，重来是事堪嗟[14]。烟暝酒旗斜[15]。但倚楼极目，时见栖鸦[16]。无奈归心[17]，暗随流水到天涯。

[1] 望海潮：词牌名，为北宋词人柳永所创。

[2] 梅英：梅花。

[3] 冰澌：薄片的、碎裂流动着的冰。

[4] 金谷：洛阳的园名，为晋朝石崇所建。

[5] 铜驼：是洛阳皇宫前的一条繁华街道名，路旁置有铜骆驼。此处以金谷、铜驼代指洛阳的名胜古迹。

[6] 履：踏。

[7] 误随车：即错跟了别家女眷的车。韩愈《游城南十六首》之《嘲少年》："直把春偿酒，都将命乞花。只知闲信马，不觉误随车。"

[8] "正絮翻"二句意为：春风吹拂着柳絮像蝴蝶一样上下飞舞，美好而芬芳的情景使人心荡神怡。交加：极言其盛多。

[9] 柳下桃蹊：柳树下被人走出的小路。《史记·李广列传》："桃李不言，下自成蹊。"

[10] "西园"句谓：我们这些诗人墨客，也与曹家兄弟、建安七子一样，在美丽的春天，有美好的聚会。曹植《公宴》诗云："清夜游西园，飞盖相追随。"曹丕在给吴质的信中写道："清风夜起，悲笳微吟。"

[11] "有华灯"二句意谓：各种花灯都点亮了，使明月失去了光辉；许多车子在园中飞驰，也顾不上车会触损路旁的花枝。

[12] 兰苑：指种有芬芳美丽花草的花园。

[13] 行人：指来此游春之人，即作者自己。

[14] 是事：即事事。

[15] 烟暝：烟霭昏冥的样子。

[16] 时见栖鸦：在空中寻觅归巢的乌鸦。

[17] 无奈归心：即归心无奈。

**点评：** 此为作者柔婉词风之代表。由于长调需要铺陈，因此词之上阕写景，下阕抒情。无论写景或抒情，都写得纤柔婉转、细腻多情。由其尾句"无奈归心，暗随流水到天涯"，不仅体现出词人柔婉纤细之"词心"，亦见出情与景相互映衬、相互配合上的奇妙效果。

# 鹊桥仙[1]

纤云弄巧[2]，飞星传恨[3]，银汉迢迢暗度[4]。金风玉露一相逢[5]，便胜却人间无数。　　柔情似水，佳期如梦[6]，忍顾鹊桥归路[7]。两情若是久长时，又岂在朝朝暮暮[8]。

[1] 鹊桥仙：词牌名。又名《金风玉露相逢曲》《广寒宫》等。

[2] 纤云弄巧：意谓浮云轻柔，变幻多姿。

[3] 飞星传恨：意指流星传递着牛郎织女不能相见的离愁别恨。

[4] 银汉：即银河。迢迢：遥远貌。

[5] 金风：秋风。玉露：白露。此代指秋天。

[6] 佳期如梦：谓相会的美好时光恍惚如梦幻。

[7] 忍顾：不忍回顾。鹊桥：谓民间传说每年七夕之夜，众喜鹊都要在银河上相聚搭成桥，牛郎织女借此渡河相会。

[8] 朝朝暮暮：早早晚晚，指日日夜夜地长相厮守。

## ■解读鉴赏

秦观与苏轼生活在同一时代，比苏轼小十三岁。历史上记载苏、秦二人均才华横溢，他们相互推崇，关系甚密。而且，他们在仕途经历上也极为相近。但由于性情秉赋的不同，作为"苏门四学士"之一的秦观，不仅在词作风格上，而且在安身立命的处世态度上，也都表现出与苏轼截然不同的另一番面貌。这再次证明了那个真理：一个人的性格，不但决定了他作品的风格，还决定着他的人生命运。

秦观生性敏锐，多愁善感，无论对自然界的良辰美景，还是对人世间的悲欢离合，他都毫无假借地用最纤柔细腻、敏锐多情的心灵，去做本能的感受和承担。因此在以纯情锐感直觉地感受事物的方式上，秦观与李煜很相似；但在表达其感受的方式上，秦观却不同于李煜的任纵和奔放，而是表现为幽微柔婉之特色。这完全是由他那颗敏锐善感的心灵决定的。冯煦的《蒿庵论词》中说："他人之词，词才也。少游，词心也，得之于内，不可以传。"这种"得之于内，不可以传"之"心"，与词所独具的"要眇宜修"的体裁特质最为接近，也最为本色，遂造成秦词意境上与那些以辞采、情事、学问修养、志意怀抱取胜者之间的区别。这一特色可从他早年最著名的一首小词《浣溪沙》中看出——

该词中写的是一个细致幽微的感觉中的世界。"漠漠轻寒上小楼"，看似平淡无奇，但词一开篇就把这"漠漠"二字本身所包含的全部意义都发挥出来了：一方面是广漠的空间，四面八方都被"轻寒"包围封闭着；另一方面这无边无际的寒意使人感到有一种无情的冷漠。一般人对"轻寒"是感觉不出来的，但它却触动了秦观那颗纤柔敏感的"词心"。"上小楼"可以有两种解释，一是说"轻寒"上了小楼；一是说他自己跟着轻寒的感觉一同登上了小楼。李煜词有"无言独上西楼，月如钩。寂寞梧桐深院锁清秋。剪不断，理还乱，是离愁。别是一番滋味在心头"（《乌夜啼》）的句子，显然，李煜的寂寞凄凉是缘于"离愁"；而秦观随着"漠漠轻寒"而陷入的那种清冷凄寂之境，却是只能意会，而无法言传的，因为那是连他自己也说不清楚的一种感受。由于是在一个阴天的清晨，才使这暮春的气候变成了一片"漠漠轻寒"，使人觉得有如深秋般肃杀萧瑟，所以说"晓阴无赖似穷秋"，"无赖"者，无奈也，可以理解它是指"晓阴"，也可将它理解为上楼人的感受。总之这两句都是写楼外之景象。"淡烟流水画屏幽"则转而写到楼内那画着淡烟流水的屏风。无论是楼外的"轻寒"、"晓阴"，还是楼内那扇烟雨迷蒙的屏风，它们所传导出的感觉全都是清冷、沉寂、孤寞和凄凉的。接着秦观写出了千古传诵的一联名句："自在飞花轻似梦，无边丝雨细如愁。"这两句的独绝之处，实在妙不可言。首先你看不出它是在状物，还是抒情。"自在飞花"、"无边丝雨"似乎都是写景状物之语，可是"梦"与"愁"却是言情写意之词。其次这二句的语法也很特殊，通常的"比喻"格式，是用直观具体和通俗的事物来比喻抽象复杂和深奥的事理，而这两句恰恰相反，他说那具体形象的"自在飞花"有如"梦"幻一般模糊飘渺；那真切可感的"无边丝雨"恰似看不见、摸不着的"愁"思一样细密不断。这样一来，情与景、心与物便浑然打成一片了。这里秦观之所以要把"飞花"、"丝雨"比成"梦"和"愁"，完全是由于他内心之中早已先有了梦幻和愁思，很可能这登楼人不久前才刚从梦幻愁思中醒来，因此这"漠漠"、"晓阴"中的"轻寒"、"飞花"、"丝雨"及"淡烟流水"的画屏才使他心中早已有之的清冷孤寂之感、自在飘摇之梦、绵密无端之愁一触即发。另外，这两句的妙处还在于秦观笔轻意重：梦境虽如飞花般美妙逍遥，但最终还是要像委于泥尘的落红一样被毁灭；愁思虽如丝雨一般纤细，却是连绵不断、漫无尽头、难以摆脱。可这究竟是什么样的"梦"？又为何而"愁"呢？词至结尾也没有回答，只以闲雅恬淡的笔调写道："宝帘闲挂小银钩。"他是用一种漫不经心的无聊之感，来欣赏这"宝帘"随意闲挂在美丽小巧银钩之上的那份富丽精美、雍容闲雅的姿态，同时也是以一种淡淡的哀伤，欣赏玩味这"宝帘"内外浑然一片的"轻似梦"、"细如愁"的意趣境界。

　　这首词通篇所写的，实在只是一个细致幽微的感觉中的世界。寒是"轻寒"，阴是"晓阴"，画屏是"幽"，飞花之轻似"梦"，丝雨之细如"愁"，宝帘之挂曰"闲"，挂帘之钩为"银"且"小"。所有的形容词无一处是重笔。外表看似平淡无奇，而平淡之中却带有词人极其纤柔、幽微的敏锐感受。周济《介存斋论词杂著》引董晋卿语曰："少游正以平易近人，故用力者终不能到。"王国维也曾特别强调地指出："'淡语皆有味，浅语皆有致'（此语原为冯煦《蒿庵论词》中对晏幾道和秦观的评价），唯淮海足以当之。"要知道，这种淡语有味、浅语有致的纤柔婉约之美，也只能通过感觉才能获致和领略到。如果说他人所写的是喜怒哀乐已发之情，那么秦词写的，常常是喜怒哀乐未发之前的一种心灵感受的投射，这首《浣溪沙》正是秦观敏锐纤柔之"词心"的一次反射。

　　我们知道，秦观所生活的那个时代，外有异族侵扰之忧，内有新旧党争之患，同时还是一个文士参与论政之风盛行的时期。以秦少游那多愁善感的天性和纤柔敏锐的词心，生逢此一激烈动荡、错综复杂的社会时代，其结果无异于卵石相击，注定失败。前文提到，苏轼很赞赏秦观，这不仅因秦观"才敏过人"，还因为他与苏轼志同道合。

《宋史》记载他"少豪隽,慷慨溢于文辞",又谓其"强志盛气,好大而见奇,读兵家书,以为与己意合"。他曾写过一篇《单骑见虏赋》,赞颂唐朝郭子仪单人匹马入敌营,慑服敌人的勇武之举。他希望自己也能像这些英雄一样为国建立功业,改变积贫积弱的北宋现实。早年他也曾参加过科举考试,却不幸未中。一般而言,人一生之中会遭遇到什么样的挫折是难以预料的,但应对处理这些遭际的对策却掌握在你自己手里。苏轼不仅有慷慨用世的志意,还具有超然旷达的襟怀,只有这两种秉赋相互为用,才能在风云变幻的仕途中卓然挺立,泰然自处。然而秦观天性中除了身为艺术天才所具备的"词心"之外,其余就只剩下一腔激昂慷慨的忠义奋发之气了。因而,顺利时他还能够应付,一旦遭到挫折,就必然显出不堪一击来。史书记载说,秦观第一次科考失利就万念俱灰、颓唐自弃了。他写了一篇《掩关铭》,一反早年"强志盛气"之态,表示从此"退隐高邮,闭门却扫,以诗书自娱"。但事实上,他在此一段家居期间,不仅未曾享受到"自娱"之乐,反而贫病交加,一场大病,几乎丧命。又因见乡里亲朋纷纷出仕而内心充满矛盾哀伤。后来在苏轼的一再勉励和推荐下,秦观才"始登第",进而步入仕途。由于他是苏轼举荐上来的,因此在新旧党争的宦海波澜中,他也随着苏轼而一同沉浮。在哲宗亲政,起用新党,苏东坡作为元祐党人被贬惠州时,秦观也被人弹劾,贬逐到处州去监酒税。敏感而自尊的秦观又经受不住了,于是他就请病假去学佛。这又被人以"谒告写佛书"之罪告发到朝廷。要知道天下有一些小人,他们没有真正的是非观和正义感,他们只会看风使舵,看谁倒霉了,就落井下石;看谁得意了,就去锦上添花。秦观远在处州,他请不请假,写没写佛书,谁能知道?可见这是地方上的小人在谗毁他。于是又一道贬谪的诏书下来了,将他从处州贬到郴州。经过这次打击,秦观更加悲观绝望了,他那颗不堪一击的"词心",早已经处州之贬而转为"凄婉"了,再加郴州的这一贬,便正如王国维所说,"遂变为凄厉矣"。最能代表秦观晚年这种凄厉风格的一首词是《踏莎行·郴州旅舍》。

　　词开篇三句为写景之语,但却并非现实所有的景物,他是以一种象喻的笔法，表现一种心伤绝望的感受，虽然词前分明标有"郴州旅舍"的题目，可只有在第四、五两句的"可堪孤馆闭春寒，杜鹃声里斜阳暮"中才真正写到与题意相关的实有之景。至于前三句的"雾失楼台，月迷津渡，桃源望断无寻处"则完全是词人内心的深悲极苦所化成的一片幻景的"象喻"。这里所说的"象"是专为作比喻而假想出来的形象，它常常不是现实中实有之物的形象。那么这些假想事物中的景象所象征、比喻的究竟是什么呢？首句的"楼台"喻示着一种崇高而远大的理想境界，但加以"雾失"二字，则这一高远境界遂变得茫然无所寻觅了；次句的"津渡"，原意是"码头"，此处喻示着可以指引济渡的出路，而冠以"月迷"二字，则又使寻求超渡的出路成为一片渺茫；第三句的桃源，引起人们对陶渊明《桃花源记》中"黄发垂髫，并怡然自乐"的一片人间乐土的向往，然而"望断无寻处"五字竟又将这片人间乐土化为乌有。这岂不正是秦观悲观绝望、凄厉哀伤之内心的生动写照吗？这三句所写的景物形象已不同于前首词中的"轻寒"、"晓阴"、"飞花"、"丝雨"等目之所见的现实之景，而是进入到一种含有丰富象征意义的幻想境界之中了。这在小词的发展演进中，实在是一种新的开拓和成就。像这样完全用假想中的景物形象来表现内心世界的，在诗人中应推李商隐为最佳。词人里王国维也很值得称道，他曾写过一首《蝶恋花》："忆挂孤帆东海畔，咫尺神山，海上年年见。一霎天风吹棹转，望中楼阁阴晴变。"他说记得当年传说东海之外有神山，他就在东海畔挂起孤帆，准备出海寻找那座神山；本来那神山就近在咫尺，而且他曾不止一次地看到过，可当他驶出东海，忽然之间，狂飙突起，风涛改变了船的航向，这时再看他向往已久的神山，那原本美丽的琼楼玉宇，此刻完全消失在云雾迷茫的阴晴变幻之中了。难道王国维果真去挂帆东海、寻求神山了吗？事实上根本没有此事，这完全是用想象中的情事来抒发内心失落的情绪罢了。在秦观之前，尚未有人在词中表现过这种象喻的境界，而秦观之所以能写出这种境界，则完全是由于他敏锐善感的"词心"，与他人生的不幸遭遇相结合的结果。当然这些假想中的景象也不是毫无根据就凭空出现的，秦观这首词所用之象喻联想的线索就在"桃源"二字上。因为词中写的郴州正与传说中"桃花源"的所在地武陵相近，都在今天的湖南省境内，正是这一地域上的巧合引起了秦观的丰富想象。《桃花源记》之"后遂无问津者"的悲慨，与秦观早年强志盛气、欲有所为的理想终于在现实中破灭成空的悲哀交织在一起，遂使他写下"桃源望断无寻处"这样凄厉哀伤的词句。所以接下去他便赋予现实景物以"可堪孤馆闭春寒，杜鹃声里斜阳暮"的凄凉色彩。"可堪"者，不堪也。"楼台"之希望既"失"；"津渡"之出路亦"迷"；"桃源"在人世间更是"无寻处"，这一切都愈加使他对身外的"孤馆"、"春寒"、鹃啼春去、斜阳日暮感到不堪。

下阕的"驿寄梅花，鱼传尺素，砌成此恨无重数"三句，是写其远谪之恨的。据秦观年谱记载，他自贬谪以来，并无家人相伴，其孑然飘零之苦，思乡感旧之悲，是可想而知的。"驿寄梅花"的典故出自《荆州记》，相传陆凯与范晔友好，范晔在长安做官，而陆凯在江南，两人很难见面。江南春早，但北方却不然。有一年江南梅花盛开的时候，陆凯通过驿使将一枝梅花寄给了范晔，给好友报告了春天将要到来的这一好消息（见《太平御览》）。"鱼传尺素"是沿用古乐府《饮马长城窟》诗意："客从远方来，遗我双鲤鱼。呼儿烹鲤鱼，中有尺素书。"总之这两句意谓怀旧之情多，而远书却难寄，所以接下去的"砌成此恨无重数"，道出了远谪离别所造成的深愁长恨，"砌"字使内心的悲愁憾恨具象化了，"砌成此恨"足见这愁与恨在日复一日、年复一年的积累砌筑下，所形成的坚不可摧、牢不可破的程度。秦观是最善于选用恰当的文字来写词的，正如他早年以其敏锐善感的本能写出"宝帘闲挂小银钩"那样轻淡之字句一样，当他晚年身经患难，心怀悲恨之际，同样以其锐敏善感的本能写出了"砌成此恨无重数"这样沉重的词句，这恰恰说明了由那颗敏锐善感之"词心"所决定的词风，在外来遭遇的作用下所必然产生的变化。紧接在这深重坚实的苦恨深悲之后，秦观发出了"郴江幸自绕郴山，为谁流下潇湘去"的无理诘问。本来郴江绕郴山、流下潇湘去纯属自然造化使之然，无任何理由与感情可言，可是一经被饱受远谪思乡之苦的秦观那敏锐善感的"词心"所摄取，便立刻有了一种情浓意切、凄伤无奈的象征之喻意：无情的郴江、郴山顿时充满了依恋之情，那使郴江与郴山被迫分离，并被无情逐下潇湘去的造物主却竟然如此残忍冷酷，不近情理。秦观在《自作挽词》中说："奇祸一朝作，飘零至于斯。"由此我们不难悟出，在这远离郴山、一去不返的郴江之中，有着词人流离失所、远谪苦度的长恨深悲。所谓"为谁流下"者，正是他对无情之天地竟使他"奇祸一朝作"的极悲深怨的究诘。这种悲恨交集，幽微深隐，而又究诘无理的情意，实在是极难用理性给予解说。难怪苏轼读后，"绝爱其尾两句"，并"自书于扇"，叹曰："少游已矣，虽万人何赎。"（见《苕溪渔隐丛话》）只有像苏轼这样同样历尽仕途远谪之苦的人，才会与秦观灵犀相通，产生如此强烈的兴发感动之情。

经过对上述两首秦词的分析，我们已经清楚了，秦观之所以没有追随苏轼的超然旷达之词风，正是由于他从根本上就不具备苏轼那样的性情和襟怀。但就苏、秦二人在词史上的地位和贡献而言，则是各有千秋。如果说苏轼以其博大的胸怀、气魄和才华把"绮罗香泽"之词转为抒情言志之词的话，那么秦观则是以其敏锐善感之"词心"，把纤柔婉转、"要眇宜修"的特质又还原到词里去。这表面看似乎是词体发展演变中的一种回流或倒退，其实秦词的回归绝不是对前代词人的简单的、一成不变的重复，而是在"还原"的过程中，赋予词以更加醇正的体裁特质。特别是他融会了自己的天赋和经历，以及多年写词的艺术修养而取得的那种使词的境界深化到象喻层次上的成就，实在是对词之本质意境的一种新的、深层的拓展，它对于后来的南宋词风曾产生过相当重要的影响。

此外，还应看到，秦观词早期所表现出的柔婉之风格，与他后期词作中以象喻之手法所开拓出的词境，同样都是发源于他那颗敏锐善感、脆弱多情的"词心"。若就艺术的标准而言，秦词的幽微纤柔、含蓄婉约，正是淡语有味、浅语有致这一深层美感的来源；而就其社会的伦理标准而言，秦观的多情善感的资质秉赋，也正是人类一切真、善、美的根源和基础。

■**阅读思考**

1. 前代词评家认为"'淡语皆有味,浅语皆有致',唯淮海足以当之。"你阅读了秦观的作品之后,能否感受到这其中的"韵味"和"情致"? 这些"韵味"和"情致"是怎么来的? 请谈谈你的感受。

2. 你听说过"性格决定命运"、"人格即风格"这样的话吗? 你相信这些说法吗? 比较苏轼与秦观的词作与性格,谈谈你的理解和体会。

下编

25

第二十五章

赋笔钩勒赏清真
结北开南是此人

——谈两宋之交词人周邦彦词的特
色及影响

# 周邦彦

周邦彦（1056—1121），字美成，号清真居士，钱塘（今浙江杭州）人，宋徽宗时曾提举大晟府，精通音律，能自度曲，其作品为后来格律派词人所宗，有《清真居士集》《片玉词》。本章选文均选自中州古籍出版社唐圭璋编《全宋词》。

## 兰陵王[1]

柳阴直[2]。烟里丝丝弄碧[3]。隋堤上、曾见几番，拂水飘绵送行色[4]。登临望故国[5]。谁识。京华倦客[6]。长亭路，年去岁来，应折柔条过千尺[7]。　　闲寻旧踪迹。又酒趁哀弦，灯照离席。梨花榆火催寒食[8]。愁一箭风快，半篙波暖，回头迢递便数驿[9]。望人在天北[10]。　　凄恻[11]。恨堆积[12]。渐别浦萦回，津堠岑寂[13]。斜阳冉冉春无极[14]。念月榭携手，露桥闻笛[15]。沉思前事，似梦里，泪暗滴。

[1] 兰陵王：唐教坊曲名，后用为词牌名。

[2] 柳阴：柳下的阴影。

[3] 弄：显现，卖弄。

[4] 隋堤：隋炀帝时沿通济渠、邗沟河岸修筑的御道，道旁植杨柳，后人谓之隋堤。行色：行旅出发前后的情状、气派。

[5] 故国：故乡。

[6] 京华：京师，指北宋都城汴京（今河南开封）。倦客：客游他乡对旅居生活感到厌倦之人。

[7] 长亭：古时于道路每隔十里设长亭供行旅休息，近城者常为送别之处。柔条：指柳条。古人送行多折柳赠别。

[8] 榆火：本谓春天钻榆、柳之木以取火种，后因以榆火为典，表示春景。寒食：节令名，亦称"禁烟节"、"冷节"、"百五节"，在夏历冬至后一百零五日，清明节前一二日。相传起于晋文公悼念介之推事，以介之推抱木焚死，就定于是日禁烟火，只吃冷食，并在后世的发展中逐渐增加了祭扫、踏青、秋千、蹴鞠、牵勾、斗卵等风俗。

[9] 一箭风快：谓风吹船行如箭之快。半篙：谓撑船的竹竿没入水中一半时。

波暖：谓春来水暖。迢递：远貌。驿：驿站，古时供传递公文的人，或来往官员途中歇宿、换马的处所。

　　[10] 人在天北：谓送行的人已在天的北头望不见了。

　　[11] 凄恻：因情景凄凉而悲伤。

　　[12] 恨堆积：谓离愁别恨越来越多。

　　[13] 别浦：小水汇入大水处称浦或别浦。萦回：盘旋往复。津堠：渡口上供瞭望用的土堡。堠（hòu），本义为古代侯国瞭望敌情的土堡，后用为标记里程的土堆，引申为路程。岑寂：寂静。

　　[14] 冉冉：形容事物慢慢变化或移动。春无极：谓春色无边。

　　[15] 月榭（xiè）：赏月的台榭。榭，建在高台上的木屋，多为游观之所。

# 渡江云[1]

　　晴岚低楚甸[2]，暖回雁翼，阵势起平沙[3]。骤惊春在眼，借问何时，委曲到山家[4]。涂香晕色[5]，盛粉饰、争作妍华[6]。千万丝、陌头杨柳[7]，渐渐可藏鸦。　　堪嗟[8]。清江东注[9]，画舸西流[10]，指长安日下[11]。愁宴阑、风翻旗尾[12]，潮溅乌纱[13]。今宵正对初弦月[14]，傍水驿、深舣蒹葭[15]。沉恨处[16]，时时自剔灯花。

　　[1] 渡江云：词牌名，又名《三犯渡江云》。《清真集》入"小石调"。

　　[2] 晴岚：晴日山中的雾气。楚甸：犹楚地。甸，古指郊外的地方。

　　[3] 阵势：谓雁阵。平沙：平坦的沙滩。

　　[4] 委曲：弯曲，曲折延伸。山家：山野人家。

　　[5] 涂香晕色：涂抹香气，晕染颜色。

　　[6] 粉饰：傅粉装饰。争作妍华：争着表现自己的美艳华丽。按，这几句皆明里说花，暗里说人。

　　[7] 陌头：路上，路旁。

　　[8] 堪嗟：值得叹息。

　　[9] 清江：水色清澄的江。

　　[10] 画舸：装饰华美的游船。

　　[11] 长安：古人常常用长安来指代京都，这里是指北宋京都汴京。日下：亦指京都，古代以帝王比日，因以皇帝所在地为"日下"。

　　[12] 宴阑：宴会将完。旗尾：旗帜的尾端。

[13] 乌纱：指古代官员所戴的乌纱帽。

[14] 初弦月：指农历每月初七、初八的月亮，其时月如弓弦，故称。

[15] 水驿：水路驿站。舣（yǐ）：使船靠岸。兼葭：水边所生荻、芦等植物。

[16] 沉恨：深恨。

# 解连环[1]

怨怀无托[2]。嗟情人断绝[3]，信音辽邈[4]。信妙手[5]、能解连环，似风散雨收，雾轻云薄[6]。燕子楼空[7]，暗尘锁、一床弦索[8]。想移根换叶[9]，尽是旧时，手种红药[10]。　汀洲渐生杜若[11]，料舟依岸曲[12]，人在天角[13]。谩记得、当日音书[14]，把闲语闲言，待总烧却[15]。水驿春回，望寄我、江南梅萼[16]。拚今生[17]、对花对酒，为伊泪落[18]。

[1] 解连环：词牌名，本名《望梅》，因周邦彦此词有"信妙手能解连环"句，故取以为名。典出《战国策·齐策六》："秦昭王尝使使者遗君王后（太史敫的女儿，齐襄王的王后）玉连环，曰：'齐多知，而解此环不？'君王后以示群臣，群臣不知解。君王后引椎椎破之，谢秦使曰：'谨以解矣。'"

[2] 怨怀：悲怨的情怀。托：寄托。

[3] 情人：谓所爱之女子。

[4] 辽邈：遥远渺茫。

[5] 信：果然，真的。

[6] 风散雨收，雾轻云薄：用"巫山云雨"典。战国宋玉《高唐赋》："妾在巫山之阳，高丘之阻，旦为朝云，暮为行雨，朝朝暮暮，阳台之下。"

[7] 燕子楼：楼名，在今江苏省徐州市。相传为唐贞元时尚书张建封之爱妾关盼盼居所。张死后，盼盼念旧不嫁，独居此楼十余年。见唐白居易《燕子楼诗序》。一说，盼盼系建封子张愔之妾，见宋陈振孙《白文公年谱》。后以燕子楼泛指女子居所。

[8] 暗尘：积累的尘埃。一床：表数量，用于有支架或可搁置者，犹一架。北周庾信《寒园即目》诗："游仙半壁画，隐士一床书。"弦索：乐器上的弦，这里泛指各种弦乐器。

[9] 移根换叶：谓植物的根和叶重新生长，不再是原来的环境了。

[10] 手种：亲手种植。红药：红色的芍药。

[11] 汀洲：水中小洲。杜若：香草名。《楚辞·九歌·湘夫人》："搴汀洲兮杜

若，将以遗兮下远者。"

　　[12] 岸曲：谓岸边。

　　[13] 天角：犹天涯，指遥远的地方。

　　[14] 谩：徒然。音书：音讯，书信。

　　[15] 待：欲，将要。烧却：烧掉。却，助词，用在动词后边表示动作完成。

　　[16] 水驿：水路驿站或水上驿路。寄我江南梅萼：见姜夔《暗香》注 [18]。

　　[17] 拚（pàn）：豁出去，舍弃不顾。

　　[18] 伊：指那个女子。


■ **解读鉴赏**

　　周邦彦在词史上是一位集北宋诸家之大成、开南宋诸家之先声的重要作家。从他开始，词在写作上就发生了一种本质的转变。对这种转变，后代词学家看法不同，有的奉周邦彦为"千古词宗"，有的却认为他这一派的词虽极人工之巧，但缺乏深远的意境。之所以会有这么大的分歧，原因在于欣赏途径的不同。读周邦彦的清真词和受清真词影响至深的南宋词，我们必须抛掉读北宋词时所养成的那种直接感发的习惯，走一条以思索去探寻的途径才行。下面我们将通过他一首著名的长调《兰陵王》来认识体会这一新的欣赏途径。

　　这是一首送别的流行歌词，绍兴（1131—1162）初年曾在南宋京城临安盛传一时，"西楼南瓦皆歌之"。因为它分为三段，所以人们叫它"渭城三叠"。据说它的最后一段声音尤其高亢激越，只有教坊里最有经验的老笛师才能吹出那么高的声音。宋人笔记《贵耳集》中有一个故事，里面提到这首《兰陵王》是周邦彦被宋徽宗贬出汴京，京师名妓李师师去送行时他所写的。这个故事本来就不大可信，王国维也曾在《清真先生遗事》中把这件事考证辨白得很详细。但宋人之所以能够编出这样一个故事，也正说明了这首词给一般人的印象就是写男女之间相思离别的歌词。可是大家想必还记得，在开始讲词的时候我们曾提出说"词之言长"——词的特质是余味深长，能够引起读者的感发联想。像"梅落繁枝千万片，犹自多情学雪随风转"（冯延巳《鹊踏枝》），像"菡萏香销翠叶残，西风愁起绿波间"（李璟《山花子》），它们使你一读之下不免就联想到世间那些美好生命的残败凋零。而周邦彦的这种很明显是写男女相思离别的歌词，是否就没有"词之言长"的特色了呢？我以为并非如此。这首词同样具有能够引起读者感发联想的特质，只不过它引起感发的方式是间接的而不是直接的，因而使一些读惯了北宋小令的读者感到难于适应而已。

前人说周邦彦的词是"浑成"的。所谓"浑成"就是说，他的长调全篇都好，具有一种完整的气势。这种气势来源于作者精心的结撰安排，而不像北宋小令那样因作者情之所至脱口而出。周邦彦对长调的精心结撰，主要表现在他的"钩勒"。"钩勒"本是中国画的一种技法，周邦彦在对长调的感情、情节、口吻以及用字造句上，描了一笔又描一笔，盘旋反复，犹如绘画一样，把他的感发婉转细腻地传达出来。这首《兰陵王》就是在"钩勒"的特点上最见功力的一首长调。

第一段开头的"柳阴直"是隋堤柳树一望无边的远景镜头，"烟里丝丝弄碧"推到了近景的特写，"拂水飘绵"则是写柳丝的柔长和柳絮的凌乱。在一首送别歌词的开端，作者为什么要如此翻来覆去地描写柳呢？原来，北宋年间离开汴京远行的人们大多是从城外隋堤登船，沿运河南下。隋堤柳是十分有名的。因此周邦彦就抓住了隋堤柳作为送别的典型环境。另外还有一个原因：周邦彦很善于写赋，赋这种体裁需要铺陈描绘，还需要对材料进行精心的组织安排，他把这些写作习惯都带进了词。这一段对柳的描写，可以说完全是属于辞赋性质的。有人不喜欢这种写法，认为这样写缺乏意境。其实，这些铺陈和描述虽然从表面看起来都是"景语"而非"情语"，但一加思索就会明白，他的离情从"丝丝弄碧"就开始引发，到"拂水飘绵"，离人心头那种缠绵凌乱的感觉已经尽在不言之中。但是他并没有到此为止，第一段的最后一句"长亭路，年去岁来，应折柔条过千尺"，又返回去重新描了一笔。"长亭路"指送别的地点，它就在前边那个"隋堤上"。"年去岁来"是年年如此，和"曾见几番"的意思是一样的。"柔条"也就是"丝丝弄碧"的那个柳丝。然而这句话并非简单的重复，它又有了新的意思。首先，"柳"与"留"同音，古人送别时往往折柳相赠，隐含有不希望对方走的意思。如果说，人们在隋堤上折下来的每一段柳条都包含着一段离别的情事，那么，年去岁来隋堤柳被离别的人们折下来的那千尺柳条，不就凝聚着人间离别的千尺悲哀吗？其次，"曾见几番"本是一种泛指的口气，"年去岁来"把这种口气又重复了一遍，其用意就不像是在写他个人的某一次离别。而且，第二段开头"闲寻旧踪迹，又酒趁哀弦，灯照离席"两句中的"旧"字和"又"字，把"年去岁来"和"曾见几番"的口气又重复了一遍，再一次强调，今年隋堤上的离别场面不过是往年那些离别场面的重演而已。这种盘旋反复的口吻，就值得我们思索一番了。对这首词，人们曾有过到底是送者之辞还是行者之辞的争论，之所以发生这种争论是因为它前后的口吻不统一，有时像送者之辞，有时又像行者之辞。这种送者和行者的含混不清，也从另一个角度为我们提供了思考的线索：作者用意的重点并不在写某一次具体的离别，他是在泛写年去岁来隋堤上所有人的所有离别。如果我们再来研究送别的地点"隋堤上"，这层意思就更加清楚了：隋堤就在汴京城外，汴京是北宋的首都，是追求仕宦的人们争名逐利的中心所在，而周邦彦又恰恰生活在北宋新旧党争最激烈的时代。在那个时代，一会儿新党上台，一会儿旧党上台，今天你被贬出去了，明天我又被贬出去了。每天在这隋堤上来来去去的，都是那些在宦海波澜里沉浮的人们。

说周邦彦有这样的感慨并不是牵强附会，因为在第一段里他还说："登临望故国，谁识，京华倦客。"——周邦彦早年曾向宋神宗献《汴都赋》，歌颂神宗变法，因此宣仁太后当政时，就把他贬出京城。他曾做过庐州教授、溧水知县，还曾流转到荆楚一带。虽然哲宗亲政后又把他召回汴京加以任用，但他在经历过这一番挫折之后，对仕途似乎有了一种觉悟，变得"学道退然"，不再像少年时那样热衷于进取，从而成了宦海中的一名"倦客"。

一位词人的理想襟抱，以及他透过自己的天性对人生挫折所做出的反应，都随时会影响他作品的意境与风格。如果拿周邦彦和我们前面讲过的苏轼做一比较，二人似乎有些共同的经历，周邦彦早年曾上近万言的赋，苏轼早年也曾上过万言书；周邦彦晚年学道恬退，苏轼晚年学道旷达。表面上好像很相似，其实两人却有绝大的区别。苏轼的万言书里边真正有一份自己的政治理想和见解，周邦彦的万言赋却是称颂新政的成分居多；苏轼的旷达是对自身的得失祸福无所顾虑，周邦彦的恬退正是由于他对自身的得失祸福还有一种恐惧之心。因此，他们的作品之中感发生命的质素在深浅厚薄方面就有了明显的差别。这也正是周邦彦的词在艺术功力上虽然"精工博大"，但在意境上终究比不上苏轼的根本原因。不过，北宋党争毕竟是个残酷悲哀的现实，在早期还可以说是君子之争，到后期就发展成排除异己的小人之争，而国家也就在党争中逐步衰亡了。比起那些庙堂之上热衷于权力之争的小人，周邦彦还不失为一个洁身自好的明智之士，他对这些宦海波澜的感慨是具有一定积极意义的。在这首《兰陵王》中，他的这种感慨并不是直接传达出来的，你必须了解北宋的历史，而且要结合他的口吻来猜测他的用心，才能体会到他寄托的深意，才能明白清真词的意境也并不是像人们从表面上所看到的那样肤浅。

当然，清真词的好处并不完全在于它有寄托。在艺术手法上，这首《兰陵王》有不少值得我们欣赏、学习和借鉴之处。我在上面已讲过周邦彦在用字造句和口吻上的"钩勒"，下面我还要举一个例子来说明他在描写感情上的"钩勒"，那就是第二段中"愁一箭风快，半篙波暖，回头迢递便数驿"和第三段中"凄恻，恨堆积。渐别浦萦回，津堠岑寂"之间的重复和呼应。在这里，前面一句是临行前设想登船启程后的情景，他说我愁的是，上船之后只要一阵风把帆一吹，那撑船的竹篙往水里一插，船就会像箭一样出发了。等到再回头望的时候已经走过了好几个驿站，把在隋堤上送行的那个人抛在远远的天边了。这一句中连用了三个数量词："一箭"、"半篙"和"数驿"。"一箭"和"半篙"的少强调了离别的容易，"数驿"的多暗示了再见的艰难。后面三句是登船启程后的切身体会。"别浦"是水的支流处，"津堠"指渡口码头。他说，我上了船之后果然是如此的，每经过一处河水的支流或渡口码头，我就和隋堤上送我的那个人之间多了一段距离，少了一份再见面的希望，于是我心中的离愁别恨也就随着路程的增加而飞快地增长，一直积累到我难以承受的地步。那真是"凄恻，恨堆积"啊！所以你们看，周邦彦的"钩勒"有多么委婉细腻。在他那盘旋反复的运笔之中，往往有很深切的感受让你去细细地体会琢磨。因此，清代词学家周济称赞他说："钩勒之妙，无如清真，他人一钩勒便薄，清真愈钩勒愈浑厚。"（《介存斋论词杂著》）

周邦彦在感情和语言的搭配安排上也是十分严谨和细致的。第三段中"斜阳冉冉春无极"一句，乃是这首《兰陵王》中的名句，自古以来不少人称赞这一句写得好，清人谭献甚至说："斜阳七字微吟千百遍，当入三昧出三昧。"（《谭评词辩》）这一句为什么好？因为它从那些越积越多的离愁别恨中一下子跳出来，去写周围春天的环境，但这一跳不但没有甩脱那些离愁别恨，反而使周围整个春天的环境都染上了他的离愁别恨。看似解脱，实际却是一种更深的沉溺。因为，一个人要想彻底解脱，就必须对一切都无所牵挂才行，可是那"斜阳冉冉春无极"是多么美的景色，其中该有多少你不能不牵挂的东西——尽管你明明知道斜阳沉没后它们的消失是无可挽回的。在古典诗词中，有些东西实在是只可意会难以言传。由于篇幅所限，对这一句我只能讲到这个地步。倘若你真像谭献所教的那样去"微吟千百遍"，也许自会有更深的理解。不过，我们之所以提到这一句的好处是为了说明，它写得好并不是孤立的，它后面的"念月榭携手，露桥闻笛。沉思前事，似梦里，泪暗滴"几句配合得更好。"斜阳冉冉春无极"是绮丽的、飞扬的；而紧跟着的这几句是朴实的、沉重的。他说：记得我跟我所爱的那个人曾经在月榭前携手散步，曾经在露桥边欣赏吹笛，现在汴京那些快乐的生活都像一场梦一样过去了，今天我离开了汴京不知以后是否还能回来，因此不免寂寞地流下了眼泪。这两句写得很真挚，很痛苦，音调和内容也配合得恰到好处。"似梦里，泪暗滴"六个字全是仄声，读起来就给人一种很沉重的感觉。前人评论说这两句是"重笔"和"拙笔"，只有感情深厚的人才能在诗词中用好重笔和拙笔。后代有些诗人一味追求"斜阳冉冉春无极"这一类"跳出去"的写法，总是想写一些漂亮的、飞扬的句子，但他们忽略了这种写法必须有深厚的感情来做基础，否则就会轻飘飘没有分量。

也许有人会提出一个问题："念月榭携手。露桥闻笛"写的是对爱情生活的怀念，但前面我们也说过，周邦彦在这首《兰陵王》里透露了他对宦海波澜的感慨，政治感慨为什么会归结到对爱情生活的怀念呢？我以为，结合时代背景来看这并不奇怪。首先，这本是婉约派词人的一贯作风，像前面讲过的柳永的《八声甘州》上阕完全是从高远的兴象写秋士的悲慨，下阕也同样归结到相思怀念的儿女之情。其次，对于当时这些知识分子来说，汴京一方面是追求功名利禄的中心，另一方面也是歌舞繁华的场所，它给予他们的既有仕宦的梦想，也有爱情的遇合。日后当他们想起汴京的时候，这两种感情往往就会同时流露于笔下。

现在，我们可以总结一下了：《兰陵王》这首长调在"钩勒"上极其细腻，因此而形成了严谨的结构和完整的气势，并隐含有政治的感慨。它体现了作者在谋篇布局、语言技巧、学问见识、音律声调诸方面的能力。这种能力我们把它叫作"思力"。周邦彦博涉百家之书，诗文和赋也写得很好，而且精通音律，能够制作各种繁难的曲调。由于他本身具有这些条件，同时又由于词从小令发展到长调需要在结构安排和用笔方法上有更多的考虑，所以他的长调就走了这样一条以思力取胜的道路。这是当时词之发展过程中的一种新趋势，后来南宋的几家代表词人，除了辛弃疾之外都是走的这条路子，不过他们在意境上又各自有不同的开拓，在表现手法上也更为繁复。从本章开始，我们就要走近并学会欣赏这一类作品，尤其是对南宋词应该有一个比较公正的评价。有的人很不欣赏这种以思力取胜的作品，认为它们比之北宋词有人巧和天工之别。事实上，人巧和天工固然是评价作品的一个因素，但却不是决定因素。一篇作品中所包含的感发力量主要决定于作者心中感发生命的质素，而不是决定于他的表现手法。春兰秋菊各擅一时之美，固不必勉强为它们评个高下。至于北宋词和南宋词，我想也是一样的道理。

需要补充说明的是，我们这篇文章中所重点介绍的仅仅是周邦彦在词史上开拓和创新的一方面，也就是他"开南宋诸家之先声"的一个方面。但与此同时，周邦彦在"集北宋诸家之大成"方面也有很高的成就，主要表现在对北宋各家风格的广泛继承上。由于北宋各家的特点我们在前面几章中已有专门论述了，故在此不做重复。我们还选了周邦彦其他两首比较典型,且有特色的长调供大家参考,希望也能够按照前文赏析《兰陵王》词的思路试做赏析解读。

**■阅读思考**

分析《兰陵王》的艺术特色。并简述周邦彦在词的历史发展演变中所起的作用。

# 第二十六章

## 26 醉花间之芬馨 赏翰墨之神骏

——谈两宋之交女词人李清照的词作
与词论

# 李清照

　　李清照（1084—约1151），自号易安居士，宋朝历城（今山东济南）人。她生于神宗元丰七年（1084），大约卒于高宗绍兴二十一年（1151）。一生经历了表面繁华、实则危机四伏的北宋末年和动乱不已、偏安江左的南宋初年。风景如画、人文荟萃的自然环境，与声望显著之仕宦书香门第的家庭环境给了李清照幸福的前半生。她擅长书、画，通晓金石，而尤精诗词。她的词作独步一时，流传千古，被誉为"词家一大宗"。有《易安词》，一名《漱玉词》。本章所选李清照词作均选自中州古籍出版社唐圭璋编《全宋词》。

## 减字木兰花[1]

　　卖花担上，买得一枝春欲放。泪点轻匀[2]，犹带彤霞晓露痕。

　　怕郎猜道，奴面不如花面好[3]。云鬓斜簪，徒要教郎比并看[4]。

　　[1] 减字木兰花：唐教坊曲，后用为词牌。

　　[2] 泪点：喻露珠。点，一作"染"。匀：均匀地涂搽，揩拭。苏轼《席上代人赠别》诗之一："泪眼无穷似梅雨，一番匀了一番多。"

　　[3] 奴：古代妇女自称。

　　[4] 徒要：只要。徒，只，但。比并：比较。

## 南歌子[1]

　　天上星河转[2]，人间帘幕垂[3]。凉生枕簟泪痕滋[4]。起解罗衣，聊问夜何其[5]。　　翠贴莲蓬小，金销藕叶稀[6]。旧时天气旧时衣。只有情怀，不似旧家时[7]。

　　[1] 南歌子：唐教坊曲名，用作词调。有单调双调之不同体。

　　[2] 星河：银河。

　　[3] 帘幕垂：谓秋寒到来，门窗上的帘子和帷幕不再卷起。

　　[4] 枕簟（diàn）：枕席，泛指卧具。簟，供坐卧铺垫用的苇席或竹席。滋：润泽，浸染。

　　[5] 夜何其（jī）：犹言夜何时。其，助词。《诗经·小雅·庭燎》："夜如何其？

夜未央。"

[6]"翠贴"二句：写旧衣上莲蓬荷叶图样的贴绣已经磨损，不像新绣那样鲜明有光彩。

[7]旧家时：从前的时候。家，估量某种光景之辞，犹云这般或那般，这个样儿或那个样儿。同"价"。

## 渔家傲[1]

天接云涛连晓雾[2]，星河欲转千帆舞[3]。仿佛梦魂归帝所[4]，闻天语[5]，殷勤问我归何处[6]。　　我报路长嗟日暮[7]，学诗谩有惊人句[8]。九万里风鹏正举[9]，风休住[10]，蓬舟吹取三山去[11]。

[1]渔家傲：词牌名。

[2]云涛：云朵积聚在天空里的样子像起伏的波浪。

[3]星河：天河。转：指拂晓前天河西移。

[4]帝所：天帝居住的宫殿。

[5]天语：天帝的话语。

[6]殷勤：关心，关切。

[7]报：回答。路长：屈原《离骚》："路曼曼其修远兮，吾将上下而求索。"嗟：悲叹。日暮：屈原《离骚》："欲少留此灵琐兮，日忽忽其将暮。"

[8]谩有：空有，徒然有。惊人句：杜甫《江上值水如海势聊短述》："为人性僻耽佳句，语不惊人死不休。"

[9]九万里风：《庄子·逍遥游》："鹏之徙于南冥也，水击三千里，抟扶摇而上者九万里。"鹏正举：大鹏正飞上天。语出庄子《逍遥游》，大鹏鸟乘风上天，一飞就是九万里。

[10]休住：不要停止。

[11]蓬舟：像飘蓬一样轻快的船。吹取：吹向。三山：传说中的海上三神山。《史记·封禅书》载，渤海中有蓬莱、方丈、瀛洲三神山。

## 醉花阴[1]

### 九日[2]

薄雾浓云愁永昼[3]，瑞脑消金兽[4]。佳节又重阳，玉枕纱厨[5]，半夜凉初透。　　东篱把酒黄昏后，有暗香盈袖[6]。莫道不消魂[7]，帘卷西风[8]，人比黄花瘦[9]。

[1] 醉花阴：词牌名，毛滂创调。

[2] 九日：农历九月九日，重阳节。

[3] 薄雾浓云：形容闺房里因燃香而烟雾缭绕。愁永昼：因愁思萦怀而觉得时间过得很慢。白天愈显其长。永，长。

[4] 瑞脑：一种香料。即龙脑香，俗称冰片。金兽：兽形铜香炉。

[5] 玉枕：瓷枕。瓷白如玉，故美名之。纱厨：即碧纱厨，一木架做成，形如小屋，中间安置床榻。蒙上绿色窗纱，以避蚊虫。

[6] 东篱：指菊圃。语出陶渊明《饮酒》："采菊东篱下，悠然见南山。"暗香：菊花的幽香。盈袖：满袖。

[7] 消魂：失魂。形容极度愁苦悲伤的神态。江淹《别赋》："黯然销魂者，唯别而已。"

[8] 帘卷西风：即秋风吹动帘子。

[9] 黄花：渐渐凋残枯萎的菊花。

**点评**：此为典型的婉约派闺怨词，写一多愁善感之闺中少妇于重阳节怀念远行人的凄苦寂寞情怀。

# 一剪梅[1]

红藕香残玉簟秋[2]，轻解罗裳，独上兰舟[3]。云中谁寄锦书来[4]？雁字回时[5]，月满西楼。　　花自飘零水自流。一种相思，两处闲愁[6]。此情无计可消除。才下眉头，却上心头。

[1] 一剪梅：词牌名。又名《腊梅香》《玉簟秋》。

[2] 红藕：荷花。玉簟秋：素白光华如玉的竹席因秋而生出凉意。

[3] 兰舟：木兰树质坚硬，常用来做舟楫。据《述异记》载，鲁班曾刻木兰树为舟。后用作船的美称。

[4] 锦书：世传前秦窦滔妻苏若兰曾寄给他丈夫一首《织锦回文》诗，或称为"锦字"，或"锦书"。后世即用此称书信，尤多用以称夫妻、情侣间的书信。

[5] 雁字：指飞翔的雁阵时或呈"一"字，时或呈"人"字。

[6] 两处闲愁：双方同为相思而愁苦。

# 如梦令（二首）

## 一

昨夜雨疏风骤，浓睡不消残酒。试问卷帘人，却道"海棠依旧"。"知否？知否？应是绿肥红瘦。"

## 二

常记溪亭日暮，沉醉不知归路。兴尽晚回舟，误入藕花深处。争渡，争渡，惊起一滩鸥鹭。

# 点绛唇

蹴罢秋千，起来慵整纤纤手。露浓花瘦，薄汗轻衣透。

见有人来，袜刬金钗溜，和羞走。倚门回首，却把青梅嗅。

# 鹧鸪天

暗淡轻黄体性柔，情疏迹远只香留。何须浅碧深红色，自是花中第一流。

梅定妒，菊应羞，画栏开处冠中秋。骚人可煞无情思，何事当年不见收。

# 武陵春

风住尘香花已尽，日晚倦梳头。物是人非事事休，欲语泪先流。

闻说双溪春尚好，也拟泛轻舟。只恐双溪舴艋舟，载不动、许多愁。

# 声声慢

寻寻觅觅，冷冷清清，凄凄惨惨戚戚。乍暖还寒时候，最难将息。三杯两盏淡酒，怎敌他、晚来风急？雁过也，正伤心，却是旧时相识。　　满地黄花堆积。憔悴损，如今有谁堪摘？守著窗儿，独自怎生得黑？梧桐更兼细雨，到黄昏、点点滴滴。这次第，怎一个、愁字了得。

## 夏日绝句

生当做人杰，死亦为鬼雄。至今思项羽，不肯过江东。

选自上海古籍出版社《宋诗一百首》

■**附录**

## 凤凰台上忆吹箫

### 赠邻女韩西

寸寸微云，丝丝残照，有无明灭难消。正断魂魂断，闪闪摇摇。望望山山水水，人去去，隐隐迢迢。从今后，酸酸楚楚，只似今宵。

青遥，问天不应，看小小双卿，袅袅无聊。更见谁谁见，谁痛花娇？谁望欢欢喜喜，偷素粉，写写描描？谁还管，生生世世，夜夜朝朝。

　　〔清〕贺双卿（选自中州古籍出版社杜芳琴编著《贺双卿集》）

■**解读鉴赏**

　　李清照是由北宋转入南宋的杰出女词人。中国古代女作家很少，因为那个时代，女子一般没有读书受教育的机会和资格。李清照之所以成为一个杰出的女词人，其天赋条件固然十分重要，但家庭的熏陶和教养，犹如种子之于土壤阳光和雨露一样不可缺少。

　　历史为李清照提供的是一个文化空气甚浓的书香门第，一个颇有声望的仕宦之家的成长环境。她的父亲李格非是一位博通经史之学的著名学者和散文家，中过进士，官至礼部员外郎。《宋史·李格非传》载他曾经"以文章受知于苏轼"，是继秦观等人之后，被称为苏门"后四学士"之一者。他的经史著述见载于《宋史·艺文志》者有二十余卷。著名的《洛阳名园记》记述了西京名重于当时的园林十九处，其中十八处为私家园林。文中对所记诸园的总体布局以及山池、花木、建筑所构成的园林景观描写得具体而翔实，行文简洁，富于诗意，有较强的艺术感染力。但它并不是单纯地写景记事，文中还寓有兴亡之感、讽谕之旨。当时宋徽宗仿照杭州的凤凰山，在东京营建了周围十余里、峰高九十尺的万岁山。北宋的名公巨卿在西京洛阳、东京汴梁也大都辟有地域广阔的花园以供享乐。李格非对他们敲起了警钟："洛阳之盛衰，天下治乱之候也！"他的警告，并没引起统治者的重视，但却被无情的历史证实。没过多久，金人就入侵中原，洛阳名园付之一炬。李格非有很高的诗词修养，他才思敏捷，文笔酣畅，纵横恣肆，气魄宏大。可惜他的作品没有流传下来，但他的文艺思想却有所记载。他提出"诚著"二字作为文学批评的标准。所谓"诚著"，就是诗文要有真情实感，要"字字如肺肝出"。他鉴赏古人的作品，正是基于这样的标准，在晋代人的诗文中他最推崇刘伶的《酒德颂》和陶渊明的《归去来兮辞》。因为这两位都是以狂放不羁、傲视一切著称的作家，他们的作品，敢于直抒胸臆，表达自己的真实思想。而李格非的文风和生活态度，也与他们有相通之处。李清照还有一位颇有文化素养的母亲，她是状元王拱辰的孙女，亦善文，工词翰。她言传身教给李清照的，显然不仅是三从四德的规范。早年的李清照不但诵读经史子集，诗词歌赋，而且笔记小说、遗闻轶事，亦无不浏览。封建时代即使有条件读书的女子，一般也只能读些《女诫》《烈女传》之类的书籍。而李格非夫妇的思想比较通达，并没有"女子无才便是德"之类的迂腐观念。所以李清照能轻松愉悦地享受着来自于父母家庭的文化艺术滋养，身体心智都是健康和阳光的。她渊博的历史知识，卓异的文学禀赋，豪爽坚强的性格，在很大程度上得益于父母的熏陶。更值得称道的是李清照后来嫁给了徽宗朝宰相赵挺之的儿子，著名的金石学家、文物收藏鉴赏及古文字研究专家赵明诚（1081—1129）。赵明诚二十一岁尚在太学读书时，就娶了李清照。崇宁四年（1105）十月授鸿胪少卿。大观元年（1107）三月，赵挺之去世，遭蔡京诬陷，被追夺赠官，家属受株连。赵明诚夫妇从此屏居青州乡里十三年。宣和年间赵明诚先后出任莱州、淄州知州。宋高宗建炎元年（1127）起知江宁府。宋高宗建炎三年（1129）移知湖州，未赴，病逝于建康。

　　与一般封建时代的女子相比，李清照真是太幸运了。她不但拥有很好的物质生活环境，而且享有大量优质而丰富的精神文化资源，更为难得的是婚姻美满，夫妻不但志同道合，而且才艺相当。她擅长书画，兼善音律，通晓金石，尤精诗词。她的词作独步一时，流传千古，被誉为"词家一大宗"。她既有巾帼之淑贤，更兼须眉之刚毅；既有常人愤世之感慨，又具崇高的爱国情怀。她不仅有卓越的才华，渊博的学识，而且有高远的理想，豪迈的抱负。她在文学领域里取得了多方面的成就。在同代人中，她的诗歌、散文和词学理论都能高标一帜、卓尔不凡。而她毕生用力最勤，成就最高，影响最大的则是词的创作。她的词作在艺术上达到了炉火纯青的境界，形成了自己独特的艺术风格"易安体"，其主要特点：一是一改以往男性假托女性而为词的传统，以真正的女性身份和真实的女性情感经历而写作女性词，塑造了前所未有的个性鲜明的女性形象，从而扩大了传统婉约词的思想深度和情感蕴涵。二是善于从书面语言和日常口语里提炼出生动晓畅的语言；善于运用白描和铺叙手法，构成浑然一体的境界。她从不雕琢藻饰，而是直接叙写对周围事物的敏锐感触，表达细腻、微妙的心理活动和丰富多样的感情体验。在她的词作中，真挚的感情和完美的形式水乳交融，浑然一体。她将"语尽而意不尽，意尽而情不尽"的婉约风格发展到了顶峰，明末清初学者沈谦曾说，"男中李后主，女中李易安，极是当行本色"，以致赢得了婉约派词人"宗主"的地位。此外，她词中笔力横放、铺叙浑成的豪放风格，又使她在宋代词坛上独树一帜，从而对辛弃疾、陆游以及后世词人有较大影响。总之她杰出的艺术成就赢得了后世文人的高度赞扬，认为她的词"不徒俯视巾帼，直欲压倒须眉"，她不但被称为"宋代最伟大的女词人，也是中国文学史上最伟大的女词人"。

李清照不但在词的创作上成就卓著，在词的理论上也卓有建树，她的《论词》明确指出词"别是一家"。她认为真正的"词人之词"与"歌人之词"、"学人之词"、"诗人之词"是不相同的。客观上讲，指出词"别是一家"是她的贡献，但这"别是一家"的词究竟该是什么样的？应该具有怎样独特的品质和标准？她却没给出明确回答。这又是她的局限。就她《论词》中对柳永"变旧声作新声，出《乐章集》，大得声称于世；虽协音律，而词语尘下"；以及对晏殊、欧阳修、苏轼等"学际天人，作为小歌词，直如酌蠡水于大海，然皆句读不葺之诗尔，又往往不协音律"等批评来看，李清照似乎对豪放派与婉约派都不满意，只不过对婉约一派批评得较为缓和些罢了。事实上，她既不能忍受占据主体文化统治地位者，如晏殊、欧阳修、苏轼等男性作者以放旷不拘、喧嚣而个性张扬的"密州出猎"之类的"豪放"内容去染指、侵越，甚至强势改变词这一向以柔婉风格为基调的"女性文体"；同时又不能容忍一旦失却了统治地位的男性，在无奈沦为与臣妾同命的女性地位后竟"婉约"地写出"针线闲拈伴伊坐"等"词语尘下"的字句来。这正是一位在封建统治文化生活中的倍感压抑的才女，对维护词这个唯一还能体现女性话语权的"文体品质"所做出的坚定守护、勇敢捍卫的本能表现。这之中所传达出的"别是一番滋味在心头"的微妙心理是任何男性词人，或一般的平庸女性作者所难以体会的。

前面我们说过，词的特点是"要眇宜修"，本来就颇为女性化，李清照以女性来写女性化的词，不但写得婉约、温馨，而且还独具知识女性特有的一种俊逸之致。晚清学者沈曾植在《菌阁琐谈》中说："易安跌宕昭彰，气调极类少游，刻挚且兼山谷。篇章惜少，不过窥豹一斑。闺房之秀，固文士之豪也。"又说："易安倜傥有丈夫气，乃闺阁中苏、辛，非秦柳也。自明以来，堕情者醉其芬馨，飞想者赏其神骏。易安有灵，后者当许为知己。"这段评论是很精当确切的。李清照确实有一些非常女性化的作品，像"薄雾浓云愁永昼"（《醉花阴》），"才下眉头，却上心头"（《一剪梅》）等，然而她词的真正好处却不只是在这一类词上。

　　李清照的词大致可以分为三类：第一类是柔婉芳馨的；第二类外表保持了柔婉芳馨，但精神上不知不觉间有一种飞扬健举精神的流露；第三类是高远超尘，完全脱除了女性味道的词。

　　李清照早年写的一首小词《减字木兰花》最能代表她的第一类词。这首词不但写得美丽，而且十分生动活泼。她说，"卖花担上，买得一枝春欲放"，一大清早在卖花人的担子上买了一枝春天的花，那是正在绽开，却未盛开的一枝花。"泪点轻匀，犹带彤霞晓露痕"是把花比作女子的面颊。她说，那花上的露水珠，就好像女子面上的泪痕，而花是早晨新采下来的，上面好像还留有朝霞的颜色。接下来就说得更有情趣了——"怕郎猜道，奴面不如花面好"。她唯恐丈夫觉得她的面颊不如花的容颜美丽，那么怎么办呢？她就"云鬓斜簪，徒要教郎比并看"，故意把这枝花斜斜地插在自己如云的鬓发上，偏要让丈夫比一比，看看到底是花美丽还是人美丽。你看，这是多么女性化的词，写得多么通俗、多么真切！它不像温庭筠、韦庄的词，是男性假托女性口吻，而是实实在在的女性在述说自己日常生活中的情趣。此类词中的女性情感与形象远比以往男性笔下的女性更真切，更鲜活，且更生动。但若就意境的深厚和高远而言，这首词还不足以称道。

　　李清照还有更值得注意的成就，尽管也是写实，但气象写得非常开阔，这就是她的第二类词，即以《南歌子》为代表。《南歌子》表面写秋天的天气，同时不乏她对平生经历的感慨。李清照从北宋到南宋，经历了国破家亡的惨痛变迁，所以这首词的开头就说"天上星河转，人间帘幕垂"。从天上到人间，大开大合，这气象是多么开阔博大！天上的银河四季不停地转动，现在的位置方向已与夏天不同了，这是天上的变化。人间到了秋季气候变冷，夏天开启的帘幕现在都垂了下来，这是人间的变化。而在这天上人间大自然的变化之中，隐然就暗示了人事的无常，暗示了那些国破家亡的变迁。如果我们读过这两句之后再看前面那首"卖花担上"，则那一首就显得过于小巧，过于纤细了。

　　然而接下来的一句却又非常女性化——"凉生枕簟泪痕滋，起解罗衣，聊问夜何其"。簟是竹席，夏天很热，睡在竹席上是很舒服的，可现在秋风带来了凉意，这种凉的感觉首先就来自枕席上。这个"生"字用得很好，因为那种凉意不但生于枕席，而且通过切肤之感触侵入到内心，化作了一种凄凉孤独的感觉，使词人无法入睡，因此才"起解罗衣，聊问夜何其"。"何其"出于《诗经·小雅·庭燎》的"夜如何其"。意思是寻问现在是夜里什么时候啦？古人用漏壶计算时间，但有的时候也看天上的太阳和星星。所以，这一句与开头的"天上星河转"起着相互呼应的作用。"翠贴莲蓬小，金销藕叶稀"二句具有两方面的作用：一方面使人联想到外面自然界的景物变化；一方面是实写衣服上贴绣的花样。秋天到了，"菡萏香销翠叶残"——池中美丽的荷花、荷叶都凋零了。而眼前这些旧衣服，上面用金线贴绣的荷叶、荷花也都磨损得脱落了。那么人的生命呢？有时候还不如一件衣服存在的时间长！难道不是吗？旧时的衣服还在面前，秋天的天气也和当年一样，可现在已经人事全非，人的心情已经永远不能再像当年那样幸福愉快了。我们看李清照所写的《金石录后序》，她说她当年和赵明诚一起收集金石书画，一起勘校、展玩，每到饭后两人烹茶赌书，得胜时就举杯大笑，笑得把茶水都洒到怀中。可是自从国破家亡之后，那种快乐的生活就一去不复返了。这首词，表现了一种怀旧的感慨，写得通俗平易，但很深刻。

　　李清照的词里还有不属于写实风格，而且完全脱除了女性味道，写得高远飞扬，超尘脱俗，带有一种象喻的意味的一类。那就是她晚年所写的一首《渔家傲》。"天接云涛连晓雾，星河欲转千帆舞"——清晨，当朝霞还没有出现的时候，东方天空布满了一层海浪一样的云雾，天地之间一片苍茫。抬起头来看，银河还隐约可见，一朵朵白云飘过银河，好像是一片片白色的帆。这两句虽然也可能是现实的写景，但晓雾迷茫本身就是一种能够引起象喻联想的环境，而云帆飞渡，就真的进入了那高远绝尘的想象境界。"仿佛梦魂归帝所"——天上是茫茫的云海，地上是茫茫的晓雾，再看看云彩在银河中飞动的样子，词人就觉得自己的精神感情恍惚之间提升到了另外一个境界。她说，我的精神好像也随着这转动的千帆飞到了天帝的所在。这里真是写出了非常高远的一份追寻向往的心意。类似这种境界，在两宋男性词人中也是很少见的。"闻天语，殷勤问我归何处"——在这种高远的追求之中，我就仿佛听到了天上的声音，如此关怀，如此多情：你所追求的到底是什么？你所走的路最终是通向哪里去的？这几句不但表现了丰富而高远的想象，同时里面也有一种人到中晚年之际对人生的体悟。"我报路长嗟日暮，学诗谩有惊人句"，这是作者对自己生命的一个反省：我现在已经衰老了，在我的一生中到底完成了些什么？我只是写诗，而且我在写诗上是能够胜过别人的。李清照这个人争强好胜的心特别强，写诗她要押险韵，写词她要连用十四个叠字，连和丈夫谈书论画也要赌输赢。可是现在她说，这一切对我来说又有什么意义？"谩"有徒然的意思，她说我白白写下了那些惊人的诗句，但于家事、于国事何补？我们这些从北方逃到南方来的人，还有一天能够再次渡过淮水回到家乡去吗？国家已经失去的半壁河山还能够收复吗？

然而，"九万里风鹏正举，风休住，蓬舟吹取三山去"——这真的是李清照！她是不甘心失败的，在她的性格之中确实有着很豪放的一面。"九万里风鹏正举"是《庄子》中的典故，那上面说，"鹏之徙于南冥也，水击三千里，抟扶摇而上者九万里"。词人说，我虽然已经衰老了，我虽然还有那么多的理想和希望没有实现，可是我并不消沉，还要继续追求。她说，如果真的有那九万里的狂风吹起，我愿坐上一只轻舟，让风把我吹到我理想中的那一片海上仙山。这是李清照所写的非常有特色的一首词，在前面讲秦观《踏莎行》的时候我曾经提到，"雾失楼台，月迷津渡"并不是现实的形象而是一种象喻。值得注意的是，秦观的那首词还没有大胆到完全用象喻来表现，而李清照这首《渔家傲》用的完全是象喻。而且她的象喻又与现实结合得十分密切，这是非常难得的。在精神和感情上，这首词继承的是屈原《离骚》中那种追寻向往的传统，因而表现了一种高远飞扬的境界，与其他那些仅仅写出了一些生活中新鲜活泼情趣的作品有着层次上的不同。

李清照虽然是闺房女子，但从她的某些作品来看，就是放在男性作者之中也仍然是一个杰出的人物。她本来可以写出更多的前面讲过的第二、第三类的作品，可是由于她被自己的"词别是一家"的认识所局限，所以她在写词的时候总是有意地只表现她女性情思的一面，而她的飞扬豪放的一面在词中没有得到更多的发挥。这实在是中国诗词历史上的一件憾事。

最后我们要讲一个"别调"，就是本章附录了据说是清代一位叫贺双卿的女词人的一首真正婉约的女性词《凤凰台上忆吹箫·赠邻女韩西》。词这种女性化的文体，自"花间"以来一向都是男性写的，即使到了力主写婉约词的李清照手里，由于她接受的是与男性词人同样的教育和观念，所以笔墨间难以掩饰她那种飞扬健举的文人（男人）气象。现在我要讲一个"别调"的女词人，一个传说中的乡下村姑，这就是清人史震林《西青散记》里记载的双卿。这个女子不像李清照有个仕宦的家庭，受过良好教育。可是她却写出了非常绝妙的词。像这样的词不是可以造假、模仿出来的。双卿是怎么样学会写词的呢？据说她舅舅是一个乡村教师，她自幼耳濡目染，每天听舅舅教学生念诗书，久而久之不但听会了，还学着写了词。可是她后来嫁给一个农夫做妻子，丈夫、公婆没有受过什么教育，待她非常粗鲁暴戾。她很妙的就是天生感觉非常敏锐。她没有"读书破万卷"，当然也就不会字字有来历了。但她却能独出心裁，说自己的话，将她特有的敏锐感觉用自己独造的语言写出来。且看她的《凤凰台上忆吹箫·赠邻女韩西》一词：

双卿的街坊有一个女子叫韩西，这个韩西也不识字，也不填词。但韩西喜欢双卿，也喜欢听双卿读她写的词。后来邻女韩西许聘给人结婚走了，所以双卿在"姑恶夫暴"的环境当中就再也没有一个可以谈话的人了，于是与韩西分别之际她写下了这首词："寸寸微云，丝丝残照，有无明灭难消。"要知道"读书破万卷"有读书破万卷的好处，不读书，完全是自己独造的语言也有独造语言的好处。"寸寸微云"，天上那一寸一寸淡薄的微云；"丝丝残照"，一丝一丝落日的余辉；"有无明灭难消"，没有典故，没有出处，却真是写得好：光影之间忽而有了，忽而没了，一下子明亮了，一下子黯淡了。"正断魂魂断，闪闪摇摇"，江淹《别赋》说"黯然销魂者，惟别而已矣"，现在唯一与她可以说知心话的、同情她的女伴要出嫁走了，"断魂魂断"，我本来就是断魂，我这个断魂今天又魂断了。我的断魂如何？我的断魂飘荡在空中是"闪闪摇摇"。"望望山山水水，人去去，隐隐迢迢"，走得那么远，"隐隐"是直至看不见了，"迢迢"是如此的遥远渺茫。"从今后，酸酸楚楚，只似今宵。"从今天你走之后，酸酸楚楚的生活就像今天晚上一样，再也没有人跟我谈话了。"青遥，问天不应"，"青遥"两个字真是神来之笔，"青"是天之颜色，"遥"是天之距离，你走了看不见了，看到的天是"青遥"，一片那么高远的蓝色；"问天不应"，我要问天我为什么这么不幸？"青遥，问天不应，看小小双卿，袅袅无聊。"这么纤细的、这么瘦弱的双卿，"袅袅"是她的身材，她是如此之寂寞无聊赖。"更见谁谁见，谁痛花娇？"我更看见谁，又有谁看见我，谁在跟我一样怜惜这些个花草？"谁望欢欢喜喜，偷素粉，写写描描。"我还盼望有谁跟我在一起，我们常常没有纸笔，我们就把脸上擦的白粉用水调一调写在绿色的树叶上。"谁还管，生生世世，夜夜朝朝。"谁再关心我，生生世世，从黑夜到白天……

我们看，这才真正是有别于其他女性之"学人之词"的女性的婉约词。

### ■阅读思考

以往表现女性美色与爱情的词都是男性写的，到了李清照才真正出现了以女子的本性与本色创作出的婉约词。阅读本章之后，你认为李清照的作品与以往婉约派词的区别何在？原因何在？请结合具体作品进行分析。

# 第二十七章

## 27 激荡盘旋　一本万殊

——谈南宋豪放词人辛弃疾词的成就
与贡献

# 辛弃疾

辛弃疾，字幼安，号稼轩。宋高宗绍兴十年（1140）生于山东历城，其时中原沦陷已十三年。辛氏家族世代仕宦，因父亲多病早逝，辛弃疾为祖父辛赞抚养，受其爱国主义影响极深。绍兴三十一年（1161）夏，辛弃疾二十二岁，金主完颜亮迁京开封。九月大举南侵，金后方军民"屯聚蜂起"，辛弃疾聚众两千，归义军耿京部，为掌书记，并劝说耿京归宋以图大计。绍兴三十二年（1162）正月，辛弃疾奉表归宋，高宗召见，授右承务郎。闰二月，叛将张安国杀耿京降金，辛弃疾得讯，率五十骑生擒张安国，连夜渡江南归，献俘辇下，轰动建康。渡江南下后的二十年，是辛弃疾理想与现实不断冲突的二十年。一方面，他为筹措北伐、恢复统一而不遗余力，先后作分析宋金形势与军事斗争前途的《美芹十论》、北伐计划书《九议》，在湖南安抚使任上，创置"飞虎军"为抗金准备。但另一方面，作为一个"归正"人，注定处在被猜忌、防范、监督使用的地位，而其又"刚拙自信，年来不为众人所容"，在四十二岁的壮年，被弹劾落职，自此开始闲居带湖十年，其后间被起用数年，五十六岁时二度罢居上饶，居瓢泉八年，六十四岁时，再次被起用，然而两年后又被去职。数十年间辛弃疾沉浮政界，才能人所共见，政绩显著，但他的理想志愿，却越来越渺茫，他励精图治的作风与南宋朝廷弥漫的粉饰太平之风实在是格格不入。开禧三年（1207），辛弃疾忧愤成疾，怀壮志未酬之憾，在九月十日卒于铅山。两宋词史上，辛弃疾与苏轼并称"苏辛"，他独创出"稼轩体"，确立了豪放一派，其词内容博大精深，表现方式千变万化，语言不主故常，正如刘克庄《辛稼轩集序》所云："横绝六合，扫空万古，自有苍生以来所无。"有《稼轩词》。本章选文均选自中州古籍出版社唐圭璋编《全宋词》。

## 水龙吟

### 过南剑双溪楼[1]

举头西北浮云[2]，倚天万里须长剑[3]。人言此地，夜深长见，斗牛光焰[4]。我觉山高，潭空水冷，月明星淡。待燃犀下看[5]，凭栏却怕，风雷怒，鱼龙惨[6]。　　峡束苍江对起[7]，过危楼、欲飞还敛。元龙老矣，不妨高卧[8]，冰壶凉簟[9]。千古兴亡，百年悲笑，一时登览。问何人又卸，片帆沙岸，系斜阳缆[10]。

[1] 南剑：宋时州名，今福建南平县。双溪：指剑溪和樵川，在南剑州府城东。王象之《舆地纪胜·南剑州》："冠绝于他郡。剑溪环其左，樵川带其右，二水交流，汇为澄潭，是为宝剑化龙之津。"此词作于落职福建时。

[2] "举头"句：意谓中原陷落敌手。《古诗十九首》："西北有高楼，上与浮云齐。"曹丕《杂诗》："西北有浮云，亭亭如车盖。"浮云多用比喻义。

[3] "倚天"句：宋玉《大言赋》："方地为车，圆天为盖，长剑耿耿倚天外。"

[4] "人言"三句：化用传说。据《晋书·张华传》：晋尚书张华见斗、牛二星间有紫气，问雷焕；焕曰：是宝剑之精上彻于天。后张华派雷焕为丰城令，掘地，得双剑，其夕，斗牛间气不复见焉。焕遣使送一剑与华，一自佩。华诛，失剑所在，焕卒，其子华持剑行经延平津，剑忽于腰间跃出堕水，化为二龙，"光彩照水，波浪惊沸"。三句意谓此地是传说中的宝剑所在，此处宝剑既指坚持抗敌的军民，又是作者自况。

[5] "待燃犀"句：意为欲平定金人妖孽。《晋书·温峤传》载：温峤"至牛渚矶，水深不可测，世云其下多怪物，峤遂燃犀角而照之，须臾见水族覆火，奇行异状，或乘马车著赤衣者。"

[6] "凭栏"三句：其中"风雷"、"鱼龙"指主降派势力。惨：狠，恶毒。

[7] "峡束"句：谓两峡对峙，仿佛束起苍江。杜甫《秋日夔府咏怀》有"峡束苍江起，岩排古树圆"句。

[8] "元龙"二句：元龙是三国时陈登的字。典出《三国志·魏书·陈登传》：许汜（sì）曾向刘备抱怨陈登看不起他，"久不相与语，自上大床卧，使客卧下床"。刘备批评许汜在国家危难之际只知置地买房，"如小人（刘备自称）欲卧百尺楼上，卧君于地，何但上下床之间耶"。意谓不问时事。

[9] 冰壶凉簟：喻置身世外，以冷水凉席消闲度夏的自在生活。

[10] "问何人"三句：意谓沐浴着夕阳的航船卸落风帆，在沙滩上搁浅抛锚。

**点评**：这首词形象地说明，当时的中国大地，一面是"西北浮云"、"中原膏血"；而另一面却是"西湖歌舞"、"百年酣醉"。长此以往，南宋之灭亡，势在必然了。由于这首词通体洋溢着爱国激情，读之有金石之音、风云之气，很能代表辛词雄浑豪放、慷慨悲凉的风格。

# 摸鱼儿[1]

**淳熙己亥，自湖北漕移湖南，同官王正之置酒小山亭[2]，为赋。**

更能消几番风雨[3]？匆匆春又归去。惜春长怕花开早，何况落红无数。春且住。见说道[4]、天涯芳草无归路[5]。怨春不语。算只有殷勤，画檐蛛网，尽日惹飞絮[6]。　　长门事，准拟佳期又误。蛾眉曾有人妒。千金纵买相如赋，脉脉此情谁诉[7]？君莫舞。君不见、玉环飞燕皆尘土[8]！闲愁最苦[9]。休去倚危楼[10]，斜阳正在，烟柳断肠处[11]。

[1] 摸鱼儿：唐教坊曲名，后用为词牌名。本为歌咏捕鱼的民歌，后用作词牌。又名《摸鱼子》《买陂塘》《陂塘柳》。

[2]"同官王正之"句：据楼钥《攻媿集》卷九十九《王正之墓志铭》载，王正之淳熙六年（1179）任湖北转运判官，时辛弃疾由湖北转运副使调任湖南转运副使（将从鄂州至潭州主持漕运），故称"同官"。小山亭在湖北转运使官署内。

[3] 更：再。消：消受，经受。

[4] 见说道：古人口语，即听说之意。

[5] 天涯芳草无归路：苏轼《点绛唇》词有"归不去，凤楼何处？芳草迷归路"之句。

[6] 画檐：绘饰彩色的屋檐，这里泛指屋檐。惹：沾惹，挂住。飞絮：柳絮。

[7]"长门事"五句：《长门赋序》："孝武皇帝陈皇后时得幸，颇妒。别在长门宫，愁闷悲思。闻蜀郡成都司马相如天下工为文，奉黄金百斤为相如、文君取酒，因于解悲愁之辞。而相如为文以悟主上，皇后复得亲幸。"这里是说由于有人妒忌，即使千金买来《长门赋》也没用，愁苦之情仍然无法得到安慰。

[8] 玉环：杨贵妃的小名，唐玄宗最宠爱的妃子。安禄山叛变后，赐死于马嵬坡。飞燕：汉成帝宠爱的妃子，后来废为庶人，自杀。

[9] 闲愁：本指无关紧要的琐愁，这里用作反话，指忧国之愁。

[10] 倚：凭、靠。

[11] 烟柳：傍晚雾霭笼罩下的杨柳。

# 水龙吟

### 登建康赏心亭[1]

楚天千里清秋[2]，水随天去秋无际。遥岑远目，献愁供恨，玉簪螺髻[3]。落日楼头，断鸿声里[4]，江南游子[5]，把吴钩看了[6]，栏杆拍遍，无人会，登临意。　　休说鲈鱼堪脍，尽西风，季鹰归未[7]？

求田问舍，怕应羞见，刘郎才气[8]。可惜流年[9]，忧愁风雨[10]，树犹如此[11]！倩何人唤取[12]，红巾翠袖[13]，揾英雄泪[14]！

[1] 建康：今江苏南京市。赏心亭是建康一处古迹，据《景定建康志》云："赏心亭在（城西）下水门城上，下临秦淮，尽观览之胜。"一作"伤心亭"。

[2] 楚天：泛指江南地区。清秋：凄凉冷落的秋天。

[3] "遥岑"三句意谓：放眼望去，远山如同美人头上的玉簪或螺髻，然而它们带给人们的却是愁和恨。遥岑：远山，指长江以北沦陷区的山，所以才说它是"献愁供恨"。

[4] 断鸿：失群的孤雁。

[5] 江南游子：指客居江南的自己。

[6] 吴钩：宝刀名。看吴钩，是希望有机会用它立功之意。

[7] "休说"三句：《晋书·张翰传》载：张翰（字季鹰），晋代吴郡人，在洛阳做官，见秋风起，因思吴中莼菜羹、鲈鱼脍，曰："人生贵得适志，何能羁宦数千里以要名爵乎？"遂命驾而归。此处写自己也有恋乡之情，意谓人家张季鹰有故乡可归，而我辛稼轩如今仕宦不得志，也想归乡，但却有家难回，因为我的故乡还沦陷在异族统治之下。

[8] "求田"三句：详见本章《水龙吟·过南剑双溪楼》注[8]。求田问舍：置地买房。刘郎：刘备。才气：胸怀、气魄。作者用此典是说，我辛弃疾不能像张季鹰一样回归故里，只好留在江南；但在异族入侵，国难当头之际在这里"求田问舍"，又怕被贤者如刘备者所耻笑。

[9] 流年：流逝的时光。

[10] 风雨：意谓飘摇的国势已危在旦夕。

[11] 树犹如此：典出《世说新语·言语》："桓公北征经金城，见前为琅邪时种柳，皆已十围，慨然曰：'木犹如此，人何以堪！'攀枝执条，泫然流泪。"此处以"树"代"木"，抒发自己不能抗击敌人、收复失地，虚度时光的感慨。

[12] 倩：使，请托。

[13] 红巾翠袖：女子装饰，代指女子。

[14] 揾（wèn）：擦拭。

**点评**：此为辛弃疾在建康任通判时所作。他的一片收复故国的志意，在落日的高楼上，在失去同伴的孤独的鸿雁的叫声里，得不到共鸣和回应，得不到人们的重视。表现出英雄失志的沉痛悲慨。

# 永遇乐

## 京口北固亭怀古[1]

千古江山，英雄无觅，孙仲谋处[2]。舞榭歌台[3]，风流总被[4]，雨打风吹去。斜阳草树，寻常巷陌，人道寄奴曾住[5]。想当年：金戈铁马，气吞万里如虎。　　元嘉草草[6]，封狼居胥[7]，赢得仓皇北顾[8]。四十三年，望中犹记，烽火扬州路[9]。可堪回首，佛狸祠下[10]，一片神鸦社鼓[11]。凭谁问[12]：廉颇老矣，尚能饭否？

[1] 京口：古城名，即今江苏镇江。因临京岘山、长江口而得名。北固亭：在镇江市东北的北固山上，面临长江，又名北顾亭。

[2] 孙仲谋：即孙权，三国时吴国的国君，他曾建都在京口，并在此击败了北方的曹军。这三句是说，当年的英雄孙仲谋，如今已无处可寻了。

[3] 榭：台上的屋子。

[4] 风流：指英雄事业的遗风影响。

[5] 寄奴：南朝宋武帝刘裕的小名，其先祖由彭城移居京口，他自己在京口起事平定桓玄的叛乱，并推翻了东晋，做了皇帝。

[6] "元嘉草草"句：元嘉是刘裕子刘义隆年号。草草：轻率。南朝宋刘义隆好大喜功，仓促北伐，反而让北魏主拓跋焘抓住机会，以骑兵集团南下，兵抵长江北岸而返，遭到对手的重创。

[7] 封狼居胥：公元前119年（汉武帝元狩四年）霍去病远征匈奴，歼敌七万余，封狼居胥山而还。狼居胥山，一名狼山，在今蒙古境内。词中用"元嘉北伐"失利事，以影射南宋"隆兴北伐"。

[8] 仓皇北顾：看到北方的敌兵追来而惊慌失措。赢得：剩得，落得。这三句是说宋文帝刘义隆不能继承父业，徒然好大喜功，草率出兵，最后竟落得北伐的惨败。

[9] "四十三年"三句：指自作者1162年率军南归，至写此词时的1205年正好四十三年，但他仍然清楚地记着当年金兵在扬州一带烧杀掠夺的情况。烽火扬州路：指当年扬州路上，到处是金兵南侵的战火烽烟。

[10] 佛狸祠：北魏太武帝拓跋焘小名佛狸。公元450年，他曾反击刘宋，两个月的时间里，兵锋南下，五路远征军分道并进，从黄河北岸一路穿插到长江北岸。在长江北岸瓜步山建立行宫，即后来的佛狸祠。

[11] 神鸦：指在庙里吃祭品的乌鸦。社鼓：祭祀时的鼓声。整句话的意思是，到了南宋时期，当地老百姓只把佛狸祠当作供奉神祇的地方，而不知道它过去曾是一个皇帝的行宫。此句意谓：我不能忍受看到敌占区的庙宇里一派香火旺盛的景象。

[12] "凭谁问"三句：意谓自己虽然老了，但还跟廉颇一样具有雄心，可是有谁关心我，重视我的雄心壮志呢？《史记·廉颇蔺相如列传》载："赵使者既见廉颇，廉颇为之一饭斗米、肉十斤，被甲上马，以示尚可用。赵使还报王曰：'廉将军虽老，尚善饭；然与臣坐，顷之三遗矢矣。'赵王以为老，遂不召。"

# 鹧鸪天[1]

### 有客慨然谈功名，因追念少年时事[2]，戏作。

壮岁旌旗拥万夫[3]，锦襜突骑渡江初[4]。燕兵夜娖银胡䩮[5]，汉箭朝飞金仆姑[6]。　　追往事，叹今吾，春风不染白髭须。却将万字平戎策[7]，换得东家种树书[8]。

[1] 鹧鸪天：词牌名。又名《思佳客》。

[2] 少年时事：指作者青年时代率起义军抗金南归之事。

[3] 旌旗：军旗。拥万夫：统领众多的士兵。

[4] 锦襜（chān）突骑：指精锐的锦衣骑兵。襜，古代一种短的便衣。

[5] 燕兵：指北方敌兵。娖（chuò）：通"捉"，握。银胡䩮（lù）：银色或镶银的箭袋。

[6] 金仆姑：箭名。

[7] 平戎策：平定入侵者的策略，这里指作者所著《美芹十论》及《九议》等论述恢复中原的文章。戎，古时对西北少数民族的统称，这里泛指入侵的敌寇。

[8] 东家：东邻的农家。此二句谓当年满腹韬略却落得现在被废家居、归耕陇亩的下场。

**点评**：这首词通过对壮岁有为、虎穴擒敌等英雄壮举的回顾，感慨晚年时光空逝、壮志未遂的悲哀与无奈。

# 沁园春[1]

### 灵山齐庵赋，时筑偃湖未成[2]。

叠嶂西驰，万马回旋，众山欲东[3]。正惊湍直下[4]，跳珠倒溅；

小桥横截，缺月初弓[5]。老合投闲[6]，天教多事，检校长身十万松[7]。吾庐小，在龙蛇影外[8]，风雨声中。　　争先见面重重。看爽气朝来三数峰[9]。似谢家子弟，衣冠磊落[10]；相如庭户，车骑雍容[11]。我觉其间，雄深雅健，如对文章太史公[12]。新堤路，问偃湖何日，烟水濛濛[13]？

[1] 沁园春：词牌名。东汉窦宪仗势夺取沁水公主园林，后人作诗以咏其事，词调因此得名。又名《寿星名》《洞庭春色》等。

[2] 灵山：在今江西上饶城北，山高千余丈，绵延百余里。偃湖：作者居上饶时开凿的人工湖。

[3] 叠嶂：重重叠叠的山峰。

[4] 惊湍：急速的水流。

[5] 缺月初弓：刚刚呈现出弓形的新月。

[6] 老合投闲：意谓老了应当过一种闲散的生活。合，合当、应当。

[7] 检校：检阅、管理。长身：身躯高大。这里是将松树比作军队。

[8] 龙蛇：指松树屈曲的枝干。

[9] "争先见面"二句：指夜雾消散后，群峰先后显露出来，几座山峰间迎面吹送来一阵阵使人清心爽气的晨风。

[10] 谢家子弟：东晋时谢家为大族，子弟很多，皆著黑色衣服，人称乌衣郎。这里用谢家子弟来比喻山容树色的佳美。衣冠磊落：衣帽服饰庄重大方。

[11] "相如"二句：《史记·司马相如列传》："相如之临邛，从车骑，雍容闲雅甚都。"庭户：家门之处。此二句是比喻松树的姿容气派。

[12] 太史公：司马迁，字子长，曾为太史令，自称太史公。《新唐书·柳宗元传》韩愈评柳宗元文章的风格说：其文"雄深雅健，似司马子长"。

[13] 新堤路：偃湖的堤路。这三句写想象中偃湖筑成后的美妙景色。

**点评**：词通篇洋溢着抗金杀敌、收复失地之跃跃欲试的激情，特别是下阕"争先见面重重"数句，字里行间充溢着词人意气豪迈、神采飞扬的雅兴奇趣，同时也不由得流露出英雄豪杰空有一腔壮志才情，而终生不得用武之地的沉痛悲哀。

# 西江月[1]

## 遣兴[2]

醉里且贪欢笑，要愁那得工夫。近来始觉古人书，信着全无是处[3]。　　昨夜松边醉倒，问松"我醉何如"？只疑松动要来扶，以手推松曰"去"！

[1] 西江月：唐教坊曲名，后用为词牌名。又名《步虚词》等。

[2] 遣兴：排遣或消遣心中的意兴。

[3] "近来"二句：化用《孟子》中"尽信书，则不如无书"之句。意思并非鄙薄古人，否定古书，而是针对当时政治上没有是非的社会现状，故意说出的激愤之词。词中写醉态、狂态，都是对政治现实不满的一种表示。

# 粉蝶儿[1]

## 和赵晋臣敷文赋落梅[2]

昨日春如十三女儿学绣，一枝枝，不教花瘦[3]。甚无情，便下得，雨僝风僽[4]，向园林，铺作地衣红绉[5]。　　而今春似轻薄荡子难久。记前时，送春归后，把春波、都酿作，一江醇酎[6]，约清愁[7]，杨柳岸边相候。

[1] 粉蝶儿：词牌名。因北宋毛滂此词调中有"粉蝶儿，这回共花同语"句，故名。

[2] 赵晋臣：赵不迁，字晋臣，官至敷文阁学士。辛弃疾寓居上饶时，与赵常有唱和之作。

[3] "昨日"句：指初学绣花者总会把绣线绣到花样的轮廓线以外，花看上去很肥大。此喻春花开得很繁茂。

[4] 僝（chán）、僽（zhòu）：憔悴，凋残。宋张辑《如梦令·比梅》有"僝僽，僝僽，比著梅花谁瘦"句。

[5] 地衣红绉：有绉纹的红色地毯，喻落梅。

[6] 醇酎（zhòu）：浓酒。

[7] 约清愁：与清愁定个约会。约，相约。

# 丑奴儿[1]

## 书博山道中壁[2]

少年不识愁滋味，爱上层楼；爱上层楼，为赋新词强说愁[3]。

而今识尽愁滋味，欲说还休；欲说还休，却道"天凉好个秋"。

[1] 丑奴儿：通称《采桑子》。

[2] 博山：《大清一统志·江西广信府》："博山在广丰县西南三十余里，南临溪流，远望如庐山之香炉峰。"辛弃疾闲居信州（今江西上饶）时，经常来往博山道中。

[3] 层楼：高楼。强说愁：没有愁而说愁，即无病呻吟。

**点评**：这首词借少年时代的"强说愁"，反衬如今"欲说还休"的难以言说的惆怅与悲慨。

## ■解读鉴赏

辛弃疾是中国文学史上一位伟大的词人，苏轼虽也不失为一位伟大的作家，但就其词作而言，则他的词乃是在他政治上遭到贬谪、失意之后，才以"余力为之"的，而且苏词多以旷达的逸怀浩气为主，很少正面去写他用世的理想志意。而辛弃疾却不仅正面地表现了他忠心报国、收复中原的志意理念，而且艺术地再现了他心灵本质中的那一份深厚强大的生命力。一般而言，但凡伟大的诗人，他们都是用全部生命来写作诗篇，并且用全部生活来实践其诗篇的。像屈原、陶渊明、杜甫等都是如此。为此，我们在解读辛词之前，必须首先对辛弃疾的生命本质及其生活经历做一个大概的介绍。

辛弃疾生于宋高宗绍兴十年（1140），他出生时，其家乡山东历城已沦陷于金人之手达十几年了。而一个人生命本质的形成，一定是他的本性与他生活环境相结合的产物。作为一名热血男儿，还有什么能比天天看着家乡的骨肉同胞，在异族占领者的统治下遭受煎熬更痛苦的？况且辛弃疾还生长在一个忠义奋发的家庭环境中。他的祖父具有强烈的民族观念，因南渡时未能脱身无奈而仕于金，但对民族耻辱却耿耿难忘。据辛弃疾在《进美芹十论札子》中回忆，当年他祖父经常带着晚辈去观察地形、指画山河，鼓励晚辈寻找机会起义抗金，以解君父不共戴天之恨。因此忠义之心与建功立业之志便成了伴随辛弃疾的天性与身体一同发育成熟起来的生命之本源。辛弃疾在二十二岁时，曾召集忠义之士两千余人，结成义勇军。他不仅有慷慨激昂的勇气，还有足智多谋的韬略。他十分清醒地知道，这些一拥而上的"锄犁之民，寡谋而易聚，惧败而轻敌，不能坚战持久"；而另外一些有知识的"豪杰可与立事者"，却又因"尚气而耻下人"而"不肯俯首听命以为农夫下"（详见《美芹十论·详战》）。为了让知识分子与农民更好地结合起来，为了最终实现光复河山的千秋大业，辛弃疾甘愿放弃对这两千余人的领导权，毅然率军投奔了农民起义军的领袖耿京，并征得耿京的同意奉表南渡与王师联络。当辛弃疾完成联络任务、由南北归的途中，听说了叛徒张安国杀死耿京，率军投降金人的消息，立即带领一队人马，冲入金营，活捉了正在饮酒庆功的张安国，连夜将叛徒押回南宋国君所在地建康，将其当众斩首。这是辛弃疾一生之中最为踌躇满志、痛快淋漓的一段回忆。他晚年写的《鹧鸪天》词中曾怀念这次壮举说："壮岁旌旗拥万夫，锦襜突骑渡江初。燕兵夜娖银胡䩮，汉箭朝飞金仆姑。"他本来正是带着这般壮怀激烈的光复之志投奔南宋的，但万没想到南渡以来的四十五年中，竟有二十余年被罢家居，弃置不用，所以上面那首《鹧鸪天》词最后说："追往事，叹今吾，春风不染白髭须。"当年满腹韬略，曾向皇帝献过"九议"、"十论"的我，如今只能"却将万字平戎策，换得东家种树书"。

尽管如此，辛弃疾仍不甘自弃，只要一有起用的机会，他总会不失时机地备战备荒，为反攻、收复失地做准备，处处表现出他忧国爱民、有勇有谋、有胆有识的英雄才干。在湖南安抚使任上，他不惜花重金建造营房、购置军备，组建"飞虎军"。当有人以"聚敛"之罪上告他，并被皇帝降下金牌制止时，他的军营已即将完工，只缺屋瓦了。于是他一面机智地将金牌"藏而不发"，一面下令要他所辖地区的居民每人从自己家里捐出两片瓦来，就这样待"飞虎军"营竣工之后，他才公开了皇帝的金牌。又如他在江西安抚使任内时，曾遭遇饥荒，他便"尽出公家官钱银器"，召各阶层最能干的人到四处去购粮救饥，同时还下了一道严令："闭粜（有粮不卖）者配，强籴（强买囤积）者斩。"结果由于他严厉打击粮食投机商，由于他动用国库资金救济灾民百姓而被人指控为"杀人如草芥，用钱如泥沙"，于是他被罢官斥逐，在江西上饶带湖附近筑室家居长达十年之久。十年后，他被起用为福建安抚使，此时他的忠义奋发、图谋恢复的壮志仍丝毫未减。当他看到福建前枕大海，为贼之渊，而此地又无任何防范准备时，就马上筹备海防，修建"备安库"，还要"造万铠，招强壮，补军额，严训练"；这样一来，又被投降派弹劾为"残酷贪饕，奸赃狼藉"。于是，上任不满三年的辛弃疾就又被斥逐，筑居铅山县，一废又是八年。直到他六十四岁时，才又被起用知绍兴府兼浙东安抚使。他刚到任，就上疏奏陈，为百姓代言。其后又在被派去知镇江府时，屡次遣谍至金，侦探敌人的各种情报。由于镇江是长江南北交界的前线，所以他还在沿边一带招募士兵，筹置军需。此时距他南渡已有四十三年。他在此时写的《永遇乐·京口北固亭怀古》一词中说："四十三年，望中犹记，烽火扬州路。……凭谁问，廉颇老矣，尚能饭否？"不仅流露出对当年甘冒烽火南渡之壮志义举的怀念，还表示了虽到垂老之年，仍想据鞍上马，冀求一用的不死之雄心。可惜不久，他竟又被论劾为"好色贪财，淫刑聚敛"而再度被罢家居，这时辛弃疾已六十六岁了。此后他身体日渐衰弱，终于在开禧三年（1207），他六十七岁时，怀着壮志未酬的满腔憾恨，在极度无奈与无望的悲慨中病逝于铅山。

也许有人要说，你既然屡遭谗毁，为什么不就此隐居？为什么还要固执地坚持自己的主张和作为？其实这与中国古代伟大诗人屈原的"亦余心之所善兮，虽九死其犹未悔"；陶渊明的"托身已得所，千载不相违"；杜甫的"葵藿倾太阳，物性固莫夺"的精神是一脉相承的。不过辛弃疾不同于屈、陶者在于，屈原与陶渊明都准备了一条"独善其身"的退路，"进不入以离尤兮，退将复修吾初服"，"因值孤生松，敛翮遥来归"。而辛弃疾则实在是一个无法后退的人，他与杜甫一样，即使偶然也会说到"尽西风，季鹰归未"（《水龙吟·登建康赏心亭》），以及"不妨高卧，冰壶凉簟"，但这都是无可奈何的自嘲，其实他真正要表现的，还是那份念念不忘收复失地、统一河山的使命感，以及这一使命不得完成的抑郁悲慨之情。不幸的是，以辛弃疾这种义无反顾、激流勇进的天性，而生逢南宋朝政昏暗、主和派掌权的时代，就注定他终生都将挣扎在"天远难穷休久望，楼高欲下还重倚"这进退两难的悲苦之中。同时这种进退两难的激愤悲慨，也注定将成为辛词万变不离其宗的生命源泉。正如徐釚在《词苑丛谈》里引黄梨庄语云："辛稼轩当弱宋末造，负管乐之才，不能尽展其用，一腔忠愤无处发泄……故其悲歌慷慨、抑郁无聊之气，一寄之于词。"一部《稼轩长短句》，几乎全是由两种相互冲击的力量汇聚而成，一是来自词人内心的带着家国之恨、忠义奋发的上冲之力；另外一种则是来自时代社会环境，即由于南人对北人的歧视及主战、主和两派斗争而加之于辛氏的谗毁、摈弃、排挤的下压之力。这两股力量相互冲击和消长，因而形成了辛词盘旋激荡、万变千殊的各种风姿。但是不管怎样变化，那由两股力量相互撞击而形成的英雄失志的悲慨却是不变的。不过辛弃疾很少对自己这份"欲说还休"的压抑悲慨做直接的表述，而总是凭借对自然景象和历史典故的兴发感触，借题发挥地予以艺术的表达，这就使他的词除了在气象意境上给人以强烈的感发之外，还在表现形式上给人以深沉悠远、蕴藉委婉的艺术美感。且看《水龙吟·过南剑双溪楼》一词。

这首词是辛弃疾借自然景象与古典事象，将生命中的两种冲击力量表现得最为曲折和完美的一首好词。词题中的"南剑双溪楼"在今福建南平一带，宋时称作南剑州。此处因为有东西两条水从一座楼前合流，并汇成万丈深潭，因而将这楼称为"双溪楼"，潭叫"剑潭"，从剑潭流出去的水叫"剑溪"。要知道，中国的许多地名与古迹都与我们的历史文化有着密切的联系，只有了解了自己国家的历史文化及其背景，你才会真正欣赏、体会和感受到它们的特殊意义和价值，才会被那些并无知觉的山川草木、楼台亭阁所感动。《晋书·张华传》上就记载着一个与"南剑双溪楼"有关的历史故事：张华在晋朝曾官至宰相，他能诗文，博古今，著有《博物志》。传说每当夜晚他观察星象时，都看到斗宿和牛宿之间有一道光芒。他为此请教了当时对星象很有研究的雷焕。雷焕说这是宝剑之气上冲于天所射出的光芒，并推测这宝剑在豫章的丰城。张华听后就派雷焕做了丰城的县令。雷焕果然在丰城监狱的地下挖出了一对宝剑，一名为"龙泉"，一名为"太阿"。雷焕自己留下一把，另一把给了张华。后来张华在西晋"八王之乱"的政治斗争中被杀，他那把剑也丢失了。雷焕临死前把剑传给了儿子。一次雷焕之子携剑经过延平津，突然那把剑从腰间的剑鞘中跳出跃入水中，他立刻派人下水寻找。下去的人上岸说：水里看不到剑，只见两条身长数丈的巨龙在游，而且须臾之间，光彩照水，波浪惊沸，龙也不见了。从此再也没有这两把剑的下落。辛词擅长用典故，这当然与他阅读广泛、学识渊博有关，但更重要的是他对所读过的内容有真切、深刻和独到的感受和启发，所以当他偶然经过这富于传奇色彩的剑潭和双溪楼时，其内心所本有的满腔忠义之慨便立即与历史传说中那被遗失不得其用，而却气焰长存不息的宝剑融为一体，因而即兴开篇"举头西北浮云，倚天万里须长剑"，一开口就十分巧妙地借自然景象与历史典故为喻托。登楼远望，举目有山河之慨，这风雨江山之外使词人内心深深为之所动者，正是那"西北浮云"笼罩中的、沦陷于异族统治者铁蹄之下的北方故土。浮云要扫除，故土要收复，这就须有"倚天万里"之"长剑"。"长剑"象征着词人的豪情壮志，而"倚天万里"用夸张的描写表现出词人豪情壮志的雄杰不凡。按照文法，这句应是"须万里倚天长剑"，此处倒装来写，正是辛弃疾盘旋激荡的内在感情在表现形式上的艺术体现。接着词篇紧扣题意写了有关此地的历史传说："人言此地，夜深长见，斗牛光焰。"像这样句读虽断、语气与语意不断的句法，也是辛词的一大特色，这使他内心的情意显得更加沉重、抑郁、激愤、盘旋。宝剑是一种象征，"光焰"也是一种象征，它喻示辛稼轩不甘罢休的一腔忠勇奋发之气。可是，宝剑哪里去了？西北浮云何日得扫？此时词人的处境是"我觉山高，潭空水冷，月明星淡"。举头仰视，则"月明星淡"，冷漠无情；低头下望，则水冷潭空，凄寒孤寂。这与前面的"人言此地"三句构成明显转折。但辛弃疾决不轻言放弃，他要亲自找一找那神剑，偏要找到它不可，所以下面说："待燃犀下看，凭栏却怕，风雷怒，鱼龙惨。"这里又用了一个《晋书·温峤传》中的典故：一次温峤经过牛渚矶，听人说这里的水下有很多精怪，他就叫人燃犀下看，待火光一照，他就看见水中那些稀奇古怪的精怪。辛弃疾用典非常灵活，有时他用典故的全部故事，如上面关于宝剑的传说；有时他只是断章取义地用典故中的一段或一句，比如此句辛弃疾就只取用温峤的"燃犀下看"的事意，传说宝剑落到水里，用普通灯光在水中照明不行，只有用犀牛角点燃在水中才不至被熄灭。那么宝剑是否找到了呢？不用说真的下水去找，他刚刚靠近栏杆向水里一看，就"凭栏却怕"了，怕一旦惊起波澜，引起水族的震怒，就会掀起狂飙，响起霹雳，使鱼龙惨变。这表面看似乎在写深潭寻剑的艰难险阻，而其中喻示了词人在现实环境中只要稍有作为，就立即会遭到那些偏安一隅，非但自己不思抵抗，还不允许别人抵抗的投降派的弹劾迫害。"鱼龙"、"风雷"等在中国文学中，也是具有固定喻意的语码符号，李白《远别离》诗中有"君失臣兮龙为鱼"、"雷凭凭兮欲吼怒"等句。"鱼龙"、"风雷"此泛指恶势力对作者的谗毁迫害。至此，我们已清楚地看到了辛弃疾内心之中、生活之中，以及词作之中那两种力量的相持、消长、激荡和盘旋："倚天长剑"是忠义奋发的雄心壮志；"潭空水冷，月明星淡"是朝廷的冷落和摈弃；"待燃犀下看"是不甘罢休的挣扎努力；"风雷怒，鱼龙惨"是更加险恶的政治迫害。这两种力量互相对峙冲撞、此消彼长，在对景象和古典的交替描写中被表现得深沉强烈、淋漓尽致。下阕头三句是写现实景象，据地方志记载：东西两溪汇沿途诸水而合流，其水势极为澎湃汹涌，而到此又骤然为山峡所阻约，因而当两水相对流入时，其相互冲击排荡的力量可想而知，故曰"峡束苍江对起，过危楼、欲飞还敛"，这不仅极生动地写出了双溪楼上所见到的两水聚合时的壮烈景观，同时也恰好正是对前面所喻示的两种矛盾力量的形象化总结。"欲飞还敛"，这是多么顽强的奋发，多么痛苦而壮烈的挣扎！接下去辛弃疾的笔锋陡然一转，以一种悠闲平静的情调写道"元龙老矣，不妨高卧，冰壶凉簟"，为全词添上几分摇曳荡漾之姿。这三句见于《三国志·陈登传》：三国时的陈登（号元龙）本是一位关心天下大事、有扶世济民之志的高尚之士，他一生功绩卓著，可惜三十九岁就病死了。有一次许汜在与刘备共论天下人物时批评陈登是"湖海之士，豪气不除"，刘备问许汜何出此言，许汜答道：有一次我拜访陈登，他居然不讲主客之礼，坐了半天，也不与我讲话；我留宿他家，他竟自上大床卧，让我卧下床。刘备听说，愤然道：方今天下大乱，有作为的人忧国忧民还来不及呢，你贪图安逸，只顾求田问舍，居然还有脸计较主客之礼，如果换了我，就会自上百尺楼头去卧，卧君于地，岂止是上下床之间耶。可见，"高卧"是陈元龙看不起许汜庸碌无为，对他表示鄙夷的行为；而辛弃疾在此词中反其意而用，是说纵然青年有为的陈元龙，如今老了，也不妨过几天"高卧"的生活，享受一下夏天一壶冷饮、一领凉席的舒适。这种将陈元龙的原本志在远大的"高卧"之举，翻然写成无所事事之闲居者的形象转化，恰恰于反讽语气中透露出词人对自己壮志无成的嘲笑和悲慨。接着"千古兴亡，百年悲笑，一时登览"，遂将典故中的古人古事，与现实中的今人今事做了一个综合的总结：得剑的张华、雷焕，燃犀的温峤，高卧的陈登，都已在千古兴亡之中消逝了，而这盛衰兴亡、天地沧桑的今古循环仍在继续着；三国与晋朝已成为历史，南宋又将以怎样的结局载入历史呢？人生不过百年，想我辛弃疾当年"壮岁旌旗拥万夫，锦襜突骑渡江初"，而今却只剩下"不妨高卧"了，这其中令人悲笑皆非的滋味，实在是"欲说还休"，而今天在这剑潭双溪楼的"一时登览"中，偏偏千头万绪一起涌上了心头。这里词人没有明写那触绪纷来的平生悲慨，而是把那"百年悲笑"的内容留在了言外。而就在这"一时登览"、定睛远眺之时，又一幕景象出现了——"问何人又卸，片帆沙岸，系斜阳缆"。不知何人又在日暮晖斜之际，把行进中的船帆卸下，将缆绳系在岸边的泊桩上了。这可能确是现实中的景象，但在全词多重喻示的衬托下，这个结尾也自然要引起读者更深的喻意联想："片帆"喻示的是作者抗金报国、收复失地的不死之心；而卸帆与系缆的行为则喻示了南宋朝廷苟且偷安、不思进取的颓废表现，尤其这一"卸"一"系"，再次使人感受到恶势力对辛弃疾这样忠心报国、志在收复者的残酷打击与无情压制。此外，更妙的是词人又一次点染了"斜阳"意象，这就与他惯于描写的"落日楼头，断鸿声里"（《水龙吟·登建康赏心亭》）、"斜阳正在，烟柳断肠处"（《摸鱼儿》）等词句一样，具有暗示南宋国势已日薄西山、渐趋危亡的喻意。像这样通篇借自然景象和古典事象来抒情写志，并从中传达出如此深刻之喻意来的，在词人中唯辛稼轩一人而已。

另外，辛弃疾还是词人中作品最丰、题材最广、风格变化最多的一位。刘克庄说："公所作大声鞺鞳，小声铿鍧，横绝六合，扫空万古。其秾纤绵密者，直不在小晏秦郎之下。"上述《水龙吟》所代表的是辛词中以高远博大之气象、矫健豪壮之形象来表现正负两种力量冲击下的激昂豪放、摧折压抑的所谓"大声鞺鞳"一类的风格。为了进一步说明辛词的"一本万殊"，我们还应对辛词这"万殊"之中的另一类"秾纤绵密"，所谓"小声铿鍧"之作给以简单介绍，请看他另一首《摸鱼儿·淳熙己亥，自湖北漕移湖南，同官王正之置酒小山亭，为赋》。

《摸鱼儿》一词表面来看上阕写惜春，下阕写宫怨，这不但是词所本有之伤春怨别的传统题材，还是词所独具的"要眇宜修"的正宗风味。然而这首词在内容境界上，在所传达出的感发生命以及其艺术表现方式上，都远远突破了正宗的歌词之词的传统。先看开端数句："更能消、几番风雨，匆匆春又归去。惜春长怕花开早，何况落红无数。"花开花落，来去匆匆，好不容易盼来的一个春天，我百倍珍惜它，不敢有片刻虚度，我爱惜花，甚至不愿让她早开，但没想到，几番风雨之后，那尚未来得及充分盛开的生命之花竟又随着"匆匆春又归去"而被无情地葬送了。仅以一个诗人的多情善感、爱花惜春之情意而言，这也足够感人了，更何况词人寄予这数句之中的涵义还远不止这些。但凡伟大的诗人，不管他写什么，怎样写，他的本质总是不变的，是一本万殊的。这首词里表现出的一"本"，与前首《水龙吟》一样，还是那由正负两种力量对撞所激起的英雄失志的悲慨。所以辛弃疾的伤春惜花完全是对故乡国土，对志在恢复难以忘怀的感情流露。此词之

"更能消、几番风雨"与他在"登建康赏心亭"词中的"可惜流年，忧愁风雨"中的"风雨"同义，不仅象征着他生活中所遭到的谗毁打击，还喻示了异族统治者对沦陷区人民的摧残蹂躏。辛弃疾当年南渡来奔，为的就是有朝一日挥师北上，扫平敌寇，统一祖国，解救故乡的父老同胞。然而春去秋来，二十多年过去了，一腔报国的热血仍无处抛洒。如今虽雄心未已，却壮志难酬，眼看年命过半，"匆匆春又归去"，还能再经受住几番"风雨"的摧伤打击？沦陷在水深火热中的父老兄弟还能经得起"几番风雨"的戕害侵袭？辛弃疾词之所以能给人如此强烈的感发，最重要的是他对自己的国家、人民以及大自然中的一草一木，都充满着关切和同情，他有词道："一松一竹真朋友，山鸟山花好弟兄。"一个对松竹花鸟都充满爱心的人，可想他对山河破碎、同胞受辱又会是怎样的痛心。因此无论辛弃疾登南剑双溪楼，还是登建康赏心亭，不管是在湖南小山亭置酒抒怀，还是在京口北固亭怀古悲歌，他眼中所见、心中所想，全都带着浓厚而强烈的家国之恨和失志之慨，这和杜甫之无论是《登高》，还是《登楼》，无论是《自京赴奉先县咏怀五百字》，还是《北征》，都在其所闻所见中倾注了深沉博大、浓厚强烈的忧国忧民之情一样。因而他们的伤春惜花，他们对于"春且住"，对于"传语风光共流转，暂时相赏莫相违"的呼唤希冀，完全是为了要实现收复河山，"致君尧舜上"的忠爱奋发之志。这就是同样写伤春惜花的传统题材，而竟会出现高下、优劣之别的缘故所在。

　　这首词的下阕是借古典中的人物事象写美女的怨怀无托。"长门事"，典出汉代：武帝幼时，其姑母有一女名阿娇，一天姑母和他开玩笑说：等你长大了，就把阿娇嫁给你好不好？武帝答：若阿娇嫁我，我当以"金屋贮之"。后来武帝果然娶了阿娇做皇后，但后宫的三千佳丽使皇帝很快就三心二意了。当武帝爱上别的女子后，就把当年要"金屋贮之"的陈皇后冷落在长年得不到宠幸的长门宫里。后来陈皇后请当时很有文采的司马相如为她写了一篇《长门赋》，以期打动武帝，再获宠爱。辛弃疾此典用意在：我也希望找到像司马相如那样能替我向皇帝倾诉衷肠的人，以求感动朝廷，让我实现收复失地的夙愿。然而事实却是"准拟佳期又误"。写此词时，正值辛弃疾被调任湖南转运副使，他本以为朝廷能给他一些军政实权，可没想到这管理漕运事务的官职，离他的理想抱负相距更远，这使他极为失望，所以才说"准拟佳期又误"，我先前的美好期待竟会又一次落空了。因为"蛾眉曾有人妒"！"蛾眉"作为一个语码符号所具有的喻意，我们在讲温庭筠词时已介绍过了，天下只要有"众女嫉余之蛾眉"的小人，就会有"蛾眉曾有人妒"的事情发生，因此辛弃疾才说"千金纵买相如赋，脉脉此情谁诉"？就算我能有千金买到一个能为我代言的人，可谁又能诉清我那满腔盘旋沉郁的九曲回肠呢？况且我该到哪里去寻找像司马相如那样的人呢？这千回百转、荡气回肠的寥寥数句，将辛弃疾英雄豪杰抑郁失志的悲哀感慨，表现得委曲深切、淋漓尽致。但接着笔调又陡然一转：你们不是"众女嫉余之蛾眉"吗？不是"风雷动，鱼龙惨"吗？可是，"君莫舞，君不见，玉环飞燕皆尘土"。你们不要太得意了，难道你们没看见，像杨玉环、赵飞燕这样被宠极一时的人也都化为尘土，而且都是不得好死的吗？辛弃疾坚信，政海波澜，朋党斗争，总是反复多变的，说不定哪一天你们会落得与玉环、飞燕同等的下场。但辛弃疾所关心的还不是要与谁争胜争宠，而是关心在这种小人当道、英雄失志的境况下，宋朝的国家和人民会怎样？因此他才感到"闲愁最苦"。冯延巳有词道："谁道闲情抛掷久，每到春来，惆怅还依旧……河畔青芜堤上柳，为问新愁，何事年年有？"这每每与春俱来，而又苦不堪言的"闲愁"，正是辛弃疾内心深处对国家民族的前途命运的担心和忧虑，所以结尾云："休去倚危栏，斜阳正在，烟柳断肠处。"这与《水龙吟》中的"问何人又卸"三句有异曲同工之妙，真可谓一本万殊！在中国词的发展演变中，从来没有人能像辛弃疾这样，以隐约缠绵、纤秾绵密之形式，在以表现伤春悲秋、怨怀无托的传统题材中，如此挥洒自如地借自然景象和历史典故来表现出这么深刻严肃的主题，这么雄杰豪迈的志意，这么广阔幽远的意境，这么盘旋沉郁的情绪！难怪人们说"学稼轩者，胸中须先具一段真气奇气，否则虽纸上奔腾，其中俄空焉，亦萧萧索索，如牖下风耳"（谢章铤《赌棋山庄词话》）。

我们历来赞美辛词的豪放，要知道辛词之"豪"，绝非只是写几句豪言壮语式的口号，而是因为他首先具备英雄豪杰的理想志意，其次是具有英雄豪杰的胆识、气魄、才干和能力，同时还有一颗多情善感、宽广博大的仁爱之心。所以当他收复失地的志愿彻底落空后，遂将平生的志愿怀抱、胆识理念全部寄托于词的创作，他那雄杰不凡的见识与才干虽未能在疆场征战中得以施展，却为中国词体的发展演变做出了巨大的成就和贡献。他的成就和贡献可以概括为两个方面：首先，他继苏轼之后，又一次以雄奇豪迈的理性观念突破了词体"绮罗香泽"、"剪红刻翠"的传统内容，使词在表现破国亡家、品格修养、秋士之悲、逸怀浩气的基础上，又有了抒发忠义之志和家国之忧的新天地。此外，他还以英雄豪杰的理念才略突破了词体艺术上的传统表现形式：即语言上既能用俗，又能用古；形象上既能取用自然景象，又能融会古典之事象。最为了不起和不可及者，是他能够将"诗之境阔"与"词之言长"这两种体裁的优点合二为一，并且创造性地运用在词的创作实践中，在对词体传统进行突破性变革的同时，还成功地保持了词体"要眇宜修"、婉约含蓄的特点。我们上面讲过的《摸鱼儿》就是辛词中最具多重价值的一首词，而且其思想价值与艺术风格是相互渗透、相得益彰的。作者那满腔的忠爱奋发、英雄豪杰之气，那满腔压抑、悲愤之慨，透过自然景象和历史典故的兴发触动而曲折含蓄地表达出来，上阕伤春，伤的不是自然界的春光芳华，而是自己的春心、春情，表现英雄豪杰之士对国、对民的那份缠绵多情、忠爱深沉；下阕怨别，哀怨的不是弃妇，而是忠臣被弃、君主昏暗、小人得意、国势日危、恢复无望。这就不仅在感情上给人以深切而强烈的打动，更在感觉上带给人凄然幽远、一语双关、深含微露、蕴藏无限的艺术美感。

■**阅读思考**

1. 同属豪放派词人，苏轼与辛弃疾却各具特色。阅读辛弃疾的词，体会他与苏轼的不同之处，并试述其形成的原因。

2. 就《摸鱼儿》（更能消几番风雨）一词中所体现出的风格特色，谈谈辛弃疾在中国词史发展演进中所具有的成就与贡献。

# 第二十八章

## 28 清空骚雅语清浅
## 暗香疏影渐黄昏

——谈南宋特色词人姜夔及其自度曲

# 姜　夔

　　姜夔（约1155—1209），字尧章，号白石道人，饶州鄱阳（今江西波阳）人，寓居武康，一生未仕，往来鄂、赣、皖、苏、浙间，与当时词人诗客交游，卒于杭州。有《白石道人歌曲》，其自度曲附有旁谱。本章选文均选自中州古籍出版社唐圭璋编《全宋词》。

## 暗香[1]

　　辛亥之冬[2]，予载雪诣石湖[3]。止既月[4]，授简索句[5]，且征新声[6]。作此两曲。石湖把玩不已[7]，使工妓隶习之[8]，音节谐婉[9]，乃名之曰《暗香》《疏影》。

　　旧时月色[10]，算几番照我，梅边吹笛。唤起玉人[11]，不管清寒与攀摘[12]。何逊而今渐老，都忘却、春风词笔[13]。但怪得、竹外疏花[14]，香冷入瑶席[15]。　　江国[16]，正寂寂[17]。叹寄与路遥[18]，夜雪初积。翠尊易泣[19]，红萼无言耿相忆[20]。长记曾携手处，千树压、西湖寒碧[21]。又片片吹尽也，几时见得[22]。

　　[1] 暗香：姜夔自度曲，与《疏影》皆咏梅花，得名于宋人林逋《山园小梅》诗"疏影横斜水清浅，暗香浮动月黄昏"。

　　[2] 辛亥：宋光宗绍熙二年（1191）。

　　[3] 载雪：冒雪。诣：造访。石湖：范成大晚年退居苏州西南的石湖，自号石湖居士。

　　[4] 止：停留。既月：整月，一个月。

　　[5] 授简：给予纸笺。索句：谓索要词作。

　　[6] 新声：谓新的词调。

　　[7] 把玩：握在或置在手中赏玩，此指欣赏、品味。

　　[8] 工妓：指乐工、歌伎等。隶习：研习，练习。隶，通"肄"。

　　[9] 谐婉：和谐动听。

　　[10] 旧时月色：语出温庭筠《经故秘书崔监扬州南塘旧居》："唯向旧山留月色。"

　　[11] 玉人：所爱美人。

[12] 与攀摘：宋人贺铸《浣溪沙》："玉人和月摘梅花。"

[13] 何逊：南朝梁代诗人，写有《早梅》诗，一名《扬州法曹梅花盛开》。故杜甫《和裴迪登蜀州东亭送客逢早梅相忆见寄》有句曰："东阁官梅动诗兴，还如何逊在扬州。"这里是作者以何逊自比。

[14] 竹外疏花：指梅花。苏轼《和秦太虚梅花》："江头千树春欲暗，竹外一枝斜更好。"

[15] 香冷：谓梅花的冷香。瑶席：美称供坐卧之用的席子。

[16] 江国：河流多的地区，多指江南。

[17] 寂寂：寂静无声或孤单冷落。

[18] 寄与：《太平御览》卷十九："荆州记曰：陆凯与范晔为友，在江南寄梅花一枝诣长安与晔，并赠诗云：'折梅逢驿使，寄与陇头人。江南无所有，聊赠一枝春。'"

[19] 翠尊：饰以绿玉的酒器。这里意指酒。尊，同"樽"。易泣：谓容易使人悲伤。

[20] 红萼：指梅。耿：内心不安的样子。

[21] 千树压、西湖寒碧：宋时杭州西湖中的孤山梅花成林，故云。

[22] 片片吹尽：指梅花凋落。几时见得：可指花亦可指美人。

# 疏影

　　苔枝缀玉[1]，有翠禽小小[2]，枝上同宿。客里相逢，篱角黄昏，无言自倚修竹[3]。昭君不惯胡沙远[4]，但暗忆、江南江北。想佩环月夜归来[5]，化作此花幽独[6]。　　犹记深宫旧事，那人正睡里，飞近蛾绿[7]。莫似春风，不管盈盈[8]，早与安排金屋[9]。还教一片随波去，又却怨、玉龙哀曲[10]。等恁时[11]、重觅幽香[12]，已入小窗横幅[13]。

　　[1] 苔枝：苔梅的树枝。宋人范成大《梅谱》："古梅会稽最多，四明、吴兴亦间有之。其枝樛曲万状，苍苔鳞皴，封满花身。又有苔须，垂于枝间，或长数寸，风至绿丝飘飘可玩。初谓古木久历风日致然，详考会稽所产，虽小株亦有苔痕，盖别是一种，非必古木。"宋人周密《乾淳起居注》："苔梅有两种，宜兴张公洞者，苔藓甚厚，花极香；一种出越土，苔如绿丝，长尺许。"缀玉：谓枝上白梅。

　　[2] 翠禽：翠绿羽毛的鸟。曾慥《类说》卷十二引《异人录》谓，隋开皇中，

赵师雄迁罗浮，日暮于松林中见美人，又有一绿衣童子笑歌戏舞，"师雄醉寐，但觉风寒相袭，久之东方已白，起视大梅花树上，有翠羽刺嘈相顾，月落参横，惆怅而已"。

[3] 倚修竹：杜甫《佳人》诗："天寒翠袖薄，日暮倚修竹。"此处写的是竹旁的梅花。

[4] 昭君：西汉王嫱，远嫁匈奴呼韩邪单于。胡沙：谓西北沙漠之地。

[5] 佩环月夜归来：杜甫《咏怀古迹》诗之三："画图省识春风面，环佩空归月夜魂。"

[6] 幽独：静寂孤独。

[7] 蛾绿：犹眉黛。按，这几句用南朝宋寿阳公主事，亦与梅花有关。《太平御览》卷九七○引《宋书》："武帝女寿阳公主人日卧于含章殿檐下，梅花落公主额上，成五出之华，拂之不去，皇后留之。自后有梅花妆，后人多效之。"

[8] 盈盈：美好貌，这里是借美人比花，谓春风不懂惜花而吹落之。

[9] 金屋：《汉武故事》："帝以乙酉年七月七日生于猗兰殿。年四岁立为胶东王。数岁，长公主嫖抱置膝上，问曰：'儿欲得妇不？'胶东王曰：'欲得妇。'长公主指左右长御百余人，皆云不用。末指其女问曰：'阿娇好不？'于是乃笑对曰：'好！若得阿娇作妇，当作金屋贮之也。'"

[10] 玉龙哀曲：指笛曲《梅花落》。玉龙，喻笛。宋人林逋《霜天晓月·题梅》词："甚处玉龙三弄，声摇动、枝头月。"

[11] 等恁时：到那时。

[12] 幽香：指梅花。

[13] 横幅：指画幅。

# 扬州慢[1]

淳熙丙申至日[2]，余过维扬[3]。夜雪初霁，荠麦弥望[4]。入其城则四顾萧条，寒水自碧，暮色渐起，戍角悲吟[5]。予怀怆然，感慨今昔，因自度此曲。千岩老人以为有《黍离》之悲也[6]。

淮左名都[7]，竹西佳处[8]，解鞍少驻初程。过春风十里[9]，尽荠麦青青。自胡马窥江去后[10]，废池乔木[11]，犹厌言兵。渐黄昏，清角吹寒[12]，都在空城。　杜郎俊赏[13]，算而今、重到须惊。纵豆蔻词工[14]，青楼梦好[15]，难赋深情。二十四桥仍在[16]，波心荡、冷月无声。念桥边红药[17]，年年知为谁生！

[1] 扬州慢：此调为姜夔自度曲，后人多用以抒发怀古之思。上下阕，九十八字，平韵。

[2] 淳熙丙申：淳熙三年（1176）。至日：冬至。

[3] 维扬：即扬州。

[4] 荠麦：荠菜和麦子。弥望：满眼。

[5] 戍角：军中号角。

[6] 千岩老人：南宋诗人萧德藻，字东夫，自号千岩老人。姜夔曾跟他学诗，又是他的侄女婿。《黍离》：《诗经·王风》篇名。周平王东迁后，周大夫经过西周故都见"宗室宫庙，尽为禾黍"，遂赋《黍离》诗志哀。后世即用"黍离"来表示亡国之痛。

[7] 淮左：淮东。扬州是宋代淮南东路的首府，故称"淮左名都"。

[8] 竹西佳处：杜牧《题扬州禅智寺》诗："谁知竹西路，歌吹是扬州。"宋人于此筑竹西亭。这里指扬州。

[9] 春风十里：杜牧《赠别》诗："春风十里扬州路，卷上珠帘总不如。"这里用以借指扬州。

[10] 胡马窥江：指1161年金主完颜亮南侵，攻破扬州，直抵长江边的瓜洲渡，到淳熙三年姜夔过扬州已十六年。

[11] 废池：废毁的池台。乔木：残存的古树。二者都是乱后余物，表明城中荒芜，人烟萧条。

[12] 渐：向，到。清角：凄清的号角声。

[13] 杜郎：杜牧。唐文宗大和七年到九年（833—835），杜牧在扬州任淮南节度使掌书记。俊赏：俊逸清赏。钟嵘《诗品序》："近彭城刘士章，俊赏才士。"

[14] 豆蔻：形容少女美艳。豆蔻词工：杜牧《赠别》："娉娉袅袅十三余，豆蔻梢头二月初。"

[15] 青楼：妓院。青楼梦好：杜牧《遣怀》诗："十年一觉扬州梦，赢得青楼薄幸名。"

[16] 二十四桥：杜牧《寄扬州韩绰判官》诗："二十四桥明月夜，玉人何处教吹箫。"二十四桥，有二说：一说唐时扬州城内有桥二十四座，皆为可纪之名胜。见沈括《梦溪笔谈·补笔谈》。一说专指扬州西郊的吴家砖桥（一名红药桥）。"因古之二十四美人吹箫于此，故名。"见《扬州画舫录》。

[17] 红药：芍药花。

**解读鉴赏**

　　姜夔号白石道人，是南宋词人中的一位大家。他兼工诗词，早年写诗学江西诗派。宋代江西诗派讲究炼字炼句、清新奇峭，有自己的一套诗法。姜夔把这套诗法用来写词，形成了一种"清空骚雅"的特色。他的词写得很空灵，很典雅，只摄取事物的神理而不沾滞于事物的外貌，给人一种"野云孤飞，去留无迹"的印象。现在我们通过他的咏梅词《暗香》《疏影》来看一看这些特点。

　　这两首词有一个小序，序中提到的"石湖"是南宋诗人范成大所居之处。姜夔没有做过官，终生过着游荡江湖、寄人篱下的生活。这段序就是他这种生活的一个写照。但是他与辛弃疾生在同一个时代，对国家的事情不可能无所关怀。只不过由于风格不同，他的一些忧国伤时的词写得比较含蓄，不像辛词那样钟鼓镗鞳而已。姜夔平生有一件最难忘怀的事情，那就是他年轻时在安徽合肥遇到一个女子，两人相恋多年却始终未能结合，后来他写了很多词来怀念这个女子。关于这件事，当代词学家夏承焘先生曾写过一篇《白石道人词考》，做过详细考证。需要强调的是，姜夔与那个合肥女子分开时是在正月梅花盛开的时候。所以姜夔的词中凡写到梅花时，里边就常常蕴藏着他对这段往事的怀念。而《暗香》和《疏影》正是两首咏梅花的词，这两首词是姜夔自创的曲调，名字来源于北宋林逋的名句"疏影横斜水清浅，暗香浮动月黄昏"。古人认为，林逋那两句诗是诗之赋梅中最好的一联，而姜夔这两首词则是词之赋梅中最好的两首。不过，如果你读过这两首词之后感到不懂，那一点儿也没有关系，因为连著名词学家王国维都说："白石《暗香》《疏影》格调虽高，然无片语道着。"（王国维《人间词话》）这话正好说中了姜夔的特点。《暗香》和《疏影》中用了很多涉及梅花的典故，还有一些我们提到过的"语码"，但处处都是围绕着梅花旁敲侧击，没有一点儿落到实处，使读者很难抓到他确切的主题。

　　"旧时月色，算几番照我，梅边吹笛"——月光的皎洁、暗香的清远、笛声的幽咽、寒意的萌生，构成了一个高洁凄清、典雅脱俗的背景。"玉人"指美丽的女子。可以设想，她就是作者心中念念不忘的那位合肥情侣。作者说，过去每当我在月下梅边吹笛的时候，笛声就唤来了那位玉人，她总是冒着夜晚的清寒去为我攀摘一枝梅花。可是现在呢？只有月色还是和当年一样美丽，玉人已经和我分别很久了，而且我也逐渐老去，不再有当年的情趣和才华。因此我就埋怨竹林外疏枝上的梅花，怪它们不该在我如此寂寞孤独的时候，把那种使人感到寒冷的幽香吹到座席上来。这里提到的何逊是南朝梁代一位很有才华的诗人，他曾做过扬州法曹，写过一首咏早梅的诗《扬州法曹梅花盛开》，所以姜夔引他来自比。下面的"寄与路遥"也是一个与梅花有关的典故。据《太平御览》记载，三国时江南陆凯给他在北方的朋友范晔寄去了一首诗和一枝梅花，那首诗说："折梅奉驿使，寄与陇头人。江南无所有，聊赠一枝春。"在这里，作者反其意而用之，说是现在隔着江水，已经很久得不到你的一点点消息。我们相离如此遥远，而且眼前又下起雪来，梅花上逐渐积满了白雪，我连像陆凯那样折一枝梅花给你寄去也办不到。由此，词人逐渐伤感，情绪也有些激动起来——"翠尊易泣，红萼无言耿相忆"。"翠尊"是翠绿的酒杯，"红萼"是红梅的花瓣。他说，每当我在梅花前端起酒杯时就会流下泪来，因为那红梅的花瓣虽然默默无言，但它引起了我心中永远不能熄灭的一份感情的记忆。想当年我们携手同游时，西湖边盛开的千树红梅映得湖水都不显得那么寒冷了，那是多么欢乐的时光。可是现在梅花瓣又开始一片一片地被风吹落了，我什么时候才能够再见到你呢？"千树压、西湖寒碧"说的是杭州西湖，因为西湖的孤山有很多梅树，是有名的赏梅胜地。但姜夔暗中怀念的那位情侣是在安徽的合肥，两个地点并不一致。不过这并没有什么关系。梅花，已经在词人的心中把它们连接起来了。

与《暗香》相比，《疏影》的主题更复杂一些，词中所用的典故也更多。"苔枝缀玉，有翠禽小小，枝上同宿"，就用了一个不大常见的关于梅花的典故。据曾慥《类说》卷十二引《异人录》记载，隋代赵师雄调任广东罗浮，于天寒日暮中遇一美人，共至酒店欢饮，有一绿衣童子歌舞助兴。师雄酒醉睡去，天明醒来时只见梅花树上有一绿色小鸟对着他叫个不停。原来美人是梅花所化，绿衣童子就是这只翠禽所化。姜夔在他的另一首小词《鬲溪梅令》中也有过"翠禽啼一春"的句子，那首词的内容是怀念合肥情侣的。由此可见，这首《疏影》很可能也含有怀念合肥女子的成分。"客里相逢，篱角黄昏，无言自倚修竹"，指的还是梅花。《暗香》里有"竹外疏花"句，可见范成大庄园里的竹和梅都在一处。姜夔来到范成大家里作客，傍晚时在一个篱笆角处发现了竹旁的梅花，顿时觉得像见到老朋友一样，他是把梅花当成人来写的。"无言自倚修竹"化用了杜甫《佳人》诗的"天寒翠袖薄，日暮倚修竹"，用得很好，使人联想到杜甫笔下那位幽居空谷的美人形象，给人一种梅花就是美人的感觉。"昭君不惯胡沙远，但暗忆、江南江北。想佩环月夜归来，化作此花幽独"，引用了汉代昭君出塞和番的典故。昭君和梅花又有什么关系呢？原来，唐朝诗人王建有一首《塞上咏梅》说："天山路边一株梅，年年花发黄云下。昭君已没汉使回，前后征人谁系马。"这首诗的意思是说，天山路边居然有一株江南的梅花树，年年在塞外漫天黄沙中开花，现在昭君已经死了，汉朝使者也回去了，还有谁会注意到这株孤零零的梅树，还有谁会在这里停留？姜夔这几句的用意是：生在江南的梅花是受不了塞外风沙的，汉家女子昭君也不会习惯北地的生活。她的心里一定始终在怀念着故乡，虽然不能生还，但死后的魂魄也一定会在月夜归来，说不定就化作了我面前的这　树梅花！"想佩环月夜归来"是化用了杜甫"环佩空归月夜魂"诗句，这是杜甫咏怀昭君故乡的一首诗。在我们的文化传统中，一提到昭君就会使人想到宫中女子沦落北地的悲哀。因此历代有不少词学家根据这几句，认为这首词是在慨叹北宋灭亡时随徽、钦二宗被俘虏北去的那些后宫嫔妃的悲惨遭遇。这是很有可能的。因为姜夔所用的"昭君"、"胡沙"、"深宫旧事"等字样确实都具有"语码"的感发作用，引导着读者产生这方面的联想。更何况，徽、钦二宗被俘去狙于五国城，对南宋朝野上下来说乃是一种奇耻大辱，不是一件很快就可以忘怀的事情。

"犹记深宫旧事，那人正睡里，飞近蛾绿"，又是一个关于梅花的典故。传说南朝宋武帝的女儿寿阳公主有一天躺在一株梅树下休息，一朵梅花正好落在她的额头上，怎么擦也擦不下去，于是宫女们纷纷仿效，也在前额画上一朵梅花，叫作"梅花妆"。"莫似春风，不管盈盈，早与安排金屋"的"金屋"典出汉武帝"若得阿娇作妇，当作金屋贮之"。姜夔用这两个典故的意思是说，现在梅花已经开始飘落了，你不要像春风那样不懂得爱惜花朵，应该早早地筑好一个金屋把梅花保护起来。这个地方从表面看是词人爱惜梅花，但也可能有另一种感情的含义：当年我既然爱那个合肥女子，为什么没有早早安排金屋把她保护起来，以致永远失去了她！这种失误所造成的后果就是——"还教一片随波去，又却怨、玉龙哀曲。等恁时、重觅幽香，已入小窗横幅"。"玉龙"是笛子的名字，"玉龙哀曲"指笛曲《梅花落》。词人说，等到落花已随流水而去，我就只剩下用笛子来抒发我的悲哀。到那时窗外再也不能够找到梅花的身影，只能坐在屋中欣赏梅花的画图了。

这两首词的确写得很美，虽然没有像一般咏物词那样对梅花的形态做直接和具体的描摹，但是写出了梅花清虚淡雅的气质。它多么像一个绰约幽怨的丽人，在一片暗香疏影之中乍隐乍现，引起读者无限的联想。在这两首词里，姜夔使用了很多典故，还化用了不少前人的诗句。处处不离梅花和美人，但又很难说清他到底是在写梅花还是在写美人。他的梅花只是作为贯穿情事的一种点染或线索，他的感慨也全在虚处，含蓄不露。这就是姜夔的清空骚雅。这种特色使他的词在写爱情的时候能够避免柳永一派的侧艳软媚，在写感慨的时候又能够避免苏辛末流的粗豪叫嚣，从而在词的发展史上又开出了一个新境。因此，后来写词的人学姜夔的很多，在清代甚至形成了以姜夔和张炎为宗的浙西词派。

然而应该注意的是，"清空骚雅"仅仅是一种艺术风格或手法，如果过于追求，有时就会损伤作品中感发生命的本质。南宋词人张炎在

《词源》中曾提出"词要清空，不要质实"的观点，他所举"清空"的代表就是姜夔，"质实"的代表是我们下一章要讲的吴文英。但姜夔的清空有时缺乏感受的力量，完全用思想来安排，显得骚雅有余而真正的感发似乎不足。至于吴文英，由于他有一种敏锐多情的禀赋，同时又生在南宋亡国之祸已迫在眉睫的时代，在感发力量上确实有姜夔所不能及者。

尽管姜夔一生以游士终老，但其词并不仅仅是游士生涯的反映，展现在他笔下的是折射出多种光色的情感世界。诚然，由于生活道路和审美情趣的制约，较之辛弃疾，姜夔词的题材较为狭窄，对现实的反映也略显淡漠。但他并不是一位不问时事的世外野老。姜夔身历高、孝、光、宁四朝，其青壮年正当宋金媾和之际，朝廷内外，文恬武嬉，将恢复大计置于度外。姜夔也曾因此而痛心疾首，深致慨叹。淳熙三年（1176），他客游扬州时便有感于这座历史名城的凋敝和荒凉，而自度《扬州慢》一曲，抒写黍离之悲。在作年可考的姜夔词中，这是最早的一首。上阕由"名都"、"佳处"起笔，却以"空城"作结，其今昔盛衰之感昭然若揭。"过春风十里，尽荠麦青青"，自虚处传神，城池荒芜、人烟稀少、屋宇倾颓的凄凉情景不言自明，这与杜甫的"城春草木深"（《春望》）用笔相若。"春风十里"，并非实指一路春风拂面，而是化用杜甫诗意，使作者联想当年楼阁参差、珠帘掩映的盛况，反照今日的衰败景象。"胡马窥江"二句写金兵的劫掠虽然早已成为过去，而"废池乔木"犹以谈论战事为厌，可知当年带来的战祸兵燹（xiǎn）有多么酷烈！陈廷焯《白雨斋词话》认为："'犹厌言兵'四字，包括无限伤乱语，他人累千百言，亦无此韵味。"姜词以韵味胜，其佳处即在于淡语不淡，其中的韵味反倒是某些浓至之语所不及的。"清角"二句，不仅益增寂凄，而且包含几多曲折：下有同仇敌忾之心，而上无抗金北伐之意，这样，清泠的号角声便只能徒然震响在兵燹之余的空城。词的下阕，作者进一步从怀古中展开联想：晚唐诗人杜牧的扬州诗历来脍炙人口，但如果他重临此地，必定再也吟不出深情缠绵的诗句，因为眼下只有一弯冷月、一泓寒水与他徜徉过的二十四桥相伴；桥边的芍药花虽然风姿依旧，却是无主自开，不免落寞。尤其"二十四桥"二句，愈工致，愈惨淡，可谓动魄惊心。萧德藻认为此词"有黍离之悲"，的确深中肯綮。

■阅读思考

　　阅读本章内容，体会并举例分析姜夔词"清空骚雅"之特色。

# 第二十九章

## 29 怪雨幽云漫相讥
## 奇思壮采人莫及

——谈南宋吴文英词古典与现代兼融
并俱之特色

# 吴文英

吴文英（约1212—约1272），南宋词人，字君特，号梦窗、觉翁，四明（今浙江鄞县）人，有《梦窗词》甲、乙、丙、丁四稿。本章选文选自中州古籍出版社唐圭璋编《全宋词》。

## 齐天乐[1]

### 与冯深居登禹陵[2]

　　三千年事残鸦外[3]，无言倦凭秋树[4]。逝水移川[5]，高陵变谷[6]，那识当时神禹[7]。幽云怪雨。翠萍湿空梁，夜深飞去[8]。雁起青天，数行书似旧藏处[9]。　　寂寥西窗久坐，故人悭会遇[10]，同剪灯语[11]。积藓残碑[12]，零圭断璧[13]，重拂人间尘土。霜红罢舞[14]。漫山色青青，雾朝烟暮。岸锁春船，画旗喧赛鼓[15]。

选自中州古籍出版社唐圭璋编《全宋词》下册

[1] 齐天乐：又名《台城路》等。《清真集》《白石道人歌曲》《梦窗词集》并入"正宫"。

[2] 冯深居：字可迁，南康都昌人，宋理宗淳祐元年（1241）进士，宝祐四年（1256）召为宗学谕。禹陵：夏禹之陵，在浙江绍兴东南会稽山。

[3] 三千年事：自夏禹时代到南宋时代已三千多年。另外，"三"常含有泛指多数之意。残鸦：谓已飞到天边即将从视线中消失的鸦。

[4] 凭，靠着

[5] 逝水移川：谓东逝河流之河道已几经迁移。

[6] 高陵变谷：谓耸拔的高山已化为深谷。此二句写三千年来大自然之沧桑变化。

[7] 那：同"哪"。神禹：夏禹的尊称。

[8] "翠萍"二句：《大明一统志·绍兴府志》引《四明图经》："鄞县大梅山顶有梅木，伐为会稽禹庙之梁。张僧繇画龙其上，夜或风雨，飞入镜湖与龙斗。后人见梁上水淋滴，始骇异之，以铁索锁于柱。然今所存乃他木，犹绊以铁索，存故事耳。"又，南宋嘉泰《会稽志》："禹庙在县东南一十二里……梁时建庙，唯欠一梁，

俄风雨大至，湖中得一木，取以为梁，即梅梁也。夜或大雷雨，梁辄失去，比复归，水草被其上，人以为神，縻（mí：捆，拴。）以大铁绳，然犹时一失之。"萍，同"萍"，浮萍。

[9] 数行书：谓雁字。旧藏处：《大明一统志·绍兴府志》："石匮山，在府城东南一十五里，山形如匮。相传禹治水毕，藏书于此。"又，《大清一统志·绍兴府志》："宛委山，在会稽县东南十五里，会稽山东三里。上有石匮，壁立于云，升者累梯而上。《十道志》：'石匮山，一名宛委，一名玉笥，一名天柱，昔禹得金简玉字于此。'《遁甲开山图》云：'禹治水，至会稽，宿衡岭，宛委之神奏玉匮书十二卷，禹开之，得赤圭如日，碧圭如月，是也。'"

[10] 悭会遇：极少聚会。悭（qiān）：缺欠。

[11] 剪灯：同"剪烛"，语出唐李商隐《夜雨寄北》："何当共剪西窗烛，却话巴山夜雨时。"后常用为促膝夜谈之典。

[12] 积藓残碑：积满苔藓的窆（biǎn）石。窆石是古代用来牵引棺椁下墓穴的石头。杨铁夫《笺释》引《金石萃编》："禹葬会稽，取石为窆石，石本无字，高五尺，形如秤锤，盖禹葬时下棺之丰碑。"又，《大明一统志·绍兴府志》："窆石，在禹陵。旧经云：禹葬会稽山，取此石为窆，上有古隶，不可读，今以亭覆之。"

[13] 零圭断璧：《大明一统志》："宋绍兴间，庙前一夕忽光焰闪烁，即其处劚（zhú：挖掘）之，得古珪璧佩环藏于庙。然今所存，非其真矣。"参见注[8]。

[14] 霜红：指经霜后变成红色的树叶。

[15] 画旗：有画饰的旗。赛鼓：迎神赛会上的箫鼓之乐。嘉泰《会稽志》卷十三《节序》："三月五日，俗传禹生之日，禹庙游人最盛。无贫富贵贱倾城俱出，士民皆乘画舫，丹垩鲜明，酒樽食具甚盛，宾主列坐，前设歌舞。小民尤相矜尚，虽非富饶，亦终岁储蓄以为下湖之行。"

## ■解读鉴赏

吴文英号梦窗，是一位以作品晦涩闻名的南宋后期词人。历代对他的词颇多非议，流传最广的评语就是张炎在《词源》中所说的："吴梦窗词如七宝楼台，眩人眼目，碎拆下来，不成片段。"意思是，梦窗词是用很多美丽词藻堆垛起来的，其中没有一点儿内在联系。因此许多人不喜欢梦窗词。但如果你对梦窗词加以细心的吟味，就会发现其好处。而且有的时候，他的词甚至与一些现代文艺作品中所谓现代派的作风颇有暗合之处。他在叙述中喜欢用时空颠倒的手法，在修辞上往往只凭感性所得，不依循理性习惯。另外，由于吴文英用情比较深挚，所以他的词虽然是南宋风格，却常常带有北宋词那种直接感发的力量。对于梦窗词的这些特点，前人也曾有过评论。例如清代词学家周济就曾在《宋四家词选序论》中说："梦窗奇思壮采，腾天潜渊，返南宋之清泚（cǐ：鲜明），为北宋之秾挚。"话虽说得过于简单概括，但确是吟味有得之言。下面我们就通过一首长调来看一看梦窗词到底有什么样的"奇思壮采"，又是怎样"腾天潜渊"的。这首词是吴文英陪他的朋友登禹陵之后所写。禹陵，在浙江绍兴县的会稽山，离作者家乡四明不远。

在中国古代帝王之中，最值得人民纪念的就是夏禹了。他栉风沐雨治平大地上的洪水，为苍生赢得了生存环境。可是自禹王逝去之后，三千多年来人世间又增添了那么多远过于洪水的苦难，三千多年来可还有第二个禹王吗？"三千年事残鸦外"，一开口就带着这样的感慨把读者的视线从天边鸦影推向远古苍茫。取境高远开阔，感情忧郁悲怆。"无言倦凭秋树"的"倦"字有两层含义：第一层是词人因登山跋涉而倦，是身体上的"倦"；第二层是三千多年来人类忧患劳生的苦恼一时之间涌向词人心头所引起的倦，是心中的"倦"。当此身心交倦之际，他所能依靠一下的是什么？只是一棵在寒风中瑟缩的"秋树"而已。这两句带有很强烈的直接感发力量，与一般南宋词的风格颇有不同。

但吴文英在"勾勒"上也是很见功夫的。"逝水移川，高陵变谷"就是对"三千年事"的进一步勾勒。三千多年来，河水已经改了多少次河道，高山也已变成低谷。禹王治水的痕迹一点儿也找不到了。现在谁还能想象出当年禹工治水时的风采？吴文英同姜夔一样一生过着曳裾豪门的游客生活，但是他生活在南宋快要灭亡的时代，比姜夔又多了一份对国家命运的关怀。"无言倦凭秋树"和"那识当时神禹"就隐含着一种托身无所的凄凉和世无英雄的悲哀。

禹王治水的痕迹已经在世间消失了，可是人们希望禹王的精神能够在世间长存。"幽云怪雨，翠萍湿空梁，夜深飞去"隐隐写出了禹王飞动的精魂，暗示了人们的这种希望。可是由于这几句所用典故过于偏僻，难以索解，所以很多选本都不选这首词。其实这个典故对吴文英本人来说算不得偏僻。因为那就是他的家乡四明附近流行着的一个神话传说,在《大明一统志·绍兴府志》和南宋的一本《会稽志》里都可以查到。传说会稽禹庙有一根梅木做的屋梁叫作梅梁。每当夜里有大风雨的时候,梅梁就变作一条龙飞出去与镜湖里的龙相斗,第二天早晨飞回来依旧化作屋梁,但上面水迹淋漓,还沾着镜湖里的水草。后来人们用铁索把梅梁锁上,但仍不能阻止它在夜间化龙飞去。这个记载本身蒙有一层怪异的色彩,吴文英又用他独特的笔法使这层色彩更加鲜明。首先,"荇"其实就是水里的萍草。他之所以不用"萍",而要选择这么一个不常见的怪字,为的就是增添怪异色彩。因为古代传说中的雨师名叫荇翳,《楚辞·天问》中有"荇号起雨,何以兴之",就是说,当雨师荇翳号呼的时候,云和雨就都兴起了。如果读者能联想到这个出处,那就更能加深那种幽云怪雨一时并起的感觉。其次,按照时间顺序,本应该先有梅梁的"夜深飞去",然后才有清晨的"翠荇湿空梁"。可是吴文英偏要把屋梁上沾满水草这件引起悬念的怪事放在前边,这种颠倒时间和因果的写法也进一步渲染了迷离幽怪的气氛,使读者不禁对会稽山上这座充满了神话色彩的古庙产生出无穷的想象。

据《大明一统志·绍兴府志》记载,禹陵附近有个石匮山,禹王治平洪水之后曾藏书于此。也有一些其他古籍记载,说是禹王治水之时在这儿得到了藏书。得书也罢,藏书也罢,总之是远古荒忽,传闻悠邈,那个地方如今已没有任何踪迹可寻了。现在抬头只能看到空中的大雁在青天上排出了一行行人字,好像是在传递远古的某种消息。"雁起青天,数行书似旧藏处",是一个突然的跳跃。从想象中深夜的"幽云怪雨",一下子就跳回现实中白昼的"雁起青天"。而所有这些,又都结合了许多远古的传说故事。

这种跳跃往往成为人们读不懂梦窗词的主要原因。在下阕,他的跳跃更为频繁也更为突兀。"寂寥西窗久坐,故人悭会遇,同剪灯语",从白昼禹陵一下子跳到晚间在家中与故人西窗共话;然后"积藓残碑,零圭断璧,重拂人间尘土",又毫无承接痕迹地从西窗灯下跳回白昼禹陵。这种腾天潜渊的跳跃使人眼花缭乱,但我们也应该注意到,在这跳跃之间并不是无理路可寻的。在上阕中,吴文英的感慨全是对三千多年沧桑而发，取境十分高远，有一种飞扬的神致；而在下阕中，他引入了自己的朋友冯深居，无形中又使作品产生了一种沉郁的力量。因为，冯深居名去非，在南宋理宗宝祐（1253—1258）年间曾做过学官，因反对当时的权臣丁大全而被免官，是一个很有气节的人。由此可见，这首词是很有一些言外之慨的。同时，引入冯深居也呼应了题面"与冯深居登禹陵"，在章法上十分严谨。至于"积藓残碑"和"零圭断璧"，当然不会是词人家中所有，实际上它们都是禹陵的古物，是他们白天登山时看到的东西。据《大明一统志》记载："窆石，在禹陵。旧经云：禹葬会稽山，取此石为窆，上有古隶，不可读，今以亭覆之。"又说："宋绍兴间，庙前一夕忽光焰闪烁，即其处剧之，得古珪璧佩环藏于庙。"吴文英与冯深居白天同登禹陵时可能确实曾拂去残碑断璧上的尘土进行辨认和鉴赏，并有过一番古物徒存、禹王何在的感慨。现在他们在西窗下剪灯共话的时候，那些历尽三千多年沧桑的古物也就成了他们共同的话题。这两句如果只做这样的解释当然也是可以的。不过我们还要注意词人在这里的口吻。所谓"人间尘土"，就不会仅仅指古物上的尘土；所谓"积藓残碑"和"零圭断璧"也都带有一种感伤的情绪。要知道，人的一生之中也会有不少往事旧梦和理想热情，但由于现实的打击和岁月的消磨，它们也会逐渐在记忆里被蒙上一层厚厚的灰尘。故人重逢，灯前话旧，往往能打开这些尘封的记忆。然而世事推移，年华不返，往日的旧梦其实也就是留存在心中的一份"残碑断璧"了。它们与白天在禹陵所见的那些实物的残碑断璧不是很相似吗？吴文英具有敏锐的感受能力，此时此地，这二者之间的时空隔阂在他的感觉之中早已泯灭，所以他不加任何理性的承接和说明，一下子就跳了过去。随着他的跳跃，故人离合的今昔之感与三千多年历史的沧桑之慨蓦然间就结合成了一体。于是，故人离合之感就因融入了三千多年的历史而显得意境更为深广，而三千多年历史的悲慨也因融入了故人灯前夜话而显得更为亲切了。这首词写到这里，在意境上已深入了一步。

接下来，"霜红罢舞。漫山色青青，雾朝烟暮"三句又以飞扬之笔开出了另一个新境界。苏轼曾在《赤壁赋》中说："自其变者而观之，则天地曾不能以一瞬；自其不变者而观之，则物与我皆无尽也。"那是对人世间变化与永恒的一种理性说明。现在，吴文英的这几句恰好是那一理性说明的感性再现。"霜红"就是"其变者"，它与前边的"秋树"隐隐相呼应，指的是经霜之后变红的树叶。霜叶在生命结束的时候还保持着美丽的色彩并且做最后一次飘舞，这是一个十分哀艳的形象，意味着美好的东西是不能长存的。而那青青的山色和天复一天的朝朝暮暮则是"其不变者"，它们是无情的，并不为那些美丽生命的消失所感动。千古的历史兴亡也是如此，那是一种永恒的推移，谁也无法抗拒，谁也无法改变。

于是，在结尾两句就有了一个更大的跳跃："岸锁春船，画旗喧赛鼓。"从禹陵的秋天直接就跳到了禹陵的春天。这个跳跃表面上看起来好像很突然，但如果仔细体会一下就会明白："无言倦凭秋树"固然是登禹陵当天的事情，而"霜红罢舞"就已经包含了秋季山中的全部变化，不完全是当天的事情了。到"山色青青，雾朝烟暮"，则更明显地透露出时移节替之意。词人说，到了来年春天，这里就不会再这么凄清了。水边将有很多游船，到处是一片画旗招展和赛鼓喧哗。那是怎么一回事呢？据嘉泰《会稽志》中记载，俗传三月五日是禹王生日，每年到了这天人们倾城而出举行祭神赛会，禹王庙前特别繁华热闹，很多人都不惜拿出一年的积蓄来参加这次盛会。所以你看，这个"春"字也不是随便用上的。吴文英虽然喜欢凭感性跳跃，但是他几乎字字都有来历。

这首《齐天乐》通篇都以秋景为主，所用词语如"残鸦"、"秋树"、"寂寥"、"霜红"等，都带有寥落凄凉的情调，但结尾这一个"春"字突然改变了气氛，好像是可以因来春赛会的美盛繁华而忘记了今秋的凄凉寥落。然而仔细想来，春日的美盛过去之后不可避免仍是秋日的凄凉。何况，来春这里纵有美盛繁华的场面，词人和他的朋友那时又将在天涯何处呢？对于永恒来说，三千多年历史也不过就是一瞬之间而已，更何况短短的人生！所以，结尾这两句表面上看似乎与前边不相衔接，实际上仍然是对人间沧桑的感慨。但是他用笔悠闲，余波荡漾，有不尽的言外之意留给读者去慢慢回味。

　　此外这里还有一个需要注意的地方，那就是"画旗喧赛鼓"的"喧"。画旗怎么能"喧"，"喧"的应该是赛鼓才对。但那是一种理性的思路，吴文英所要传达给读者的却是自己的一份直觉感受而不是理性说明。在那热闹的祭神赛会上，无数的画旗招展于喧天的赛鼓声中，使人的视觉和听觉都应接不暇。一个"喧"字，把画旗和赛鼓结合起来，使色彩和声音汇成了一片，进一步烘托了整体的盛美之感。像这种不循理性的修辞方法和前面所说的那些时空跳接的叙述手段，在现代文艺作品中已经比较常见，但在古代作品中却很少见。这就是吴文英之所以不能得到古人欣赏和了解的地方。但他为什么也不能被现代人所欣赏和了解呢？那是因为他的词仍然穿着一件被现代人视为殓衣的古典式服装，使一般现代人远远地就望而却步，不愿意花费力气去进行探索，所以也就无从发现其中蕴玉藏珠之富了。梦窗本来兼有古典与现代之美，却不幸落入了古典与现代的夹缝之中。东隅已失，桑榆又晚，这对他来说实在是一个悲剧。如果我们真正动手拆碎梦窗的"七宝楼台"就会发现，它并不像张炎所说的那样"不成片段"，而是具有神奇精密的钩连锁结和幽微丰美的包含蕴蓄。吴文英的很多被人视为晦涩堆垛的地方，原来也就是他"腾天潜渊"，焕发出"奇思壮采"之处。这正是梦窗词的特色之所在。

### ■阅读思考

　　清代词学家周济说吴文英的词"奇思壮采，腾天潜渊"，结合这首《齐天乐》谈谈你对此的感受。

下编

第三十章

30

餍心切理碧山词
乐府题留故国思

——谈南宋王沂孙咏物词中的比兴寄托

# 王沂孙

　　王沂孙（生卒年不详），字圣与，号碧山，又号中仙，会稽（今浙江绍兴）人，有《花外集》，又名《碧山乐府》。本章选文选自中州古籍出版社唐圭璋编《全宋词》。

## 齐天乐

### 蝉

　　一襟余恨宫魂断[1]，年年翠阴庭树。乍咽凉柯[2]，还移暗叶[3]，重把离愁深诉。西窗过雨。怪瑶佩流空[4]，玉筝调柱[5]。镜暗妆残，为谁娇鬓尚如许[6]。　　铜仙铅泪似洗[7]，叹移盘去远，难贮零露[8]。病翼惊秋，枯形阅世，消得斜阳几度[9]。余音更苦。甚独抱清高[10]，顿成凄楚[11]。谩想薰风[12]，柳丝千万缕。

　　[1] 宫魂：晋人崔豹《古今注·问答释义》："齐王后忿而死，尸变为蝉，登树嘒唳而鸣。王悔恨。"谓蝉为宫中人之灵魂所化，故以"宫魂"为蝉的典实。

　　[2] 咽：声塞。凉柯：谓寒冷的树枝。

　　[3] 移：转移到。暗叶：谓浓荫中的树叶。

　　[4] 瑶佩流空：玉佩碰击之声从空中响过去。瑶佩，美玉制成的佩饰。

　　[5] 玉筝调柱：谓蝉飞去之声如女子调弄弦柱之声。柱，筝上的弦柱。

　　[6] 娇鬓：暗用"蝉鬓"之典。蝉鬓，古代妇女的一种发式，两鬓薄如蝉翼，故称。晋人崔豹《古今注·杂注》："魏文帝宫人绝所宠者，有莫琼树、薛夜来……琼树乃制蝉鬓。缥眇如蝉翼，故曰蝉鬓。"如许，像这样，这么多。

　　[7] 铜仙铅泪：唐李贺《金铜仙人辞汉歌》："空将汉月出宫门，忆君清泪如铅水。"铜仙，指汉武帝所制以手掌举盘承露的仙人。《金铜仙人辞汉歌序》谓："魏明帝青龙元年八月，诏宫官牵车西取汉孝武捧露盘仙人，欲立置前殿。宫官既拆盘，仙人临载，乃潸然泪下。唐诸王孙李长吉遂作《金铜仙人辞汉歌》。"

　　[8] 零露：降落的露水。

　　[9] 消得：禁受得。

　　[10] 甚：为什么。清高：一作"清商"。

　　[11] 凄楚：凄凉痛苦。

[12] 谩想：徒然地想。薰风：夏天的东南风。又，相传舜唱《南风歌》，有"南风之薰兮"句。

■**解读鉴赏**

　　王沂孙，号碧山，生于宋元易代之际，是以咏物词著称的一位作者。他传世的词作不多，大部分是悲凉凄苦的亡国之音。他的一部分咏物词，涉及元朝初年一段特殊的历史事件。当时有一个总管江南浮屠的胡僧杨琏真伽，奉命挖掘了在会稽的南宋皇陵，以所得金银财宝去修建寺院。据宋人和明人笔记记载，发墓者把宋理宗的尸体倒挂在树上沥取水银，挂了三天三夜，最后竟失去了头颅。还有人在孟后陵墓拾到一团女人发髻，头发有六尺多长，发根上还留有一支金钗。南宋遗民对此敢怒而不敢言。他们所能做到的，只有偷偷收葬暴露于荒野的诸帝后遗骨，并在冢上种下冬青树以志对故国的怀念。

　　王沂孙的故乡就在会稽，他很可能目睹了这些悲惨的事情。后来他和十几位南宋遗民一同结社吟词，用五个不同词调分咏龙涎香、白莲、莼、蝉、蟹五物，留下了一部题为《乐府补题》的咏物词集。现在我们就来看这部词集中所收王沂孙咏蝉的一首《齐天乐》，看看他是如何在咏物之中表现寄托的。

　　这首词比较难懂，因为作者使用了许多关于蝉的典故。据崔豹《古今注》记载，齐王后怨恨齐王而死，死后尸化为蝉，每天在庭前树上"嘒（huì：象声词，形容小声或清脆的声音）唤而鸣"，使齐王听了感到悔恨。所以，蝉又有一个别名叫"齐女"。"一襟余恨宫魂断"就来源于这个典故。"宫魂"指齐王后的魂，"一襟余恨"指她永远不能消除的一腔怨恨。"断"是因悲哀而魂欲断的意思，也暗示了齐王后在化蝉之后凄苦飘零的生活。"年年翠阴庭树"是说，齐王后化蝉之后，年年只能在庭树的翠阴中栖息。从表面上看，这本是一件聊可欣慰的事，其实却不然。因为这一句暗用了李商隐咏蝉诗的"五更疏欲断，一树碧无情"，意在描写庭树上那凄凉的生活环境。树木是无知无识的，哪怕蝉叫得悲痛欲绝，也不会得到任何同情和慰藉。然而在这样的环境下，这只断魂所化的蝉并不停止它的鸣叫。它"乍咽凉柯，还移暗叶，重把离愁深诉"，有时在寒冷的高枝上呜咽，有时在浓暗的树叶下呻吟，不论在哪里，总是要没完没了地诉说它的悲哀。在这里，作者把蝉的生态和齐王后的遗恨很自然地结合在一起，使蝉进入了人类感情的世界。

"西窗过雨"本是大自然中小小的变化，可是对蝉来说就不是一件小事了。作者并不直接写蝉遭到雨打时的惊恐，却要借窗内之人的感觉来写出蝉的动静——"怪瑶佩流空，玉筝调柱"。"瑶佩"和"玉筝"都是写蝉被惊起时振翅飞去的声音。"瑶佩流空"是说那声音像女子身上的玉佩互相敲击着从空中划过，"玉筝调柱"是说那声音又像是女子在调弄筝上的弦柱。接着，词人在章法上做了一个极大的转折——"镜暗妆残，为谁娇鬟尚如许"。这句话显然是把蝉完全想象成了一个哀伤憔悴的女子。作者问道：既然你已经很久不再梳妆，为什么鬟发还能够如此繁盛娇美？既然已经不再有人赏爱你，你这繁盛娇美的鬟发保留下来又有什么价值？在这里我们要注意到，"为谁娇鬟尚如许"从表面看来好像是离开蝉去写女子，其实不然，他仍然是在写蝉。因为这里又用上了另一则关于蝉的典故。据《古今注》记载，魏文帝的宫人莫琼树发明了一种叫作"蝉鬟"的发型，样子很像蝉翼。因此后来文人们就经常用"玄鬟"来喻指蝉。骆宾王有名的《在狱咏蝉》诗中就有"不堪玄鬓影，来对白头吟"之句。所以，碧山的这一句词非但不是离开了蝉去写人，而且他用的典故出于魏文帝宫人，又正好与宫廷中齐王后尸化为蝉的传说互相呼应。周济所谓"隶事处以意贯串，浑化无迹，碧山胜场也"（《宋四家词选目录序论》），就是指的这一类地方。

下阕"铜仙铅泪似洗，叹移盘去远，难贮零露"，把典故和想象结合，为断魂的蝉又写出了另一番悲苦的境界。"铜仙铅泪"用了李贺《金铜仙人辞汉歌》中的典故。汉武帝在汉宫中筑有一尊手擎承露盘的金铜仙人，曹魏篡汉之后，魏明帝派人把它迁到洛阳。据说，在拆下铜人时它的眼睛里流下泪来。这个典故初看似乎和蝉没什么关系。可是要知道，相传蝉是以餐风饮露为生的。铜人和承露盘被迁走就再也接不到天上的露水，蝉的生路从此也就被断绝了。蝉的病弱的薄翼肯定受不了秋风的摧残，它那快要枯干的身体也难以再禁受季节转换的冷暖骤变。在这样的环境下，它还能活得了几天？

最可悲伤的是，这只蝉虽然生命即将完结，可它还在剩下的几声哀吟中对自己的一生做最后一次回顾。"甚独抱清高"，有的选本作"清商"。我以为还是"清高"更好一些。因为蝉栖身高树，餐风饮露，不食人间烟火，确实可用"清高"二字来形容。骆宾王《在狱咏蝉》诗有"无人信高洁，谁为表余心"，李商隐《蝉》诗有"烦君最相警，我亦举家清"，都是用蝉来象征一种清高的人品。然而，蝉的清高丝毫不能改变世间的龌龊，也无法抵挡肃杀秋风的来临。在生命即将终结的时候，它发现自己这一辈子活得实在是毫无价值——"甚独抱清高，顿成凄楚"。还有什么比这更痛苦的事呢？写到这里，蝉的悲苦可以说已经无以复加，可是接下去词人忽然笔锋一转，蓦然抛开了眼前的悲苦，转而回忆夏日的温馨。"谩想薰风，柳丝千万缕"，这个出人意外的大转折给全词留下了低回荡漾的余波。"薰风"，指夏天的东南风，它带来了树木的繁茂。夏天是蝉一生中最幸福的日子，那时候千万缕柳丝在飘拂，到处都有蝉可以栖身的地方。"薰风"是有出处的。帝舜曾作《南风歌》："南风之薰兮，可以解吾民之愠兮。"这个出处的作用是使人联想到儒家理想的尧舜时代。可惜的是，这只断魂所化的蝉再也没有机会看到那种美好的时代了，只能在对它的回忆中渐渐地僵枯死去。

我们可以感觉到，这首词中含有一种感发的力量。它向我们提示：作者在写作时必然怀有一种表面文字之外的感动，这种感动才是写寄托之词的基本要素。那是一种什么样的感动呢？如果联系当时的背景，再结合词中所用的典故、词汇、意象，我们完全可以由此来做一些感发的自由联想。比如说，从齐王后尸化为蝉的传说，可以联想到在孟后陵墓发现的那一团女子发髻。"铜仙铅泪似洗"数句或许是对南宋很多宗室重器被元人迁掠有感而发。"病翼惊秋，枯形阅世"和"甚独抱清高，顿成凄楚"也许就是作者自己的痛苦和忏悔。"斜阳几度"令人想到临安陷落、帝昺被虏，端宗流亡、帝昺蹈海这一幕幕亡国惨剧。"薰风"二句则令人想到两宋升平时期都市的繁荣……

　　需要说明的是，我们的这些联想是完全以这首词本身所具有的感发力量为依据的，并不是在"猜谜"。胡适先生在其《词选》中曾对王沂孙这首咏蝉词加以讥评说："作者不过是做了一个'蝉'字的笨谜，却偏有这般笨伯去向那谜里寻求微言大义。"我们认为这话有失片面。因为灯谜只是一种机智的游戏，它不是文学，不需要任何情意的感动。咏物词则不然，作者心中先要有一份情意上的感动，同时对所咏之物也要有所了解、有所感动，然后设法实现二者的完美融合。在这一点上，王沂孙做得相当成功。因此周济在《宋四家词选目录序论》中赞美他说，"碧山餍心切理，言近指远"，又说，"碧山思笔可谓双绝"。他的意思是说，碧山的情意足以给人感动，而碧山的技巧又足以完美地表达出他的情意，这种结合使他的词显得沉郁顿挫，对读者产生一种兴发感动的力量。

　　王沂孙的咏物词在用字、用典、句构、章法和托意上都是极有层次和法度的，因此很多学词的人都喜欢从碧山词入手。但应该指出的是，正由于碧山词用心太过，有时就难免有伤自然真率之美。因为，咏物词用典故来铺写所咏之物已是一层隔膜；又要透过所咏之物来寓写所托之意，则又是一层隔膜。虽然碧山能够把它们结合得很巧妙，但这两层隔膜对作品本身的感发力量不可能不造成一定的限制和损伤。事实上，这个问题已不仅仅是咏物词中存在的问题，它涉及对北宋词和南宋词的优劣评价。周济在其《介存斋论词杂著》中有一段话说得很好："北宋词，下者在南宋下，以其不能空且不知寄托也；高者在南宋上，以其能实且能无寄托也。"他的意思是，下等的北宋词不如南宋词，因为它写诗酒歌舞便只是诗酒歌舞，并不能像南宋词那样可以有超于表面之外的另一层托意；而上等的北宋词高于南宋词，因为它所写的虽然都是眼前真实感受，并不曾有心寄托什么寓意，但却自然而然地给予读者一种深远的联想。这就是思索安排和直接感发两种不同的写作途径所造成的不同结果。了解了这一点，我们就能初步把握住南宋词的优点和缺点，从而能够对南宋词的作者们有一个比较公正的评价了。

■阅读思考

阅读本章内容，试谈王沂孙这首词是如何在咏蝉之中表现寄托的。

# 一笑相逢蓬海路　人间风月如尘土（代后记）

## ——回溯三十五年追随叶嘉莹先生学诗悟道
## 之师恩暨祝先生九旬华诞寿辰

一

忘记是谁说过："人生的路很漫长，但关键的只有几步，尤其是年轻的时候。"还听说"特定时空中的一件事或一个人是能够改变和决定人的一生……"我对此深信不疑，因为在20世纪70年代晚期，在全国高校恢复考试入学的重大事件中，我走出了工厂的车间，进入天津师范大学中文系学习；在一个霞光沐浴的上午，我与叶嘉莹先生相遇在南开大学的课堂，那是我生命中的一座圣殿……此后，我的人生就这样开始改变了——

1979年春夏之间，天津南开大学主楼102阶梯教室门前经常聚集着一些校外赶来听课而又没有听课证的学生，他们大都是听过一两次课后就再也忍不住地每次都准时来到这里，幻想着能够侥幸混进去，就像是饥饿已久的灾民在期待着空投的救济。我，正是刚过去不久的那场天灾（"文化大革命"）中的饥民。本来这门课是为南开本校中文系学生开设的，不想几节课之后，外系、外校，甚至外地的一些学生不知从哪里得到了消息，也都每课必到，而且远比本系学生来得更早。当上课铃声响过之后，那些最有资格的听众们只得临时找把椅子"加座"了。后来这间可容纳三百来人的教室里座位竟然一直加到了讲台上。为此，系里才想出了一个对策：凭听课证进教室。此后，外来人只好聚在门口，或扒着窗外的铁栅栏去听课了。

我们天津师大的一些同学不甘心总在门口受冷遇，就仿照听课证的样子，用萝卜刻成"南开大学中文系"图章的样子扣在同样颜色和大小的纸片上，有同学还从自己原工作单位想法找个圆章扣个红圈，并故意将中间的字迹弄得极其模糊，使之看上去很像是因印油少而不清楚的样子。尽管这些山寨版的"听课证"（至今我还留有两张）破绽百出，但我们相信，在那一拥而进的几分钟里，查证者是无暇对这张酷似听课证的蓝灰色纸片认真过目的。就这样，二百张听课证居然使近三百人获得了合法席位……同学们回忆说：那时每次去听课，内心的忐忑都像是在偷嘴吃的孩子。是啊，今天我才恍然，当年我所偷吃的，原来是一粒仙丹，一颗圣果！

翻看当年听课时的笔记，那些断续不整、潦草变形的字句与标点，可以见证我当时激动兴奋、笔不暇接的情形。正像叶先生后来回忆时所说："1979 年我第一次回国教书时，我一走进教室就有了一种感觉，如果用《楚辞·九歌》上的一句诗形容，那就是'满堂兮美人，忽独与余兮目成'，我感到我与他们的心灵是相通的。"是的，那时的课堂上，以她为磁心形成了一个强大的磁场：所有的眼睛都追踪着她手上的粉笔——她从不拿讲稿，却常常从右向左，竖版繁体地在黑板上默写出古人的大段诗词文句；所有的耳朵都捕捉着她的声音——那纯正亲切的北京乡音，精确流畅的欧化长句，深厚渊博的古典修养，融贯中西的浩瀚学识，以及流转自如、恰切精当的举喻与解说，使所有在座者神魂颠覆，耳目全新，惊叹不已……即使今天，尽管三十五年过去了，尽管她所讲的是我早已听过多次的内容，可我还依旧会对她读诵诗词的声音心驰神往，对她不断翻新（心）的妙解如醉如痴……

　　究竟该怎样来概括和评说先生的"教诗"与"为师"呢？多年来我一直苦于找不到满意的答案。早在十多年前，距第一次听她课的二十年之后，我就萌生过想要从"解诗之道"、"赏诗之道"、"吟诗之道"、"讲诗之道"、"作诗之道"、"做人之道"等不同方面抒写和传达先生对我的影响，而且总题目也已拟定，就叫《学诗悟道 20 年》。然而当又一个十五年过去了，如今我随先生"学诗悟道"已近三十五年之久了，尽管我每天都在对着大海梳妆，却仍然无力描述大海的形状，因为一杯海水永远浓缩不出海洋的壮观气象。所以我只能引用先生自己的话来传达我听她课的感受。她在回忆听顾随先生讲课的感受时说——

　　　　作为一个曾经听过先生讲课有五年之久的学生而言，我以为先生平生最大之成就实在还不在于其各方面之著述，而更在其对古典诗歌之教学讲授。因为先生在其他方面之成就往往尚有踪迹和规范可寻，而惟有先生之讲课则更是纯以感发为主，全任神行，一空依傍，是我平生所接触的讲授诗歌最能得其神髓，而且也最富于启发性的一位非常难得的好教师。……先生所讲授的乃是他自己以其博学、锐感、深思，以及丰富的阅读和创作之经验所体会和掌握到的诗歌中真正的精华妙义之所在。并且更能将之用多种之譬解，做最为细致和最为深入的传达。

　　　　先生讲课往往旁征博引、兴会淋漓，触绪发挥，皆具妙义，可以予听者极深之感受与启迪。我自己虽自幼即在家中诵读古典诗歌，然而却从来未曾聆听过像先生这样生动而深入的讲解，因此自上过先生之课以后，恍如一只被困在暗室之内的飞蝇，蓦见门窗之开启，始脱然得睹明朗之天光，辨万物之形态。

　　　　除此以外，先生讲诗还有一个特色，就是先生常把学文与学道以及作诗与做人相并立论。先生一向都主张修辞当以立诚为本，以为不诚则无物。所以凡是从先生受业的学生往往不仅在学文作诗方面可以得到很大的启发，而且在立身为人方面也可以得到很大的激励。

……

真可谓衣钵相承，一脉真传。其实叶先生讲课不但体现了她老师的一切特色，而且还有着她老师对她所期待的一切"开发"与"建树"。河北教育出版社出版的《顾随与叶嘉莹》一书收录的顾先生 1946 年 7 月 13 日写给叶先生的信中说——

> 年来足下听不佞讲文最勤，所得亦最多。然不佞却并不希望足下能为苦水传法弟子而已。假使苦水有法可传，则截至今日，凡所有法，足下已尽得之。此语在不佞为非夸，而对足下亦非过誉。不佞之望于足下者，在于不佞法外，别有开发，能自建树，成为南岳下之马祖；而不愿足下成为孔门之曾参也。

叶先生果然不负顾随先生的厚望，她不但师承了顾先生"把学文与学道以及作诗与做人相并立论"，"旁征博引、兴会淋漓，触绪发挥，皆俱妙义"，"纯以感发为主，全任神行，一空依傍"的讲诗特色，还究其所以然，从《论语》"诗可以兴"中推溯阐发这一"赏诗之道"的学理渊源，突破她之前中国文学理论仅视"赋比兴"为作诗之法的局限，以西方文学理论为佐证，阐发其作为悟诗之法，解诗之法，弘诗之法的科学性。这不但赋予了古老的"赋比兴"理论以丰富新鲜之生机，还用自己六十年来讲坛说诗的辛勤实践承接、修复、担荷起中国儒家"为师者"的"诗教"传统和责任。在世事偃蹇、一生飘零之中，叶先生远比孔子、顾随等先师要幸运，她居然能顺遂命运之舟，挟"东山"而超"南岳"，"乘桴浮于海"，在"人不堪其苦"、"知其不可而为"的种种艰难中，乐此不疲，居然将东方文明中的生命智慧之光遍播于人类所居的大半个星球……

人道是"寒窗读书苦"，但我常想若能在她班上读书，我情愿年年留级，永不毕业。在她的课上，我不但获得了以往寒窗牛沽中未曾有过的感官与心灵上的愉悦和享受；更得到了终生受用不尽的关乎"身家性命"方面的智慧和觉悟。忘记是哪本书里说过："热爱诗词，怀着一场梦想未尝不可，正如天上的彩虹，但倘若把它当作地上的路就危险了。"可我觉得叶先生讲的诗词，不但是天上的彩虹，而且完全是能够当作地上的路来践行的：不要说像屈原、陶渊明、苏东坡、辛稼轩等人，他们都是用生命在写诗，用生活来实践其诗的；即如叶先生本人，之所以能在一生经历早岁丧母、中年夫妇连遭幽囚、晚年女儿女婿车祸罹难等诸多悲苦后，尚能有如此之精神面貌与显著成就，也完全是凭了诗词的力量（见《迦陵杂文集·我的自述》）。

特别是在当今，当人类失魂落魄地一味向前（钱）狂奔的时候！

1979年春夏之交，叶先生在南开白天讲汉魏六朝诗，晚上讲唐宋词。那短短的两个多月，在别人生命中也许只是一瞬，但对于我却是永恒。我是那时才认识到"学文与学道，作诗与做人"的重要，同时也是自那时候起，听她讲诗，就成为我"有意味地生活着"的一种方式。在先生的课上，我认识了东汉下层文人悲剧命运中所普遍具有的人生困惑；认识了身为帝、王也深怀凄寂孤危之慨的三曹、后主；认识了能以人生智慧自救，也能使别人得救的陶渊明、苏东坡……凡她那时讲到的诗人和诗作，至今都活在我的心里，呼之欲出，生生不已！此前多年的思想品德教育和政治学习，从没对我产生过那样的触动，更不曾联系自己的人生而自觉反省。然而在先生的课上，随着她诵读"托身已得所，千载不相违"的声调，我的精神心灵就像置身于教堂，面对着上帝一样不由自主地沉醉在庄重与圣洁中，心灵和感情经历着前所未有过的净化和提升……

1979年的春夏季那么快就过去了，那短暂的两个多月被我永久地珍藏于记忆里——那难忘的十几次课上所"偷"来的财富，使我终生都享用不尽。在叶先生离开天津后的很长一段时间里，我会频频回味起她课上讲过的内容，每当这时，我就会把那些课上笔记看上一遍又一遍……

1980年元旦前夕，在"为最尊敬的老师致献新年贺辞"的活动中，我抑制不住对叶先生的崇敬与思念，连夜写了一首长诗。还求字写得好的同学帮我抄写工整后，按照先生最后一堂课为我们留在黑板上的地址寄了过去，果然没多久我就接到了叶先生的回信。多年之后，叶先生还把当年我所写的那诗与信的复印件给了我，诗是这样写的——

　　痴顽的思念啊／执著的恋情／你为什么／不辞辛劳／日夜兼程——／跨太平洋几度／翻落基山几重？／苏必利尔的碧波啊／温哥华的翠坪／你为什么／目无章法／肆意妄行——／越国境线这远／将我的心田占领！
　　……
　　啊，尊敬的先生——／南开园辛勤的园丁，／您曾用博大／扩展了我狭隘的心胸；／您曾用精深，／掘进了我思索的天庭。／您的热忱／燃起我求知的烈焰，／您的真诚／至今啊／还在陶冶着／我那做人的魂灵。
　　……
　　每次相逢／我都暗自庆幸——／能在您的讲台下／又当一次学生／还管它以什么途径。（指自制听课证一事）／课课亲聆／我倍感光荣——／从愚昧的午睡中惊醒／那迟钝的大脑啊／顿时变得聪明！

……

多少回啊／我在深深抱憾／岁月无情／没能使我们早日相逢，／以至于成熟期里／才刚刚开始启蒙！／多少次啊／我在默默地向您申请／求您收下我这"偷听"的学生！／让求真知的日子／充实我的阅历；／让悟真理的痛楚／历练我的性情／让做真人的境界／规范我的追求／让处世俗的辛苦／考验我的神经……

……

我要／崇尚诗人的操守——／时刻准备着／在艰难潦倒中／为理想"固穷"！我要／效法诗人的节制——／毅然面对／伟大的理性神父／虔诚地反省！

……

啊，先生／请您收下／几片薄薄的信笺／一怀深深的衷情——／它要去叙说／您春天浇过的小苗／百倍珍惜着／它的破土发萌；／您夏天修整过的小花／无限眷恋着它绽放的过程……它要去转告——／故乡的同胞们／在企盼着聚会亲朋；／家中的母亲啊／正期待着女儿的归省……它还带着／文坛的长势，／它还带着／科圃的墒情／它还带去了／南开园盛产的桃李们／无限甜蜜的回忆，／那是感激啊／不尽的感激！／那是深情啊／一层深似一层……

我是 1980 年 1 月 6 日把诗寄出去的，在随诗寄去的信中我对先生说："……自从在《放歌集》（贺敬之的诗集）中领教了文学的力量，我便和诗交了朋友，但却并不了解什么是好的诗人和诗作，听了您的课，我才懂了要作真正的好诗，首先要成为一个真正的人，……然而面对变幻无常的人间世事，我常常困惑、彷徨，我渴望听到真正从心里发出来的声音，渴望接受真正的高尚与文明，并用以滋养我的文学修养。但现实中我却找不到方向，直到认识您，您所讲的与我心里所想的一下子碰到了一起，腾地燃了起来……" 1980 年 2 月 3 日，我收到先生给我的回信，先生说："……你的话令我想到中国古人把老师和学生之间传授学业的关系称作'传薪'的比喻，人的生命是有限的，总有一天像燃烧的木柴一样会燃尽的，可是能用这一根有限的生命木柴点燃起其他的木柴而使之继续燃烧，那么所点的火就会长久地传留下去了，所以古人常说'薪尽火传'。……我平生听过不少老师的课，可是顾先生所给我的却不仅是学问和知识，还有一种在精神和品格方面的启发和感化。顾先生在讲诗时所传达的，是他和古代那些伟大诗人之间的一种心灵和品格的共鸣……我对这些古代诗人的作品研读的越久，对他们的景仰爱慕也就越深，有人曾勉励我年纪慢慢老了，该多写点东西，少教点书，这话也有道理，可是当面的传达才更富于生命的感发，不是吗？……"信中先生为满足我的请求，还寄来一张她在加拿大家门前的照片。这之后，她又让当时在南开大学读书的侄子叶言才来我校转达她对天津师大同学们的问候，并转赠她在香港出版的两本著作给我做纪念，一本是《中国古典诗歌评论集》，另一本是《王国维及其文学批评》。不幸，这两册曾被许多同学传抄过的珍藏本，竟然在我毕业前夕神奇地丢失了。我为此曾沮丧、负疚了很长一段时间。后来先生知道了这件事，1983 年 5 月 25 日，那时我已经在天津第二教育局工作了（半年后调到天津广播电视大学当了教师），这天我刚到办公室，就听说有南开大学转来的一封信，晚上见到了言才，得知先生已于 5 月 14 日来到北京，不久要到上海去了，她还让言才带来了送给我们的结婚礼物：一对精美的电子手表；还有更加精美的，台湾三民书局印行的她的《迦陵谈诗》一套（2 册）。书的扉页还有她秀美的，竖排繁体的亲笔赠言。说心里话，与这样一位良师结识和往来，对我说来，胜似多年寒窗苦读。但我自知学识浅薄，不忍经常写信打扰她。可我万没想到这位德高望重的专家教授却自 1979 年之后两度来津，都首先询问我这个普通学生的讯息……

二

　　1981 年秋叶先生第二次来到天津讲学，在我印象中，从这时开始，先生就进入了至今为止一贯如此的超负荷工作状态。那年秋冬之际她在南开系统讲授唐宋词，此间还应邀来我们师范大学做了题为《从几首诗例谈中国古典诗歌中形象与情意之间的关系》的讲演。师大学报编辑部多次向先生约稿，先生实在忙不开，就让我来协助她把讲演录音整理成文字文本。与此同时，先生还利用她在各地讲学之便，为《杜甫秋兴八首集说》一书的再版搜集各种杜诗的注本，于是先生也把搜集天津师大图书馆馆藏杜诗注本的工作交给了我和另外一位同学张海涛（后来成为我的丈夫）。因为要让先生审阅讲稿，请示杜诗资料查阅与抄录的情况，所以那段时间和先生的接触多了起来，这期间发生的一些事情，不但使我对先生的为人、治学、为师的态度和行为更加地钦佩和仰慕了，而且也在协助先生做事情的过程中，逐渐有了克服做事时的粗疏简率，注意养成科学严谨、诚实勤奋之为学与治学习惯的意识……

　　由于"文化大革命"的原因，我上大学之前的实际学力，只能勉强达到初中。在"叶嘉莹学术网站·迦陵弟子"之"自我简介"中，我曾经称自己是："不幸时代中的幸运儿——我出生在最富智慧民族中之最缺乏智慧的那个时期——20 世纪 50 年代后期，成长于礼仪之邦中之礼仪几近沦丧殆尽的'十年动乱'中。特殊时代所特有的'肤浅'、'浮躁'、'敷衍'的思维与行为习惯，几乎成为我们这一代'人生'与'事业'旅途上的'三座大山'。所幸的是 70 年代后期，我与'文革'前的最后一届高中毕业生同时搭上了恢复高考后的早班轮渡，才终于驶出了蒙昧与迷茫的人生港湾！更加幸运的是，在那劈波斩浪，逆水行舟的日子里，我们竟然遇上了叶先生驾驶的这艘导航的舰船……参横斗转，月坠星残，我们跟随叶先生听'天风海涛之曲'，解'微波迢递'之词，从中感受学海无涯的浩瀚与渊博，享受沧海撷珠的兴奋与快慰……从那以后，曾被叶先生从困惑迷惘人生中渡出的我，也学着叶先生的样子开始了渡人的生涯。"此刻，我特别想要指出的，在跟随叶先生"学海行舟"时学到的第一个动作要领就是：诚实认真的做事态度，严谨细致的工作习惯。

　　1981年，虽说我已念到大学中文系三年级了，而且自以为学习也很努力，但毕竟以我那"批林批孔"时才知道有《论语》的古文学根基，来为先生整理她那"随手拈来，旁征博引，触绪发挥，兴会淋漓"的讲稿，抄录那些竖排繁体，似懂非懂的杜诗注本，现在想来，实在是一件很具压力和挑战的事，可当时那个因无知而无畏的我却完全没有意识到这些。于是，这毕业前夕的一次专业"实战演习"遂成为我日后职业生涯中一次难能可贵、深刻难忘的实习经历。记得1982年第3期《天津师院学报》上《从几首诗例谈中国古典诗歌中形象与情意之间的关系》一文，从初稿到定稿先后修改达五六次之多。叶先生不仅于文字、标点上审校得很严格，而且在文体、语体、结构、层次、口吻、意脉、文气等方面也多次提出过修改意见，比如要求我们把有言必录的文字"复制品"，按照书面文体的结构章法和逻辑层次进行删减浓缩，并且还要保留演讲时的语体风格。其次先生对自己课上随口背诵出的诗词文章等引文，即使很熟悉的，也要求我们对照原著一一进行核实校订。那时没有网络和电脑，有时只为核实订正一两个字，也要跑到图书馆去检索，翻阅大半天。尤其难忘的是，在师大图书馆搜集查阅杜甫诗注本的时候，虽说当时已经有了复印机，但叶先生需要查找和辑录的内容，都集中在图书馆特藏部的那些线装善本书里。按照规定，此类书非但任何人都不允许带出馆外，也不允许学生做复印。所以我们只好将能够找到的，先生需要的那部分文字，逐字逐句地抄录下来。倒退三十年，我们对于当时自己所抄的那些内容感到非常陌生，有的注本只有停顿，没有标点，只能依据自己对上下文的理解妄加标点；还有些古体、异体字的笔画繁多，且不认识，即使查过辞典，也记不准笔画和笔顺，因此也只能是照猫画虎地描摹下来。如此"复制"出的资料，其准确可信的程度是可想而知的……说心里话，我们当年做的这些工作，与其说是在给叶先生帮忙，殊不知会给先生的研究工作带来多少麻烦。果然很多年后的一个偶然机会，我与当年任我们中文系党总支书记的王英博老师相遇时，她还提起当年叶先生请求师大中文系出面与图书馆协商复印杜诗注本的往事……如今想起来，我仍深怀愧疚，可在当时，叶先生对我们资料整理中的错误，非但没有责怪，反而在1988年上海古籍社出版了《杜甫秋兴八首集说》之后，将一本亲笔签名，并题有"海涛、晓莉惠存，谢谢你们当年协助我抄写资料"赠言的新书送给了我们。

　　记得先生曾开玩笑说："我一生只有两种嗜好，一是好诗，二是好为人师。"后来，她竟用"师诗"二字为她的侄孙女取名。是啊，这"师""诗"二字，凝聚和浓缩了她一生的功德。自 1945 年辅仁大学毕业至今，她曾在无数所学校教过诗，其教龄已然是六十九年来不曾间断过。在她的讲台下，不止是高等学府的研究生、大学生，还有党的高级干部，转战南北的将军，甚至也有乡镇中学的初中生，幼儿园的小娃娃。无论在上千人、数百人的大礼堂，还是在数十人、三两人的小课堂；无论对博士生洋洋十数万言的学位论文，还是小孩子寥寥数十字的诗词习作，先生同样都是倾注着全部真诚地认真对待，一丝不苟。叶先生在南开大学教大班课时，每次结课之前都要求同学交一份听课报告，而批阅这些报告常常要花掉她的许多休息时间。1987 年 1 月 25 日，先生又将启程返回加拿大了，我们照例去帮先生收拾东西（1986 年至 2002 年间，先生每次回来讲学都住专家楼的客房，大概从 1999 年之后专家楼才腾出一个房间用于存放先生的东西。而此前那些年，先生每次回家前，都要将书籍、稿件、录课磁带，以及生活物品等暂时不用的东西，分散寄存在同学们家里）。那天我们看到先生房间的床上、地上到处堆放着待整理的行李，而她还在逐字逐句地给同学批改听课报告。当时有人建议先生：这种作业大致看看给个分就可以了，同学们对此成绩也不一定很认真。我们还打趣道："听说当年清华园里有的老师，记不得是朱自清先生还是谁，他的批改方式就是将所有的作业往地上一撒，然后就 70，71，72，73……地依次给分。"先生听后非常认真地说："怎么可以这样呢？我敢肯定这样的事情绝对不会是朱自清先生做的！"还有一次，我们偶尔谈及现在学生素质降低时发牢骚说，对某些学生是不值得精雕细刻的。她听了就讲起当年她在台湾教书的往事：她曾教过一所程度较差的私立女中，那里的女孩子们大多只是想混一张文凭当嫁妆的，可她却从未因学生们的程度低而敷衍马虎，她说："纵使我不考虑是否对得起学生，也要考虑是否对得起屈原、杜甫他们。"她一向认为：社会人间，只要你把最真诚的感情投注进去，总会像石子入水一样溅起水花的。1986 年暑期她到北京后，就有一位她当年在台湾那所私立女中教过的学生跑来找她。这学生已经是美国一所州立图书馆的馆长了，她曾多次写信向老师表述，当年听课时曾被诗词中所描绘的祖国山川景物所打动，因此特意安排了一个暑期专程从万里之外赶来，要与老师同游祖国的名山大川。时隔四十年之后，师生携手共寻当年课堂上梦游其中的祖国名胜山川，同温那激动人心的壮美诗情，身为教师，那是一种何等美妙的回报和享受啊！

　　1988 年暑期，我接到一位很有才华的、时任某全国性刊物主编朋友的信，他说吉林文史出版社要组织编写一部关于李白、李贺、李商隐诗的鉴赏辞典，他出任此书的主编，他曾看过叶先生写的一些书，很喜欢先生对李商隐的评说，希望能通过我邀请叶先生来写李商隐四首《燕台》诗的评赏，并要我也选几首来写。我随即将此意转告了远在加拿大的叶先生，并向先生建议"不如用您《迦陵谈诗》中的旧稿改写"。不久收到了先生的复信："……撰写李义山诗评赏之事我本来愿意做，但我现正赶写一篇明年要提交国际词学会议的论文，要准备中英文两份文稿，所以颇为忙碌。因此我同意让晓莉先替我简化缩写我的《李义山燕台诗四首》旧稿，只是要加按语说明这些稿子是旧稿整理缩写的，要交代清楚才好，如能先寄我看一遍最好……"出版社尊重了先生的意见，于是我就按照规定的编撰体例和字数要求，缩写了先生的旧稿。由于多年来在整理先生录音讲稿的过程中，已经对先生的要求标准比较清楚了，所以这件事完成得很顺利。在接到先生表示满意的回复后，就连同我所撰写的关于李白两首诗、李商隐三首诗的鉴赏文字一起寄给了出版社。此《三李诗鉴赏辞典》是 1992 年 5 月出版的，这几年，也恰好是我受叶先生之委托，为中国青年出版社的《中华文化集萃丛书》之《诗馨篇》整理讲课录音，撰写丛书文稿的时候，由于趣味爱好相投，我与这位主编朋友的文字交流多了起来，相互谈话聊天也越来越坦诚直接，轻松随意了，他信中经常鼓励我要多写些自己的东西。后来听说我上了研究生班，他来信说："这些年你为叶先生做了许多事，这是否也是一种女性的牺牲精神，我想你应该要有自己的东西，还应该在学术上树立自己，而不能总是做服务性的工作……"看了信，我被他真挚的关心和期望所感动，同时也开始长时间、认真地反思起自己的能力和作为，对这一反思的结果，也记录在我后来给他的回信中："……你以往的多次来信中几乎每每启发、鼓励我要有自己的东西，形成自己的一家之言，这些我都有所领会，而且深为你的诚恳真挚而感动不已。特别是收到你最近来信，我开始扪心自问：难道我真的富于牺牲精神吗？我发现自己是当不起'自我牺牲'之说的，因为我其实不是一个谁都可以任用，可以指使，可以为之服务，为之牺牲的人。许多人不了解我与叶先生相识交往过程中的许多细节和感受，也没有机会了解叶先生作为普通人所具有的品格情操。我之对叶先生迷信和崇拜，除了她作为真正的专家学者、名人教授所具有的成就之外，还有她作为女人、作为凡人的一切……可以这样说，我是在不断地与她往来，为她整理录音文稿，为她'服务'的过程中，才逐渐升华，净化成今天的程度的。这在她也许没曾意识到，但我心里却十分清楚。也许今天之'我'有点不合时宜，但我却庆幸自己能够在有所依傍，有所追寻中度过了人生最为迷茫的一段时光，在此之前，我是不可能有自己的东西的，因为我连我自己是谁，该有什么样的东西都还不十分清楚呢……"

在多年来随先生学海泛舟、结网捕"鱼"的经历中，我得到了先生身为师者，"授之以渔（及鱼）"的双重收获——在按照先生的每一处批注对稿件进行一遍遍修改的过程中，在一边查辞海，一边抄录那些知而未解、食而不化的古典字句的同时，我的古文基础和鉴赏能力大有长进；对先生研读阐释古典诗词的路径和方法，以及著述为文所掌握的一些精神原则等，也都逐渐有了深刻的体会和领悟；同时还于课堂之外再度领略到了先生"师者，所以传道、授业、解惑"的独特风格与示范！后来，随着叶先生的这种深入浅出、声情并茂的"演讲体"著作的广受欢迎，我又参与了先生的《汉魏六朝诗讲录》《陶渊明饮酒诗》《诗馨篇》，以及台湾版《好诗共欣赏》等多种书稿的整理工作。在此基础上我才逐渐有了独立主编、撰写《中国古代经典诗词文赋选讲》《大学语文》《中国古代文学作品赏析》等多种教材及论文的胆量和能力。所有这一切，都已成为我日后职业生涯中，得以站稳讲坛、独立著述、成为教授的一笔"巨额资本"。所以每当大学的校友聚会时，我们都会感慨：即使大学四年里什么也没学到，仅就能够认识叶先生这一件事，就已经足够使我们此生有幸了。

20 世纪后二十年，随着叶先生在天津高校的影响不断扩大，天津的文化界和新闻界也纷纷对她关注起来。南开大学中文系有一位教写作的老师，兼任《天津日报》的通讯员，他应报社之约，撰文报道叶先生在天津的活动。1982 年 1 月 6 日，在先生结课后准备回北京的前夕，我到她住的天津第一饭店去交待手上的工作，顺便向她道别，恰巧碰上这位老师在征求先生对稿件的意见。先生看过稿子之后，一边笑，一边迟疑地说："我觉得写得有些……有些……太拔高了吧，其实我并不像你文中所写的那样，这会不会给人一种不真实的感觉呢？我认为还是应主要报道我的教学活动，因为我来天津的主要活动就是教书，那些空泛的'爱国'、'爱天津'是否有些太……太……"这位老师很为难地说："报社要求就是让写爱国、爱天津的主题，还要写得让人一看就懂，写讲课怕是不一定大家都能懂。"先生说："其实即使有人一时看不懂，我们也不该一味地迁就，而应该用我们所要提倡的新鲜的内容去提高他们，这样他们就会慢慢地看懂了。"停了一会儿先生又说："我们应提倡写真事、实事，说真心的话，我以为这种文章应该由他们去写（指着我们，顺便将稿子递给我们看），因为我与他们接触最多，我想他们是最了解我的。即使他们的文字写得很幼稚，不合体，也还可以再修改，但难得的是他们的感受是真诚的。如果一开篇就写一些大道理，就算让人家都看懂了，也不会感动的，甚至还会给人虚伪夸大的感觉……我回国来这里教书，传达的是我们民族传统文化中最美好的东西。在国外讲这些东西固然也很光荣自豪，但却很难使这些美好的东西得到发扬和继承，因为它的生命在中国，在国外它不过是给人家的多元文化再增加一点点缀而已，而对于我们，它却是整个民族生存延续的命脉。因此我要把祖国给予我的这些美好的东西，尽可能多地交付给祖国的年轻人，所以要说爱国，我真正爱的是中国的传统文化，爱的是她们（指我们）……"接着先生向我们讲起她 1977 年回国旅游，在火车上看到青年人在读《唐诗 300 首》时的感动心情，以及由此萌生回国教书心愿的过程。我一边听，一边看完那篇给报社的报道，记得当时心中百感交集，说不清是同情——为长期受舆论宣传工具驯化的报刊通讯员老师；是抑郁——为受"文化大革命"极"左"思想影响深重的中国新闻事业；是惭愧——为我等师生没能充分了解、体会、感知先生的爱心所在……那晚，送走了南开的老师，我们也要与先生道别了，当先生送我们至楼梯口时，我紧紧握住叶先生那双细细的小手，当我努力克制住复杂的感情，说出"先生保重"之后，竟然一下子把先生拥抱了起来……

此后，随着叶先生回国的次数和时间的增多，各种媒体都争相采访报道她，为她"树碑立传"。而她只要有时间都会尽量满足他们，为他们提供自己的诗文资料。但她有一个原则：凡是写她的文章，一定要忠于事实，而且一定要经过她的审阅同意后才能拿出去发表。她果然在这事情上很严肃，很严格。她曾对一位作者说："如果你们写个人对我的印象和感受，那尽可以随心所欲地去写，但如果涉及我的思想行为或生活经历，就一定要实事求是，不能花花草草……"一次闲谈中，她说："我很奇怪，为什么国内凡是写海外华人的文章，总是要用很多'爱国之心'、'赤子之情'一类空洞的字眼，甚至连一些我一向很尊敬的友人也这样写呢？"我们回答说："现在的出版部门有这方面的明确要求，公开发行的东西应基本符合这些宣传旨意。"她听后深为感慨："这样下去，人们就会慢慢地对'爱国'的宣传麻木，甚至反感的。"事实果然印证了她的忧虑，我曾不止一次地听过这样的议论："她'爱国'为什么还出国？为什么会入了外国籍？"还有很多人以为，像她这样同时在国内外任教会赚很多钱。对于这些疑问，她或许也有所察觉，在一次南开大学东艺系的讲演中，她讲述了自己出国前后的经历，以及回国教书的原因和动机（可详见北京大学出版社《迦陵杂文集·我与南开 20 年》）。

关于国籍问题，记得先生曾说过：她自 1948 年随他先生到了台湾，多年来在北美一直都是持台湾护照的。直至 1976 年第一次回国时，她历经了由香港转道大陆（当时台湾与大陆的关系尚未解冻）的种种周折与麻烦之后，友人提醒她：如果持加拿大护照，不但不需要再转香港，而且还可以容易得到签证。为此她加入了加拿大国籍。

至于回国教书的报酬和利益，先生不愿多讲。原来，自 1979 年至 2004 年间，她每一次回国讲学的旅费都是自己设法筹划的，而没向国家要过一分钱。她总是说："这是我自愿回来的。"而回国教书的报酬，除了长时间聘请她任课的一两所学校曾付给过她讲课期间的生活费外，其余多年来在各地的讲学或讲座大都是没有报酬的。近几年，偶尔有学校会主动付给先生些课时费。但叶先生本人是从不介意这些事情的。相反，1997 年叶先生捐出自己在加拿大养老金的半数（10 万美金），在南开建立了"叶氏驼庵奖学金"和"永言学术基金"。同时,加拿大企业家蔡章阁老先生,偶然一次听了叶先生讲的"小词中的儒家修养——解读张惠言《水调歌头》五首"之后深受感动,当得知先生为了在南开筹建研究所遇到了困难,便慷慨捐资200万元人民币,使"中华古典文化研究所"有了立身之地。1999年10月蔡章阁先生的长公子蔡宏豪先生代表其父前来参加研究所所在大楼的落成典礼后,也捐出30万元人民币在文学院设立了"蔡章阁儒学奖学金",在研究所设立了"蔡章阁奖助学金"。2000年夏天,在澳门大学举办的第一次国际词学会议上,叶先生认识了会议的赞助者之一,澳门企业家沈秉和先生,沈先生多年来一直是叶嘉莹著作的忠实读者,他也听说先生的研究所经费有困难,因此当年秋天就汇来人民币100万元的赞助款……这一切,若不是亲口问及,先生是不会主动说起的。

三

1986年9月,叶先生第三次来到南开大学讲学,那已是改革开放后的第八个年头,迅速膨胀起来的外来经济文化浪潮冲击着刚从"文化大革命"后恢复过来,却尚未稳固的民族精神与文化自信心。考"托福",出洋留学,文人下海,学府创收等等,以其前所未有的魔力吸引着金字塔(高等学校)中的师生们。当先生再度回到南开大学主楼102阶梯教室的讲台时,已经物是人非了。1979年初到南开大学时同学们喜爱古典诗歌的热烈气氛已经不复存在,后来先生也曾用杜甫《三绝句》中"门外鸬鹚去不来,沙头忽见眼相猜"的两句诗来描述她这时的感觉。一些同学开始要求她讲点"洋"的,研究生会在为她拟定的讲题中,明确要求最好带上些西洋文学的色彩,甚至有人公开向她发问:"学古典文学究竟有什么用?"在这样的大环境下,叶嘉莹先生对古典诗词文化的薪火传承产生了深深的忧虑。不过,先生还真的在以后的课上用起了西方流行的"现象学"、"符号学"、"诠释学"等"新批评"理论。然而她并非在简单地满足同学们的好奇心,而是要透过西方文学的观照,辨析出中西文学理论上的异同,希望能更加明确地显示出中国古典文学的精到之处,尤其是优秀传统文学中那些能够化育人生、过滤心灵、陶冶性情、淳化风俗的作用。

1987年3月23日上午,那天还没打上课铃先生就走上讲台说:"我想利用等同学去取录音机的这点时间,读一封我女儿的来信,我女儿和你们差不多是同龄人,不知你们是否同意她的说法——我觉得国内二十多岁的人现在基本上与香港或其他地方的差不多,只知道追求自己的利益,明目张胆地做坏事的人虽不多,但嘴巴上、思想中不少东西都不正。我最近常想,中国人为什么似乎比日本人、犹太人容易学人家的坏处,而不学好?并且为什么中国人不去占外国人的便宜,却来欺负自己人……我以为无论哪来的中国人,对自己的历史与文化都缺乏了解,以为中国文化就是吃中国菜，打中国麻将……我觉得中国人基本上是自己看不起自己，也缺乏民族自信与尊严，就连自己做一个人的自尊与自信都没有……"

先生讲起她女儿对她说过的一些事：在加拿大郊外的草莓种植园里，一些中国大陆留学生把采摘后吃不掉，本该在出去时交点钱带走的草莓全都丢在园子里，以至于果园的主人再不允许中国大陆学生进果园；还有加拿大皇宫在每年国庆开放日里都备有免费点心提供给前来参观的客人吃，有些中国大陆来的青年人自己吃过后还要带给别人，甚至还有的人拿着这些点心争相与皇宫的主人照相……讲到这儿，先生的语调显得凝重起来，她说："道德、品格是你自己做人的操守，不是为别人去守的。社会风气的改变，应该从每一个人做起，从每一个自己开始，谁也不应把自己的不道德归咎于社会的腐败。"停了一会儿她又说："有位西方的社会学家曾经预言，21 世纪世界文化的中心在东方，在中国。我们要了解自己，认识自己，每一代人都有每一代人的责任，我们要承先启后，各自担负起自己的责任来，如果中华古代优秀的文化遗产和精神文明财富在你们这一代中损毁了，丢掉了，那你们就是这一代的罪人……"先生不但如此说，在此后的日子里，她更是身体力行，以她年逾花甲、已然退休的有生之年，又将历史文化断裂中两代人的责任一并担了起来。

最近我常常在想，当今世界上最不缺的就是名人；而最缺的也是名人，是实至名归、名副其实的人。20 世纪 80 年代以来，"终身教授"、"名誉教授"、"客座教授"、"皇家学会院士"、"中华之光——传播中华文化年度人物"……等多重头衔，中华诗词学会、辅仁大学校友会、全清词编选委员会，以及国内外各种学术团体的多处兼职，几十部、近千万字的中外文论著，多家出版社的书约、多种报刊社的稿约，各类院校会所的课约；所到之处给当地带来的冲击波和"叶嘉莹热"……这一切都充分证明她之作为"古典诗词专家"的名不虚传。但与时下大多名人不同的是，先生的关注点不在于"专家"之后"叶嘉莹"的声名能被多少人知道，是否传得久远，而是"专家"之前的"古典诗词与文化"所承载的中华传统的精神文明如何才能迅速地得以流传和扩散！于是为了用"古典诗词"填满她的每一个荣誉头衔，为了让中国古代文化传统借此"名人效应"而广泛深入地传播绵延，叶先生至今还在以她九十岁的高龄，不辞辛苦地周游于大洋两岸与世界各地。

1988 年 10 月 14 日《天津日报》第 7 版发表了我所写的题为《师表人杰乡根》的报告文学，其中有几段文字，就是叶先生生命存在方式与生活节律的一个缩影——

"种竹交加翠，栽桃烂漫红"这是叶先生最喜欢引用的杜甫的两句诗，她用生命把这两句诗填的满满的，不留一丝一毫的缝隙，那每一个字从她嘴里掉出来，都如"大珠小珠落玉盘"一般饱满有力。不信请看她 1986 年 8 月至 1987 年 8 月，这一学年假的日程记录——

1986 年 9 月底北上天津至 1987 年 1 月 25 日在南开大学讲授唐宋词。并为《光明日报》撰写《迦陵随笔》。

1987 年 1 月 27 日（农历腊月廿八）带着一大捆未改完的试卷回北京过春节。

1987 年 2 月 3 日（农历正月初六）至 2 月 16 日应北京师范大学、辅仁大学校友会、中华诗词学会、国际文化交流中心、国家教委老干部局协会等五个单位之邀在教委大礼堂举办唐宋词讲座的前十讲。

1987 年 2 月 20 日至 4 月 25 日继续回天津南开大学讲宋词。并为《中国历代文学家评传》撰写了《王沂孙评传》。

1987 年 4 月 27 日至 5 月 28 日应南京大学之邀讲授唐宋词，并曾应马鞍山李白纪念馆之邀前往讲授李白诗。

1987 年 5 月 29 日至 6 月 3 日赴京参加中华诗词学会成立大会，并做演说。

1987 年 6 月 5 日至 18 日转赴四川大学与缪钺先生合作撰书，并做学术报告。

1987 年 6 月 18 日至 8 月 20 日应沈阳化工学院、沈阳师范学院、大连辽宁师范大学等校的邀请，在沈阳及大连等地举办唐宋词系列讲座的后七讲。这期间，她还曾应各地听众及某出版社的要求，对讲座的录音、录像及讲稿进行统一编排整理和审阅。这项工作相当繁重和复杂，尽管昼夜加紧工作，却仍未能在国内完成。

1987 年 8 月 29 日，她带着尚待审阅的录音讲稿匆匆返回加拿大，去迎接一个新的学年。

　　……

以上日程记录尚未计及各地报刊与编辑部门的采访、约稿、清样校对、学生答疑、信件处理等等……

若不是亲眼所见，我简直无法相信这竟会是一个 63 岁女性所能承受的工作量。

其实，在她即将离开祖国的那段时间里，她险些被超限度和超负荷的工作拖垮：那些天她每讲半小时就开始咳起来，又有几次她发现痰中有血丝。然而她依然像往常一样，全身心的投注在讲台上。我又一次想起她给我的信中所说："人生总有一天像火柴一样化为灰烬，如果将这有限的生命之火点燃起其他的木柴，而使之继续燃烧，这火种就会长久地流传下去，所以古人常说'薪尽火传'，如果到了那么一天，我愿意我的生命结束在讲坛上……"为了中国古典文学中这生生不已的民族命脉得以延续，为了这星星之火的民族文化得以燎原，她甘愿春蚕丝尽而身亡，她不惜蜡炬自煎而照明！

善哉！——"若有知音见采，不辞遍唱阳春"；

伟哉！——"亦余心之所善兮，虽九死其犹未悔"！

几乎所有认识她的人都很惊异，她年逾古稀，还肩担重荷连年往返于大洋两岸或长江南北，精神何以能如此饱满，精力何以会如此充沛？多年以来，不时会有女性时尚类、老年养生类报刊的记者前往采访，希望她介绍自己保养健身的秘诀。有一次《老年时报》的记者来访，正好我们几位同学在场，先生说："我现在差不多整天都和他们在一起，你问他们我是怎样益寿延年的。"没想到我们几乎异口同声地说："学习古典诗词……"事实上据我所知，叶先生日常生活中纯属健身的内容，大概只有每晚临睡前做的那几节名为"鹤翔庄"的气功操，这还是20世纪80年代初，在南开读书的侄子叶言才及其母亲杭若侠教给她的，她居然就三十多年从不间断地坚持了下来。我常想，且不论这气功操的实际功效如何，就凭她无论做什么事都执著坚守，一丝不苟，既"诚"且"信"的态度，我料定它对叶先生的身心健康必定是有益的。至于其他物质方面的生活，先生的简单和不讲究程度，若不是耳闻目睹，连我们都不会相信。1987年2月在北京做唐宋词系列讲座时，她住在北师大招待所，当时还在放寒假，学校派了一位管理宿舍的老人为她安排伙食。叶先生请这位老员工的妻子每天早饭只准备一碗稀饭和一个馒头就行。一次午饭时给她烙了一张饼，她只吃了一半，当那老师傅收拾餐桌想扔掉那剩下的一半时，她却坚持让把剩饼包起来留待晚上烩着吃。1987年4月底，在先生即将离津南下前，我们几个同学在我家各显身手做了几个家常菜为她饯行。饭间从她非常诚恳认真的赞赏中，我们知道她的饮食标准确实不高。在南开，她一个人生活也不愿多花时间烧饭，她的冰箱里常常存有速冻饺子，饿的时候煮一下就吃了。前几年先生因病不慎跌了一跤，此后她才请了个"小时工"，每天傍晚为她烧好三顿饭（包括转天的早、午饭）。这样尽管还是常吃剩饭，但至少可以不再吃那些加了防腐剂的方便食品了。2009年秋天，一位也曾听过先生课的某高校教师派到加拿大英属哥伦比亚大学（UBC）做访问学者，通过他的摄像机，我们看到了先生在加拿大半年中的生活实况——

每天早饭是两片面包，饭后先生就带上午餐（一个三明治面包，一小袋煮好的蔬菜和一个水果）自己开车到学校的一间只有六七平米的工作室开始工作了。工作室没有窗，迎面墙上钉着些架子用来放书。书架下边的空间只够放一张供看书写字用的台子，台子下面再放把椅子，小屋就全被填满了。八十多岁高龄的叶先生就是在这样狭小密闭的空间里，每天除了中午到楼下休息室里煮一壶开水，吃着自带的午餐，同时还把所有的访谈会客等事都约在这段时间里进行。午饭后，她休息一个多小时，然后继续上楼工作直到傍晚。傍晚回家途经超市时，她要买好下一天所需的食品原料，到家后戴上围裙就开始做饭了。录像中我看到先生烧菜的方式类似我们国内的涮火锅，先用白水煮切好的白肉，等肉熟了，再将豆腐和各种蔬菜下到锅里煮，最后放盐调味后就算烧好了。晚饭后，先生还要再工作三四个小时，这期间还要打电话，回复信件，会见客人，直至子夜时分才去休息。有次我们问先生：您一个地道的北京人，何以习惯每天都吃面包的生活？先生说："我早在1966年在哈佛大学教书研究的时候，就开始了这样的生活，那时也是早晨两片面包，中午就在哈佛燕京图书馆，我的研究室楼下卖食物的车子上买两份三明治，中午吃一份，晚上吃一份。我晚上都在研究室看书写论文，因为图书馆的工作人员要到点下班的，他们就给了我一把钥匙，让我走的时候自己锁门。因为我这样在西方过惯了，一天吃三餐面包也不在乎。"原来叶先生习惯的不是西餐，而是简单。国内的亲戚都称她是"苦行僧"加"传道士"，而先生却永远是精神饱满，乐此不疲。难怪她的校友，北师大的刘乃和教授说起她时那么激动："她形如香莲，心似清泉，在灯红酒绿的花花世界里一尘不染，40年不改初衷，真太不容易了。"莫非这种心存美好、忘我追寻、执著坚守、始终如一的情志与作为，正是使先生的"身"与"心"都能够"不知老之将至"的秘诀和原因吗？2009年9月19日《城市快报》15版有一篇《叶嘉莹：国学修身养性》的访谈实录——

快报记者：国学对您人生的最大影响是什么？

叶先生：你看我随口就能引用《论语》中的话，这是小时候背诵的效果。学国学不仅要会背，还要在实践中处处与之相对照。至少《论语》对我影响是非常大的。此外还有诗词，像陶渊明、杜甫、李商隐、辛弃疾等等都对我有影响。这是我80多岁精神还这么好的原因所在。子曰："吾十有五而志于学。三十而立，四十而不惑，五十而知天命，六十而耳顺，七十而从心所欲不逾矩。"《论语》里没说八十岁会怎样，我借用庄子的话，说自己是"八十而独与天地精神相往来"。人如果与道合一的话，就能够完全融入自然，学到国学的精髓后是可以修身养性的。

2013年底，叶先生被选为本年度"中华之光——传播中华文化年度人物"，当颁奖晚会上CCTV的主持人又问到她"是如何保持了不逊于年轻人的精气神的"？先生再一次公开了她养生益寿的独家秘诀——"钟嵘《诗品序》里有一句话：'使贫贱易安，幽居靡闷，莫尚于诗矣。'一个人无论是在寂寞失意之中，无论是在艰难挫折之中，能够安慰人，鼓励人的没有比诗词更好的。"

有些只闻叶先生之名，未见叶先生其人的朋友曾怀疑，能此等忘我地投入，取得如此卓越的成就，她该不会是个不近人情的"女强人"和"工作狂"吧？殊不知，就如同叶先生讲的诗词能使枯燥抽象的道德教化变得美妙亲切一样，叶先生的坚韧执著、顽强不屈中常常体现了一种中国传统女性柔软、柔弱、柔曼的独特美感。我在 1988 年 7 月 26 日的日记里留下过这样一些往事的细节片段——

　　上午 10：40 乘火车赴京给叶先生送稿子，下午 2 点多到察院胡同 23 号。在等她午睡，与她的弟媳（叶言才的母亲）聊天中得知她的婚姻竟是如此地不幸。在她身上原来集中了天下女性所能遇到的所有不幸和苦难的总和！我想自己一定要为她争气，争光，用全部学生的爱来冲淡她家庭生活中的苦涩……三点多的时候，叶伯母叫醒先生，她看过我的文稿和安易抄的周邦彦词的讲稿后问：安易、爱娣怎没来，我回说她们去给一位因心肌梗塞猝死的同学开追悼会了。先生为这年轻生命深感惋惜……之后先生说了对稿子的处理意见……我提出报社要她照片的事，先生说："我已建议他们加洗了，现今还没有下落，走，我们出去打几个电话。"然后我俩每人找了把伞，拐出胡同向马路对面民族饭店的服务大厅走去。在大厅一角的电话台，先生拨打着电话——给诗词学会的吴报鸿，给王敦和，给教委的白某某（当时我没听清人名）……我坐在离她不远处，看着她，听着她，不知不觉间竟然看得入迷了：在等待和倾听对方讲话的时候，她的样子就像一个小女孩一样，一只脚的后跟贴着地面，脚尖微微翘起，非常非常缓慢地向左右两边摆动，眼睛出神地盯着自己那轻轻移动的足尖……那种下意识动作，和着她那委婉的口吻与声调，给我的感觉实在是太美妙，太可爱了：那般天真，那般纯净，那般专注，那般安宁……简直无法与一个多小时前我刚刚了解到的，那个集天下所有女性之不幸于一身的人联系在一起……

1987 年 2 月 21 日我在南开专家楼的听课记录中也唤起过类似的记忆——

那天叶先生与我们在聊与缪钺先生合撰《灵谿词说》的事，我们好奇地问起"缪先生讲课的风格是怎样的"？叶先生风趣地说："很多知名学者风度是不同的，在讲课方面我属于豪放派，缪先生才真正是婉约派，他上课时常常是安静地坐在那里，声调轻轻地娓娓道来……"叶先生介绍了缪钺四世同堂，家教极好。后来又谈起夏承焘、唐圭璋，以及上海陈寅恪的学生蒋天枢等，她说这一代学人始终还保持着旧传统的老先生们对学问、对学生的那一份纯真与诚恳，特别是她一边说着，还一边模仿这些老先生的神态，比如她在解释"瞿禅"（夏承焘先生的字）时说："你看'瞿'字上面那两只大大的眼睛了吗，夏先生给我的最初印象正像他的名字，我们谈话时，那两只纯净的大眼睛会充满好奇地一亮一亮地很有神光（叶先生说这话时，也模仿夏先生的样子一下一下睁大她的眼睛），性情也像缪先生他们一样淳朴天真，那才叫'不失赤子之心'呢！……"现回想当时叶先生的那充满钦敬的声吻，和略带调皮的神态模仿，我感觉就像是一个小女生在向人描绘自己所喜欢的老师一般纯情可爱……

此外，还有一些间接的见闻也给我留下了很深的印象：2001 年 12 月 31 日，张候萍老师（《红蕖留梦——叶嘉莹谈诗忆往》的作者，20 世纪 70 年代末就学于南开大学历史系，后任教于天津工会管理干部学院），正在为撰写叶先生的"口述历史"做录音访谈。那天叶先生的外甥，现任台湾长庚大学校长的包家驹教授来天津看望先生，先生约了包家驹教授与我们几个学生一同参加张候萍老师的访谈。在谈及先生大半生作为中国古典诗词学者，与东西文化使者所取得的成就与贡献时，包教授听得非常认真。后来我们提出让包先生介绍一些叶先生在台湾及海外的情况时，包教授诚恳地说："我的感觉跟你们不大一样，对我而言，她就是我的舅妈。我所看到的你们的叶先生，是在永康街（60 年代末叶先生在台湾的住处）擦地板，架着竹笼在炭火上为她的女儿烘烤尿片的人；我还看过你们的叶先生在 39 街（70 年代初叶先生在温哥华的住处）的厨房里洗菜，厨房水槽不通，她挽着衣袖在弄那个水槽……"他略带思索地对叶先生说："我第一次知道您是教授，还是在 UBC 您的办公室里；而真正感觉到他们的叶先生是'学者'、'使者'，有这么大的成就和贡献的，是 1986 年我从美国回到台湾筹建长庚医学院的时候。那时我们学院所招聘的大学国文老师中，有很多人是听过您的课的，从他们的回忆中我才知道了您的成就和影响。……最让我感觉到舅妈您真是特别棒的，是我的同行吴德朗（台湾著名心脏内科专家），他在台大医学系读书的时候曾经听过您一学期的国文课，吴德朗说他一辈子有两件事是最重要的，一是选择了心脏内科，另一个就是听了您的课。"叶先生说她不但记得这位吴大夫，还记得当时有许多理科同学的国文程度与兴趣非常高。她谈起与前不久来南开大学的美国哈佛大学杜维明教授一起吃饭时，杜先生问叶先生记不记得当年在台大教过的一位叫江家骝（美籍著名物理学家）的人，他说江家骝经常说起他有一段时间生活心情状态非常不好，就是因为听了叶先生的课才重新振作起来的。叶先生回忆说她记得江家骝，虽说学理科，但对国文的兴趣大得不得了，在台大教他们大一国文课时，江家骝经常课后拿着自己的长篇文稿与叶先生讨论问题。包先生说："是的，现在海内外有很多听过舅妈课的人常跟我打听舅妈的情况，并且托我转达他们对老师的问候与祝福。可说来惭愧，我这个做外甥的真的是并不十分了解舅妈所做的事情，如果能建立一个网站，把大家和我想要知道的内容分成栏目挂到网上去，这样既满足了我们的要求，又方便了我们大家相互之间的联络，这对于促进和扩大我们国学文化事业的发展也是一件大好事啊！"（或许正是这次访谈，才加速了"叶嘉莹学术网站"于半年后的 2002 年 7 月正式运行起来，当然这都是后话了）。

## 四

20 世纪最后的十年，我以为那是叶先生诗词生涯中的又一座里程碑，她实现了人生中的又一次成功转型——先生居然在年届古稀、已然退休之后，顺应着时运与机缘，在南开大学创办了中华古典文化研究所。此前，先生作为"苦行僧"与"传道士"所做的还只限于在教室里、讲坛上的滋兰树蕙，栽桃育李；而这之后，先生深切意识到中华古代文明传统的复兴与弘扬单靠一个人，或一代人的努力是远远不够的，要集合起更多有志于此的"星星之火"形成燎原之势，才能确保我们民族优秀的传统文化能够真正地薪尽火传，生生不熄。所以作为中华古典文化研究所的所长，她"晨兴理荒秽，带月荷锄归"，竟然在日常的教学研究工作之外又承担起此前从未做过的为研究所的场所、经费、人员，以及生存与发展而图谋策划的沉重责任。她将自己养老金的一半捐献出来，设立了"驼庵"（叶先生老师顾随先生的号）奖学金和"永言"（叶先生已故长女与女婿名字的合称）学术基金；她凭自己声誉吸引到国外及澳门的爱好中国古典文化的企业家们为研究所教研楼的筹建慷慨解囊，倾力相助……

照理说，这位经过半个多世纪的舌耕笔耕，早已硕果累累、桃李满园、蜚声海内外的老人，足可谓之功德圆满，此生无憾了。然而这些一般人所看重、所珍惜的成就和名誉却不是叶先生所在乎和追求的。1996 年她在《我的诗词道路》前言中所说："……目前研究所尚在艰苦创业阶段，对儿童的吟诵教学更不知何日方能在神州大地上真正地开花结果……我现在所关心的并不是我个人的诗词道路上有什么成功与获得，而是后起的年轻人如何在这条道路上更开拓出一片高远的天地，并且能藉之而使我们民族的文化和民族的品质都因此而更绽放出璀璨的光华……"

2000 年 11 月 16 日晚，叶先生给研究生开的词学研究课程（记得那天讨论的是南宋遗民词选《乐府补题》）照例在南开大学外专楼进行，课间忽然停电了，同学们赶忙找来蜡烛点燃，于是众生在烛光摇曳中围坐于先生身边，继续品读和讨论着那些令人心光闪烁的绝妙"微辞"。当话题谈到近日叶先生所写的下面几首诗词时，忽然间我被眼前的情景所触动，几句古诗竟然跑了出来："生年不满百，常怀千岁忧。昼短苦夜长，何不秉烛游……"可眼前烛光灯影中鬓发已苍的叶先生，在她本该颐养天年的古稀之龄里，所怀、所忧、秉烛所为的又是什么呢——

> 萧瑟悲秋今古同，残荷叶落向西风。遥天谁遣羲和驭，来送黄昏一抹红。

> 似水年光去不停，长河如听逝波声。梧桐已分经霜死，么凤谁传浴火生。
> 花谢后，月偏明。夜凉深处露华凝。柔蚕枉自丝难尽，可有天孙织锦成。

> 广乐均天世莫知，伶伦吹竹自成痴。郢中白雪无人和，域外蓝鲸有梦思。
> 明月下，夜潮时。微波迢递送微词。遗音沧海如能会，便是千秋共此时。

读着先生这些诗词新作，想到连日来她白天为小朋友们录课讲诗，晚间为我等秉烛讲词，心中涌起一阵阵强烈的感动，好在没电，我又坐于暗处，情不自禁流下的泪水才没被人发现，不曾因母亲早丧、丈夫幽囚、女儿身亡等人生创痛而沉浸于悲伤的叶先生，近一年来所写的诗词中却常常流露出这样的深悲与怅惘——我曾不止一次地听她背诵《论语》中的一段话："文王既没，文不在兹乎？天之将丧斯文也，后死者不得与于斯文也；天之未丧斯文也，匡人其如予何？"这是孔子周游列国被困于匡时，对门生所说的一段话（译文为：文王去世之后，那些重要的文献不是在我这里吗？如果皇天要让这些文献丧失，那么，我这个必朽之人也就得不到这些文献了。皇天若不想使这些文献失传，匡人对我，又能怎样呢？）。孔子这里所告诉学生的是，他之所以栖栖惶惶，困顿不堪，却还要知其不可而为地一意孤行，是因为他肩负上天的使命，来为传统文化代言，来传播文化与文明之"道"。至于此"道"是否行得通，只有，也必须竭尽人事，而听从天命了。是啊，孔老夫子终于不辱使命，在当时礼崩乐坏的艰难环境中述而不作，代天立言，把影响中国文化数千年的儒家思想学说的经典，完整地保存了下来。而今，叶先生为要延续的中国古代诗词的优秀精神传统文化而面对日趋浮躁、急功近利的世风，不遗余力，既"述"且"作"，不知老之将至，又会有怎样的结果呢？这正是毕竟老之将至的叶先生近作中感伤与怅惘之所在——如果"天之将丧斯文也"，叶先生所终生为之努力的一切，真会化作徒劳吗？——"遥天谁遣羲和驭，来送黄昏一抹红"？"柔蚕枉自丝难尽，可有天孙织锦成"？倘若真的"天之未丧斯文也"，那么，叶先生今天为小朋友们白昼讲诗，为我等秉烛讲词的一切付出，或许会在若干年之后产生回应的——"遗音沧海如能会，便是千秋共此时"……后来我在日记里留下了这样的感受——

> 叶先生的诗词令我感慨万端，这感慨中说不清是愧疚，是难过，还是壮烈

……记得在1940年代，梅贻琦写了一篇叫《大学一解》的文章，其中有这么一段话："古者学子从师受业，谓之从游。孟子曰：'游于圣人之门者难为言'，间尝思之，游之时义大矣哉。学校犹水也，师生犹鱼也，其行动犹游泳也，大鱼前导，小鱼尾随，是从游也，从游既久，其濡染观摩之效，自不求而至，不为而成。反观今日师生之关系，直一奏技者与看客之关系耳，去从游之义不綦远哉！"（意思是说大学如同道德与学问的海洋，老师和学生都是其中的鱼，小鱼跟着大鱼游，游着游着，也就变成了大鱼。正是在从游的过程中，学生们通过借鉴、理解、模仿，而最终成才。但现在的师生关系，更像是教授们在表演，学生们在观看演出。时间到了，学费付了，通过考试，获得一张文凭，就这样，完了。老师和学生之间，只是一个贩卖知识与购买知识的关系。这与古人"从游"之义相去太远了。）想我等追随叶先生学诗求道已经20余年，即便是"游于圣人之门难为言"，但也该学着先生的样子替天传道，代圣人立言了。但恨我等不敏，不才，未能够像叶先生那样全身心地，负责任地担负起历史赋予我们的共同使命，竟让年届八旬的老人如此感伤……每念及此百感交集难以自抑，遂亦填成《鹧鸪天》二首以慰先生——

蜡泪秋光冷画屏，香兰蕙草聚流萤。曲终银甲实难卸，白雪阳春断续听。
华炬灭，慧灯明，好凭心力识广陵。九万里外传天籁，么凤清逐老凤鸣。

晚岁学诗乐道中，高坚钻仰觅无踪。拈花一笑凭谁会，郢竹燕疏枉举灯。
机杼断，月虚明，天孙丝尽锦难成。杜鹃恨不啼心血，去染天东一抹红。

2001年初天津电视台"文化视野"栏目要为叶先生做一期电视人物专访节目，编辑找我来配写解说词，此时我正在为叶先生主讲的《幼儿学古诗》教学录像片写前言，为此所搜集到的一些资料里，有1998年9月叶嘉莹先生写给当时的国家主席江泽民的一封信，其中有这样一段话："我深感振兴中国古典文化对于提高国民品质与改善社会风气的重要性。我的理想是在幼儿园和小学生的课程中增设'古诗唱游'一科，以吟唱和游戏的方式教儿童们背诵古诗。我曾用此方法在海外教授留学生子弟，效果极好。但我以为华人的根基在大陆，一定要在大陆推广才是。……我现在已是年逾古稀之人，我只盼望在我有生之余年，还能够为我所热爱的祖国以及我所爱的古诗词中所体现的优秀中华文化做出最后一点贡献。"据说后来江泽民主席曾指示李岚清副总理及教育部有关部门与叶先生取得联系，并采取措施在基础教育阶段加大了传统诗词内容的比例，且在部分地区的中小学教材中得到体现。自此以后，

"读经班"、"国学院"便开始出现，人们期待日久的"传统国学"开始逐渐升温了。

2001 年 8 月 8 日由澳门实业家沈秉禾先生捐款赞助的"中国古典诗词及诗学词学高级研讨讲习班"在天津蓟县的盘山召开，全国四十多所高校的五十多名教师代表，包括南开大学多位教授，以及《文学遗产》副主编、《文学评论》杂志社副社长在内的七位专家学者出席研讨，并做学术讲演。沈秉禾先生在给会议发来的贺词中有一段话使我至今记忆犹深——

中国人，一生中总难免有跟"床前明月光"打交道的时候吧？记得我小学二年级时，曾念过一篇课文，大意略谓：一位教书先生给小朋友们出一题：谁能够用最便宜、最省力的方法把一间空屋子填满？小学生中有的提议用棉花、有的提议用禾草……，但老师都摇头否定，最后，一位小朋友灵机一触，拿出一根火柴一划说，"这不就把屋子填满了吗？"这个小孩子可能就是后来某位名人吧，我忘记了，但是，这个故事却一直若隐若现地影响了我几十年。……有朋友说我不像是个生意人。但我确实是个身系数千工人饭碗的资本家。以前我也间或回到工厂巡视工人加夜班，于人头攒动之际，自有身居万人之上的一阵愉悦，但于此忽诵王国维词："偶开天眼觑红尘，可怜身是眼中人。"悲喜之间倒不在乎你确实享受了这数十秒间神游诗境之旅，而在它神奇地使自己在以后处理世事时出现的一些变化。人言写书法写到最后就是写学问，我想，做事业做到最后也是做襟怀吧。我们从事什么行业很大程度上不是一次选择的结果，尤其不是自我选择的结果。但是怎样做这个行业或许是可以选择的吧？做一个略带诗意的资本家，这是我的自由选择。"长怀一灯影，万里眼中明"，此唐人钱起诗也，那盏灯，不也就是那位小朋友划着的那点火吗？这灯火已经走过了千年之旅，在这个精神匮乏的年代，它还可以继续走下去吗？若可，这或许是诸位可以研究的一个课题吧……

被叶先生所读的这封贺信所深深感动的不止我一人，与我住同一屋的张候萍老师也感动不已，她不但把为叶先生整理的《我的自述》的复印件全部分送给了代表们，还通过电话调集了她所经营的两个书店所存的叶先生为幼儿园小朋友选编的《与古诗交朋友》一书及配套录音带全部免费赠给了各地代表。会上叶先生所作的《对传统词学与王国维词论在西方理论之观照中的反思》以及《从王国维词论谈其〈人间词〉的评赏》的两次讲演在与会者中反响极大，各地代表在无比钦佩与惊异叶先生对古典诗词研究造诣之精深，成就之卓著的同时，纷纷向叶先生询购她的学术著作、诗词创作、讲课录像以及有关先生的生平资料。许多代表不时流露出这样的焦虑：即使叶先生精神矍铄，才思敏捷，但先生毕竟年渐耄耋，她此生心血所结出的累累硕果如何保存？这也令我与张候萍老师很感紧迫，于是我们在会议结束前提交了如下的书面建议——

　　2001年初秋是应该记忆的：一群有责任感的诗词爱好者与传播者，一堆欲为中华传统诗词精神复兴而蓄势待燃的干柴，被千里之外极富诗意的沈先生与年届八旬许身于诗的叶先生在南开文学院的辛勤努力下点燃了！

　　十天来诗词学界诸位专家学者为之续柴薪、添膏油，而今这干柴已在古城盘山——21世纪中华传统诗词复兴的奥林匹斯山下熊熊地燃烧起来。然而匆匆十日，转瞬即逝，眼下这熊熊圣火将作为火种分赴祖国的东西南北。临行在即，满怀的激奋、留恋、怅惘与忧虑竟又一次化入沈先生贺信中所引用的两句诗："长怀一灯影，万里眼中明"、"明日重扶残醉，来寻陌上花钿"。（转引自沈秉和先生的贺信）为了这词花不凋，诗灯长明，我们特向沈先生及文学院建议成立叶嘉莹工作室。多年来，虽有一些人陆续为叶先生整理过一些讲稿，也曾对叶先生的人生、治学、创作以及教学诸多方面的品格与成就撰写过介绍性文字，并在此过程中累积起一些资料、素材与成果，但由于人员、时间、力量的分散而进展缓慢，因此我们每每听到叶先生言及"日月逝矣，时不吾与"，心中总会感到紧迫与焦虑，我们希望能有一个保存这火种的叶嘉莹工作室，若能如愿，那么工作室应尽快完成现尚进展缓慢的三件主要工作：1.把叶先生讲过的诗词录音尽快整理成出版文字，并刻录成光盘。2.为叶先生编撰年谱、传记。3.在对叶先生一生著述进行分类梳理研究的基础上，为其建立起一个完整的理论体系……

　　不久，我们得到了沈秉和先生欣然同意的消息，并要求我们尽快做出工作室创办的启动资金预算，随后又派来专门工作人员了解考察资金使用情况。与此同时，叶先生早年教过的学生，时任香港教育署官员的薛春明女士与叶先生的外甥，时任台湾长庚大学副校长的包家驹教授先后来津看望叶先生，他们也都不约而同地表达了想要借助网络了解有关叶先生的最新动态并加强叶先生与海内外学生之间沟通联络的愿望。2002年3月沈先生资助给"工作室"的第一笔创办资金到位。2002年6月8日，叶先生的编外弟子刘波在南开大学东方艺术系举办个人毕业绘画展，借此机会，叶先生在天津的两代学生（含编外）代表安易、张候萍、程滨、迟宝东、王晓荣、陈谊娜、曾庆雨和我等八人相聚南开园召开了"叶嘉莹工作室"成立的第一次筹备会。会议通过的第一项议程就是建立"叶嘉莹工作室"网站。2002年7月

"叶嘉莹学术网站"在国际互联网上正式开始运行。2003年2月19日我在《中华读书报·学术双月刊》上以《现在进入迦陵网站……》为题详细介绍了此网站的内容。

进入21世纪互联网时代后,叶先生的知名度和影响力随着知识信息化的速度与日增高,学习和关注古典诗词和文化的人、机构,以及新闻媒体也日渐增多起来,二十五年前先生在南开课堂上曾经引用西方社会学家"21世纪世界文化的中心在东方,在中国"的预言似乎真的应验了。特别是近些年慕名报考叶先生研究生的不但人数在增加,而且年龄也在降低。2009年有一位华裔美籍的年轻母亲带着两个女儿(大的当时是十一岁,小的九岁)从遥远的美国纽约随叶先生的工作行程而辗转于温哥华与天津之间。并且其中的大女儿经测试合格后,破例被南开大学文学院录取为2011级本科生。这些变化使一直以来深为中国诗词传统的后继乏人而忧虑的叶先生很感欣慰,但同时她又从中感受到另外一种忧虑,这就是当今的信息革命在大大提高了知识信息搜索查询与论文书写印制效率的同时,也为学术领域中视野短浅、成果速成、学术虚夸、学风浮躁,以及借助学术研究的虚假成果追求个人功利的恶劣行为提供了方便,急剧变化着的不良社会风气也蔓延到了叶先生的班上。记得先生曾经多次在不同场合,或婉转,或直接地向同学们表达过类似的意思:"学习古典文学需要下些死功夫和笨功夫,做真正的学问是不能总想着走捷径的,我的学生是要做些甘于吃苦和甘于清贫的准备的,如果有谁想通过走捷径混个学位在我这里获取虚名,我建议你或许可以考虑换个导师……"

2011年10月25日晚临下课前叶先生有感于此说过的一段话,我从课堂录音中找到,整录如下——

……下次我们讨论讲杜甫的《秋兴》八首,大家回去看我的《杜甫秋兴八首集说》,要从头去看,八首诗的总序要看,每首诗的解题,每一首与一联诗的集说也要看。大家如果不好好地,踏踏实实地仔细阅读,只是望文生义,别说优劣高低,连最基本的对与错的判断能力都没有,那是没办法研究古典文学的。如果大家总想偷懒,做文章都是电脑上敲一敲,查一查,弄出很多材料,急着去发表,认为反正都是以发表文字的多少来认定研究成果,不从根底上下功夫,这永远不会做出真正好的成绩出来。牛牛(指那已经十四岁的来自美国纽约的少年本科生)还很小,而且刚刚进来,她之不懂这道理,当然可以原谅,你们比她大,都是中文系出身,而且念到了博士,治学的道理都应知道了,应该有自己的判断了。像上次课我们讨论司马迁《伯夷列传》中对"圣人作而万物睹"这句话的解释是对的吗?你们会说这是书中注解上说的,注解上还会错吗?你们要知道"尽信书不如无书",我们要有分辨对错是非的能力,你们叮叮当当地从电脑上东一句，西一句粘来的那些资料真懂得吗？以为只要有出处，抄来凑成一篇文章能发表就行，这是在做学问吗？不可以的。一定要你把你读的、抄的弄懂才对呀，《古文观止》对"圣人作而万物睹"的注解就有问题，他说"圣人，人类之首也，故兴起于时，而人民皆争先快睹"，这话就不对，也不通。把万民说成是万物，没有这种说法，而且圣人既然那么高高在上，你说我睹了圣人，这对圣人是很不恭敬的，从来没有这样说圣人的。万民争睹，这常常用来说一个大新闻，一个稀奇古怪的事物的出现才引得万民争睹的，若真的要说圣人，应该说圣人出万姓"仰"才对，用"万物"指称老百姓，没有这种说法，人是人，物是物，而且也从来没听说"睹"到一个圣人的。由于作注释人不通古代的文法，以为"万物睹"中"万物"是主词，"睹"是及物动词。其实这里的"睹"是古汉语中很常见的一个被动的用法，是说圣人出现了，所有世间的万事万物都被他（圣人）看清楚（睹）了。可见注释的人文法就没弄通。所以你们大家读书的时候首先要分辨对错，弄通文意，不然东抄一段，西抄一段，就赶着拿去发表，就说我发了多少多少篇论文，这不是做学问的态度，这是骗学位的办法，是不可以的……

2011年10月29日晚，在接受某杂志社"读书"专栏记者的采访时，针对记者希望先生"介绍些诗词入门技巧等工具书"的要求，叶先生再一次重申着这些年来她一直在大力倡导并亲身践行推动着的诗词吟唱主张——

……中国古典诗词的传统是非常悠久的，但自古没听说过谁是凭借"读诗入门"或"作诗技巧"而成为诗人的。学诗的传统从有文字记载的《周礼》的时代就已经成型了，《周礼·春官》中记载当时周朝的教育制度说老师教小孩子学诗是按照"兴　诗、讽、诵、言、语"几个层次来进行教学的。"兴"是强调教师讲诗时要注重培养起小孩子们善于兴发联想的敏锐感觉；"道"就是"引导"，是要让学生知道读古诗不只是感慨古人的事情，你还可以通过阅读让你的心灵与诗人的心灵相沟通，相呼应；而接下来的"讽"、"诵"就是要强调背诵和吟诵了。背诵非常重要，我们要弘扬中华传统文化，空口去谈，是没有意义的，你要使你读的诗，成为你精神血液的一部分，你就要把它背下来。古人说"熟读唐诗三百首，不会作诗也会吟"，等你会吟了，慢慢地也就会作了，因为在你不断地循环往复吟诵的时候，你自然就逐渐掌握了诗的声调、节奏、韵律，以及意味、意义等内在规律。如果你不从诵读吟咏入门，而另寻其他的"技巧"

或捷径，你永远也不会感受到中国古典诗词的好处所在的……

复兴中国诗歌的吟诵传统，是弘扬中华诗词文化的一个重要内容，也是中国古代诗教的一部分，而近年来面临断掉的危险。这就是终身沉醉于中国古典诗词之中，且大半生穿行于中西文化之间的叶先生近些年常常难以释怀的深忧。先生深知中华文化的独特之处绝非其他文化可比，忽视了中华文化中的传统习得教育与传承方式，单靠现代科技工具以及入门指南等速成捷径，以求恢复发扬古典诗词文化的悠久传统，将会是空谈。为此年近九旬的叶先生每当听说有青少年的诗词吟诵活动，总会尽量克服困难前往参与，为孩子们颁奖助兴。每每看到年事已高仍不遗余力为振兴中华传统诗词而奔波呼号的先生，我们就恨不能多替先生做些什么。2001 年我们天津广播电视大学开办汉语言文学本科专业，所招的学员绝大多数都是在职的中小学教师或领导，我想这正是实现叶先生诗词教育理想的好时机，于是就结合教学大纲与学生的实际程度，将"中国古代文学作品选读"打造成以诗词为主的专业主干课程纳入教学实施方案。并为之选编了《中国古代经典诗词文赋选讲》的教材。此教材的底本是 1991 年中国青年出版社印行的《中华文化集粹·诗馨篇》。1989 年南开大学东方艺术系教授范曾先生发起主编《中华文化集粹》丛书时，曾经邀请叶先生撰写丛书之《诗馨篇》分册的。当时叶先生尚未退休，不能全力以赴，就提供了以往讲诗词的全部录音，由我、安易、杨爱娣、张海涛等人将录音带整理成文字，再根据出版社的体例与字数要求对整理稿进行筛选和压缩，最后由叶先生审核定稿。1991 年丛书出版后，或许是因为宣传不够，抑或因丛书不能拆分零售之故，《诗馨篇》这两册非常适合青年学生阅读的诗词普及读本却没能发挥它应有的作用和影响。但它却对正在天津广播电视大学讲授古代文学课程的我产生了深远的影响：那两年间我一遍遍反复听了叶先生存在我家的全部讲课录音，这给了我日后的诗词教学以取之不尽、用之不竭的源头活水。我一改国内现行的以知识传授为主的诗教方法，代之以兴发感动与理论反思相结合的比较鉴赏方法；并逐步用《诗馨篇》中经叶先生按诗史发展演进脉络筛选出的经典，取代那些不成体系之教材中的作品篇目；同时还结合教学内容与目标精心设计了阅读思考题以及阅读鉴赏指南。就这样，这一经过十几年的教学积累与不断改进完善的诗词选本，终于在 2005 年 10 月经叶先生审阅并写了序言之后，由天津古籍出版社以《中国古代经典诗词文赋选讲》的面目正式出版了。这之后，为方便教学，我还利用学校的现代教育技术优势设计制作了与文字教材配套的，集图文吟诵音乐为一体的多媒体学习课件在网络上运行。此事做成后我曾一度如释重负，当时的心情已留在了那一版教材的"后记"里——"当我把此书最后的审定稿交给编辑，从出版大楼走出的时候，忽然，多年来从未有过的一阵轻松袭上心头——终于了却一桩夙愿：为叶嘉莹先生所身负的使命分担了一份责任，为叶先生所献身的事业多添了一块砖瓦……"

2011 年我从天津电大退休，同时受聘于天津市老年人大学继续讲授《古典诗词欣赏》课程，所用课本也是我在天津古籍版教材基础上简编而成的"叶氏诗教体系"。无论以前教过的中小学教师，还是现在所教老年大学的学生，从他们对中国古典诗词课程的热情中我看到了"叶氏诗教体系"在诗词教育方式与施教效果上的成功。每当回溯三十五年来我学诗与教诗的往事，总会想到十多年前还是叶先生博士生的钟锦（现已是任教于华东师范大学的副教授了）在课堂讨论时说过的一段话——"人生来有利根与钝根之别，六祖慧能，学识不及他人，但利根使他见道顿悟。我不敢说我是有利根的，但我很幸运：虽然不能像叶先生那样自己可以直接望见月亮；但我能很快寻到叶先生那指月的手，并且顺着先生的手指望到了月亮，还能一直看着月亮，而不是在看手……"

是啊，三十五年来不只是我能够有幸顺随叶先生的手指"却下水晶帘，玲珑望秋月"，还有许多幸运之人经由叶先生所开创的，以"诗人感发生命之复活"为目的、以"诗体形成演进之源流"为脉络、以"诗境广狭深浅厚薄之分别"为价值判断与鉴赏标准的"叶氏"诗教方式与诗选教本，才得以举头望到了明月……

去年春天北京师范大学出版社马佩林老师打电话来说，他们正在筹划为全国高校学生出版一批公选课的人文类通用教材，已经选中了我们这本"叶氏体系"的诗词教科书。这消息真是来得恰逢其时，一则是天津古籍出版社 2006 年版的教材早在多年前就脱销了，几次请求再印，他们都表示不包销 2000 册是无法开印的，而此时北师大出版社如能出版同类教材，即可免去我每学期根据学生订数去复印的烦劳；二是当此之际，我正为"叶先生九十华诞暨中华诗教国际研讨会"征文的选题难定而焦虑着，这天赐的良机正好让我借花献佛，以此作为向先生祝寿的贺礼！于是我欣然应承，重新集结起当年做《诗馨篇》的安易、杨爱娣、张海涛等老班底，按照"以诗体的形成演进源流为脉络；以诗论的古今中西释用辨析为根基；以诗人的感发生命复活为目的；以诗境的广狭深浅厚薄比较为方法"的"叶氏诗教体系"，重新进行编排梳理，并对教材使用中发现的阙冗谬误做了增删与改换。当此书即将定稿付印之际，我又想到先生多年前在《诗馨篇·序说》中的最后一段话："在中国的诗词中，确实存在有一条绵延不已的、感发之生命的长流，而这也就正是中华文化所特有的一份珍贵的宝藏。诸位青少年朋友们，希望我们所撰写的《诗馨篇》文稿能够带领你们，使你们不仅可以体认到这条生命的长流，而且可以加入到这条长流之中，来一同沐浴和享受这条活泼的生命之流给我们的最大的乐趣，我们等待你们的加入，才能使这条生命之流永不枯竭……"可以告慰先生的是，二十三年后的今天，又一娩自《诗馨篇》母腹中的新生命——《中国古代经典诗词选讲》即将应声落地，此时此刻我要衷心感谢北师大出版社以及马佩林、周劲含老师，使我们得以捧着又一代诗词的新生命奉献于叶先生的寿堂，向尊敬的恩师认祖归宗……

徐晓莉

2014 年 2 月 20 日